개정판

인문소설

춘추오패

공자의 시경(詩經), 사랑을 노래하다

개정판

인문 소설

춘추오패
공자의 시경(詩經), 사랑을 노래하다

개정판 1쇄 발행 2023년 6월 5일

지은이 한완
펴낸이 장길수
펴낸곳 지식과감성#
출판등록 제2012-000081호

교정 백승은
디자인 박예은
편집 박예은
검수 정은지, 윤혜성
마케팅 정연우

주소 서울시 금천구 벚꽃로298 대륭포스트타워6차 1212호
전화 070-4651-3730~4
팩스 070-4325-7006
이메일 ksbookup@naver.com
홈페이지 www.ksbookup.com

ISBN 979-11-392-1124-5(03810)
값 17,000원

- 이 책의 판권은 지은이에게 있습니다.
- 이 책 내용의 전부 또는 일부를 재사용하려면 반드시 양측의 서면 동의를 받아야 합니다.
- 잘못된 책은 구입하신 곳에서 바꾸어 드립니다.

지식과감성#
홈페이지 바로가기

개정판

인문소설

츈추오패

공자의 시경(詩經), 사랑을 노래하다

한완 지음

지식과감성#

차례

프롤로그. 동주(東周)와 춘추오패 ─────────── 6

제1편 회맹 천하의 체제를 구축한 제환공

제1화. 불륜은 비극을 불렀다 ──────────── 14
제2화. 우정의 대명사 관포지교 ──────────── 26
제3화. 초문왕이 사랑에 빠지다 ──────────── 40
제4화. 춘추의 패러다임을 설계하다 ────────── 57
제5화. 중원 경영과 일탈의 시간 ──────────── 68
제6화. 결국 혼자였다 ─────────────── 84

제2편 19년 망명 끝에 방백에 등극한 진문공

제7화. 운명을 가른 겸양과 대시(dash) ──────── 94
제8화. 말 도둑조차 의리를 지키다 ────────── 109
제9화. 도강하는 적을 손 놓고 기다렸다 ──────── 124
제10화. 자매를 함께 취하다 ──────────── 136
제11화. 멍석 깃발로 돌아오다 ──────────── 147
제12화. 적(赤)나라 공주 옥소선자 ────────── 164
제13화. 남과 북이 격돌한 성복 전쟁 ────────── 179
제14화. 내가 중원의 방백(方伯)이다 ────────── 198

제3편 남만의 오랑캐에서 패자로 거듭난 초장왕

제15화. 아득한 북쪽 바다의 곤이(鯤鮞) ──────── 210
제16화. 춘추 최고의 스캔들 ──────────── 223
제17화. 천하 대전의 서막 ───────────── 241
제18화. 필(邲)의 전쟁(1) 노림과 꼼수 ───────── 253
제19화. 필(邲)의 전쟁(2) 그믐날 밤 ────────── 266

제4편 한 시대를 풍미한 의무기, 오왕 합려

제20화. 이무기가 해결사를 만나다 —————— 284
제21화. 전설이 된 자객 ————————— 295
제22화. 외인부대, 장강 일대를 장악하다 ——— 311
제23화. 반격과 반란 ————————— 330
제24화. 개전 초 전황과 취리의 반전 ———— 346
제25화. 초산포의 기습 도발 ——————— 363
제26화. 왕을 마부로 부리다 ——————— 377

제5편 와신상담식 복수를 성취한 월왕 구천

제27화. 왕의 귀환 ————————————— 392
제28화. 물밑 공방 또는 암살과 찐 곡식 ———— 405
제29화. 일석오조의 유세(遊說) ——————— 418
제30화. 몰락의 길로 접어들다 ——————— 434
제31화. 전쟁의 양상이 바뀌었다 —————— 448
제32화. 도롱이를 관(棺) 삼아 묻히다 ————— 466
제33화. 사냥개를 삶다 —————————— 477

프롤로그
동주(東周)와 춘추오패

중국의 역사에서 동주(東周)라고 불리는 시절이 있었다. 동쪽의 주나라란 의미이다. 주(周)는 BC 1046~BC 256년까지 790년 동안 대륙을 지배했던 나라이다. 창업주 무왕은 세상에 강태공으로 알려진 태공망 등과 함께 상나라(商, 고대 중국의 왕조, 은殷으로도 불린다. 그 유적이 은허殷墟이다)를 멸망시키고 사직을 일으켰다.

건국한 지 275년째 되던 BC 770년에는 흉노족 견융이 침입하여, 왕을 참살하는 일대 사건이 벌어졌다. 이때 주유왕은 중국 4대 미인의 하나인 포사에게 빠져 있었다. 왕이 사랑한 포사는 이상하게도 웃음을 보이지 않았다. 그녀의 표정은 늘 차가웠고, 우울함이 감돌기까지 했다. 여기를 보고 있어도 먼 곳을 보고 있는 것처럼 보인다. 하나같은 여인들의 교태와 간드러진 웃음소리에 싫증을 느끼고 있었던 왕에게는 오히려 신선한 느낌으로 다가온 여인이었다.

그러던 어느 날, 오보로 비상사태를 알리는 봉화가 올려졌다. 제후들은 서둘러 군사를 이끌고 도성으로 달려왔다가, 오보라는 사실이 알려지자 우왕좌왕 기가 막힌 모습이 되었다. 이를 본 포사는 처음으로 목젖이 보이도록 유쾌하게 웃었다. 왕은 그녀의 아름다운 웃음소리를 다시 듣고 싶은 욕심에 마약처럼 자꾸만 봉화를 올렸다. 정작 견융(犬戎)

의 오랑캐가 쳐들어왔을 때 봉화를 올려 제후들의 출병을 촉구하여도 군사는 하나도 오지 않았다. 연인을 웃게 만들려고 벌인 이벤트가 운명을 재촉한 것이다. 허겁지겁 달아나는 왕의 수레를 가로막은 것은 '선우'라고 불리는 흉노의 족장이었다.

"어라? 흐흐흐… 네년이 포사라는 계집이로구나."

전쟁 중에도 새끼를 낳고 기를 젖통을 가진 짐승만은 해치지 않는 것이 초원의 법이다. 그리고 보면 모든 동물이 생명의 근간인 심장 바로 앞에 젖통을 두고 있다는 것은, 얼마나 상징적인 일인가! 과연 유목하는 오랑캐답게 먼저 여자부터 챙겼다.

"무엄… 하구나!"

새파랗게 질린 왕이 더듬거리면서 꾸짖자 다짜고짜 칼집을 세워 명치를 쑤셔 박았다.

"헉…." 왕은 순간적으로 오줌을 지리면서 정신을 잃었다. 곧이어 한 치의 망설임도 없이 날 넓은 언월도가 왕의 목젖을 갈랐다. 물과 풀을 찾아 떠돌이 유목 생활을 하는 야만족에게 천자에 대한 존경이나 배려는 없었다.

정착민의 생활과 문화를 영유하는 중원의 한족은 죽었다 깨어나도 바람처럼 나타났다 흔적 없이 사라지는 초원의 사람들을 따라잡을 수가 없었다. 왜일까? 인구로 치자면 중원의 한 줌도 채 안 되는 흉노에게 그토록 오래 부대끼고 쥐여지낸 까닭이 무엇일까? 그것은 단순한 기동성의 문제라기보다 더 근본적인 차이가 있었다. 이웃도 없는, 드넓은 초원에서 안전을 보장하는 것은 힘밖에 없다. 좋은 방목지와 여자를 먼저 차지하기 위해서, 또 빼앗기지 않기 위해서는 누구를 막론하고 용사가 되어야 했기에 군사와 백성이 따로 없었다. 싸우는 게 일상이 되어 전쟁과 평시가 구별되지 않은 사회…! 비용도 없이 최고의 상비군을 보유하는 것이다. 중원의 국가들은 그들을 오랑캐로 불렀지만, 무시무시한 전투력만은 진저리를 치도록 두려워하였다. 그래서 《사서(史書)》는 특별히 서쪽의 오랑캐 서융을 개 견(犬) 자를 붙여 견융(犬戎)이라고 비하하여 위안으로 삼았다.

흉노가 막강한 것은 역사가 알고 있다. 훗날 서진(西進)하는 흉노의 등쌀에 못 이겨 세계사는 '게르만의 대이동'이라는 홍역을 치르었다. 로마가 망했고, 비잔틴이 뒤집히고, 중세 유럽 프랑크 왕국이 주도하는 체제의 토대가 되었다.

몇 달 후 전열을 정비한 중원의 군사가 몰려오자 견융은 일찌감치 달아났다. 오랑캐 족장 선우는 매달리는 포사의 가슴팍을 걷어차고 말에 올랐다. 전쟁이 휩쓸고 간 호경(鎬京, 현재의 서안 부근)은 무참히 파괴되었다. 견융이 또다시 공격해 올 우려도 지울 수 없었다. 유왕의 아들인 평왕(平王)은 수도부터 동쪽 낙읍(洛邑, 현재의 낙양)으로 옮기게 된다. 호경이 수도였던 때까지를 서주(西周)라 하고, 낙읍으로 동천(東遷)한 이후를 동주(東周)라 부른다.

동주는 이후에도 550년을 더 존속하게 된다. 그러나 이미 왕실의 권위는 크게 실추되었고 제후국에 대한 통제력을 상실하였다. 천하가 무주공산이라 강자가 약자를 병탄하여 자신의 땅으로 편입시키기 시작했고, 세력을 키운 유력 제후는 천자의 명조차 듣지 않았다. 저마다 독자 노선을 걸으면서 천하를 겨냥하는 지방화 시대가 전개된 것이다.

후세 사가들은, 동주 550년 중 전반기 300년을 '춘추시대'라고 부르고, 후반기 250년을 '전국시대'라고 명명했다. 사가들이 '동주시대'라는 말보다 '춘추전국시대'라는 말을 즐겨 쓰는 것도 왕실의 무력함과 관련이 있다.

춘추시대라는 명칭은 공자가 저술한 《춘추》라는 책자가 이 시기의 역사를 싣고 있기에 비롯되었다. 서책 《춘추》는 공자의 나라인 노나라 중심의 역사서로 노은공 1년인 BC 722년부터 BC 481년까지 242년을 기록한 편년체(編年體, 연대순으로 기록한 역사 편찬의 체제) 역사서이다. 마찬가지로 전국시대란 명칭도 전한 말기 유향이 편찬한 《전국책》이란 서책의 이름에서 유래하였다.

이 무렵 중원은 황하강 유역에 한정되었다.

지금으로 치면 산동성(山東省)의 서부에서 섬서성(陝西省)의 동부에 이르는 황하의 중, 하류 지역에 해당한다. 이 시대만 하더라도 가장 발전된 핵심적인 지역으로서, 고대로부터 천 년 동안이나 이곳을 중심으로 역대 왕조의 부침이 이어졌다. 황하 주변의 하화족(夏華族) 외에는 사방이 모두 오랑캐 천지로서 산융, 적적, 여융, 형만, 동이(東夷) 등으로 불리었다. 흔히들 이들 오랑캐를 동서남북의 네 방향으로 나누어 동이, 남만, 서융, 북적이라고 대별(大別)한다.

이들은 왜 자신을 하화족(夏華族)이라고 칭했을까? 첫 글자 여름 하(夏) 자는 사람이 춤을 추는 모양이다. 글자의 윗부분은 머리에 관(冠)을 쓴 사람의 얼굴이고, 아랫부분은 손발을 이리저리 흔들며 춤추는 모습의 상형문자이다. 제사장이 천신에게 제례를 지낼 때면 음악에 맞추어 덩실덩실 춤을 추었다. 그래서 춤추는 이는 신분이 귀한 제사장의 모습이며, 가장 활발한 계절 여름(夏, 여름 하)을 상징하는 글자가 되었다. 다음 글자 화(華)는 꽃이 활짝 핀 모습을 그린 상형문자로, '꽃 피우다, 융성하다'라는 뜻이다. 이를 붙여서 말하자면 하화족이란 하늘에 제사를 모시는 고귀한 제사장의 나라 신성한 부족이 활짝 꽃피기를 바라는 좋은 의미가 된다.

주(周)의 통치 방식은 '봉건제'로서, 왕이 직접 통치하는 직할지를 제외한 나머지 영토를 열국에 나누어 다스리는 분권형 국가 형태이다. 이는 혈연관계의 멀고 가까움에 따라 관계가 결정되는 '친친(親親)'이라는 기초 위에 근거한다. 봉토를 받은 제후는 해마다 공물을 바치고 반란이나 전쟁이 일어나면 왕실을 수호하는 책임을 맡았다. 이들 제후국을 번병(藩屛, 울타리 역할을 하는 담)이라고 부르는 것도 왕실의 지킴이라는 의미이다.

주의 건국자 무왕이 처음으로 봉한 제후국은 140여 개에 달했다. 이후 왕실의 힘이 닿지 않는 변방 국가들에 회유책으로 작위를 주어 제후국으로 삼든지 또는 제후국 스스로가 위성국을 만들든지 하여, 한때는 대소 1,800여 개의 제후국이 난립하던 시기도 있었다. 건국으로부터 270여 년이 지난 동주, 춘추시대에 와서는 왕실의 힘이 점점 약해지고, 천자와 제후 간의 관계도 멀어지게 되었다. 통치의 기술이 곧 싸움의 기술이던 시절이라, 바야흐로 세상은 난세가 될 수밖에 없었다. 이해관계를 따져 천자의 도움을 받는 것이 유리하다고 판단한 자들은 왕실에 조공을 바치고 제후 노릇을 자처하였으나 그럴 필요가 없는 자들은 독자 외교를 펼치게 되었다.

아프리카 초원 마사이 부족의 속담 중에 이런 말이 있다.

"만약에 사자가 없었다면 초원도 없을 것이다."

그렇다. 초원이 존재하는 한 누가 되든지 사자는 있기 마련이다. 이런 세상사 이치에 따라 왕실의 권위가 무너진 자리에 대신 강력한 군사력을 쥔 패자(覇者)가 등장하게 되었다. 이제 왕실 대신 패자를 중심으로 각 제후국이 이합집산을 거듭하는 시절이 온 것이다.

 최초의 패자가 된 사람은 제나라의 환공이다. 이때는 초나라가 남방에서 흥기하고 강성해져서 중원을 위협하고 있었다. 중원의 열국은 마침 도약하는 동방의 제나라를 중심으로 군사 동맹을 맺었다. 다자간 정상 회담인 '회맹'으로 맺어진 국제 협약의 패러다임이 출범한 것이다. 패자는 이런 식으로 탄생하게 되었다.

 처음으로 제나라의 환공이 제후국들의 실질적인 지도자가 되었을 때, 가장 자괴감을 느낀 나라는 누구였을까? 그것은 그 힘이 일개 작은 제후국에도 못 미치는 주왕실이었다. 그렇다고 해도 제환공을 포함한 어느 제후도 감히 왕실의 힘을 완전히 무시할 수는 없었다. 천자는 하늘 아래 한 사람으로서 경제력, 군사력이 아니라 상징적이며 이데올로기적인 힘을 행사하고 있었기 때문이다. 바로 오늘날 바티칸 시국의 교황(敎皇) 같은 존재였다.

 춘추 300여 년에 걸쳐 명멸한 수많은 제후 중에서 강력한 군사력과 명분을 바탕으로 천하를 호령한 다섯 패자가 있었다. 바로 제나라의 환공, 진(晉)나라의 문공, 초나라의 장왕, 그리고 오왕 합려와 월왕 구천이다. 세상은 그들을 춘추오패(春秋五霸), 또는 춘추오백(春秋五伯)으로 불렀다. 때로는 합려와 구천 대신에 진(秦)나라의 목공과 송나라의 양공을 꼽기도 하여 딱히 일정하지는 않다.

 그들의 삶의 궤적에는 영웅의 모습만 있는 것이 아니다. 어느 인생인들 부침(浮沈)과 우여곡절이 없었겠는가? 때로는 기회를 노리는 처절한 인고의 세월을 견디기도 했으며, 스스로 비굴을 감수할 만큼 정치적이기도 하였다. 여인 하나 때문에 야망을 꺾는 휴머니스트적인 모습을 보이기도 하였다. 애초에 인간사란 그렇게 우연과 모순에 찬 모습이리라.

수많은 제후국이 정치, 경제, 외교, 군사, 문화의 역량을 키우고 전쟁을 일삼았던 춘추의 역사는 소설보다 더 소설 같은 시대였다. 각양각색의 인간 군상이 자신의 욕망과 권력을 위해 갖은 권모술수와 하극상을 일삼았던 시절…! 어쩌면 이후 역사에 등장하는 모든 인물의 특성이 춘추전국시대에 집대성되어 있다는 느낌이 들 정도이다.

《사기(史記)》를 쓴 사마천은 그가 역사서를 쓰게 된 취지를 이런 유명한 말로써 표현했다.

"지나간 사실을 기술함으로 장차 다가올 일을 안다. (述往事知來事, 술왕사지래사)"

흘러간 역사가 미래에도 반복된다는 믿음이다. 어떻게 그런 확신이 가능했을까? 눈에 보이는 모든 것이 시간의 모래 속에 묻히고 그 형체를 달리할지라도, 끝내 변하지 않는 것도 있다. 바로 인간의 타고난 천성이다. 내 것 아닌 남의 것을 끝없이 추구하는 탐욕, 이기심, 정복욕, 투쟁심, 과시욕과 사명감, 이런 버릇은 시간에 따라 변하는 게 아니므로 역사와 정치는 시공(時空)을 초월하여 꼭 같은 형태로 나타난다.

이런 맥락에서 본다면 역사는 결코, 죽지 않는다. 심지어 그것은 과거도 아니다. 단지 그 등장인물이 바뀌었을 뿐, 오늘 우리 주변에, 아니면 가까운 미래에 어김없이 되풀이될 것이다….

제1편 제환공

회맹천하의 체계를 구축하다

제1화. 불륜은 비극을 불렀다
제2화. 우정의 대명사 관포지교
제3화. 초문왕이 사랑에 빠지다
제4화. 춘추의 패러다임을 설계하다
제5화. 중원 경영과 일탈의 시간
제6화. 결국 혼자였다

제1화

불륜은 비극을 불렀다

　때는 동주(東周)의 주장왕(周莊王) 3년, 서력으로 치면 BC 694년이다. 그해도 봄볕이 흐드러졌다. 지금으로부터 대략 2,700년도 더 된 일이나 우리는 그해 끝물의 봄에 무슨 일이 있었는지 알고 있다. 공자(孔子)가 편찬한 《시경(詩經)》에 실린 이 한 편의 시(詩)가 그날의 정경을 노래하고 있다.

　　수레 소리 달캉달캉 잘도 달리고　　　재구박박 (載驅薄薄)
　　대 자리에 고운 주렴 붉은 가죽　　　　점불주곽 (簟茀朱鞹)
　　노나라서 오는 길은 탄탄대로　　　　　노도유탕 (魯道有蕩)
　　제나라 공주는 저녁에 오네　　　　　　제자발석 (齊子發夕)

　　문수(汶水)의 물결은 넘실거리고　　　문수상상 (汶水湯湯)
　　사람들은 끝도 없이 바글거리네　　　　행인방방 (行人儦儦)
　　노나라서 오는 길은 탄탄대로　　　　　노도유탕 (魯道有蕩)
　　제나라 공주는 질펀하게 노다네　　　　제자고상 (齊子翱翔)

　　　　　공자의 《시경》, 〈국풍〉 중 제풍(齊風)편, '재구(載驅, 수레 타고)'

공자! 우리에게 꽤나 익숙한 인물이다. 천 년 동안이나 우리 사회의 의식 세계를 지배하는 유가(儒家)의 창시자로서, 성현으로까지 추앙받는 학자이다. 성은 공(孔)이고 이름은 구(丘), 자는 중니(仲尼)로 노(魯)나라 사람이다. 춘추시대 말기의 교육자이며 사상가로서 안로(顔路), 자로(子路), 백우(伯牛), 자공(子貢), 안연(顔淵) 등 여러 특출한 제자를 길러냈다. 이후 노나라를 떠나 14년 동안 천하를 주유하면서 현실 정치에서 뜻을 펼치기를 시도하다가 성공하지 못하고, 말년에는 고향에 돌아와 오로지 교육과 저술에 몰두하였다. 마침내 그의 이론과 사상은 동양철학의 근간이 되었으니, 현실의 좌절이 오히려 결실로 다가온 경우이다.

공자와 관련된 저술로는 《논어》, 《춘추》, 《시경》 등이 꼽힌다. 이 중 《논어(論語)》는 공자의 제자들이 스승의 가르침을 기록한 말씀집이다. 그래서 모든 문장이 그 유명한 '공자 가라사대(子曰, 자왈, 공자께서 말씀하시길)'로 시작한다.

《춘추(春秋)》는 이미 말했듯이 공자가 저술한 노나라의 역사서이고, 《시경(詩經)》은 황하를 중심으로 한 중원 일대의 노래 가사를 모은 책이다. 음표가 없었던 탓에 구전으로 전해지던 노래 곡조는 세월 따라 사라지고 노랫말만 남았다. 가사의 주종이 서정시의 형식이기에 시집이랄 뿐이지 엄밀히 말하면 악보가 빠진 가요, 또는 가곡 선집에 해당한다. 가히 인류 최고(最古)의 가사집이라 할 것이다. 수록된 시는 311편으로서 크게 풍(風), 아(雅), 송(頌)의 세 부분으로 구성되었는데 이 중 '풍'이 가장 많다.

과거에는 풍을 풍자, 또는 풍유(諷諭)의 뜻으로 풀이한 적도 있었다. 인류의 스승 공자가 편찬한 시집이니 마땅히 심오한 철학이나, 하다못해 교훈적인 뜻이 담겼으리라고 여겨지던 까닭이다. 20세기에 들어와서 시경에 대한 새로운 시도가 있었다. 중국 변방의 소수민족과 인도차이나반도의 가요를 시경과 비교하여 고대의 사회 구조와 종교 신앙 및 생활 습속 등을 분석한 것이다. 이런 결과로서 시경의 대다수 작품이 고대의 농민들이 계절 축제를 지낼 때 젊은 남녀가 주고받은 즉흥적인 연가 또는 민요라는 사실이 드러났다. 그래서 오늘날에는 예외 없이 《시경(詩經)》의 풍(風)을 민간 가요의 뜻인 풍요(風謠)의 의미로 풀이한다. 말하자면 여항(閭巷, 민간의 여염집)에서 떠돌던 유행가라는 말이다. 풍에다 나라 국(國) 자를 덧붙여 국풍(國風)이라고 하였으니, 나라별로 유행한 대중가요라는 뜻이 된다.

'국풍'에서 소개된 민요는 황하를 중심으로 15개 지역(周南주남, 召南소남, 齊제, 秦진, 陣진, 鄭정, 衛위 등등)에서 불린 160편의 가사를 싣고 있다. 이에 비해서 아(雅)는 연회나 잔치에서 사용된 세미 클래식 가요로서 공식행사용 정형화된 대아(大雅)와 상대적으로 자유분방한 발라드풍의 서정시인 소아(小雅, 연회용 작은 잔치)가 있다. 마지막 송(頌)은 신에게 제사를 올리거나 조상의 은덕을 기리는 종묘 제례에서 연주되던 순수 클래식 가사이다.

이 시는 제풍(齊風)에 실렸다. 제풍이니 제(齊)나라 노래 가사이다. 제(齊)는 세상에서 강태공으로 불리는 태공망이 주(周)의 창시자 무왕으로부터 산둥반도 일대를 봉분 받아 건립한 제후국이다. 제나라 공주는 문강(文姜)을 말힌다. 문깅! 그녀는 인물 좋은 제나라 공실납세 아듬납고 영리하였다. 게다가 총명하기도 하여 말하는 그대로 문장이 되었기에 이름도 문강(文姜, 글 잘하는 강 씨)이라고 하였다. 높은 신분에 뛰어난 외모에다가 글까지 잘하는 당대의 아이콘인 셈인데, 결정적인 흠은 지나치게 요염하고 색을 즐긴다는 점이었다.

그녀는 임치(臨淄, 제나라의 도성) 시절부터 오빠 제양공과 불륜의 관계에 있었다. 당시 제양공은 제아(諸兒)라고 불리던 세자의 신분으로, 훤칠한 키에 잘생긴 얼굴이 돋보이는 미소년이다. 문강 공주에게 남다른 미모와 재능이 있다는 것은 누가 봐도 분명했다. 게다가 애교도 있었다. 오빠 제아가 누이를 좋아하게 된 것은 지극히 당연한 일이었고, 어느 봄날 불현듯 넘지 말아야 하는 불륜의 강을 건너고야 말았다. 처음으로 느끼는 사랑의 감흥은 너무나 달콤하고 경이로웠다. 봉긋하게 부푼 가슴, 부르르 떨리는 다리. 창조적이며 열정적이고 지칠 줄 모르는 그들은 한마디 말도 나누지 않은 채 몇 시간이고 계속해서 서로를 즐겼다. 아버지 제희공만 몰랐을 뿐이지 웬만한 나인들은 둘의 관계를 알고 있었다. 그래도 세자와 공주의 일을 누가 일러바치거나 말릴 사람이 없어 모두가 쉬쉬하는 일이 되었다.

그러던 문강은 열일곱 되던 해 이웃 노(魯)나라로 출가하여 노환공의 부인이 되었다. 그녀는 처음부터 도무지 남편이 성에 차지 않았다. 작달막하고 통통한 외모도 그러하거니와 결혼 당시 이미 나이 오십 줄에 든 중늙은이였다. 자연히 함께하는 시간이 싫어서 차라리 슬며시 남편을 멀리하고 있었다. 그럴수록 중년의 남자는 목마른 노루가 물을 찾듯이 젊고 예쁜 문강에게 빠져들어, 밖에서 보는 부부의 금실은 괜찮은 편이었다. 문강이 오빠를 다시 만난 것은 제양공 치세 7년이 되는 늦은 봄이었다.

한창 왕성할 삼십 대 후반의 제양공이 상처를 하게 되었다. 마침 주 왕실에서 성년이 된 왕녀가 있어, 노환공이 왕녀의 사주단자를 들고 부인 문강과 함께 임치를 찾은 것이다. '재구(載驅)' 시의 구절 중에 "문수의 물결은 넘실거린다"라고 하였다. 옛 연인과 만남을 기대하면서, 가슴이 두근거리는 여인의 설렘이 연상되는 표현이다.

예나 지금이나 불륜의 사랑은 해피엔딩이 되지 못한다. 남부끄러운 소문이야 살랑 있었지만, 긴가민가한 풍문으로 흘려보낼 수도 있었던 일은 그예 돌이킬 수 없는 사태를 만들었다. 오랜만에 만난 남매가 다시 정염의 늪에 빠진 것이다.

운명의 밤, 남편 노환공은 환영 파티가 있었던 낙수 들판에 머물렀다. 그가 거느린 호위 군사만 200승의 병거였다. 당시 군사의 편제는 병거, 즉 전차의 숫자로 헤아렸다.

육중한 말발굽 소리를 내며 달려드는 전차는 보병들에게 무시무시한 위협이었다. 적국을 향해 세로로 밭고랑이나 논두렁을 낸 농민은 반역죄로 다스렸고, 전차 바퀴를 막기 위해서 밭과 밭 사이 둔덕을 최대로 높이던 시절이다. 한 대의 전차마다 무장한 군사가 30~40여 명으로, 200승이면 군사만도 5,000이 넘는다는 이야기이다. 임치가 지척이지만 무장한 노나라 군사들을 성안으로 들일 수는 없다. 자고로 군사를 들이기는 쉬워도 내보내는 것은 어려운 법… 이튿날 한낮이 다 되어서야 문강이 돌아왔다.

"쩝, 왜 이렇게 늦었소…? 과인이 걱정을 많이 했다오."

"어젯밤에 술을 좀 과하게 마시는 바람에… 일어나는 대로 빗질만 하고 나온다는 것이….

말투는 어색했고 얼굴부터 살짝 붉어져 있었다. 노환공이 아내를 찬찬히 훑어보니 겉옷 예복의 옷자락 솔기가 터져 비어져 보였다. 밤새 무슨 말 못 할 일이 있었구나! 순간 불현듯이 젊은 아내가 늘씬한 다리를 쳐들고 남자와 뒤엉킨 환영이 떠올라 절로 눈살이 찌푸려졌다. 그렇다고 남의 나라에서 더 이상 어떻게 추궁할 수도 없다. 그는 아내를 곁눈질하면서 차갑게 말했다.

"고국에 돌아가거든 다시 이야기합시다…."

이런 정황을 보고받은 제양공은 당황했다. 이제 노나라와 좋은 시절은 끝났다고 느꼈다. 공자 팽생을 불러 노환공 일행을 배웅하게 하면서 별도로 지시를 내렸다.

"늙은 노환공이 쓸데없이 고집을 부리는구나. 국경을 넘기 전에 적절히 조치하라. 내 따로 군사를 보내 도울 것이야."

팽생은 제양공이 말하는 '쓸데없는 고집'이 무언지 알지도 못한다. 다만 지난날 노(魯)와의 전쟁 때 화살에 맞아 거의 죽을 뻔한 적이 있어 노나라라면 이를 갈던 인물이다.

이튿날 팽생의 안내를 받으면서 노환공 일행은 길을 재촉하였다. 행렬이 오류(五柳) 땅에 도착하자, 촌장과 촌로 몇 사람이 임금을 뵙게 해달라면서 방문했다. 그들은 술과 고기에 떡을 가득 실은 수레를 끌고 왔다.

"임금께서 우리 고을을 지나시니 다시없는 영광입니다. 하찮은 소찬이나 정성으로 올리니 모쪼록 좋은 기억으로 삼아주십시오!"

원래 국경을 마주하고 있는 제(齊)와 노(魯)는 양국 간 사이가 그다지 좋지는 않았기에, 듣기에 따라서는 의심쩍은 구석이 있었다. 그러나 워낙 건네는 말씀이 은근하고 음식도 의심 살 만한 데가 없었다. 마침 군대가 머문 들판은, 수풀이 우거지고 키 작은 야생화가 셀 수 없을 만큼 피어 있었다. 어디라고 방향 지을 수 없는 먼 곳에서 물 흐르는 소리가 들리고 물 냄새가 나는 것도 같았다. 노환공은 그나마 불쾌한 마음을 위로받고 오류 땅에서 숙영하기로 작정하였다.

그런데 어둠이 짙어질 무렵에, 갑자기 말들이 이상해졌다. 멀쩡하던 말들이 하나같이 흥흥거리며 콧김을 쏘아대고 안절부절 흥분하였다. 암말들은 이리저리 쏘다니며 불안해했고 수말들은 앞다리를 쳐들어 허공을 긁으면서 울부짖었다. 그때는 누구도 이런 차이를 알아채지 못하고, 말고삐를 잡으려고만 애썼다.

캄캄한 어둠 속 저편, 조릿대가 무성한 숲속에서 누군가가 진액을 질질 흘리는 발정 난 암말 수십 필을 매어놓고 수말들을 꾀어내고 있었다. 암컷의 진액 냄새에 미친 수말들은 말뚝에 묶인 끈을 끊어내려고 경중경중 날뛰면서 비명을 질러댔다. 사람들이 질척한 말똥 위에서 고삐를 잡아채려 했지만, 사정없이 발굽에 차이고 휘두르는 꼬리에 맞았다. 결국 흘레가 급한 몇 마리 드센 놈들이 고삐를 끊고 뛰쳐나가 어둠 속으로 들입다 질주가 시작되었다. 원래 말이란 동물은 눈이 좋아 밤길을 달려도 어디에 부딪히는 법이 없다. 사실 이런 수법은 새로운 것이 아니라, 야생마를 잡는 일반적인 방법이다. 어미 말을 잡으려면 망아지를 묶어놓고, 수말은 암말로써 유혹하는 것이다.

졸지에 군영은 난장판이 되었다. 그때 노환공 앞으로 어딘가 걸음걸이가 불편해 보이는 팽생이 다가왔다.

"혹시… 고뿔이라도 걸리신 게 아닙니까?"

임금은 군막 앞 평상 위에 있었다. 마침 불어온 샛바람에 기침을 하던 중이다. 왠지 팽생이 탐탁지 않던 터라 슬쩍 미간이 곤이졌다. 그러나 굳이 물리지는 않고, 웃으며 손사래를 쳤다.

"허허! 그냥 잠시…."

어느 순간 팽생은 소매 속에 숨겼던 청동 몽둥이를 슬그머니 꺼내들더니, 그대로 노환공의 정수리를 가격하였다.

"으아아악…."

졸지에 임금은 비명을 지르며 쓰러졌다.

"저런, 저런, 저놈의 말을 막아라! 군주님! 군주님!"

팽생이 앞뒤 없는 소리를 질러대면서 손모가지를 뒤로 돌려 흉기를 숨기는데, 노환공의 눈동자는 이미 초점을 잃고 고국이 있는 서쪽 하늘에 머물러 있었다.

이 사건은 외교적인 문제로 비화되었다. 군주가 남의 나라를 방문하던 중에 원인 모르게 죽었으니 아무래도 노(魯) 측이 따질 게 많았지만, 상대가 그렇게 만만치 않다는 게 문제였다. 제나라는 발해만의 해변을 접하는 사방 천 리의 제후국인 데다 농지는 비옥하고 소금 생산까지 활발한 경제 대국이다. 당장 함부로덤부로 행동으로 들어갈 수도 없다 보니 설왕설래 말만 무성했다.

"팽생이란 위인이 망극하게도 쇠몽둥이로 임금을 시해하였단다…!"

"아니다. 그런 게 아니다. 임치에서는 그렇게 말하지 않는 모양이야. 미친 수말의 발굽에 채어 임금이 죽었다던데…?"

"쩝, 글쎄다! 말발굽에 챈 건 맞는 말인데… 누군가 꾸민 일이라는 말도 있어. 산융의 오랑캐들이 숲속에 발정 난 암말 수십 마리를 풀어 일을 꾸몄다고도 하던데…."

"오류 땅 촌장도 한 패거리라지? 마을을 폐가로 만들고 촌장은 잡아 죽여야 한다!"

결정적인 목격자나 증거가 없다 보니 무엇 하나 추정이고 억측 아닌 것이 없었다. 공실 남매간 스캔들에다 노나라 임금의 변사까지… 하나같이 전대미문의 사건이라 밑도 끝도 없는 온갖 풍문이 돌았다. 그나마 확실한 것은 수말들이 발정 난 암말의 냄새에 그토록 난리를 피웠고, 결과적으로 노나라 임금이 말발굽인지 뭔지 모를 무언가에 머리를 맞고 죽었다는 사실이다. 그런데 말(馬)은 말(言)을 못 하고, 흘러간 시간을 다시 돌려볼 수 없다 보니 진실의 꼬투리는 어디서도 찾을 수 없었다. 결국에는 노환공이 어떻게 죽었는지, 진실은 중요치 않게 여겨졌다. 사실을 규명한다고 이미 죽은 사람이 다시 살아오는 것도 아니다. 때로는 체면이 진실보다 중요할 때가 있다. 무엇보다 노나라 공실의 위신이 문제였다. 군주가 맞아 죽은 마당에 없던 일로 그냥 덮을 수는 없다. 반면에 제나라도 결정적인 책임을 인정할 수 없는 노릇이다. 양쪽 다 나라의 국격이 달린 일이었다. 결국에는 노환공을 잘못 안내한 죄를 물어 팽생의 목을 잘랐다. 한마디로 꼬리 자르기이자 희생양이었다. 그나마 노나라의 위신을 살려주고, 제나라의 입장까지 고려한 어정쩡한 조치로 군주 시해 사건은 일단락되었다.

　노환공의 시신은 예법을 다하여 화려한 상여로 꾸며져 고국으로 돌아갔다. 노환공과 문강 사이에 태어난 세자가 군위를 계승하여 노장공이 되었다. 이때 나이 열다섯이었다.
　문강은 귀국하면서도 첫사랑 오빠가 잊히지를 않았다. 친정 나들이 중 남편이 죽은 마당에 보란 듯이 돌아갈 염치도 없었다. 그런 그녀의 마음을 아는 듯 수레는 노나라와 제나라의 경계인 작(禚) 땅에 이르러 잠시 쉬이 가기로 하였다. 문강은 누더한 산세를 둘러보더니 시종을 불렀다.
　"이곳은 노(魯)도, 제(齊)도 어느 나라도 아니다. 접경에 살면서 언제든지 오고 갈 수 있을 것이야! 바로 내가 살 곳이다. 새 임금에게 가서 전해라. 이 미망인은 훗날 죽은 뒤에나 돌아가겠다."

그 시절 백성들은 땅에 붙어서 살았지만, 땅에 금을 긋거나 경계를 막지는 않았다. 몇 해 전 제와 노는 국경을 사이에 두고 크게 다투었고, 그로써 작 땅은 완충지대로 남겨졌다. 문강은 아예 그 땅에 짐을 풀고 눌러앉았다. 노장공은 어머니가 면목이 없어서 그러려니 하고, 별궁 하나를 지어주었다.

제양공이 노환공의 죽음과 관련이 있다는 것은, 알 만한 사람은 다 알았다. 백성들은 그를 무도한 임금이라고 욕했다. 그런 비난과 소문 속에서 제양공은 예정대로 주 왕실 공주와 결혼하였다. 그러나 역시 첫사랑 누이의 쫀득한 속살을 못 잊어 슬금슬금 작 땅에 드나들었다. 천자의 딸 왕희는 청정한 심성의 숙녀였다. 시집온 지 얼마 되지 않아 남편과 문강과의 불륜을 알게 되었다.

"천륜을 모르는 인간이구나. 짐승과 다를 바가 없다…! 내 팔자가 기구해서 이리 돼먹지 않는 자에게 시집을 왔구나."

남편을 대놓고 외면하고 마주하는 자리를 피했다. 제양공은 그런 아내가 부담스러워 그녀를 독살시켜버렸다. 그러고는 더욱 거리낌 없이 사흘이 멀다고 작 땅으로 나갔다. 둘은 만나기만 하면 며칠이고 질탕한 연회를 열면서, 양탄자를 깔아놓고 알몸으로 잡기 놀이하듯이 밤낮없이 그짓을 해댔다. 종내는 공공연하게 궁궐로 문강을 불러들여 밤을 함께할 만치 사람들의 눈도 개의치 않았다. 세간에는 이런 노래까지 퍼졌다.

해진 통발 어살에 매어뒀더니	패구재량 (敝笱在梁)
방어와 환어가 들락거리네	기어방환 (其魚魴鰥)
제나라 공주 제나라로 가네	제자귀지 (齊子歸止)
따르는 시종들이 구름과 같네	기종여운 (其從如雲)

해진 통발 어살에 매어뒀더니 　　　패구재량 (敝笱在梁)
방어와 연어가 들락거리네 　　　　기어방서 (其魚魴鱮)
제나라 공주 제나라로 가네 　　　　제자귀지 (齊子歸止)
따르는 시종이 강물과 같다네 　　　기종여우 (其從如雨)

　　　공자의《시경》,〈국풍〉중 제풍(齊風)편, '패구(敝笱, 구멍 난 통발)'

'통발'이란 가느다란 대나무나 싸리를 엮어서 한번 들어간 물고기가 나오지 못하게 만든 고기잡이 도구이며, '어살'은 물고기를 잡기 위해 개울이나 강에 둘러 꽂아놓은 울타리를 말한다.

국풍(國風)의 풍(風)이란 바람처럼 왔다가 스쳐 가는 노래로 항간에 널리 유행하는 가요라는 뜻이고, 제풍이니 제나라에서 유행한 노래이다. 주로 남녀 간의 정과 이별을 다루고 있는 비(非) 클래식 계열의 음악이다 보니 여인의 정조를 구멍 난 통발에 비유하고 있다. 문강이야말로 당대 최고의 미모와 재원으로 꼽힌다. 그런 만치 야릇한 소문에다 그녀의 몸가짐을 조롱하는 노랫소리도 높았다.

제양공은 누이와의 불륜 문제 외에도 여러 실정을 저질렀다. 군주의 오락은 전쟁이라는 것이 평소 그의 지론이다. 주(周)가 사직을 연 지 어언 350년의 세월이 흘렀다. 당시 중원은 동제서진(東齊西秦), 남초북진(南楚北晉)의 형세였다. 동방으로는 제나라가 융성하고 서방에는 진(秦)나라, 남쪽으로는 초나라가 강국이며 북쪽에는 진(晉)이 있었다. 이들 4대 강국 외에도 송, 정, 노, 위, 채, 진(陳) 등의 유력 제후국과 기타 소국들이 즐비하고, 변방에는 왕실로부터 작위조차 받지 못한 군장이 다스리기도 하였다. 제나라 임금이 시비하고 전쟁을 일으킬 대상은 차고 넘쳤다. 이도 모자라 위나라의 후계 문제와 관련한 전쟁을 일으켜 이를 도우러 왔던 왕실의 병사와 장수 여럿까지 죽였다. 제후국들끼리 싸우는 일이야 흔했지만, 그런대로 도덕적인 외피를 쓰고 있었다. 그중 하나가 왕실의 군사는 건드리지 않는 것이었다. 그런데 제양공은 왕실조차 만만하게 생각했다. 천하 백성들이 한목소리로 거침없는 패륜과 실정을 욕했다. 풍문은 저절로 부는 바람처럼 번지는데 정작 당사자는 개 풀 뜯는 소리쯤으로 여기는지 꿈쩍도 하지 않는다. 이만하면 임금을 갈아치울 명분은 충분하지 않은가? 때마침 한발과 홍수까지 겹치자 불만이 들끓었고, 낯 뜨거운 소문은 날이 갈수록 더했다. 인심은 날로 흉흉해지는데, 군주는 별반 개의치 않고 제 하고 싶은 일에 열을 올렸다.

이런 어수선한 분위기에 편승해서 제양공을 시해하고 군주가 된 인물은 공손무지였다. 그는 제양공의 사촌 형제이자 억울하게 죽은 팽생의 형이다. 공손무지는 연칭, 관지보 등 불만 세력과 결탁해서 패구산 사냥터에서 군주를 시해하고 군위에 올랐다. 그러나 그 세월도 오래가지는 못했다. 겨우 여섯 달 만에 옹름(雍廩), 동곽아(東郭牙) 등 기득권 세력에게 제거당하고, 이제 바야흐로 제나라는 권력의 공백기, 무주공산의 상태였다.

제2화
수정식 대명사 관포지교

제양공에게는 공자 규(糾)와 소백(小白)이라는 장성한 동생이 둘 있었다. 그들은 평소 이복형인 제양공과 사이가 좋지 않았다. 여동생 문강은 그럴 수 없을 정도로 사랑을 받았으나, 남자들은 경우가 달랐다. 둘은 군주의 변덕을 두려워해서 각자 연고가 있는 나라로 몸을 피하고 있었다. 공자 규는 노나라 여인의 몸에서 났으니 외가인 노나라로 망명하고 공자 소백은 본인의 외가인 거(俉)나라로 피신해 있었다. 그들의 보좌관이 대단한 인물들이었다. 공자 규(糾)를 모시는 사람은 관중이었으며 공자 소백(小白)에게는 포숙아가 있었다.

관중과 포숙아는 국인(國人)이기는 했으나 그리 높은 신분은 아니었다. '국인'이란 성안에 사는 사람들로 정치 경제적 특권과 교육 문화의 혜택을 받는 사람이다. 성 밖에 사는 하층민은 민(民), 혹은 야인이라고 하여 신분상 차등을 두었다. 대신 민은 전쟁에 동원되지 않았고 설사 동원된다고 해도 직접 전투보다는 보급품 수송 등 잡무를 맡아보았다.

둘은 한 스승 밑에서 동문수학한 친구였다. 글을 배웠으나 뒷배가 없어 벼슬길이 막힌 그들은 시장에서 생선 도매상을 하며 살았다. 관중이 실용주의자인 데 비해 포숙아는 원칙주의자로서 서로의 부족한 점을 메워가며 일했다. 둘의 관계를 짐작하게 하는 일화가 있다.

함께 전쟁에 나간 일이 있었다. 싸움터에 서면 관중은 언제나 몸을 사렸고, 전쟁이 끝나면 항상 맨 앞에 나서서 걸었다. 이를 보고 사람들이 비웃었다.

"관 아무개는 천하의 겁쟁이다. 싸움에서는 뒤로 숨고 자랑에는 남보다 앞서니 어찌 사내대장부라 하겠는가?"

포숙아는 관중을 위하여 변명하였다.

"그것은 귀하들이 잘 몰라서 하는 말이다. 관중에게는 봉양할 늙은 어머님이 계시다. 그러기에 자기 몸을 아껴 노모에게 효도하려는 것일 뿐이다. 비겁해서가 아니다."

또 다른 일화도 있다. 동업하는 사이인데도 관중은 언제나 포숙아보다 많은 돈을 가져갔다. 이를 두고도 주변에서 말이 많았다.

"포숙아! 관중을 조심하시라. 함께 돈을 벌었으면 공평하게 나누어야지. 관중은 탐욕이 많은 사람이다."

이때도 포숙아는 친구를 위하여 변명하였다.

"그는 돌봐줄 식구가 많기에 그리하라고 내가 먼저 권했다. 혹시라도 오해를 마시라."

이런 걸 보면 포숙아가 주로 베푸는 편이었다. 그런데도 관중은 전혀 미안해하지 않았고 둘 사이에 주도권은 오히려 관중이 쥐고 있었다. 어느 날 관중이 말하였다.

"지금 임금은 성격이 과격한 데다, 잠시도 그냥 있질 못하고 끊임없이 일을 벌이고 있다. 이 세월이 오래가지는 못할 것이다. 우리가 공자들을 따르면서 기회를 노려보자."

둘 중 하나가 정권을 잡으면 남은 사람을 추천해주기로… 약속하였다. 관중이 형인 공자 규(糾)를 선택하고, 포숙아는 동생 소백(小白)을 따랐다. 그런데 거짓말같이 임금이 피살되고 임치는 주인을 잃었다.
멀지도 않은 그해 시월이었다.

거나라에 있던 동생 소백이 본국의 소식을 듣고 거후(居侯, 거나라 군주로서 후작의 벼슬이다)에게 군사를 요청하였다. 열국의 제후는 누구랄 것 없이 모반을 가장 두려워하는 동병상련의 입장이기에, 비상사태를 맞아 서로 돕는 것은 당연한 일이다. 거후는 선뜻 100승의 군사를 내주었다. 길도 가깝고 빨리 서둔 탓에 아무래도 형인 규(糾)보다 먼저 도달하게 생겼다. 갑옷 스치는 소리, 칼집이 부딪치는 소리, 말에 딸린 등자와 재갈이 흔들리는 소리… 떠들썩한 웃음소리와 함께 파죽지세로 말을 몰았다.

일행은 즉묵(卽墨) 땅 고갯마루에 도달하였다. 길은 좁고, 대낮인데도 사람이 없었다. 바로 그때였다. 선두를 달리던 말들이 갑자기 무릎을 꺾고 무너졌다. 히이힝…. 길바닥에 깔린 밤송이를 밟은 것이다. 말발굽에 편자(蹄鐵)도 없던 시절이다. 앞선 수레가 주저앉고, 연이어 다른 말들이 부딪치고, 다시 그 뒤를 뒤따르는 병거가 들이받았다. 순식간에 뒤죽박죽 이리저리 얽히고설킨 난장판이 되었다.

"무슨 일이냐? 웬 밤송이가 이렇게도 많으냐? 모두 내려 밤송이를 치워라!"

그때 숲속에서 관중이 나타났다.

"공자께시는 그간 무고하신지요?"

그는 미리 30승의 군사를 이끌고 고갯마루에서 소백을 기다리고 있었다.

"그대가 밤송이를 깔았던가?"

"그보다… 지금 어디로 가시는 길입니까?"

"본국에 환란이 생겼기에 귀국하는 길이다. 그걸 왜 묻느냐?"

"우리 공자님이 장자이십니다. 당연히 이번 일은 큰 공자께서 해결하실 일입니다. 쓸데없는 분란을 일으키지 마십시오."

소백의 눈꼬리가 치솟았다.

"말 같지도 않은 소리…! 포숙아의 친구라기에 그런가 했더니 참으로 몹쓸 위인이로구나. 썩 길을 비켜라!"

포숙아도 거들었다.

"물러서라. 군이 막겠다면 힘으로라도 뚫겠다."

그 뒤에는 100승의 군사들이 도끼눈을 치켜뜨고 노려보고 있었다. 관중의 군사로서는 이를 당할 수가 없다.

"정히 그러시다면…."

말을 하면서 슬며시 뒤에 있던 군졸의 활을 받아 소백을 향해 화살을 날렸다. 순간적으로 벌어진 일이었다. 무심코 수레 위에 앉아 있던 소백은 "아앗!" 외마디 소리를 지르며 쓰러졌다. 기겁한 포숙아가 달려왔다. 소백은 얼굴이 백지장 같은 데다 정신을 잃고 있었다. 이를 본 관중은 훌쩍 말에 올라 전속력으로 달아났다.

잠시 후 쓰러졌던 소백이 슬며시 깨어났다.

"포숙아! 포숙아! 나는 괜찮다. 적은 물러갔느냐…?"

화살은 마침 혁대 고리를 맞추었을 뿐이었다.

"되었다! 내가 죽은 듯, 곡을 하고 수레에 눕혀라."

그들은 다친 공자를 온량거(輼輬車, 상여 수레)에 눕혀 흰 천으로 위장하고 임치로 내달렸다. 이후 소백은 대부 동곽아와 습붕에게 몸을 의탁하게 되었다.

소백이 죽었다는 보고를 받은 공자 규(糾)도 노장공에게 출병을 요청하였다. 노나라 군주도 아버지 노환공의 죽음에 대한 원한에다 이번 기회에 제나라를 어찌해볼 요량으로 300승의 대군을 이끌고 출전하게 되었다. 조독기 아래서 검은 소와 흰 말을 잡아 제물을 바치고 순류지 일만 장을 태워 그 재를 허공중에 날렸다. 젊은 임금은 질그릇 잔에 가득 따른 술을 단숨에 마시고 한두 방울을 투구 위에 고수레하면서 외쳤다.

"제관은 군신께 잔을 드리라!"

모시는 귀신은 치우였다. 상고시대 대륙에는 요하족과 하화족 두 족속이 있었는데, 치우는 요하 문명(遼河文明, 요하강 강변을 끼고 발달한 만주 지방의 농경 문명, 황하와 장강과 함께 중국의 삼대 문명의 하나)의 추장으로서 구리로 된 이마를 가진 데다 안개를 일으키는 재주가 있었다. 황하 문명 하화족(夏華族) 족장인 황제와 천하의 주인을 가리는 탁록(涿鹿, 지금의 하북성 탁록현)의 싸움을 벌였다. 서책 《장자(莊子)》에는 당시의 전투가 얼마나 치열했는지를 보여주는 구절이 있다.

"…탁록의 들녘에 피가 100리를 두고 흘러내렸다…."

그런데 장자인들 춘추시대의 사람이다. 시간을 꿰뚫어 삼황오제 시대인 황제와 치우의 '탁록 전쟁'을 목격했을 리 없다. 어쨌든 제삿밥이 통해 그랬는지 모르겠지만 한동안 날씨가 좋았다. 울긋불긋한 기치가 하늘을 가리고 창검은 햇빛을 받아 번쩍거리면서 사기도 높았다. 그러나 그들의 운은 거기까지였다. 노군은 며칠 뒤 건시(乾時) 땅 싸움에서 크게 패했다. 삶의 디전을 지기려 제나라 군사는 내복하어 노리고 있었고, 노군은 장차 군위 계승자를 수행하는 의장의 역할이라 마음가짐부터가 달랐다. 협곡이 많고 숲이 울창한 지형도 낯설어 한차례 싸움에 여지없이 패퇴하였다.

퇴각하는 길조차 순탄치 못했다. 배고픈 군사들이 홧김에 촌락을 약탈하기 시작한 것이다. 원래 전쟁터에서의 약탈과 살육은 지극히 자연스러운 풍습이다. 형편이 좋을 때는 형식적이나마 약탈을 군령으로 금지했지만, 쫓기는 마당에 이도 저도 가릴 게 없이 무너진 군율은 그야말로 걷잡을 수가 없었다…. 도주하는 군대의 한풀이는 먼저 재물의 약탈, 살육과 겁간, 그리고 마지막은 방화의 순으로 잔인하게 진행되었다. 그들이 지나는 길목마다 비명으로 뒤덮였고, 사람 살 타는 노린내가 진동했다.

그렇게 떼강도로 변한 노군의 뒤를 제나라 동곽아의 군사가 무섭게 뒤쫓고 있었다. 따라잡힌 꽁지를 잔인하게 도륙내던 그들이 드디어 노군의 본진을 급습한 것은 그달 초사흘이었다. 전날까지 산촌의 약탈 현장을 보면서 치를 떨었던 동곽아 군대의 손속은 야멸치게 매웠다. 노군은 서리 맞은 메뚜기 떼처럼 산지사방으로 뿔뿔이 흩어졌다. 출정할 때의 사납고 날렵하던 기세는 흔적도 없이 오합지졸이 되어 있었다. 혼전 중에 공자 규도 살을 맞고 죽었다.

복수의 칼날을 멈출 마음이 없는 동곽아와 포숙아도 국경을 넘어 내친김에 노나라 문양 땅을 점령하였다. 잠시 군사를 멈춘 뒤 포숙아는 노장공에게 서신을 보냈다.

"……우리 제(齊)는 이미 소백 공자를 임금으로 모시기로 했습니다. 그런데도 못된 규(糾)가 참람하게도 제위를 노리고 있습니다. 바라옵건대 노후께서는 외가의 나라인 제를 대신하여 그를 참하여주십시오. 그러면 문양 땅을 내어드리고 물러가겠습니다. 다만, 규(糾)를 따르는 관중은 우리 임금을 죽이려고 활을 쏜 대역 죄인이니 송환시켜 죄를 물어야겠습니다. 이 일이 성사되지 않고서는 돌아갈 수 없으니 군주께서 현명한 결정을 내리시길 바라나이다…."

구구절절 인용한 고사가 많았지만 대강 이런 내용이었다. 규를 죽여 달라는 내용은 이미 그가 죽었음을 모르고 하는 이른바 차도살인의 계책이다. 노장공은 재상 시습을 불렀다. 문양 땅은 시습의 식읍이기도 했다.

"이 일을 어쩌면 좋겠소?"

시습으로서는 아무래도 땅을 돌려받는 것이 중요한 일이다. 그는 젊은 임금에게 한 수 가르침을 베풀었다.

"근래 천문을 살펴보니 동방에 심상찮은 기운이 뻗쳐 있습니다. 섣불리 우기실 일이 아닙니다. 규는 이미 저세상 사람이 되었으니 죽은 머리를 잘라 보내면 될 것입니다. 일단 저들이 요청하는 대로 따르고, 훗날을 기약함이 마땅합니다."

규의 외로운 시신은 댕강 목이 잘리어 나무 상자에 담기고 관중은 겹겹이 묶여 제나라로 압송되었다. 동곽아 또한 약속대로 군사를 물려 돌아가니 이로써 제나라 공실의 불륜과 관련된 여러 사달이 비로소 마무리되었다. 죄인을 실은 함거가 노나라 국경을 넘어서자 포숙아는 친구를 일으켰다.

"관중은 별 탈 없는 모양이니 참으로 기쁘다……."

"내 원래 공자 규를 모셨건만, 주인이 죽은 마당에 구구히 지난날을 변명하며 어찌 살겠나! 차라리 옛정을 생각하여 단칼에 죽여주시게…."

"큰일을 하는 자는 작은 의리에 연연하지 않은 법, 새는 나무를 가려서 깃들이고 지혜 있는 신하는 주인을 가려 섬긴다고 이야기하지 않았던가…? 마침 우리 주군의 뜻이 크고 인재를 소중히 여기시니 함께 천하 패업을 이루세. 친구여! 당초 우리의 약속대로 하세나…."

임치에서는 공자 소백의 즉위식이 성대하게 열렸다. 그가 바로 춘추시대 최초의 패자로 꼽히는 제환공(齊桓公)이다. 바야흐로 소백의 행운이 제환공의 역사를 만드는 순간이다.

군주가 된 소백으로서는 무엇보다 전 임금의 잔재를 청산하고 새로운 시대를 여는 것이 시급한 일이었다. 우선 필요한 것이 인적 쇄신이다. 재상 자리부터 참신한 인물로 바꿔야 했다. 환공은 자신을 후원했던 포숙아와 이 일을 의논한다. 아무래도 오롯이 자신을 받들 사람은 포숙아만 한 이가 없다.
"포 대부! 재상 자리를 좀 맡아주시오. 선대부터 관직에 있던 사람으로는 개혁이 어려울 것이고, 과인은 새로운 시대를 열어야겠소."
그런데 포숙아의 생각은 달랐다.
"주군께서 백성을 위무하고 사직을 돌보시는 데서 만족하신다면 신으로 충분합니다. 그러나 새로운 세상을 열려 하시면 소신으로서는 그릇이 모자랍니다. 차라리 신이 한 사람을 추천하겠나이다."
"그런 인재가 있단 말이오? 그게 누구란 말이오…?"
"실은… 지난날 공자 규(糾)를 모시던 관중입니다…. 관중이야말로 부국강병의 이치를 깨치고 탄탄한 내공까지 갖추어 그때그때 임기응변으로 주군을 도와 패업을 이룰 것입니다."
"관중? 관중이라고……?"
다음은 사마천의 《사기(史記)》 〈관안열전〉(管晏列傳, 사마천은 관중과 100년 후의 제나라 재상 안영을 묶어 열전의 한 편을 꾸몄다)에 나오는 둘의 대화를 각색한 것이다. 제환공이 관중에게 물었다.
"그대는 선대 임금의 실패가 무엇 때문이라고 생각하는가?"
"선군은 높은 대를 쌓고는 자신이 대단히 높은 척했고, 민생은 돌보지 않았습니다. 백성을 멸시하고 선비들은 모욕하면서, 섬기는 것은 오직 여인이었습니다. 또 있습니다. 밖으로는 왕실을 무시하고 힘없는 나라를 마구 대하여 천하의 질서를 어지럽혔습니다. 이러고서야 어찌 정권을 지탱하겠습니까?"

임금은 순간적으로 생각했다. '얼씨구… 낯짝도 두껍지. 반역자 주제에 터진 입이라고 잘도 나불대는군. 이런 말재주로 포숙아를 꾀었구나…!'

"우선 듣기에 나무랄 데가 없구나. 그렇다면… 그대는 정치의 요체에 대해서 알고 있는가?"

관중은 겸손하지도 않았다.

"신은 부국강병의 이치에 대하여 어느 정도 터득하고 있사옵니다. 나라의 근본은 백성이며, 백성의 바람은 배를 곯지 않는 것입니다. 곳간이 넉넉하고 의식이 풍족해야 명예와 부끄러움을 안다고 했으니, 백성을 따뜻이 입히고 배불리 먹이는 일이 정치의 근본이라 할 것입니다. 배고픈 사람에게 물고기 한 마리를 주기보다 낚시질을 가르치라는 말도 있습니다. 생업을 보장해주란 말씀입니다. 이는 사람을 사람답게 하는 일입니다."

관중은 또 말했다.

"예로부터 하(夏)나라가 망한 것은 말희 때문이요, 은(殷)나라가 망한 것은 달기 때문이라고 하는데, 어찌 군왕이 여인 하나를 편애한다고 나라가 망하겠습니까! 모두가 백성을 보살피는 소임을 다하지 못한 까닭이지요. 모름지기 군주는 백성을 먹이고, 그 가족을 부양하고, 조상에게 향화를 올릴 경제 기반을 보장해주어야 합니다. 그런 다음에 법치를 세워 예의와 염치를 알게 하는 것이 군주의 도리입니다. 그런데 매사는 다 순서가 있는지라 지금 주군께서는 그보다 더 급한 일을 챙기셔야 합니다."

 관중은 잠시 말을 끊고, 슬쩍 임금의 눈치를 살폈다. 다행히 환공은 억양이 뚜렷한 관중의 말투에 호감을 느끼고 이야기에 빠져 있었다.

 "흐음… 듣고 보니 그럴싸하구나. 그러나, 그만한 이치는 과인도 이미 짐작하고 있다. 그런데 급한 일이라니? 백성을 위무하는 일보다 더 급한 일이 무엇이더냐…?"

 "민심을 안정시키는 게 급선무입니다. 대부들부터가 불안해하고 있습니다. 그들을 각자 능력에 따라 소임을 맡겨 임금께서 자신들을 버리지 않을 것을 명백하게 하셔야 합니다. 현명한 군주는 측근에게만 권력을 집중시키지 않고 여러 계층의 많은 이를 등용합니다. 이를테면 군사에 밝은 동곽아 대부에게는 병권의 일을 맡기시고, 문자가 있고 처신이 바른 습붕 대부에게는 외교의 일을 맡기시고… 영월, 성보, 빈수무 대부도 중용하소서. 정권의 주축이 될 대부들부터 안정시켜 반석 같은 우호 세력으로 다져야 합니다."

 차차 말에 힘을 붙여 천천히 어조를 높이고 있었다. 듣는 이도 연신 고개를 끄떡인다.

 "흠… 그것도 그럴 성싶다. 다음에는 또 어떤 일이 급한가?"

 "공실의 인척 중에서 장차 공손무지가 될 인물을 숙청해야 합니다. 걸림돌이 될 수도 있는 세력의 성장을 미리 방지하는 일입니다. 또 있습니다. 세상일은 혼자서 꾸미는 법이 없습니다. 이번 반란만 해도 연칭 같은 무장이 가담했기에 문제를 키웠습니다. 무리를 지어 파당을 짓는다든지 하여, 자칫 서운함을 느낄 만한 이들은 예방적 차원에서라도 제거해야 합니다."

 임금은 아픈 데를 찔린 것 같았다. '이 작자를 살려주었더니만, 형제를 죽이란다? 군주의 자리를 지키는 방책이 형제를 숙청하는 길이던가?' 저도 모르게 눈꼬리가 샐쭉해졌다.

"그 말은, 군주는 한없이 비정해야 한단 말인가?"

"…걱정하지 않으셔도 됩니다…."

관중은 눈가에 주름이 잡히지 않도록 웃었다.

"그 이유는…."

임금을 올려다보며 말을 이었다.

"반역자에게는 그가 반역하는 나름의 이유가 있는 것이고 또 그런 이유는 사람 사는 세상에서 결코 없어질 것이 아니기에… 누군가 손을 더럽혀 그 근본을 제거하지 않으면 안 됩니다. 그리고 이 일은 군주께서 마음 쓰실 일이 아닙니다. 소신이 포숙이나 동곽 대부와 의논해서 조치하겠습니다."

"그건 차차 생각해보기로 하고, 그다음 순서부터 들어보자."

서먹했던 분위기는 그나마 가라앉았다.

"대외 관계에서도 정권의 정통성을 인정받아야 합니다. 열국에 우리 제(齊)가 나라의 주인 되는 이를 새롭게 하여 정치를 일신하고 있음을 알리고 과거의 조약은 모두 다 지킬 것을 천명하소서…!"

그런데 이 부분에서 제환공은 가볍게 손을 들어 관중의 말을 끊고 나섰다.

"과인은 개혁을 원한다. 선왕의 정책을 그대로 답습하는 일은 과인이 원하는 바가 아니다. 그런데도 과거의 조약을 그대로 지켜야 한단 말이냐?"

"일단은… 그렇습니다."

계속 그럴 필요는 없겠느냐는 물음에는 느리고 신중하게 대답했다.

"급하게 먹는 떡이 체하는 법입니다. 안정을 우선으로 하시고 점차로 바꾸어 나간다…. 이런 순리를 쫓아야 합니다."

"흠, 그건 그렇다 치고… 과인은 사면령을 공포하고 세금을 대폭 경감시켜 백성의 민심을 얻고자 한다. 이는 새 정권 출범을 경축하는 뜻도 있음이다. 관중의 생각은 어떠하신가?"

관중은 슬쩍 미소부터 보였다. 군주의 자존심을 건드리지 않는 것이 중요하다.

"나라를 다스리는 일은 작은 생선을 요리하는 것과 같다는 말이 있습니다. 생선을 요리할 때 때를 기다리지 못하고 함부로 건들고 뒤적거리면 생선 살이 부서져 먹을 것이 없게 되는 것입니다…. 그만치 신중하고 조심해야 한다는 뜻입니다. 사면령을 쓰게 되면 백성이 제도나 법령을 가벼이 보게 될 것입니다. 특히 조세의 정책은, 내릴 때는 쉬우나 한번 내린 세금을 다시 올리려면 저항이 따르게 됩니다. 둘 다 여러 단계로 검토한 후에 실행할 사항입니다…."

말을 마치고 나서 다시 한번 고개를 숙여 경의를 표했다. 제환공은 저도 모르게 자세를 바로잡았다. 가벼운 마음으로 듣다가 차츰 경청하는 자세로 바뀌더니, 막힌 머릿속이 뻥 뚫린 듯 속이 다 후련해지는 심정이 되었다. 이로부터 관중은 치국의 이치와 경제 부흥과 외교까지, 정권이 나아가야 할 향방에 대하여 종일토록 임금과 토론하였다.

중간에 한 번 옻칠 그릇에 담긴 국수가 나왔을 뿐 외인의 출입도 없었다. 이날, 둘 사이에 구체적으로 어떤 이야기가 오갔는지 아는 사람은 없었다. 다만 연이어 일어나는 사건들이 그 내용을 짐작하게 하였다.

제환공의 사촌 형인 대부 공손집(公孫執)이 갑자기 죽었다. 별반 아픈 구석도 없었는데 군사를 대동한 포숙아의 방문을 받은 직후에 급살을 맞아 죽었다. 그는 주위에서 사람 좋다는 평판을 많이 들었기 때문에 신흥 세력에게 위험한 존재로 비쳤을지도 모른다. 시신은 예를 갖추어 안장하고 식읍은 어린 아들이 상속하였다.

하필이면 한날한시에 대부 원림(袁琳)과 고상(高翔)도 죽었다. 공손무지와 가깝다고 알려진 대부들이다. 동곽아가 이끄는 도부수들이 들이닥쳐 둘을 참살하였다. 공손무지의 식읍과 원림, 고상의 봉토는 동곽아, 관중, 포숙아 등에게 주어졌다. 권력 게임은 승자 독식이 원칙이다.

이후 제환공은 관중을 재상으로 삼았다. 예나 지금이나 정치의 시작은 인사에 있다. 관중은 동곽아, 습붕, 영월, 성보, 빈수무 등 젊은 대부들을 등용하여 역할과 책임을 부여하였다. 자고로 개혁은 신진의 활력에서 나온다. 그들은 군사의 징발을 위하여 호적제를 최초로 시행하였고, 국가가 소금의 생산, 유통을 전담하는 전매 제도를 도입하여 염전 없는 내륙 국가들의 경제권을 거머쥐었다. 이런 사회 경제적인 개혁과 제도의 개편으로 제나라는 국력이 쭉쭉 뻗어 몇 년이 지나자 단숨에 수십만 호를 거느린 대국이 되었다. 제환공의 치세는 그대로 관중의 치세가 된다. 관중은 훗날 성현의 반열에 올라 관자(管子)라고 불리었으며, 후한 말기 삼국시대 촉나라의 제갈공명조차 그를 평생의 스승으로 삼았다.

관중의 성공 뒤에는 친구 포숙아의 우정이 있었다. 인간이라면 누구나 공명이나 지위를 다투고 때로는 시샘하는 게 당연하다. 잘난 인물을 시기하고 미워하는 것이 인간의 천성일진대, 친구를 자신보다 윗자리에 오르게 한 포숙이의 도량과 식견은 과연 비담이라 할 것이나. 폭넓은 아량과 관용의 DNA 탓일까, 포숙아의 후손은 대대로 제나라의 녹봉을 받으며 봉지를 10여 대 동안 보유했고, 명문 사대부 집안으로 명성을 떨쳤다.

《사기(史記)》는 둘의 관계를 이렇게 기록하였다.

"세상 사람들은 관중의 현명함을 칭찬하지 않고, 포숙아가 사람을 알아볼 수 있는 능력이 있음을 칭찬하였다."

관중 자신도 말하였다.

"나를 낳아준 이는 부모이나 나를 알아주는 이는 포숙아이다(生我者는 父母요, 知我子는 포숙아이다)."

세상은 이들의 우정을 일러 관포지교(管鮑之交)라고 하여 오늘까지 우정의 대명사로 삼았다.

제3화

초문왕이 사랑에 빠지다

제환공과 관중이 천하 경영의 힘을 다지고 있을 무렵, 대륙의 서남방 한동(漢東) 땅에서는 또 하나 중원 제패를 도모하는 세력이 싹트고 있었다. 바야흐로 남방의 맹주 초나라의 태동기였다.

《사기(史記)》에 따르면 초나라 왕실은 전설 속의 삼황오제까지 거슬러 올라간다. 삼황이란 고대의 천황씨, 지황씨, 인황씨의 세 임금이요, 오제는 그다음 시대인 소호, 전욱, 제곡, 요, 순의 다섯 임금이다. 초나라 왕실은 오제 중의 하나인 전욱의 자손이라는 것이다. 전설 속의 전욱은 말년에 임금 자리에서 물러나 남방으로 이주하였다는 기록이 있다. 그래서 장강 유역의 부족은 너나없이 전욱의 이름을 끌어다 그 자손을 자처했다. 그들의 세력 다툼에서 이겨 결국 '전욱의 후손'으로 인정받은 부족이 초나라이다. 권력은 신화를 각색했고, 신화는 권력에 정통성을 부여한 사례이다.

초는 자생적 부족 국가로서 원래 묘족(苗族)에 속한다. 언어 체계나 기질에서도 중원의 한족과는 전혀 다른 정체성을 가지고 있었다. 용맹하고 자부심이 강해 적에게 쉽게 굴복하지 않는 천성이며, 평민이라도 관(冠)을 주로 썼다. 그 관은 짐승의 가죽으로 만든 것인데, 재료에서 형태까지 한족의 관과는 근본적으로 달라서 초인관(楚人冠), 또는 남관

(南冠)이라고 불렸다.

이 시절 초는 한수와 장강의 중류를 기반으로 삼고 있었다. 지금이야 인공 댐들이 들어서서 속도가 느리지만 원래 빠르고 힘차게 흐르는 물길이었다. 그래선지 초의 조상들도 빠른 물살처럼 거칠고 성격이 강한 부족으로 노래와 춤과 놀이와 싸움을 좋아했다.

초무왕 시절 한수 일대의 군장들을 정벌하고 맹주가 된 후에, 왕실에 작위를 요청했으나 거절당했다. 왕실로서는 벼슬 값을 튕기는 과정이라, 한두 차례 고개를 숙였으면 당연히 내려줄 작위였지만 무왕은 화부터 냈다. 실력도 없이 허세만 부리는 왕실이 가소로웠던 참이다.

"좋다! 그까짓 작위, 안 준다면 내가 스스로 올리겠다."

초(楚)는 이후 독자 노선을 택하여 아예 스스로 왕이라 칭하기 시작했다. 칭왕과 봉작은 하늘과 땅만큼 차이가 있다. 신하로서는 결코 획득할 수 없는 지위이다. 중원의 위선과 융인(戎人)의 분노가 부딪힌 결과로서, 이제 주 왕실의 임금도 왕이고 초나라 임금도 왕으로 불리게 되었다.

일이 이 지경에 이르자 왕실은 부랴부랴 자작의 작위를 제수하였지만 이미 때는 늦었다. 한번 내걸린 왕호는 계속 이어졌다. 더하여 주변에 있던 파(巴), 용(庸), 복(濮), 등(鄧), 우(鄾), 교(絞), 강(江) 등 소국들을 차례로 정벌하면서 대륙의 남방을 호령하는 강국으로 성장하였다.

다음 대 초문왕에 이르러, 스스로 왕이라 칭한 지도 이미 수십 년이었다. 주변의 나라들은 이런 초의 위세를 두려워해 하나같이 조공을 올리고 눈치를 살폈으나 오직 채(蔡)나라만이 굴복하지 않았다. 채도 한때는 중원의 강자였던 데다, 왕실의 부마국이라는 자부심이 있었다. 채나라가 부마국이던 시절은 전대의 일이지만 한번 부마국은 영원한 부마국으로 불린다. 그 자존심으로 중원의 열국과 우호를 맺어 오랑캐에 맞서고 있었다.

이때 채나라 임금 채후는 이웃하는 식(息)나라 임금과 마찬가지로 진(陳)나라 진후의 딸을 부인으로 삼고 있었다. 진후의 딸들이 모두 아름다웠으나 특히 식나라 부인이 된 규희(嬀姬)는 천하절색으로 소문이 자자했다. 은근히 식나라를 만만하게 여기던 채후는 처제를 꼭 한번 만나보았으면 했다.

한번은 규희가 친정에 다녀가느라고 채나라를 경유하게 되었는데, 소식을 듣고 채후가 그녀를 궁중으로 불렀다. 직접 마주 대하고 보니 과연 규희는 얼굴이 천하절색이면서 여리여리한 몸매에 허리는 잘록한데, 앞 가슴께 옷 위로 숨길 수 없는 굴곡이 완연하다. 왕은 숨이라도 멈춘 듯한 충격 속에서 차츰 깨어나 여인의 자태를 찬찬히 뜯어보았다. 언니 채 부인과 닮은 듯 닮지 않은 듯 전혀 다른 느낌이다. 채후는 그 둘을 자신의 양옆에 함께 눕히는 장면을 상상하면서 뭐 마려운 강아지 모양으로 안절부절못하다가, 기어코 어느 순간 다짜고짜 여자의 손목을 잡아끌었다. 규희가 기겁하고 일어서려는데 어느새 남자의 두툼한 손이 눈여겨보았던 젖가슴을 움켜쥐고 있었다. 이런 막무가내는 그가 군주이기에 가능한 일이다. 절대군주는 장소나 상대를 가릴 필요 없이 아무 때고 내키는 대로 색정을 분출하면 그만인 것이다.

이때 마침 규희의 언니 채 부인이 나타났다. 부인은 동생이 궁에 들어왔다는 말을 듣고 불안한 생각이 늘어 잦고 있었다. 남편 채후가 평소에도 인물이 반반한 여자를 보기만 하면 덥석 물어버리는 습성이 있었기 때문이다. 그녀는 은연중에 남편을 숫염소라고 불렀다. 말이나 소는 새끼를 낳을 시기를 살펴서 교미하는데, 양과 염소는 복잡한 계절의 흐름을 읽지 못하고 아무 때나 암컷을 보면 올라타는 것이다. 어쨌거나 채 부인 덕에 이날의 일은 이것으로 더 진척되지 않았다.

본국으로 돌아오자 규희는 남편 식후(息侯)에게 형부의 짓거리를 일러바쳤다. 숨기는 것이 오히려 당당하지 못하다고 여긴 탓이다. 자존심이 상한 식후가 대부 굴종과 의논한다.

"이런 짐승만도 못한 자가 있는가? 나는 이대로 참을 수가 없다. 어떻게 하면 이자를 응징할 수 있겠는가?"

"예로부터 순망치한(脣亡齒寒, 입술이 없으면 이가 시리다)이라 했습니다. 초나라가 우리를 어찌지 못하는 것은 그나마 채가 버티고 있기 때문입니다. 채후와 척지는 것은 결코 우리에게 이롭지 못합니다. 다행히 부인께서 별 탈 없이 돌아오셨으니 오히려 예쁜 처자 몇을 보내시면 채후가 스스로 부끄러워할 것입니다…."

식후도 그만한 이치를 모를 사람은 아니었다. 그러나 상처받은 젊은 사내의 자존심이 이를 그냥 묻어둘 수가 없었다. 초문왕에게 비밀 서신을 보냈다.

"채후가 오만하고 기고만장인 것은 세상이 다 아는 일입니다. 오죽하면 지엄하신 대왕의 위엄에 맞서겠습니까? 이를 어찌 그냥 두고 보십니까? 내달 보름에 그를 송림 땅으로 불러낼 테니 군사를 매복했다가 잡아들이십시오. 우리 식나라는 더욱 충심으로 대왕을 받들겠습니다…."

생각지도 못했던 제의에 초문왕은 즉시 양국 간 상호불가침의 협약서로 화답하였다.

"…이날로부터 초(楚)는 식(息)과 영구적인 동맹을 맺을 것이다. 우리 양국은 자자손손 함께하리라…."

때는 9월이었는데도, 윤년이라 6월이 두 번 있었던 탓에 가을이 깊어 있었다. 겨울잠을 준비하는 곰 사냥이 적기였다. 식후가 채후에게 함께 곰 사냥을 하자는 초청장을 보냈다. 그렇지 않아도 처제 때문에 마음이 싱숭생숭하던 채후는 얼씨구나! 하고 대뜸 송림 땅으로 나왔다.

그날 밤에 채나라 군사는 매복하고 있던 초군에게 습격을 당하여 부랴부랴 식나라 도성으로 쫓겨 갔다. 그런데 이게 어찌 된 일인가? 식나라 임금은 성문을 굳게 닫아걸고 동서를 성안에 들이지도 않았다. 등 뒤에서는 초나라 군사가 사정없이 두들겨대니 허둥지둥대다 군주마저 사로잡히고 말았다. 사태가 이 지경인데도 식나라는 술과 고기로 초군을 대접하고 있었다. 그제야 채후는 속임수에 빠졌다는 것을 깨달았으나 때는 늦었다. 그는 잡혀가는 함거 속에서 깊이 원한을 새겼다.

"내가 이 자리를 빠져나가기만 해봐라. 그날로 이 인간을 손을 보고야 말리라!"

그러나 현실은 그렇게 만만하게 흘러가지 않았다. 초문왕은 채후를 대전 뜰로 끌고 오게 하였다. 넓은 뜰에는 가마솥이 걸려 있었고 새벽부터 장작불을 피워댔는지 물은 이미 펄펄 끓고 있었다. 왕이 큰 소리로 꾸짖었다.

"저 발칙한 놈을 가마솥에 넣고 삶아라. 오늘 과인이 장졸들에게 뜨끈한 국물을 내리리라. 우리 초에 맞서는 자의 최후가 어떤지 본보기로 삼아야겠다!"

채후가 정신이 아득하여 다리가 풀리면서 털썩 주저앉았다. 그때 대부 육권이 나섰다.

"채후를 삶아 죽이면 채나라는 누군가를 군주로 세워 우리와 대적할 것입니다. 또 소문이 퍼져 열국의 제후들이 대왕을 경원시하게 됩니다. 그게 우리에게 무슨 도움이 되겠습니까? 차라리 항복의 서약을 받고 그를 살려 보내심만 못합니다."

　왕도 그만한 짐작이 있는 인물이라, 이쯤 겁을 주는 걸로 채후를 용서하기로 하였다. 기왕지사 일이 좋게 마무리된 마당에 위로하는 뜻에서 연회를 베풀었다. 부랴부랴 대정(大鼎)이 치워지고 그 자리에 봉황이 그려진 연회용 병풍이 쳐졌다.

　잠시 후 종소리를 신호로 병풍 뒤에서 미녀들이 쏟아져 나왔다. 오늘 무희들은 특별한 치장을 하였다. 짧은 상의 아래에 진주로 만든 장식끈을 걸치고, 꽁지를 세 가닥으로 땋은 가발을 쓰고 있었다. 중원의 여인처럼 검고 윤기 흐르는 가발이다. (1972년 초나라 땅이었던 장사시 마왕퇴의 한묘에서 발굴된 여인의 미라도 가발을 쓰고 있었다. BC 300년경)

　남방의 예술은 충동적이다. 무희들의 노출도 심하다. 몸에 착 달라붙는 긴 옷과 붉은 허리띠, 넓은 목걸이와 옥팔찌로 치장한 여자들이 낭창낭창한 몸매를 간드러지게 흐느적대며 허리를 배배 꼬며 돌린다. 어느결에 육권이 다가오더니 채후에게 술을 권했다. 어쨌거나 목숨을 구해준 은인이다. 엉겁결에 벌떡 일어나 술을 받았다. 뒤이어 다른 신하들도 다투어 술을 권했다. 차츰 분위기가 무르익자 채후도 긴장을 풀고 여자들에게 게슴츠레한 눈빛을 보내기 시작했다.

　특별히 눈길을 끄는 무희가 있었다. 시원스럽게 솟은 콧대와 깊숙한 눈, 그녀의 얼굴은 매우 섬세하면서 고귀한 느낌을 주었다. 누구라고 꼭 집어서 말할 수는 없었지만, 어딘가에서 만난 익숙한 느낌이었다. 박자를 세듯 입술을 달싹거리면서 연신 생글생글 웃음을 짓는 양이 자기에게 붙잡혀 있는 사람들의 시선을 즐기는 모습이 역력했다. 채후도 이 순간 엉뚱한 생각을 하고 있었다. '색다른 계집인걸. 나이도 얼마 안 돼 보이는데, 남방 것들은 모두 이런가?'

이를 지켜보던 초문왕도 나름대로 짐작한다. '이 자가 여자를 밝힌다더니 과연 그런가 보구나. 목숨을 붙여놨더니 이제 계집 생각이 나는 모양이다. 하기는 사내라면 암말처럼 예쁜 계집을 마다할 수 없겠지. 어디 저 무희를 줘서 마음을 좀 달래야겠구나.'

이 시절의 무희는 노리개로서 대개 '선물용'으로 쓰인다. 초문왕은 흑단 미녀를 불러 채후의 술 시중을 들라 일렀다. 그리고 지나는 길에 물었다.

"채나라 군주는 평생에 절세미인을 본 적이 있으신가…?"

절세미인이란 말을 듣자 채후는 불현듯 처제인 규 씨가 생각났다. 그러고 보니 흑단 미녀의 분위기가 규 씨를 닮아 있었다. 동시에 그녀 때문에 온갖 수모를 당한 분함이 사무쳤다.

"아마도 세상 여자 중에서 식 부인 규 씨처럼 아름다운 여인은 없을 것입니다. 천하절색인 얼굴이야 소문대로 그렇다고 치고, 동작 하나하나가 은어처럼 팔딱거립니다. 신이 많은 여인을 접하여 보았사온데, 보자마자 여인의 진가를 알아챘습니다. 사실은 신과 식후의 사이가 틀어진 것도 다 그 여인 때문입니다."

왕은 채후의 말에 부쩍 호기심이 생겼다.

"여인의 진가라? 팔딱거린다…? 허허, 과인이 그 여인을 한번 보고 싶구나…!"

"대왕의 위엄으로 못 할 게 뭐가 있겠습니까? 식나라를 한 차례 순시하시어 천하절색을 만나보시지요."

"그런가? 흐흐흐…."

그 후 채후는 호랑이 굴을 벗어나 본국으로 돌아갔다.

그러나 식나라 규 씨의 문제는 그냥 넘길 문제가 아닌 게 돼 버렸다.

이날 이후로 왕은 규 씨에 대한 궁금증으로 어딘지 모르게 쑤시고 근질거릴 지경이었다. 보지 않고도 욕망은 커질 수 있는 것이었다. 한 달을 못 채우고 식나라 쪽으로 사냥을 나갔다. 그날 해 질 녘이 되자 왕은 본심을 드러냈다.

"예까지 온 김에 내일은 식나라 도성에 가봐야겠다."

전례 없던 행차라 식나라 조야가 함께 놀랐다. 부랴부랴 연회를 베풀어 초문왕을 대접하게 되었다. 그런데 왕의 관심은 처음부터 다른 데 있었다.

"지난날 과인이 군후의 부인을 위하여 작은 수고를 한 적이 있다. 오늘 부인의 손으로 술 한잔을 받고 싶구나…."

규 씨가 예절에 맞게 성장하고 들어와 대전 바닥에 치마를 펼치고 앉았다. 화려한 치장을 피했으나 타고난 아름다움과 품위를 감출 수는 없었다. 볼수록 빼어난 자색이었다.

'과연, 과연, 어찌 이리도 사람의 마음을 송두리째 빼앗을까!'

왕이 깊이 한숨을 내쉬며 여인을 바라본다. 여자가 헌수의 술을 올리고 살며시 고개를 드는데 서로의 눈이 딱 마주쳤다. 순간 왕의 눈에 무언가 맑은 빛 한 줄기가 번쩍하고 찔러왔다. 전율을 느끼면서 심장이 철렁… 내려앉았다. 규 씨의 눈 속에 영롱한 광채가 숨어 있었다. 왕은 그대로 얼어붙은 듯이 그녀에게서 눈을 떼지 못했다. 덥석 백옥같이 하얀 섬섬옥수 손목을 잡으려는데, 여자는 술잔을 궁인에게 건네주고 이미 손을 거둔 뒤였다. 규 씨가 두 손을 모아 풍성한 가슴을 안듯이 물러나는데, 왕의 눈길은 손이 닿을 수 없는 여인의 뒤태를 안타깝게 쫓고 있었다. 그녀의 출현은 기적의 순간처럼 가슴속에 각인되어, 이제는 규 씨 말고는 세상 누구도 그 불길을 끌 수 없게 되고 말았다.

초문왕은 마음을 온통 식나라에 두고 온 사람 같았다. 종일 멍하니 앉아 있기 일쑤였고 입맛조차 잃었다. 오죽하면 꿈속에서도 그녀를 만났다. 애써 마음을 진정시키려고 해봐도 금방 그녀 생각에 넋을 놓고 있는 자신을 발견하곤 했다. 실은 왕 자신이 진즉부터 그녀가 운명적인 존재라는 것을 직감하고 있었다. 제대로 상사(相思)의 사랑 병에 빠진 것이다.

그날도 낭창낭창한 남만 여인 둘을 데리고 밤을 보냈는데 전혀 흥이 나질 않았다. 여자들은 뽀얗게 살색이 피어났고 이목구비가 제법 희끔하였으나 눈길 한번 주지 않았다. 규희의 반짝이는 눈빛에서 밀어닥친 경이와 충격이 너무 컸다. 날이 새자마자 그녀들을 쫓아 보내고, 습관처럼 다시 연회를 벌였다. 작은 북소리가 동당거리고 생황과 거문고가 음률을 타는데, 하필 그 노랫말이 사내가 여인을 희롱하는 내용이다.

끼룩끼룩 물수리는	관관저구 (關關雎鳩)
황하의 강섬에서 울고	재하지주 (在河之洲)
아리따운 요조숙녀는	요조숙녀 (窈窕淑女)
사내의 좋은 짝이다	군자호구 (君子好逑)
올망졸망 마른 풀을	삼치행채 (參荇荇菜)
이리저리 헤치며 찾고	좌우류지 (左右流之)
아리따운 요조숙녀를	요조숙녀 (窈窕淑女)
자나 깨나 구한다	오매구지 (寤寐求之)
찾아도 찾을 길 없어	구지부득 (求之不得)
자나 깨나 생각한다	오매사복 (寤寐思服)
끝없는 그리움에	유재유재 (悠哉悠哉)
이리저리 뒤척이며 밤을 지새운다	전전반측 (輾轉反側)

올망졸망 마른 풀	참치행채 (參佐荇菜)
이리저리 헤치며 뜯는다	좌우채지 (左右采之)
아리따운 요조숙녀와	요조숙녀 (窈窕淑女)
금슬 좋게 사귄다	금슬우지 (琴瑟友之)

공자의 《시경》, 〈국풍〉 중 주남(周南)편, '관저(關雎, 물수리)'

이 시 '관저(關雎)'는 《시경》 311수 중 맨 먼저 실렸다. 그만치 《시경》의 얼굴 같은 작품이다. 그 표현도 은근하고 함축적이라 다양한 해석을 가능하게 하였다. 편저자 공자는 이 시에 대해서 어떤 해석을 내렸을까? 공자의 말씀집 《논어》에 이런 구절이 나온다.

"공자 가라사대(子曰, 자왈), 예(禮)의 근본은 절제이다. 비유하자면 시경의 첫머리에 나오는 '관저'의 시 구절과 통하는 것이다. '관저(關雎)'는 악이불음(樂而不淫, 즐기되 지나치게 음란하지 않고), 애이불상(哀而不傷, 슬플 때도 화기를 상하게 않는)의 맞춤한 절제의 정신을 노래하고 있다."

공자의 말씀은 한마디로, '관저' 시가 '절제'의 정신을 노래하고 있다는 것이다. 그래서 후세인들은 '관저'의 내용을 다음과 같이 해석하고 있다.

"암수가 평생을 함께하는 물수리가 즐거운 소리를 내며 모래톱에 내려앉는 모습을 그리면서, 군자와 숙녀의 아름다운 만남을 칭송한 내용이다."

무난하여 흠잡을 데 없는 표현이나, 이야말로 진부하기 짝이 없는 해석이다. 참으로 그런 뜻이라면 공자가 말한 '절제'는 어디에 있는가? 인적 없는 강섬, 끼룩끼룩 물수리가 울고 있는 그곳에서 마름 풀을 따고 있는 아리따운 여인을 보고도 다짜고짜 덤벼들지 않고, 무심한 척 시를 읊고 있는 군자의 모습이 '절제'라는 것인가?

오늘날에는 《시경》이 춘추시대의 유행가 노래 가사집이라는 데 이견이 없다. 당시는 우리가 생각하는 시(詩)라는 장르 자체가 없었고, 노랫가락에 붙인 가사가 있었을 뿐이다. 악곡은 사라지고 가사만 남은 경우이다. 국풍(國風), 말 그대로 '나라별 유행가'라는 뜻이다. 과연 항간에 유행하던 가요가 고급스러운 인간 내면의 절제를 소재로 삼았을까? 오히려 질박하면서도 절실한 행위를 묘사했을 개연성이 짙다. 관저의 등장인물은 군자와 요조숙녀이다. 인적 뜸한 강섬에서 남녀가 단둘이 만나 할 일은… 그야말로 뻔하다. 그런데도 공자는 '절제'라고 하였다. 공자가 말한 '절제'는 그 내용에 있는 것이 아니라 표현을 은근하고 절제되게 하였단 말이다.

먼저 주(洲)라는 낱말에 주목한다. 섬을 뜻하는 '주'는 섬은 섬이로되 바다에 있는 섬(島, 도)이 아니라 강이나 호수 가운데 모래가 쌓여 만들어진 섬이다. 물살에 부대끼고 켜켜이 쌓인 모래톱이라 삼각형의 모양을 이루고 있다. 그래서 '삼각주'라고 불린다. 델타 지역이란 말이다.

첫 구 '관관저구'에 '관관(關關)'은 물수리의 울음소리를 적은 의성어이다. 우리말로는 '끼룩끼룩'이나 '꺽꺽'에 해당한다. 이 대륙에서 하(河)는 황하를 가리키고 강(江)은 장강을 일컫는다. 끼룩끼룩 물수리가, 황하의 강섬 삼각주에 산다? 사실은 남녀의 성행위를 노골적으로 그리고 있는 것이다. 강에 있는 섬, 강섬을 뜻하는 주(洲)는 여체의 델타 부위를 가리키고, 강섬에 산다는 물수리 소리 '끼룩끼룩'은 여자가 깜박 자지러지며 들숨 날숨과 함께 뱉어내는 교성이다.

그렇다면 다음 구절 '요조숙녀 군자호구'에 나오는 '군자'는, 그런 여인의 부위를 더듬고 희롱하는 '사내'라고 해석함이 맞다. 원래 군자란 높은 벼슬자리에 있는 사람을 지칭하거나 덕망이 있는 사람을 뜻하는 말로 통용되는데, '군자' 용어가 널리 쓰이면서 부인들 역시 남편을 '군자'라고 불렀다. 시집을 가지 않은 여인도 마음속의 낭군을 '군자'라고 표현했다. 이쯤 되면 '군자'는 그냥 '사내'일 뿐이다. 그러고 보면 '올망졸망 마름 풀을 이리저리 헤치며 찾고…'라는 표현이 사내의 은근하면서 집요한 애무 동작에 딱 어울린다. 그런데 다음 구절에는 '찾아도 찾을 길 없어, 자나 깨나 생각한다'라고 하였다. 사랑하던 여인과 헤어지고 오매불망 그리는 사내의 모습이다.

주남(周南)편에 실렸다. '주남'은 왕실이 직할하던 땅의 남쪽, 대략 황하에서 한수(漢水) 사이였다. 음악은 남쪽 계열의 밝으면서 명랑한 악곡이었을 것이다. 초문왕이야 사후에 글월 문(文) 자를 시호로 받은 것으로 보아 중원의 문화에 어둡지 않았으니 당시 유행하던 이런 악곡의 내용을 몰랐을 리 없다. 왕이 생각하는 노래 가사의 의미는 이랬다.

"올망졸망 보풀이 풍성한 여체의 부위를 사내가 이리저리 헤집으며 요조숙녀를 희롱한다. 결국 여인이 꺽꺽 교성을 질러대는데 본래 이 강섬에 살고 있었던가? 물수리가 우는 듯하다! 헤어지고 보니 끝없는 그리움에 자나 깨나 생각하고, 이리저리 뒤척이며 밤을 지새운다."

…어느 순간 왕의 가슴이 저릿하니 아려오다가, 뜨거운 덩어리가 꿈틀꿈틀 밀고 올라오기 시작했다. 불덩이가 한계에 이르러 폭발하듯 용틀임하자, 결국에 벌떡 몸을 일으켜 세웠다.

"그래, 요조숙녀! 마음에 쏙 드는 여인을 탐내는 것은 사내라면 너무나 당연한 일이지. 내가 왕인데 어째서 여자 하나를 내 마음대로 하지 못한다는 거야? 그렇다면… 왕이라는 이 자리가 무슨 소용이 있을까? 차라리 일개 촌장이 되더라도 마음 가는 대로 행동하고 싶다!"

결국 마음을 굳혔다. 마침 봄이 오고 있었다. 망설임의 시간이 길었지 일단 갈피를 정하자 한시가 급했다.

"지난가을 사냥터가 군사의 조련에 딱 좋더구나. 당장 봄 사냥을 준비하라. 군사는 1만이다…!"

구릉마다 능선마다 사나운 군사들이 넘쳐났다. 그날 저녁 연회 자리에는 특별히 식나라 임금이 초대되었다. 술이 몇 순배 돌아가자 왕이 숨겨둔 말을 꺼냈다.

"과인은 군후의 부인과 인연이 있다. 이제 내일이면 과인이 사냥을 끝내고 돌아갈 터인데 부인이 나를 따라가면 어떻겠는가?"

실로 노골적인 말이었다. 식후는 졸지에 아득하여 말문이 막혔다가, 그나마 정신을 가다듬고 더듬거리며 말했다.

"대왕의 분부를 받들 수가 없나이다. 통촉해주십시오. 따로 아름다운 동녀 스물을 바치겠나이다."

"너는 교묘한 말로 잘도 과인을 우롱하는구나. 아무도 없느냐? 당장 이자를 포박하여 꿇어앉히라……!"

대기하던 시위장이 득달같이 달려들어 식후를 결박하였다. 군사들은 즉시 궁으로 달려가 식 부인을 찾았다. 규 씨는 변이 일어났다는 말을 듣고 탄식했다.

"누구를 원망하리오. 모두가 내 탓이구나! 이 몸이 모든 일의 화근이 되었구나…!"

막 후원 우물에 몸을 던지려고 하던 참이었다. 초나라 장수가 달려오면서 크게 소리쳤다.

"부인은 식나라 군주의 목숨을 생각하십시오! 왜 부부가 다 같이 죽으려 하십니까?"

규 씨는 고개를 숙였다. 결국 그날 밤 야영지 막사에서 왕이 그녀를 취하였다. 남자의 손길이 지날 때 여자의 얼굴에서 경련이 일었지만, 저항은 앙탈밖에 무의미했다. 스며든 달빛이 벗은 몸을 비추었다. 남자는 이제야 그토록 바라던 몸을 유린하고 있었다. 그렇고 그런 대용품이 아니었다. 그가 안고 싶고 더듬고 싶었던 여인이 눈앞에 있었다. 기다리고 고대한 시간이 길어선지, 아무래도 오늘 밤 왕은 제 욕심 채우기에 바쁘다. 규 씨의 몸속은 따뜻하고 찰졌다. 거기가 먼 곳인지 가까운 곳인지 왕은 알 수 없었다. 사내는 급히 솟구쳤고, 오래 헤매었고, 어느 순간 괴로운 듯 황홀한 듯 진저리를 치면서 부들부들 떨었다. 그제야 펄펄 끓던 가슴속 욕망이 분출구를 찾았다.

이후 초나라 백성들은 그녀를 규희(糾嬉)라고 부르든지, 혹은 눈언저리가 복숭아꽃을 닮았다고 해서 도화(桃花) 부인으로 부르면서 나라의 강성함을 자랑하였다. 왕은 식후를 여수 땅에다 안치시키고 천여 호의 식읍을 주어 조상의 위패를 지키게 하였다. 갈망하던 여자를 마침내 손에 넣은 초문왕은 흡족해하며 그녀를 매우 총애했다. 그러나 규희는 남편 식후의 처지로 인해 항상 마음 한구석이 개운치 않았다. 그나마 얼마 후에 식후가 울화병이 도져 세상을 떠났다.

규희도 마침내 남편이 병으로 죽었다는 소식을 들었다. 오히려 그녀는 어떤 홀가분함을 느끼고, 차츰 다리를 들어 사내를 깊이 받아들였다. 죽은 사람은 마음에서 떠나는 법이다. 그만큼 사람의 몸은 간사한 것이었다. 왕은 중독처럼 그녀에게 매몰되어 갔다. 시작은 욕정으로 번들거리는 엽색 행각이었으나, 드디어 그녀를 사랑하게 된 것이다. 사실 따지고 보면 불같은 열락의 밤과, 애틋한 사랑의 간극은 그다지 크거나 심각한 게 아니었다. 공자가 《시경》을 편제할 때 남녀의 사랑을 그린 '관저'를 《시경》의 첫 장에 배치한 것도 남녀의 사랑이 가족의 출발이자 수제치평(修齊治平, 수신제가치국평천하)까지, 세상만사의 기초가 된다는 이치를 통달한 결과다.

규희도 남자의 뜨거운 사랑에 보답이나 하듯 두 아들까지 낳았다. 그녀의 몸은 리드미컬한 악기였고, 왕은 그녀의 감창소리를 무엇보다 즐거워했다. 대신 다시는 천하 제패의 야망을 펼치지 못했다. 천하를 얻고도 여인의 치맛자락에 휩싸여 일을 망친 인물이 수두룩한데, 하물며 멀쩡한 이웃 제후의 부인을 겁탈하고 나라를 빼앗았으니 이제 대의명분과는 담을 쌓았다. 천하 패자의 이미지 대신 우격다짐으로 들이대는 천방지축 로맨티시스트쯤으로 여겨졌다.

열국은 하나같이 초문왕의 일탈을 경멸하고 왕래를 끊었다. 대신에 제나라 환공이 명분의 깃발을 세우자 그 아래 모이기를 주저하지 않았다. 결과적으로 초문왕은 중원 경영의 야망을 여자 하나와 맞바꾸었다. 그러고 보면 패자는 결코 실력이나 의지만으로 쟁취할 수 있는 자리가 아니었고, 보이지 않은 운명이 어디선가 작용하고 있었다.

규희의 몸에서 난 아들 중 둘째가 다음 대를 계승하게 된다. 다른 자식도 많았으나 규희의 아들로 후계를 삼았다. 사랑에 빠지는 건 죄가 아니다. 헤어나고자 할수록 늪처럼 빠져드는 기복의 감정…! 다만 그 가당찮을 욕심을 가능케 하는 힘을 지닌 절대군주란 게 문제라면 문제였다. 민간에 내려오는 속설이 있다.

"골이 깊고 못이 좋은 곳에서 용이 난다…."

속을 알 수 없이 깊은 물웅덩이를 용소(龍沼)라고 부르는 것도 그런 연유이다. 과연 규희의 유연하고 매끄러운 몸은 깊고도 은근했다. 훗날 그녀가 낳은 초성왕은 장강 하류까지 진출하여 만여 리의 영토를 지배하였다. 이제 사람들은 대놓고 규희라고 부르지 못하고 초문왕의 부인이라 하여 문 부인으로 높여 불렀다. 여자의 운명은 남편과 아들에 의해 결정되는 법이다.

골짜기의 신은 영원히 죽지 않는다	곡신불사 (谷神不死)
이를 오묘한 여신이라 한다	시위현빈 (是謂玄牝)
그 신비로운 여신의 문이	현빈지문 (玄牝之門)
바로 천지 만물의 근원이다	시위천지근 (是謂天地根)
끊임없이 언제나	면면약존 (綿綿若存)
작용하는데도 지치지를 않는다	용지불근 (用之不勤)

노자(老子)의 《도덕경(道德經)》 중

《도덕경》의 이 구절은 고도의 형이상학적 사상을 빈(牝, 여인의 골짜기)과 같은 형이하학적 용어로 표현한 것이다. 계곡의 물이 마르지 않듯이 겉으로 보기에는 나약한 것 같은 '빈'이지만 그 힘은 마르지 않고 끝없이 이어진다. 계곡의 씨앗으로 천지 만물이 잉태하고 영속하는 이치이다.

노자(老子)는 BC 500년 경, 공자보다 얼마간 앞서 살았던 사람이다. 초나라 고현(苦縣) 사람으로 성은 이(李) 씨이고 이름은 이(耳)이며 자는 담(聃)이다. 성이 이(李) 씨인데 왜 노자일까? 노자라는 호칭은 '지혜로운 늙은이'라는 의미의 존칭으로서, 요샛말로 노선생(老先生) 정도의 의미라는 게 정설이다. 그의 저서인 《도덕경(道德經)》은 상, 하 두 편으로 나뉘어 상편을 도경(道經), 하편을 덕경(德經)이라고 부르기에 이를 합쳐서 도덕경이라고 한다.

노자의 도(道)는 유가에서 말하는 도와 근본부터가 다르다. 인위적인 예의(禮儀)에 있는 것이 아니라 우주와 만물의 근원이 되는 것으로 스스로 존재하고 변화하는 섭리가 된다. 사람은 제대로 인지할 수도 없지만, 세상에서 그것에 포괄되지 않는 것이 없다. 미세하여 티끌이라 할 수도 있으나 그것이 들어 있지 않은 것도 없다. 자연스러운 것이 곧 도가 된다면 이성을 갈망하는 감정과 행위 또한 지극히 도(道)다운 것이다. 탄생과 번식을 담당하는 여인이 인간 삶의 근본이듯이, 천하의 대세는 또 한 번 미인의 허리에서 바뀌었다.

제4화

춘추의 패러다임을 설계하다

관중이 재상이 된 지 6년, 제나라의 국력은 하루가 다르게 뻗어나갔다. 당시는 나라 간 물자의 조달이 수월하지 못했다. 어느 한 나라에서 풍년이 들어도 물자는 한곳에 정체하여 정작 필요로 하는 백성에게 곧바로 조달이 어렵던 시절이다. 그나마 제나라 임치가 중심 도시로 발전하면서 통상이 활발해졌다. 임치는 기후가 온난하여 작황도 좋을뿐더러 동해 바닷가와 내륙을 잇는 동서 교통의 요충지이기도 하였다. 순식간에 상주인구가 십만에 육박하는 거대 도시로 탈바꿈하였다.

관중의 경제 정책은 한마디로 부국부민(富國富民)으로 요약된다. 관중 이전의 정치는 부국강병(富國强兵)을 지향했기에, 치국의 이념에 백성에 대한 배려가 없었다. 그런데 관중은 백성을 부유하게 해야 나라가 부유해진다는 것을 알았던 사람이다. 특히 경제는 생산만으로 족한 것이 아니고, 생산된 물자가 자유로이 유통되어 생산과 소비가 조화를 이루어야 한다. 장사치 경험을 통해서 유통의 중요성을 알고 있던 관중은 상인을 보호하고 상업을 권장하였다. '시대의 한계'를 넘어선 선구자인 셈이다. 주어진 환경, 제약 조건을 돌파하느냐 못 하느냐에 따라 세상의 진보가 가려진다. '그때 그렇게 하지 않았다면 지금 이렇게 잘살고 있었겠느냐?' 이런 말이다.

치수 사업에도 힘을 기울여 양곡 수확량이 급증했다. 어업과 제염업, 양잠업 등의 경제 활동을 장려하니 해산물과 소금의 생산이 풍부해졌다. 저잣거리 문화에도 변천을 가져왔다. 도시 북쪽 외곽은 상품이 들고 나는 창고들이 줄지어 북적였다. 중원 최고의 도시에 걸맞게 골목은 늘 분주하다. 소리를 질러 흥정을 벌이는 사람, 나귀 등에 물건을 싣는 이, 떡 조각을 씹으면서 길을 재촉하는 행상들의 광경이 일상이 됐다.

수공업에 종사하는 장인들도 많았다. 농기구뿐만 아니라 지배층을 위한 사치품, 금은 세공품 따위를 만들면서 무리를 지어 살았다. 공방에서는 공인들이 밤낮을 가리지 않고 병거와 갑옷, 창칼, 방패 등 군수품을 제조해냈다. 분업의 작업으로 일시에 많은 물품을 생산하였고, 교역의 필요성도 커졌다. 사실 '경제 인류(호모 이코노믹스)'의 개념은 사상의 차원이 아니라 인간의 본성이다. 그리고 이런 본질을 처음으로 통치에 접목한 게 관중이었다. 그전의 위정자들은 백성을 쥐어짤 줄만 알았지, 산업을 육성하여 그로써 세금을 거둘 생각은 하지 못했다.

'분업과 경쟁'은 그만치 사회 변혁을 가져왔다. 지배층은 피지배층에 비하면 소수일 수밖에 없다. 지배층이 피지배층을 통치하는 가장 효과적인 수단이 분리 정책이다. 그래서 분업은 경제의 원리이자 계급 사회의 근본 원리가 된다.

관중의 정치는 철저하게 계급 사회에 근본을 두고 있다. 그가 일관되게 수행한 대민 정책은 세 가지였다.

"첫째, 능력 있는 사람을 등용하시 말라."
"둘째, 백성이 거주지를 옮기지 못하도록 하라."
"셋째, 하층민이 문자를 모르도록 하라."

통치자와 피통치자를 철저하게 단절하는, 이른바 우민 정치(愚民政

治)이다. 오늘날의 관점에서 보면 지극히 비민주적인 사고이지만, 사실 공자도 백성은 '다스림을 당하는' 대상으로 생각했다. 먹을거리를 하늘로 삼는 백성은 스스로 깨닫는 주체가 아니므로 관용과 엄격함을 적절하게 운용하여 다스려야 한다는 주장이다. 그래야만 지도자의 정책이 효과적으로 먹혀든다.

세계 최초의 화폐인 명도전(明刀錢)도 이때 등장하게 되었다. 칼처럼 생긴 청동제 화폐로서 '밝을 명(明)' 자 비슷한 문양이 있어 명도전으로 불리는데 오늘날까지 우리나라의 북한 지역에서도 발굴되는 것으로 보아 당시 기축 통화의 역할을 하고 있었다.

남문 밖 '사신의 집'은 열국의 사신들로 북적거렸다. 북방의 황금, 동방의 비단, 청동기, 남방의 해산물 등 각지에서 올라오는 최상품의 공물이 저잣거리에 넘쳐났다. 볼일이 있는 자들만이 모이는 것도 아니었다. 어중이떠중이들이 중원에서 가장 번화한 도시, 임치의 거리를 배회하였다. 그들은 종종 폭력과 절도 등을 일삼았고, 그런 만치 도시는 생기에 차 있었다. 까르르… 까르르, 여인의 웃음소리가 골목 밖까지 흘러나온다. 도시의 밤을 밝히는 여인의 웃음소리, 그것 또한 번영의 증거이다. 임치는 이제 고정된 모습이 아니라 유행에 따라 변신하는 국제적인 패션 도시가 되었다. 이국의 남녀가 화려한 전통 의상 차림으로 거리를 누빌 때면 그야말로 거대 도시의 풍요로움을 말해주는 듯하였다. 과연 관중은 춘추 질서의 설계자이자 중국 최초의 실용적 경제학자라고 할 만하였다.

사마천은 《사기(史記)》에서 당시 임치의 풍경을 특유의 과장으로 그리고 있다.

"임치(臨淄)는 부가 넘치는 곳이다. 그 백성은 피리를 불고, 슬(瑟, 25현

큰 현악기)을 두드리고, 축(筑, 대로 만든 비파처럼 생긴 현악기)을 치고, 금(琴, 거문고)을 뜯으며 즐긴다.

투계와 투견 도박이 그들의 주된 오락이며, 거리는 마차와 사람들로 번잡하다. 남녀노소가 소매를 얽을 지경으로 어깨를 부딪치며 걸어가는데, 그 소매가 이어져 마치 천막을 친 것 같고 더운 날이면 사람들의 땀이 비가 되어 흘러내린다…."

재위 6년 차 새해 첫날, 조회의 자리에는 관중 이하 대부들이 모두 모였다. 임금의 자리 왼쪽에 공손습붕을 비롯한 문관 30여 인이 늘어서고 오른쪽으로 동곽아를 필두로 무장 30여 인이 늘어섰다. 제환공이 이렇듯 많은 이들을 한꺼번에 불러 모은 것은, 근래 드문 일이다. 드디어 중원 제패의 굴기를 천명하고자 하는 것이다. 군주는 일단 헛기침으로 목청을 가다듬고 말했다.

"과인은 그동안 국정을 쇄신하고 힘을 길러왔다. 이제 식량은 충분하고 군사는 힘이 넘치고 있다. 바야흐로 패권을 잡아 우리 제(齊)가 천하를 도모할 때다. 이런 관점에서 대부들의 기탄없는 의견을 듣고자 한다."

임금이 모임의 서두를 시작하였다. 그는 평소 말이 짧다. 이만치라도 서두를 떼는 것은 오늘의 자리를 그만큼 중요하게 생각한다는 의미이다. 마침내 군주가 공식적인 자리에서 중원 제패를 입에 올린 것이다. 곧이어 재상 관중이 대답을 올린다.

"중원이 열국 중에는 우리 제(齊)의 견줄 만한 나라가 많습니다. 남에는 초(楚)나라가 감히 왕을 칭하고 있고 서로는 진(秦)이, 북서에는 진(晉)이 있어 제각각 영웅을 자처하고 있습니다. 또한 정(鄭), 노(魯), 송(宋) 등도 만만치 않은 군사력을 보유하고 있습니다. 그들이 겉으로는 천하의 화평을 이야기합니다만, 저마다 자신이 패권을 잡아야겠다는 욕심에 들떠 있습니다. 주군께서는 천하를 움직이는 힘이 어디에 있다고 생각하시는지요?"

군주에게 물음을 던지는 것 같았지만, 그의 눈길은 문무 관원들을 향하고 있다. 사실 오늘 그가 설득할 대상은 대부들이다. 그들은 처음에 관중을 재상으로 올릴 때부터 기막혀했다.

'누구라고? 관중? 설마 내가 잘못 들은 건 아니겠지? 막중한 재상 자리에 그런 풋내기를 맡기다니, 가당치도 않다. 아무리 임금의 명이라도 위계와 질서를 무시하는 이런 처사는 용납할 수가 없다….' 질시와 반감을 품은 말들이 난무했다. 이런 불만에도 그가 재상직에 오를 수 있었던 것은 파벌 다툼 때문이었다. 어느 한 파에서 재상이 나오기보다 차라리 근본 없는 떨거지가 낫다는 지극히 현실적인 논리이다.

재상이 된 지 6년, 비록 일부 국내 정치에 성과가 있었다곤 하나 아직은 온전한 재상이라기보다는 임시변통의 존재일 뿐이다. 이제는 이런 불만과 의심의 근본을 잠재울 필요가 있었다. 관중은 자신이 던진 물음에 자신의 대답을 이어간다.

"천하는 명분이 있는 자가 다스리는 법이며 그 명분은 왕실에서 비롯되는 것입니다. 말하자면 관(冠)은 아무리 낡아도 반드시 머리에 쓰고, 신은 아무리 새것이라도 반드시 발에 신어야 한다는 이치입니다. 그런 이치를 모르고 스스로 욕심을 부리고 상대를 겁박하다 보니, 따르는 나라가 없이 혼란과 무질서가 판을 치게 되었습니다."

사람들의 시선이 일제히 말 잘하는 재상에게 쏠리고 있었다. 그의 말은 소란스럽지 않았고, 발음이 하나도 뭉개지지 않도록 또박또박했다. 관중은 여전히 침착했고, 대부들은 불편한 심정이었다. '말은 잘하네….

명분이라? 우선 듣기에는 그럴듯하구나!' 임금이 이들을 대변하듯 질문을 던졌다.

"잠시만… 재상. 그렇다면 그 명분이란 어떤 것인가?"

제환공은 뒤섞인 개념 가운데서 요점을 정확히 가려내는 능력을 타고났다. 그는 구구한 설명이나 죽간에 쓴 글 나부랭이를 싫어했다. 현실의 대면만이 그의 관심을 끌었다. 사람들을 만나고, 말을 시켜보고, 거짓말을 가려내고, 감추려고 하는 비밀의 베일을 벗기는 그런 일에 흥미를 느낀다.

"그것은 질서입니다. 위로는 천승의 제후로부터, 아래로는 나무꾼이나 어부에 이르기까지 저마다 위계의 질서가 있습니다. 맨 윗자리에 왕실이 있고, 그 아래는 열국의 제후와 공경대부가 있으며, 또 백성과 천민이나 노비도 각자 자신의 자리에서 소임에 충실해야 비로소 천하에 질서가 서게 되는 것입니다."

이 시대에는 그래도 명분과 질서가 있었다. 왕실의 권위는 허울뿐이었지만, 봉건제의 가치관이 엄연히 존속하고 있었고 관중은 시대가 요구하는 그런 이념을 꿰차고 있었다.

관중이 저술한 《관자(管子)》라는 서책에는 이러한 그의 사상이 한마디로 표현되었다.

"천하의 법도로 천하를 다스린다(以天下爲天下, 이천하위천하)." 오늘날의 표현을 빌린다면 바로 '상식이 통하는 세상'이다.

관중이 또 말했다.

"남방의 오랑캐 초는 스스로 왕을 칭하다 못해 이웃 제후의 부인까지 강탈했다 합니다. 이런 후안무치한 짓거리에 대해서 누구 하나 초(楚)를 추궁하지 못하는 것은, 그만큼 대의보다 우격다짐의 힘이 난무

한다는 증거입니다. 그러나 천하 백성이 이런 망나니 짓거리에 박수를 보내거나 공감하는 것은 결코 아닙니다. 천하는 왕실을 받들고 질서를 바로 세워줄 패자의 출현을 기다리고 있습니다."

이때 그예 참지 못한 동곽아가 끼어들었다. 토착 대부들 가운데서도 대표 격으로 인정받고 있는 그는 오늘도 속이 부글부글 끓고 있었다. '왕실? 명분? 같잖아서… 말은 잘하는구나! 나 동곽 아무개는 어린애가 아니야!' 아까부터 관중이 복잡하게 머리를 굴리는 게 짜증이 났지만, 자리가 자리니만큼 그나마 참아왔던 참이라 눈꼬리부터 치켜떴다.

"어허… 희한한 말씀을 하시는군. 말이야 쉽지. 하지만 명분만으로 무엇을 할 수 있을까? 결국에는 힘이 있어야…"

그의 말은 그다지 큰 소리가 아니었는데도 또렷하게 잘 들렸다. 어느 사이엔가 사람들이 재상의 얼굴과 동곽아 쪽을 한 번씩 번갈아 쳐다보고 있었다. 사태가 이 지경으로 신구 세력 간의 알력으로 진전되는데도 임금은 논쟁에 끼어들기를 삼가고 있다. 그는 평소에도 먼저 나서는 법이 없다. 돌아가는 형편을 살피다 판단이 섰을 때 비로소 방향을 제시한다. 남의 말을 귀담아듣고, 자신의 주장 세우는 일을 조심스러워하는 것도 그의 천성이다. 지금도 잠시 천장을 응시하다가 동곽아의 의견을 물었다.

"과연, 과연, 동곽 대부! 그러는 대부는 어떤 책략이 있는가? 어디 한 번 이 자리에서 말해보라!"

"국가 간에 우열은 모두가 병력의 힘으로 결정이 나는 것입니다. 우리 제(齊)가 번성할 길은 군마를 키우고 조련시켜, 주변의 소국부터 병합해나가는 전략을 쓰는 것입니다. 그런 다음에 노, 송 등 천승의 나라를 굴복시키면 자연히 우리가 패자가 되는 것입니다. 나라 간에 할 말은 전장에서 실력으로 보이는 법…! 이야말로 고금을 통틀어 엄연한 천하 제패의 방편입니다."

관중의 눈이 번쩍 빛났다. 어차피 한 번은 부딪혀야 할 마찰이요, 거쳐야 할 논쟁이다.

"전쟁은 능사가 아닙니다. 부득이 용병이란 말도 있습니다. 싸우지 않고 이기는 것이 우선이고, 만약에 꼭 필요하다면 이기는 싸움을 해야 합니다. 군사를 부리는 이치는 아군의 굳셈으로 적의 여린 곳을 치는 것이라 했습니다."

동곽아의 짙은 눈썹이 꿈틀대더니, 아예 고개까지 홱 돌려버린다. 아무리 벼슬이 재상이라지만 관중은 이제 막 부상하는 신흥 세력이다. 유서 깊은 가문의 대주인 동곽아를 상대로 이처럼 단정적인 표현을 쓰는 것은 무례하다 할 수 있다.

"싸우지 않고 이긴다? 이 무슨 허황한 상상인가, 현실에서 그게 정말 가당키나 한 일인가? 줄타기하듯이 곡예라도 벌이자는 말인가? 이 몸은 모르겠소. 도무지 모르겠소!"

동곽아의 투정 같은 불평에도 불구하고 아무래도 임금은 관중의 책략에 마음이 가 있었다.

"재상! 그런데 이기는 싸움이란 어떤 싸움을 말함인가?"

"전쟁의 승패는 세 가지에 달렸습니다. 바로 군사력과 명분과 지리적 조건입니다. 이 셋을 다 갖춘 상태일 때 싸우는 것이 비로소 이기는 싸움입니다. 일단 군사를 움직이면, 그 빠르기는 바람과 같이 하고, 기다릴 때는 깊은 숲속과 같이 무겁게 하고, 들이칠 때는 불과 같이 왕성하게… 적에게 숨길 때는 태산과 같이 해야 한다고 했습니다. 이것이 바로 이기는 싸움입니다."

빠르기가 바람 같고	기질여풍 (基疾如風)
조용하기가 숲속 같고	기서여림 (基徐如林)
치고 빼기가 불같으며	침략여화 (侵掠如火)
움직이지 않기는 산과 같다	부동여산 (不動如山)

손무의 《손자병법》 중

이는 《손자병법》의 한 구절로서, 동양에서 이천 년이 넘도록 군사를 움직이는 요체가 되었다. 하물며 AD 1,500년대 일본 전국시대에 다케다 신겐(武田信玄)이라는 특출한 무장은 이 구절의 마지막 글자 '풍림화산(風林火山)'을 깃발로 삼아 적의 간담을 서늘하게 하였다. 관중의 시대는 손자보다 200년이나 앞선 시절이니 《열국지》에 실린 이 말은 후세에 누군가 꿰맞춘 이야기가 분명하다.

임금의 눈길은 계속 관중에게 있었다.

"일리가 있다. 그런데 우리는 이제 겨우 걸음마를 시작하려 한다. 당장 어떤 식으로 천하에 우리의 존재를 알릴 수 있겠는가?"

이제는 관중이 구체적인 방책을 제시할 차례이다.

"지금 송나라 임금이 즉위한 지 몇 년이 되었으나 아직 왕실의 책봉을 받지 못하고 있습니다. 천자께 이런 점을 아뢰고 송나라 군주의 책봉식을 우리 제(齊)가 주관하여 회맹을 여신다면…?"

임금은 대부들에게 눈을 돌려 의견을 구하는 자세를 보였다. 아무도 대놓고 반대는 하지 않았으나, 그렇다고 선뜻 찬성을 표시하는 것도 아니었다. 벼슬하는 이의 덕목은 눈치 빠르기와 일 돌아가는 기미를 알아차리는 데 있다. 은연중에 동곽아의 눈치를 살피는 중이다. 이때 누군가가 외치듯이 말했다.

"재상의 방책에 찬성합니다!"

관중을 편들고 나선 이는 글줄이나 한다는 공손습붕이었다. 그는 관중의 추천으로 제례와 외교의 일을 맡고 있다. 그렇다고 실없이 입에 발린 소리를 할 사람도 아니다. 슬쩍 임금이 거들고 나섰다.

"동곽 대부! 그대는? 그대가 말해보라."

지목받은 동곽아가 내뱉듯이 대답했다.

"그렇습니다."

"그렇습니다…? 그대도 재상의 의견에 동의하는가?"

"우선은 어디 한번… 그 방법대로……."

"그런가? 허허, 그대의 기개가 훌륭하다."

임금이 물꼬를 터준 동곽아의 체면을 세워주었다. 그제야 다른 대부들도 너도나도 외쳤다.

"훌륭합니다."

"지당한 말씀입니다."

"신도 찬성합니다."

이날 조당의 자리에서 포숙아는 끝내 말을 아꼈다. 임금이 자신에게 눈짓을 줄 때도 차라리 외면하였다. 이런 자리에서 대놓고 관중을 두둔하면 재미없다고 생각했을 것이다.

이럭저럭 조정의 의논이 정해지자, 즉시 사신을 낙양으로 보내 주이왕(周梨王)께 조례하고 제환공의 서신을 전했다. 제환공이 왕에게 아뢴 내용은 대강 이랬다.

"…우리 제(齊)가 이번에 왕명을 받들어 천하의 제후를 회합하여 왕실에 충성을 다짐하고, 차제에 송나라 공(公) 위부터 정해줄까 합니다. 삼가 천자의 명을 내려주십시오……."

다소 현실의 외교에서 소외되어 있던 주이왕은 반갑게 수락하였다. 이런 절차 끝에 제환공은 천자의 이름으로서 송, 노, 진, 채, 위, 정, 조, 주(邾) 등 8개 열국에 사신을 보내어 북행 땅에서 회동하기를 제창하였다.

이로부터 향후 굵직한 국제간 외교나 군사의 문제는 주로 국제회의 기구인 회맹의 자리에서 논의하게 되었으니, 이 북행 땅 회맹의 결행을 일러 공자는 《논어》에서 다음과 같이 평가하였다.

"관중은 제환공을 도와 제후들을 단속하고, 일거에 천하를 바로잡는 일광천하(一匡天下, 한차례 거사로써 천하를 바로잡다)의 업적을 이루었다."

제5화

중원 경영과 일탈의 시간

관중이 이때 주창한 '회맹(會盟)'의 회(會)는 제후들이 의제와 시간, 장소 등을 미리 정해놓고 만나는 것을 이름이고, 맹(盟)은 해당 안건에 합의한 뒤 삽혈하고 맹세하는 것을 의미한다. 말하자면 다자간 정상 회담으로서 열국의 제후가 당면 과제를 협의하고, 결정된 내용을 하늘에 맹세하도록 하는 절차이다. 300여 년의 춘추시대를 걸쳐 대략 이런 의제들이 논의되었다.

"흐르는 강물을 독점해서는 안 된다."

"상호주의에 따라서 다른 나라에서 도망 온 범법자를 숨겨주어서는 안 된다."

"천재지변을 당한 나라는 가급적 도와줘야 한다."

이런 현실적인 협약 외에 때로는 규범적인 사항도 있었다.

"함부로 적자를 바꾸지 말라."

"소실을 정실로 삼아서는 안 된다······."

회합의 절차 끝에는 항상 존왕양이(尊王攘夷, 왕실을 높이고 오랑캐를 물리친다)의 맹세를 하게 되는데 그 맹세하는 순서로써 나라의 위계 순서를 정하게 되는 것이다. 이날 이후 환공은 생전에 아홉 번이나 열국을 규합하여 회맹을 하였는데 이 북행 땅에서의 회합이 그 첫 번째이다.

그런데 당시는 아직 제나라의 위세가 그다지 높지 못하여 초청장을 받은 여덟 나라 중 송(宋), 진(陳), 주(邾), 채(蔡)의 네 나라만이 참석하였다. 특히 이 중 채나라는 임금 채후가 얼마 전 식 부인 규 씨의 일로 초나라에 잡혀가서 수모를 당한 일이 있기에 맨 먼저 참석하겠다는 회신을 보내왔다. 초문왕이 미인을 탐내어 식후를 욕보이고, 그럼으로써 제환공의 천하 경영에 도움을 주게 되었으니 이 또한 씨줄, 날줄이 얽히고설킨 세상사 운명적인 귀결의 모습이라 할 것이다.

   회맹의 장소는 고서의 절차와 격식에 따라 준비되었다. 주 왕실의 예법을 '주례(周禮)'라고 부르고 이후 모든 왕조를 거쳐 예법의 근간이 되었다. 제후가 맹세하는 자리는 전설 속의 황제가 세상에 강림하여 처음으로 신하의 하례를 받던 고대 의식에서 따온 것이다. 정해진 규격과 절차가 엄중하고, 따로 하늘의 질서를 찬양하기 위해 여러 악기를 화합하여 연주하였다. 지상의 절차와 의식이 인간 사회의 예법이라면, 음악은 사람이 하늘에 고하는 숭배의 예식이다. 소리는 걸리적거리는 장애물이 없는, 하늘 공간에 흔적도 없이 흩어지고 퍼져나가니 분명 어딘가에 있을 상제(上帝, 하늘의 제왕, 하나님)에게 도달할 것이다. 그만큼 음악의 존재가 중요시되어, 의식은 음악으로 완성되었다. 회맹의 절차는 대략 다음과 같다.

   "먼저 3장 높이의 7층 단을 쌓고 층계마다 청기, 홍기, 흑기, 백기를 동서남북 사방에 세우고 단 중앙에는 큰 황색 깃발을 정면에 내건다. 하늘의 신령을 부르는 오방색의 의식이다. 7층 맨 윗단에는 천자의 자리로 빈자리 하나를 두고 제후들은 그 아래 여섯 번째 단에 올랐다."

   "중앙의 황색 깃발 앞에는 향을 피우는 향탁을 마련하고 왼편에는 종을 걸고 오른편에는 북을 두었다. 연주의 곡은 대아(大雅, 큰 제례)의 격식에 맞는 곡조를 선정하였다."

"제단 서쪽에는 두 개의 돌기둥을 세우고, 각기 검은 소와 흰말을 붙들어 맸다. 제후 중 맹주를 맡은 이가 소의 귀를 잡으면 검은 옷을 입은 장사가 엄숙하게 제물의 멱을 따고 그 피를 옥그릇에 담아 제단 위로 올리고, 제후들은 정해진 순서대로 피를 입술에 바르면서 향을 사른다. 마지막으로 '존왕양이'의 구호를 외치면서 맹세를 하는 것으로 모든 절차가 마무리된다."

짐승의 피를 바르며 맹세하는 행위를 '삽혈'이라고 불렀다. 만약에 입술로 뱉은 맹세를 어기면 다음 세상에는 축생으로 태어나겠다는 엄중한 다짐이다. 이런 절차마다 피리와 생황을 불고, 편종(編鐘)을 치고, 슬(瑟)과 현(絃)을 타는 음악으로 하늘에다 맹세의 존재를 알렸다.

그런데 회맹에는 항상 맹주의 자리가 중요하다. 회맹 자체가 열국의 우두머리를 선출하는 자리이니만큼 맹세의 내용보다 순서가 중요하였다. 더구나 북행에서는, 처음 회맹의 자리를 마련하다 보니 누구를 맹주로 정할지가 난제로 대두되었다.

우선 생각나는 사람은 송나라 임금이다. 원래 벼슬로 치면 송나라가 공작으로 가장 높아 당연히 송환공이 맹주가 되어야 한다. 제후의 벼슬은 소위 5등작으로서 공작, 후작, 백작, 자작, 남작의 순위인데 제나라 군주는 이보다 한 단계 낮은 후작이었다.

그런데 또 다른 견해가 있다. 이번에 송나라 임금의 공위 책봉도 제환공의 주선으로 이루어졌으며, 천자의 명을 받아 회맹을 주관하는 이도 제환공이다. 그래서 제환공이 맹주가 되어야 마땅하다는 견해이다. 제후들은 저마다 이해득실을 견주며 먼저 의견을 내놓지 않고 망설이고 있었다. 회동을 주관하는 관중이 재촉하였다.

"제후들께서는 솔직한 의견을 말씀해주시지요."

감히 입을 떼는 사람이 없었다. 섣불리 의견을 밝혔다가 자칫 경솔한 사람으로 보일 수도 있다. 잠시 어색한 침묵이 흘렀다. 보다 못한 제환공이 나섰다.

"과인은 자리에 연연하지 않습니다. 대신 누구라도 합당한 자격이 있는 이가 맹주가 되어야 한다고 생각합니다. 나중에 이렇다 저렇다 하시지 말고 기탄없이 생각하는 바를 말씀해주세요."

말 도중에 진(陳)나라 임금에게 은근한 눈길을 주었다. 눈치를 챈 진후(陳侯)가 나섰다.

"이번에 천자의 명을 받든 이는 제나라 군주입니다. 마땅히 그분이 맹주가 되어야 하지요."

"그럼요."

"암요! 그렇고말고요."

제환공이 마지못한 듯 맨 앞자리에 서고, 다음 자리에는 송공, 진후, 채후, 주자(邾子) 이런 순서대로 도열했다. 주(邾)나라는 '공후백자남'의 품계 중 자작의 품계를 받고 있어 마지막 자리에 섰다. 다섯 제후는 둥둥둥 울리는 북소리와 함께 먼저 천자의 빈자리를 향해 절을 올렸다. 그 후 회맹의 시작을 알리는 종을 울리고, 다시 북을 치고, 향을 사르고 촛불을 밝히며 갖가지 깃발과 비단 해 가리개를 펼친 가운데 장중한 음악이 흘렀다.

이내 제후들이 입술에 피를 발라 맹세를 하고 헌수의 술잔을 올렸다. 헌수의 말씀은 한 단 아래, 공경대부의 층에서 진행을 맡은 관중의 차지였다. 총무 역할 관중이 외친다.

"존왕양이(尊王洋夷)!!"

헌수가 끝나자 관중이 다시 한번 목소리를 높여서 말하였다.

"노(魯), 위(衛), 정(鄭), 조(曹) 네 나라가 황공스럽게도 천자의 명을 어기고 오늘 이 맹회에 참가하지 않았나이다. 왕실의 권위를 세우기 위하여도 그들을 문책하지 않을 수 없습니다."

제환공이 사뭇 분개한 표정으로 덧붙였다. "우리 제(齊)가 힘을 다하여 불손한 자들을 징벌하겠습니다. 청컨대 모든 군주가 함께 참여하시기를 바랍니다…."

이른바 다국적 군사 동맹의 제안이다. 제환공의 말이 끝나자 진(陳), 채(蔡), 주(邾) 세 나라 군주는 동시에 화답하였다.

"옳으신 말씀입니다. 미력이나마 힘을 보태겠나이다…."

그들 2류 국가로서는 이번 회맹에 참가한 목적이 강대국인 제나라와 군사적인 동맹을 맺기 위함이니만큼 기다리던 제안이었다. 그러나 한 사람, 회맹의 순서를 다투던 송환공은 끝내 입을 다물고 묵묵히 앉아 있었다.

원래 송나라의 조상은 전대 은(殷)의 왕족이다. 주(周)를 건국한 무왕은 멸망한 왕조조차 제후로 봉하여 향화(香火, 조상의 제사)가 꺼지지 않게 배려하였다. 자존심 높은 송이 제나라쯤은 은근슬쩍 무시하는 이유이기도 하다. 그날 밤 송공은 신하 대숙피와 이 일을 상의한다.

"제나라 임금이 맹주랍시고 과인을 아랫사람 다루듯이 하는구나. 어디 그뿐이냐…? 한번 회맹을 주재한 것을 기화로 열국의 군사까지 마음대로 부리려 하니 자칫하면 우리 송(宋)이 종노릇이나 하나 말겠다! 이야말로 기가 찰 노릇이 아니겠느냐?"

"제(齊)가 이번에 8개국에 초청장을 보냈으나 겨우 반이 참여한 정돕니다. 아직은 크게 염려하실 게 없습니다. 이번 회맹에 나온 나라 중에는 우리 송(宋)이 가장 대국이니만큼, 우리가 인정하지 않으면 나머지 나라도 흩어지고 말 것입니다. 주군께서 이번 회합에 나오신 것은 천자의 책봉을 받기 위함인데 이제 목적을 달성하였으니 여기에 더 있을 이유가 없습니다. 차라리 먼저 돌아가십시오."

송나라 군사는 날이 새기도 전 꼭두새벽에 쏟아질 듯 와글거리는 별빛을 밟으며 돌아가 버렸다. 아침나절에야 제환공이 텅 빈 막사를 보았다.

"저것이 무엇이냐?"

관중은 대답하지 않았다. 제환공은 불같이 화를 냈다.

"내 저의 책봉을 위하여 회맹을 열었거늘 책봉을 받자마자 도망갔구나. 불손한 송을 굴복시켜 패자의 위신을 세워야겠다."

관중이 한 발 앞으로 나섰다.

"거역하는 자는 힘으로 다스려야 권위가 서는 법입니다. 다만, 시일을 두고 왕실의 군사를 빌려 명분을 살리시지요."

과연 전략가이다! 임금은 목젖까지 드러내 보이며 하품을 했다. 충분히 알아들었다는 반응이다.

이래서 천자께 파병을 요청하는 청원서가 작성되었다.

"…송(宋)이 회맹 중에 불경하게도 임의로 돌아갔습니다. 일려(一旅)의 군사를 파병해주시면 왕실의 깃발을 드높이고 송을 쳐서 문책하겠습니다…."

일려의 군사란 대략 500여, 한 무리의 군사를 말한다. 적당히 알아서 왕실의 깃발만 보내라는 말이다. 왕실로서도 부담이 없는 일이었다. 이듬해인 제환공 7년 봄, 마침내 주 왕실과 제(齊), 진(陳), 조(曹)의 동맹군이 결성되었다. 제1군 선발대는 재상 관중을 대장으로 하여 먼저 임치를 출발하였다. 행군 도중에 진(陳), 조(曹)의 군사와 합세하여 송나라 국경을 넘었다. 제환공도 친히 공손습붕, 성보, 동곽아를 거느리고 왕실 군사와 함께 뒤를 따랐으니 싸움의 승부는 처음부터 결정된 것이나 다름이 없었다.

송나라는 어설프게 회맹에서 먼저 돌아갔다가 이제 호되게 당하는 꼴이 되었다. 졸지에 천하에 공적이 된 송나라 임금은 제환공에게 정식으로 사죄하고, 왕실에 대해 충성을 맹세했다. 이번에 군사를 움직인 열국에 대해 그 비용을 배상하고 따로 피륙과 곡식 섬들을 바리바리 실어 회맹 연합군을 전송하였다.

그런지 달포가 채 되지 않아 노(魯)나라, 정(鄭)나라, 위(魏)나라가 사신을 보내왔다.

"나라 안 사정으로 북행의 회맹에 참석하지를 못하였습니다. 이제라도 회맹의 일원으로 참여하기를 원합니다. 청컨대 물리치지 마시고 받아주십시오······."

그야말로 타초경사(打草驚蛇, 풀을 쳐서 뱀을 놀래게 하다)란 말이 어울리는 형국이다. 이제 열국은 미우나 고우나 제나라의 눈치를 보게 되었고, 회맹군에 참여하겠다는 나라가 늘어났다.

이렇듯 제환공의 천하 경영은 왕실의 권위와 명분을 업고 압박과 교섭으로써 굴복을 받아내는 형태였다. 나라 간 갈등과 다툼에 개입하면서도 영토 욕심을 부리는 일이 없이 원래의 주인에게 땅을 돌려주다 보니 열국은 너나없이 무슨 일이 생기면 제나라의 도움을 요청하게 되었다. 바야흐로 정칠국가로서의 위상이 정립된 것이나. 북행 당 회맹이야말로 공자가 극찬한 일광천하답게 가히 '신의 한 수'라 할 만한 관중의 작품이었다.

이후 제환공은 정(鄭)나라의 내란에 개입하여 정여공을 군위에 올리고 패자의 권위를 세웠다. 왕실의 천자 주이왕이 죽자 그 후사에도 개입하여 주혜왕의 옹립에도 관여하였다.

주혜왕 10년에는 제후들이 제환공을 방백(方伯)으로 모시게 되었다. 이날 이후 '방백'이 열국을 대표하는 으뜸 국가의 공식적인 호칭이 되었다. 이제 공식적으로 왕실을 대리하는 천하의 패자가 된 것이다. 새롭게 동맹에 참여하게 된 송, 노, 진(陳), 정(鄭) 네 나라의 군주를 초청하여 다시 회맹을 열었다. 춘추시대에는 끝없이 죽고 죽이고, 빼앗고 빼앗기던 전국시대보다 한갓진 시기여서, 동맹 결성과 평화 협상 등 정치적 대화가 수시로 가능하였다. 회맹이 널리 활용된 이유이다. 제환공은 참석한 제후들이 굴욕감을 느낄 수 있는 삽혈의 맹세를 강요하지 않고 정중히 상견만 하고 헤어졌다. 이들은 새삼 방백의 배려 깊은 태도에 감사하였다.

주혜왕 13년, 연(燕)나라가 북쪽 오랑캐인 산융(山戎)에 침략을 당하고 있다고 구원을 요청해왔다. 중원 천하는 이미 제(齊)의 통솔 아래 질서가 잡혀가고 있는데, 오랑캐 산융이 이를 어지럽히러 들쑤시는 것이다. 중원을 둘러싼 오랑캐를 동이(東夷), 서융(西戎), 남만(南蠻), 북적(北狄)이라고 불렀다. 그런데 산융의 근거지는 지금의 하북성과 요령성의 경계이면서 발해만의 북쪽 지역이다. 지리적으로는 차라리 동이(東夷)와 가까웠다. 그런데도 산융이라고 불리는 것은, 농경을 주로 하는 동이족과 다르게 군마를 다루는 전투적인 수렵 부족이기 때문이다.

유목민들의 중원 침입은 그야말로 연례행사 같은 일이었다. 봄과 여름에는 그들도 본업인 유목에 여념이 없어 공격하지 않는다. 하지만 가을이 되고 그때까지 무성했던 여름풀이 시들어 시야가 넓어지면 무리를 지어 침략하는 것이다. 곡식이나 여자를 약탈하고 노략질하다가 토벌 군사와 맞닥뜨리면 바람같이 도망치는 일을 반복해왔다. 그래서 유목민이 필요한 대로 얻고 스스로 물러날 때를 기다려 정벌군을 보내는 경우도 허다했다. 애써 빨리 쫓더라도 원하는 것을 얻을 때까지는 다시 침범하기 때문이다.

그런데 이때 산융의 침략은 노략질 수준이 아니었다. 그들은 나름대로 중원의 정치 판세를 파악하고 있었다. 중원이 제나라를 중심으로 동맹하는 움직임을 보고 기마병 1만여 기를 동원하여 우선 제와 연의 통로부터 끊자는 속셈이었다. 해마다 곡식을 조달하는 창고 같던 연나라 땅이 회맹군의 기치 아래 굳게 뭉치는 것을 미리 막기 위함이다. 세력이 그처럼 막강하였다.

외교적 타결을 주로 하던 제환공도 마침내 크게 군사를 일으켰다. 산융의 땅은 때로는 진창길이 몇십 리나 계속되는가 하면, 사막이 몇백 리에 걸쳐 원정군을 괴롭혔다. 외지에서 들어온 생물은 누구라도 살아서 나갈 수 없다는 악명 높은 지역, 태초부터 사람이라고는 살아본 적이 없는 오지, 끝없이 이어진 일망무제의 갈대밭 늪지를 지날라치면 전설 속의 거대한 파충류가 출몰하는 일도 있었다. 2년에 걸친 원정 중에 환공의 군사는 온갖 독초와 괴수를 물리치고 산융이 다스리던 고죽과 영지, 두 나라를 정벌하였다.

사람과의 싸움이라기보다 대자연과의 투쟁이었다. 원정 기간 내내 많은 환난을 겪고 비통한 일을 당했다. 산융 징빌이아밀로 제환공이 직접 무력으로 다스린 유일한 전투였다. 힘든 싸움을 끝내고 돌아오는 길에 방백은 새로운 고민에 빠졌다. 고죽과 영지는 본국에서 너무 멀리 떨어져 있어 정복한 땅을 다스리는 것이 현실적으로 어려웠다. 차라리 새로운 임금을 하나 세울까도 하다가 연나라 임금 연장공(燕裝公)에게 주어서 다스리게 하였다. 생각지도 못한 고마운 처사에 연장공은 펄쩍 뛰면서 사양한다.

"우리 연(燕)은 방백의 은혜를 입어 종묘사직을 보존한 것만으로도 감지덕지합니다. 어떻게 감히 영토를 바라겠습니까? 방백께서 이 땅을 다스려주십시오."

"북방은 중원에서 멀고 우리 제와 이웃하지도 않아 과인은 이 땅을 차지할 생각이 없습니다. 오랑캐에 돌려주면 또 모반의 염려가 있으니 연후(燕侯)께서는 부디 사양치 마세요."

마침내 제환공이 귀국하게 되었는데 연나라 임금은 존경하는 마음에서 국경을 넘어 50리를 더 따라 들어왔다. 방백이 또 말했다.

"제후가 서로를 전송할 때는 나라의 경계를 벗어나지 않는 법이라고 했습니다. 어쩌다 보니 과인이 경우 없는 짓을 한 꼴이 되었습니다. 사과하는 의미로 기왕에 이곳까지의 땅을 귀국에 드리겠습니다."

연장공은 아예 울상이 되어 받을 수 없다고 사양했다. 그러나 제환공은 한번 말한 것을 거두지 않았다. 그리하여 존립조차 위태롭던 연나라는 서북쪽으로 천 리의 땅을 새로 얻고, 동쪽으로 제나라 땅 50리를 보태서 전화위복이 되었다. 이런 영토 확장을 기반으로 연은 다가오는 전국시대에 전국 칠웅의 하나로 이름을 올리게 되었다. 천하의 인심은 또 한 번 크게 감탄하고, 제환공의 말이라면 팥으로 메주를 쑨다 해도 곧이곧대로 믿을 판이다.

어느 추운 겨울 아침이었다. 조당에서 얘기를 나누는 동안 임금은 몸이 으슬으슬 떨리는 것을 느꼈다. 마침 곁에 있던 포숙아에게 청하였다.

"따뜻한 음식을 좀 가져다주지 않겠소?"

포숙아는 고개를 저었다.

"신은 음식상을 나르는 관리가 아닙니다."

"그러면 두꺼운 털옷이라도 좀 가져다주시게."

"그 일도 신의 임무가 아닙니다. 역시 할 수 없나이다."

군주는 슬쩍 불쾌해졌다. 짱알짱알, 너무나 올곧고 뻣뻣한 측근은 아무래도 부담이 된다. 정녕 이 자가 주인을 상대로 몽니라도 부리는 건가?

"험험… 그렇다면 포 대부는 무엇을 하는 신하인가?"

"신은 사직(社稷)의 신하입니다. 사직의 신하는 나라를 존립시키며, 백관의 본분을 깨우치고, 법을 받들어 백성을 널리 이롭게 합니다. 이것이 사직의 신하 된 자 임무이자 도리입니다."

임금은 대답하지 않았다. 포숙아는 더욱 쓴소리를 이어간다.

"신이 감히 덧붙이자면 진실은 때로 귀에 거슬립니다. 주군께서는 이 점을 유념하시지요."

제환공은 정신이 번쩍 들었다.

"내가 경에게 결례를 했소. 용서하시오."

사가들은 포숙아의 거침없는 언동에 찬사를 보냈다. 하지만 이 일화는 포숙아보다도 제환공이 돋보이는 경우이다. 군주가 이런 정도의 비판과 고언을 받아주고 반성하는 경우는 흔치 않다. 제환공이 천하를 경영하는 것이 다 이유가 있음이다. 이 시절의 그를 '반성하는 지도자'라고 불러도 좋을 것이다.

주혜왕 16년에 방백은 북적(北狄)의 침략으로 도성까지 함락당한 위(魏)나라와 형(邢)나라를 구하고 새롭게 성을 쌓아주었다. 외적의 침입으로 가장 큰 고초를 겪는 것은 민초들이다. 백성들은 죽고, 병신이 되고, 그나마 살아남은 이들도 먹을 양식이 없었다. 재상 관중은 크게 방을 붙였다.

"모두 옛집에 돌아와서 살도록 하라. 대숲이나 나무를 함부로 벌채하고 남의 논밭 작물을 베어 가는 자는 처단하겠다."

"움직일 수 있는 자는 도성을 축조하는 공사장으로 나오라. 남녀노소를 불문한다. 앉은뱅이나 꼽추도 무방하다. 흙을 나를 수 없는 자는 새끼를 꼬면 된다."

"그날그날 수수와 보리를 내주고, 원하는 자는 곡식 대신 소금을 지급한다. 부역에 나온 가구는 향후 1년간 세금을 면제한다."

위(魏)와 형(邢)의 도성을 쌓는 일은 그대로 대규모 공공 토목공사가 되었고 그로써 백성을 구휼하였다. 당시만 해도 백성을 동원해서 성을 쌓거나 궁궐을 짓는 일은 무보수 부역을 원칙으로 했기에 분명 파격적인 조치였다. 경제나 유통의 개념조차 없던 시절에 어떻게 이런 공공사업에까지 생각이 미칠 수 있었을까? 아무래도 관중은 천부적으로 하늘의 뜻, 민중이 바라는 뜻을 짐작하는 감각적인 능력이 있었다.

도성까지 함락당하여 사실상 패망한 제후국을 다시 건국시켜준 이런 업적을 후대 역사가들은 존망계절(存亡繼絶, 패망하고 후사가 끊어진 나라를 다시 세워주다)이라고 치켜세웠다. 이 시기에는 전쟁의 격화와 그에 따른 약소국의 멸망이 줄을 잇던 시기였다. 춘추시대를 통틀어 역사서에 멸망 시기가 기록된 75개국 중 60여 나라가 이 시기에 멸망하였다. 그런 시절이니만큼 더욱 '존망계절'의 조치가 빛을 발했다. 천하는 또 한 번 방백의 현명한 처사에 감복하였다. 작은 분쟁이라도 앞을 다투어 방백에게 묻고 그 처분에 따르게 되었다.

제환공 즉위 32년 겨울에는, 주 왕실의 혜왕이 세상을 떠났다. 이때 주혜왕의 아들들이 여럿 있었으나 제환공의 지지를 받는 공자 정(晶)이 왕위를 계승하고 주양왕(周讓王)이 되었다. 무슨 일이든지 회맹을 열어 열국을 한데 묶기를 좋아하던 제환공은 이때도 천하의 제후를 모아 동맹(東鄒) 땅에서 회맹을 열었다. 문제는 이 시절부터 생겼다.

막강한 권력에 익숙해지고 왕실의 천자까지 자신의 주장대로 세우다 보니 슬슬 욕심이 도지게 된 것이다. 언제부터인가 제환공의 눈에는 흰 무지개가 깃들었다. 마음에 거리끼는 사람을 힐끗 쳐다보는 눈길에는 질시와 냉소가 레이저 광선이 되어 상대를 질리게 하였다.

현실의 상황은 그럴듯하였다. 천하가 그의 발밑에 머리를 조아리고, 유명무실한 왕실은 너무나 무력하였다. 열국은 작은 다툼이라도 빠짐없이 그에게 의견을 구했고, 그가 주창하는 대로 이루어졌다. 패자의 지위에서 '존왕양이'의 수식어를 제외하면 바로 천자로 등극하는 것이다. 원래부터 천하가 주인 있는 물건이었던가? 왕실이라고 해봤자 400여 년 전 무왕이 종주국 은(隱)을 꺾고 세운 나라가 아니었던가?

"천명은 과연 있기나 한 것인가? 천하의 방백인 이 몸이 결코 감당하지 못할 것도 없으리라…."

제환공은 그해 2월에 책력의 제정을 명하였다. 책력은 천자가 제정하여 제후에게 내리는 것으로서, 설사 제후가 자신의 나라에 쓸 책력을 따로 정하더라도 왕실 책력이 내려오고 난 후의 일인데 이를 기다리지 않고 새해의 책력을 제정하였다. 드러내놓고 천자의 전용 사업에 손댄 바람에 열국이 시끌시끌했다. 천자의 권위가 이 일로 인하여 크게 흔들릴지도 모르는 일이다. 그런데, 이 시점에서 하늘의 계시라도 내린 것일까?

책력을 제정한 지 한 달이 채 되지 않아 개기일식이 일어났다. 일식은 천문 현상에 불과할 뿐, 군주의 실정과는 관계가 없다. 하지만 천인감응설(天人感應說)에 익숙한 백성에게 설명할 수 없는 자연 현상은 하늘이 내리는 어떤 조짐이나 경고로 받아들여졌다. 특히 선명하게 맨눈으로 보이는 일식은 천구식일(天狗食日, 천상의 개가 해를 삼키다)로 불리면서 사람들을 공포에 사로잡히게 하였다. 제환공은 이런 자연 현상에 담긴 의미를 전적으로 믿지는 않았으나, 여론이 분분해지는 것은 어쩔 수 없는 골칫거리였다.

"설마 이런 천재지변은 내가 천자의 자리를 넘보는 것에 대해서 하늘이 경고하는 것일까…!?"

경고는 과연 재앙을 불렀다. 농사철이 되었는데도 몇 달이나 비가 한 방울도 내리지 않는 가뭄이 닥친 것이다. 작열하는 태양과 메마른 바람이 대기를 메우고, 물지게꾼들은 물을 퍼 올 만한 데를 찾을 수 없었다. 사람들은 지붕과 지붕 사이에 두꺼운 천을 매달아 그늘이 지게 했고, 그런 임시변통조차 할 수 없는 나뭇잎은 자귀나무처럼 바싹바싹 타들어가고 있었다. 설상가상으로 굶주린 백성들 사이에 역병까지 일어났다. 자연의 몸살 앞에서 낱낱의 목숨은 얼마나 미천한지 모른다. 재난은 이전에도 있었고, 앞으로도 있을 것이다. 문제는 그 시기가 나빴다. 하필이면 천하 대사를 결정하려는 순간에 닥쳤다. 사실 하늘(天, 천)에는 뜻(天心, 천심)이 없다. 하늘은 무정(無情)하기 때문이다. 삼라만상의 질서는 누가 시켜서 지켜지는 것이 아니라, 실리가 있어서 누군가 주재하는 것이다. 그러나 단순한 백성들은 재앙을 임금에게 덧씌워 군주의 자질과 사생활을 불신하기 시작했다.

"천하에 큰 변고가 있을 징조다!"

"정치가 이 모양이니 하늘이 재앙을 내리시는 게지."

"그리고 보니 근래 주군의 행적에 심상치 않은 구석이 있었다…."

손 놓고 있을 관중이 아니었다. 관중은 먼저 공실의 고방 양곡을 풀어 수리 방재용 공공사업을 펼쳤다. 임금에게는 천지신명께 기우제를 지내게 하였다. 제환공도 천자의 자리를 넘보고 말고를 생각할 여유가 없었다. 자연스럽게 이 문제는 흐지부지 없던 일로 정리가 되었다.

그해 가을에야 겨우 해갈될 만한 비가 내렸다. 기다리던 비가 오던 날, 임금은 오랜만에 연회를 베풀어 신하들을 위로하였다. 비가 왔다고 금방 양식이 나오는 것은 아니지만 일단 마음부터 여유가 생겼다. 그는 자신에게 주어진 하늘의 뜻을 생각했다.

하늘은 그에게 직접 말을 걸어오지는 않았다. 그러나 불가사의한 재앙과 재난을 통해 그 존재와 의미를 뚜렷하게 보여주었다. 방백은 하늘이 싫어하는 야망을 접고, 대신 다른 방면으로 마음을 돌렸다. 바로 인간 심리의 퇴폐적인 구석, 사치와 향락이다.

새롭게 궁궐부터 지었다. 인공 산을 만들고, 연못을 파서 풍광과 환경을 조성하였다. 예식(禮式)도 바꿔 새롭게 구석(九錫)의 예를 더하였다. 이는 천자에게만 허용된 아홉 가지 예법으로서 의전용 수레에 대한 격식이나 예복, 건축물의 형식 등에 대한 겉보기 예법이다. 주례(周禮)에 따르면, 제후로서 큰 공훈을 세우면 구석의 예법이 허용될 수 있었지만 실제로 하사받은 전례는 없었다. 제환공이 본인 마음대로 사용했을 뿐이다.

그도 모자라 별도로 3층의 대를 높이 쌓고 그 이름을 삼귀지대(三歸之臺)라고 하였다. '삼귀'란 세 가지가 귀순하였다는 뜻으로 백성이 귀순하고, 열국의 제후가 귀순하고, 사방의 오랑캐들이 귀순한다는 의미이다. 그는 외국의 사신을 만나면서 삼귀지대에 높이 앉아 격려나 훈시를 내렸다. 왕실의 천자만이 할 수 있는 행위이다. 이런 파격적인 행동에 의견이 분분했다. 두둔하는 쪽은 어쨌거나 좋은 방향으로 해석하려 했으나, 반대파들은 혹평을 늘어놓았다.

"쯔쯧… 방백이 변했다."

"주군이 드디어 으스대기 시작하는군…."

"흥! 이제 두려울 게 없으니, 누가 뭐라 해도 제 마음대로지."

더욱 이상한 것은 관중의 태도였다. 일탈하는 군주를 말릴 생각은 없이 이참에 그도 제후의 흉내를 내기 시작했다. 신분에 따라 주택의 규모와 형식이 엄연한데도 제후의 예법에 맞춰 저택을 몇 채씩이나 짓고, 열국의 사신들을 집 안에서 만나기도 하였다. 세상의 비난이 쏟아졌다. 관포지교의 포숙아가 친구를 찾았다.

"단순한 사치를 넘어서 법도까지 무시하는 주군의 행동에 대해 어찌 잘못을 지적하지 않는가?"

"주군께서는 천하의 패업을 이루시고 이제 스스로 보람을 찾고자 하신다네. 만약에 내가 나서서 못하시게 막는다면 정말로 천자의 자리에 오르려고 하실지도 모르지. 그래서 그냥 두고 보고 있는 것이라네."

"그렇다면 자네가 사치하는 것은 또 무엇 때문인가?"

"주군이 비판을 받으시면… 그만치 덕을 잃게 되고 천하 백성이 따르지 않게 되겠지. 그전에 내가 사치하고 교만하면 세상의 욕이 우선 나에게 쏠리게 될 걸세. 내가 대신 천하의 비난을 받음으로써 주군을 지키고자 한다네."

이런 걸 보면 관중의 가치관은 한마디로 어느 한 틀에 얽매이지 않는 '통탈(通脫)'이었다. 그래서 후세 사람들은 그를 일러 관자(管子)라고 존경했고, 불후의 명재상으로 꼽히는 삼국지 촉(蜀)나라의 제갈공명조차 그를 필생의 스승으로 삼았다.

제6화

결국 혼자였다

　서력 BC 645년, 제환공의 즉위 40년이다. 그해 겨울은 유난히 추웠다. 기다리던 봄이 왔는데 관중은 덜컥 병상에 눕게 되었다. 이때 그의 나이 68세, 당시로서는 상당한 고령이었다.
　질화로에 참나무 숯을 피우는데도 방 안은 차갑고 우울한 분위기이다. 세숫대야와 타구를 들고 들어온 시종이 부젓가락으로 숯불을 헤친다. 야금야금 타오르는 불은, 바람이 스칠 때 붉은 속살을 드러냈고 바람이 멈추면 불꽃이 되어 엉켰다. 관중은 밝아졌다 사위기를 되풀이하는 불꽃을 들여다보다가 덧문을 조금 열게 하였다.
　"후세의 사가들은 나를 어떻게 평할까!"
　삶의 무상함과 무력감이 밀려들었다. 늙어버린 육신에는 허무의 그림자와 죽음의 공포가 다가오고 있었다. 살아온 세월을 되돌아보니 부질없는 일이었다. 그나마 운이 좋았다. 그것도 아주 좋았다. 따뜻한 품성과 분별 있는 주군을 모신 탓에… 또 있다. 서로의 관계가 늘 순탄했던 것은 아니었지만, 평생의 친구 포숙아가 있었기에 오늘 같은 성취기 있었다.
　이보다 더 열정적인 삶이 있었을까? 그러나 정작 본인은 외로웠다. 그가 살아오면서 제일 힘든 게 '관계'였다. 사람과 짐승 사이, 사람과

벌레 사이, 사람과 달 사이, 나무와 나무 사이 등 모든 관계 중에서도 이해(利害)와 모순(矛盾)으로 얽혀 있는 사람과 사람 사이의 관계가 가장 어려웠다. 40년 동안 재상의 자리에서 경륜을 폈지만, 정치란 언제나 반대 세력이 있기 마련이다. 불만을 품은 대부들에게는 그의 개혁이 너무 급진적이었고, 관중에게 그들은 겉과 속이 다르고 어제오늘의 말이 홀라당 다른 아이러니 같은 존재였다. 고립무원의 고독은 인간의 원죄일 뿐 누구의 잘못도 아니며, 특별히 나약한 개체의 표시도 아니다.

정치하는 이들이 입만 열었다 하면 주장하는 하늘과 백성의 뜻은 과연 어디에 있었던가? 고작 상대를 함정의 구덩이에 파묻기 위해, 고만고만한 이유를 늘어놓는 변설(辯舌)의 다른 이름이 아니었던가? '과연 인간이란, 인간성이란 무엇인가?' 이제 마감의 시간, 그가 이룩한 성취는 창밖을 데우는 봄기운에 비하면 너무도 하찮은 것이었다. 애써 자리에서 일어나 창문을 가린 가림막을 걷었다. 어느새 날이 밝아오면서, 산등성이부터 훤해졌다. 그의 눈길이 닿는 세상 속은 바람 소리, 새소리, 풀 냄새, 봄 향기 따위로 죄다 보이지 않고 잡히지 않는 것들뿐이다.

크고 밑동이 넓은 나무가 뿌리를 드러낸 채 죽어 있었고, 주변에는 묵은 풀은 시들고 새 풀이 돋아나 있었다. 새들이 그루터기나 우듬지 여기저기에 둥지를 틀었는지 쉴 새 없이 들락거리며 지저귄다. 그는 아픈 몸으로도 봄날 아침의 첫 햇살과 부풀어오는 땅 기운과 똥거름 냄새가 적당히 뒤섞인 봄 내음을 느낄 수 있었다. 눈으로 보이지는 않지만 수많은 곤충도 먹이를 찾아 드나들고 있을 것이다. 벌레들은 갈참나무숲에 버섯이 돋아나듯이 저절로 생겨났고, 자신을 음식 삼아 새들을 불러 모았다. 그래서 죽은 등걸은 살아 있는 존재들과 신비한 관계를 형성하고 있다. 인간의 살아온 자취가 역사라는 이름으로 후세인의 기억 속에서 살아 있듯이… 죽은 나무는 불멸의 모습이었다. 관중은 미소 지었다. 저 나무가 바로 인간 삶의 모습이 아닐까?

　진정한 생명이란 지상에서의 삶에 한정된 것이 아닐지도 모른다. 질화로 위에 손을 쬐었다. 삶과 죽음, 이승과 저승의 경계를 넘나드는 영혼의 존재, 어둠 속에서 밝게 빛나는 터널을 보는 듯했다. 죽음 너머의 세상을 내다보는 자각과 이승의 인연을 내려놓음이 인간의 영혼을 자유롭게 할 것이다.

　제환공이 문병을 왔다. 군주는 방 안에 들어서면서부터 퀴퀴한 죽음의 냄새를 맡았다.

　"재상의 병이 이리도 깊은 줄 몰랐소. 만약에, 만약에 말이요. 재상이 안 계신다면 누구와 정사를 의논해야겠소? 포숙아에게 맡기면 어떻겠소?"

　"포숙아는 군자입니다. 누구보다도 공명정대하고 자신의 직분에 충실합니다. 다만, 워낙에 강직한 탓에 주위의 존경과 두려움을 동시에 받게 됩니다. 태평성대라면 포숙아의 덕성이 빛을 발할 것이지만, 열국이 서로 형세를 다투는 풍운의 시댄지라… 쿨럭쿨럭."

　잠시 대화지만 쇠약해진 몸이 배기질 못했다. 관중이 기침을 할 때마다 시종들이 타구(唾具)로 가래를 받았고, 한번은 요강으로 오줌을 받아내기도 했다. 등짝 안쪽에 붙은 가래는 끝내 뱉어지지 않고 그르렁거렸다. 임금이 다시 물었다.

　"그러면 습붕에게 맡기면 어떻겠소?"

　젊은 시질, 때로는 협력하고 때로는 나투면서 세상의 풍파를 함께 헤쳐왔던 대부들이 이제는 거의 떠나가고 습붕만이 남았다. 이때 공손습붕은 재상부에서 관중과 함께 일하고 있었다. 관중은 임금에게 눈웃음을 보였다.

"습붕이면 무던합니다. 하늘이 습붕을 세상에 내려 신과 손발을 맞추었습니다. 다만 임금께서 오래 부리지는 못하실 것입니다."

하기야 습붕도 이미 칠십이 가까운 노인이다.

"그러면, 다음으로 역아(易牙)에게 맡기면 어떻겠소…?"

단박에 고개를 흔들었다. 임금이 고쳐 물었다.

"초(貂)는 어떻겠소…? 정이 그렇다면 개방(芥芳)은…?"

역아(易牙)와 초(貂), 개방(芥芳)은 제환공을 가깝게 모시는 총신들이다. 세상은 그들 삼인방을 세 사람의 귀인이란 뜻으로 삼귀(三貴)라고 불렀다. 그중 역아는 말을 매끄럽게 잘하고 솜씨가 뛰어난 요리사 출신이다. 어느 때 역아는 임금에게 자신의 세 살 난 아들을 삶은 고기를 대접했다. 제환공이 그 내용을 알고서 기겁을 했으나 역아의 충심만은 심금을 울렸다.

초는 제환공의 총애를 받는 미동 출신이다. 말하자면 남총(男寵, 동성애 상대)이란 말이다. 남색에 대한 혐오가 덜하던 시절이라 어리고 예쁘장한 미소년을 잠자리에 부르는 일이 흔했다. 특히 전쟁터에는 여인을 데려가지 못했기에 소년을 곁에 두고 외로움을 달래는 것을 당연시하던 시절이었다. 남달리 눈치가 빠르고 영리한 초는 얼마쯤 나이가 들자 스스로 거세를 하고 환관이 되기로 작정을 하였다. 하지만 환관은 아무나 되는 게 아니다. 군주의 측근에서 시중을 드는 환관은 대체로 인위적으로 생식기를 절단, 또는 훼손한 경우에 가능했다. 엄청난 고통과 위험을 감수하면서 궁형을 자처할 만큼 초는 집착이 강했다. 남자로서 성 기능을 상실한 대신 왕명의 출납을 담당하는 문고리 권력으로 자리를 잡았다.

개방은 위나라의 공자 출신으로 환공에게 누이 둘을 첩실로 바치고 신임을 얻은 인물이다. 사람들은 그들 중 언니를 위희(衛姬)라 부르고 동생을 소위희(小衛姬)라 하였다. 특히 애교 많은 언니가 임금의 사랑을 받았고 그만치 개방에 대한 신임도 깊어졌다.

이 시절의 제환공은 본인의 말을 거스르는 일이 없는 삼인방을 최고로 신뢰하는 충신으로 여겼다. 대신들이 삼인방을 멀리하라고 상소를 올렸으나 꿈쩍도 하지 않았다.

"그들은 사심 없이 군주를 보살펴주는 자들이다. 단순히 음식을 나르고, 옷시중이나 드는 심부름꾼이 어찌 국정을 농락하겠는가? 여론이 좋지 않다고 그들을 내친다면 앞으로 누가 과인과 함께 일을 하겠는가?"

관중은 새삼 군주를 올려다보았다. 그도 일흔이 가까웠으나 유감스럽게도 운명을 스스로 개척할 인품을 갖추질 못했다. 이는 관중 자신의 탓이기도 하다. 너무 오랫동안 조정의 대사를 독점하다 보니 임금이 오히려 신하에게 의존하는 관계를 만들었다.

오늘 임금이 재상의 재목으로까지 삼인방을 거론하자 관중의 목소리가 격해졌다.

"역아, 초, 개방, 이 세 사람을 가까이하지 마십시오. 역아는 제 자식을 죽여 주군께 신임을 얻고자 하였고, 초는 스스로 내시가 되었습니다. 개방 또한 천승의 나라 공자 자리를 팽개치고 주군의 곁에 머물고 있습니다. 하나같이 욕심이 크다는 증거입니다. 신이 지금까지 이 말씀을 드리지 않았던 것은, 그들은 봇도랑 같은 존재들이라 신이 버티고 있는 한 크게 문제될 것이 없기 때문입니다. 이제 신이 수군을 떠나게 되었으니, 그들을 멀리하셔야 합니다!"

지나치게 임금을 무시하는 언사일 수도 있었다. 그러나 관중의 얼굴에 드리운 죽음의 그림자를 읽어낸 제환공은 금세 마뜩잖은 기색을 털어버리고 미미하게나마 고개를 끄덕였다. 그러면서도 종내는 쓴웃음을 지으며 궁으로 돌아갔다. 불쾌해진 것이다. 평생을 의지하던 관중과 사이에도 어느 순간에 문득 침묵의 강이 흐르고 있었다. 며칠 뒤 관중은 외롭게 죽었다. 죽음이란 인간의 영혼이 육신의 고치를 찢고 우화(羽化)하는 과정이며, 괴로운 호흡과 고통도 온전히 혼자만의 몫이었다. 그가 죽던 날 창밖에서는 때아닌 눈이 내리고 있었다.

사마천은 《사기열전(史記列傳)》에서 관중의 사후에 대하여 다음과 같이 기술하였다.

"…관중의 재산은 제나라 공실만큼이나 많아서 과연 제환공의 치세가 관중과 함께 이룬 것임을 여실히 증명하였다. 그런데 제나라 사람들은 누구도 관중의 재산을 두고 욕심이 많았다거나, 사치스럽다고 여기지 않았다…."

그의 정치는 훌륭하였으나 후계자가 없어 그 이상을 이어가지는 못했다. 관중을 평생의 스승으로 삼은 제갈공명은 이런 사실을 교훈 삼아 필생의 노력으로 강유(姜維)라는 후계자를 양성하였으나 강유 역시 스승의 책략과 사상을 올곧게 본받지는 못하였다. 어느 한 개인이나 집단이 역사의 흐름을 바꾼다? 가당치도 않은 말이다. 역사는 사회 구조와 시대적 소명이라는 거대한 물결에 따라 움직이는 것이지, 운명에 얽매이고 부대끼며 살아가는 인간의 영역이 아니다.

제환공은 공손습붕을 재상으로 삼았다. 습붕은 겨우 6개월 만에 관중을 따라 세상을 떠났다. 이어서 포숙아가 재상의 소임을 맡았다. 그도 1년 후 친구의 뒤를 따랐다. 능력 있는 후계자를 멀리하고 만사를 본인들이 관장하던 그들 1세대가 죽자 조정은 삼인방이 독주하는 무법천지로 변했다.

관중이 죽고 3년 뒤 제환공도 죽었다.

재위 43년, 춘추 72세였다. 그의 죽음은 더욱 참담하였다. 후계 문제가 깔끔하게 정리되지 않은 탓에 궁중에는 전운이 감돌았다. 그 자신도 말년에는 방술이나 신선이 되는 도술에 빠져 회춘과 불로장생의 추구에 매달렸다.

결국 여희의 소생인 공자 무휴를 등에 업은 삼인방에게 독살당하는 지경에 이르렀다. 혹자는 굶어 죽었다는 이야기도 있다. 워낙에 삼인방이 임금을 안팎으로 에워쌌으므로 그들 외에는 아는 사람이 없다. 시신은 죽은 자리에 버려진 채 자식들이 군위 다툼을 벌였다. 어느 쪽도 상대를 압도하지는 못했기에 다툼은 두 달간이나 지속되었다.

당시의 참상을 사마천은 이렇게 기록하였다.

"…환공이 졸(卒)하자 마침내 다섯 공자가 서로 싸웠다. 이에 궁중이 비어 감히 납관(納棺)하는 자가 없었다. 시신이 그 자리에 버려져 있기를 67일, 벌레가 문으로 기어 나올 정도였다…."

43년간이나 중원의 방백으로 천하를 호령하던 제환공…. 죽은 지 불과 두어 달인데, 흐르는 시간은 이상한 힘으로 인간의 감정을 바꾸어 누구도 제환공의 치세를 기억하지 못할 정도였다. 그의 죽음과 패업의 단절은 실로 허망해서, 한순간에 스러져가는 봄날의 아지랑이 같았다.

송나라 군주, 송양공(宋襄公)의 지원을 받은 세자 소(昭)가 사태를 수습하고 제효공(齊孝公)이 되었다. 제효공은 효도 효(孝) 자가 들어간 시호를 봐서도 알겠지만, 아버지 환공에게 극진한 예우를 바친 거 말고는 별반 한 일이 없다. 한마디로 세상에서 말하는 '못난 후손'일 뿐이었다.

돌이켜보면 제환공은 사람 부리는 재주가 뛰어났다. 그의 주위에는 관중, 포숙아, 습붕, 동곽아 등 유능한 인재들이 모여 있었다. 그러나 단지 그것만으로는 하나의 시대를 열 수는 없다. 천심(天心), 즉 하늘의 소명이 있어야 가능한 일이었다. 비근한 예로 초문왕의 경우만 해도 그렇다. 초(楚)가 비록 최고의 군사적 강국이었으나, 왕이 억지힘으로 규희라는 미인을 빼앗는 바람에 열국이 이를 비난하고 제나라의 기치 아래 모이게 되었다. 그런데 그 천심은 한 곳에 고정된 것이 아니라 물 흐르듯 움직이는 성질을 지녔다. 돌이켜보면 환공이 왕실의 구석(九錫)을 임의로 사용하여 거들먹거릴 때 이미 하늘은 그를 외면한 건지도 모른다.

제나라 공실은 전통적으로 군주보다 대부들의 신권이 강력하여 뛰어난 군주가 나타나기 어려웠다. 제환공과 관중이 없는 제나라는 다시 귀족들의 합의제 시스템으로 돌아갔고, 나라의 이익보다 실권자의 사익에 따라 정치가 베풀어졌다. 그들은 전쟁의 승패와 국가의 미래보다 자신의 탐욕을 우선하였고, 군주는 이를 제어하는 능력이 없었다.

따지고 보면 제환공 생전에도 패자로서 위업만 찾았을 뿐이지 땅 욕심을 부리지 않다 보니 별반 실속은 없었다. 제환공의 패권은 바로 추억이 되고 그 영광은 춘추라고 불리는 한 시대의 역사 속에 묻혔다.

제2편 진문공

19년 망명 끝에 방백에 등극하다

제7화. 운명을 가른 겸양과 대시(dash)
제8화. 말 도둑조차 의리를 지키다
제9화. 도강하는 적을 손 놓고 기다렸다
제10화. 자매를 함께 취하다
제11화. 멍석 깃발로 돌아오다
제12화. 적(赤)나라 공주 옥소선자
제13화. 남과 북이 격돌한 성복 전쟁
제14화. 내가 중원의 방백(方伯)이다

제7화

운명을 가른 겸양과 대시(dash)

제환공 다음으로 중원의 패자가 된 인물은 진문공(晉文公)이다. 진(晉)나라는 황하강 상류, 중원의 북쪽 태행산맥을 끼고 있었다. 훗날 중국을 통일한 진시황제의 진(秦)나라는 그보다 서쪽 유목민의 나라로서 진(晉)과는 다른 나라이다.

진(晉)의 패업은 진문공의 아버지 진헌공 때부터 비롯되었다. 헌공은 여융을 비롯한 인접의 여러 소국을 평정하는 쾌거를 올렸다. 그에게는 어미를 달리하는 아들이 셋 있었다. 바로 중이(重耳), 이오(夷吾), 신생(申生)이다. 훗날 진문공이 되는 중이는 그중 맏이로서 견융의 여인에게서 났다.

공자 중이는 외모부터가 범상치 않았다. 사마천의 《사기(史記)》의 기록을 그대로 옮기면…

"키가 크고 얼굴이 귀하게 생겼다."

"눈 하나에 눈동자가 둘씩 달렸다."

"가슴은 넓고 갈비뼈 늑골이 통째로 하나이다."

인류 역사상 이런 인간이 없다. 기록에서는 이를 변협(骿脅, 통으로 된 갈비뼈)이라고 하였다. 성공한 인간의 이야기는 작은 내용에도 살이 붙기 마련인데, 파란만장한 고난을 헤치고 중원의 패자가 된 진문공에게

이 정도 과장이 붙는 것은 당연한 일인지 모른다. 어쨌거나 이런 외모와 견융 여인의 소생이라는 기록으로 봐서 중이는 일반 한족(漢族)이 아니고, 아랍계 서역인의 피가 섞인 혼혈일 것이다.

당시 중앙아시아의 색목계 여인은 이국적 취향이 있는 중원의 호사가들에게 인기가 높았다. 오죽했으면 궁형을 당해 성 불구자가 된 사마천도 이렇게 말했다.

"회족(回族) 여인은 자태가 요염하고, 피부는 비단처럼 부드럽고 옥처럼 청결하여 중원의 여자들과는 비교조차 할 수 없다."

산에는 개암나무	산유진 (山有榛)
진펄에는 감초	습유령 (隰有苓)
누구를 그리워하나	운수지사 (云誰之思)
서방의 미인이다	서방미인 (西方美人)
그 미인은	피미인혜 (彼美人兮)
서방 출신이다	서방지인혜 (西方之人兮)

공자의 《시경》, 〈국풍〉 중 패풍(邶風)편, '간혜(簡兮, 씩씩한 무사)'

말할 것도 없이 '산에 있는 개암나무'는 우뚝 솟은 남성을 상징하고, 대귀(對句) '진펄의 감초'는 습지를 에워싸고 있는 부드러운 풀이다. 패풍(邶風)이니 패나라 노래이다. 패(邶)라는 나라는 글자부터가 북방(北方)을 연상시킨다. 패(邶)는 황하를 서북방으로 건넌 초원 지대에 있었다. 중원에서는 이들을 총칭해서 서융(西戎)이나 북적(北狄), 또는 호인(胡人)이라고 불렀다. 사람들의 외모도 중원의 한족과는 확실히 달라 푹 꺼진 눈 깊숙이 회색 눈동자가 반짝거린다. 말도 달랐다. 중원의 억양과 다른 초원의 말씨가 섞였고 말이 느렸다. 대신 표현은 진중하고 그만치 상대에게 믿음을 준다.

서책에서 표현된 중이의 모습을 바꾸어 말하면,

"움푹 들어간 눈매가 그윽하여 어디를 살피는지 도대체 종잡을 수 없고, 두둑한 배짱으로 사람을 포용하였다" 이런 정도일 것이다. 둘째 공자 이호(夷吾) 또한 오랑캐 소융(小戎) 여인의 소생이나, 외모에 대한 별다른 기록은 없다. 셋째 신생은 이들과 달리 제나라 환공의 장녀인 제강(齊姜)의 몸에서 태어났다. 그런데 기가 찬 것은 그녀가 바로 아버지의 여자라는 점이다. 그것도 정식으로 혼례를 치른 부인 가운데 하나이다.

진헌공의 아버지 진무공(晉武公)은 늙을수록 여자에 대한 욕심이 남달랐다. 어디 좋은 것이 없나? 늘 그 생각이었다. 말년에 미인이 많다고 알려진 제나라 공실에 청혼을 넣어 제환공의 장녀를 아내로 맞았다. 바로 제강이다. 늙은 진무공은 젊고 예쁜 데다, 신분까지 고귀한 제강을 아내로 맞았으나 정작 남자구실은 신통치 않았다. 그에 비해 제강은 아름답고 색정 또한 남달랐다. 타고난 정염에다 해결될 수 없는 욕구가 오히려 그녀를 더욱 농염하게 하였다. 이런 낌새를 차린 젊은 세자가 대담하게도 제강에게 눈독을 들였다.

마침 진무공이 사냥을 나갔다가 말에서 떨어져 허리를 다치는 일이 있었다. 그러지 않아도 신통찮던 노인이 허리까지 다치고 보니 남자구실 하기는 다 글렀다.

"흐흐흐, 영감에게는 안된 일이지만 저런 찰진 밭을 그냥 놀릴 수야 있나!"

보풀이 무성한 방목지가 젖과 고기를 주듯이, 여자의 밭은 쾌락과 자식을 안겨준다. 아무리 그렇다고 쳐도 임금인 아버지의 여자를 욕심내니 이는 간이 배 밖에 나온 인물이다. 그만치 세자는 배포가 커서 난세의 군주로 손색이 없었다. 명목상 임금은 진무공이었으나 벌써 사람들의 관심과 아부는 세자에게 쏠렸다. 세자가 밤이면 제강의 침소에 숨어 들어가 어떤 짓거리를 하든지 문제 삼는 이가 없었다. 금단의 열매에 맛들린 세자는 날마다 밤출입에 나서고, 궁인들은 길 안내를 자청하였다.

세자의 말마따나 찰진 밭이라 그랬는지, 제강이 덜컥 임신까지 하게 되었다. 애를 낳되 임금이 모르게 낳아야 하는데 아무래도 대궐 안에서는 불가능한 일이었다. 그녀는 지병이 있다는 핑계를 대고 궁 밖으로 나가 신씨(申氏) 성을 쓰는 대부의 집에서 아들을 출산하였다. 낳은 아이는 그대로 그 집에서 기르게 하고 아예 아이의 이름까지 신생(申生)이라고 지었다.

허리를 다쳐 제 몸 하나 변변히 건사 못하고 자리보전하던 진무공은 '골골 팔십'이라고 그 후에도 5년이나 더 살다 죽었다. 마침내 진무공이 세상을 떠나자 세자는 '얼씨구나' 하고 아버지의 정실인 제강을 자기 부인으로 삼았다. 오늘날의 윤리관으로 보면 가당치도 않을 일이지만, 당시로서는 그럴 수도 있는 일이었다.

서융(西戎), 또는 흉노족이라고 불리던 초원의 유목민은 형제가 죽으면 뒤에 남은 형이나 아우가 그 아내를 차지하였고, 특히 족장이 죽으면 후계자가 정실을 제외한 후궁이나 첩을 고스란히 차지하는 풍습이 있었다. 우리나라《삼국유사》의 기록에도 부여족은 이른바 형사취수(兄死取嫂, 형이 죽으면 형수를 취한다)의 풍습이 있었다고 한다. 유교가 지배하던 사회에서는 이를 악덕으로 여겼지만, 싸움터에서 죽은 자들의 아내는 살아 돌아온 남자들이 차지하게 마련이다. 돌아온 사내들은 다투어 전우의 아내부터 챙겼다. 끊임없는 전쟁으로 청장년 남자의 사망률이 높았던 유목민 사회에서는 죽은 형의 재산과 어린 자식을 남에게 빼앗기지 않고 묶어둬야 하기에 필요한 가족 제도였다.

아비의 죽음을 고대하던 세자가 마침내 군주로 등극하였다. 바로 진헌공(晉獻公)이다. 이때 큰공자 중이의 나이 스물한 살이었으며 둘째 이오도 열아홉 살로서 이미 성년이었다. 그러나 새로운 군주는 이 둘을 제치고 사랑하는 제강의 아들인 다섯 살짜리 신생을 세자로 책봉하였다.

그런데 진헌공이 그토록 사랑하던 제강은 오래 살지 못했다. 딸 하나를 더 낳다가, 산후조리가 잘못되어 덜컥 죽고 말았다. 크게 상심한 진헌공은 대신 영토 확장에 몰두했다. 즉위 15년부터 곽(霍), 경(耿), 위(魏), 우(虞), 여(驪) 괵(虢) 등의 주변국들을 정벌하기 시작하였다.

이때 멸망한 부족 국가 중 여(驪)나라는 원래 산융(山戎)의 일족이다. 근거지에 평지가 적다 보니 양식이 부족하여 수시로 중원을 침범했다. 주 왕실은 회유책으로 남작의 직위를 부여했으나 벼슬만으로 배고픔을 달랠 수는 없었다. 이때 진헌공이 나서서 여융을 정벌하게 되니, 군세가 약한 여융은 패망하고 사직을 닫았다. 아름다운 두 딸도 진헌공에게 바쳐졌다. 여자를 전리품 취급하던 시절에는 흔한 일이었다.

큰딸이 여희(驪姬)이며 작은딸은 소희(少姬)이다. 그중 여희는 절세미인이면서 교태까지 갖췄다. 무엇보다 헌공과 여희는 함께하면 할수록 힘을 얻고 원기가 충만해지는 천생의 짝이자 오아시스 같은 존재였다. 둘의 관능은 놀라울 정도로 잘 맞았다. 많은 사람이 세상 어딘가에 있을 자신의 짝을 만나지 못하고 생을 마감하는데 여희는 진헌공에게 바로 그런 여인이다. 그녀는 지금껏 알지 못했던 세상으로 남자를 이끌었고, 몇 시간씩 쾌락을 주었다. 더하여 남자를 무장 해제시키는 묘한 능력과 지혜까지 갖췄다. 진헌공이 갈피를 못 잡고 있을 때면 그럴듯한 의견을 피력했고 군주는 '과연, 그렇군' 하고 공감하는 경우가 많았다. 남자는 죽은 제강을 까맣게 잊고 잠시라도 여희와 떨어지려고 하지 않았다. 진(晉)의 주인이 헌공이라면, 헌공의 주인은 여희였다. 여융은 여자 하나로 진을 굴복시킨 셈이 되었다.

이듬해, 그녀는 남자의 사랑에 보답하듯, 아들 해제(奚齊)를 낳았다. 정복자의 몸과 마음을 사로잡고 아들까지 낳자 여희는 각오를 새롭게 하였다. 목표가 생겼다. 아들을 진나라 군위에 올리는 것이다. 그 길만이 부모를 죽인 진(晉)에 대한 복수요, 하늘의 뜻이거니 믿게 되었다. 우선은 세자 자리에 있는 신생이 목표였다. 참언을 일삼는 신하들과 손을 잡고 세자의 험담을 늘어놓았다. 차츰 부자의 사이가 멀어지자, 세자가 부왕에게 보낸 음식에 독을 투입하여 누명을 씌웠다. 기댈 언덕 없는 신생은 죄인의 함거 속에서 스스로 목을 매어 죽었다. 남은 공자들도 위기를 느꼈다. 중이는 책(磔)나라로 망명했고 이오는 양(梁)나라로 도망갔다.

이듬해 진(晉)은 여희의 소생인 해제를 세자로 세웠다. 진헌공 26년이었다. 모처럼 강주성은 화목하고 조용하였다. 스산한 가을바람에 실려 계절이 다가오고 있을 뿐이었다.

그런데 얼마 후, 진헌공은 제환공이 주도하는 규구(葵邱) 땅 회맹에 참석하고 돌아오다가 한질(寒疾)에 걸렸다. 한질은 풍토병의 일종으로 지금은 주사 한 대 맞으면 깨끗이 낫는 병이지만, 당시로서는 쉽게 넘길 수 없는 질환이었다. 당시만 해도 군주는 자연사를 해야 한다는 믿음에 침과 부항 같은 인위적인 치료도 금물이었다. 저절로 낫기를 기다리거나, 먹고 바르는 약만 쓰다가 병이 깊어져 결국 유명 한마디 없이 세상을 떠났다.

 세자 해제는 겨우 열한 살이었다. 명색이 세자인 만큼 해제가 군위를 잇는 것은 당연하였으나, 모후조차 세력 없는 패망한 나라 출신이라 정국은 살얼음판을 걷듯이 불안할 수밖에 없었다. 사실 정치란 실력의 문제이기 때문에, 혈통이나 개인의 능력만으로 권력을 쟁취할 수는 없었다. 강력한 지원군이 없다면 군주라도 무력하기 짝이 없는 존재다.

 사달은 출상하던 날 터졌다. 전통적으로 진(晉)은 황하 이남 출신과 하북 출신 간에 알력이 있었는데, 하북 출신 이극(李克)이 사병을 동원하여 상대를 주살하였다. 그런데 일은 여기서 끝나지 않았다. 피를 본 군사들이 걷잡을 수 없는 흥분에 휩싸였다.

 "만세……! 간신들은 죽었다! 그런데 이게 끝이 아니다. 죄 없는 세자를 모함한 하남 놈들을 척살하자."

 "가만! 그보다 더 급한 게 있다…. 이 모든 게 다 임금을 치마폭에 싸고돈 오랑캐 계집 때문이다. 계집부터 죽이자!"

 성난 군중이 앞을 다투어 질주하는데, 이극은 한발 물러서서 지켜보고만 있었다. 그도 이번 기회에 아예 뿌리를 뽑고자 하는 생각이었다. 혼란 중에 세자는 어느 칼날 아래선지 목숨을 잃고, 여희는 후원 연못에 몸을 던져 자진하였다. 진헌공이 세상을 떠난 지 겨우 한 달 반 만의 일이다.

 졸지에 군위가 비었다. 장성한 공자가 둘이다 보니 의견도 둘로 갈리고 이런저런 파쟁이 벌어졌다. 누구는 중이를, 누구는 이오를 주장하고, 또는 둘을 한자리에 불러 담판을 짓자는 의견도 있었다. 자칫 썩은 동아줄을 잡았다가 멸족을 당할 수도 있는 일이기에 물밑 눈치 다툼으로 의견이 분분하였다.

　진(晉)의 분란은 열국의 비상한 관심을 불렀다. 이웃 진(秦)나라 임금 진목공(秦穆公)도 신하들과 이 일에 대해 대처 방안을 숙의하였다.
　원래 진(秦)은 대륙의 서북단, 견융이 번성했던 초원에서 일어난 국가이다. 반농반목의 유목민으로 채찍과 활을 잘 다루는 유전자를 타고 났다. 예술이나 인문 분야는 뒤떨어진 대신 철이나 동, 야금술이 발달하여 무력이 상당하였다. 유목민의 삶 자체가 군사 문화에 친숙하기에, 군대를 유지하는 시스템도 농업 국가보다는 월등하였다. 정착민은 전쟁에 동원되는 사람을 누구의 졸개라는 의미로 '병사'라고 부르는데, 유목민은 '용사'라고 존경한다. 공동체를 지키는 용기 있는 자란 의미이다. 유목보다는 약탈이 쉬웠기에 용사들은 약탈에 의해서 태어나고, 싸우면서 성장했다.
　이 시절에 진목공(秦穆公)은 백리해, 건숙, 서걸술 등 뛰어난 인물을 등용하여 나라를 크게 일으켰다. 그는 처음으로 편두(偏頭)의 풍습을 배척한 개혁 군주이기도 하다. 편두란 신분 높은 사내아이가 어릴 적부터 머리통이 자라지 않도록 나무통을 씌워 압박하는 유목민의 풍습이다. 그래서 정수리가 뾰족한 산처럼 솟아나는 별난 형태를 가지게 되는데 이로써 귀한 신분임을 표시하는 것이다. 한반도 남쪽 신라의 왕실 분묘에도 편두가 유행한 미라가 출토된다. 그래서 신라 왕실의 뿌리가 유목하는 기마 민족이라는 것이다.
　신분보다 능력으로 출세의 자유를 허락하니 또 다른 이득이 생겼다. 자국의 현실에서 밀려난 많은 인재를 모이게 하여 가히 '외인부대'를 이루었다. 실력을 키운 진(秦)은 목(鶩) 땅을 지배하던 강융(姜戎)을 멸하고 내친김에 서융(西戎)까지 정벌하여 영토를 확장하였다. 그런 진목공이 호시탐탐 이웃 나라 진(晉)의 변란을 주시하고 있었다. 바야흐로 외세의 개입이 있을 조짐이다.

그날 조당의 자리에서 진목공이 말했다.

"진(晉)이 혼란에 빠져 있다. 이럴 때 우리가 개입해서 군위를 정리해주면 향후 우리 영향력 아래 놓일 게 아닌가? 공자가 둘이라는데, 둘 중에 누구를 돕는 것이 좋겠는가?"

먼저 답변을 올린 이는 외교담당 건숙이다.

"중이는 책나라에 있고 이오는 양나라에 있으니, 둘 다 그다지 멀지 않습니다. 사람을 보내어 국상에 대해서 조의를 표하고, 장차 양국 관계에 대한 의견을 들어보시는 것이 좋겠습니다."

이래서 건숙이 사신으로 나섰다. 그는 책나라로 가서 중이를 만나서 도와주겠다는 뜻을 전했다. 중이는 의혹이 생겼다. 뜬금없이 이런 제안을 하는 진(秦)의 속셈은 무엇인가? 달리 숨겨진 이유라도 있는 것인가? 이때 중이의 곁에는 참모 격으로 조쇠, 호언, 위주 등이 있었다. 그들의 의견도 다르지 않았다.

"어쨌거나 진(秦)이 우리나라에 대해서 흑심을 품고 있다는 사실만은 틀림이 없습니다. 모르긴 몰라도 이오 공자와도 접촉하여 둘 사이를 저울질하고 있을 것입니다…."

중이의 뜻은 정해졌다. 아직은 음모로 팽배한 현실의 권력 투쟁과 진흙탕 같은 정치에 나설 준비가 덜 되있다.

"고마우신 말씀이나 나는 인물이 모자랍니다. 부왕이 별세하시고 고국에 변고가 있으니 비통한 마음에 빈소를 차려놓고 아침저녁으로 곡을 하고 있습니다. 어찌 딴 마음을 입에 담겠습니까?"

중이는 아버지 진헌공의 죽음을 진정으로 애통해하고 있었다. 생각할 고(考) 자가 그랬다. 이 글자의 원래 뜻은 '죽은 아비 생각할 고'이다. 왜 하필 '죽은' 아비일까? 아버지에 대한 애정은 그가 세상을 떠난 뒤에야 깨닫게 되고, 가슴을 후벼 파는 법이다.

건숙은 중이의 말을 듣고 빙그레 웃었다. 표현이 진솔하고 세련되지 못해도 그 말속에는 진정성이 있었다. 그길로 양나라로 찾아가 이오(夷吾)에게도 조문하고 같은 제안을 하였다. 중이와는 사뭇 달리 이오는 스스로 더욱 적극적인 요청을 해왔다.

"만약에 진(秦)이 이 몸을 도와주신다면 하서(河西)의 다섯 성을 드리겠소."

황하 서쪽의 다섯 성은 마흔 고을도 넘는 땅이다. 사자로 온 건숙에게는 따로 황금과 보석을 선물했다. 이오는 이미 국내의 실력자인 이극(李克)에도 줄을 대서 분양 땅 백만 평을 약속하고 있었다. 건숙의 보고를 듣고 진목공이 말했다.

"중이가 이오보다 그릇이 크고 진실한 사람이구나. 과인은 중이를 지원해야겠다."

"이오는 하서의 다섯 성을 헌납하기로 약조하였나이다. 이오를 세우는 것이 좋을 것 같습니다."

"하하하… 대부는 황금을 받고 이오의 편이 되었는가?"

"주군께서 진(晉)의 군주를 세우시려는 것이 진정 진(晉)을 위해서입니까, 아니면 우리가 이득을 얻고자 하는 것입니까?"

말하자면 누구 좋아라고 하는 일이냐? 이런 물음이다. 진목공은 짐짓 크게 웃었다.

"하하… 과연 고지식하구나. 하기는 그런 점이 그대의 장점이지. 그렇다고 대놓고 그렇게 간언하면 미움을 받을 수도 있는 일이야. 한마디로 바보들이 하는 짓이지."

건숙은 조용히 고개를 끄떡여 보였다. '후후후… 임금이 얼버무리고 있구나.'

이렇게 적극적인 대시(dash)의 결과로 이오는 진목공의 지원을 받았고, 결국 군위에 올라 진혜공(晉惠公)이 되었다.

열국의 국가 경영은 나름대로 특색이 있었다. 노(魯), 제(齊) 등이 비교적 종주국인 주(周)의 예법에 충실했다면, 진(晉)은 철저하게 실리를 추구하였다. 그래서인지 진혜공은 즉위하자마자 땅을 주겠다는 약속을 일방적으로 파기하고 궤변을 늘어놓았다.

"언약을 지키려고 하였으나 대부들이 결사적으로 반대하여 이행하기가 어렵게 되었습니다. 언제고 기회가 되면 약속을 지키겠습니다."

언제고 이행하겠단 말은 머리에 뿔이라도 나지 않으면 하지 않겠다는 말이다. 협약서를 소중히 간직하고 있던 진목공은 그야말로 실없는 사람이 되고 말았다.

진혜공(晉惠公)은 다른 일로 바빴다. 그가 가장 염려하는 것은 눈엣가시 같은 이복형 중이의 존재였다. 먼저 국내에 있는 친(親)중이 세력부터 뿌리를 뽑아야 했다. 그래서 땅을 주겠다고 약속했던 대부 이극부터 처치했다. 세자 해제를 죽였다는 모반의 죄였다. 이극의 출신지 하북은 원래 중이와 너 진하나. 네 편 내 편을 가르는 데 있어 출신 지역만 한 게 없다. 이제 대권을 잡은 이상 정리할 일만 남았다. 이극은 임금의 심복 여이생이 무장 군졸로 자신의 집을 빈틈없이 둘러싼 뒤에야 사태를 깨달았다. 여이생이 잡은 쥐 놀리듯이 느물거리며 다가왔다.

"주군의 명으로 왔소이다."

한때는 그도 이극의 수하였으나 이제는 처지가 바뀌어 말투조차 거만하다. 이극은 애써 배알이 뒤틀리는 것을 참고 물었다.

"말해보시라…!"

"그대로 전할 테니 귀담아듣기를…. 과인은 그대가 아니었다면 군주의 자리에 앉지 못하였을 것이다. 그러나 경은 모시던 세자를 죽였다. 그런 신하와 함께 과인이 인의의 정치를 행할 수 있겠는가? 과인은 경이 스스로 돌아보는 식견이 있다고 믿는다. 적절하게 조치하시라."

결국 잘못을 인정하고 스스로 죽으라는 명이다. 날 선 도끼를 든 살수가 이극의 팔을 잡아끌었다. 하북 제일의 대부는 끌려가는 돼지처럼 비명을 질렀다.

"살려주시오. 모든 지위를 내려놓고 외국으로 나가 살겠소. 살려만 주시오! 이 못된 놈들이… 약속은 어디 가고 사람부터 죽이는구나."

삽시간에 공포 분위기가 조성되었다. 임금은 '권력'의 의미를 왜곡하여 살육과 숙청을 수시로 자행하고, 특히 하북 출신에 대해서는 철저한 엄벌주의로 일관하였다. 편 가르기와 협박은 중요한 통치의 수단이었다. 불안과 회의, 낭패감이 조정에 팽배하였다.

또 다른 심복 극예가 임금을 찾았다.

"주군! 강주성이 술렁이고 있습니다. 백성들이 이극의 죽음에 의문을 품고 있습니다."

"궁금할 것도 많다. 국정을 농단한 자이다. 스스로 죄를 청해 자진한 사람을 무엇 때문에 찾는가…?"

"백성들의 눈길을 달리 돌리시지요. 전(前) 세자 신생은 여후의 모함을 받고 죽었습니다. 주군께서는 차제에 신생의 묘를 개장하고, 시호를 내리시어 원혼을 위로하십시오. 사람들의 관심을 신생 쪽으로 돌리시면 이극 따위는 금방 묻힐 것입니다."

"신생(申生)이라? 뜬금없다고 여기지는 않을까?"

"그야! 사전에 군불을 때면 될 것입니다."

묘안이라면 묘안이었다. 이미 세상 떠난 인물에게 바치는 명예와 헌사는 부담도 없다. 새삼 세자 죽음의 진상을 다시 조사해야 한다는 상소문이 줄을 잇고, 과거사 청산에 대한 공론이 일었다. 임금이 한껏 침통한 목소리로 명령했다.

"신생 세자의 묘를 개장하여 군후의 예에 따라 제사 지내고 시호를 올리라!"

추모의 위령제를 올리고 신생은 공세자(恭世子)로 추존을 받았다. 효(孝)와 경(敬)을 두루 갖추었다 하여 공경할 공(恭)을 시호로 삼았다.

그런대로 급한 일을 처리한 진혜공이 아버지의 후실인 가군(賈珺)의 거처를 찾았다. 원래 가군은 가(賈)나라 공주였다. 지난날 제강이 여자아이를 낳고 죽자, 진헌공이 가군에 아이를 맡겨 키우게 했다. 그때의 아이가 자라서 진(秦)나라 목공의 부인인 목희(穆姬)가 되었다. 목희는 남편의 도움으로 귀국하는 이오에게 가군을 잘 보살펴달라고 당부했다. 진(秦)과의 약속을 일방적으로 파기하고 나자 목희의 부탁이 생각나서 가군을 찾은 것이다.

가군은 이제 막 서른을 넘긴 나이였다. 당시 풍습은 여자 나이 서른 살을 초로라고 하면서 아예 상내 못 할 대상으로 여겼으나, 가군의 어디에도 나이 든 태가 없었다. 오히려 여인의 매력이 한창 피어나는 때였다. 군주가 온다는 기별에 전각의 주인이 달려 나왔다. 급하게 서둔 탓으로 흰 목 위로 긴 머리카락이 흘러 있었다. 오후의 햇살에 비친 여자의 옆얼굴 선이 잘 빚은 도자기처럼 유려했다. 여름 적삼 속의 젖가슴은 한눈에 보기에도 도드라졌고, 호리호리한 실루엣도 흠잡을 데 없이 완벽했다. 살짝 벌어진 입술은 매우 부드럽고 따뜻하리라….

차 솥에서는 물 끓는 소리가 조용하게 들렸다. 원래 가(賈)나라 사향은 명품으로 유명하다. 사향에다 성숙한 여인의 체취가 뒤섞여 복합적이고 매혹적인 냄새가 전각 안에 그득하였다. 진헌공이 생전에 즐기던 향기였는데, 이제 주인은 가고 냄새만 남았다. 몽환적인 향내와 분위기에 남자는 울컥 치미는 욕심이 있어 한 걸음 여인에게 다가섰다.

"흐흐흐… 나라 안에 있는 것은 다 과인의 소유라, 부인은 나를 거역하지 마시라."

말끝에 다짜고짜 여자의 묶은 머리를 거칠게 풀어버렸다. 폭포수처럼 흘러내린 머리칼이 얼굴을 거지반 가려버리자 그는 훨씬 홀가분해졌다. 눈길이 가는 젖가슴부터 더듬고 헤집기 시작하였다. 야리야리한 자태와 달리 가슴은 풍성했고 드러난 속살은 희다 못해 맑은 도자기처럼 푸르렀다. 과연 여자란, 겉보기와는 다른 것이었다. 그녀는 감히 저항하지 못하고 드러난 가슴을 가리기에 바쁘다. 크흠, 군주가 헛기침 신호를 주자 숨죽이던 시녀들이 분분히 자리를 피하였다. 그러면서 헬끔헬끔 서로들 웃고 있었다. 남녀의 일은 단둘이 두면 저절로 해결되기 마련이다.

여자가 자신을 거부하지 못한다고 느낀 사내는 순식간에 폭군으로 변했다. 아버지 진헌공에게 시위라고 하듯이 마음먹은 대로 여자를 깔아뭉갰다. 그녀는 순하게 엎드려서 남자를 받았다…. 경악과 공포로 사시나무 떨듯 몸을 가누지 못했으나, 어느 순간에는 슬쩍 허리를 들어 조바심치는 사내를 거들기도 하였다. 그런 충격도 잠시… 한 번 두 번 사내의 동작이 거듭되자 남자 손길을 탄 지가 얼마나 되었는지 결국 참았던 신음이 숨결 따라 뱉어지고 말았다.

"흑, 흐흥…."

이를 깨물수록, 앙다물수록 소리는 입술 밖으로 새어 나왔다. 두려움에 다 본능이 포개진 야릇한 신음과 함께 그녀도 자신의 시야를 가린 머리칼을 다행스럽게 여기고 있었다. 잠시 후 일이 끝나자 그녀는 눈물을 흘렸다. 이오의 몸을 받을 때 잠시 스쳐 갔던 진헌공의 기억이 있었다.

"나는 팔자가 기구하여 선군을 섬기던 몸으로 이제 또 주군에게 몸을 버렸으니 장차 진(秦) 부인을 무슨 낯으로 볼까!"

이오는 그마저도 재밌다는 듯이 헤벌쭉 웃었다.

"으흐흐, 부인은 마음을 쓰지 마시라. 선군도 서모 제강을 사랑하여 부인으로 삼았다. 이제부터 그대는 가(賈)나라의 향기로 처소를 채우고 과인을 기다려라…."

임금의 말은 어느새 애첩을 대하는 '하대'로 바뀌어 있었다. 저자에서는 이런 말들이 나돌았다.

"그 아비에 그 자식이다!"

"말해 뭐 해? 피는 못 속인다니까."

제8화

말 도둑조차 의리를 지키다

진혜공 4년, 서력으로 BC 648년이다.

한발이 심하여 엄청난 흉년이 닥쳤다. 한창 농사철인데도 농부는 밭 둑에 앉아 마른 먼지가 풀썩이는 하늘만 쳐다보고 있었다. 싸리꽃도 흰 쌀밥으로 보일 만큼 너나없이 배를 곯았다. 임금의 패륜에 하늘이 노했 다고 수군거리는 불평의 소리가 높았다. 진혜공의 심복인 극예와 여이 생은 점차 흉흉해지는 민심을 고민하지 않을 수 없었다.

"이대로 가다간 도성에서조차 굶어 죽는 자가 속출하게 생겼소이다."

"큰일입니다…. 진(秦)은 대풍이라고 하던데…."

둘의 말끝에 진(秦) 이야기가 나오자 임금이 개입하였다.

"그게 무슨 소린가? 진(秦)이 풍년이고 말고가 무슨 상관인가?"

극예는 눈치 빠른 인물이다. 대번에 군주의 뜻이 어디에 있는지 알아 들었다.

"일단 사신을 보내보는 것이 어떻겠습니까…?"

"지난날 약속했던 땅을 주지 않은 것이 내내 마음에 걸리는구나!"

"주군께서는 약속을 어기신 게 아닙니다. 원래 그 약속에는 기한이 없었습니다. 어느 때고 이행하면 그뿐입니다. 연전에 규구 회맹에서도 천재지변이 생기면 서로 돕기로 정한 규약을 채택하였습니다. 열국의 평판 때문에라도 생판 외면하지는 못할 것입니다."

이래서 구호 식량을 요청하는 사신이 강주를 출발했다.

그 시각, 이웃 진(秦)에서는 이런 기회에 자신들을 우롱한 진(晉)을 정벌해버리자는 의견이 분분하였다. 보다 못한 재상 백리해가 말리고 나섰다.

"남의 불행을 틈타 쳐들어가는 것은 의로운 일이 못 됩니다. 오히려 이런 기회에 구호물자를 보내 관계를 돈독히 해두는 편이 훗날 도움이 될 것입니다."

백리해는 예순을 넘긴 나이로 식견과 판단이 높아 임금이 그를 의지하는 편이었다. 백리해의 의견을 따르기로 하였다. 유목을 주로 하는 진(秦)은 목초지가 많은 대신 농지가 적었다. 맨땅은 넓었으나 겨울은 길고, 여름에는 비가 적은 초지는 식물이 높이 자라지 못했다. 나무는 커녕, 풀들도 한해살이풀이 대부분이었다. 한 뼘쯤 되는 앉은뱅이 키에 아기 똥 같은 노란 꽃이 피는 달맞이꽃의 계통이다. 애기똥풀은 봄이 오는 초원을 맨 먼저 덮어 거대한 군락을 이루었기에 기껏해야 말먹이 목초지밖에는 소용이 없었다. 귀한 알곡을 자국 백성들 먹이기에도 빠듯할 텐데도 이웃을 위하여 아낌없이 구호 식량을 보냈다.

그 규모도 엄청났다. 진(秦)의 도성은 옹성(甕城), 성을 감돌아 위수(渭水)가 흐르고, 그 위수는 흘러서 황하에 이른다. 황하의 물길을 통하여 동쪽으로 내려가다가 회수(澮水)라는 지류를 타고 다시 거슬러 올라가면 진(晉)나라 수도인 강성(絳城)이다. 물길 따라 1천 3백 리…. 긴 뱃길이 온통 양곡을 실은 배들로 그득 차고, 육지에는 마바리 짐수레가 강변을 따라 끝도 없이 이어졌다. 장관(壯觀, 구경거리)이란 말이 이를 두고 생겼다.

굶주리던 백성들은 기뻐하고 감격했다. 그런데 정작 진혜공 이오와 그 신하들의 생각은 달랐다.

"진(秦)이 인정을 베푸는 것은 끝내 하서의 다섯 성을 빼앗으려는 수단이다…!"

어쨌든 이오는 감사의 사절을 보내 진목공의 위신을 세워주었다.

"…군주의 은혜가 바다와 같습니다……."

이태 후 이번에는 진(秦)나라에 큰 홍수가 났다. 진(晉)이 돕는 것이 당연한 도리이다. 진혜공은 대신들을 모아 공론을 벌였다. 누구랄 것도 없이 구호품을 보내는 것에는 반대가 있을 리 없었다. 지난번에 빌린 곡식을 갚는 의미에서도 식량을 보내야 했다. 다만 얼마나, 어떻게 도울지에 대하여 이런저런 의견이 갈렸다. 그런데 책사를 자처하는 극예가 갑자기 손사래를 치고 나섰다.

"아니, 아닙니다. 주군께서는 진(秦)에 곡식을 보내실 작정이십니까? 그렇다면 하서의 다섯 성도 줘야 하지 않습니까?"

"아니, 그럴 것까지야… 곡식만 보낼 작정이다. 어찌 땅까지 줄 수 있겠는가?"

"진(秦)은 하서 땅을 기어이 받아내려고 우리를 도와준 것입니다. 곡식을 보내지 않더라도 우리를 원망할 것이고, 곡식만 보내고 땅을 주지 않아도 역시 우리를 원망할 판입니다. 이러나저러나 원망을 듣긴 마찬가지인데 뭣 하러 양곡을 보냅니까?"

듣고 보니 그도 그럴 성싶었다. 그 후에는 이 사람이 이 말을 하면 저 사람이 저 말을 하는 통에 논쟁이 길어졌다. 그러던 차에 여이생까지 나섰다.

"이태 전에는 하늘이 우리나라에 재앙을 내려 진(秦)에게 기회를 주었습니다. 그런데 저들은 하늘의 뜻을 몰라보고 우리에 양곡을 지원했습니다. 그런데 이제 하늘이 우리에게 기회를 주고 있습니다. 이 기회를 놓치지 말고 양(梁)나라와 연합하여 진을 정벌하고 그 땅을 나눠 가져야 합니다."

참으로 뻔뻔하기 이를 데 없는 논리였으나, 진혜공에게는 그럴듯하게 들렸다. 곧바로 역관에 묵고 있는 사신 백리해를 불렀다.

"돌아가서 너희 임금에게 고하여라. 우리 진(晉)의 곡식이 먹고 싶거든 빼앗아 가보라고…."

백리해의 보고를 듣고 진목공은 기가 막혔다. 하다 하다 못해 도움을 준 상대를 침탈하고자 하고 있다. 자신도 모르게 사방침을 내려치면서 호통을 질렀다.

"흥! 빼앗아 가보라고? 오냐! 그렇게 원한다면… 대부들은 내달 보름까지 출병을 준비하라! 과인이 이 작자를 응징해야겠다."

대답 대신 잠시 적막이 흘렀다. 하나같이 마음에 거리끼는 부분이 있었다. 양(梁)나라가 문제였다. 양은 진혜공의 외가의 나라이자 진(晉)과 공수 동맹을 맺은 사이이다. 둘을 동시에 상대하기에는 아무래도 버거울 수밖에 없다. 백리해가 말했다.

"먼저 양(梁)의 문제부터 해결해야 합니다. 양백(梁伯)은 재물 욕심이 많고 여자를 좋아하는 위인입니다. 반반한 계집 몇에다 그럴듯한 말로 꾀면 넘어올 것입니다."

자존심이 상하는 일이었지만, 달리 뾰족한 수가 있는 것도 아니었다. 백리해는 지체 높은 미인 셋과 악공 여섯, 좋은 말 이백 필을 준비했다. 따로 황금과 보물을 수레에 싣고, 정중한 서신까지 곁들여 양백을 찾았다. 국서의 내용은 이랬다.

"…오래전부터 귀국은 예절 높은 문화와 번영을 구가하고 있으니 중원의 자랑이 아닐 수 없습니다. 그에 비하면 우리 진(秦)은 황야에 치우쳐 학문은 모자라고 풍습은 졸렬합니다. 군후께서 이번 기회에 우리의 입장을 헤아려주시면 진 또한 귀국을 옹위할 것입니다…"

평소 진목공의 국서는 직설적인 표현으로 간결한 편이다. 그런데 오늘은 양을 문화 대국이라 치켜세우며 자신은 형편없이 낮추었다. 양백은 어리둥절하였으나 기분이 나쁘지는 않았다. 예물 상자에는 금송아지, 진주, 마노 등 진귀한 보석들이 그득했다. 하나같이 장인들이 생애를 걸쳐 이룩한 정성과 예술의 산물이다. 탐욕과 허영심이 강한 양백은 침부터 꿀꺽 삼켰다. 그런 데다가 평소 양백이 생각하는 인생철학이 있다. '꿈같은 인생, 당장 즐거우면 됐지, 뭐 하러 골치 아픈 일을 앞당겨 생각하겠는가?' 그의 대답은 이랬다.

"우리 양은 진(晉)과는 군사 동맹을 맺은 사이이다. 친선의 사절은 고마운 말씀이나 대놓고 귀국을 도울 순 없다. 다만, 과인이 귀국의 호의를 잘 받았다고만 전하라."

진(秦)이 출병한 것은 그해 9월이었다. 이오도 대뜸 600승의 대군을 동원하여 결전에 나서는 한편, 부랴부랴 양(梁)에게 지원을 요청하였다. 그러나 믿었던 지원군은 끝내 오지 않았다. 양나라 군사는 국경 쪽에 군사를 집결하였을 뿐, 어떤 일도 더 하지 않았다. 양백은 출전하는 장수에게 명을 내렸다.

"만약 진(秦)이 패하거든 사정없이 패잔병을 도륙하고 전리품을 빼앗아라. 혹시 진(秦)이 이기거든 우리 국경을 지키기만 하라."

전투는 한원(韓原) 땅 용문산(龍門山) 밑에서 벌어졌다. 용문산은 산서(山西)와 섬서(陝西) 두 성의 경계에 있으면서, 황하를 가로막아 물길을 돌리고 있는 산이다. 당시 격전의 들판은 오늘날 '용문호'라는 인공호수에 수몰되어 흔적을 찾을 수 없다. 1967년에 제작된 전설적인 무협 영화 〈용문객잔(龍門客棧)〉의 이름도 '용문'을 표방하고 있다. 원래 이 산이 용문(龍門)이라는 이름을 얻게 된 것도 다 이유가 있다. 강과 바다에 사는 모든 물고기가 어느 일정한 시기가 되면 이 산의 절벽 아래로 모여들어 높이뛰기 시합을 했다고 한다. 그때 절벽을 뛰어오른 잉어는 용이 되어 승천할 수 있었고, 넘지 못한 물고기들은 다시 물고기로 남아 있어야 했다. 그래서 등용문(登龍門)이라는 말이 생겼다.

그러고 보면 오늘 진목공(秦穆公)과 진혜공(晉惠公)이 이 들판에서 한판 싸움을 벌이는 것도 천하의 영웅을 가리기 위한 등용문의 다툼이다. 싸움은 미운 감정까지 곁들어 치열하였다. 맹수 심리의 지속 시간이 긴 쪽이 육탄전에서 승자가 된다. 강족, 흉노족, 도각족 등 유목민 출신인 진(秦)의 군마가 사납게 설쳐댔다. 그에 비해 군사의 숫자는 진(晉)군이 더 많아 그런대로 일진일퇴를 거듭하였다. 전투가 길어지자 사람과 말이 함께 지쳐갔다. 한나절마다 군사와 말을 바꿔가며 종일토록 싸워댔다.

개전 이튿날이었다. 시시각각으로 전장의 양상이 달라지고 있는데 어느 순간 진목공(秦穆公)의 수레 주위로 적의 군사들이 까맣게 밀려오는 아찔한 순간이 있었다. 진(晉)의 장수 월길(越吉)이 털 붉은 말을 타고 춤추듯이 큰 도끼를 휘두르며 덤벼들었다. 그는 8척의 키에다 우람한 신체에 인상까지 험악하여, 태행산맥 통틀어 이름깨나 날리는 용장이다.

"초원의 족장은 어디 숨었는가? 비겁하구나! 내가 월길이다!"

앞을 막는 군사들이 터지고 깨지고 나가떨어져 땅바닥에 시신이 즐비하였다. 다급해지자 시위 장수 번기가 장창으로 맞섰다. 창대를 곧추

세워 아래위, 아래위, 불쑥불쑥 내지르다가 어느 순간 월길의 얼굴을 직선으로 찔러갔다. 월길이 순간적으로 상체를 뒤로 넘겨 피하는데, 창끝이 뺨을 북 찢고 지나갔다. 곧이어 쨍 하면서 도끼와 창이 부딪혔다.

 월길이나 번기 모두 성격이 불같은 장수들이라 순식간에 무거운 병장기를 십여 차례나 후려치고 제치면서 상대의 급소를 노리고 들었다. 어느 순간 번기의 창대가 도끼날에 맞아 중동이 우지끈 부러졌다. 월길의 도끼는 부러진 창대를 가로질러 그대로 내리꽂히면서 번기의 이마를 갈랐다. 비장하게 울부짖는 최후의 비명이 허공에 메아리쳤다. 적장을 격살한 월길이 아수라처럼 날뛰면서 진목공을 노리고 달려들었다. 이제 임금의 병거로부터 한 마장까지 도달하였다. 자칫하면 수레째 월길에게 잡힐 판이었다. 배포가 두둑한 진목공도 이때만큼은 하늘을 우러러 탄식하였다.

 "내 오늘 도리어 이오(夷吾)에게 잡히게 생겼구나. 하늘이 우리 진(秦)을 망하게 하시는가? 어찌 이리도 무심하신가……?"

 그때였다. 난데없이 서쪽 구릉 위에서 두억시니 같은 수백 명의 한 무리 용사들이 일제히 고함을 지르면서 나타났다.

 "우리 임금에게서 물러서라…!"

 용사들은 하나같이 투구도 갑옷도 없이 풀어 헤친 머리를 바람에 흩날리며 살기등등한 기세로 달려오고 있었다. 초원의 늑대, 흉노족이다. 갈기가 사나운 말을 타고, 소매 없는 모피 저고리에다, 자루 짧은 도끼를 휙휙 돌린다. 두목은 얼굴이 피를 뒤집어쓴 듯 시뻘겋고 푸른 눈알이 쑥 튀어나왔는데 쌩쌩 소리 나는 채찍을 내려치고 있었다. 순식간에 진목공의 수레 앞을 가로막더니, 월길과 한판 드잡이질을 시작하였다. 이리저리 도끼날이 번뜩이는 사이로 채찍이 매섭게 파고들었다. 그 틈에 진목공은 포위망을 벗어날 수 있었다.

그날 해거름에, 이번에는 진(晉)나라가 불리한 형세가 되었다. 진혜공 이오(夷吾)의 병거를 노리고 달려든 진장(秦將) 공손지가 100근짜리 혼철창(渾鐵槍)을 휘둘렀다. 공손지는 키가 아홉 자에 원숭이 팔을 가졌다고 해서 진중에서는 수렴마왕이라고 불리는 인물이다. 혼철창이 지나는 곳에 공기를 가르는 파공음이 먼저 닥치고 벼락같은 고함이 뒤를 이었다.

"이오(夷吾)는 목을 늘여라! 진(秦)의 공손지가 여기 왔다."

그는 외모부터 들창코에다 구레나룻이 온 얼굴을 덮고 있었다. 상대편 말이 먼저 놀라 앞발을 높이 쳐들고 몸을 곧추세웠다. 히이이힝…. 말 위에서 균형은 불안정하고 고삐는 의지가 되지 못한다. 엉겁결에 진혜공은 말에서 거꾸로 떨어졌다. 간신히 몸을 추슬러 일어나려는데 공손지의 말이 기세 좋게 달려들었다. 이오(夷吾)도 전문 수련가에게 직접 무예를 배운 몸으로서 녹록하게 당할 사람이 아니다. 자세를 잡고 창날을 세워 적의 빈틈을 노렸다.

곁눈질로 이를 살핀 공손지는 그가 창술의 기본에 얽매인 단계임을 한눈에 알아챘다. 달리는 말 위에서 혼철창을 높이 들어 파화소천세(把火燒天勢)의 자세를 취했다. 횃불을 들어 하늘을 사르는 형국으로 창대를 높이 쳐든 것이었다. 자연스레 가슴팍에 허점이 생겼다. 진혜공은 상대의 빈틈을 보고 옳다구나 창을 들어 필살기로 가슴팍을 찔러 갔다. 이얍……! 그런데 공손지는 도리어 힌 길음 잎으로 나가 잇길리세 공격을 피했다. 이 초식 특유의 수법이다. 그가 등자에 체중을 싣고 휘청 상체를 뒤로 꺾는 바람에 창날은 허공을 가르고, 대책 없는 상대의 몸이 그대로 공손지와 엇갈렸다. 원래 이 '파화소천세'는 허점을 드러내어 상대의 공격을 유발하는 지극히 실전적인 뀜의 초식이다. 공손지가 긴 팔을 내밀어 상대를 덥석 안았다. 원숭이가 가벼운 과일 하나를 집는 듯 전혀 무리가 없이, 귀찮다는 듯 진혜공을 뒤따르는 병거 속으로 패대기쳐버렸다.

군주가 사로잡힌 만치 이 전투는 완벽하게 진(秦) 측의 승리로 끝나게 되었다. 전장이 대강 정리되자 진목공은 귀신 용사들을 불렀다. 그들은 두목의 시신을 말잔등 위에 가로로 얹은 채 임금을 뵈러 왔다. 채찍을 휘두르던 두목은 한낮의 싸움에서 결국 월길의 도끼에 목숨을 빼앗겼다.

"너희는 누구길래 과인을 죽음에서 구했느냐?"

"군주께서는 지난날 양산(梁山) 밑에서 말을 도적맞았던 일을 기억하십니까? 저희는 그때 그 도둑놈들입니다요…."

언젠가 사냥터에 매어놓은 말 여러 마리가 없어졌던 일이 있었다. 시위들이 사방을 두루 살피던 중 계곡 밑에서 유목민 여럿이 둘러앉아 말고기를 구워 먹는 것을 발견하였다. 유목민이라면 훔친 말이라도 함부로 죽이지는 않는 법인데, 이때는 하필 말 발목이 부러졌던 탓이다.

"속히 군사를 보내면 그놈들을 모조리 잡을 수 있습니다."

"기왕에 말은 죽었다. 말 때문에 사람까지 죽일 수야 없잖은가…? 짐승보다 사람이 귀하다. 기왕에 선심 쓰는 김에 술도 몇 독 퍼주고 오너라…."

당시 저자에서는 남자 노비 서넛과 말 한 마리를 맞바꾸던 시절이었다. 그런데도 진목공은 아끼던 말을 잡아먹은 도둑들을 용서하고 술까지 내렸다. 관리들은 술독을 싣고 유목민에게로 갔다.

"우리 주군께서 말고기를 먹을 때는 술이 있어야 제격이라 하셨다. 맛있게 먹고 앞으론 우리 임금의 말을 훔치지 마라."

생각지도 못했던 너그러운 처사에 도둑들은 머리를 조아렸다.

"우리가 한때 못된 생각으로 말을 훔쳤는데 오히려 술까지 내리시니 이 은혜를 어찌 갚으리까?"

이제 지난날 떠돌이 도둑들이 진목공이 전쟁을 한다는 말을 듣고 참전했다가 마침 적군에게 포위되었던 임금을 구했다. 진목공은 탄식하였다.

"떠돌이 말 도둑조차 은혜를 잊지 않거늘 도대체 이오(夷吾)라는 인간은 어떻게 생겨 먹었는가…?"

진(秦)군은 이오(夷吾)를 포로로 잡아 본국으로 귀환하였다. 9월에 잡힌 진(晉)혜공은 그해 동짓달에야 겨우 풀려났다. 몇 배의 양곡과 하서 땅을 바치고 세자까지 인질로 내놨다. 이로써 서북방의 패자는 진(秦)으로 판가름이 났다.

사마천의 《사기(史記)》에는 사로잡혔던 진혜공을 돌려보내면서 송별연을 베푼 기록이 있다.

"진목공이 혜공에게 국빈의 예로 칠뢰(七牢)로써 대접하였다."

제사나 잔치에서 세 가지 희생, 곧 소와 염소, 돼지를 통째로 바치는 고기를 일뢰(一牢)라고 한다. 말하자면 코스 요리인 셈이다. 왕실의 제도와 예법을 기록한 주례(周禮)에 의하면 천자는 매일 일뢰를 먹으며, 제후는 세 가지 중에서 둘을 쓰는 소뢰를 먹고, 대부는 그중에 하나만을 쓰는 특생(特牲)을 먹는다고 하였다. 칠뢰란 것은 소, 염소, 돼지를 각각 7마리씩 잡는다는 뜻이니, 이를테면 21가지 코스쯤 되는 최고의 대접이다.

진혜공은 귀국하자마자 문책성 숙청으로 애꿎은 분풀이를 했다.

"누구의 잘못이냐?"

임금의 입술이 한쪽으로 비쭉 쏠린다. 눈이 가늘어지면서 안광은 뱀의 눈처럼 차고 날카로운데, 입은 웃고 있었다. 이극을 죽일 때, 가군(賈珺)을 겁탈할 때 지었던 바로 그 웃음이다. 이 젊은 독재자의 입가에 이런 억지웃음이 떠오르면 뭔가 일을 내고야 만다. 전쟁을 말리던 신하들과 전장에서 달아난 장수의 책임을 물어 줄줄이 목을 벴다. 그의 정치는 공포와 문책의 정치였다.

진혜공 이오는 새벽같이 잠에서 깨어났다. 아버지 진헌공의 꿈을 꾼 날이었다. 꿈속에서 아버지의 눈은 계속 이복형 중이에게 가 있었다. 불쾌하고 시큰둥하게 깬 꿈이라, 다시 더 잠을 청할 생각도 없었다. 심복 여이생을 불렀다.

"중이가 어떻게 지내고 있는지 알고 있느냐……?"

여이생이 임금의 말뜻을 모를 턱이 없다. 중이가 비록 진(秦)의 제의를 냉큼 받아들이지는 않았으나 나름대로 정권에 뜻이 있음은 분명하다. 설사 그러지 않더라도 정통성을 중히 여기는 공실에서 동생이 군주가 되었으니 이복형은 죽은 목숨이나 다름이 없다.

"중이가 책에 있은 지 어언 12년입니다. 그런대로 책후와 사이는 괜찮은 모양입니다. 책이 구여(邱如) 땅을 쳤을 때 그곳 여자 둘을 데리고 와서 중이에게 준 일도 있습니다. 중이는 하나는 제가 데리고 살고 다른 하나는 조쇠에게 주었답니다. 이런 걸 보더라도 대놓고 해치기보다 암암리에 자객을 보내는 것이 좋겠습니다."

그런데 덧창 뒤에서 이들의 대화를 엿듣는 귀가 있었다. 나인 중에는 대부들의 끄나풀이 많았다. 이런 내용은 곧바로 대부 호돌에게 알려졌다. 그의 두 아들, 호언과 호숙이 중이를 따라다니고 있다. 이 시절 중이의 처지도 녹록하지는 않았다. 이오(夷吾)가 진(晉)의 임금으로 등극하자 사람들이 썰물 빠지듯이 줄어들었다. 진(秦)의 제안을 거절한 일을 두고도 그의 심경은 두 번 세 번 곤두박질치고 있었다. 결정적인 순간에 내 편, 네 편을 견주며 겸양(?)을 부리고 있었으니 이 또한 본인이 자초한 일이다.

책나라 임금과의 사이도 썩 좋지는 않았다. 어느 세상에서나 망명자는 보호자에게 잘 보이려고 애쓰는 법인데, 중이는 그마저도 데면데면 하였다. 이날 모처럼 위수(渭水) 강변을 산책하던 중이와 호언 앞으로 갑자기 한 사람이 나타났다.

"강주에서 호돌 대감의 서신을 가지고 왔습니다."

아들인 호언에 보내는 편지는 이러하였다.

"임금이 공자를 암살하려고 자객을 보낸단다. 지키는 열이 노리는 하나를 당하지 못한다는 말도 있다. 차라리 공자와 함께 타국으로 피하도록 해라."

중이의 가슴속에서 후끈 분노가 일었다. 진목공의 초대에 선뜻 응하지 않았던 것은, 자신의 진솔함에 비추어 이오도 성의를 가지고 대처할 것이라는 기대가 있었기 때문이다. 순서로 보아도 자신이 형이다.

"가족이 다 이곳에 있으니 이제 여기가 내 집이다. 어디로 간단 말인가? 평생 도망만 다니다가 어쩔 것인가? 차라리 여기서 조심하면서 사는 건 어떤가?"

"공자께서 이 나라에 오신 것은 가정을 갖기 위해서가 아닙니다. 큰 뜻을 품은 이가 사사로운 정에 얽매여서야 어찌 뜻을 이루겠습니까? 결코 자객이 무서워서 도망치는 것이 아닙니다. 잠시 비껴가는 것입니다."

"그렇다면 어디로…?"

"방백 제환공이 가히 영웅이라 할 만합니다. 우선 그에게 몸을 의탁하시고 기회를 보도록 하시지요."

이때가 제환공 즉위 40년, 관중과 습붕이 죽고 포숙아가 재상 자리에 있을 때였다. 그날 밤 중이가 아내 계외에게 말했다.

"본국에서 나를 암살하려고 자객을 보냈다고 하오. 나는 어디든지 큰 나라로 떠나야겠소. 다행히 책후가 내린 땅이 있으니 당신은 이곳에 남아 아이들을 키워주시오. 넉넉잡고 앞으로 20년만 기다려주시오. 그래도 돌아오지 않으면 다른 데로 재가하시오."

중이의 나이, 어느덧 쉰다섯이다. 다시 또 20년이 흐른다면 분명 그도 이 세상 사람이 아니리라. 이 말은 결국 '내가 죽으면 재가하시게'라는 애정의 표시이다. 계외도 쓰게 웃으며 말하였다.

"20년 후에는 제 무덤에도 측백나무가 자라고 있을 것입니다. 농담일랑 그만하시고 어서 떠나세요. 첩은 목숨이 붙어 있는 한 돌아오실 날만 기다리겠습니다. 부디… 성공하시길……!"

중이는 조쇠, 호언, 호모, 선진 등 따르는 10여 명과 함께 이튿날 새벽에 야반도주하였다. 길 떠나고 사흘째 되던 날 아침에 보니 재물을 실은 짐수레가 사라지고 없었다. 수레를 끌던 사람이 돈 될 만한 물건을 챙겨 어디론가 사라져버렸다. 일행은 졸지에 노자 한 푼 없는 신세가 되었다. 그중 젊은 선진(先進)이 말고삐를 잡았다. 마흔이 못 된 선진은 시원스러운 눈매로 보는 이에게 호감을 준다. 중이는 수레를 끄는 그에게 농을 건넨다.

"선진아! 틈틈이 병서를 읽어라! 내 비록 이렇게 떠돌이 신세로 수레꾼에게도 버림받았지만, 장차 방백이 되어 천하를 호령할 것이야. 그때 너는 대장군 감이다."

유랑의 세월이 오히려 여유와 유머를 만들었다.

제나라로 가는 여정에 위(衛)와 정(鄭)이 있었다. 일행은 문전 박대를 당해 도성 안에 들어가보지도 못하였다. 돌아서 터덜터덜 걷는 중이를 호언이 위로한다.

"용이 때를 만나지 못하면 한갓 물뱀이나 다르지 않습니다. 공자께서는 만사를 꾹 참으십시오."

오록(五鹿) 땅을 지날 때는 백성들이 먹거리라면서 삭아 빠진 물푸레 바가지를 내밀었다. 바가지 안에는 자갈돌과 흙에다 곰삭은 똥거름이 잔뜩 담겨 있었다. 겉보기에 한낱 비렁뱅이들이 굶어도 껄떡거리지 않고, 저들끼리 공자님! 주군! 하는 게 꼴같잖아 놀려먹는 것이다. 이런 수모까지 겪으며, 일행은 굶고 걸식을 하며 드디어 제나라 임치에 도착하였다.

수문장으로부터 진(晉)의 공자가 알현을 청한다는 보고를 받고 제환공은 반색하였다. 그는 진즉부터 중이의 소문을 듣고 있었다. 원래 이 대륙의 사람들은 희한하고 신기한 대상에 관심을 가지는 특성이 있다. 중이의 가슴뼈가 통뼈라느니, 눈동자가 둘이니 하는 소문도 충분히 호기심을 자극하였다.

"진나라 공자라고…? 용모가 비범하다고 소문이 난 그 사람이 아니더냐? 멀리서 찾아온 인물이니 소홀함이 없도록 대접하라."

중이를 만난 제환공이 대뜸 물었다.

"공자는 우리 제(齊)에 왜 오셨는가?"

"빙백께 몸을 의지하고 기회가 된다면 중원의 평화를 위하여 작은 힘이나마 보태고자 합니다."

빈손으로 떠도는 처지인데도 중이는 포부를 숨기지 않았고, 경박하거나 비굴하지도 않았다. 단박에 중이의 됨됨이를 알아본 제환공이 환영연을 열었다.

"공자는 가족을 데리고 오셨소?"

"한갓 도망자의 신세로 어찌 가족을 데리고 다니겠습니까!"

뜬구름 같은 처지인데도 중이의 말투는 유쾌했고 부드러운 미소까지 차분했다. 제환공이 위로하였다.

"과인은 혼자 자면 하룻밤이 마치 1년같이 지루합다. 더구나 공자는 아직 젊은 몸인데 가까이 시중드는 여자가 없어서 되겠소? 내 마땅한 여인을 찾아보리다."

질녀 하나를 양딸로 삼아 중이와 짝짓게 하고 따로 백여 호의 식읍도 내렸다. 과연 명성대로 중원의 방백은 오지랖이 넓다.

그 후 2년이 채 못 되어 환공은 세상을 떠났다. 이제 중이의 뒤를 돌봐줄 사람이 없어진 셈이다. 후계자 문제로 정국조차 시끌시끌했다. 그런데도 중이는 임치를 떠나려고 들지 않았다. 새로 얻은 젊은 부인이 마음에 쏙 들었기 때문이다.

제9화

도강하는 적을 손 놓고 기다렸다

내홍을 겪던 정국은 그럭저럭 수습되었다. 송나라 임금 송양공이 개입하여 세자 소가 즉위하고 제효공이 되었다. 송양공은 제(齊)의 혼란을 잠재운 뒤, 천하 대사를 해결했다는 자부심에 빠졌다. 그는 전대 은(殷)의 후손이다. 주나라를 건국한 무왕은 패망한 나라의 후손도 제후로 책봉하여 조상 제사를 모시도록 배려하였다. 남의 제사를 끊는 것이 다시없는 패악이던 시절이었다.

전설 속의 은(殷)이 역사의 스토리로 모습을 드러낸 것은 은허 유적의 발굴이었다. 1899년 유악(劉鶚)이라는 학자가 베이징의 약국에서 용골(龍骨)이라고 불리는 오래된 동물 뼈를 샀다. 갑골을 갈아서 마시면 학질에 좋다는 소문이 나서 약국의 인기 품목이었다. 그런데 뼈를 갈다 보니 거기에 정체를 알 수 없는 고문자가 잔뜩 새겨져 있는 것이었다. 이후 은허(殷墟)에서는 수만 점에 달하는 갑골이 발굴되었다. 갑골은 점(占)에 사용되던 귀갑(龜甲, 거북 껍질)과 수골(收骨, 소뼈)을 줄인 말이다. 땅속에서 황제 이름, 시호, 왕비 이름이 적힌 뼈가 줄줄이 나오고 궁전, 주택 등의 유적과 분묘가 끝도 없이 발굴되었다.

특히 충격을 준 것은 대규모의 순장 풍습이었다. 한꺼번에 수백, 수천의 사람들이 죽은 이를 모시기 위해 생매장되었다. 장신구를 단 채 살아서 묻힌 신하가 있는가 하면 머리만 잘려서 한 자리에 수십, 수백의 해골이 가지런히 배열된 모습도 있다. 판축 상태 등 여러 정황으로 미루어 권력자의 묘는 필요에 따라 입구를 수시로 열 수 있는 구조로서 공물을 바치듯이 차곡차곡 지하 공간을 채웠던 것으로 보인다.

갑골문에 상(商)이라고 새겨진 선명한 글자가 확인되었다. 은허 유적의 주인은 상(商)나라였다. 당시의 중원은 황하 유역으로 한정되어 왕권이 미치는 영역도 좁았으며 인구도 적었다. 사람들은 귀신의 존재를 믿었고 특별히 '경(敬)'을 중시하였다. '경'이란 경천(敬天), 경신(敬神), 경조상(敬祖上)을 의미한다. 제사의 종류도 다양하였다. 하늘의 신 상제(上帝)에게 바치는 제사에서부터 산과 강 같은 자연신과 조상신에게 바치는 제사에 이르기까지 수십 가지가 넘었다. 그런 제사마다 사람을 제물로 썼다. 은허에서 발굴된 갑골문의 점복문 중에는 이런 글이 예사로 나온다.

"태을(太乙)에 강(羌)인 500명으로 제사하다."

"소 천 마리, 사람 천 명을 제물로 하백에 제사를 지내다."

강(羌)인 500명은 어떤 사람들이었을까? 강(羌)이라는 글자는 양(羊)과 인(人)이 합성된 글자로, 양을 키우는 사람이라는 뜻이다. 그렇다면 이들은 북서 초원 지대의 유목민이었을 것이다. 은나라 사람들은 인간 사냥하듯이 이들을 잡아서 희생양으로 삼았던 게다.

은(殷)의 후손으로서 자부심이 강한 송양공은 중원의 패자가 될 꿈을 꾸고 있었다. 송나라 군주는 벼슬부터가 5등작의 으뜸인 공작이다. 지리적으로도 대평원의 가운데 위치하여, 길은 사방으로 통하고 수운이 발달하였다. '수양산 그늘이 강동 팔십 리!'라는 말마따나 떵떵대던 시절이었다.

천하 패자의 패러다임은 제환공이 길을 터두었다. 회맹을 열어 추대를 받는 것이다. 송양공은 우선 등(騰), 조(曹), 주(邾), 증(鄫) 네 나라를 회맹에 초청하였다. 그런데 '회맹'이란 게 원래 아무나 참여할 수 있는 자리가 아니었다. 이 시절 강대국으로 손꼽기는 진(晉), 초(楚), 제(齊), 진(秦)의 이른바 4강이다. 이들이 1등국의 지위에 있었고, 노(魯), 송(宋), 정(鄭), 위(衛) 같은 나라들이 2등의 위치였으며, 진(陳), 채(蔡), 조(曹) 같은 나라는 3등급 나라였다. 3등까지 대맹회(大盟會)에 참석할 수 있는 열국이다. 오늘날의 G20 정상회의 같은 시스템이다.

이때 송이 초대한 네 나라 중 조(曹)나라 정도가 열국에 포함되는 정도였고 나머지는 일종의 속국들이었다. 그나마 정해진 기일에 온 것은 조(曹), 주(邾) 둘뿐이었다. 송양공은 본인이 주최한 회맹의 초라한 모습에 화가 났다. 한발 늦게 등(騰)의 임금이 도착하자 그를 구금시켜버렸다. 소식을 듣고 증(鄫)나라 임금이 부랴부랴 회맹장에 나타났다. 그는 약속한 날짜보다 이틀을 늦었다. 열불이 난 송양공은 증(鄫)나라 군주를 대정(大鼎)이라고 부르는 가마솥에 넣고 삶아버렸다.

골목 회합 같던 송(宋)의 회맹에 며칠 늦었다고 증(鄫)나라 임금이 졸지에 삶겨 죽었다. 갇혀 있던 등(騰)의 임금은 이 소식을 듣고 기겁을 했다. 평소 안면이 있던 대부들에게 뇌물로 부탁해서 풀려나자 밤을 도와 본국으로 달아났다. 먼저 와 있던 조(曹), 주(邾) 두 나라 임금도 화들짝 놀라서 도망가버렸다. 첫 번째 회맹은 이렇게 끔찍한 에피소드만 남기고 실패로 끝났다. 송양공은 좀 더 그럴듯한 계획을 세웠다. 그는 자신이 군위에 올려준 제효공과 남방의 맹주 초(楚)를 초청했다. 이때 초(楚)는 한때 식나라 부인이었던 규희가 낳은 초성왕(楚成王)의 시절이다.

제나라 녹상(鹿像) 땅에서 세 정상이 만났다. 이 자리에서 송양공은 3국이 공동으로 열국을 초청하여 천하 회맹을 열 것을 제안했다. 그의 계획은 회맹부터 열어놓고, 모임의 분위기를 휘어잡아 자신이 패자의 자리에 오르려는 속셈이다. 그러고 보면 나머지 둘은 송양공에 비해 한참이나 젊었다. 인간은 동년배의 인물에 대해서는 경계하거나 연구하기도 하지만 자식뻘만큼이나 나이 차이가 나면 무심코 무시해버리기가 쉽다.

초성왕은 무슨 생각에선지 송양공의 말에 쉽게 승낙하고 나섰다. 그에 비해 제효공은 송양공이 자신을 아랫사람 대하듯 하는 태도에 심사가 뒤틀려 돌아가 버렸다. 그래서 송(宋), 초(楚) 두 나라의 명의로 천하 회맹의 초청장이 발송되었다.

마침내 이듬해 봄에 송나라 우(盂) 땅에서 정식으로 회맹이 열렸다. 송, 초, 진(陣), 채, 허, 조(曹), 정(鄭)까지 일곱 나라의 군주가 모였다. 참석자의 면면으로 보면 그럭저럭 천하 회맹의 외양은 갖추었다. 아쉬운 것은 제(齊)가 빠진 것이었다. 전날 녹상(鹿像) 땅에서 삐친 제효공은 국내 문제를 핑계 삼아 결국 참석하지 않았다. 첫술에 배부른 일이 어디 있을까? 앞으로 넓혀가면 될 일이다. 송양공은 자못 엄숙하게, 회합을 주관했다.

"오늘 모임을 연 것은 방백 제환공의 유지를 이어받아 왕실을 보위하고 천하를 태평케 하고자 함입니다. 다들 동의하시는지요?"

그런데 이런 의례적인 질문에 누구 한 사람 선뜻 대답하는 사람이 없었다. 다들 초나라의 눈치를 살피는 중이다. 초성왕이 한 걸음 앞으로 나섰다.

"험, 험… 참으로 옳으신 말씀이오. 그런데 맹주는 누가 맡는 거요?"

송양공은 어리둥절해졌다. 오늘 회합을 준비하고 주관하는 사람이 당연히 맹주가 되는 것이 아니었던가?

"그야……! 작위로서 정하면 어떻겠소…?"

"좋은 말씀이요. 과인도 찬성이요. 과인은 왕이고 송나라 군주는 벼슬이 공작이니 과인이 이번 회맹을 주관하겠소!"

그러고는 중앙의 맹주 자리로 가서 턱하고 걸터앉아버리는 것이 아닌가? 송양공은 얼굴이 벌겋게 달아올라 턱밑 수염부터 쓰다듬었다.

"이 몸은 대대로 왕실로부터 공작의 작위를 제수받았소. 초나라 군주가 받은 관직은 고작 자작에 불과하잖소?"

"누가 자작이라는 게요? 과인은 초나라의 대왕이요."

"어찌 가짜 왕이 진짜 상공보다 앞설 수 있겠소…?"

제후들이 이렇게 호칭의 문제로 말싸움 실랑이를 벌이고 있는데, 갑자기 주변이 소란해졌다. 초성왕을 따라온 시종들이 하나씩 겉옷을 벗어 던지는데, 그 안에 갑옷을 껴입고 있었다. 보따리에 숨겨둔 창칼까지 꺼내 들었다. 이를 막아서던 송의 근시와 시위 군졸 몇이 언월도에 목이 잘려 나갔다. 바람결에 분수처럼 사람의 피가 흩날린다. 평생 순종으로 살아온 그들이지만 피 냄새는 역하게 진하고 비렸다.

제후들은 얼굴이 백지장처럼 하얗게 질린 채 꼼짝없이 포로의 신세가 되었다. 초성왕은 전령 비둘기를 날려 국경에서 대기 중인 군사를 불렀다. 병거 500승이 도착할 때까지 사흘이 더 걸렸다.

초나라 군사는 송양공을 뒷결박으로 묶어 수레에 대우고 수양성을 향해 진격하였다. 군주가 사로잡힌 것은 본 송군은 감히 막아서지 못했다. 초성왕이 성루를 올려다보면서 소리쳤다.

"너희 임금을 돌려보내 준다면 너희는 무엇을 주겠느냐…?"

성을 지키는 공자 목이(目夷)는 송양공의 이복형이다. 그는 나름대로 준비가 있었다.

"비상사태를 맞아 내가 대신 임금 자리에 올랐다. 이제부터는 내가 송의 군주이다. 폐주를 돌려주고 말고는 마음대로 해라."

분통이 터진 초성왕은 즉시 공성을 명령했다. 하지만 성벽이 높고 두터운 수양성은 그리 만만하게 볼 곳이 아니었다. 둘레둘레 성벽에다 굽이가 많아서 치기는 어렵고 지키기는 쉬웠다. 당시는 공성 장비라야 성벽에 걸치는 사다리와 방추차(紡錘車, 통나무 수레) 정도가 고작이었다. 공성용 망루나 투석기, 원거리용 활 같은 무기는 모두 후대의 작품이다.

내리 사흘을 공격했으나 피해만 늘어갔다. 고심 끝에 초성왕은 노(魯)나라에 중재를 부탁했다. 다시 열린 회맹의 자리에서 노희공이 말했다.

"자고로 회맹이란 열국 간 화합을 나누는 자리인데, 불상사가 생기면 후대에까지 선례로서 남게 됩니다. 이제라도 당장 송공을 풀어주고, 여타 제후의 안위를 보장한다면, 우리 노(魯)도 초나라를 맹주로 추대하겠습니다."

이런저런 우여곡절 끝에 드디어 회맹이 끝이 났다. 가까스로 풀려난 송양공에게 이복형 목이가 사람을 보내왔다.

"신이 그동안 섭정한 것은 임시방편이었습니다. 한시바삐 돌아오십시오…!"

이런 걸 보면 송양공은 그런대로 인덕은 있었다. 다시 군위에 복귀했으나, 누구보다 체면을 중히 여기는 그는 참을 수가 없었다. 해가 바뀌자 본격적으로 정(鄭)나라 정벌 군사를 일으켰다. 정문공은 우(盂) 땅 회맹에서 적극적으로 초성왕을 편든 전력이 있다. 소식을 듣고 초성왕도 출병하였다.

 양군은 홍수(泓水)를 경계로 서로 대치하였다. 지금이야 봇도랑 같은 소하천이지만 당시만 해도 한 마장이 넘는 강폭에다 물도 많았다. 강물은 흐름을 뒤틀지 않았고 풀들이 웃자란 구석이 없어, 초원은 가지런했다. 초성왕은 아득하게 보이는 강 건너 적의 진세 앞에서 잠시 난감해했다. 어제도, 오늘도 때아닌 추위에 남쪽에서 온 초군은 오금을 펴지 못했다. 겨우내 얼었다가 막 풀린 강이라 흐름은 유려하나 칼날 같은 차가움에 보기조차 처연하다. 바람 소리가 스산하다 싶더니 설상가상으로 저녁나절에는 진눈깨비까지 뿌렸다. 천생 왕은 꼬임의 전서(戰書)를 보냈다.

 "…송나라 군주는 그간 별고 없으신지요? 우(盂) 땅 회맹의 맹세가 아직 마르지도 않았는데 이리 정(鄭)을 침범하니 평소 공명정대하던 의기는 저버리신 것이요? 내일 오시(午時)에 홍수 벌판에서 한바탕 진세를 펼쳐 우열을 가리기를 청하오……!"

 이 시절의 '전쟁의 룰'이 원래 그랬다. 선전포고하고 약속된 시간과 장소에서 전투 대형을 갖춘 뒤에 싸움을 시작해 그날 중으로 승부를 내는 것이 '게임의 법칙'이었다. 스포츠 같은 성격이 있어, 서로 지킬 건 지킨다는 인식 또한 확고하던 시절이었다. 그러나 교과서적인 병법서와 달리 실제 싸움에서는 교활한 속임수도 예사로 쓰는 법이다. 이 경우가 그랬다. 상대의 결기를 기화로 그냥 강을 건너자는 심보이다.

 날이 밝지 초군은 강폭이 좁은 여울목을 도하 거점으로 삼아 서릇배 삼십여 척을 띄우고 통나무로 연결해서 부교를 만들었다. 든든한 칡으로 동여맨 뗏목 길은 탄탄한 다리와도 같았다. 새벽녘이라 강물도 차분했다. 서두는 기색도 없이 차근차근 병력과 군수를 강 건너로 옮기기 시작하였다. 송의 진영에는 대사마 공손고가 있었다. 공손고는 진(秦)의 공손지와 함께 당대에 손꼽히는 명장이다. 적의 동태를 살피다가 부리나케 임금을 찾았다.

"주군! 무엇을 기다리십니까? 지금 불화살로 공격하면 이 싸움은 우리가 이기는 싸움입니다."

송양공은 인의(仁義)라고 쓴 큰 깃발을 가리키며 말했다.

"대사마는 저 글이 보이지도 않느냐? 벌판에서 싸우자고 약속해놓고 어찌 강을 건너는 적을 비겁하게 공격할 수 있겠는가!"

초성왕의 예상은 보기 좋게 적중하였다. 이래저래 적의 본대가 도강을 완료하기까지는 반 각이 더 걸렸다. 그동안 송의 군사는 강기슭에 포진한 채 도강하는 적을 노려보고 있었다. 초군은 이제 완전한 진세를 이루었다. 사나운 말들은 기세 좋게 코 투레질을 하고 땅바닥을 사납게 긁어댔다. 차갑고 메마른 자갈밭 여기저기에 누런 말 오줌과 질척한 말똥들이 모락모락 김을 낸다. 날 선 창칼이 봄의 햇살을 받아 번쩍번쩍 빛났다.

상대가 완전히 전투의 진용을 갖추자, 그제야 송양공은 고동을 두 번 불고 큰북을 치게 하였다. 송양공의 융거는 붉은 말 네 필이 끄는데 좌우의 가림판에는 호랑이가 사슴을 쫓는 장인의 그림을 조각했다. 키가 훤칠하고 건장한 송양공이 거대한 강궁을 들더니 한껏 시위를 당겨 적진을 향해 효시(嚆矢)를 날렸다. 길게 포물선을 그리며 날아간 화살이 적진 가운데 떨어지자 군사들이 '와아' 함성을 질렀다.

"쳐라! 적을 쳐라! 무찔러라!"

임금의 융거 주위로 창을 꼬나 잡은 장수만도 열둘에다 근위병 3천이 서슬 푸르게 따라나서는 기세가 대쪽을 쪼개는 듯하였다.

"돌격! 돌격!"

과연 송양공은 격식대로 전쟁을 치르는, 용감한 군주였다. 그래서 혹자는 송양공을 춘추오패의 하나로 꼽기도 한다. 그에 비해 초성왕은 눈을 가늘게 뜨고 꿈쩍도 하지 않는다. 결코 서두르면 안 된다…. 전투에서 '승리의 문'은 단 한 번의 기회와 찰나의 타이밍에 달렸다. 드디어 적이 진영 발치까지 다가오자 한차례 큰 북소리와 함께 진문이 활짝 열리고 돌진하는 송의 군사들을 그대로 삼키더니, 조가비같이 날름 입을 닫아버렸다.

곧이어 하늘을 가릴 정도로 엄청난 짱돌이 쏟아졌다. 돌팔매질은 가장 빠르게 공격을 퍼부을 수 있는 수단이다. 원래 이를 정식 전투에 도입한 사람이 바로 초성왕이다. 그는 활줄을 당기는 수고도 없이 바로 적을 때리는 돌팔매질에 주목했다. 상대를 죽일 수야 없겠지만, 일순 당황케 하고 때로 얼굴을 가격해 전의를 상실케 한다.《사기》에서는 이를 몰두전(沒羽箭, 깃 없는 화살)이라고 불렀다. 송군은 엉겁결에 터지고, 찢기고, 상처를 입었다. 적의 진영 속에 뛰어든 데다 기선까지 제압당했다.

이런 전장의 변화를 주시하던 왕이 다시금 창을 들어 신호를 보냈다. 초군은 송양공의 병거를 이리저리 내몰면서 멧돼지 사냥이라도 하듯이 얼러댔다. 물레를 돌리듯이 원을 그리며 앞뒤로 뒤바뀌는 차륜전(車輪戰)으로 진을 뽑을 작정이다. 시간이 흐를수록 사람과 군마의 죽음이 첩첩이 쌓여갔다.

후위에 있던 공손고도 바로 사태를 알아차렸다. 그는 염심갑으로 선신을 감싼 채 긴 창을 휘두르며 적진의 옆구리를 파고들었다. 전장은 아수라장이 되어 있었다. 헐떡이는 가쁜 숨소리, 청동검과 청동검이 마주치는 울림소리, 고함에다 단말마의 비명, 주인을 잃은 말의 울음소리, 악머구리 끓는 전장에는 깃발, 무기, 시체, 그리고 무수히 잘려 나간 손발이 사방에 널브러졌다.

공손고는 이리저리 눈을 뒤집으며 임금의 행방을 찾고 있었다. 언제부턴가 불어오는 눈보라가 그의 투구 창에 하얗게 들러붙었다. 싸락눈 속에 쌀알만 한 우박까지 섞였다. 저편 언덕 아래서 초나라 군사들이 무언가를 에워싸고 있었다. 혹시 임금이 있을까 해서 달려가니 그곳에는 송의 대부 탕이 있었다. 탕은 이미 얼굴도 알아볼 수 없도록 피를 잔뜩 뒤집어썼다.

"공손 사마는 속히 앞으로 나가 주군을 구출하시오. 나는 이곳에서 죽겠소."

"그런 소리 말고 이쪽 병거로 옮겨 타시오. 한번 싸움에 졌다고 다 끝난 것이 아니오!"

"빨리 주군을 구출해서 빠져나가시오. 숨이라도 붙었을 때 내가 뒤를 지키겠소. 나는 오늘 여기서 죽으렵니다…."

눈자위가 허옇게 뒤집히고 피범벅이 된 꼴이 그냥 놔둬도 살아날 사람 같지 않았다. 이래저래 가망이 없다고 여기고 앞으로 나아갔다. 지나는 곁눈에 탕이 창날을 곤추세우는 것이 보였다.

"오랑캐 놈들아! 내가 송의 탕이다."

한순간 발악이 멈췄다. 허공을 가른 화살 한 대가 갑옷 사이를 비집고 탕의 목을 꿰뚫고 있었다. 부디 주군이 이 전장을 벗어나시길…! 눈은 저만치 군주의 자취를 쫓고 있었다. 증나라 임금을 삶아 죽인 일과 2차 회맹의 계책이 모두 그의 머리에서 나왔기에 오늘 주군을 위해 목숨을 내려놓았다.

드디어 공손고의 눈에 송양공의 수레가 보였다. 인(仁), 의(義), 두 깃발은 찢기고 훼손되어 글자를 알아볼 수도 없었다. 임금은 다리를 다친 데다 적의 차륜전에 말려 있었다. 공손고는 주군을 자신의 병거에 옮겨 태우고 포위를 뚫고 나갔다. 그의 혼철창은 허공을 가르며 화살들을 쳐내기 바빴다. 시위 군사들도 사방에서 쏟아지는 화살과 창날을 몸으로 막아댔다.

차가운 강바람에다 싸락눈 고드름을 흠뻑 뒤집어쓴 송나라 군주가 전장을 벗어난 것은 정오가 조금 지난 시점, 싸움은 2각이 채 못 되는, 짧다면 짧은 시간이었다. 송군은 한 번 싸움에 대패하고 수천 명이 죽거나 상했다. 주인 잃은 말들이 갈 곳 없이 털레털레 서성거리고, 덜 죽은 부상자들은 눈을 부릅뜬 채 헐떡거린다. 초성왕은 이런저런 광경을 굽어보면서 껄껄 웃었다.

"쫓지 말고 그냥 두어라. 과인도 인의(仁義)를 아는 몸이다."

송양공 일행은 밤새도록 말을 달려 수양성으로 향했다. 자식을 전장에 보낸 백성들이 성 앞에 몰려들어 대성통곡하였다.

"공손 사마의 말을 듣지 않아서 패했단다……."

백성의 울음소리와 원성을 들으면서 송양공은 탄식하였다.

"군자는 상처를 거듭 주지 않고, 이모(二毛)를 포로로 잡지 않는다. 조애(阻隘)에도 의지하지 않았다. 비록 망국의 여(餘)이지만, 대열을 갖추지 못한 적을 향해 북을 울리지는 않았다…."

이모(二毛)란 검은 머리와 흰 머리가 섞인 반백의 늙은이를 말한다. 그런 노병은 상처를 거듭 주거나 포로로 잡지 않는 것이 군자의 도리라고 하였다. 조애(阻隘)는 계곡이나 험한 길로서 지형적인 이점도 포기한다는 말이다. 망국의 여(餘, 자손)라고 한 것은 송(宋)이 전대 은(殷)

의 후손이기 때문이다. 비록 망국의 자손이지만, 아니 그렇기에 더더욱 당당하고 떳떳하게 싸웠다는 자기변명이다.

 이 지경이 되도록 글줄이나 한답시고 문자를 빌려 인의를 이야기하다니, 소문을 듣고 백성들은 기가 막혔고 세상은 송양공을 경멸하였다. 어느 한쪽이 유불리에 따라 임의로 바꿀 수 있는 룰을 원칙으로 여기고, 자신의 운명을 맡기는 것만치 어리석은 일은 없다. 송양지인(宋襄之仁, 송양공의 인)은 유치하고 고지식하여 스스로 남에게 속아 넘어가는 덜떨어진 사람을 비웃는 고사성어가 되어 오늘까지 남았다.

제10화

자매를 함께 취하다

송의 침략에서 벗어난 정문공은 초성왕을 환영하는 위로연을 열었다. 예법대로 수백 가지 음식이 갖가지 그릇에 담겨 나왔다. 천자에게 올리는 삼배(三拜, 세 번 절함)와 구고두례(九叩頭禮, 아홉 번 머리를 조아리는 대례)를 올리고, 구헌례(九獻禮)의 술잔까지 드렸다. 아름다운 춤과 음악이 빠질 수 없다. 전통적으로 정(鄭)나라의 악기들은 엄청난 크기를 자랑한다. 넓고 두꺼운 석판과 동판들이 윙윙 소리를 내며 울어댄다. 장중한 선율 위로 여덟 명의 무희가 구름 위를 일렁이듯 춤을 추고 노래를 불렀다.

춤이라기보다는 오히려 곡예에 가까운 동작이었다. 나긋한 몸을 배배 휘감기도 하고 옆으로 살짝 기울여 넘어질 것 같은 포즈를 취한다든지, 허리를 깊이 숙이면서 무엇인가를 갈망하는 눈빛을 보내기도 한다. 원래 정나라의 음악은 음탕하기로 유명했다. 그래서 방탕한 노래를 정성(鄭聲, 정나라 노래)이라고도 불렀다. 클래식 음악을 즐기던 공자도 《논어》에서 정나라 노래에 대해 비판했다.

"나는 정성(鄭聲)이 아악(雅樂)을 어지럽히는 것을 미워한다."

사람의 마음을 간지럽히고 꾀는 음악 탓이었을까? 이날도 사고가 생겼다. 정문공의 부인 문미(文羋)는 초성왕의 이복누이이다. 전통적으로 초나라 왕실의 남자는 웅(熊)씨를 쓰고 여자는 미(芈)씨를 썼기에, '정문공의 부인 미 씨'라는 뜻에서 문미라고 불렸다. 그 문미의 소생인 두 딸이 백미(伯芈)와 숙미(叔芈)로서 스물이 채 되지 않은 처녀의 몸이었다. 문미는 친정 오라버니에게 두 딸을 데리고 나와 인사를 드렸다.

신선한 처녀의 젊음은, 진중이라서 더욱 빛났다. 그녀들을 감싸고 여인의 향기가 솔솔 풍겼다. 왕은 생각지도 못하던 호사에 반 너머 넋이 빠져 자매를 이리저리 견주며 벌어진 입을 다물지 못하였다. 멀지 않는 숲에서 이상한 소리로 여우가 두 번 울었다.

정문공은 딸들에게 번갈아 술을 권하게 하였다. 왕은 오늘 술자리를 서두르는 게 완연하였다. 큰 술잔으로 바꿔 연이어 서너 잔을 마시더니 눈매가 풀어지고, 얼굴이 벌겋게 달아올랐다. 심지어 몸을 가누지 못하고 휘청거리기도 하였다.

"과인은 오랜만에 대취하게 마셨다. 누이와 질녀는 나를 좀 전송해주기 바란다."

이래서 문미와 두 딸은 군영까지 따라가게 되었다. 왕은 문미를 별도의 군막에 쉬게 하고 두 처녀는 자기 군막으로 불러들였다. 그런데 시종이 자리를 펴는 도중에 그만 깜빡 잠이 들어버렸다. 백미와 숙미는 발가벗겨진 채 양털 이불을 돌돌 말고 오도카니 앉아 밤을 새웠다. 초나라 왕실의 법도가 원래 그랬다. 시침하는 여인은 왕의 수고를 덜고 동시에 흉기를 예방하기 위하여 옷을 벗고 침전에 들기 마련이었다.

동녘이 부옇게 밝아오는데, 갈증이 난 왕이 문득 눈을 떠보니 곁에 하얗고 매끈한 알몸의 처녀가 둘이나 있었다. 얼핏 본인의 궁궐이려니 하다가, 다시 생각하니 지난밤 대취하였던 연회가 생각났다. 저도 모르게 빙긋이 웃으면서 시위장을 불렀다.

"벌써 해가 솟았느냐? 한 식경만 더 있다가 날을 밝히라고 전해라."

잠시 후 초성왕의 군막은 여러 겹의 장막이 덧씌워져 다시 어둑한 밤으로 변했다. 초나라 왕실에서는 군왕의 건강을 위하여 낮에는 교접을 삼가는 법도가 있었다. 그러나 지금 군막은 도로 밤이 된 것같이 어두웠다. 발소리를 죽인 인기척이 사라지자 왕은 촉촉이 젖은 쪽부터 두 처녀를 차례로 취하였다. 밤새 두근거리며 날밤을 새운 처녀의 들숨에서는 복숭아 냄새가 났다. 잠시 후 만족한 왕은 방금까지 본인이 치대던 하얀 나신을 굽어보며 말했다.

"너희는 이제부터 둘이 함께 과인을 모셔라……."

문미는 밤새 잠 한숨 자지 못하였다. 그날 오후에서야 왕을 만날 수 있었다.

"대왕이시여! 신의 두 딸이 어젯밤부터 간 곳이 없습니다. 신의 딸들을 찾아주십시오…."

왕은 차갑고 근엄한 절대군주로 돌아가 있었다.

"정나라 부인의 딸들은 과인이 잘 돌보고 있다. 부인은 염려 말고 임금을 도와 나라를 잘 다스려라…."

사직을 보전해주는 은혜를 잊지 말라는 뜻이다. 협박은 가장 좋은 무기가 된다.

정(鄭)나라는 오늘날 정주에서 허창 사이에 있었다. 황하 문명과 장강 세력이 마주치는 길목에 낀 정은 한시도 편할 날이 없었다. 왕실의 울타리 역할이면서, 강내국 초나라가 북진하는 길목에 있어 맨 먼저 표적이 되는 지리적 운명을 타고났다. 설상가상으로 왕실의 문화 중에서도 퇴폐적인 영향을 주로 받았다. 오죽했으면 음탕한 노래를 정성(鄭聲)이라고 했을까! 군대가 강했을 리 없다. 어머니 문미는 사전에 몰랐을지라도 정문공이 두 딸을 바치고 나라의 안정을 꾀할 수밖에 없었던 이유이다.

본래 초와 정은 그렇게 밀접한 관계는 아니었다. 자국의 국경 밖에 슬며시 길들여놓은 위성국 정도였는데, 이날을 기점으로 주군으로 모시는 군신 관계로 발전했다.

왕은 질녀 둘을 본국으로 데려가서 후궁으로 삼았다. 그에게 이번 전쟁의 전리품은 백미와 숙미였다. 자매는 거처도 한 채의 전각을 같이 쓰도록 하였다. 사람들은 그들을 쌍미(雙芈)라고 부르고 전각을 쌍미전(雙芈殿)이라고 불렀다.

초와 송이 한바탕 세력을 다투고, 초성왕이 쌍미를 희롱하고 있을 때도 중이는 제강(齊姜)에게 빠져 있었다. 제강이란 여인의 이름이 몇 번이나 등장하는 것은 후대 사가들이 시호로 붙인 호칭이기 때문이다. 글자 그대로 강씨 성을 쓰는 제나라 공실의 여인이란 뜻이다.

제강은 희고 곧게 뻗은 미루나무를 연상케 하는 미모에 톡톡 튀듯 밝은 목소리를 지닌 여인이었다. 그녀는 나이 든 남편의 가슴에 머리를 기대고 나지막한 소리로 노래를 부르곤 하였다. 중이는 젊고 발랄한 제강이 마음에 쏙 들었다. 그도 나이가 들면서 외모가 변했다. 준마 같던 몸매가 나잇살이 오르면서 아랫배가 넉넉한 인상이 되었다. 어느덧 예순이 넘은 그는 정말 이대로 안락한 삶을 살고 싶었다.

벌써 술에 취하고	기취이주 (旣醉以酒)
이미 덕에 마음이 여유롭다	기포이덕 (旣飽以德)
군자가 천년만년	군자만년 (君子萬年)

큰 복 누리기를 빌다　　　　　개이경복 (介爾景福)

공자의 《시경》, 〈대아(大雅)〉편, '기취(旣醉, 이미 취하고)'

그러나 따르는 사람들의 생각은 달랐다. 하나같이 강주성에 터전을 두고 있는 명문의 자제로 야심가들이다. 기다림의 세월만치 희망도 점점 멀어지고 있었다.

"우리가 제나라에 온 것은 언젠가 우리 공자가 대권을 잡기를 소망했기 때문이다. 그런데 이제 제환공은 죽고 나라의 형편도 기울었으니 다른 방도를 찾아야겠다…."

그러나 그들은 중이와 진지하게 한번 말을 나누기도 어려웠다. 중이는 날마다 제강이나 잉첩들과 어울려 술과 음악 속에 살았다. 마음먹고 찾아가면 함께 술이나 마시자고 말꼬리를 돌릴 뿐이었다. 그날도 조쇠가 말을 꺼내려는데 중이가 막았다.

"한잔들 걸쳤으면 그만하고 물러들 가시게. 나라고 마냥 신관 편한 줄 아시나? 내게도 다 생각이 있다네."

돌아오는 길섶에 뽕밭이 있었다. 고랑 사이로 옥수수 그늘이 짙었다. 누가 먼저랄 것도 없이 수숫대에 등을 기대고 까치 다리로 쭈그려 앉았다. 끼룩끼룩… 어디선가 기러기 우는 소리가 들렸다. 높이 나는 새들이라 우는 소리가 청명하고 울림이 컸다. 하늘에는 솜털 같은 구름이 점점이 흩어져 있는데, 먼 산꼭대기로 기러기 한 떼가 줄을 지어 나는 풍경이 어딘지 모르게 고향을 연상케 하였다. 막막해진 조쇠가 제 머리카락을 쥐어뜯으며 한탄조로 말했다.

"우리가 주군을 따른 지 17년이다. 공자님의 연세도 환갑이 다 된 마당에 술과 여자에 빠져 정신을 못 차리는구나! 속절없는 세월은 다시 돌릴 수 없고, 사람만 늙었구나. 장차 우리는 어찌해야 할꼬…?"

한 치 앞을 예측할 수 없는 비감이 그를 옥죄었다. 마침 황혼이 드리울 때라 길게 늘어진 그림자가 흙 돋운 언덕에 걸쳤다. 덩치 큰 위주조차 머리를 설레설레 흔들며 혀를 차는데, 그 얼굴에 석양빛과 눈물이 반짝거린다.

"차라리 공자를 유인하여 다른 나라로 도망칩시다…!"

"유인이라니? 공자님을 속이자는 말인가?"

"그야, 초심을 찾으시라는 의미……."

"허기는… 어느 나라가 좋겠소?"

"송(宋)이 어떻겠소? 사실 이 몸은 송의 공손고와 친분이 있소이다. 괄시하지는 않을 겁니다. 일단, 수양성으로 가봅시다…."

그들이 작당하는 모습을 마침 뽕 따러 왔던 제강의 여종들이 숨어서 지켜보고 있었다. 종들은 진(晉)나라 사람들이 주인을 납치하려고 한다고 일러바쳤다. 제강은 오히려 그들을 창고에 가두고 남편에게 이를 알렸다. 중이는 아내를 안심시키려 다독인다.

"사람이 산다는 게 무엇이겠소? 나도 이젠 늙었소. 나는 결코 당신을 두고 혼자 떠나지 않으리라. 맹세코 떠나지 않겠소!"

"공자님은 진정으로 떠나기 싫어하십니까? 아니면 첩의 마음을 떠보려고 하시는 말씀입니까…?"

비위가 상한 중이는 아내를 흘겨보며 술잔을 탁 소리 나게 내려놓았다.

"누가 누구를 떠본다는 말인가? 나는 결단코 떠나지 않겠다."

"떠나야 한다는 것은 공자의 의지며, 가기 싫다는 것은 정(情)입니다. 이 술은 공자님을 전송하는 자리였지만 이제 못 가시게 막는 술이 되었습니다. 오늘은 첩이 공자와 함께 밤을 새워 마실까 합니다."

제강이 곱게 웃으며 자신이 먼저 술을 한 모금 들고, 연신 중이에게 술을 권했다. 중이가 곯아떨어지자 그녀는 호언을 불러 주인을 모시고 달아나라 일렀다. 남편을 이불 채 돌돌 말아 수레에 싣는 가신들에게 제강은 무릎을 꿇고 부탁했다.

"공자님을 잘 모셔주세요. 그리고 감히 바라건대 훗날 좋은 시절이 오면 저를 잊지 않도록, 호걸들이 챙겨주세요…."

그제야 제강의 그렁그렁한 눈에서 눈물 한 방울이 주르르 흘렀다. 한 시진이나 지났을까, 달리는 수레 위에서 잠을 깬 중이가 펄펄 뛰면서 화를 냈지만 이미 수레는 제나라 국경을 한참 넘었다.

그래도 이번 여정은 비참할 정도는 아니었다. 제환공으로부터 환대를 받았다는 이력이 중이의 명성을 높였다.

스무 날이 지나 일행은 수양성에 입성하였다. 송양공은 홍수 싸움에 다친 상처가 곪아가고 있음에도 중이 일행이 찾아왔다는 말을 듣고 기뻐하였다. 세상이 아직은 자신의 존재를 인정하는 증거라 여겨 위안으로 삼았다. 일행이 묵는 객잔으로 공손고가 찾아왔다.

"원하신다면 언제까지나 수양성에 계셔도 좋습니다. 그런데 지금 당장 도와드릴 형편이 되는 것은 아닙니다. 본인의 소견으로는 다른 나라로 가시는 것이 좋겠습니다."

공손고는 수레 10여 대에 예비 바퀴까지 딸려서 중이의 장래를 빌어주었다. 수레바퀴는 쉽게 닳는 소모품이어서 일정 거리를 가면 바꿔야 한다. 소택지를 가는 바퀴, 산악지대를 가는 바퀴, 평원을 가는 바퀴가 다르기도 하다. 장거리 여행자에게 이런 배려 깊은 호의는 실로 고마운 일이었다.

 그들이 떠나고 얼마 되지 않아, 그렇게나 체면과 위신을 추구하던 송양공은 상처가 덧나서 죽었다. 항생제가 없던 시절에 상처 곪는 파상풍은 치명적인 불치병이다. 그는 결국 죽음을 피할 수 없음을 깨닫고 세자를 불렀다.

 "아비는 외곬으로 생각하는 버릇이 있었다. 내가 일으킨 풍파는 모두 이 때문이었다. 돌이켜보니 모두가 부질없는 짓이었다. 너는 허명에 휘둘리지 말고 사직과 백성을 먼저 생각하라. 진(晉)의 공자 중이가 오랜 기간 열국을 떠돌면서 재기를 노리고 있다. 그가 망명하자 진이 한시도 편할 날이 없음은, 하늘의 뜻이 중이에게 있다는 증거이다. 언젠가 그의 날이 올 것이다. 진은 큰 나라이니 친분을 두텁게 하여 사직을 보전하라…."

 송양공은 찬찬히 아들을 바라보았다. 어느 세상에서든 젊은이는 부모가 생각하는 것보다 더 일찍 성장한다. 아버지의 좌절을 보면서 아들은 많은 것을 경험한 남자가 되어 있었다. 다만 모질지 못하고 결기가 모자란 게 마음에 걸린다. 그는 마지막으로 자식에게 해주고 싶은 한마디를 남겼다.

 "아들아! 부디 신체를 강건히 하고 호연지기를 키워라…."

 막상 이승의 끝자락에서 돌아보니 이제야 인생의 목적과 가치가 보였다. 놀이에 빠진 아이가 해가 지고야 돌아갈 집을 생각하는 것처럼… 한낮이 기울도록 땅바닥에 금 그리며 땅따먹기하던 삶은 그야말로 '껍데기'에 불과했다.

 모든 인간의 삶이 죽음으로 완성되듯이, 이상주의자 송양공도 오늘 죽음을 맞아 인격의 완성을 이루었다. 그의 마지막 한마디는 오늘까지 세상의 아버지가 아들에게 남기고 싶은 말이 되었다.

일행은 달포 만에 초나라 영도성(郢都城)에 도착했다. 어쩌다 송양공이 선물한 말을 타고 원수의 나라로 들어간 셈이다. 초성왕도 중이의 소문을 익히 알고 있었다.

"진(晉)의 공자가 결국 예까지 왔구나. 그가 제와 송에서 귀한 대접을 받았다고 들었다. 그들은 하나같이 천하의 패권을 노리는 야심 있는 나라들이다. 그런 나라를 떠나 내게로 온다는 것은 그만큼 나를 중히 생각한다는 뜻이 아니겠는가? 귀하게 맞이하라."

이때 초는 양자강 유역 삼천 리 땅을 확보한 대국이었다. 사냥터에서 형을 척살하고 왕이 된 초성왕 또한 천하 제패의 야망이 있다. 어쨌든 중이를 돕는 것은 명분으로 보나 실리로 보나 잃을 것보다 얻을 게 많은 일이다.

원래 그는 내키는 대로 행동하는 마구잡이 성격인데도 중이가 초나라에 머문 몇 달 동안 변함없이 중이를 존경하고 친절하게 대해주었다. 중이의 인간적인 매력이 이유였다. 중이는 때와 장소를 가려 자신을 낮출 줄 알고, 절제된 단정함과 자긍심을 지녔다.

어느 날 왕은 중이와 함께 사냥을 나갔다. 왕의 사냥술은 과연 대단하였다. 쏘는 족족 사슴과 토끼를 맞혔다. 이때 멧돼지 한 마리가 나타났다. 130관은 나갈 만한 수컷이다. 왕이 싱긋 웃더니 손에 든 활을 중이에게 넘겼다. 기개와 실력을 보이라는 뜻이다. 중이는 화살을 메기면서 천지신명께 빌었다.

"이 몸이 고국에 돌아가 임금이 될 수 있다면 저 짐승의 급소를 맞히게 해주십시오!"

이제 중이의 운명은 하늘(天, 천)의 대답에 달렸다. 시위에서 벗어난 화살은 유성처럼 날아가 돼지의 가슴팍을 맞혔다. 그러나 급소를 맞은 건 분명하지만 한 대의 화살로 맹수를 잠재울 수는 없었다. 짐승은 방향을 돌려 중이를 보고 덤벼들었다. 휘어진 어금니에 둔탁한 발톱, 넓은 등판에는 잔디까지 자랄 만치 대단한 놈이다. 괴물의 공격에 몰이꾼들이 분분히 흩어졌다.

이때 위사가 주인의 앞을 가로막고 나섰다. 한 걸음 옆으로 물러서더니 덥석 괴물 돼지의 목을 끌어안고 조르기 시작한다. 거구들의 싸움에 주위는 난장판이 되었다. 조쇠와 선진이 달려들어 겨우 짐승을 찔러 죽였다. 과연 위사는 엄청난 역사였다.

그날 뒤풀이 연회에서 왕이 물었다.

"만약 공자께서 군위에 오르시면 무엇으로 과인에게 보답하시겠소?"

일찍이 이오(夷吾)가 진(秦)에 땅을 주겠다고 약속한 이야기는 이미 중원 천지에 파다했다.

"여인과 보물이야 차고 넘치실 것이고, 진귀한 동물의 뿔과 소붕(小鵬)의 깃털은 원래 초의 특산품이니 우선 생각나는 게 없습니다. 혹시 원하시는 게 있습니까…?"

소붕이란 공작새를 말한다. 사람들은 전설의 대붕에 견주어 공작새를 소붕이라 부르고, 그 깃털로 관(冠)을 장식하는 것을 최고의 사치로 여겼다. 남방의 미인, 옥, 비단, 상아 등은 이미 정평이 나 있다. 화살용 깃이며 갑옷과 전차를 만드는 물소 가죽도 널려 있어 물산이 부족한 북쪽에서 항상 부러워하는 것들이다.

"굳이 무엇을 원하기보다 공자가 보답하고 싶은 게 있다면 말씀해보시오…!"

왕은 싱글싱글 웃고 있었다. 농 섞인 여흥이라는 말이다. 중이가 대답하였다.

"이 몸이 진(晉)의 군주가 된다면 대왕과 친선하여 천하가 태평하도록 노력하겠습니다. 혹시 사정이 여의치 않아 대왕의 군사와 마주치게 된다면 삼사(三舍)의 거리를 양보하겠습니다."

군사가 행군할 때 30리마다 한 번씩 쉬게 하였는데 이를 일사(一舍)라고 하였다. 삼사라면 90리, 오늘날 도량형으로 36km에 해당한다. 적지 않은 거리이다. 다만 더부살이하는 백수 공자의 신세로서 말뿐인 공수표의 약속이다. 둘은 한바탕 크게 웃고 그날의 잔치를 파했다. 다음 날 장수 자옥(子玉)이 왕을 찾았다.

"대왕께서는 진의 공자에게 너무 잘해주십니다. 기댈 곳 하나 없이 떠도는 주제에 삼사를 물리니 마니 발칙하기 짝이 없는 자입니다. 마땅히 사형감입니다. 시건방진 중이를 죽여버리소서."

"중이 공자는 입에 발린 말을 못 하기에, 헛말이라도 땅을 주겠다는 약속은 하지 않았다. 장차 그가 뜻을 이루고 말고는 하늘이 알아서 하실 일이다. 내 어찌 그를 해코지하겠는가…!"

실제 나이로는 중이가 오히려 초성왕보다 몇 살이 더 많았다. 둘은 서로에게 어떤 우정을 느끼고 있었다.

사마천의 《사기(史記)》에서는 이들의 관계를 이처럼 기록하였다.

"초성왕이 중이를 대하기를 적제후(適諸侯)의 예로써 대했다."

같은 제후의 신분으로 예우를 다했다는 말이다.

제11화

멍석 깃발로 돌아오다

한편 진(晉)에서는 진혜공, 이오(夷吾)가 마침내 죽었다. 재위 14년, 나이는 59세였다.

일찍이 하서 다섯 성의 문제로 진(秦)과 전쟁을 벌이다 수모를 당하고, 그 패배감에 짓눌려 지냈다. 임금의 자리에 있었으나 스스로 자격지심이 있어 불쑥불쑥 남을 의심하고, 변덕 부리기가 죽 끓듯 하였다. 밥 먹듯이 대신을 죽였으며 내 편, 네 편을 갈라 나라가 편할 날이 없었다.

공자가 쓴 역사서 《춘추》는 그를 이렇게 기술하였다.

"귀가 얇고, 심지가 곧지 못하여 이 사람 저 사람의 말에 쉽게 휘둘렸다. 허영심이 많고, 하찮은 이익에도 신의를 팽개쳤다. 사람 죽이기를 손바닥 뒤집듯 하면서도, 성격은 우유부단했다."

그의 삶에는 단 하나의 의미밖에 없었다. 수단과 방법을 가리지 않고 권력을 쟁취하여, 이를 내키는 대로 휘두르는 것이다. 항상 중이의 존재가 목에 가시 같았던 그는 죽으면서까지 이복형을 경계하는 유언을 남겼다. 고명대신은 평소 신임하던 여이생과 극예였다.

"세자를 잘 보필하라. 다른 일들은 염려할 바가 없으나… 두려운 것은 중이뿐이다. 무슨 일이 있더라도 중이는 나라 안에 들이지 마라…."

그도 아비였다. 세자에게는 이런 유훈을 남겼다.

"이제 막 제위를 시작하는 군주가 가장 조심해야 할 것은 독선이다. 매사 겸허한 마음으로 신중히 처신하라."

세자는 눈물을 흘리며 다짐했지만, 이날 진혜공의 염려는 머지않아 예언같이 이루어지고야 말았다.

세자 어(御)가 군위에 올라 진회공(晉懷公)이 되었다. 그는 원래 진(秦)의 옹주성에서 인질로 잡혀 있었다. 아니, 인질이라기보다 진목공(秦穆公)의 사위였다. 구금되었던 이오(夷吾)를 풀어주는 대신 세자를 인질로 잡았던 진목공은 양국의 장래를 위하여 딸 희영(懷嬴)과 결혼시켰다. 세자는 아비가 위중하다는 전갈을 받고 아내와 종복들을 창고에 가두고 몰래 도망쳐서 군위를 이어받았다. 그러고서 그가 처음으로 한 일은 양(梁)의 부흥 운동에 대한 지원을 약속한 것이었다. 진(秦)은 지난해에 이웃 양나라를 병합하였는데, 양을 지원한다는 것은 대놓고 적대심을 표출하는 행위이다.

황하는 서쪽에서 동쪽으로 흘러간다. 태곳적부터 범람을 거듭한 황하의 물결은 서쪽의 구릉지를 깎았고, 대신 동쪽 강변은 편평한 사질토의 들판이 되었다. 상류는 물 흐르는 소리가 가파르고, 평지의 물은 낮은 소리로 넓게 수런거린다. 초원이 넓어서 해마다 키 작은 풀들이 피고 지기를 잇대어 그침이 없었고, 짐승들이 뛰놀며 흘레를 붙었다. 그 평지에 자리한 나라가 양나라이다. 황하의 황토물이 넘나드는 비옥한 곡창 지대는 유목의 나라 진(秦)에 참을 수 없는 유혹이었다. 그런 데다 양백은 전각과 별장을 짓는 일에 열중해서 백성에게 무거운 과세와 부역을 부과하였다. 걸핏하면 백성을 형틀에 매다는 짓거리를 예사로 자행했기에 견디다 못한 민중들이 오랜 터전을 버리고 유랑에 나서는 경우가 허다했다. 일찍이 용문(龍門)의 전투 때 진(秦)이 양백에게 여인과 보물을 진상한 적이 있었다. 문화적 교류와 평화 공존이라고 포장했으나 실상은 뇌물이다. 이제 상황이 바뀌어 라이벌 진(晉)을 제압한 마당인지라 거리낌 없이 양나라를 정벌하였다. 양백은 전란 중에 백성의 죽창에 찔려 죽고, 진목공은 그 땅에 종친을 보내서 관장(官長)으로 삼고 이 또한 양백으로 불렀다.

그런데 양(梁)도 나름 전통이 깊은지라, 고량(高梁) 땅을 근거로 부흥운동이 일어났다. 고량 땅은 수수 농사를 전문으로 하고, 물이 좋아 예로부터 중국을 대표하는 술, 고량주(高粱酒, 수수로 빚은 곡주)의 생산지이다. 이런 참에 진(晉)의 새로운 군주가 양나라 부흥운동을 지원하겠다고 공표한 것이다. 이는 진(秦)의 입장에서 볼 때 도저히 묵과할 수 없는 도발이었다.

재상 백리해가 아뢴다.

"진(晉)의 적대 행위를 그대로 간과할 수 없습니다. 더 큰 세력으로 자라기 전에 싹을 자르는 것이 상책입니다."

진목공도 사위의 배신에 대해서 분노하고 있었다.

"기왕에 이리된 바에야 중이라도 데려와야겠다. 건숙 대부는 지금 당장 초나라로 달려가 중이 공자를 모셔오라."

진(秦)에서 자신을 초빙하는 사신이 왔다는 소식을 듣고 중이가 초성왕을 찾았다.

"대왕…! 이 망명객은 모든 걸 대왕께 의지하고 있습니다. 가야 할지 말아야 할지 쉽게 판단이 서질 않습니다."

망명의 유랑 시절은 청운의 공자를 세파에 물들게 하여 겉치레로 건네는 말씀이지만, 상대가 듣기에 괜찮았다. 왕이 연신 고개를 끄떡이며 말했다.

"우리 초(楚)는 공자의 나라와 거리가 멀어 도움 주기가 마땅치 않았습니다. 마침 이웃 진(秦)에서 초청한다니 이는 하늘이 공자를 돕는 것입니다. 두말 말고 가서 뜻을 이루세요. 과인은 약간의 노자를 준비하는 것으로 성의를 다하겠습니다…."

이후 진(秦)에서는 작은 논란이 있었다. 진목공이 딸 희영과 중이를 혼인시키려는 것이다. 희영은 세자 어(御)에 시집갔던 몸이니 중이로서는 조카며느리, 즉 질부가 된다.

원래 진목공은 뜻하는 바가 있어 세자와 딸을 결혼시켰다. 그런데 그 사위란 놈이 은혜를 원수로 갚는 작자였다. 혼자 남은 딸만 불쌍하게 되었다. 차라리 이 기회에 중이와 결혼시키자는 계산이 섰다. 그러나 희영의 입장에서는 차마 못 할 노릇이었다. 신랑감은 아버지보다 두 살이나 많았다. 진목공이 딸을 달랜다.

"아비가 미안하구나. 그런데 네 남편은 돌아오지 않을 사람이다. 구슬도 갈고 다듬어야 보석이 된다는 말도 있지만, 갈면 갈수록 돌가루만 날리는 잡석도 있다. 천하의 영웅을 배필로 얻는 마당에 어찌 나이가 많고 적음을 따지겠느냐? 하늘의 뜻이 중이에게 있어 그가 장차 진(晋)의 군주가 될 것이다…. 그러면 너는 정실부인이 되고, 너로 인하여 양국은 대대로 인척이 된다. 다시 한번 생각해보거라…."

희영이 내리 사흘을 고민하다 겨우 결심하였다…. 그 시각 신랑감도 난감해하고 있닿.

"내 나이 예순셋, 신부는 한창 꽃다울 나이 스물셋이라고 했지? 그보다 사사롭게는 조카며느리가 되는데 어떻게 한 이불을 덮는다는 말인가?"

이쪽은 조쇠가 달랜다.

"진(秦)이 모처럼 권하는 혼사를 마다하고 어떻게 도움을 받으려고 하십니까? 오히려 우리 쪽에서 무슨 인질이라도 내놓아야 할 판인데 스스로 딸을 주겠다는데 무엇을 더 망설이십니까? 만약 이번에도 뜻을 이루지 못하면 그때는 아무리 후회해도 소용이 없을 것입니다…."

조쇠의 말은 어느 한때, 중이가 망설이다가 결국에 임금 자리를 놓친 사실을 일깨우고 있었다. 세상은 결코 선의로 굴러가는 것이 아니었다. 마침내 마음을 돌려 희영을 아내로 맞았다. 사실 희영의 자태는 임치에 두고 온 제강보다 아름다웠다. 지혜를 담은 눈빛이 반짝거리고, 사리 분별과 처신까지 똑발랐다. 중이도 신부를 한번 보고는 언제 그랬느냐는 듯이 남녀의 정분을 쌓아갔다.

아무래도 하늘은 편애가 심하다. 장차 진문공(晉文公)이 되어 중원 천하를 호령할 중이 공자는 유랑 생활 중에도 온갖 미인과 호사를 다 누린다.

한편, 강주에서는 새로 즉위한 임금이 중이가 이웃 진(秦)까지 왔다는 소문을 듣고 곧바로 대내외에 공포했다.

"중이를 따르는 자들은 모두 본국으로 돌아오라. 석 달의 기한을 줄 것이다. 그 안에 돌아오지 않으면 역모의 죄를 물어 일가붙이부터 모조리 죽여버리겠다!"

이때 호언, 호숙의 아비 호돌은 나이가 들어 벼슬에서 물러나 있었다. 그가 오랜만에 대궐로 불려 왔다. 임금이 말했다.

"아들들에게 기별하여 바로 돌아오라고 하라. 그리만 되면 과인이 벼슬을 내리고 중히 쓰겠노라…."

"자식들이 제 주인을 섬기는 것은 조정에 있는 신하들이 주군에게 충성하는 것과 같습니다. 신 또한 주군을 받듭니다. 대신 자식들을 불러들이지는 못하겠습니다."

대놓고 무시를 당한 젊은 군주가 탁자를 내리쳤다.

"늙은 것이 임금을 놀리는구나! 저것을 당장에 옥에 가두어라."

"선왕이 신의가 없고 표리부동하더니 그 자식은 무도하기까지 하는구나! 어디 이 늙은이를 죽일 테면 죽여보시오!"

팔십이 넘어 앞니가 다 빠진 탓에 침방울까지 튀겼다.

"이빨 빠진 늙은이가 귀까지 먹었구나! 어명을 듣지 못하는 저것의 귀를 꿰뚫어 기시(棄市)에 처하라…."

기시란 본보기로 시신을 저잣거리에 내걸어 구경시키는 형벌이다. 호돌은 오히려 희미하게 미소를 지었다.

"살 만큼 살았다. 늙은 목숨 자식을 위해 내놓게 되어 다행이다. 그나저나 이런 게 도움이나 될지 모르겠구나!"

사람들은 굵은 화살에 귀를 꿰인 채 장바닥에 내걸린, 대신의 목을 보고 아연해서 탄식하였다.

"쯧쯧, 즉위하자마자 객기를 못 참고 대신을 저 모양으로 죽이는구나. 장차 나라가 순탄치 못하겠다……."

아비 호돌의 소식을 듣고 호언 형제는 가슴을 치며 통곡했다. 중이도 치를 떨었다. 즉시 장인 진목공에게 고국의 사정을 호소하고 도움을 요청하였다. 재상 백리해와 조쇠가 양국의 협약을 위해서 한자리에 모였다. 일추 열흘간이나 밀고 낭기를 반복하더니 어렵사리 합의문이 만들어졌다. 그 내용은 이랬다.

"…진(秦)과 진(晉), 진(晉)과 진(秦)은 서로 우호 협력하여 천하 만백성의 평화를 도모한다.

첫째, 진(秦)은 하서의 다섯 성을 조건 없이 반환한다.

둘째, 진(晉)은 양백(梁伯)의 지위를 보장하고 양나라 고토에 대한 진(秦)의 권리를 인정한다….”

서두의 문구는 상징적이고 의례적인 외교적 수사이다. 첫째 조항의 하서(河西) 다섯 성은 용문 전투로 진(秦)에 귀속하였는데 그간 민란이 끊이질 않아, 계륵(鷄肋) 같은 존재로서 이참에 원래 주인에게 돌려주겠다는 말이다. 정작 중요한 것은 둘째 조항으로 양나라 땅에 세워진 진(秦)의 위성국을 인정한다는 내용이다. 한마디로 진(晉)은 하서 땅을 도로 찾고, 대신 진(秦)은 양의 합병을 외교적으로 용인받는 합의문이다.

길일로 택일한 유월 초사흗날이 되기 전에 이미 합의문의 내용이 하서 땅 여기저기에 나붙었다. 소문을 들은 사람들이 구름처럼 모여들었다. 백성들은 도로 진(晉)으로 복속된다는 소식에 만세를 부르며 기뻐했다. 하늘은 활짝 개었고 신기하게도 바람 한 점 없었다. 이미 끝물의 봄은 지났다.

"저분이 중이 공자일세. 어쩜 저렇게도 온화하실까!"

"멧돼지를 주먹으로 때려잡았다는 위주가 오른쪽 장사인가?"

"어디 위주뿐인가? 조쇠는 주문을 걸어 천둥, 벼락에다 비까지 부른다는데…!"

해외파 10걸에 대한 소문은 이미 파다하게 퍼져 있었다. 백성은 각박한 현실 대신에 꿈을 좇아 타국을 유랑하는 영웅들의 이야기에 판타지를 부여하여 위안으로 삼고 있다. 중이가 비록 하늘을 움직여 비를 오게 하는 신통력이 없다손 치더라도 백성의 민심에 부합하는 정책을 펴는, 정녕 위대한 정치력을 갖추었지 않은가……? 모여든 군중은 토착 농민뿐만이 아니었다. 등짐장수며 떠돌이 유민, 산적 소굴에 숨었던 도적들까지 며칠 사이에 모인 사람만도 몇천을 넘겼다. 농민에다 떠돌이며, 도적까지 보탠 혼성 군대이다. 어쩌면 이런 게 바로 천심이 아닐까?

병장기를 들고 따라나서는 백성들로 행렬은 십 리를 갈 때마다 두 배로 불어났다. 출전 명부를 기록하는 죽간에 이름을 올리는 자가 꼬리를 물었다. 저마다 그럴싸한 무기도 들었다. 열국이 생존을 걸고 각축하던 시절이라 싸움이 그칠 날이 없었고 전쟁이 터질 때마다 창칼은 산과 들에 버려졌다. 농민군은 다락에 숨겨둔 창대를 둘러매고 떠들썩하게 흥분하였다.

무리가 평야 지역을 가로지르던 날의 광경은 특히 백성들의 마음을 사로잡았다. 군대가 지나는 데도 농부들이 아랑곳없이 낫을 들고 밭보리 이삭을 수확하고 있었다. 다소 이른 감이 없지 않았으나 덜 익은 밭보리는 대궁이째 타작마당으로 운반되어 탈곡에 들어갔다. 땅에 떨어진 곡식 낟알을 쪼아 먹는 새 떼들이 바쁘게 설쳐댔고, 나무 한 그루 없는 들판에 여인의 속살처럼 부드러운 곡선을 그리며 활짝 갠 하늘에는 솔개가 날고 있었다…. 사람이나 축생이나 평화로운 풍경이요, 너나없이 아비고 형 같은 처지들이다.

민중은 겉으로 어리숙해 보이지만 예민한 감각을 지녔다. 그들은 바야흐로 진(秦)의 지원을 받아 입국하는 중이의 시대가 왔음을 본능적으로 느끼고 있었다. 깃발로 쓸 광목도 없어 멍석이나 가마니 쪼가리에 '중이'의 중(重) 자를 크게 쓰고, 대나무에 꿴 거적을 깃발 삼아 높이 쳐들었다. 넝마 같은 거적은 길음을 길을 때마다 들썩거려 현 정권의 소종을 알리는 만장같이도 보였다. 연도의 구경꾼들은 호기심 반, 기대 반으로 손뼉을 치고 환호를 보낸다. 숙영하는 마을에서도 아낌없는 환대를 받았다. 방금 잡은 닭과 개고기를 대접받고, 숨겨 놓은 술까지 얻어 마셨다.

간간이 중이가 백성들 앞에 나섰다. 희멀쑥한 얼굴에 미소를 띤 망명 공자를 보려고 아우성들이다. 사람 좋은 넉살에다 목소리도 컸다.

"오! 여기는 수수밥을 많이도 했구나. 호언은 어디 있느냐? 호언을 불러라."

"예, 주군! 여기 있습니다."

"백성들에게 말먹이 겨도 좀 달라고 이르고, 공출한 양곡은 모두 기록하라. 대가는 나중에 열 배로 갚겠다. 어느 마을, 누구라고만 기록하라."

조쇠는 세작을 시켜 강주(絳州)성 요소요소에 격서의 형식으로 포고문을 내걸었다. 내용은 대강 이랬다.

"…그동안 나라의 어지러움이 이와 같을진대 근본을 도려내지 않고는 적폐를 청산할 수 없다. 고름이 든 종기를 찢는 것이 우선은 아플 것이나, 독을 기르는 것보다는 백번 낫다. 위로는 대부와 장수로부터 아래로는 이름 없는 백성에 이르기까지, 무엇이 천명을 따르는 길인지 생각한다면 지금 당장 혁명군을 영접하라. 기회는 지금뿐이다. 하늘을 거스르지 마라…"

19년 전 숨어서 도강하던 위수(渭水)를 다시 건너는 중이는 감개무량했다. 어느새 황하 남쪽도 봄이 깊어 있었다. 배가 강심으로 들어서자 백마의 피를 뿌려서 하백(河伯, 황하의 신)을 달랬고 삶은 곡식을 던져서 크고 굼뜬 물고기에게 먹였다. 고향의 강물을 굽어보면서 새삼 타국을 떠돌던 고초가 떠올랐다. 그야말로 권토중래(捲土重來, 흙먼지가 말려서 올라가도록 힘찬 기세로 돌아오다)의 걸음이다. 흐르는 물이 새로워서 중이는 마음이 설레었고, 저도 모르게 주먹에 불끈 힘이 쥐어졌다. 양손을 교차하여 가슴께에 얹고 반짝이는 강물을 굽어보면서 맹세하였다.

"내 고국에 돌아가서 그간의 고초를 잊고 나라와 백성을 돌보지 않는다면, 맹세코 나로 인해서 자자손손이 불행하리라. 하늘과 땅의 신령이여! 하백이시여! 이 몸으로 하여 밤이면 뱃머리의 밧줄을, 낮에는 고물의 밧줄을 잡을 수 있게 하소서…!"

맹세는 그대로 강심으로 퍼져나갔다. 화답이라도 하듯이 여기저기서 팔뚝만 한 잉어들이 물 밖으로 뛰어올라 공중에서 몸을 뒤집었다. 물고기 몸통에서 노을빛이 번쩍였다. 참으로 가슴이 벅찬 순간이었다. 중이의 설렘은 그대로 위주, 조쇠, 호언, 호숙에게도 전해졌다. 빨려드는 심정으로 함께 맹세하였다.

"공자를 받들어 고국의 영광을 지키겠나이다."

강을 건너자 처음으로 만난 성은 영호성이었다. 유목민을 막기 위해서 바위산 산정에 건설된 철옹성으로 성주는 등혼(鄧惛)이다. 첩첩이 돌로 쌓아 올린 성벽과 우뚝 솟은 성가퀴, 두텁고 단단한 성문으로 난공불락의 요새로 보였다. 그러나 오래 끌 것도 없이 이틀 만에 성문이 열렸다. 등혼은 지나치게 엄격한 데다, 욕심까지 많아 인심을 잃고 있었다. 군졸들에게 목이 잘려 성루에 내걸렸다.

다음 성은 상천(桑泉)이었다. 영호성이 안으로부터 무너지고, 성주가 목이 잘렸다는 소문이 먼저 도착했다. 전의를 상실한 전사들이 지키는 성채는 먼빛에도 을씨년스러웠다. 아예 스스로 성문을 열고 마중을 나왔다.

행군 중에도 몇십 명씩, 때로는 몇백 명씩 떼를 지은 동참이 끊일 새가 없었다. 그들이 지나는 연도에는 감격에 눈시울을 붉히는 진헌공 시절의 백전노장들까지 줄을 섰다. 너도나도 수수며 조를 주먹밥으로 지어 농민군을 대접했다. 이름깨나 있는 부호는 소를 잡고, 그보다 못한 농민은 돼지나 개를 바쳤다.

오직 순수한 마음으로 부녀자들도 주먹밥과 개떡을 이고 왔다. 밭둑 아래서 남자들은 오래 참았던 오줌을 누었고, 오줌 소리는 작은 폭포처럼 요란했다. 그 소리만 듣고서도 처녀들은 젊은 장졸들의 어깨 근육을 떠올렸다. 처자들이 고개를 돌렸다가 수줍게 수수개떡 한 조각을 건넨다. 아름다운 처녀들의 은근한 눈길은 남자들에게 긍지를 갖게 하여, 한층 가슴을 펴고 위세를 떨 듯이 당당하게 걸었다. 긍지의 농민군은 한 달이 채 못 되어 위수 연안의 성채를 모두 장악하고 있었다.

열광하는 군중들 틈에서 차분하게 지켜보는 눈들이 있었다. 진(秦)목공이 특별히 보낸 별동대이다. 평복으로 변장한 그들은 만약의 불상사가 발생하면 바로 개입하라는 특명을 받고 있었다. 그러나 중이는 이러한 배려와 고심이 무색하게 너무나 수월하게 진(晉)을 손에 넣고 있었다. 진(秦)목공은 안심과 우려가 교차하는 묘한 심경이었다.

"내가 범을 산에 풀어놓은 것인가? 이제는 도로 불러들일 수도 없는 마당인데…."

바야흐로 강주(絳州)성은 일대 혼란에 빠졌다. 임금이 극예와 여이생을 불렀다.

"믿는 것은 오직 두 분뿐이라, 흉악한 도적을 막아주시오…."

부랴부랴 달려간 정규군은 여류(廬柳) 땅에서 혁명군과 마주쳤다. 일단 숫자는 농민 쪽이 월등히 많았으나, 어수선한 가운데 군율부터 모자란다. 그래도 사기는 높아 날마다 웃음소리가 넘쳐났다. 어느 쪽도 선불리 도발하질 못하고 버들 습지를 두고 동서로 대치하는 형국이었다.

밤이면 인근 백성들이 정규군의 진영 안으로 숨어들었다. 함께 술과 음식을 나누면서, 진헌공 시절의 영광을 추억했다. 북쪽의 여융(驪戎)

을 멸하고 이어서 곽(郭), 위(衛), 우(虞), 괵(虢) 등 여러 소국을 평정하던 그 시절을 회상하였다.

"그래, 그때는 싸우면 당연히 이겼지. 거들먹거리며 귀성하던 장졸들, 줄줄이 가죽끈에 묶여 끌려오던 포로들과 수레마다 한가득 실린 오랑캐 계집들이라니…."

밤이 깊도록 무용담은 끝이 날 줄을 몰랐다. 그런데 진혜공 시절에는 패배한 기억만 있었다. 그나마 그 아들은 즉위하자마자 늙은 대부와 백성을 의심하여 죽이고 숙청하였다. 화톳불 가에서 이야기를 나누던 병사는 새벽이 되자 슬그머니 사라졌다. 하루하루 군사의 숫자는 줄어들었다. 때맞춰 조쇠가 투항을 권고하는 공고문을 내걸었다.

"…우리 공자님은 부왕 진헌공의 위업을 잇고자 궐기하였다. 이미 진(秦)으로부터 하서의 다섯 성도 돌려받았다. 한때 힘들었던 시절의 과오를, 누가 원망하고 원수 삼겠는가? 분별이 있다면 즉시 창칼을 내려놓고 천명을 따르라! 기회는 오직, 지금뿐이다…."

군졸은 물론 장수급까지 이탈자가 속출했다. 하북 대부 난지(欒枝)와 극곡(郤縠)이 몰래 중이를 만나러 왔다. 바야흐로 집단적 내응이 있을 조짐이다. 민심 이반에다 군심(軍心)까지 떠난 마당이라 여이생과 극예는 군대를 팽개치고 도주하였다. 소식을 들은 진회공도 부랴부랴 고량 땅으로 달아났다.

중이는 강주성에 입성하여 그날로 진(晉)의 군주로 즉위하였다. 그가 바로 춘추오패의 하나인 진문공(晉文公)이다. 이내 호언과 위시를 보내 고량 땅부터 정리하였다. 달아났던 진회공 어(御)도 목이 잘렸다. 이로써 호언은 늙은 아비의 원수를 갚았다.

중이의 망명 생활은 19년, 그중 5년은 아버지 진헌공의 치세이고 나머지 시간은 이오의 재위기였다. 이른바 농민 혁명에 성공했으나 14년 간 쌓인 전 정권의 폐해는 깊었다. 어느 아침나절에 조쇠가 진문공을 찾았다.

"주군! 혹시 두수(斗首)를 기억하십니까?"

"두수? 그게 누구더냐? 초야에 묻힌 현자를 추천하는 것이냐?"

"그게 아니라, 지난 시절 재물 수레를 끌고 도망간… 그 두수 말입니다. 두수가 밖에서 기다리고 있습니다."

임금은 난감했다. 묻어둘 수도 있었던 일이다. 감을 채고 조쇠가 고쳐 말했다.

"제 발로 찾아왔나이다. 드릴 말씀이 있다기에."

중이는 한때 수레를 몰던 그의 얼굴을 쉽게 알아보았다. 괘씸한 심정보다는 반가움이 앞섰다.

"두수가 아니더냐? 뻔뻔한 놈이로구나. 당장 물러가거라…."

"주군께서는 여이생 일당이 얼마나 많은지 아십니까? 조정에서 그들과 관계없는 사람이 없습니다. 그들은 매일같이 무리를 지어 쑥덕거리고 있습니다. 공신들이 받고 싶은 땅을 모두 계산하면 진(晉)의 땅이 몇 배라도 모자랄 지경입니다. 모자라는 땅을 위해서 자신들을 숙청할까 두려워합니다."

"허허… 거참! 내 그들을 모두 용서한다고 하지 않았던가?"

"신이 수레를 훔쳐 달아났기 때문에 주군께서는 많은 고생을 하셨나이다. 강주 백성으로서 그 소문을 모르는 사람이 없습니다. 만일 신으로 하여 그때처럼 임금의 수레를 몰게 하신다면… 모든 관원이 의심을 풀어버릴 것 아니겠습니까…?"

"…!! 그래……?"

임금은 두수가 모는 수레를 타고 강주성을 한 바퀴 돌았다. 과연 유언비어는 그날로 자취를 감추었다.

민심이 어느 정도 안정되자 진(秦)의 희영을 데려오게 하였다. 책나라에서도 진(晉)문공의 즉위를 축하하는 사신을 보내면서 망명 시절의 부인 계외(季隗)를 모시고 왔다. 그날 밤 진문공이 계외를 품에 안으며 물었다.

"부인은 청초한 자태가 하나도 변하지 않았구려. 금년에 나이가 몇이나 되시었소…?"

"주군께서 길 떠나신 지 8년입니다. 신첩은 이제 서른셋 되었나이다."

"20년을 기다리라고 했는데 그나마 천만다행이구려."

제나라에서도 제강을 보내주었다. 제강은 싫다는 중이를 억지로 수레에 실어 보냈던 그 여인이다. 술 취한 중이를 이불째 조쇠에게 맡기고 그녀가 당부했던 이야기는, 자신의 입으로 한 번도 뱉은 일이 없으나 세상이 다 아는 사실이 되었다.

"뵈옵고 싶었나이다. 아주 많이요…."

제강은 밤새 울면서 신음을 질렀다. 원래 그녀는 암내 피우는 고양이 같은 울음으로 감흥을 표현하는 여인이었다. 진문공은 희영과 계외, 제강 이 셋을 부인으로 삼았다.

주례(周禮)의 예법에 따르면 천자는 여인을 81명까지 취할 수 있었다. 이른바 3궁(宮), 6원(院), 72비빈(妃嬪)으로서 그중 3궁과 6원, 도합 아홉을 정실로 불렀다. 제후국의 군주는 그 반절에 못 미치는 39명의 여인을 거느리게 된다. 직위는 3궁, 36비빈으로 정실이 셋인데, 그 순위는 진(秦)나라 공주인 희영이 주장하여 그대로 정했다. 가장 신분이 귀하다 할 제강이 제1부인이 되고, 나이가 많은 계외가 다음 순위, 희영은 한번 출가한 본인의 처지를 생각하여 스스로 마지막 순위로 정했다. 현명한 희영은 이런 일로 더욱 진문공의 사랑을 받았다. 진문공이 재위 동안 여색에 대한 염문이 없었던 것은 젊고 예쁜 데다 현명하기까지 한 세 부인이 있었기 때문이다.

중이는 19년을 유랑하면서 보고 들은, 세속의 이치에 따라 나라를 다스렸다. 크게 군주의 자질을 공부한 적도 없었고 무슨 특별한 사상이 있는 것도 아니었다. 그의 각성은 현실에 있었다. 빌어먹던 유랑 시절을 통해 그는 백성의 고단한 삶을 이해하고 그들을 위해 어떻게 정치를 살펴야 하는지 몸으로 느끼고 있었다.

따지고 보면 통치의 본질이란 게 별다른 게 아니었다. 천하 사람들을 너그러이 자유롭게 맡겨둔다는 말은 들었어도, 천하 사람들을 다스린다는 말은 들어보질 못했다. 무위(無爲)의 정치를 행하라는 것은 아무런 통치 행위를 하지 말라는 게 아니다. 세상을 다스리되 다스림이 없는 방식으로 다스리라는 것이다. 지도자 본인의 아집과 독단에 의한 '인위'와 '억지'의 다스림을 지양하고 자연의 흐름에 따르고 순응하는 정치이다. 약한 자를 구해주고, 과부를 보호하며, 고아를 먹이고, 도움이 필요한 사람에게 도움을 주는 정치, 마소며 가축들의 흘레가 순조로워 숨벙숨벙 새끼를 떨구듯이 남녀가 자연스럽게 교접하여 아이들이 여럿 점지되고, 무지렁이 백성조차 전통과 예절을 숭상하도록 살아가는 방향을 제시하는 게 정치가 아니었던가!

능력 있고 어진 사람을 천거하여 일을 맡기고, 형벌은 가볍게 하였다. 농토에 일률적으로 부과되는 세곡은 반으로 줄이고, 통상을 권하며 산업을 장려하였다. 부패한 벼슬아치는 일벌백계로 다스리고, 외로운 사람에게는 배필을 구해주는 사회 복지 제도까지… 실사구시의 이념을 현실에 구현한 것이다.

그의 정치를 개괄하면 법치는 가볍게 하고, 전통과 관습을 존중하며 실용을 근본으로 하였다. 굳이 시쳇말로 이야기하자면 '실용을 우선하는 작은 정부'이다. 백성은 성군을 갈망한다. 역사적으로 군주나 관리가 백성에게 이익을 준 적이 거의 없었다. 백성은 관리를 도적 보듯 하였고, 가능하면 도망칠 궁리만 했다. 특히 정통성을 가진 군주일수록 마음껏 수탈한다. 간섭을 적게 하고 해를 덜 끼치는 이가 성군이 되는 것이다. 하급 관리는 급여랄 것도 없이 다스리는 백성에게 적당히 수탈해서 배를 채울 수밖에 없는 시스템이다 보니, 어디까지가 세금이고 어디부터가 수탈인지 구분조차 어려웠다. 너나없이 백성에게 기생하는 '곳간의 쥐' 같은 존재이기에 덜 먹는 쥐가 그나마 낫다는 쪽이다.

군위를 찬탈한 진문공은 정통성이 결여된 만치 백성에게 유화책을 쓸 수밖에 없었다. 세상의 눈으로 보면 그는, 외세의 간섭에서 벗어나 독자 노선을 표방하였던 조카를 몰아내고 임금이 된 인물이다. 그도 모자라 젊은 조카며느리까지 빼앗는 패악을 저질렀다. 그의 성공담은 말하자면 집권 과정의 약점을 뛰어난 정치 성과로 보완한 경우이다. 진문공이 내건 법령은 간단명료했다.

"열심히 일하라."

"나쁜 짓은 하지 말라."

"세상을 문란게 하지 말라."

통치란 무엇인가? 군주의 역할이 무엇이던가? 사마천은 그의 저서 《사기》에서 말하였다.

"재지인(在知人), 재안민(在安民)."

사람을 아는 데 있고, 백성을 편안하게 만드는 데 있다는 말이다. 통치의 최고 경지는 '그대로 내버려 두는 것(故善者因之, 고선자인지)'이라고 했다. 둘째는 '이익으로 백성을 이끄는 것'이요, 셋째는 '가르치려 드는 것'이요, 넷째가 '가지런히 일사불란하게 바로잡으려 하는 정치'인데 이때부터 독재로 들어간다. 가장 못난 정치는 '백성과 더불어 싸우는 것(最下者與之爭, 최하자여지쟁)'이라고 하였다.

맹자는 이런 실용의 이념을 일러 '유항산이 유항심(有恒産而 有恒心)'이라고 하였다. 배불리 먹지 못하고 따뜻하게 입지 못하는 백성에게 예의와 염치를 강요할 수 없으며, 예의와 염치를 모르는 나라는 결국 망할 수밖에 없다. '의식주가 해결돼야 뱃심도 좋다'는 경세 치국의 기본 원리이다.

이로써 원래 큰 나라였던 진(晉)은 나날이 국력이 일취월장하여 강국으로 거듭나고 있었다.

제12화

적(赤)나라 공주 숙소선자

진문공이 짧은 재위 동안 패자의 위치에 오를 수 있었던 것은 왕실의 분란이 불러온 행운 탓이기도 하다. 돌이켜 보면 진문공이야말로 제위에 오르기 전부터 중원의 패자가 되기까지, 그야말로 하늘의 뜻이 비상(飛上)을 부추긴 경우였다. 그런 의미에서 우리의 진문공은 그야말로 풍운아이다.

이때 왕실의 천자는 주양왕이었다. 그는 자신에게 불경스럽게 대한 정(鄭)나라 임금 정문공을 매우 못마땅하게 여기고 있었다. 그런데 왕실이라고 해봐야 이미 군사적인 실력은 없이 제후의 나라 중 하나, 그것도 2, 3류에 불과했다.

분을 삭이지 못한 주양왕은 적(赤)나라를 부추겨 정(鄭)을 치게 하였다. 적나라는 붉은 옷을 즐겨 입는다고 해서 '붉은 오랑캐(赤狄, 적적)'라고 불리는 남방 융족의 한 갈래이다. 머리에 꿩의 날개를 장식하는 풍습이 있어 '붉은 꿩(赤翟, 적적)'이라고 조롱 섞어 불리기도 하였다. 천자의 명을 받은 적나라는 얼씨구나 하고 정(鄭)을 들이쳤다. 적(赤)이 정나라의 두 번째 큰 성인 역성(櫟城)을 함락시키고 항복을 받아내자 오랜만에 왕실의 위엄을 찾은 주양왕은 크게 기뻐했다. 마침 왕후가 죽고 없는 데다 적후에게 천하절색 딸이 있다는 말을 듣고 왕후로 맞아들였다.

적나라 공주 숙외(叔隗, 오랑캐의 둘째 딸)는 어릴 적부터 꽃이나 패물에는 관심이 없고 나무에 올라 새집을 뒤지고 사내처럼 뛰어다니는 것을 좋아했다. 노는 꼴이 여느 공주와 달리 잔망스러워 아버지 적후가 걱정했는데, 자라면서 보니 빼어난 미모 하며 계집 티가 두드러지게 드러났다. 늘씬한 몸매에 초롱초롱 빛나는 눈동자며 앵두 같은 입술이 하도 예뻐서 신하들은 훔쳐보기조차 두려울 정도였다.

그런데 성격은 여성스러움과는 거리가 멀고, 역시나 활발해서 본격적으로 말을 타고 활 쏘는 걸 좋아했다. 아버지가 사냥 갈 때마다 군사들과 함께 광야를 달리며 거침없이 자랐다. 무예에 대한 취미도 남달라 비도(飛刀)를 잘 썼다. 그녀가 비수를 날리면 백 번이고 천 번이고 어김없이 과녁에 꽂힐 정도였다. 다재다능한 그녀는 음악에도 취미가 있어 생황을 잘 불었다. 생황은 악기의 시초라고 알려진 피리의 일종이다. 푸른 옥으로 피리를 만들어 지니고 다니면서 자신의 별호를 옥소선자(玉簫仙子)라고 지었다. 자유분방하고 활동적인 데다 예술적 감흥도 깊은 여인이 막상 왕후가 되고 보니 궁궐이라는 새장 속에 갇힌 새가 되어 갑갑하여 미칠 것 같았다.

마침 여인의 마음이 공연스레 뒤엉키는, 더할 나위 없는 봄날이다. 봄볕 한차례로 초원은 발칵 뒤집혔다. 초원에 물기가 돌면서 어제오늘 아지랑이가 실처럼 피어오르더니 땅이 깊은 숨을 내쉬었다. 기다렸다는 듯이 길짐승이나 날짐승이나 암컷들은 하나같이 발정했고 수컷들은 소리를 지르며 땅바닥을 뒹굴었다. 그래서 봄? 봄이었던가! 평소 젊은 왕후의 마음속에 숨어 있던 정념의 달팽이도 촉촉해진 땅을 뚫고 나왔을까? 차마 걷잡을 수 없을 만치 싱숭생숭해진 옥소선자가 남편에게 보챘다.

"신첩은 어렸을 때부터 사냥을 즐겼습니다. 화창한 봄날에 궁중에서만 지내자니 괜히 우울합니다. 대왕께선 사냥을 나가지 않으십니까? 한번 따라가고 싶습니다."

왕은 사랑하는 왕후의 말이라면 무엇이라도 다 들어주고 싶었다. 일관에게 거북점을 쳐서 날을 잡게 하였다. 신내림을 받은 지 일천(日淺)하여 신기가 영롱한 일관이 정성스럽게 점사를 뽑더니 목소리를 가다듬어 아뢰었다.

"…신령한 짐승인 기린의 암수가 엎치락뒤치락 즐기는 가운데 기쁨이 그득하도다……."

더할 나위 없이 좋은 점괘였다. 좋은 말에다 사나운 개며 몰이꾼 군사들도 충분히 동원하였다. 전통적으로 왕실의 사냥터는 낙양성 밖 북망산이다. 북망산은 왕실과 귀족의 분묘가 산재하여 오늘날에도 '황천길 앞산'쯤으로 알려진 바로 그 산이다. 완만한 구릉 위에 숲이 무성하고 가파른 바위 절벽까지 있어 노루, 사슴은 물론이고 곰이나 호랑이 같은 큰 짐승이 득실하였다. 촉촉이 만물을 적신 봄비 끝에 하늘은 파랗고 햇살이 산야를 부드럽게 감싸고 있다. 겨울잠에서 깨어난 허기진 산짐승이 쏘다닐 때라 사냥하기에 이보다 좋을 수가 없었다.

그날, 신록 푸른 북망산 사냥터에서 주인공은 엉뚱하게도 왕의 이복동생인 감공(甘公) 대(帶)였다. 감(甘) 땅을 분봉 받아 감공이라고 불리는데 백성들은 그를 '왕실의 둘째'라는 의미로 '태숙(太叔)'이라고 불렀다.

그는 아버지 주혜왕이 사랑하던 혜후(惠后)의 아들로서 후계 자리를 두고 주양왕과 다투기도 했던 인물이다. 주혜왕은 오히려 태숙 쪽에 마음이 있었는데, 적장자 계승을 주장하는 제환공의 주장으로 왕위는 주양왕에게 돌아갔다. 왕위 계승에서 제외되자 놀기 좋아하는 삼십 대 한

량의 주변에 오뉴월 파리 꾀듯이 사람들이 모여들기 시작했다. 씨름과 노름에다 피리 불기, 금(琴) 뜯기 등 온갖 잡기에 능한 인물들이 득실거렸다. 대궐 출입도 뜸한 편이고 태후전에만 가끔 드나드는 정도였다.

이날 태숙은 자랑하는 사냥술을 마음껏 뽐내어 가장 많은 짐승을 잡은 장원에 올랐다. 그런데 운명의 장난이던가…? 그 순간 왕후는 눈을 반짝반짝 빛내면서 태숙을 쳐다보고 있었다. 어젯밤 잠까지 설칠 정도로 이 행사를 기대하다가, 봄 들판에서 젊고 잘생긴 사내를 보고는 가슴부터 콩닥콩닥 뛰었다. 훤칠한 키, 희멀건 얼굴에다 뛰어난 활 솜씨는 춘삼월 여인의 가슴에 불길을 지피기에 충분했다. 한번 설레기 시작한 두근거림은 쉬이 멎지도 않았다. 왕후는 넌지시 남편에게 말했다.

"아직 해가 많이 남았네요. 신첩도 한번 말달리고 사냥을 해볼까 합니다."

왕은 기쁘게 승낙하였다. 왕후가 소매 넓은 겉옷을 벗어부치는데, 미리 그 안에 푸른 경장을 입고 있었다. 미끈한 팔을 들어 전통을 차고 금칠 입힌 활을 잡더니 성큼 일어섰다. 가벼운 옷차림의 왕후는 적족(赤族) 특유의 굴곡진 몸매를 그대로 드러내 보는 이들을 당황하게 하였다.

왕도 눈이 부신 듯 새삼 자신의 여인을 올려다보았다. 어느 틈엔가 시녀들이 왕후가 사랑하는 황표마(黃驃馬)를 끌고 나타났다. 황표마는 그녀의 친정에서부터 따라온 말로서, 누런 몸체 바탕에 듬성듬성 검은 점이 박힌 늘씬한 짐승이다. 주로 마구간에 갇혀 지내다가, 오랜만에 야외에 나온 말은 삭신이 쑤시는지 뒷발로 땅을 차며 힝힝거렸다. 아름다운 여주인을 보고는 등허리를 부르르 떨며 잇몸을 드러내고 웃는다. "히히히이이잉" 푸르르 콧소리 끝에 수컷의 누린내가 훅 풍겼다.

왕후가 그런 녀석의 목덜미를 가볍게 토닥거리고 왼발을 등자에 걸치더니, 훌쩍 다리를 뻗어 말 등에 올라탔다. 지켜보던 사람들이 저도 모르게 와아 탄성을 질렀다. 시녀들도 연녹색의 경장 차림이다. 그들도 성큼성큼 말에 올라탔다. 한창 봄물이 올라 터질 듯이 육감적인 여자들이 말 등에 오를 때마다 신하들의 탄성이 이어졌다. 여자들이 막 출발하려는데 왕이 말했다.

"기다려라! 왕족 중에 누가 왕후를 보호하여 따라가겠는가…?"

태숙이 벌떡 일어났다. "신이 왕후님을 모시겠나이다."

그야말로 왕후가 바라던 바였다. 그녀는 태숙의 말을 귓전으로 흘려 들으면서 말고삐를 잡아채고 박차를 가했다. 여자들이 신록의 북망산 기슭으로 달려 나가는 모습은 그대로 한 폭의 그림이었다. 왕후가 아아아, 몸 밖으로 터져 나오는 소리를 안으로 눌러 넣으면서 고삐를 당겨 잡는다. 시선의 속박에서 풀려난 몸은 바람처럼 흘러갔는데, 바람 속에서 몸은 살아서 떨리고 있었다. 어느 순간부터 꼿꼿이 두 다리를 세우고 일어섰다. 박차를 지르지 않아도 말은 제 신명으로 콧바람을 쏘아대며 달렸다. 네 굽이 동시에 땅을 차고 나갈 때 황표마는 요란한 방귀를 내질렀다. 기수는 등자를 힘차게 밟고 꿈틀거리는 말의 등허리 근육을 허벅지 안쪽으로 조이면서 '이랴, 이랴' 고삐를 당기고 늦춘다. 태숙도 무서운 속력으로 왕후를 따라잡았다. 달리는 중에도 여자는 사내를 곁눈질하면서 눈동자가 반짝거렸다.

남녀는 서로 상대를 의식하면서 앞서거니 뒤서거니 온갖 솜씨를 다 부리다가 마침내 산기슭을 감돌아 계곡에 이르렀다. 여자가 고삐를 낭기자, 말은 히이힝… 길게 울면서 멈춰 섰다. 바로 곁에서 흘레붙던 암꿩과 장끼가 놀라서 푸드덕 날아오르고, 서너 걸음 뒤에는 춘정의 북받침에 몸이 다급해진 암비둘기가 세상없이 앓는 소리를 내며 꺽꺽거린다.

태숙도 급히 말을 세웠다. 종일토록 땀을 흘린 태숙에게는 곰삭은 땀냄새가 풍겼고, 입 냄새도 탁했다. 비 오는 날 수캐에게서 나던 냄새였다. 왕후는 문득 몸의 빈자리를 느끼면서 한껏 숨을 들이마셨다.

"진즉에 왕자의 재주를 사모했는데 오늘에야 솜씨를 봤습니다."

여자는 가지런한 잇바디를 드러내며 웃고 있었다. 느실난실 한쪽 눈을 찡긋하는 교태를 보였지만, 어쩔 수 없이 그 웃음에는 수줍음이 묻어 있었다. 태숙은 여자의 눈동자 속으로 빨려 들어가는 자신을 느꼈다.

"신이야말로 천상의 선녀가 말 타는 자태를 처음 보았습니다. 종종 가르침을 바랄 뿐입니다."

종종 가르침이라는 말에 왕후는 무슨 연상이 들었는지 살짝 얼굴을 붉혔다. 연정을 감출 수 있는 얼굴은 없다. 남녀는 이미 사모니 가르침이니 하면서 속마음을 내비친 후라, 부엉이가 울면 올빼미가 화답하듯이 한결 스스럼이 없었다.

"왜 날 따라왔나요?"

"그게, 그런 게……."

아니라고 말하려다 태숙은 철렁 가슴이 내려앉았다. 여자가 살짝 눈웃음을 치고 있었다. 무안한 김에 대나무 뿌리 말채찍으로 자신의 비파형 허벅지를 탁탁 치다가 아예 터놓기로 작정하였다.

"나도 모르게, 충동적으로……."

"궁색한 변명이군요. 내일 일찍 태후 궁으로 문안을 드세요. 긴히 할 말이 있습니다……."

이후 그들은 고라니와 사슴을 쫓아 산야를 헤매면서 기분 좋은 땀을 흘렸다. 젊고 싱싱한 여자의 몸에서는 김이 모락모락 솟았다. 사냥터는 음모도, 사랑도 무르익는 공간이다. 고구려의 무용총 수렵도나 프랑스의 라스코 동굴 벽화에서 보듯이 인류는 주로 사냥을 통해 고기를 얻었다. 이 대륙에서는 노루 고기를 깨끗한 흰 띠 풀로 싸서 연인에게 보내는 전통이 있었다. 선물은 남녀의 관계를 좋게 한다.

들판에서 잡은 노루 고기	야유사균 (野有死麇)
흰 띠 풀로 싸서 주고	백모포지 (白茅包之)
봄 그리는 아가씨를	유여회춘 (有女懷春)
봄 총각이 유혹하다	길사유지 (吉士誘之)
숲속의 떡갈나무	임유박속 (林有樸樕)
들판에 잡은 사슴 고기	야유사록 (野有死鹿)
흰 띠 풀로 묶어주니	백모순속 (白茅純束)
아가씨 옥같이 아름답다	유여여옥 (有女如玉)
천천히 가만가만	서이태태혜 (舒而脫脫兮)
내 앞치마 만지지 마세요	무감아서혜 (無感我帨兮)
삽살개 짖게 하면 안 돼요	무사방야폐 (無使尨也吠)

공자의 《시경》, 〈국풍〉 중 소남(召南)편, '야유사균(野有死麇, 들판의 노루)'

어느 봄날, 싱숭생숭 마음이 달뜬 여인이 들판에 나왔다. 이를 본 사내가 흰 띠 풀로 싼 노루 고기를 선물하고 수작을 건넨다. 기어코 그녀의 앞치마를 슬며시 들추는데 삽살개가 짖는다? 여인의 치마 속에는 물수리가 울든지, 삽살개가 짖든지 뭔가 있기는 하다. 시(詩)는 침묵에서 나온다. 탁 잠긴 봄날의 오후, 아지랑이 난무하는 들판에서 그녀가 기대한 것은 노루 고기뿐이었을까?

이튿날 태숙은 다시 왕을 찾아 전날 받은 장원상에 대하여 하례를 드렸다. 입궐한 김에 태후궁에도 들렀다. 왕후는 이미 와 있었다.

"태숙! 어서 오세요."

살짝 코맹맹이 섞인 목소리가 촉촉했다. 때로는 눈으로도 많은 말을 나누는 법, 주고받는 눈길에도 짜릿한 아림이 있었다. 이윽고 둘은 호젓한 전각으로 들어갔다. 처마 아래 환기창을 통하여 햇살이 비스듬히 쏟아지고 있어 실내는 생각 밖으로 밝았다. 그렇기나 말거나 단둘의 공간에 들어서자마자 끌린 듯이 서로를 끌어안았다. 남자도 여자도 예비 절차 따위는 좋아하지 않았다.

남자는 떨리는 손길로 여자를 돌려세우고 입을 맞추더니 대뜸 눈여겨본 가슴부터 헤집었다. 가슴 가리개가 없던 시절이라 졸지에 사내 앞에 드러난 하얀 젖무덤 두 개가 사로잡힌 들짐승처럼 헐떡거렸다. 마음이 급한 탓인지 남녀의 교접은 뒤죽박죽이었고 허우적거렸다. 젖어 있는 여자가 활처럼 몸을 휘며 남자를 받아들였다. 둘의 눈에는 상대에 대한 갈구로 가득하고 머릿속에는 아무것도 들어있지 않았다……. 앙탈을 부리듯 배배 꼬던 신음이 끊어지고 드디어 만족한 그들은 나란히 누웠다. 여자는 눈자위가 발갛게 상기되어 서서히 가라앉는 색정을 간수하고 있었고, 남자는 그런 여자의 젖가슴에 얼굴을 묻고 코를 벌렁거리며 여인을 음미했다. 며칠 전 일관의 점괘에서 말한 '신령한 짐승인 기린의 암수 한 쌍이 엎치락뒤치락 즐기는' 형상이었다. 단지 사람이 바뀌었을 뿐이다. 왕후가 곰실곰실 몸을 꼬아 남자의 품을 헤집으며 속살거린다.

"언제든 이 태후 궁에서 같이 만나요…."

"왕이 눈치챌까 겁이 납니다."

"다 조치해둘 테니 걱정하지 마세요. 이 몸은 당신 거예요."

이날 태후궁의 궁녀들은 남녀가 정을 통한 일을 알고 있었지만, 감히 입 밖에 낼 수 없었다. 태후도 궁녀들을 단속시켰다.

"함부로 입을 놀리면 목이 붙어나질 않을 것이야…."

때때로 둘은 태후궁에서 밀회를 즐겼다.

궁중에 소동(小童)이란 시비가 있었다. 어리긴 했지만, 자태가 나긋나긋한 데다 비파를 잘 뜯어 왕후의 귀염을 받았다. 눈을 옆으로 살짝 흘기는 모습이 일품이었다. 그날 태숙은 왕후를 기다리면서 소동에게 축(筑, 거문고 같은 현악기로 13현)을 뜯게 하였다.

왕후는 빨리 오질 못했다. 태숙은 혼자 한잔 술로 목을 축이며 연인을 기다렸다. 소동의 허리까지 내려오는 칠흑같이 검은 머릿결에서는 한 걸음 밖에서도 달착지근한 향기가 솔솔 풍긴다. 태숙은 활화산같이 불끈불끈 솟구치는 욕정을 주체할 수 없었다. 생각은 어느덧 연인의 뽀얀 알몸과 조개 속살같이 꼬물거리는 혀에 가 있었다. 팔베개로 기대었던 몸을 벌떡 일으켜서 그대로 소동을 덮쳐누르기 시작했다. 그런데 의외로 소동이 필사적으로 저항하였다. 그녀는 미쳐 날뛰는 태숙보다 왕후가 이 일을 알게 되는 게 두려웠다.

나인들은 원래 속옷을 입지 못하였다. 이 시대의 복장을 보면 남자나 여자나 국부를 가리는 짧은 옷은 있지도 않았다. 그 때문에 후대보다 스캔들도 많았다. 소동은 순식간에 흘리당 옷이 벗겨진 알몸이 되었다. 그녀는 태숙이 바지 고름을 푸는 틈을 타서 미꾸라지가 빠지듯이 도망쳤다. 욕심을 채우지 못한 남자는 칼을 뽑아 들고 뒤쫓았다. 아예 사람을 죽여 입을 막으려는 심산이다. 달아날 데가 없게 된 소동은 대전으로 뛰어 들어갔다. 알몸으로 주양왕 앞에 엎드려 울면서 왕후와 태숙의 불륜을 고했다. 남녀의 추태가 낱낱이 드러났다.

"저를 죽이려고 쫓아오기에 피할 길이 없어서 이리 들어왔습니다. 제발 살려주십시오!"

"왕후를 냉궁에 가두어라…."

옥소선자는 그녀가 사랑하는 옥통소와 함께 구금되었다. 냉궁은 말이 좋아 궁이지 악명 높은 내명부의 격리용 수형 시설로서 죄를 지은 여인들의 마지막 처소이다. 왕후는 침묵과 어둠 속에 많은 날을 홀로 보낼 것이다.

밤을 새워 달아난 태숙은 적(赤)나라 군사 5천을 빌려 낙양성으로 진격했다. 왕실의 군사는 제후국을 힘으로 응징하던 과거와는 사정이 사뭇 달랐다. 천자를 경호하는 근위병의 역할에 충실하다 보니 갑옷만 화려할 뿐 전투력은 형편없었다.

야습의 효과를 아는 적군(赤軍)은 그날 밤, 달이 뜨고 별이 흩어질 무렵 선제공격을 감행하였다. 자루 짧은 도끼 하나씩을 들고 어둠 속에 스며들어 갈대 더미를 겹겹이 쌓고 불을 질렀다. 왕실 군사는 우왕좌왕 크게 흩어졌고, 낭패한 왕은 달아났다. 성문이 잡아 뜯기듯 열리고 태숙이 의기양양하게 입성하여 어머니부터 찾았다. 몸져누웠던 태후는 아들을 보자 조마조마하던 마음이 풀어졌는지 그만 숨이 끊어져버렸다.

태숙은 냉궁에 갇힌 왕후를 데려오게 하였다. 그들은 서로를 끌어안고 뺨을 비벼댔다. 오늘도 말은 필요치 않았다. 그대로 침상 위에 쓰러져서 사랑을 나누었다. 이내 시비 소동을 잡아 오라고 분부했다. 괘씸한 것보다 못다 푼 욕정의 잔불이 있었다. 그는 그런 사내였다. 그러나 소동은 적나라 군사가 성안으로 들어오는 걸 보고 이미 우물에 몸을 던진 뒤였다.

　이튿날 태숙은 태후의 유명(遺命)이라면서 스스로 왕위에 올라 적나라 공주 숙외(叔隗)를 왕후로 책봉했다.

　한편 정나라로 피신한 주양왕은 제후들에게 서신을 보냈다.
　"과인이 부덕한 탓에 낭패를 당하여 정나라 범(氾) 땅에 와 있노라…"
　그런데 아무도 왕을 위하여 군사를 보내주질 않았다. 기껏해야 사람을 보내 문안을 드릴 뿐이었다. 겉으로 보기에는 이복형제간 왕권 다툼이다. 지난날 주양왕을 편들었던 제환공도 죽고 없는 마당이라 사태 추이를 관망하는 중이었다. 이만저만 체면이 깎이는 일이 아니다. 왕실의 위엄이 형편없어진 탓도 있지만, 그보다 적나라 군사가 그렇게 호락호락한 상대가 아니었다.
　세상은 오늘날의 형세를 일러 동제서진(東齊西晉), 남초북진(南楚北秦)이라고 하였다. 동서남북 사방 천지를 통틀어 제(齊), 진(晉), 초(楚), 그리고 진(秦)이 강국이란 뜻이다. 그들 중 초나라는 적(赤)과 이웃하며 사이가 좋아 이참에도 편들고 있었으며, 제(齊)는 제환공 사후에 아직 나라가 안정되지 못하고 있었다. 그러고 보면 북쪽 진(秦)과 서방 진(晉)이 남았다.
　왕실의 명을 받은 진문공(晉文公)은 먼저 장인이 되는 진목공(秦穆公)에게 서신을 보냈다.
　"천자께서 급하게 부르시기에 출병합니다. 시북빙 오랑캐가 위수를 건너올 것이 염려됩니다. 오직 장인만을 믿고 출정합니다."
　이번 환란은 자신이 알아서 처리할 것이니 뒷배를 지켜달라는 부탁이다. 진(秦)목공은 웃었다. 그도 호락호락한 사람은 아니다.

"허허, 내 한번 사위의 솜씨를 봐야겠군."

진(晉)이 주양왕을 옹립하여 낙양으로 진군하니, 태숙 쪽은 동요하여 이탈자가 속출했다. 백성들도 봉기하였다. 형수와 사통한 태숙의 행실이 못마땅한 차에, 천자가 온다는 소문에 성문으로 달려가서 시위를 벌였다. 수비 군사는 거미 새끼 흩어지듯 무너졌다.

도망치던 태숙을 막아선 것은 위주였다. 태숙은 당황했다. 얼굴에 낭패감이 가득했다.

"위… 위주라고 했는가…? 부탁일세. 이렇게 빌겠네. 이대로 죽는 것은 너무 억울하다. 내가 살아 있기만 하면 언젠가 왕실이 내 손아귀에 들어올 걸세. 한 번만 살려주시게…. 이 은혜는 잊지 않겠네. 반드시 보답할 때가 있을 것이야…."

그러나 평생을 유랑하면서 겉으로 거만하고 속은 비굴한 인간 군상을 봐온 위주는 에누리가 없었다.

"흐흐… 말은 잘 알겠다. 이놈은 아주 질이 나쁜 수다쟁이로군. 쓰잘머리 없는 소리 그만하고 포박을 받아라. 천자께서 너를 놓아주라 하시면 그때 가서 내 다시 생각해보마…."

순간 태숙은 마음을 접었다. 이 싸움에서 이기고 지는 것에 따라 삶과 죽음이 정해질 뿐… 달리 피할 길이 없음을 깨달았다. 다짜고짜 칼끝을 세워 상대의 가슴팍을 찔렀다.

"이 천한 것이! 네 어찌 나를 그리도 만만케 보는 것이냐…?"

그러나 위주는 이미 이리저리 곁눈질하는 태숙을 보면서 눈치를 채고 있었다. "흥…!" 코웃음과 함께 반걸음 물러서 엇갈리게 공격을 피하더니, 틈을 주지 않고 상대의 칼을 후려쳤다. 태숙의 장검이 허공으로 날아갔다. 위주가 훌쩍 수레 위로 뛰어오르면서 상대의 얼굴을 찔러갔다. 한 발 물러서니 한 발만큼, 두 발 물러서니 다시 또 그만큼, 거듭 거듭 찔러갔다. 결국 수레의 난간에 닿았다…. 물러설 자리가 없어 균형을 잃고 휘청거린다. 위주가 태숙의 허리춤을 낚아채더니 그대로 땅바닥에 팽개쳤다. 태숙이 무릎걸음으로 간신히 몸을 일으키는데 이미 눈앞에 날 넓은 언월도가 떨어지고 있었다. 그대로 어깻죽지를 비스듬히 베여 가슴 아래까지 갈라졌다.

지켜보던 옥소선자가 자랑하는 비도를 양손에 나누어 들고, 슛… 한꺼번에 두 자루 비도를 날렸다. 뜻밖의 출수에 위주는 칼을 휘둘러 비도를 받아냈다. 하나는 칼에 막혀 떨어지고 다른 하나는 팔등을 감싼 갑주에 막혀 떨어졌다. 아무래도 멋으로 익힌 무예라 실전에는 도움이 되질 못했다. 군사들이 득달같이 왕후를 땅바닥으로 끌어 내렸다. 얼굴 가득 태숙의 피를 뒤집어쓴 위주가 말했다.

"한때는 왕후였던 여인이다. 칼을 쓰지 말고 멀리서 활을 쏘아 죽여라…."

꽃 같은 적(赤)나라 공주는 고슴도치마냥 화살 범벅이 되어 죽어나갔다. 수레 위에는 그녀가 황망 중에도 챙겨 나온 옥통소 한 자루가 도르르 굴렀다. 이게 다 잘못 맺어진 운명의 짝 때문이다.

주양왕은 반란을 진압한 진문공을 치하하고 비단과 패물을 상으로 내렸다.

"수고가 많구나! 참으로 애쓰셨다…."

천자가 제후를 호령하고 부리던 시대는 지났다. 왕은 존경과 두려움 섞인 눈으로 진(晉)의 군주를 쳐다보았다. 그러나 이런 치하의 말씀은 다른 사람에게는 통할지 몰라도 진문공에게는 속이 뻔한 공치사로밖에 보이지 않았다.

"신은 감히 하사품을 받을 수 없나이다. 대신 훗날 신이 죽은 뒤에 수장(隨葬)할 수 있도록 허락해주십시오."

게는 자기 등딱지에 맞게 구멍을 파는 법이다. 수장이란 무덤 속에 길을 내고 관을 안치하는 것으로 천자의 무덤에만 허용되는 예법이다. 죽은 자든 산 자든 예법에 따라야 하는데, 주례(周禮)에 의하면 제후의 무덤에는 길을 내지 못한다. 진문공의 말은 자신에게 천자에 필적하는 죽음의 예를 허락하라는 말이다. 왕은 일순 난감하고 당황하여 대답하지 못했다. 이튿날에야 신하들과 의논한 결과를 전달하였다.

"선대께서 예법을 정하여 왕실과 신하의 경계를 두셨다. 예법을 어지럽힐 순 없다. 그러나 과인이 경의 크나큰 노고를 어찌 모르겠다 하겠는가…? 예법과 관련된 일만 아니라면 무엇이든지 들어줄 것이다. 말해보라."

"정히 그러시다면 감히 여쭐 말씀이 있나이다. 신의 나라는 길이 멀어 천자를 가까이 모시지 못하는 고충이 있습니다. 온, 원, 양번, 찬모의 네 고을을 내려주시면 왕실의 울타리가 되어 성심껏 보위하겠나이다."

대놓고 왕실의 직할지 중 일부를 요구하였다. 이 네 고을은 태항산 남쪽 교통의 요충지로서, 《시경》에서 주남(周南)이라고 불리는 지역이다. 고지식한 왕은 한번 뱉은 말을 주워 담지 못하고 떫은 감 씹은 얼굴로 주남 땅을 양보했다. 그런데, 진문공이 진정으로 무덤 속에 길을 내는 수장(隨葬)의 예법을 원했던 것일까? 세상에서 '교활'하다고까지 할 만치 실리를 챙기는 사람이다. '존왕양이(尊王洋夷)'라고 하지만 겉치레의 말뿐이며 왕실의 시대 따위는 다시 오지 않는다는 것을, 누구나 알고 있다. '왕실을 보위한다…?' 공공연한 거짓말이며, 그것이 바로 정치라는 것이다.

새로 얻은 고을에 위주 등 네 명의 장수를 남겨 다스리게 하고 그 지역 일대를 남양(南陽)이라고 부르게 하였다. 산서성 남부의 분지와는 비교할 수도 없는 비옥한 평원이다. 이로써 진(晉)은 중원으로 통하는 길목을 차지하여 천하 패업의 교두보를 마련하였다. 대신 얼마 남지 않았던 왕실의 직할지는 더욱 쪼그라들어 오늘날 바티칸 시국처럼 실질적인 힘은 없고 명목뿐인 성읍국으로 쇠락할 판이다.

진문공의 얼굴은 이날따라 온유하고, 입가에는 미소를 띠었다. 과연 영웅 본색의 모습이다. 이번 원정은 여러모로 성공이다. 천하에 진(晉)의 강성함을 알린 데다 천자를 압박하여 땅까지 얻었다. 그런 속내를 알 리 없는 백성들은 너도나도 거리로 몰려나왔다. 어느 얼굴에서도 경계나 반감의 기색은 없었다.

"방백 제환공이 다시 살아와 천하의 질서를 지키는구나!"

"어디? 어디… 나도 진후의 존안 좀 보자!"

"진나라 임금, 천세! 천천세…!"

눈에 보이는 게 전부는 아니다…. 이렇듯 몽매한 백성의 평판은 때론 진실과 거리가 있다.

제13화

남과 북의 격돌한 성복 전쟁

　천하 대사를 '감 놔라 배 놔라' 좌지우지하던 제환공의 시대가 가고 나니, 영웅을 자처하는 제후들은 너도나도 다음 세대의 제환공이 되고자 하였다. 주인 없는 물건에 욕심을 부리는 것은 지극히 당연한 일이다. 그들 중 진문공(晉文公)이 왕실의 분란을 틈타 먼저 선수를 쳤다. 현실적으로 진(晉)의 독주가 타당한가, 진문공을 그대로 중원의 방백으로 인정해야 하는가, 열국은 선뜻 수긍이 가질 않았다.

　그렇다면 진(晉)과 함께 천하의 주인 자리를 다툴 상대는 누구인가? 제(齊), 진(秦), 초(楚), 진(晉) 등 소위 4강 중에서, 진(秦)의 목공은 딸 때문에라도 섣불리 나서지 못할 입장이고, 제나라는 후계의 문제로 이미 한차례 기세가 꺾인 탓에, 가타부타 끼어들 처지가 아니었다. 이제 남은 것은 초나라 하나이다. 초는 중원의 남서쪽 변방에 위치하여 오랑캐 취급을 받았으나 실질적인 최강대국으로 왕호까지 쓰고 있다. 초성왕도 천하 제패의 야심을 숨기지 않는 위인이라 둘의 다툼은 피할 수 없었다.

　진문공이 감공 대(帶)의 난을 정리한 지 2년, 초가 먼저 대군을 움직였다. 영윤 성득신을 총수로 삼고 진(陳), 채(蔡), 정(鄭), 허(許) 등 주변 위성국을 아울러 송을 침공하였다. 송(宋)은 초나라가 중원으로 진출하는 길목에 있다. 이때 송의 군주는 송양공의 아들 송성공이다. 급히 사마 공손고를 불렀다.

"선부(先父)께서 큰일이 있으면 공손 사마와 의논하라 하셨소. 이 일을 어찌하면 좋겠소……?"

"선군 시절에 진(晉)의 중이와 인연이 있나이다. 신을 사신으로 보내 주시면 지원군을 끌어오겠습니다."

그토록 '인의'를 추구하던 이상주의자 송양공이 어쩌면 이런 날을 예견이라도 한 것일까? 송은 중이의 유랑 시절에 진심 어린 도움을 제공한 적이 있다. 요청을 받은 진문공은 신하들을 불러 모았다. 조정의 실세인 호언, 조쇠, 선진 등이 모두 공손고와 친분이 있다. 먼저 의견을 개진한 이는 호언이다.

"지난날의 은혜에 보답하고 이웃의 국난을 구해줌으로써 또 한 번 우리 진(晉)의 위세를 떨칠 기회입니다."

선진도 말했다.

"송까지 갈 것도 없습니다. 적을 치려면 그 수족부터 자르는 법입니다. 우리가 초의 속국인 조(曹)나 위(衛)를 쳐서 저들이 달려오도록 만들어야 합니다."

그러고 보면 조, 위는 지난 유랑 시절에 중이 일행을 홀대해 성 밖에서 내쫓았던 나라들이다. 이래저래 출정하기로 하고, 친정(親征)이라는 승부수까지 던졌다. 맨 먼저 맞닥뜨린 조(曹)나라 임금 조공공(曹共公)은 하릴없이 고집만 강한 인물이었다.

"어제까지 끼니조차 없이 떠돌던 중이 따위가 저리도 설쳐대는구나. 참으로 가소롭기 짝이 없다. 무슨 좋은 계책이 없겠는가…?"

젊은 신하 우랑(于朗)이 나섰다.

"중이는 늘그막에 어쩌다 군위에 올라 우쭐해 있습니다. 이럴 땐 교만을 채워주는 것이 좋습니다. 항복하겠으니 입성하라고 밀서를 보냅시다. 그 허풍쟁이가 성문을 들어서면 활로 쏘아 죽이면 됩니다. 중이만 죽인다면 진군은 가지 말래도 물러갈 것입니다…."

당시의 도덕관으로서는 분명 파격적인 계략이다. 성공한다면 풍운아 진문공을 한순간에 때려잡은 조공공의 이름이 중원 천지를 진동시킬 것이다.

진문공은 밀서의 내용대로 입성할 준비를 하고 있었다. 그만큼 그들이 알고 있는 조공공의 인간 됨됨이가 술수나 계략과는 거리가 먼 인물이었다. 이때, 조쇠가 임금을 깨우쳤다.

"조군(曹軍)은 아직 우리와 한번 싸워보지도 않았습니다. 일이 너무 쉽게 풀리는 것이 수상합니다. 속임수가 있을지도 모르니 대비가 있어야겠습니다."

군사 중에서 진문공과 닮은 자를 뽑아 수염을 붙이고 제후의 옷을 입혔다. 임금의 갑옷을 입고 융거에 앉히고 보니 어슷비슷 닮은 듯도 하였다. 지난날 재물을 훔쳐 달아났다 다시 복권된 두수가 수레를 몰았다. 배신과 발탁으로 유명해진 두수가 모는 수레를 타는 이는 누가 봐도 진문공이었다. 날이 밝자, 과연 백기가 꽂히고 성문이 열렸다. 항복의 표시로 조나라 신하들이 뿔뿔이 성 밖으로 나와 손을 모으고 죽 늘어섰다. 해자를 건너는 육중한 다리도 손짓하듯 내려졌다. 진문공이 부랴부랴 조쇠를 불렀다.

"아니다. 이건 아니다. 내가 직접 들어가야겠다. 상대가 성의를 다하는데 의심하는 것은 군자의 도리가 아니다."

"기왕에 꾸민 행렬이니 선봉이라고 생각하십시오."

결국 호숙이 이끄는 오백 군사의 호위를 받아 가짜 진문공이 입성하였다. 두수는 하늘 높이 말채찍을 휘둘렀고 가짜 임금은 미소를 지으며 고개를 끄떡였다.

드디어 진문공의 융거가 성문 안으로 들어섰다. 쥐 죽은 듯 조용했다. 들리는 것은 또각또각 말발굽 소리뿐…. 그때였다. 갑자기 들려 있던 성문이 벼락 치듯 아래로 떨어져 닫히더니, 성가퀴에 숨어 있던 병사들이 일제히 쇠뇌를 쏘아댔다. 땅에는 함정을 파고 날카로운 대나무 창을 깔았다. 오백여 군사와 호숙과 두수와 가짜 진문공은 순식간에 과녁받이가 되어 죽어나갔다. 성문 밖으로 나와 도열해 있던 조나라 신하들은 크게 웃으며 칼을 물고 자결하였다. 실은 그들도 주인 대신 죽으러 나온 종복들이었다.

"으음, 소인배 놈!"

격분한 진문공은 일제히 성을 공격하였다. 이에 맞서 우랑은 죽은 진군의 시체를 성벽에 매달았다. 사다리를 타고 성벽을 오르던 군사들은 참혹한 주검이 되어 매달린 전우의 시신을 보고 그만 소름이 끼쳤다. 때를 놓치지 않고 뜨거운 물과 바윗덩어리가 쏟아졌다. 장졸들은 물에 데고 돌에 치이고 엎치고 덮치고 떨어져 내렸다. 그날의 싸움은 그렇게 끝이 났다. 선진이 계책을 냈다.

"조나라 분묘가 북문 밖에 있습니다. 묘지를 파헤칩시다. 다만 파묘를 한다는 것이 주군의 위명을 욕되게 하는 것 같아 감히 주장하지는 못하겠습니다."

진문공의 생각은 그리 길지 않았다. 태행산맥에 근거를 둔 진(晉)은 유목민과 마찰이 잦았다. 일정한 주거지가 없는 유목민은 상대의 무덤을 파헤침으로써 전쟁의 승리를 선언한다. 역사상 가장 무자비한 정복자로 꼽히는 훈족의 '아틸라'나 몽골 '칭기즈칸'의 무덤이 발견되지 않은 것도 조상 무덤을 숨기는 유목민의 관습 때문이다. 그런 풍습이 낯설지 않았기에 결단이 빨랐다.

"당장 그렇게 하라…. 한 가지 더…! 조나라 임금이나 대신들의 항복은 필요치 않다. 누구를 막론하고 죽여라. 갑옷 입은 자는 한 놈도 살려두지 말라!"

무덤을 파기도 전에 성안으로 소문이 먼저 들어갔다. 백성들은 어찌할 줄을 몰랐다. 영혼과 귀신을 믿는 고대 사람들로서는 조상의 시신을 훼손하는 것은 자식 목숨을 끊는 것만치 참기 어려운 일이다.

"제발! 분묘만은…."

"우리 군사의 시신을 돌려준다면 그냥 두마…."

"그렇게 하겠소. 군사를 5리만 물려주시오."

부랴부랴 성벽에 매달았던 시신을 끌어내려 입관하고 수레에 실었다. 그동안 진군(晉軍)은 숲속에 수백의 군사를 매복시켜두었다. 시신을 실은 수레들이 줄레줄레 성문을 통해 나오기 시작하자, 갑자기 매복했던 군사들이 일제히 성문을 향해 달려들었다. 장수는 물불 안 가리고 전장을 휘젓는 위주이다. 무겁고 큰 칼이 지나는 자리마다 놀란 병졸들이 우르르 휩쓸린다. 우랑은 새파랗게 질린 채 소리쳤다.

"문을 닫아라! 성문을 닫고 활을 쏴라! 어서, 어서!"

하지만 길을 막고 멈춰 선 수레 때문에 쉽사리 문을 닫을 수도 없었다. 그 시각에도 적은 말벌 떼처럼 몰려온다. 상황은 돌이킬 수 없는 지경에 이르렀다. 우랑의 얼굴이 떫은 홍시처럼 색이 바랬다. 그의 눈에 마침내 야차 같은 위사가 보였다. 우랑은 성벽의 순찰로 성가퀴 뒤에서 상체를 일으켰다. 이미 피할 수 없는… 죽음은 각오했다.

"비렁뱅이 중이 따위에게 머릴 조아릴 수는 없었다."

말은 그랬지만, 뼈저린 자조와 자책이 있었다. 어느 순간 위주의 매 같은 눈이 우랑을 보고 말았다. 한달음에 성루 난간으로 뛰어올랐다. 우랑 또한 칼을 들어 마주했다. 그러나 무예나 힘이 한참 미치지 못하였다. 몇 합 겨루기도 전에 칼은 솟구쳐 날아가고 솥뚜껑 같은 손에 멱살을 잡혔다. 위주는 우랑을 땅바닥에 메다꽂고 지근지근 밟더니 허리를 베어 죽였다. 요참(腰斬)은 금방 죽지 않고 상당한 시간을 고통 속에 보내는 잔혹한 살인 방법이다.

조공공(曹共公)은 우물 속에 몸을 숨겼다가, 하도 교미를 많이 해서 기운 빠진 숫양처럼 질질 끌려 나와 무딘 칼로 톱 썰듯 목이 잘렸다. 술수를 부린 적에게 관용이나 배려는 없었다. 이로써 조나라는 사직이 끊어지고 공실이 멸문되었다. 소식을 듣고 위의 위성공(衛成公)은 일찌감치 양우(襄牛) 땅으로 달아났다.

이때 초군의 대원수 성득신은 송나라 남쪽을 유린하고 있었다. 그는 난공불락 수양성을 들이치는 대신 주변을 쑥대밭으로 만들어 도성을 고립시키는, 잔인한 전략을 펼치고 있다. 거느린 군사는 진(陳), 채(蔡), 정(鄭), 허(許)를 합쳐 그럭저럭 8만이 넘는 '남방 연합군'이다. 변성(邊城)들은 차례대로 하나씩 떨어지고, 전 국토가 도륙당할 판이다.

그도 진(晉)나라 군사가 조, 위를 차례로 병합하는 것을 보고는 군사를 들렸다. 이에 맞서 진문공은 세(齊), 신(秦), 송(宋)과 함께 6만의 군사로 맞섰다. 이름하여 '중원 동맹군'이다.

바야흐로 중원 천지에 처음으로 십만이 넘는 군사가 남북으로 나뉘어 싸우는 국제대전이 벌어지고 있었다. 이전까지와는 차원이 다른 싸움이다. 무려 9개 국가가 동원되었고, 수천 대의 전차가 얽히고설킨 난전을 벌이게 된다.

고대 중국사에서 창업은 대개 북방에서 시작했다. 유목민과 부대끼며 힘줄이 질겨진 북방 민족이 피비린내를 감당할 수 있었기 때문이다. 어느 시기엔가 황하에서 장강으로 천하의 대세가 움직이는 남북 역전의 시기가 왔다. 중원과 남방의 경계도 모호해졌다. 하나의 산은 두 마리의 호랑이를 키울 수 없는 법, 이제 자웅을 겨룰 일만 남았다.

양쪽의 군사는 성복(城濮) 땅에서 조우하였다. 지금의 산동성 복현 남쪽이다. 몇 달째 전장을 누비고 있는 남군의 대원수 성득신이 탐욕스러운 매 같은 시선으로 상대의 군세를 살피고 있다. 북군의 군세 또한 기치와 창검이 파도가 일렁이듯 그 끝을 분간할 수 없었다. 형만(邢蠻)의 초는 중원 군사의 위력을 알고 있었고, 중원인들은 난폭한 남만족을 두려워하고 있다. 말하자면 서로 경원시하는 사이이다. 성득신은 본국에 지원을 요청하였다.

초나라에는 별도로 상전대(象戰隊)라는 전투 부대가 있었다. 백월 계통으로 원인족(猿人族), 또는 '밀림의 사람들'이라고 부르는 수렵 부족의 별동대이다. 그들은 외모부터 중원인과는 사뭇 달랐다. 회색빛이 도는 피부, 납작한 코, 튀어나온 입술, 짧은 곱슬머리에 머리통은 큰데 털이 수북하게 났다. 상반신은 맨몸에 사타구니만 가린 상태로 이동할 때는 코끼리를 타고 다녔다. 코끼리는 무리 동물로서 대장 코끼리를 따라 함께 움직인다. 대장이 질주하면 열이고 백이고 무리가 그 뒤를 따라, 그야말로 무적의 돌격대가 된다. 초성왕에 이르러 코끼리 전대는 규모를 키워 그 숫자가 100여 마리에 달했다. 이제 숨겨둔 비밀의 군대가 성득신의 요청으로 출격하는 것이다.

두렵기는 북군이라고 다르지 않았다. 형만(荊蠻)의 오랑캐 군사는 칼등이 넓은 밀림도를 들고 한쪽 어깨만 가린 야만적인 복장이다. 짐승 가죽을 두르고 반달 모양의 칼을 찼는데 그 시퍼런 날이 멀리서도 번쩍거린다. 한족들과는 말도 다르고 동작부터 다르다. 기세를 올릴 때는 일제히 오른쪽 어깨를 불쑥 내밀고 앞뒤로 흔들었다. 예를 들어 대장이 '싸울 것인가? 말 것인가?' 하고 물으면 일제히 오른쪽 어깨를 비틀면서 '싸우자!'라고 외친다. 격분을 못 참고 간간이 질러대는 괴성에 온 산이 '웅웅'거린다. 중원 군사는 새삼 형만의 오랑캐와 결전을 앞두고 있음을 깨닫고, 그 악명에 몸을 떨었다.

전략 회의에서 대장군 선진이 말했다.

"지난날 주군께서 초나라 임금에게 삼사(三舍)의 거리를 물리겠다고 약속하신 일이 있었습니다. 그 언약대로 군사를 물립시다. 세작들에 의하면 상전대까지 오고 있답니다. 일단 군사를 물리고 나서…."

그의 말속에는 다른 뜻이 있다. '위대한 덫'을 놓아 적을 꼼짝 못하게 하려는 것이다. 그러나 덫에 대한 말은 아직 꺼내지도 않았다. 누군가 겁에 질린 목소리가 먼저였다.

"상… 상전대! 전설의 그 상전대가 온단 말입니까?"

진문공은 공포가 돌림병처럼 번지기 전에 재빨리 말을 끊었다.

"흠, 흠, 옮기자. 지금 당장! 영채는 그냥 두고 군사만 물린다. 깃발을 더 세우고 사람만 빠져라. 흐흐흐, 하늘이 과인을 버리기야 하겠는가?"

바람처럼 빠져나와 북쪽으로 군사를 불렀다. 이튿날 오후에야 초군은 상대 진영이 빈 것을 알았다. 사람은 없고, 곳곳에 양을 매달아 발굽 소리만 내고 있었다. 대장기 대신에 높이 솟은 장대 끝에는 빼곡히 글자 쓰인 깃발 하나가 달려 있었다.

"…망명 시절에 초나라 군주에게 은혜를 입었다. 언약하기를 훗날 양국의 군사가 만나면 삼사(三舍)의 거리를 물리겠노라고 했다. 오늘 그 약속을 이행하노라…."

성득신이 껄껄 웃었다. "크하하하! 중이란 작자가 겁이 나서 도망치면서 이런 변명을 늘어놓았구나."

졸개들도 총수를 따라 덩달아 웃었다. 군사들의 웃음소리는 잘 훈련된 말발굽 소리처럼 동시에 터져 나왔다. 투발이 말했다.

"진군(晉軍)이 도망쳤으니 이 전쟁은 우리가 승리한 게요. 이쯤에서 개선합시다."

"내 며칠 전에 상전대까지 요청했는데 적과 한번 싸워보지도 않고 돌아가면 체면이 말이 아니다. 비렁뱅이 공자가 언약 운운하는 것은 다 우리를 겁내기 때문이다. 앉아서 오줌 누는 계집 같은 소리 그만하고 빨리 뒤쫓아 가자."

남군이 북군을 따라잡은 날은 아흐레째 저녁나절이었다. 그동안 조심조심 지형과 매복을 살피면서 정찰과 진군을 반복한 결과이다. 진문공은 성복의 벌판에서 추격군을 기다리고 있었다. 들판은 잡목이 울창하고 곳곳에 바위가 널린 구릉 지대였다. 바람이라도 불라치면 사락사락 수런거리는 조릿대 숲의 소리에, 몇천이 매복해도 모를 정도로 군사를 숨기기도 맞춤으로 좋았다. 곧 날이 저물어 대치 상태에서 임시 막사를 치고 숙영하였다. 해가 뜨자 성득신은 작은 언덕 위에 본진을 세우고 그 아래 늪지를 에워싸듯이 진을 펼쳤다. 녹각(鹿角)과 목책을 두르고 보루를 빈틈없이 설치하였다. 그는 일생일대의 실수를 저지르고도 아직은 실책을 깨닫지 못하고 있었다. 같은 장소에서 같은 싸움을 하더라도 공간을 가진 자는 주인이 되고, 따라 들어간 자는 손님이 된다.

상대가 하라는 대로 따라주는 것이야말로 필패의 길이다.

밤이 깊어가자 먼 곳에서 '우' 하고 늑대가 길게 울었다. 늑대가 우는 소리는 아주 멀리까지 퍼졌다. 들개나 너구리, 쥐들도 왠지 모르게 밤새도록 버스럭거리고 있었다. 엄청난 인마에 짐승들도 긴장한 것이다. 이윽고 칼칼한 목청의 산닭이 울더니 날이 밝았다. 군사들은 이른 새벽부터 뜨거운 콩국을 한 대접씩 들이켜고 주먹밥을 챙겨 먹었다. 싸움에 이기고 미친 듯이 승리의 함성을 지를 것인가? 시체가 되어 낯설고 웃자란 풀숲 속 맨땅에 드러누워 영원한 안식에 들 것인가? 두근두근 운명의 순간이 다가왔다.

남군에서 진(陳), 채(蔡)의 병거가 선봉으로 나섰다. 원래 진, 채는 마상 전투와 병거를 잘 다루기로 이름이 났다. 채는 중원 쪽에 섰다가 근래에 남군으로 옮긴 경우이다. 성득신은 혹시 배신이라도 있을까 채군을 먼저 출격시켰다.

"서전의 승리가 사기를 올린다. 후위는 걱정하지 말라. 무적의 상전대가 뒤를 받칠 것이야…."

진(陳)장 원선(轅選)과 채장 곽인(郭靷)은 다투어 병거를 몰고 돌진하였다. 악 받친 고함이 터졌다.

"공격하라. 단숨에 짓밟아라."

"와아! 와앗! 덤벼라. 덤벼."

급작한 소란에 새 떼가 날아올라 하늘을 덮었고 군마는 앞발을 쳐들이 허공을 긁으며 울었다. 남군의 기세에 비해 중원군은 어딘지 맥이 빠져 보였다. 몇 합 겨루기도 전에 말머리를 돌려 후퇴하기 시작한다. 욕지거리나 비웃음에도 아랑곳없이 달아난다. 남군은 바늘에 실 끌리듯 추격에 나섰다. 지형에 따라 들쑥날쑥 배열한 중원군의 진영은 대오가 없이 흩어지고 전후좌우 연결이 어설퍼 방어선이 되지 못했다.

곽인은 원래 녹림 출신이라 경험이 많았다. 은연중에 채군을 의심하는 대원수의 눈치를 진즉에 알아차렸다. 어차피 죽기 살기로 싸울 마음은 없었다. 그런 차에 의외로 빠른 상대의 퇴각을 보고 더욱 의심이 생겼다.

"쫓지 말라. 바보들아! 밑밥 뿌리기다."

이때 성득신의 본영에서 큰북과 징 소리가 한꺼번에 터지더니 황색 깃발이 올랐다. 마침내 코끼리 전대의 출현이다. 집채만 한 코끼리의 전신을 비늘 박힌 갑옷으로 덮고 등판에는 대나무 상자를 얹어 원인족을 서너 명씩 태우고 있었다. 코끼리들은 성큼성큼 한발 앞서 아군의 병거가 쓸고 간 관목 숲을 가로지르고 있었다. 뒤따르는 군졸들이 너도 나도 '호잇호잇' 원인족의 괴성을 흉내 낸다. 중원 군사는 달아나기에 바빴다. 수레도 말도 병거도 모두가 경쟁적으로 내뺐기에 들판을 온통 먼지로 뒤덮었다.

넓은 밀림에서 매력적인 암놈들에게 둘러싸여 지내다가 모처럼 전장에 나온 대장은 흥분해 있었다. 어느 순간, 대장 코끼리가 코를 치켜세우며 포효했다. "꿰웩… 꿰꾸엑….”

다른 암놈들도 포효로써 화답한다. "우웩…… 우우엑." 깜짝 놀랄 만치 크고 이질적인 포효였다. 쩌렁쩌렁 울리는 그 소리에 이산, 저 골짜기에서 새 떼가 날아올라 하늘을 덮었고, 말들이 엉겁결에 앞발을 쳐들어 허공을 긁으며 울었다. 곧이어 대장이 긴 코를 위아래로 흔들어대며 달리기 시작했다. 쿵쾅거리는 발소리는 지축을 뒤흔들고 여기저기에서 '꽤애액 꽤애액…' 하는 울음소리며, 긴 코를 건들거리며 달리는 그 모습은 보기만 해도 장관이었다. 가공할 광경은 북군에게는 공포를, 남군에게는 용기를 주었다. 오늘 전쟁은 시작부터 결과가 뻔한 싸움이 될 조짐이다.

그때였다! 갑자기 '우지끈 쾅…' 하고 천둥 치는 소리가 들렸다. 맨 앞줄에서 대장과 함께 돌진하던 여남은 코끼리의 모습이 거짓말같이 훌쩍 땅 밑으로 사라져버렸다. 참으로 귀신이 곡할 노릇이었다. 코끼리 떼를 삼킨 땅바닥은 방금까지 무장한 병거가 멀쩡하게 지나간 자리였다.

전장에 먼저 도달한 진(晉)군은 땅을 파고 그 위를 튼튼한 나뭇가지와 흙으로 덮어 함정을 만들었다. 말이 끄는 병거 정도는 지날 수 있으나 육중한 코끼리가, 그것도 수십 마리가 한꺼번에 밟는 무게를 견디지 못하고 버팀목이 부러지고 땅이 꺼진 것이다. 바닥에는 짧은 대나무 창을 촘촘히 박고 여기저기에 쇠갈고리를 꽂았다. 어금니 하나만 해도 80kg는 족히 될 만한 대장 코끼리가 비명을 지르며 발버둥을 쳤다. 그럴수록 발바닥이 뾰족한 대창에 찔려 핏물이 분수처럼 솟구친다. 뒤따라 달려오던 코끼리들은 앞발을 모아 땅바닥을 꾹 짚으며 멈추려고 했으나 그도 쉽지 않았다. 동료들에게 밀려 꾸역꾸역 함정 속으로 빠져들었다. 발버둥 칠수록 무거운 발은 함정으로 미끄러진다. 코끼리와 군마와 군사들이 한 구덩이에 겹치고 엉켜 밟고 밟히어 터지고 죽는 자를 헤아릴 수 없었다.

그때 갑자기 중원군의 진영에서 북소리가 울리고, 솔밭 속에서 병거 수십 대가 뛰쳐나왔다. 앞선 몇 마리 말들은 호랑이 가죽을 덮어쓰고 있었다. 몸통을 호랑이 가죽으로 덮어 앞가슴에는 포효하는 호랑이의 머리가 삐쭉이 달렸다.

이번에는 진(陳), 채(蔡)의 말들이 놀라 날뛰었다. 범 괴물과 마주한 말들이 주인이고 장수고 보일 턱이 없었다. 말들은 병거를 매단 그대로 돌아서서 오던 길을 미친 듯이 달아났다. 기수는 고삐를 놓쳤다. 보군들과 뒤섞여 부딪히면서 일순간 진영이 무너졌다. 사나운 군마가 아군을 마구 짓밟았다. 혼전 중에는 내 편, 남의 편도 없었다. 중원군이나 남군이나 지방이 다른 만치 말씨도 제각각이다. 막상 전장에서 소통이 원활할 리가 없었다. 아군이래야 갑옷도 다르고 말씨까지 다른 이국의 군사들이다. 누가 먼저랄 것도 없이 칼을 뽑아 들었다. 선봉대와 후위 군사가 충돌한 난전과 혼란이었다. 미친 말들이 질주하고, 창칼이 부딪치는 소리, 병사들의 몸에서 뿜어 나오는 피가 범벅이 되어 전장을 소용돌이쳤다. 쓰러진 병사들은 짓밟혀 형체조차 알아보기 힘들게 뭉그러졌다. 주인 잃은 말은 멋대로 질주하다가 코끼리가 빠진 함정에 거꾸로 처박혔다. 잘려나간 사람의 머리통이 축구공처럼 차이고 구르다가 뻘건 진흙 덩어리로 변했다.

첫 싸움부터 싱겁게 달아나던 중원군의 태도에 의구심을 품었던 채장(蔡將) 곽인(郭靷)도 마음을 바꾸었다. 후퇴한대도 코끼리 함정부터 건너야 하니 곱게 군사를 물리기는 글렀다. 그는 독목룡(獨目龍)이라 불리는 녹림 출신으로 원래 유성추가 전문이었지만, 줄 달린 철퇴가 집단전에 적합하지 않기에 오늘 싸움에서는 방천화극을 뽑아 들었다.

백병전에 익숙한 그는 기세 좋게 적진을 헤집고 있었다. 처음으로 마주친 적장의 얼굴을 창 자루 끝으로 내려찍었다. 무거운 갑주로 무장한 군사는 머리와 어깨에 하중이 실려 충격을 받으면 쉽게 자세가 무너진다. 찍힌 자는 상체가 뒤집히면서 그대로 굴렀다. 하나…! 뒤이어 댓잎창을 꼬나든 보졸 몇이 앞을 가로막았다. 습관처럼 가로질러 첫째를 도륙하고, 연속 동작으로 삐딱하게 치켜올린다. 동시에 둘과 셋……! 주로 노리는 목표는 상대의 갑옷이 들리는 겨드랑이 밑이나 무릎과 발목

부분, 방어구 없이 드러난 얼굴과 손목 부분이다. 넷…! 비껴 내려치는 칼을 눕혀서 받으면서 그대로 다섯…! 순식간에 적 다섯을 해치웠다.

그때 키 작은 졸개 하나가 앞을 막아섰다. 반사적으로 몸을 굽혀 그를 찍었다. 그런데 창날 가지가 갑주의 이음새 얼개에 물려 빠지지 않고 질척거렸다. 집단전은 찌르고 나면 재빨리 창을 빼야 한다. '찌를 때 삼 부, 뺄 때는 칠 부'라는 힘의 배분 원칙이다. 순간적으로 창끝이 걸리 적거리는 통에 단말마의 손에 창대를 잡혀버렸다. 아차차… 경험 많은 곽인은 순간적으로 창대를 놓고 윗몸을 제치며 짧은 칼로 적의 손목을 갈랐다. 방천화극은 놓쳤지만 그래도 여섯…! 반사적으로 말안장에 매어둔 유성추를 끄집어내는 찰나였다. 말의 거친 숨소리가 등 뒤에서 들렸다. 순간 쫘악 소름이 돋쳐 뒤돌아보니 기수가 팔을 위로 뻗친 동작으로 덮쳐오고 있었다. 먼빛으로 본 진장(晉將) 난지이다. 곧바로 눈앞에 개산대부(開山大斧) 도끼날이 떨어졌다. '헉……!'

말 두 마리가 엇갈리는 순간에 곽인은 납죽 엎드렸다. 도끼날이 머리 위를 스치더니 그대로 말의 굵은 목동을 쳤다. '퍽' 하는 소리와 함께 말 목이 부러지고 발굽이 꺾였다. 균형을 잃은 곽인은 스스로 말에서 떨어졌다. 다급한 순간에도 소싯적부터 싸움터를 누빈 감각이 있어 등자에 질질 끌리기야 했지만, 몸이 깔리는 사태만은 모면했다.

어느 틈엔가 손을 바꿔 유성추를 거머쥐었다.

"흐흐흐. 아무렴, 혼자 죽을 수야 없지."

산전수전 다 겪고 망나니 근성까지 갖춘 그의 철퇴는 적의 면상을 향해 유성처럼 날아들었다. 난지의 개산대부도 바람을 갈랐다. 유성추에 달린 날카로운 발톱이 난지의 뺨을 베면서 미끄러졌다. 대신 개산대부는 그대로 곽인의 이마를 갈랐다.

"흐억!"

단말마의 신음이었다. 인생의 반은 실력이요, 노력이라지만 나머지 반은 운이다. 그런 데다 싸움터의 운은 그대로 생사로 이어진다. 외눈박이 독목룡 곽인이 평소 녹림의 호걸로 이름을 날렸지만, 졸개 여섯을 베고는 전사하였다.

이 시각 진(晉)의 장수 백을병은 말고삐를 잡아당겨 상대를 찾고 있었다. 난전 중인 전장에 초나라 장수 하나가 긴 창을 휘두르며 설치고 있었다. '초장 투발'이라는 깃발을 앞세웠다. 투발과 맞선 아군의 장수는 언월도로써 검무를 추듯이 몸 앞에 검광을 그리다가 불쑥 칼을 내질렀다. 상대가 비스듬히 몸을 굽혀 칼날을 피하자, 서둘러 자세를 가다듬더니 다시 공격에 나섰다. 하지만 그가 몸을 돌렸을 때 이미 투발의 창이 한발 앞서 그의 목구멍을 관통하였다. 피를 뿜으며 쓰러졌다.

그런 일거수일투족을 두어 마장 앞에서 백을병이 화살을 재고 노려보고 있었다. '옳지! 그래, 조금만 더! 투발이란 놈아! 어디 내 화살 맛 좀 봐라…!' 백을병은 몸을 낮추며 그대로 살을 날렸다. 투발은 비명이 요란한 전장에서 활시위 소리를 듣지도 못했고 살을 보지도 못했다. 화살은 정통으로 투발의 뺨에 맞았다. '어이쿠……' 꽂힌 살은 그의 볼때기를 꿰뚫어 맞창을 냈다. 다른 화살 하나도 투발이 탄 말의 엉덩이를 맞혔다. 말이 깜짝 놀라 대지를 걷어차듯 앞발로 일어섰다. '히이잉…' 기겁을 한 말이 그대로 미친 듯이 내달리기 시작했다. 투발은 구르듯 몸을 뒤집으며 말 등에 엎드렸다. 그 뒤로 '와아' 주변의 졸개들이 분분히 장수를 따라 달아났다. 마침내 남군의 좌익이 함몰되고 있었다.

시간이 갈수록 햇살은 높았고 숲 그늘이 깊었다. 눈부신 햇빛을 드문드문 가려주는 성긴 숲 사이로 나무들은 이미 녹색이 아니었다. 사람의 신체는 피를 가득 담은 가죽 주머니와 같이 쓰러진 뒤에도 꾸역꾸역 피를 토해낸다. 나무도 풀도 핏물로 칠갑을 하고 울긋불긋 단풍이 들었다.

잠시… 시간이 멈춘 듯 정적이 감돌았다. 전장의 한복판에 거대한 정적이 도사리고 있었다. 간간이 등에 떼가 날아다니는 소음이 땅바닥에서 들리는 것이 대낮인데도 귀기가 넘쳤다. 중상자들의 상처 위로 파리와 벌들이 윙윙거리며 새까맣게 달라붙었다. 비참한 광경에 아랑곳없이 새들은 날아들고 곤충은 제멋대로였다.

오후의 싸움은 중원군이 먼저 도발하였다. 진장(晉將) 난지는 군졸 수십 명을 채나라 병사의 옷으로 갈아입혔다. 병사들은 버젓이 채(蔡)의 깃발을 꽂고 초나라 본진으로 달려갔다.

"우리 군사가 초장 싸움에 적진 쪽에 고립되어 있습니다. 속히 지원 군사를 보내달라는 곽인 장군의 전갈입니다."

성득신이 몸을 돌려 전장을 굽어보았다. 십 리 길 넘게 뿌연 먼지가 하늘을 덮고, 상처 입은 코끼리 울음소리가 아직도 우렁우렁 땅바닥을 울리고 있었다.

"흐음, 과연, 과연… 힘든 싸움 중이구나. 속히 우군을 보내어 지원하라."

우군 대장 투의신 또한 남이 일으킨 먼지나 뒤집어쓰고 있을 위인이 아니다. 언월도를 엇갈리게 쌍으로 휘두르며 달려 나가 구릉 언저리에서 적과 마주쳤다. 물고기에게 굽이치는 강물이 모양이 보이지 않는 것처럼 혼전 중에는 누구도 대세를 가늠할 수가 없다. 어느 쪽도 기세가 죽지 않은 군사들이라 이후 한 시진 동안 산비탈과 계곡, 개활지에서 서로 부딪혀 죽자고 싸움판이 벌어졌다.

아무래도 이 싸움은 초군(楚軍)의 본진에서 한 가닥씩 군사를 내보내는 형국으로 진행되고 있었다. 마침내 성득신이 전장의 상황을 대강이나마 짐작하게 되었다. 믿었던 상전대는 함정에 빠져 반이나 죽고, 남은 코끼리는 달아났다. 이런 프레임으로는 결코 이길 수 없다는 것을 깨닫고 승부수를 날리기로 하였다. 전장의 중심은 산비탈 아래 개활지이다. 그는 외쳤다.

"오늘은 진(晉)나라 공자의 제삿날이 될 것이다. 한 놈도 살려 보내지 마라. 나를 따르라! 공격…!"

남군의 대장기가 움직이자 이를 주시하던 정탐병이 곧바로 진(晉)의 본진에 알렸다. 선진도 곧이어 출정하게 된다.

"대장기가 움직였다. 전령을 보내 모든 장수를 불러 모아라."

그래서 또 한바탕 주력 부대끼리 마구잡이 난전이 벌어졌다. 북군의 난지, 서신, 호언같이 이름 있는 장수들도 달려와서 초군을 에워싸고 두들겨댔다. 전장은 오래전부터 전체로서 통솔을 잃었고, 단위 부대의 장수들이 움직이고 있었다. 그런데 대세를 판가름하는 이런 위급한 판국에 남군 장수들은 하나도 도우러 오지 않았다.

성득신은 정신이 아득해졌다. 에워싼 적장들은 하나같이 자신의 목을 노리고 덤벼든다. 첩첩이 적이 에워싸고 있어 찌르고 부딪혀봐도 쉽게 빠져나갈 수가 없었다. 이 시점부터 남군의 깃발은 하나둘 쓰러져 자취를 감추었다. 격전은 해가 뉘엿해지면서 급격하게 기울었다. 전장이 빠르게 정리되는 광경을 지켜보던 진문공이 급히 사람을 선진에게 보냈다.

"적의 퇴각로를 열어주어라. 쫓지 마라."

대장군도 명을 내렸다.

"남쪽을 터라! 길을 열어라…. 달아나는 적을 쫓지 마라."

산비탈마다 엄청난 무기와 갑옷이 버려지고 주인 잃은 말들이 전장을 배회하였다. 화살을 등에 꽂고 '히힝'거리며 울고 있는 놈, 안장만 얹힌 채 빈 고삐를 질질 끄는 놈들이 서성거린다. 쓰러진 말들은 네 다리로 허공을 긁으며 버둥거렸다. 죽은 자의 시신 사이로, 괴로운 숨결을 토해내는 덜 죽은 병졸들도 첩첩이 쌓였다. 어느덧 싸움도 날도 저물어 갔다. 양군에서 참전한 군사만도 20만이 가까운 성복 대전은 이렇게 쉴 틈도 없이 종일 싸워 승패를 갈랐다.

진문공은 오늘 하루 전차 바퀴가 만든 고랑 길을 따라 걸었다. 다문다문 핏덩이가 고랑을 메운 곳도 많았다. 끊이지 않은 단말마의 신음 가운데 낯이 익은 시위 군졸이나 장수들의 주검도 보였다. 똥을 퍼질러 놓고 죽은 병사들도 많았다. 똥에는 피아의 구분이 없었다. 분노와 공포, 증오 속에서 죽은 자들이라 피 냄새는 비렸고, 똥 냄새는 구렸다. 임금은 쓰러진 병사들의 시체와 똥을 피해 디디면서 조심스레 발걸음을 옮겼다. 저문 바람이 불어와 죽은 이의 흐트러진 머리카락을 날렸다. 살이 쪄서 어린애 주먹만 한 메뚜기들이 그 얼굴에 달라붙었다. 메뚜기들은 검은 침을 흘리며 입 벌리고 죽은 시신의 입 속이나 콧구멍으로 파고들었다. 그런가 하면 까마귀, 까치며 독수리 떼가 새까맣게 모여들어, 싱싱한 고기를 파먹고 있었다. 그 너머 산비탈 쪽에는 어디서 날아왔는지 태깔 고운 모시나비 수만 마리가 모여들어 좀처럼 맛볼 수 없는 사람 피의 향연을 즐겼다. 치우지 못하고 땅바닥에 버려진 시신은 북군만 해도 8천이 넘는다. 물론 초나라 군사의 피해는 그보다 훨씬 컸다. 이 한 번의 싸움으로 죽고 상한 남군은 2만이나 되었다. 정신없이 부딪친 난전의 싸움이라 수급은 서로 거두지도 못했다.

진문공이 왼 소매로 얼굴을 가리고 눈물을 흘렸다.

"네가 죽었구나, 너도, 너도…."

아비규환의 광야에 칠흑 같은 어둠이 찾아왔다. 살아생전 누구의 아들, 누구의 아비로서 소중하던 육신에 늑대며, 까마귀, 너구리, 하다못해 들쥐며 도마뱀까지 재재거리며 몰려와 떠들썩한 잔치를 벌였다.

때는 서력 BC 632년, 그해 여름도 저물고 있었다.

제14화

내가 중원의 방백(方伯)이다

 성복의 전쟁에서 승리한 진문공은 제(齊), 진(秦), 송(宋) 등 동맹군에게 많은 전리품을 나누어주고 각별하게 전송하였다. 바야흐로 천하는 진문공의 시대였다.

 죽은 적의 시체에서 귀를 잘라 천신과 토지신에게 바치고 장졸들을 전공에 따라서 포상했다. 적의 시체를 모아서 불태우고 거대한 무덤을 만드는 일을 경관(京觀, 전공을 기념하기 위하여 쌓은 무덤)이라 하는데, 이런 과시적 풍습은 고대로부터 있었다. 진문공은 이런 잔인한 행동에도 주저함이 없었다.

 전장이 대강 정리되자 장수들을 불러 모았다.

"내일 해가 뜨면 회군한다. 정(鄭)나라 쪽으로 군사를 돌려라."

 심복 조쇠가 임금의 마음을 모를 리 없다.

"정(鄭)이라 하셨습니까…? 돌아가는 길이라 멀기도 하거니와 험하기까지 합니다. 군사의 이동을 신속하게 합니까? 아니면 평소대로 움직입니까?"

"평소대로… 아니, 좀 더 느긋하게… 우리 군대의 진군을 떠들썩하게 하라…. 정(鄭)이 어쩌는지 좀 봐야겠다."

 다들 히죽히죽 웃고 있었다. 지나간 시절 조, 위와 함께 정(鄭)도 공자 중이에게 모욕을 주었다. 과연 소문대로 한 치도 어긋남이 없이 은혜는 은혜로 갚고, 원수는 원수로 갚는다. 위주가 내용을 아는 체 덧붙인다.

"신정성은 유랑 시절에 성문을 닫아걸고 우리를 들이지도 않은 과거가 있습니다. 이번에 남만으로 참전하여 혼쭐이 났으나 옛 빚을 받은 건 아닙니다. 소신에게 맡기십시오."

"못난 사람…. 사사로운 감정 때문에 정(鄭)을 욕보이고자 하는 줄 아는가? 나는 위수를 건너면서 하백에 올린 맹세를 잊지 않고 있네. 왕실을 받들고 천하 백성의 안위를 위함일세. 아예 유랑 시절이니, 옛 빚이니 하는 말은 입 밖에도 내놓지 마시게."

진문공은 눈을 가늘게 뜨고 껄껄 웃었다. 교활하다면 이처럼 교활한 논리도 없으리라. 존왕양이의 명분을 내세워 본인의 원한부터 풀려고 하면서도, 행동과 심리 사이에 양심의 가책은 없었다. 적어도 그는 자신의 자부심으로 시대의 논리를 각색하고 있다. 나름의 믿음이 있었기에, 위선이나 거짓도 없었다.

중신들은 새삼 자신들의 군주를 올려다보았다. 그의 얼굴은 달처럼 무표정했다. 조쇠와 호언은 미소를 지었다. 어떤 의미에서 그들은 부하라기보다 진문공의 인격에 매료된 신봉자들이다. 누군가의 꿈에 주목하고 동행할 때 그 꿈은 더욱 커지는 법이다.

이후 진군(晉軍)은 북을 치고 나팔을 불어대면서 떠들썩하게 움직였다. 정나라는 진군이 다가온다는 소식에 놀랐다. 신정성에는 전쟁이 터졌다는 흉흉한 소문이 곰팡이처럼 번져 골목마다 피난하는 수레가 넘쳤다. 정문공은 신하들을 불러 모았다.

"중이란 자가 저리도 끈질기구나. 어쩌면 좋겠는가?"

"한시바삐 초나라에 구원을 요청하옵소서."

"그게 될 말인가? 초는 성복에서 패하여 도망치지 않았던가?"

"초가 패한 게 아니라 성득신이 패한 것입니다. 우리가 구원을 요청하면 오히려 원수 갚을 요량으로 바로 달려올 것입니다."

그때 대부 곽회(郭淮)가 말을 끊고 나섰다.

"안 될 말! 안 될 말입니다. 주군! 어쭙잖은 꾀를 쓰다가 사직을 잃은 조나라를 잊으셨습니까? 사직의 일은 그리하실 수가 없나이다."

"달리 무슨 방법이라도 있는 것인가?"

"우리가 초를 섬기는 것도 다 사직을 지키고자 함입니다. 초를 섬기든, 진을 섬기든 하나도 다를 게 없습니다. 차라리 지난날 홀대했던 일을 사죄하고 조공을 맹세하는 것만 못합니다."

몇 해 전, 두 딸을 초성왕의 노리개로 내어준 정문공으로서는 가슴 쓰라린 일이다. 두 딸은 초나라 쌍미전에 있는데, 진(晉)은 굴복을 요구하고 있다. 약소국의 비애이자, 임금으로서 체면도 깎이는 일이다. 곽회가 다시 재촉한다.

"주군! 부디 신의 충언을 흘려듣지 마십시오."

결국 항복의 사자를 보냈다. 진문공은 대신 한 가지 조건을 내걸었다. 정나라 땅인 천토(踐土) 땅에서 천자를 모시고 회맹을 개최하도록 도와달라는 것이었다. 말이 좋아 돕는 것이지 천자와 제후들이 머물 별궁과 제반 시설을 도맡아 준비하고 물품을 조달하는 역할이다. 정문공은 내심 가슴을 쓸어내렸다.

"어쩔 수 없다. 중이의 말대로 하자. 과인의 어깨 위에는 우리 백성의 생사가 지워져 있다. 이로써 과인은 결정했다. 과인이 굴욕과 수고를 감당하겠노라…."

오늘따라 새삼스럽도록 사설이 긴 것은, 본인 마음부터 달래고 싶은 심정 때문이다. 천토 땅에는 부랴부랴 임시 별궁이 지어졌다. 이 시절부터 회맹의 질서는 국제적인 착취로 변질하고 있었다. 진문공은 소탈한 것처럼 행동하면서도 그 이면에는 보통 사람들은 상상도 할 수 없는 타산적 계산과 집요함이 있다.

이듬해 6월에 주양왕과 열국의 제후가 함께하는 회맹이 열렸다. 천자가 제후의 하례를 받는 예법이 《명당부(明堂賦)》란 기록에 나와 있다. 천자가 머무는 방은 문이 36개, 창이 72개이며 공작, 후작, 백작, 자작, 남작의 제후들이 각기 정해진 방향대로 도열하고, 방 밖에는 따로 오랑캐들이 열을 짓는다고 하였다. 이날 천토의 회맹에 참석한 열국은 진(晉), 송, 제, 정, 노, 진(陳), 채, 주, 거, 위나라 등 10여 국이었다. 주양왕은 그해 봄에 천토 땅에 당도하였다. 그런데 공자의 《춘추(春秋)》에서는 이를 달리 썼다.

"…천자가 하양에서 수렵(狩獵)하였다…."

공자가 활약한 시기는 BC 480년, 춘추시대의 종반기이다. 엄연히 주 왕실이 건재한 시절이었고, 공자 자신부터 봉건 군주제 말고는 다른 정체(政體)를 알지 못했기에, 천자의 존재는 그야말로 절대적인 외경의 존재였다. 그 천자가 제후의 부름을 받고 달려가는 이상한 행동 따위는 예법에 없다. 그래서 천자의 행차를 '수렵'이라고 표시한 것이다. 공자가 생각하기엔 천토의 회맹이야말로 실로 개탄스러운 망조였다. 왕실을 옹위한다는 패자가 오히려 천자를 업고 절대권을 행사하는 월권을 자행하고 있다. 바야흐로 시대가 점차 요상해지고 있었다.

진문공이 제후들을 거느리고 20리 밖에 나가 주양왕을 영접하였다. 제후들은 관을 쓰고 예법에 따라 천자에게 하례를 드렸다. 의식은 왕실의 서가에서 잠자다가 이제 진문공의 소환 부름을 받고 천토에서 부활하였다. 천자를 모시는 절차는 장엄해야 하며, 예(禮)는 간소화되어서는 안 된다. 그들이 움직일 때마다 몸에 두른 패옥이 챙챙거리며 음악소리를 연상케 하였다. 진문공은 따로 주양왕에게 성복 전쟁의 전리품인 말 구백 필과 보졸 천 명, 그리고 무기와 갑옷 열 수레를 바쳤다. 천자는 한껏 칭찬하였다.

"방백 제환공이 세상을 떠난 후 남방 오랑캐가 버릇없이 굴더니 이제 진후(晉侯)가 왕실의 위신을 세웠구려. 짐이 어찌 숙부를 의지하지 않으리오. 방백으로서 더욱 왕실을 보위하시라…"

왕실의 입장에서는 초나라를 제압한 것은 '혼돈'에 대한 '질서'의 승리였다. 진(晉)은 원래 왕실과 같은 희(姬) 성을 쓴다. 그래서 천자는 진문공을 숙부라고 높여 불렀다.

이날은 진문공의 일생 중 가장 영광스러운 날로 기록되었다. 그에 비해 천자로서는 딱히 편치 않은 자리였다. 편한 게 다 무엇인가? 오늘 회맹의 자리에서 누구보다 가장 자괴감을 느끼고 있는 사람이 바로 천자이다. 제후들의 몸가짐은 여전히 공손했고, 건네는 말씀은 예의가 발랐지만, 누구도 왕의 질문에 먼저 대답하는 이가 없이 진문공의 눈치를 살폈다. 이래저래 천자는 겉으로만 공손한 제후들을 보면서 이름뿐인 왕실의 위치를 실감하고 있었다.

얼마 후 진문공은 성복에서 서로 싸우던 초성왕에게 많은 선물과 함께 사신을 보내 우호 조약을 청하였다. 초성왕은 탄식하였다.

"진(晉)의 군주는 19년을 망명하고 나이 육십이 넘어서 임금이 된 사람이다. 환갑이 넘은 나이로 군위에 올랐으니 하늘이 그에게 행운과 수명을 준 것이 아니겠는가? 이번 전쟁에서도 그는 적은 군사로 우리를 이겼다. 지난날 그를 보면서 사람 좋은 이라고만 생각했는데 결단도 대단하구나. 천하가 태평하려면 양국이 화해해야 한다. 과인은 굳이 그와 적대시할 생각이 없다."

함께 우호 조약을 체결하였다. 진문공은 한때 인연을 나 몰라라 하지 않았고, 초성왕은 두드리면 울리는 종과 같이 상대의 호의에 반응하는 성품이었다.

천토의 회맹 후 3년이 지나 위주는 평소 즐기던 술에 만취하여 수레에서 떨어졌다. 그는 해외파 중에서도 손꼽히는 용사이다. 좋고 싫은 심사를 감추지 못하는 성품에다, 예사로 주량을 넘겨 마시는 술버릇까지 있었다. 그날도 술주정을 부리다가 말 뒷발에 채었다. 젊은 시절 고생에 몸을 상한 탓인지 며칠 후 피를 토하고 죽었다. 위주가 진문공으로부터 받은 봉토가 위읍(魏邑)이다.

훗날 진(晉)에서는 육경(六卿)이라고 하여 여섯 유력 성씨들이 득세하였다. 위(魏), 한(韓), 조(趙), 지(智), 범(范), 중행(中行)씨이다. 그중 지씨, 범씨, 중행씨는 일찌감치 제거되었고 남은 위씨, 한씨, 조씨는 각기 분리되어 나라를 세웠다.

춘추시대를 지나 전국시대가 되자, 대륙은 연(燕), 제(齊), 한(韓), 위(魏), 조(趙), 초(楚)와 훗날 이들을 병합한 진(秦)의 7국이 천하를 다투게 되는데, 놀랍게도 진(晉)에서 갈린 위, 한, 조가 모두 전국 칠웅에 이름을 올렸다. 한(韓)은 정나라를 핍박하고, 위(魏)나라는 위(衛)를 정벌해서 땅을 늘렸다. 조(趙)나라는 채나라와 적족(赤族)의 땅을 빼앗아 나라를 세웠다. 이들이 모두 진(晉)에서 나왔기에 삼진(三晉)이라고 불렀다.

이들 삼진 중에 위나라는 위주의 후손들이고, 조나라는 조쇠의 후손들이다. 진문공의 치세는 8년으로 짧다면 짧았으나 그 영향은 컸다. 이들은 대별산맥의 척박한 분지에서 발원하여 싸우고 빼앗는 전투와 권모술수에도 친하여 이웃을 속이고 병합하는 데 거침이 없었기에 이런 결실을 거두고 역사에 이름을 남겼다.

그 후 몇 달이 지나기도 전에 이번에는 호언이 세상을 떠났다. 진문공에게 위주와 호언의 죽음은 단순히 의지하던 신하를 잃은 상실감으로 끝나지 않았다. 한낱 서출 공자의 신분으로 태어나 누구보다 힘든 세월을 함께하였고, 누구보다 많은 성취를 이룬 동지들이다.

이제 그들의 시대는 흘러갔다. 동짓달 겨울 하늘같이 푸르던 이상은 어느새 빛바래고 고루한 사상이 되어 있었다. 세상은 새로운 주인을 맞이하고 있었다. 천하 제패의 숙원도 이만큼에서 멈출 수밖에…. 때가 되면 가야 하는 것은 백성이건, 설사 천자라도 다르지 않았다. 그저 앞서거니 뒤서거니 순서의 차이가 있을 뿐이다. 사람의 평생이란 강줄기가 바다를 향해 줄달음치는 것같이 한 번 흘러간 물은 다시 돌릴 수 없고, 누구나 마지막 순간에는 한숨과 한탄이 남는다….

산이 높으면 골이 깊듯이 세상의 영광을 이룬 만치 떠나는 길이 더욱 허망한 것은 당연한 이치이다. 그래도 한 가지 위안은 남았다. 이승은 이렇게 막을 내릴지라도 분명 다음 세상이 있을 것이다. 끊임없는 이어지는 시간의 흐름이 어찌 오늘 공자 중이, 진문공의 생애만으로 끝날 것인가?

힘층 인재를 앙성하여 다음 세대를 준비하였다. 죽은 호언의 사리는 극예의 아들 극결(郤缺)로써 채웠다. 극예는 여이생과 함께 진혜공의 심복으로서 진문공 초기에 제거된 세력이다. 그 아들을 중용하여 구원(舊怨)을 청산하고 극씨(郤氏) 가문을 감싸 안았다. 인간에게 선악에 대한 분별과 각자 다른 재능을 부여한 것은 하늘의 배려이다. 선이라 믿고 결과적으로 악을 행하는 자도 있고 악이라고 두려워하면서도 알고 보니 선을 행하는 이도 있다. 때로는 선악의 구별조차 모호한데 이긴 자의 관점에서 단정하고 끝내 배척하는 것이 과연 올바른 길일까?

"시대가 바뀜에 따라 가슴도 열어야 한다. 자고로 인간의 낡은 옷은 알아주는 사람도 없는 법……!"

이런 포용의 조치로 극결은 다음 대 진양공 시절의 충신이 된다. 바야흐로 불멸의 가치인 용서와 화합의 계절이다.

강주(絳州)성에는 밤에 문을 닫아거는 일이 없고 길에 물건이 떨어져도 주워 가는 사람이 없었다. 해마다 풍년이 들어 늙은이 젊은이 가릴 것 없이 배를 두드리며 노래했으며, 나라의 부역이 있으면 서로 다투어 힘을 보탰다. 병영에는 병장기와 마필이 넘쳐났고 창고에는 곡식과 마초가 그득했다. 그야말로 전성기였다.

그도 어느덧 70세의 고령이었다. 되짚어 보면 43세에 망명 생활을 시작하여 19년을 유랑으로 보내고 62세에 군위에 올라 8년을 재위하였다. 8년의 통치, 얼마나 짧은 기간인가. 그래도 믿을 수 없을 만치 많은 일을 성취하였다.

진문공은 병석에서 조쇠, 선진, 양처보, 호사고 등 심복하는 신하들을 불렀다.

"경들은 세자 환(驩)을 임금으로 섬기고 과인이 이룬 패업을 결코 다른 나라에 뺏기지 않도록 힘쓰라……!"

그 말을 할 때 진문공의 눈이 번쩍 빛났다. 패업! 평생을 바쳐 소원하고 갈망하던 과업! 결국 이루었다…. 아니, 아직은 한참이나 멀었다. 영웅은 세상을 향해 평생 추구한 이념을 그런 씨앗 같은 언어로 남겼다.

진문공은 자식들이 후계 문제를 일으키지 않도록 나름 조치를 해두었다. 공자 옹(雍)은 진(秦)나라에서, 공자 낙(樂)은 진(陳)나라에서 벼슬을 살고 있었다. 공자들을 이웃 나라에 보내 벼슬 살게 하는 것은 지금으로 치면 대사(大使)에 해당한다. 자국의 뜻을 전달하고 껄끄러운 외교 문제가 생겼을 때 이를 조율하는 역할이다. 막내아들 흑둔(黑臀)은 왕실로 보내어 천자를 섬기게 하였다. 흑둔은 가장 진문공을 닮아 피부가 희고 용모가 아랍계 색목인을 닮았다. 후에 그도 군위에 올라 진성공(晉成公)이 된 인물이다. 이러한 조치는 공자 중이 시절 로망이었던 제환공의 실패에서 배운 바가 컸다. 후계에 대한 준비가 없어 낭패를 겪은 제환공의 경우가 다시없는 타산지석(他山之石)이 된 것이다.

진문공이야말로 춘추 300년을 통틀어 가장 극적인 군주였으며 동시에 그 평가가 엇갈리는 인물이기도 하다. 훗날, 제환공과 진문공의 패업에 대해 공자는 다음과 같이 평가하였다.

"진문공은 수완은 뛰어나나 바르지 못했고, 제환공은 바른 사람이었으나 수완이 뛰어나지 못했다…."

공자는 이들로부터 멀지 않은 200여 년 뒤에 활약했으니, 역사적 사실에 대한 객관적 고찰이나 평가가 가능한 시점이다. 그가 아는 진문공은 왕실의 분란을 빌미로 감히 천자를 겁박하여 직할 영토까지 갈취한 가증스러운 인물이었다.

그해 겨울은 유난히 따뜻했다. 임금의 관절염에는 고마운 날씨였다. 새로운 계절이 다가오고 있었다. 그 봄을 마저 기다리지 못하고 어느 아침나절에 진문공은 주변을 둘러보면서 말했다.

"뒷일을 부탁한다…."

이 짧은 말속에는 살아온 세월의 숱한 감회와 사후의 위촉이 모두 함축되어 있었다. 이제 됐어! 이제는 거리낄 게 없어! 마침내 눈을 감았다. 장지문 밖에서는 아침 새들이 시끄럽게 지저귀고 있었다. 죽음을 맞는 그의 얼굴에 고통의 흔적은 없었다. 회광반조(廻光返照)라고 했던가? 그렇지 않아도 크던 얼굴은 부풀어 오른 듯이 더 거대해지고 오히려 아름답기까지 하였다. 살아생전 보란 듯이 권토중래의 전설을 실현한 입지전적인 이 인물은 죽음과도 싸워 이긴 것일까?

"마치 잠드신 것 같아…! 그야말로 영원의 안식……."
"정말이야. 무엇 하나 괴로운 기색도 없으신 모습…!"

시녀들이 자신의 자랑인 양 속삭였다. 너무도 평화롭기에 어디에도 가슴을 쥐어뜯는 슬픔 따위는 없었다. 소리 내어 울진 않았으나, 눈에서는 거침없는 눈물이 줄줄 흘렀다. 어찌어찌 죽음의 냄새를 맡았는지 대궐의 처마 위에서는 까마귀 떼 70~80마리가 무리 지어 울다가 훌쩍 북쪽으로 날아갔다.

세자 환이 즉위하여 진양공(晉襄公)이 되었다. 진문공이 그토록 염려하고 준비한 탓에 후계 문제로 인한 혼란은 없었다. 진(晉)은 변함없이 방백(方伯)의 자리를 굳건하게 지켰다.

제3편 초장삯

남만의 오랑캐에서 패자로 거듭나다

제15화. 아득한 북쪽 바다의 곤이(鯤鰣)
제16화. 춘추 최고의 스캔들
제17화. 천하 대전의 서막
제18화. 필(邲)의 전쟁(1) 노림과 꼼수
제19화. 필(邲)의 전쟁(2) 그믐날 밤

제15화

아득한 북쪽 바다의 곤시(鯤鰤)

진문공과 함께 천하를 다투었던 초성왕은 46년간이나 왕위에 있었다. 대신에 세자 상신(商臣)은 나이 쉰이 넘도록 세자 자리만 지켰다. 그런 데다 부왕은 하루가 다르게 강건해져, 칠순이 넘어서도 젊은 여인을 밝히는 행태가 어느 세월에 죽을지 가늠조차 되지 않았다.

"나이가 드니 여자를 안기도 힘들군."

왕은 수시로 이런 말을 했다. 그러나 말과 달리 그의 침소에는 늘 여인이 있었고, 죽는 순간까지 여자 없이는 잠을 이루지 못했다. 의심까지 많아서 수시로 세자를 감시하고 마음에 들지 않는 구석이 있으면 그 자리에서 곧바로 질책을 퍼부었다. 참다못한 세자는 한밤중에 궁으로 들어가 아버지를 시해하고 스스로 왕위에 올랐다. 바로 초목왕(楚穆王)이다.

늙은 아비를 죽이면서까지 왕위에 오른 데는 초나라의 왕위 계승 제도와 관련이 있다. 원래 초는 폐장입유(廢長立幼, 장자를 후계자 자리에서 폐하고 어린 왕자로 대신한다)의 진례가 많다. 그러고 보면 북방 유목민은 부모의 유산을 막내가 상속받는 풍습이 있어, 이를 '말자상속(末子相續)'이라고 칭했다. 어린 자식을 후계로 세우면 왕위 계승과 더불어 한 번에 조정을 일신하고, 긴 재위 동안 안정된 정국을 이끌 수 있는 이점도 있다. 대신 내쳐진 장자는 죄를 씌워 죽이든지, 변방으로 쫓았다. 어쩌다 남겨진 폐세자도 열이면 열, 결국에는 어린 동생의 변덕에 목숨을 빼앗겼다. 사정이 이렇다 보니 세자로서는 마냥 기다린다고 왕위가 보장되는 것도 아니었다.

아무리 그렇다고 하더라도 이런 정황이 친부 살해의 변명이 되는 것은 아니다. 결국 인간의 욕심과 두려움이 빚어낸 패륜 중의 패륜일 뿐이다. 어쨌든 초나라의 왕위 세습 과정은 한 치 앞을 모르게 엎치락뒤치락하는 다툼의 연속이었다. 선왕의 유언보다는 칼과 독약으로 판가름 나는 일이 흔했고, 그런 만치 '대왕들' 가운데서 자연사로 죽은 자가 거의 없을 정도였다. 부왕을 죽이고 즉위한 초목왕은 과연 성정이 불같이 급하고 겉과 속이 다르면서 잔인했다.

사서는 그를 이렇게 평하였다.

"갸름한 얼굴에 찢어진 눈을 가졌다. 가슴은 마치 매의 가슴처럼 도톰하게 생겼으며 목소리는 들개와 같이 스산한 소리를 낸다. 심성도 각박하여 호랑이와 이리와 같이 잔인하였다. 어려울 때는 남에게 겸손한 체하면서 도움을 청하지만 사정이 좋아지면 눈 하나 까딱 않고 상대를 해치운다."

재위 11년 동안 수많은 신하를 참살하고 조용한 날이 없도록 자주 전쟁을 일으켰다. 대신 상식에 벗어난 기막힌 전술을 구사하여 싸우는 족족 이겼다. 몇 해 사이에 강(江)나라와 육(六)나라, 요(蓼)나라를 쳐서 멸망시켰다. 그들 3국은 초나라와 한가지로 모두 자작의 작위를 받았던 소국들이다. 초목왕은 정벌한 나라에게도 용서나 배려가 없이 왕족을 빠짐없이 도륙하고 사직을 불태웠다. 정복자의 잔혹한 굴기는 열국의 간담을 서늘하게 하였다.

어쨌든 법은 멀고 주먹은 가까운지라 진(陳)나라와 정(鄭)나라, 채(蔡)나라, 송(宋)나라는 차례대로 초나라에 항복하고 조공을 바치기로 맹세했다. 초목왕은 이들 네 나라를 궐맥 땅으로 불러 회맹을 열었다. 왕실로부터 후작, 혹은 공작의 높은 작위를 받고 있는 그들이 오히려 자작인 초나라 임금에게 천자를 모시는 예로써 몸을 낮췄다. 초목왕은 스스로 천하를 제패한 백주(伯主)를 자처하였다. 그러나 그도 진문공 이래 중원의 방백으로 불리는 진(晉)나라와 서북방의 유목족 진(秦)만은 어쩌질 못했다. 그래서 한동안 천하는 초(楚), 진(晉), 진(秦)의 삼강(三强)이 각기 주변 열국에 군림하는 형세였다.

그러던 초목왕도 흐르는 세월을 거스를 수는 없어 재위 11년 만에 죽고, 세자 웅려(雄侶)가 왕위에 올랐다. 그가 바로 춘추오패 중 세 번째의 영걸인 초장왕(楚莊王)이다.

중원 천하를 두려움에 떨게 하던 초목왕이 죽자 완충 지대에 있던 약소국가들이 먼저 동요하였다. 유형무형으로 위협을 느끼고 있던 그들은 제각기 활로를 찾아 나섰다. 먼저 진(陳)과 정(鄭)이 다시 중원의 강국 진(晉)과 수교하고 초와는 관계를 끊었다.

그러거나 말거나 초장왕은 즉위한 지 3년이 지나도록 한 번도 정사를 돌보거나 신하들에게 명령 한 번 내린 일이 없었다. 그가 궁 밖으로 나가는 것은 오로지 사냥하러 갈 때뿐이고, 밤이나 낮이나 여자를 끼고 앉아 술만 마셔댔다. 이에 대전 앞에 기다랗게 경고의 방을 써 붙였다.

"감히 과인의 행동에 대하여 이렇다 저렇다 잔소리를 늘어놓는 자는 예외 없이 목을 자른다."

워낙에 파격적이고 단정적인 왕명이었다. 군왕의 생활은 예사 사람들과 다르게 가까이할 수 있는 사람이 제한되어 있고 빈곤과 고생을 모르는 탓에, 어딘가 반사회적이고 정신 상태가 특이한 인간으로 성장하는 수가 많다. 선대 초목왕을 통하여 그런 광란 같은 횡포를 익히 봐 온 신하들은 등허리가 섬뜩해지는 공포를 느꼈다. 그래서 3년이 지나도록 누구 하나 충언하는 사람이 없었다. 대신에 초나라는 이제 희망이 없다! 자조적인 수군거림이 번지고 있었다. 그러던 어느 날 드디어 대부 신무의(申無依)가 왕 앞에 나타났다. 신무의는 오십 대 초반에 진중한 외모의 인물이었다. 한눈에 봐도 딱딱하고 융통성이 없어 보이는데, 과연 매사를 원칙대로 처리하는 깐깐한 인물이었다.

오늘도 초장왕은 연회를 벌이고 있었다. 오른팔로는 정나라 여인인 정희(鄭姬)를, 왼팔로는 채나라 출신인 채녀(蔡女)를 안고 대청을 열어젖힌 채 술을 마시고 있었다. 왕년에 초성왕이 자매 쌍미(雙芈)를 함께 취한 이래로 한꺼번에 두 여인을 데리고 즐기는 것이 자연스러운 모습이 되었다.

왕은 신무의가 주뼛거리면서 서 있는 것을 보고 물었다.

"대부는 술을 마시러 왔느냐? 아니면 풍악을 들으러 왔느냐?"

이 시절에는 음악을 즐기는 것이 최고의 사치였다. 두드리는 울림통과 날숨으로 소리 내는 날라리 통과, 가늘고 여린 현악기를 빠짐없이 갖추어야 구색을 갖춘 하나의 악단이 되고, 숙련된 가희(歌姬)까지 따라붙어야 제대로 된 악곡이 연주된다. 그것도 보관이나 재생은 어림도 없이 한순간에 허공중에 흩어져 버리는 소모적 감성이다 보니 웬만한 재력으로는 엄두도 내질 못했다.

"신은 술이나 풍악 때문에 온 것이 아닙니다."

긴장하고 기다린 시간이 길어선지 말하는 입에서 누린내가 풍겼다.

왕은 개의치 않았다. 대신 말은 더 딱딱해졌다.

"그렇다면 과인에게 간청이라도 하려고 찾아온 것이냐? 돌아가라! 과인은 그대의 목을 베고 싶지 않다."

"신이 어찌 대왕의 명을 거역하겠나이까? 다만, 한 가지 알 수 없는 일이 있어 대왕께 여쭤보려고 온 것입니다."

슬쩍 궁금증이 도진 왕이 물었다.

"허허허…! 무슨 일인데 그러는가? 대부가 모르는 것을 과인이 어찌 알겠는가. 예까지 온 김에 이야기나 해보시라."

"신이 며칠 전 성 밖에 나갔다가 아무개를 만났는데 그 사람이 신에게 수수께끼 같은 말을 했습니다. 그런데 그 뜻을 알아들을 수가 없어서 대왕께 들려드리려고 왔습니다."

"헛허… 어떤 수수께끼인가?"

"오색 빛이 찬란한 큰 새가 있는데 그 새가 영도성 높은 곳에 앉은 지 3년이 지났답니다. 그런데 그 새가 나는 걸 본 사람이 없고 우는 소리를 들은 사람도 없습니다. 그 새가 무슨 새냐는 것이 문제입니다."

초장왕은 신무의가 빗대어 무슨 말을 하려는지 알았다. 어려운 문제라기에 귀를 기울여 듣다가 갑자기 핫하하하… 웃음을 참지 못하고 대답하였다.

"흐음! 과인은 그 새를 알겠다. 그것은 흔히 보는 새가 아니다. 3년을 날지 않았다 하니, 한 번 날기만 하면 하늘 높이 솟을 것이요. 3년을 울지 않았다 하니, 한 번 울기만 하면 세상이 울리도록 우렁찰 깃이디."

다행히 오늘따라 왕의 기분이 괜찮았다. 한마디로 연작(燕雀, 제비와 참새)이 어찌 대붕의 뜻을 알겠느냐? 알아서 기다려라! 대충 이런 말이다. 때맞춰 눈치 빠른 내관이 신호를 보내자 악곡이 연주되고, 뒤이어

가희(歌姬)가 살짝 허스키한 목소리로 노래를 부르는데, 그 가사가 세상을 뒤덮고도 남을 만하였다.

아득한 북명의 바다에 물고기가 있었으니	북명유어 (北冥有魚)
그 이름을 곤(鯤)이라 한다	기명위곤 (其名爲鯤)
곤은 그 크기를	곤지대 (鯤之大)
몇천 린지 알 수가 없다	부지기기천리야 (不知其幾天里也)
곤이 변하여 새가 되는데	화이위조 (化而爲鳥)
그 이름을 붕(鵬)이라 한다	기명위붕 (其名爲鵬)
붕의 등이라니	붕지배 (鵬之背)
몇천 린지 알 수가 없다	부지기기천리야(不知其幾天里也)
붕이 힘차게 날아오르면	노이비 (怒而飛)
그 날개는 하늘과 구름과 같다	기익야수천지운 (其翼若垂天之雲)
이 새 또한	시조야 (是鳥也)
바다에 태풍이 일라치면	해운즉장종어남명 (海運則將從於南冥)
남쪽 먼바다로 가는데	남명자 (南冥者)
그 바다를 일러 천지라 한다	천지야 (天地)

장자의 《장자(莊子)》, 〈소요유(逍遙遊)〉 중

공자의 유학이 황하 유역 중원의 사상이라면, 남방에는 노장(老莊, 노자와 장자)이 있었다. 공자학파가 사람 사이의 예의와 도리를 설파했다면, 노장은 자연 속에서 만족과 행복을 추구하는 이상이다. 그래서 유가(儒家) 사상이 현실적이라면 도가(道家) 사상은 초현실적이다. 자연은 무위(無爲, 자연 그대로 두어 인위를 가하지 않음)와 동전의 양면과 같다. 세상의 본질은 자연이고, 인간은 잠시 머물렀다 가는 손님 같은 존재이니만큼 자연에서 자족(自足)하는 행복을 추구하며 살자는 것이다. 그런 만치 스케일이 크고 자연 친화적이며 여유가 있다.

장자(莊子)! 성은 장(莊)이고 이름은 주(周)이다. 공자(孔子)와 거의 동시대를 살았다. 젊어 한때는 몽(夢) 땅에서 하급 관리를 지내다가, 학문과 철학에 정진하여 대성을 이루었다. 훗날 초나라의 위왕(威王)이 재상으로 삼으려 하였으나 사양하고 전원에서 자유롭게 사는 길을 택하였다. 속 시원하게 생각하고, 말하고, 행동하면서 살다 간 호방한 인물이었다.

아득하게 먼 북쪽, 명부(冥府)의 바다에 곤(鯤)이라는 이름의 물고기가 있었다. 녀석은 몸길이가 몇천 리쯤 되는지 그 끝을 본 사람이 없을 정도로 엄청나게 큰 물고기였다. 이 물고기가 천년을 지나 붕(鵬)이라는 거대한 새가 되어 날갯짓하게 되면, 마치 온 하늘에 짙은 먹구름이 뒤덮이는 것만 같다. 붕이 대지를 박차고 날아오르는 순간부터 온갖 춘정의 먼지가 흩날려 땅 위에 사는 모든 암수 동물의 호흡을 턱턱 가로막는다. 곤(鯤)이 비록 한 마리의 물고기로 태어났지만, 마침내 우화, 탈피의 변형을 감행하여 훨훨 하늘을 나는 붕새가 된 것이다. 그가 넓은 북명 바다에 거대한 몸체를 담그고 흥청거리고 살았다면, 결코 오늘 천하를 굽어보는 대붕(大鵬)이 될 수 없었다. 만약 그랬다면 곤은 끝내 자신에 대해 실망하고 좌절했을 것이다. 웅지의 초장왕은 대붕의 삶을 꿈꾸고 있었다…!

신무의는 목숨을 걸고 왕을 찾았다가 장사의 〈소요유〉 악곡 한 자락을 듣고 왠지 모르게 든든한 기분이 되어 물러갔다. 이후 또 몇 달이 지났다. 왕은 여전히 날이면 날마다 술과 여인에 빠져 있었다. 이번에는 대부 소종(蘇從)이 나섰다. 소종은 다짜고짜 왕의 안전에서 엎드려

서럽게 울었다. 왕은 대충 짐작하면서 시치미를 떼고 물었다.

"그대는 왜 우는 것이냐?"

"신은 곧 죽을 것입니다. 그리고 우리 초나라도 멀지 않아 망할 것이기에, 그래서 웁니다."

"죽다니? 그대가 어째서 죽는다는 것이며 이 나라가 왜 망한단 말인가?"

"신이 대왕께 간언하면 대전에 붙인 글귀대로 신을 죽이실 것입니다. 신이 죽는 모습을 보인다면 다시는 간언할 사람이 없을 것이고, 대왕께서는 하고 싶은 대로 하실 것입니다. 결국 나라도 정치도 엉망이 될 것이기에 그게 슬퍼서 웁니다."

왕은 버럭 소리를 높였다.

"누구를 막론하고 과인을 말리는 자가 있으면 목을 자르겠다고 하였다. 군주의 말은 곧 법이다. 그대는 죽을 줄을 알면서 과인에게 대드는구나. 참으로 어리석은 인간이다."

"신이 아무리 어리석다 한들 대왕처럼 어리석진 않습니다."

"죽을 때가 되니 못 할 말이 없구나. 과인이 어째서 그대보다 어리석단 말이냐?"

"대왕께서는 모든 백성의 어버이십니다. 그런데도 주색에 빠져 음란한 음악만 즐기시며, 어진 사람은 멀리하고 있습니다. 이미 정나라와 채나라는 우리와 국교를 끊고 진(晉)과 동맹을 맺었습니다. 미구에 닥칠 불행이 눈앞에 선합니다. 일국의 군주가 되고서 필부가 짐작하는 일도 모르고 계시니 어찌 어리석다 아니할 것입니까? 차라리 그 칼을 빌려주십시오. 신은 오늘 주검이 되어 왕명의 지엄함을 알리고 역사에 충신으로 남으렵니다."

그제야 왕이 벌떡 일어났다.

"대부는 진정하시라! 과인이 뜻하는 바가 있노라."

당시 초나라는 씨족 사회의 전통이 남아 세습 문벌이 정치권력과 군대를 장악하고 있었다. 사람들은 그런 문벌을 세족(勢族)으로 불렀다. 최고의 세족을 들자면 단연코 투씨이다. 투씨가는 건국 초기부터 왕실의 동반자로 혁혁한 공을 세워 최고 관직인 영윤(鄒尹)의 자리를 세습으로 꿰차고 있었다. 하지만 물이 배를 띄울 수도 있지만 뒤집을 수도 있듯이 투씨가의 세력이 너무 커져서 왕실조차 통제하기가 어려운 실정이었다.

왕이 3년 동안 주색에 빠져 있었던 것은 비밀 정보 조직을 통해서 순정치 못한 세족들의 실상을 살피기 위한 측면이 있다. 이제 어느 정도 확신이 서자 초장왕은 연회와 음악을 금지하고 정사에 몰두하였다. 영윤 투월초(鬪越椒)의 세력을 일축하고 평범한 출신의 인재들을 과감히 등용하고 군주를 정점으로 하는 중앙 집권화를 꾀하였다. 한번 뜻을 세우자 왕의 활약은 거침이 없었다. 엄격한 법을 예외 없이 적용하고, 명문 귀족들이 전횡하던 국내 정치를 모두 빼앗아 직할 왕정 체제로 개편하는 숙청의 칼바람이 불었다. 이 일을 결행하면서 죽인 자가 백여 명이요, 새로 등용한 자가 또 백여 명이었다. 외교적으로는 송나라와 정나라의 분쟁에 개입하여 정과는 연합하고, 대부 위가(蔿賈)를 시켜 송을 정벌하여 속국으로 삼았다. 과연 이때부터 초나라의 세력은 날로 강성해졌다.

즉위 9년이 되던 해 낙수(洛水) 동쪽 성형(井陘) 땅에 있는 육혼의 융(戎)족을 정벌하러 가게 된다. '융'의 무리는 천성이 용맹하여 수시로 독자 노선을 선언하면서 기세를 올리고 도발해 온 존재이다. 정벌을 앞두고 왕은 투씨가의 존재가 마음에 걸려 위가(蔿賈)를 영도성에 남겨서 투월초를 견제하게 하였다.

수많은 산봉우리로 뒤덮인 천혜의 요새 육혼에는 여러 부족이 살고 있었다. 그중 세력이 큰 부족만 꼽더라도 라(羅), 박(朴), 독(督), 악(鄂), 도(度), 석(夕) 등의 저마다 다른 성씨가 독립국의 형태를 갖추고 있어 칠성이왕(七姓夷王)이라고 하였다. 이들이 평지도 별반 없는 첩첩 산악 지역에서 끊임없이 생사가 걸린 약탈의 싸움을 되풀이하고 있었다. 일일이 찾아서 토벌하려면 원정길은 제법 시간이 걸릴 수밖에 없었다. 그런데 원정 중에 본국으로부터 전갈이 왔다.

결국 투씨 일족이 모반하였다는 것이다. 전례 없이 왕권을 강화한 데 따른 반발이다. 왕이 원정을 떠나자 기다렸다는 듯이 투월초가 위가(蒍賈)부터 잡아 죽였다. 원래 투월초는 선대 초목왕이 그의 용맹을 아껴 중용한 경우이다. 그는 두 자루 쌍철창(雙鐵戈)을 잘 썼으며, 나이 이미 예순이 넘었으나 그가 쓰는 창은 하나의 무게가 팔십 근이나 되었다. 왕으로서는 육혼의 정벌보다 몇 배나 급한 일이다.

부랴부랴 회군하여 반란군과 맞섰다. 왕군은 투씨군과 세 번 싸워 세 번을 내리 패했다. 투월초는 전황이 유리해지자 빨리 왕을 죽여 이 내전을 끝내고 싶어 했다. 어느 순간 투씨의 전위대가 왕을 노리고 본진 쪽을 급습했다. 이들은 도끼와 짧은 칼을 써서 근접전을 주로 하는 살수 전문 집단이다.

스스로 미끼 역할을 자처하던 왕이 수레를 돌려 도망치기 시작했다. 투월초도 곧바로 그 뒤를 쫓았다. 한번 달아나기 시작한 왕은 돌아보는 일도 없이 그저 앞만 바라보고 달리고 또 달렸다. 이날의 경주는 미리 보릿가루와 말고기 육포 조각을 비상식량으로 준비한 왕군이 유리한 싸움이다. 왕은 경릉(竟陵)의 평원을 가로질러 북쪽을 향해 끝없이 달아났다. 투월초 군사도 죽을힘을 다해 왕을 뒤쫓았다. 따라잡힐 듯 말 듯 할 때마다 왕을 돕는 군사가 있어 겨우 추격군을 벗어나는 아슬아슬한 순간이 이어졌다. 하룻낮 하룻밤 동안 200여 리를 쫓았으나 결국 왕을 놓쳤다.

투월초가 겨우 정신을 수습하여 돌아오는 길이었다. 위수강 청하교에 도달했다. 하지만 어제 건너온 다리는 성치 않았다. 일찌감치 왕군의 손에 끊어졌다. 다시 보니 강폭은 넓고 물살도 빨라 섣불리 말을 타고 건널 물길이 아니었다. 제대로 쉬지도 못하고 쫓아다닌 끝이라 병사들도 녹초가 되어 있었다. 이튿날 새벽 나절, 투월초는 물안개가 자욱한 강변에서 화살 비를 맞고 큰 곰이 무너지듯 쓰러졌다. 왕의 군사들은 투씨 일족을 남녀노소 가리지 않고 몽땅 찾아내서 죽였다.

초장왕은 투월초의 난을 진압하고 영도로 개선하였다. 공이 있는 장수와 신하에게 상을 내리고 궁중의 후원 연회장에서 성대히 개선 잔치를 열었다. 특별히 왕이 사랑하는 비빈들도 참석하였다.

왕이 말했다.

"과인이 좋아하던 악곡을 듣지 아니한 지가 6년이나 되었다. 이제 역적은 죽고 사방이 안정되었다. 오늘은 경들과 함께 마음껏 풍류를 즐겨볼까 한다."

해가 지자 연회장에는 등잔불이 켜졌다. 고래기름에 겨자 말린 가루를 식어 접시에 담고 심지에 불을 밝혔다. 여름날이었기에 눈은 다 열려 있었다. 그래서 그런지 불은 자주 흔들렸고 밤안개가 흐릿한 가운데 주흥이 도도했다. 한껏 기분이 좋아진 왕은 사랑하는 애첩 주희(朱姬)에게 특별히 분부하였다.

"이 자리에 있는 신하들은 모두가 과인의 수족 같은 이들이다. 그대의 섬섬옥수로 술을 따르고 잔을 권하라…."

주희가 일어나 한 대부에게 술을 따르자 다른 사람들도 분분히 자리에서 일어나 차례가 오기를 기다렸다. 연회 자리를 반쯤 돌았을 때였다. 난데없이 세찬 바람이 일더니 등잔불이 한꺼번에 꺼져버렸다. 시종들이 부산하게 불씨를 찾아 딱딱거리며 부싯돌을 쳐댔다. 그때였다. 어둠 속에서 남자의 억센 손이 슬며시 주희의 허리를 감아쥐더니 곧이어 젖가슴을 주물럭거렸다. 깜짝 놀란 여자가 엉겁결에 사내의 가슴을 밀쳐내면서, 잡히는 대로 남자가 쓰고 있던 관(冠)끈을 잡아당겼다. 사내는 그제야 슬며시 여자의 허리를 놓고 물러갔다.

주희가 잘린 끈을 손에 쥔 채 왕의 귀에 대고 속살거렸다.

"누군가 소첩을 껴안고 가슴을 만졌나이다. 첩이 그자의 관끈을 손에 들고 있습니다. 불을 밝혀 그 몹쓸 인사가 누구인지 살펴주세요."

왕이 급히 분부를 내렸다.

"빨리 불을 도로 꺼라. 과인이 오늘 이렇게 연회를 베푼 것은 경들과 함께 축하하고 기뻐하기 위함이다. 경들은 거추장스러운 관끈부터 끊어버리고 진탕 마셔라. 만일 끊지 않는 자가 있다면 그자는 과인과 함께 즐기기를 싫어하는 사람으로 알겠다."

발 빠르게 누군가 벌써 끈을 잘랐다.

"이렇게 말씀입니까?"

"그래, 그렇게 빨리 알아듣고 시행하는 것도 좋은 습관이 되겠지. 잘한다. 됐어……!"

너도나도 저마다 끈을 뜯느라 야단이었다. 결국 주희의 가슴을 도둑질한 사람이 누군지는 아무도 모르게 되었다.

그날 밤 술 취한 왕이 애첩의 젖 고랑에 고개를 파묻고 있는데 주희가 투정을 부렸다.

"대왕께서는 첩의 가슴을 훔친 자를 숨겨주었나이다. 괘씸하지도 않으십니까……?"

"하하하… 방금 뭐라고 이야기했느냐? 과인은 군신을 이간질하는 소리는 들리질 않는구나."

훗날 사람들은 그날의 연회를 '관끈을 자른 모임'이라 하여 절영지회(絶纓之會)라고 불렀다. 주희의 가슴을 훔친 대부는 끝내 밝혀지지 않았다. 다만 초장왕이 참전한 수많은 전쟁터에서 기꺼이 왕을 대신하여 목숨을 바친 장수와 대부 중 그날 주희의 가슴을 훔친 주인공이 있으리라 짐작하고 있다.

제16화

춘추 최고의 스캔들

초장왕이 천하 제패의 웅지를 품고 기회를 엿보고 있을 때 진(陳)에서는 참으로 민망한 사건이 일어났다. 여자 하나를 두고 군신이 함께 즐기다가, 그 때문에 임금이 피살당한 것이다. 여기서 진(陳)나라는 진시황의 진(秦)도, 진문공의 진(晉)도 아닌, 장강의 남쪽, 초나라와 이웃하였던 중소 제후국이다.

발단은 하희(夏姬)라는 절세의 여인에게서 비롯되었다. 원래 하희는 정(鄭)나라 정목공의 딸이었다. 그녀는 화사한 데다 요염한 마력까지 더한 여인이었다. 뭐랄까, 사람의 시선을 빨아들여 쉽게 눈을 돌리지 못하게 하는 매력에다 사내를 충동질하는 마력까지 갖추었다. 제양공이 사랑하였던 문강이나 초문왕의 규희, 진헌공의 여희가 모두 천하의 절색이었으나 하희는 그 위에 남녀 관계의 음란한 비법까지 터득하였다. 그녀는 이런 비법을 정나라 궁중에 있을 때 공자 만(蠻)에게 배웠다. 만은 정목공의 이복동생이었으니 하희에게는 숙부뻘이다. 공자 만은 묘하게 계집 향기를 솔솔 풍기는 하희에게 혹해 남녀 잠자리의 기법을 전수한 지 3년 만에 도리어 양기를 잃고 요절하였다. 참으로 묘한 것은 그렇게 배운 방중술보다, 그녀가 선천적으로 타고난 신체였다. 한마디로 최음제가 필요 없는 형태인 데다, 관계할 때마다 상대의 기운을 흡수해서 본인의 생기를 채우는 기능을 타고났다. 정목공은 이래 저래 소문이 나빠진 딸을 군주에게 시집보내지 못하고 진(陳)나라 공자인 하어숙에게 보냈다. 둘 사이에 하징서라는 아들이 태어났다. 그러나 하어숙 또한 하희의 치명적인 매력을 버티지 못하고, 몇 년 만에 양기가 고갈되어 죽고 말았다.

하희는 아들을 도성인 진주(陳州)성에 두고, 자신은 식읍인 주림(株林)이란 곳에서 살았다. 원래 남자 없이 밤을 지내기 어려운 그녀는 한 번씩 이웃 대부들을 불러 관계를 맺었다. 그녀의 농익은 몸매와 향기는 사내의 욕심을 부추기에 충분했다. 알음알음 소문이 퍼지자 이웃 토호들은 서로 먼저 미인 공주를 안아보려고 아주 난리가 났다. 하희의 집에는 그들이 보내는 선물이 줄을 이었고, 걸핏하면 가병들을 동원하여 싸움판이 벌어졌다. 그날도 전쟁이라도 벌어진 듯 싸우고 있는 대부들을 보면서 계집종이 하희에게 물었다.

"마님은 어느 쪽이 이기기를 바라십니까…?"

하희는 망설이지도 않았다.

"호호호, 사냥터에서 매를 풀어놓는 것은 사람이지만 태깔 좋은 장끼가 잡힐지 통통하게 살찐 까투리가 잡힐지는 모르는 법이다."

욕망에 불타는 남자의 시선을 느끼는 것만큼 자극적인 일이 또 있을까? 남자들은 결코 그녀의 마음을 지배하지 못했다. 그녀와 몇 날 며칠 땀을 교환한 남자들일지라도, 그들의 만남이 어디까지 이어지게 될지 전혀 예측할 수 없었다. 어떤 경우든 그녀가 주도권을 잡았고 결정을 내렸다. 남자는 자신에게 다소곳한 여인보다 자신을 신경 쓰이게 만드는 예쁜 악마에게 마음이 끌리는 법이다. 하희는 자신의 느낌대로 남자를 선택하고, 그 정기까지 흡수하여 더욱 젊고 요염하였다.

당시 진(陳)의 임금은 진영공(陳靈公)으로 국사는 뒷전이고 여자 편력에 열중하는 호색한이었다. 이런 진영공의 신임을 받는 신하 중에 공영(孔寧)과 의행보(儀行甫)라는 두 사람의 대부가 있었는데, 그들도 자신의 영달을 위하여 임금에게 빌붙어 아부를 일삼는 족속이었다. 이번에는 공영이 한 걸음 빨랐다. 그는 옛 친구의 아들인 하징서를 데리고 사냥을 나갔다가 자연스럽게 주림을 찾았다. 의도대로 그날 밤은 하씨가에서 묵게 되었다. 재채기와 연모는 숨길 수 없다고 한다. 남녀는 서로 인사를 나눌 때부터 은근히 눈치를 주고받으며 상대의 속내를 짐작하였다. 밤이 되자 술상이 나왔고, 결국 그날 밤 공영은 하희를 안게 되었다.

남자는 깜빡 자신이 살아온 세상이 부질없다고 여길 만치 새로운 세상을 보았다. 어느샌가 부옇게 날이 새고 있었다. 주섬주섬 도로 손님방으로 건너오면서 여자가 벗어놓은 비단 속옷을 슬쩍 집어 나왔다. 진주성으로 돌아와서는 속옷을 친구에게 내보이면서 자랑하였다. 의행보는 쩝쩝 입맛만 다셨다.

며칠 후, 이번에는 의행보가 주림에 나타났다. 그는 패물과 보석부터 선물로 내놓았다. 그런데 사실은 여자는 여자대로 의행보에게 관심이 있었다. 근육질의 몸집에다 특히 매부리코가 엄청나게 컸기 때문이다. 속설에 코가 크면 남자의 힘이 강하다는 말이 있어 은근히 마음에 두고 있던 참인데, 그가 사내 냄새를 풀풀 풍기며 나타난 것이다.

과연 의행보는 정성을 다하여, 평생토록 익힌 기교와 힘을 모두 동원하였다. 여자는 생전 처음 상황을 주도하지 못하고 있었다. 깜빡깜빡 새로운 환희를 절감하면서 어떤 두려움마저 느낀다. 고삐를 챌 수 없도록 날뛰는 수말의 헐떡이는 호흡을 감당하며 다리를 치켜들었다. 여자는 남자의 허리를 끊어져라고 잡아챘고, 남자는 외곬으로 움직였다. 일렁대는 파도가 밀려갔다가, 다시 또 덮쳐오는 격렬함이 몇 번이고 되풀이되었다. 그때 의행보는 이상한 현상을 목격했다. 하희의 몸이 갑자기 밝아지더니, 이어서 반딧불처럼 간헐적으로 깜빡거리기 시작하는 것이었다. 빛은 발그레하고 밝았다. 빛은 멀리 뻗치지 않았고, 오히려 빛이 닿는 사물을 빛의 안쪽으로 끌어들였다. 실시간으로 점멸하고 있었으나, 그 느낌은 깊고 잔잔한 빛이었다. 여인의 나신은 발광체가 되어 투명한 분홍빛으로 아롱거리고, 입으로는 쉴 새 없이 신음과 교성을 토해낸다. 마치 소리의 안개를 뿜는 것 같았다. 의행보는 보고도 믿을 수 없는 그 광경을 보며 깊이 희열하였다. 남자는 땀을 흘렸으나 숨을 헐떡이지는 않았고, 둘의 땀 냄새를 편안하게 느꼈다. 그는 오랫동안 여자의 머리카락 속에 코를 박고 있었다.

그날 이후로 의행보는 주림 출입이 잦아졌다. 공영도 쉬지 않고 주림을 들락거렸으나 하희는 의행보의 연락이 있는 날은 공영을 못 오게 말렸다. 공영은 질투를 참을 수가 없었다. 이런저런 생각 끝에 한 가지 극약 처방을 생각해 냈다.

임금 진영공은 습관적으로 계속 상대를 바꾸는 사람이다. 그도 오래전부터 하희가 미인이면서 몸이 특별한 여인이란 소문을 듣고 있었다. 공영은 넌지시 임금에게 하희를 소개했다. 절색의 미모에, 반들거리는 눈동자며 남자를 죽여준다는 이야기까지 곁들였다. 과연 임금은 푸줏간의 정육 냄새같이 비릿하게 웃음을 보였다.

"과인도 하희라는 여인이 꽤 쓸 만하다는 말은 들은 적이 있다. 암만 그렇더라도 여자 나이 서른이 넘었다지…? 노파 이야기는 그만두세나…."

"나이가 대수겠습니까? 그녀는 보통 여자들과는 기가 막히게 다릅니다. 우선 보기에도 앳되고 청순하여 어린 소녀같이 여리기만 합니다. 주군의 땅에 있는 이런 명품을 그냥 두고 보시렵니까?"

'명품'이란 말에 임금이 부쩍 호기심을 보였다. 인간의 수컷만치 암시적 꾐에 약한 동물도 없다.

"흠! 흠! 참으로 그렇다면 어디 한번 경이 주선해보시라."

며칠 후 진영공은 주림 쪽으로 사냥을 나갔다. 짐승을 쫓으면서도 생각은 몸이 신비하다는 하희에게 가 있었다. 드디어 날이 저물자 서둘러 하씨 저택으로 행차하였다. 여인은 이미 손님 맞을 채비를 마치고 있었다. 사람을 초대하여 베푸는 주연은 이 대륙에서 최고의 의식이자 행사이다. 요리의 기원도 손님맞이 주연으로 인하여 발달했다. 이날의 연회에서는 싱싱한 잉어를 회 치고, 복어와 새우를 지지고, 자라 안주에 곰발바닥까지 구워 산해진미를 갖추었다.

귀한 손님이 도착하자 하희는 예복을 입고 나와서 영접했다. 여자는 임금을 대청, 높은 자리에 모시고 날아갈 듯이 절을 올렸다. 하얀 손바닥 언저리까지 내려온 소매가 푸른 하늘을 뚝 떼어다 놓은 것처럼 곱다. 은근히 눈을 내리깔았다가 슬쩍슬쩍 고개를 들어 남자를 살피는데 검다 못해 푸른빛이 도는 눈빛이 반들거렸다.

"신첩의 자식은 도성에서 공부하는 탓에 오늘 귀하신 행차를 모시지 못했습니다…"

여인의 목소리는 봄의 신록 속에서 꾀꼬리가 노래하는 듯하였다. 진영공은 슬쩍슬쩍 곁눈질로 여인의 모습을 감정했다. 그녀는 살결이 은은히 비치는 얇은 옥색 비단 저고리를 입고 다시 그 위에 매미 허물같이 얇은 홑저고리를 걸쳤다. 도톰한 살이 접히는 겨드랑이 부분이 그대로 드러나 보이는 옷이었다. 실제로 1973년 초나라 땅이었던 호남성

(湖南省) 장사(長沙) 마왕퇴(馬王堆)의 한묘(漢墓)에서 발굴된 여인의 미라는 멋스러운 홑저고리를 열두 겹이나 껴입고 있었다(BC 100년경). 속이 엷게 내비치는 홑저고리, 홑치마는 당시 신분 높은 여인들의 패션으로서 《시경》에도 등장한다.

저고리에 비단 홑저고리 걸치고	의금경의 (衣錦褧衣)
치마에 비단 홑치마 걸치다	상금경상 (裳錦褧裳)
늙거나 젊거나 사내들이여	숙혜백혜 (叔兮伯兮)
수레에 나를 태워 함께 가주오	가여여항 (駕予與行)

공자의 《시경》, 〈국풍〉 중 정풍(鄭風)편, '봉(丰, 예쁜 그대)'

왕실의 퇴폐적인 문화가 성행한 정(鄭)나라는 음란하고 노골적인 가락이 많았다. 그래서 야한 노래를 정풍(鄭風)이라고 부르기도 했다. 홑저고리 홑치마로 한껏 멋을 낸 여인이, 부와 권력의 상징인 수레 탄 사내를 보고 젊거나 늙거나(叔兮伯兮, 숙혜백혜) 상관없으니 나 좀 태워달라는 설정이 왠지 오늘날 야타족이 낯설지 않다.

하희의 성숙한 몸은 옷자락에서부터 관능적인 미향(微香)을 슬쩍슬쩍 풍긴다. 임금은 소년처럼 얼굴을 붉혔다. 보통 맡아왔던 달짝지근하고 싱그러운 냄새가 아니라, 끈끈하고 야릇한 냄새, 사내를 달뜨게 하는 냄새였다. 진영공도 여인이라면 일가견이 있는 터라, 그녀의 열두 폭 치마 속에 예사롭지 않은 무언가 있음을 눈치챘다. 확실히 무언가 있기는 있다.

이래저래 준비된 손님맞이 절차와 순서를 마치고 결국 밤을 맞았다. 진영공은 콧날만 번듯하였지, 남자로서 의행보에 비할 바가 아니었다.

그러나 그는 임금이었다. 하희는 온갖 교태와 신음으로 상대를 만족시켰다. 남자는 주체할 수 없는 기쁨과 희열에 감격하고 만족감에 깊이 잠들었다.

닭이 벌써 우니	계기명의 (鷄旣鳴矣)
아침이 이미 밝았겠네요	조기영의 (朝旣盈矣)
닭이 우는 게 아니라	비계즉명 (匪鷄則鳴)
쉬파리 소리일 게요	창승지성 (蒼蠅之聲)
동녘이 밝으면	동방명의 (東方明矣)
아침이 이미 환하겠네요	조기창의 (朝旣昌矣)
동녘이 밝은 게 아니라	비동방즉명 (匪東方則明)
달이 비치는 빛일 게요	월출지광 (月出之光)

공자의 《시경》, 〈국풍〉 중 제풍(齊風)편, '계명(鷄鳴, 닭 우는 소리)'

첫닭이 울자 여자가 남자의 가슴팍을 파고들며 속살거렸다.
"날이 밝았습니다. 공영 대부가 기다리겠습니다. 그만 이제 일어나시지요…!"

아직 어둠이 다 걷힌 것은 아니었으나 고개를 든 여인의 이목구비가 박꽃처럼 또렷이 떠올랐다. 진영공은 누운 자세 그대로 팔을 들어 여자의 머리카락을 훑어 내렸다. 풍성하고 긴 머리카락은 여자의 나신을 부드럽게 감싸주었다. 머리칼은 어둠보다 짙었고 젖가슴은 젤리처럼 말랑말랑하면서 토마토보다 단단했다. 남자는 코를 벌름거리면서 여체를 냄새 맡았다.

"그대를 품에 안고 보니 궁에 있는 비빈들은 다 허수아비 같다. 그런데, 그대가 참으로 과인이 마음에 드는지 궁금하구나…."

하희는 팽팽히 긴장된 젖가슴을 추스르며 옷을 걸치다가, 잠시 머뭇거렸다. '궁금할 것도 많다. 그나저나 눈치로 보니 내가 공영, 의행보 두 사람과 관계가 있다는 걸 임금이 알고 있구나!'

그녀는 암탉처럼 목젖을 울리며 나직하게 웃었다. 그루루루….

"첩이 어찌 임금을 속이겠나이까? 지난날 남편이 세상을 떠난 후 마음이 외로워 다른 사람과 관계가 없지 않았습니다. 앞으로는 일절 관계를 끊겠습니다."

"사랑하는 그대여…! 지난날 관계했던 남자를 다 과인에게 말하라…. 굳이 숨길 필요가 없다."

"공영, 의행보 두 대부가 신첩의 자식을 여러모로 돌봐주었기에 고마운 마음에 관계를 맺은 일이 있었습니다. 이 두 사람 외에는 없습니다."

"그러면 그렇지…. 공영 대부가 그대의 몸이 신기하다는 걸 이야기하기에 내 수상쩍다고 생각했지…!"

"다 지난 일입니다. 너그럽게 용서하세요…."

"아니다. 공영은 스스로 과인에게 그대를 소개해준 사람이다. 걱정하지 마시라. 다만 이제부터라도 늘 함께하면서 우리 사랑이 지속되기를 바랄 뿐이다. 나머지는 그대가 하고 싶은 대로 하라. 과인은 그대가 한 사람에게 얽매이는 것을 원치 않는다…."

끝없이 깊구하는 소년이라도 된 듯이 다시금 여인에게 잉겨 붙고 싶은 충동이 일었다. 참으로 모를 일이었다. 언제 이렇게 왕성했던 적이 있었던가?

이날부터 진영공은 뻔질나게 주림을 드나들었다. 그는 묘하게 변태

성 취향을 지닌 임금이었다. 여인을 혼자서 소유하기보다는 함께 즐기는 데서 더욱 짜릿한 쾌감을 느꼈다. 훗날 남북조 시절에 어느 황제는 사랑하는 애첩을 혼자서만 보기에 아까웠던지 숫제 옥체횡진(玉體橫陣, 나체로 조당에 누워 있게 하여 다른 대신들에게 감상하라고 시킴)의 선정적인 고사까지 만들지 않았던가. 진영공은 떠들썩하게 노는 걸 좋아했고, 혼자서 하기보다는 남들과 더불어 즐기는 것을 더 즐거워했다. 관계했던 남자들이 지켜보는 자리에서 하희가 수정같이 맑은 목소리로 웃고 있었다. 그녀가 치마폭 하나로 임금과 대부 둘까지 녹여버린 상류 사회의 부끄러운 속살은 저잣거리에 까발려지고, 세간의 호사가들은 이를 놀림 삼았다.

"군신 간에 베갯동서가 났다."

이 사실은 국가 기밀이라고 할 정도로 중요한 일이나, 무지렁이 백성들조차 이를 모르는 이가 없을 정도였다.

무엇 하러 주림 숲에 갔을까	호위호주림 (胡爲乎株林)
하남(夏南)에 가는 거라네	종하남 (從夏南)
주림 숲에 간 게 아니라	비적주림 (匪適株林)
하남에 가는 거라네	종하남 (從夏南)
네 필 말이 끄는 수레 몰아	가아승마 (駕我乘馬)
주읍 들판으로 가 쉬다	설우주야 (說于株野)
네 마리 말을 타고	승아승구 (乘我乘駒)
주읍으로 가 아침을 먹었지	조식우주 (朝食于株)

공자의 《시경》, 〈국풍〉 중 진풍(陳風)편, '주림(株林, 하희가 살던 지명)'

진풍(陣風)이니 진(陣)나라에서 유행하던 노래이다. 여기서 하남은 하징서를 말한다. 하징서의 자(字)가 남(南)이었다. 말하자면 여자 때문에 주림에 가는 게 아니라 그 아들을 만나러 간다는 말이다. 조식우주(朝食于株)에서 '조식'은 밤의 만족을 상징한다.

하징서도 열여덟 살이 됐다. 그도 이런 짓거리를 짐작할 나이가 되었다. 진영공은 애인을 기쁘게 해주려고 그를 일거에 사마(司馬) 벼슬에 봉했다. 사마는 군사를 지휘, 감독하는 병권을 담당하는 중책이다. 경력으로 보나 나이로 보나 분명 파격적인 인사였다. 임금과 하희의 관계가 또 한 번 사람들의 입방아에 올랐다.

며칠 후 임금은 공영과 의행보와 함께 주림 땅으로 행차했다. 이날은 하징서가 벼슬에 대한 감사의 표시로 임금을 접대했고, 대신 하희는 내실에 있었다. 부쩍 사이가 가까워진 임금과 신하는 시시덕거리며 서로 비릿한 웃음을 주고받더니, 취흥이 도도해진 진영공이 객쩍은 소리를 시작하였다.

"암만 봐도 하징서는 몸매나 하는 짓이 꼭 너를 닮았구나. 네 자식이 아니더냐?"

"눈매가 주군을 닮은 게 아마도 주군의 소생인가 봅니다."

"주군과 의행보는 그런 자식을 두실 연세가 아니시니, 하징서는 아마 잡종인가 봅니다…."

그때 하징서는 병풍 뒤에 있었는데 그들의 말소리를 피할 수가 없었다. 그는 수치와 분노로 이를 악물었다. 무슨 결심이 섰는지, 시위 군사들을 불러 모았다.

"집 안에 도적이 숨어들었다. 주군의 신변에 위험이라도 있으면 큰일이다. 너희들은 집 주위를 빈틈없이 지켜라. 내가 도적을 잡고 임금을 보호하겠다."

칼을 뽑아 들고 후원 문을 박차고 들어갔다. 엉겁결에 내관 몇이 앞을 막다가 칼을 맞았다.

"죽고 싶지 않거든 비켜라! 음탕한 도적놈을 처단할 것이다."

일행은 뿔뿔이 도망치기 시작하였다. 임금은 마구간으로 달려갔다. 그러나 말 등에 앉아보지도 못하고 하징서의 화살을 맞고 죽었다. 그 틈에 공영과 의행보는 뒤꼍 개구멍으로 빠져나가 내친김에 초나라로 도망갔다. 하징서는 그대로 군사를 끌고 진주성으로 들어가 임금이 술자리에서 급살로 죽었다고 발표했다.

"주군께서는 큰 공자에게 군위를 계승하라고 유언하셨소."

세자 오(午)가 임금 자리에 올라 진성공(陳成公)이 되었다. 그도 대충 이 사달의 내용을 의심하고, 짐작하는 게 있었다. 그러나 하징서가 군사를 장악하고 있어, 우선은 일 돌아가는 형편을 지켜볼 뿐이었다.

워낙에 전대미문의 희한한 사건이라 사마천의 《사기(史記)》도 이를 상세히 기록하였다.

"진영공이 대부 공영, 의행보와 함께 하희와 통간했다. 그녀의 속옷을 입고 조정에 나가 서로를 희롱하기도 했다. 대부 설야(泄冶)가 간하기를, '군주와 신하가 함께 음란한 짓을 일삼아서야 어찌 백성에게 군주를 따르도록 할 수 있겠습니까?'라고 했다. 진영공이 그 사실을 두 대부에게 말해주었고 그들은 설야를 죽여 버렸다. 진영공 15년, 문제의 군신(君臣)이 하희의 집에서 술을 마셨다. 진영공이 두 대부를 놀리기를, '하희의 아들 하징서가 자네를 닮았네!'라고 했다. 두 대부가 대꾸키를, '주군을 닮은 것 같기도 합니다'라고 했다. 밖에서 이 말을 들은 하징서가 대로하여 마구간에 숨어 있다가 활로 임금을 사살했다."

초나라로 달아난 공영과 의행보는 초장왕에게 군주 시해 사건을 호소하고 지원을 요청했다. 물론 자신들의 음란한 행태는 쏙 빼놓았다. 왕은 신하들을 조당에 모으고 이 사건의 처리를 논의하였다.

이때 조정에는 신공(申公) 굴무(屈巫)가 있었다. 지금의 상해 일대, 신(申) 땅을 관장하는 지방 호족으로 키가 8척에다 문무를 겸비한 귀족이었으나 결정적인 흠은 지나치게 신선술과 여인에게 심취해 있다는 것이었다. 고대 중국에는 불로장생하여 신선이 되는 많은 연구가 있었다. 첫째는 호흡이나 수련을 통하여 도를 닦는 방법이요, 둘째는 신비한 약초나 영단을 복용하는 방법이요, 마지막으로는 남녀의 교접으로 우주의 생기를 얻는 방중술의 비법이다.

굴무는 이 중 방중술의 신봉자였다. 그가 중점적으로 연구한 서책이 팽조가 썼다는 《채녀경(采女經)》이다. 팽조는 전설 속 인물로서 956년을 살았는데 늙어서도 눈빛이 맑고 안색은 어린아이처럼 홍조를 띠었다고 하니, 가히 인간의 경계를 넘어 신선이라고 할 것이다. 700살 되던 해에 드디어 채녀(采女)라는 평생의 짝을 만나 남녀의 교접을 시연하였다. 채녀는 '나물 캐는 여인'이란 뜻이니 아마도 둘은 어느 봄 들판에서 처음으로 만났을 것이다.

《사기(史記)》에도 나물 캐는 여인의 모습을 묘사한 구절이 있다.

경녀는 고사리를 캐는데　　　　경녀채미 (驚女菜薇)
사슴이 어떻게 돕는가?　　　　녹하우 (鹿何祐)

사마천의 《사기(史記)》 중

나물 바구니를 끼고 들에 나온 처자야말로 수시로 정념이 벌떡거리는 사내들의 로망이다. 그래서 여인의 주변을 감싸고 도는 사슴은 사내를 이름이다. 인간이 스스로 '예절'이라는 족쇄를 채우기 전에 남녀의 사랑은 밭 갈고 씨 뿌리듯 들판에서 논밭 고랑에서 솔숲에서 또는 낟가리 위에서 물 흐르듯 자연스러웠기에… 그 시절의 남녀는 서로 눈이 맞았다 하면 자리를 가리지 않고 흘레붙듯 서둘러 몸을 섞었다. 그 후 채녀도 256세까지 살다가 둘은 한날한시에 죽었다. 팽조가 채녀와 함께 나눈 관계의 수법과 체위를 기록한 책이 《채녀경》이다.

오래전에 굴무가 진(陳)에 사신으로 갔다가 먼발치에서 하희를 본 적이 있었다. 절색의 미모에다 특별한 신체의 소유자라는 말까지 듣고 매우 갈망하던 터라 옳다구나 하고 주장을 피력하였다.

"참으로 난신적자라 할 것입니다. 저들이 우리를 오랑캐라 부르지만 중원 쪽이 오히려 막돼먹은 오랑캐입니다. 즉시 출병하여 군주 시해 사건을 바로잡고 천하의 기강을 바로 세우셔야 합니다."

왕으로서도 근래 진(陳)나라가 북쪽의 진(晉)과 가깝게 지내는 게 고깝던 차였다. 굴무를 대장으로 삼고 문책성 정벌에 나섰다. 먼저 격문부터 보냈다.

"…하징서가 임금을 시해하였다. 이는 공영과 의행보, 두 대부의 증언으로도 명백하게 입증되었다. 이제라도 천하의 법도를 위하여 역신을 처벌하고자 한다. 벌은 오로지 죄지은 자만이 받을 것이니, 진(陣)의 군사와 백성들은 동요치 말고 길을 열어라…."

진(陳)은 황하와 장강 사이에 위치하여 중원 사람들에게는 오랑캐로 취급받았으나, 그들은 남쪽의 초(楚)를 오랑캐로 비하하고 멸시했다. 그러면서 초의 군사력과 잔인함을 두려워했다. 누구 하나 목숨 바쳐 초군을 막으려는 사람이 없었다. 불과 며칠 만에 도성까지 함락되었다. 붙잡힌 하희가 초장왕 앞에 끌려왔다.

"네 이년, 어느 안전이라고 고개를 쳐들고 핼끔거리느냐? 당장 꿇지 못할까?"

그녀는 사람들의 눈길을 피하지 않았다. 풀이 죽어 있지도 않았다. 오른쪽으로 약간 기울어진 자세로 앉아, 사람들의 곁눈질을 받아내고 있었다. 진중한 분위기와 경쟁이라도 하듯 넓은 조당에 퍼지는 야릇한 여인의 체취에, 사람들이 불편한 기색을 숨기느라 코를 실룩이며 헛기침을 해댔다.

"천첩의 목숨은 오로지 대왕에게 달려 있습니다. 불쌍히 여기시고 노비로나마 거두어주시면 망극하겠나이다."

통통하니 살이 오른 붉은 입술 사이로 뻗어지는 여인의 목소리는 나직하면서도 리드미컬하였다. 초장왕도 대번에 그 진가를 알아보았다.

"영도에 비빈이 셀 수 없을 만치 많으나 이만한 여자를 못 보았다. 이제라도 데려가야겠다."

다급해진 굴무가 말했다.

"이번에 대왕께서 진(陳)을 정벌하신 것은 천하에 기강을 바로 세우시기 위함인데, 이제 계집을 취하시면 오해를 부르게 됩니다. 부디 다시 살피시옵소서…!"

왕의 계집 욕심을 제지하고 나서는 걸 보니, 굴무가 어지간히 급하긴 급했나 보다. 순간 왕의 일굴이 상기되었다. 문득 할아버지 초문왕이 생각났기 때문이다. 욕심을 못 이겨 식 부인 규 씨를 취했다가, 열국의 멸시와 비웃음을 사고 결국 천하 제패의 꿈을 접었었다. 왕에게는 '군림 천하'의 야망이 있다.

"신공의 말이 옳다. 그렇다고 죽이는 것도 아까운 일이니, 차라리 친정으로 돌려보내라…."

이때 연윤(連尹, 궁노수를 지휘하는 장수) 벼슬에 있는 양노(襄老)가 벌떡 일어섰다. 육십이 넘은 나이지만 어딘지 모르게 왕을 닮은 외모에다 기개가 있었다.

"신이 얼마 전 상처를 했나이다. 그녀를 신에게 내려주시면 아내로 삼겠습니다."

"그래? 그것도 좋겠구나. 그렇게 하라!"

굴무가 또 한 번 당황했다. 같은 공간에서 함께 호흡하고 있다는 것만 해도 이토록 가슴 설레는 여자를 놓치게 생겼다. 그렇다고 대놓고 반대할 명분도 없었고, 워낙에 일이 급하게 전개된 탓에 눈이 시리도록 지켜볼 뿐이었다.

이튿날, 하징서는 5형의 형벌을 받았다. 5형이란 다섯 가지 형벌을 차례로 집행하는 벌이다. 우선 이마에 먹물로 글자를 새기고, 코를 베어버리고, 바지를 벗긴 다음 거세를 하고, 발목을 자르니 여기까지가 네 가지 형벌이다. 마지막 순서는 요참(腰斬)이다. 허리를 자르는 형벌로서 쉽게 숨이 끊어지지 않고 더없는 고통을 느끼면서 죽는 극형이다. 열국의 군주는 왕을 시해한 신하에게는 관용이 없었다. 신분제로 왕위를 이어받은 군주가 가장 두려워하는 일은 바로 '하극상의 모반'이다. 모반은 또 다른 모반을 낳기에… 동병상련의 입장에서 두려워하고 그만치 가차 없이 응징하는 것이다.

초장왕은 당초 공언한 대로 진(陳)의 사직을 보전해주고 군사를 단속하여 백성을 다치지 않게 하였다. 소와 말을 잡고 창고를 열어 주린 백성까지 구휼하였다. 남의 창고 물건으로 선심을 쓴 셈인데 백성들은 성 밖까지 몰려나와 눈물로 전송하였다….

　공영과 의행보는 본국으로 돌아갔다. 그런데 불과 몇 달 후 멀쩡하던 공영이 하룻밤 사이 피를 토하고 죽더니 며칠 후에는 의행보도 친구를 따라 죽었다. 진성공이 암암리에 이들을 정리한 것이다.

　하희의 남편이 된 양노는 1년이 채 못 되어 초와 진(晉)이 맞붙은 필(邲) 땅 전투에 참전하게 된다. 며칠이라도 남자 없이 못 견디는 하희는 그동안을 참지 못하고 양노의 아들 흑요(黑要)와 살을 섞었다. 흑요는 이름 그대로 피부가 새까매서 하희에게 새로운 기분을 선사하였다. 양노는 필 땅에서 전사하였다. 그런데 그 아들은 아비의 시신을 찾으러 가지도 않고 하희의 치마 속만 찾았다. 소문은 패륜아 흑요보다 오히려 하희를 요물이라고 욕했다. 마흔이 가까운 하희는 겉보기에는 갓 스무 살로 보였다. 사람들이 요물이라고 부를 만도 했다. 하희도 부끄러운 평판을 견디기 어려웠다. 여인의 매력이… 자신의 감정에 충실한 게 죄가 될 수 있을까? 초나라가 싫어진 그녀는 친정인 정(鄭)나라로 내뺄 궁리를 하였다. 원래 하희는 정나라 공주 출신이다.

　이런 사정을 먼저 알아챈 굴무가 사람을 시켜 소식을 전했다.

　"굴 대부께서 마님을 매우 사랑하고 있습니다. 정(鄭)나라로 가기만 하면 바로 뒤쫓아 가시겠답니다…."

　하희도 굴무의 은근한 눈빛을 나름 짐작하는 터라 곧바로 정나라로 달아났다. 굴무는 하루가 조급하고 안달이 나서 견딜 수가 없었다. 남자 없이는 단 며칠도 견디기 어려운 하희가 새서방이라도 만들게 되면 또 한 번 남 좋은 일만 시킨 꼴이 된다. 앞뒤 가릴 새도 없이 짐을 정리하여 여자를 따라갔다.

　여전히 하희는 봄의 신록같이 여리고 싱싱했다. 세월의 힘도 그녀를 어쩌지는 못하였다. 풋풋한 아름다움일 수야 없겠으나 대신 찰지고 농염한 매력이 더했다. 굴무는 정나라 임금 정양공에게 하희와의 결혼을 청원했다. 실로 가문의 명예와 평생의 족적(足跡)을 모두 버린 처절한 결정이자 애정도피였다. 생애를 통틀어 무언가에 집착하는 사람은 어딘지 모르게 떳떳함이 있다. 《춘추》의 해설서 《춘추좌전》에서는 이들의 도피행각을 상중지희(桑中之喜, 뽕나무밭 사이의 기쁨)라고 했다. 그러고 보면 울창하고 부드러운 뽕나무밭은 남녀가 함께 밀회를 즐기는 좋은 장소가 된다.

그는 이제야 꿈에 그리던 하희를 품에 안았다. 생각해보면 '죽도록 사랑하자!'의 의미는 죽자는 게 아니고 사랑하자는 이야기이다. 굴무는 그 목표가 팽조의 《채녀경》이었다. 그런 의미에서 그는 자신의 인생을 살았다. 곧바로 두 사람은 서로를 알아보았다.

"아…! 이 남자였구나…! 이제야 만났다…."

"그래! 이 여자, 바로 이 사람이다."

어느 순간, 하희의 몸은 햇살을 받은 황옥이 빛나듯이 아롱거리는 발광체로 변했다. 꽃잎 같은 입술로 쉴 새 없이 교성을 토해내면서 휘영청 허리를 들어 올린다. 까무룩, 까무룩… 헐떡거리기를 몇 번, 거듭 숨이 넘어갔다 다시 돌아온다. 사지를 버둥대는 모습이 마치 생의 괴로움을 몸으로 구현하는 듯 절절하였다. 황옥의 반딧불로 변할 때 그녀의 영혼은 구름 위를 노닐었고 여체를 밝히는 빛은 밝아졌다… 어두워졌다…를 반복하며 깜빡거렸다…. 어지간한 굴무도 믿을 수 없는 광경에 희열을 느끼면서, 꿈에 그리던 여인을 마음껏 향유(享有)하였다. 남녀는 한시도 떨어지지 않고 열흘간이나 붙어 지냈다.

굴무는 그 후 북방의 강국 진(晋)나라로 망명하였다. 진경공(晉景公)

은 적국의 기밀에 밝은 그에게 형(邢) 땅을 식읍으로 내렸다. 그런데 초장왕이 죽고 그 아들 초공왕이 즉위하자, 젊은 왕은 굴무가 여자 때문에 망명하고 진(晋)에서 벼슬을 산다는 소식에 노했다. 즉시 군사를 보내 굴무의 일가친척을 모조리 잡아 죽였다. 하희와 정을 통한 흑요도 죽이고 재산도 다 몰수하였다.

굴무는 치를 떨었다. '만약에 선대왕이었다면…?' 그가 모시던 초장왕은 그런 일탈을 수용할 넉넉한 관용을 지녔다. 생각할수록 초공왕의 처사가 원망스러웠다.

이때 장강 하류에서는 신흥국 오(吳)가 세력을 키우고 있었다. 굴무는 우선 진경공에게 오나라와 우호 조약을 맺게 하였다. 그리고 오에 병거의 전술과 진법을 가르쳤다. 이때부터 오는 나날이 강성해지고 병력이 충실해져서 기회 있는 대로 초나라 변경을 침범하면서 세력을 키워갔다. 오의 군장 수몽(壽夢)은 스스로 왕이라 칭하더니, 마침내 초나라의 속국들을 빼앗기 시작하였다.

여인을 사랑함으로써 우화등선(羽化登仙)을 꿈꾸었던 굴무는 팽조의 전설을 본받지 못하고 진(晋)에서 생을 마감하였다. 관계를 통하여 스스로 젊어지는 신비한 여인, 하희도 세월의 풍파를 온전히 거스르지는 못하여 눈가에 주름이 잡히고 있었다. 그들은 얼마나 많은 추억거리를 공유하였던가! 얼마나 많은 극강의 환희를 함께했던가! 평생의 몸짝을 잃은 여자는 사흘 밤낮을 울다 스스로 굴무의 묘에 순장되어 죽었다. 그녀의 자유로운 영혼은 흐르는 세월과 함께 부활하여 수많은 하희들을 세상에 배출할 것이다….

제17화

천하 대전의 서막

초장왕은 하희의 스캔들을 빌미로 진(陳)을 평정하고 속국으로 삼았다. 지난 원정 때 투월초의 난으로 인해 결말이 썩 개운치 않던 육혼의 문제도 이럭저럭 가닥을 잡아가는 중이다. 오랑캐 부족 칠성이왕(七姓夷王) 중에 라(羅), 박(朴), 석(夕), 독(督)씨는 감히 도발하지 못하고 스스로 귀순하였다. 비록 악(鄂)씨와 도(度)씨가 남았으나 저들끼리도 서로 반목하는 형세라 감히 대국에 맞설 여유는 없었다. 이로써 서남방은 그런대로 평정된 셈이다.

당시 명실상부한 중원의 패자는 진(晋)이었다. 웅지를 품은 초장왕은 남쪽의 변방 골목대장 노릇으로는 성이 차지 않는다. 모름지기 하늘 아래 두 태양은 없는 법…. 그 길목에 정(鄭)이 있었다. 즉위 17년째 되던 해에 정나라 정벌에 나서게 된다.

이때 영윤 손숙오(孫叔敖)가 의견을 개진한다. 손숙오는 눈이 푸르고 수염까지 파래서 자염백(紫髯伯, 자줏빛 수염을 기른 대부)이라고 불리는 인물이다.

"우리가 정(鄭)을 친다면 반드시 진(晋)이 도울 것입니다. 기왕에 군사를 일으키려면 진과 싸울 대군을 동원해야 합니다."

"껄껄… 바로 그렇다. 과인의 생각도 그렇다…."

삼군(三軍)과 이광(二廣)의 모든 군사를 총동원하였다. 삼군은 중군, 좌군, 우군의 정규 전투 부대이며 이광은 좌광(左廣)과 우광(右廣)으로 편성된 지원 군대이다. 동원한 전투 군사의 숫자는 5만이며 따로 식량과 말먹이를 나르는 시양졸(厮養卒, 보급대)이 3만으로 도합 8만의 대군이다. 왕이 직접 참전한 만치 군사들의 사기는 한층 고무되었다. 경험 많고 신중한 장군 양노가 선봉으로서 군사를 이끌었다. 양노는 하희의 남자, 바로 그 사람이다.

정나라 군사는 일찍이 듣도 보도 못한 엄청난 초군에게 기세부터 눌린 탓에 상대가 될 수 없었다. 변성의 주둔군은 겁을 집어먹고 도망치기 일쑤였다.

"아아! 저것이 모두 사람이란 말인가?"

넓은 평원을 뒤덮어 메뚜기 떼처럼 새까맣게 군사들이 몰려오고 그 뒤에 또 다른 메뚜기 무리가 얽혀 꿈틀대는 모습을 바라보던 정나라 군사들은 기가 질려 말이 나오지 않았다. 초의 대군은 무인지경을 달리듯이 엿새 만에 마침내 수도 신정(新鄭)성을 포위하였다. 거침없는 진격에도 초장왕은 자만하지 않고, 성벽을 에워싼 진채를 세우고 길목마다 통나무 방책을 둘러 인마의 출입을 막았다. 이제 신정성은 새장 속에 갇힌 한 마리 새 같은 존재가 되고 말았다.

그날은 그대로 지나갔다. 아니 그날뿐이 아니었다. 이튿날도, 또 그 이튿날도… 나흘이 지나도록 초군은 공격 한 번 하지 않았다. 쌀 씻고 밥 짓는 모습이 오히려 평화스러워 보이기까지 하였다. 군사들은 아예 퍼질러 앉아 병기를 닦고 칼날을 갈면서 휴식을 취했다. 누구는 군마와 당나귀, 소 등 짐승을 돌보거나 주사위 도박에 여념이 없었고, 어떤 자들은 격투를 벌이기도 했다. 취사를 맡은 군졸은 약식으로 다양한 요리를 만들어 전우들에게 먹였다. 이를 지켜보는 정나라 군사는 궁금증에다 불안감까지 조마조마한 시간의 연속이었다.

드디어 닷새째 되던 날 좌광의 별동대가 도착했다. 그들은 남방 밀림에서 벌목한 엄청난 크기의 통나무를 싣고 와서, 한나절이나 무언가를 만들었다. 성안의 군사들은 저마다 성벽 위에 올라서서 이 광경을 지켜보고 있었다. 결국 성벽보다 한 길이나 높은, 바퀴 달린 누거(樓車, 다락차) 수십 대가 위용을 드러냈다. 성안은 높이 솟은 다락 수레를 보고서 곧바로 그 용도를 깨달았다.

"농성하는 것은 어리석은 일이다……."

정나라 군사는 이미 전의를 잃었다. 누거가 느릿느릿 성벽 쪽으로 움직이기 시작하였다. 기둥 밑에는 수십 개의 바퀴를 달고 있는 누거를, 몇백의 군사가 어깨로 밀었다. 비 오듯이 화살이 쏟아지자 방패를 쳐들어 하늘을 가렸다. 화살은 통 대나무 다발로 장갑한 방패를 뚫지 못했다. 결국 다락 차가 성벽에 붙었다. 멀리서 보면 원래부터 성벽과 함께 쌓은 망루 같았다. 이제는 성벽 위가 지형적인 이점이 있는 것도 아니었다. 오히려 더 높은 누거에서 성벽을 내려다보면서 활을 쏘아댔다. 그뿐이 아니었다. 지상에서는 기세등등한 보졸들이 땀과 가죽 냄새를 뿜으며 함성과 함께 성채로 몰려들었다. 사다리를 메고 공격해 들어오고, 성문을 부숴버릴 거대한 통나무, 공성추(攻城錐)는 또 그대로 밀려왔다.

그야말로 속수무책이었다. 일각이 채 못 되어 방어선이 무너지기 시작하였다. 마침내 선봉이 성벽 위에 발을 디뎠다. 이를 보고 울부짖는 백성들의 곡성이 여름 논에 악머구리 들끓듯 요란했다. 젊은 여자들 한 무리가 성벽에 올라서서 머리를 풀어 헤치고 저고리를 쥐어뜯으며 울부짖었다. 여자들은 높은 목소리로 울었고, 먼빛에서도 하얀 젖가슴들이 햇빛에 빛났다. 성이 함락되면 그들의 운명은 또 다른 길을 걷게 될 것이다. 초장왕은 빙긋 미소를 지었다. 그러더니 갑자기 퇴각의 징을 울리게 하였다.

"군사를 물려라…."

공자 영제가 어리둥절하여 물었다.

"부왕! 마침내 성을 함락할 기회가 왔는데 어찌 군사를 물리십니까…? 무슨 이유라도 있는 것입니까…?"

"큰바람이 지나가면 엎드렸던 풀포기가 다시 일어나듯이 오늘 힘으로 눌러놓으면 내일 다시 준동하는 것이 저들의 생리이다. 잠시 군사를 물렸다가 한 번 더 기를 꺾을 작정이다."

성안에서는 정나라 임금 정양공(鄭襄公)이 초조하게 진군(晉軍)을 기다리고 있었다. 대체 구원병은 어디쯤 오고 있을까? 출병을 하기는 한 것인가? 간절한 기다림에도 기어코 초나라 군사가 성벽 위에 올라섰다. 망연자실하는 순간, 이게 또 무슨 일인가? 갑자기 적이 퇴각한다! 불끈 용기가 솟았다.

"적이 퇴각한다. 대국의 군사가 도착했다. 더욱 분발하여 적을 막아라…!"

울부짖던 백성들이 너도나도 성벽 위로 달려가서 부서진 곳을 수리하고 돌과 화살을 날렸다. 그러나 웬걸, 초군은 이튿날 다시 가공할 누거를 앞세워 공격해왔다. 그러더니 함락 직전에 다시 군사를 물리고, 성 밖에서 밥을 짓고는 술과 고기까지 곁들여 한바탕 떠들썩하게 휴식을 취했다. 이른바 희망 고문이었다.

이런 공방이 그 후에도 대여섯 차례나 이어졌다. 초군(楚軍)의 후방에서는 보급대가 끝도 없이 식량과 마초를 실어 날랐다. 근래 속국으로 삼은 식나라, 육나라, 강나라, 요나라 등에서 연이어 군량을 보내오고 있다. 초는 속국의 식량이 남아도는 사태를 방지하기 위해서도 이런 전쟁이 필요했다. 배가 부르면 주인을 향해 대들 생각을 하게 되는 것이 세상의 이치이다.

유린당하고 있는 신정성은 이미 농성이 아니라 앙탈하고 있는 여인으로 보였다. 날마다 성 밖에는 떠들썩한 잔치 자리가 열리고 군사들이 기세 좋게 즐기고 있었다. 갑옷을 풀고 이리저리 뒹굴고 있어도 정나라 군사는 감히 습격할 엄두를 내지 못했다.

이튿날이면 다시 공격군이 물밀듯이 성벽 위를 점령하였다가 다시 내려가는 이상한 일들이 반복되었다…. 갈수록 성안의 좌절은 커졌다. 밤과 낮이 여러 차례 바뀌어도 상황은 조금도 나아지지 않고, 구원병은 올 기미조차 보이지 않았다. 적은 도저히 넘볼 수 없는 절대 장벽으로 보였다. 군사들은 점차 무기력해지고 패배 의식에 젖었다. 홍수 속에 남겨진 모래성 같은 신세에다 이제는 발밑까지 황토물에 씻겨나갈 판이다.

마침내 때가 무르익었다고 판단한 초장왕은 성의 함락을 명령하였다. 선봉이 어렵지 않게 성벽 위에 올라서더니 허둥대는 적을 물리치고 성문을 활짝 열었다. 성은 이미 한번 허락한 여인처럼 군말 없이 점령군을 받아들였다. 초장왕은 군사들에게 일절 노략질을 금하였다. 강한 무력뿐만 아니라 군율에서도 초군은 훨씬 앞서 있었다. 백성들로서는 고맙기 짝이 없는 일이었다. 늙고 젊고를 가리지 않고 길가로 나와 향을 사르고 절까지 올렸다. 백성의 민심까지 잃을 판인 정양공은 하는 수 없이 웃옷을 벗고 초장왕을 영접했다.

《사기(史記)》에서는 이때의 모습을 다음처럼 그렸다.

"…육단견양(肉袒牽羊)하여 초왕 앞으로 나가다…."

육단(肉袒)이란 겉저고리를 벗어 맨몸이 되는 것을 말하며, 견양(牽羊)이란 양이 끄는 수레를 타는 것을 말한다. 즉 웃통을 벗고 양이 끄는 작은 수레를 타고 나가 초장왕에게 항복했다는 말이다. 제후 대 제후로서의 단순한 항복이 아니라, 종속 관계로서 신하가 되겠다는 맹세이니 더할 나위 없는 치욕이다. 정양공이 초장왕의 발밑에 꿇어앉았다.

"모자라는 이 몸이 대국을 섬기지 못해 대왕을 분노케 하였나이다. 지난날 우리 선조들이 서로 화목하였음을 봐서라도 사직을 보존하게 해주시면 충성을 다하겠습니다…."

사실 초나라와 정나라는 화목한 적이 있었다. 초장왕의 할아버지 초성왕은 누이 문미를 정문공에게 시집보냈다. 문미와 정문공 사이의 두 딸, 백미와 숙미를 초성왕이 취하여 쌍미전(雙芈殿)에 두고 즐긴 적이 있었다. 왕이 진중 군막에서 쌍미를 취한 이야기는 어언 50년도 더 된 전설로 남았다. 그 뒤 성복의 전쟁에서 중원 동맹군이 승리하자 노선을 바꾸어 진(晉)에 복속하는 오락가락 행보를 벌였기에 오늘의 사태를 불렀다.

공자 영제가 슬며시 부왕에게 간했다.

"저들은 또 배신합니다. 아예 사직을 거두어버리시지요."

"급할 게 없다. 문제는 진(晉)이다. 정나라쯤은 그냥 두어도 익은 밤 떨어지듯이 손에 들어올 것이야."

오히려 군사를 30리까지 물렸다. 정양공은 이튿날 초군의 진지에 가서 다시 사죄하고 동생 서질을 인질로 바쳤다. 정나라 정벌은 이렇게 성공적으로 끝나가고 있었다.

과연 초장왕의 말마따나 수시로 말을 갈아타던 정나라는 이날 이후로 감히 초를 배신하지 못했다. 그러다가 결국 1세기 후 삼진(三晉, 북방의 강자 진쯥은 이후 조, 한, 위의 삼국으로 나뉘었다. 이들이 모두 진에서 나왔기에 삼진이라고 불렀다)의 하나인 한(韓)에 패망해 사직을 닫을 때까지 초의 부용(附庸, 속국의 옛말)으로 있었다.

마침 몇 군데 염탐꾼들이 전갈을 보내왔다.
'진(晉)이 결국에 군사를 움직였나이다.'
'총수는 순림보(旬林補)이며 선곡(先穀)이 부장입니다.'
'병거 6백 승에 군사는 대략 6만입니다.'
'따로 보급부대 3, 4만이 따라붙었습니다.'
'선봉은 이미 황하에 도달하였나이다.'
'황하에는 군량과 마초를 실어 나를 전선 천여 척이 집결하고 있나이다.'
적의 동태는 조각조각 부분적인 상황에 불과했고 말조차 달랐다. 5만이라는 자도 있었고, 6만, 또는 10만이라는 자도 있다. 정보가 저마다 엇갈렸으므로 왕은 쉽게 싸움의 판단을 내릴 수가 없었다. 북방의 강대국 진(晉)의 군대가 무서운 것은, 그들이 성복의 싸움처럼 언제라도 천하를 정복할 준비가 되어 있다는 것이다.

진문공 사후 30년이 다 되어가는 지금도 진군(晉軍)의 실력이 변함없을까? 들쭉날쭉한 몇 가지 정보만으로 어떻게 상대의 규모와 사기를 짐작하고 결정을 내릴 수 있겠는가? 왕은 심지 굳은 장수급 인물을 적진 후방에 투입하리라 생각을 굳혔다.

이미 정(鄭)을 상대로 달포나 실전 훈련을 마쳤다. 군량과 마초도 충분하여 군사들은 배가 부르고 병마는 힘이 넘쳤다. 바야흐로 천하의 눈길은 남북 대결의 장으로 향하고 있다. 이제 남은 것은 단 하나, 군사들의 사기였다. 막상 전쟁터에서 사정없이 적을 찍어 누르는 '결기'가 필요한 시점이다.

"흐흐흐, 대붕은 한 번 날갯짓으로 구만 리를 난다 했겠다…?"

저녁나절에 왕은 장수들을 불러들였다. 그는 평소 이런 종류의 회합에 인색한 편이었다. 아첨할 생각밖에 없는 그렇고 그런 사람들을 모아놓고 쓸데도 없는 말을 주고받는 것보다는 '침묵의 어둠' 속에서 신하들을 하나하나 다루기를 즐기는 편이다.

전체 회합은 누구에게도 익숙하지 않아 긴장된 분위기였다. 왕은 장수들의 면면을 차례로 살피더니, 알 수 없다는 표정과 함께 미간을 찌푸리면서 물었다.

"결국 진(晉)의 대군과 맞닥뜨리게 되는구나. 군사를 돌릴 것인가? 아니면 싸울 것인가…?"

왕이 기껏 준비한 말은 이 몇 마디이다. 이미 불혹을 넘긴 초장왕, 어디까지나 온건하게 여러 사람의 의견을 경청하는 것처럼 보이지만, 회합을 열기 전부터 속셈은 이미 결정되었다. 말하자면, 결정을 내리기 위해서 부른 것이 아니라, 결정을 내렸으므로 부른 것이다. 그의 물음은 따로 있었다. '과연 그대들의 전의는 불타고 있는가?' 가장 벼슬이 높은 자염백(紫髥伯) 손숙오가 나섰다. 그는 푸른 수염만 그럴듯해 보이지 왜소한 몸에다 이따금 쑤시는 관절 때문에 걸음걸이조차 어색해 보인다.

"진(晉)은 북방의 강국입니다. 원정길도 우리보다 가깝습니다. 도전을 무시하소서. 우리가 정(鄭)을 굴복시키지 못하였다면 그래도 진(晉)과 싸워야만 합니다. 그런데 우리는 이미 정나라를 속국으로 병합했으니 충분히 목적을 달성한 셈입니다. 군사를 돌리는 것이 순리입니다…."

온건한 손숙오다운 말이었다. 그는 신중하면서도 노련한 전문 관료로서 제방을 쌓아 물을 다스리고 수전(水田), 즉 무논을 만들었다. 종래 콩과 보리가 주식이던 초나라는 점차 쌀이 주곡으로 변해갔다. 중원은 아직도 사냥과 목축업, 빈약한 밭농사로 국가 체제를 지탱할 재정이 어려운 데 비해, 초나라는 풍족한 쌀농사로 먹고사는 문제가 그런대로 만만했다. 그래선지 왕은 더욱 놀고 사냥하기를 즐겼고 골치 아픈 문제나 외교적 해결은 모조리 손숙오의 차지가 되었다. 대신 자염백은 전쟁이나 전략에는 그다지 익숙하지 못했다.

그가 미처 깨닫지 못했으나, 대왕의 표정에 얼핏 못마땅한 기색이 돌았다. 그러나 그뿐, 노련한 왕은 이를 내색하지 않고 다른 장수들을 둘러보았다. 영윤의 의견에 은근 동조하여 고개를 끄떡이는 장수가 간간이 보였다.

이때 막사를 쩌렁쩌렁하게 울리는 목소리가 터져 나왔다.

"영윤의 말은 옳지 못합니다!"

너무나 단정적인 일갈에 좌중이 모두 놀라고 말았다. 말석에 앉은 오삼이란 아장(牙將)이다. 아장은 중랑장에도 못 미치는 평민 출신이다. 오늘 회의에 참석한 것도 정보를 담당하는 중간 관리자이기 때문이다.

"정이 지금까지 진(晉)을 섬긴 것은 우리의 힘이 진(晉)만 못하다고 여겼기 때문입니다. 그런데도 우리가 싸움을 피해 군사를 물린다면 정은 또 배신할 것입니다…."

오삼은 8척 장신에 어깨는 우람하고 허리는 미끈한 데다 몸이 날렵해 사람들이 삽시호(挿翅虎, 날개 달린 호랑이)라고 불렀다. 서른을 갓 넘긴 젊은 장수였지만 전장을 누빈 햇수가 녹록지 않다. 마침 석양빛이 장막 안을 비추는 바람에 활촉에 찢긴 상흔이 푸르죽죽하였다. 그에 비해, 면박당한 손숙오의 얼굴은 벌겋게 상기되었다.

"이런 돼먹지 못한 놈 같으니라고! 어디서 함부로 지껄인단 말이냐? 너는 어찌 이길 것만 생각하고, 패배에 대한 염려는 눈곱만큼도 없는 것이냐? 우리 군사는 작년에 진(陳)과 싸웠고, 지금도 서너 달이 넘도록 원정 중이다. 군사의 움직임은 여유가 있어야 한다. 이 자리는 같잖은 결기나 부리는 애송이 나부랭이가 나설 자리가 아니다."

졸지에 영윤에게 지적당한 오삼의 눈에 당황한 빛이 완연했다. 그러나 이 젊은이에게는 호방한 기질이 있다.

"대장이란 사람이 싸우기도 전에 겁부터 내니 이래서야 어디 장수라 하겠소이까…?"

영윤을 대하는 오삼의 말본새가 과격하다 못해 핀잔까지 섞였다. 손숙오는 세상 무서운 줄 모르고 대드는 젊은이와 논쟁을 이쯤에서 삼가기로 했다. 오삼을 제쳐두고 왕에게 말했다.

"우선 적정부터 살피시고…."

오삼도 가만있지 않았다.

"우선 적의 기개부터 꺾어야……."

한마디씩을 주고받은 둘은 곧 조용해졌다. 새삼 이 자리가 어떤 자리인지, 왕의 존재를 깨달은 것이다. 왕이 고개를 끄떡였다.

"알았다…. 오삼이라고 했는가? 성급하게 나대지 마라. 생각이 흐트러진다. 모두 물러가라."

그날 밤이었다. 왕이 오삼을 따로 불렀다.

"네가 싸우기를 주장하는데 무슨 계책이라도 있는 것이냐…?"

"소장이 알아본바, 진군(晉軍)의 순림보는 이번에 새로 대장군이 된 사람입니다. 이미 늙어 빠져 내일이라도 무덤 속에 가야 할 퇴물인 데다 장졸들에게 신망도 얻지 못하고 있습니다. 부장 선곡이란 자는 성복에서 싸운 선씨 가문인데, 그 또한 교만하기 짝이 없는 인물이랍니다."

"흐음, 그래서?"

"그 밖에 이름깨나 알려진 장수가 몇 있으나 하나같이 무능한 데다 고집까지 센 탓에, 사람 좋은 순림보가 그들을 다루지 못할 게 분명합니다. 병사가 10만이라고 하나 여러 가문에서 긁어모은 군사들이라 누가 총수가 되더라도 부리기가 쉽지는 않을 것입니다."

왕은 자신도 모르게 빙긋이 웃음이 나왔다. 오삼이야말로 적정을 살피는 데 적합한 인물이었다. 판세에 밝고 생각이 깊은 게 어쩌면 왕이 상상했던 이상일지도 모른다. 왕의 생각도 다르지 않았다. 적장 순림보는 이미 나이 칠순이 넘은 노장이다. 전쟁이란 비단실 한 오리로 돌을 늘어뜨리고 있는 것과 같다. 바람을 받아 돌이 움직일 때마다 비단실은 끊어질 듯이 흔들린다. 그 끊어지느냐, 끊어지지 않느냐 하는 갈림길에서 얼마만큼의 역할을 하는가에 달려 있는데, 나이가 들어 소심해지면 결단을 내리기가 쉽지 않은 법이다.

"참으로 과인의 생각과 같다…. 그대를 유격(遊擊)으로 임명한다. 별동대 팔백으로 후방에 침투하라. 날이 밝는 대로 떠나라. 적은 중원의 강자 진(晉)의 대군…! 장부가 목숨을 걸기에 부족함이 없는 적수이다. 앞으로 과인에게만 보고하라…!"

오삼은 기세 좋게 일어나 두 손을 가슴 앞에 붙이고 군례를 올렸다. 적진 후방을 교란하는 유격은 야습과 화공을 전문으로 게릴라전을 수행한다. 대신 이런 큰 싸움터에서는 결국 그 목숨을 부지하지 못할 결사의 자리이다. 그래서 불귀군(不歸軍)으로 불린다. 막사를 나가는 어깨에 자랑과 긍지가 배었다. 여인은 자기를 예뻐하는 사람을 위하여 화장하고, 사내는 자신을 알아주는 이를 위해서 목숨 줄을 내려놓는다.

날이 밝자 유격대는 북쪽으로 떠나고, 대신 본대는 말머리를 필(邲) 땅까지 물렸다. 초장왕는 성복 전쟁 당시 진문공이 '삼사(三舍)를 물리겠다'는 술자리 약속을 빌미로 함정을 파서 초군을 격파한 사실을 알고 있다. 이제 싸울 장소를 고르는 것은 벼르고 벼른 초나라의 차지이며, 천하의 역사를 새로 쓸 북채는 자신이 쥐고 있다.

왕이 전장으로 고른 필(邲)의 들판은 은(殷) 왕조 시절에 산성이 있었던 구릉을 끼고 있다. 지난 세월 영화를 자랑하던 주춧돌 위로 거침없는 바람이 휩쓸고 지나갔다. 한때는 난공불락의 위세를 떨치던 석조들이 한낱 돌무더기로 변해 반은 흙 속에 묻히고, 또는 반질반질한 화강암에 짙은 이끼가 덮여 뒹굴고 있는 풍경이 황량하다. 곳곳에 들국화와 같은 들꽃들이 지천으로 널려 하늘거려도 스산한 폐허는 을씨년스럽다. 왕은 잠시 지형을 살피더니 야트막한 언덕 위를 진영으로 삼고, 전방과 양옆으로 통나무 방책을 쳐서 둘렀다. 영채의 후방은 위수의 강물줄기와 맞닿아 있는 배수의 진형이었다.

바야흐로 남북대전의 2라운드인 필(邲) 땅의 전쟁이 시작되고 있었다. 필의 전쟁은 기원전 597년에 있었다. 성복 대전 이후 30년의 세월이 흘렀다. 성복에서 활약한 용장의 모습은 바람 속에 묻혔으나, 전쟁의 스토리는 인구(人口)에 회자되면서 감동의 스토리를 보태 전설로 자리 잡았다.

강호 무림의 고수늘도 30년이나 50년에 한 번씩 '화산논검'을 동해서 '중원제일검'의 이름을 겨룬다. 목숨보다 명예를 다투는 영웅들이 어찌 언제까지나 몸을 사릴 것인가? 바야흐로 자웅을 가릴 일이 남았다.

제18화

필(邲)의 전쟁(1) 노림과 꼼수

한편, 이때 진(晉)의 10만 대군은 6월에 강주(絳州)성을 떠나 황하에 이르고 있었다. 원래 7만으로 출정하였다가, 도중에 시양졸(施養卒)을 보강하여 어언 10만의 군세로 자랐다. 과연 총수는 순림보로서 전통 호족 출신이며 부장 선곡은 성복 전쟁에서 활약한 선진의 손자이다.

정탐병이 총수에게 보고한다.

"정(鄭)은 결국 항복했습니다. 형만의 오랑캐는 군사를 돌려 남으로 옮겨 갔다고 하더이다."

순림보는 일단 행군을 중지시키고 모든 장수를 불렀다. 기껏 달려왔는데 정나라가 이미 항복했으니 출병의 목적을 상실한 셈이다. 상군(上軍) 대장 사회(士會)가 나섰다. 명문 사씨 집안의 대주로서, 참전 장수 중에서 순림보 다음으로 나이가 많았다.

"우리가 이곳까지 달려온 이유는 정나라를 구원하기 위해서라오. 그런데 정(鄭)이 이미 항복했다니 이제 싸울 이유가 없어지고 말았소이다. 군사를 돌려 회군하였다가 다시 기회를 보는 게 어떻겠소…?"

당시 천하를 남북으로 나누어, 최강대국은 남방의 초나라와 북쪽의 진(晉)나라이다. 이들은 은연중 상대를 경원시하여 서로 도발하기를 두려워하고 있다. 이때 중군 부장 선곡이 벌컥 화를 내며 나섰다.

"우리 진(晉)이 천하의 맹주를 자처하는 것은 위급한 나라를 구해주고 의리를 실천하기 때문이오. 오늘 정(鄭)이 초에 굴복한 것도 따지고 보면 우리가 더 빨리 오지 못한 탓이오. 이제 다시 적을 피해서 물러선다면 천하 백성이 뭐라고 하겠소이까? 총수가 굳이 회군하시겠다면 한 가지 청이 있소이다. 소장의 군대만이라도 황하를 건너 적을 치도록 승낙해주시오. 소장은 이대로 물러나지는 않을 것이오."

씩씩대며 막사 밖으로 나가버렸다. 등 뒤로 찬바람이 쌩하니 불었다. 그는 30년 전 성복 전쟁 때 대원수였던 선진의 가문이다. 세상에 이름을 날리고 싶은 욕심에 전쟁의 출현을 손꼽아 기다려왔다.

"진(晉)에 선곡이 있음을 만천하에 떨치고 말리라!"

전통의 중원이 남만의 오랑캐를 여지없이 까부순 성복의 전쟁은 한족(漢族)의 자긍심을 높이고 혈기 왕성한 젊은이를 부추겼다. 세상에 흩어진 이야기들은 싸움의 전체가 아니라 파편에 불과하였고, 이 파편을 다 모아도 전체 윤곽이 그려지지 않았다. 처참한 죽음과 아우성이 담긴 지옥도는 금세 잊혔고, 젊은이에게 전쟁의 참사는 듣지도 보지도 못한 이야기가 되었다. 이번 출정에 그는 신이 나서 쾌재를 불렀다.

"흐흐흐, 전쟁이란 말이지. 그것도 초를 상대로. 하늘이 무심치 않아 이 몸에도 기회를 주는구나. 아무렴, 그래야지. 천하의 선곡이 이렇듯 하릴없이 늙어갈 수야 있나?"

내친걸음에 젊은 장수 몇몇과 함께 그예 강을 건너버렸다. 이를 전해 들은 순림보가 발을 굴렀으나 강 건너 군사를 다시 불러올 방도가 없었다. 그는 주변의 장수들을 오히려 달랬다.

"싸우자는 장수를 나무라면 사기를 꺾는 결과가 된다. 일단은 뒤를 받쳐주면서 기회를 보도록 하자."

매인 줄에 끌리듯이 그들도 황하를 건넜다. 선곡은 맞은편 언덕에 있다가, 회심의 미소를 지었다. '그러면 그렇지. 별도리가 있나!' 때마침 신정성에서 전령이 도착하였다. 정양공은 진(晉)을 버리고 초나라를 섬기게 된 사연을 변명하고 있었다.

"애타게 지원군을 기다리다 부득이 잠시 굴복하였습니다. 적은 지금 우쭐해져 있습니다. 이참에 대국의 군사가 공격하면 우리 정도 뒤따라 군사를 일으키겠습니다…."

선곡은 의기양양하여 순림보에게 보고했다. 이 사건을 계기로 군영의 여론은 주전론 쪽으로 기울었다. 그러나 정양공은 초장왕에게도 사신을 보내 진(晉)군의 동태를 일러바치고 있었다. 대세가 기우는 쪽으로 붙을 참이다.

중원(中原)! '가운데 있는 평원'이란 말이다. 춘추시대 중원 중의 중원이라면 오늘날 정주에서 허창 사이에 있던 정(鄭)나라이다. 정은 사통팔달의 요충지였다. 그래서 춘추 초기에는 여러 제후국 중에 돋보이는 나라가 될 수 있었다. 그러나 그 영광은 짧았다. 동서남북에서 새로운 강자들이 등장하고, 지지부진한 왕실과 너무 깊이 얽혀 있던 정나라는 이리저리 차이는 신세가 되고 말았다.

특히 북방의 진(晉)과 남방의 초가 패권을 다투자 정나라의 처지는 더욱 난감해졌다. 뿔은 진나라에 잡히고 꼬리는 초나라에 잡힌 암소 같은 존재라고나 할까? 정(鄭)에게 있어 가장 중요한 정치 행위는 진(晉)과 초(楚), 어디에 빌붙는 것이 유리할지를 판단하는 것이었다. 오죽했으면 두 딸을 초성왕(楚成王)에게 바친 정문공이 그로부터 채 몇 년이 되지도 않아서 진문공(晉文公)을 위한 천토의 회맹을 준비했을까? 이중적인 정(鄭)의 처세가 그가 처한 현실을 말해준다.

진(晉)의 주력은 황하를 건넌 지 이틀 후에 필(邲)의 들판에 당도했다. 총수 순림보는 상군과 하군을 양옆으로 펴서 초군과 10여 리 떨어진 산기슭에 진영을 구축하였다. 들판은 산지와 평원이 서로 연결되어 매복과 평지 전투에 모두 적합한 지형이다. 군데군데 장묘석과 바위로 된 축조물의 흔적은 전대 은(殷) 시절의 잔재물이다. 양쪽 군사는 잡목과 비탈이 뒤섞인 개활지를 사이에 두고 일촉즉발의 형세로 마주하였다. 서로 상대 진영의 위치를 가늠할 수는 있으나 눈으로 직접 볼 수는 없는 거리였다.

순림보는 좌우 양쪽 구릉에 상군과 하군을 배치하고 그보다 한발 뒤로 중군의 진영을 꾸렸다. 병거의 수레들을 방책 대신 전방에 배열하고, 그 사이를 녹각과 통나무로 빈틈없이 채웠다. 6백 승의 푸르고 붉고 누렇게 화려한 병거가 두 겹으로 늘어서서 전방을 향하고 있는 모습은 그야말로 장관이었다. 진영을 배치하고 상대를 탐색하는 데만 꼬박 이틀이 걸렸다. 그 시각 초나라 진영에서는 영윤 손숙오가 왕에게 간언하고 있었다.

"어제오늘 적진을 살펴보니 저들은 굳이 싸울 생각이 없는 것 같습니다. 일단 우리 쪽에서 화평을 한번 청해보소서. 그래도 저들이 듣지 않으면 그때 싸워도 늦지 않을 것입니다…."

역시 신중하고 온건한 사람다운 말이었다. 왕도 진군(晉軍) 가운데서 주전파와 주화파가 대립하고 있는 낌새쯤은 파악하고 있었다. 손숙오의 말에 선뜻 맞장구도 치지 않고 대놓고 반대도 하지 않았다. 대부 채구(蔡鳩)를 불렀다. 채구는 훤칠한 키에 끝이 휘어 위로 솟구친 용의 수염을 길렀다. 사람이 좋고 늘 웃는 얼굴인 데다 '좋지, 좋아!'라는 말을 달고 다녀 호호(好好)선생, 또는 소면룡(笑面龍, 웃는 얼굴의 용)이라고 불리는 사람이다.

투씨가의 횡포에 질린 왕은 신하들의 동태를 살피기 위해 일종의 비선 조직을 운용하고 있었다. 종친과 대신, 지방 관리들의 비위와 일거수일투족을 살피는 정보기관이다. 채구에 대해서도 대략은 짐작하고 있었다. 왕이 보기에 그는 사람 좋은 겉모습과 달리 일 처리에 빈틈이 없고 배짱도 두둑한 인물이다.

"대부는 바로 적진으로 가라. 과인은 굳이 싸울 뜻이 없다…. 진(晉)은 북방의 패자, 그에 비해 과인의 초는 남쪽 한동(漢東)에 있다. 가히 풍마우불상급(風馬牛不相及)이라고 할 것이다. 이런 뜻을 전하여라."

이때의 풍(豊)은 암수가 서로 부르는 소리로 해석한다. 곧 암수 우마가 서로 불러도 미치지 않을 정도로, '서로 노는 물이 다르다'라는 뜻이다. 채구는 얼굴부터 활짝 펴졌다. 수많은 대부와 장수를 제쳐두고 자신에게 특별한 임무가 주어진 것이다.

즉시 진군의 주둔지로 달려갔다. 진영 안에 들어서자 양쪽으로 갈퀴창을 든 도부수들이 늘어서서 창살의 울타리를 치고 있었다. 대치하고 있는 싸움터라, 사자(使者)를 보는 눈에도 살기가 등등하다. 채구가 순림보에게 왕의 뜻을 전하자, 순림보는 진심으로 반갑게 맞았다.

"본관의 뜻도 크게 다르지 않소이다. 이는 진(晉), 초(楚) 두 나라의 큰 복이 될 것이외다."

그런데 곁을 지키고 선 선곡의 생각은 사뭇 달랐다.

"너희가 우리 속국을 빼앗더니 이제 화평을 청하는구나. 물건을 훔치고 없었던 일로 하자는 도둑놈 심보와 다를 게 무엇이냐? 이 선곡이 있는 한 어림도 없는 소리이다."

"그런 것이 아니고……!"

"배상금을 내놓고, 우리 임금에게 사죄하면 받아주겠다. 이도 저도 아니면 네놈들 오랑캐를 한 놈도 빠짐없이 쳐 죽이고 말 것이야. 돌아가서 너희 족장에게 전해라. 목숨을 건지려면 속히 달아나라고 말이다!"

한바탕 욕을 먹고도 채구는 변함이 없었다. 아직 그럴 나이는 아닌데 귀라도 먹은 듯 같은 대답만 늘어놓았다.

"허허… 과연! 과연! 그런 뜻이 아니고…….."

자신의 수염을 만지작거리면서 싱글싱글 웃는 모습은 그야말로 순박한 얼굴이다. 약이 오른 젊은 장수 몇이 칼을 뽑아 채구의 콧잔등을 겨누며 을러댔다.

"이놈아! 다시 오는 날이면 이 칼이 가만두지 않을 것이다."

이윽고 진영을 벗어나자 채구는 소면룡(笑面龍)답게 혼자 낄낄 웃었다. 그날 해 질 녘에 유격 오삼이 보낸 전령이 왔다. 오삼은 이제 막 황하에 도착하여 적후의 동향을 보고하였다. 초장왕은 오삼에게 밀명을 내렸다.

"황하에 매어놓은 적선을 가라앉혀라. 은밀하게 하라. 그대에게는 따로 시킬 일이 있다."

오삼은 만노(蠻弩)를 찾아 나섰다. 만노란 황하강 수적을 통칭하는 말이다. 전통적으로 날 넓은 언월도를 쓰며 자맥질에 능하였다. 약탈과 살인이 저들의 법이며, 광기에 사로잡히면 상상 못 할 야만적인 행위까지도 서슴지 않는다.

고대 중국은 밭농사, 유목, 이업, 신의 야금(野金)이라는 모든 고대적 기술 집단이 복잡하게 뒤섞인 사회이지만, 어디까지나 그 기초는 북으로 황하, 남으로는 장강에 기대어 있다. 강이 국경과 상관없이 물길 따라 흐르기에, 상품유통의 통로이자 도적들의 소굴이 된 까닭이다. 수적은 상인의 역할까지 수행하여 강가 나루터를 제집 안방같이 들락거렸고, 누가 도적이고 누가 장사꾼인지 모를 정도로 치외 법권의 무리로 성장하였다. 당시 큰 규모의 수적으로는 황하의 만노와 장강 수적의 이름이 높았다. 오삼이 만노를 수소문한 지 이틀이 지나 연락이 왔다. 관성(管城) 땅, 황하 강심에서 만나자는 것이다.

시간이 되자 낮은 배 한 척이 물속에서 솟은 듯 나타났다. 통 삼나무를 칡덩굴로 얼기설기 엮어 배라기보다 차라리 뗏목 같았으나 그나마 뱃전에는 조잡한 용머리 하나를 새겼다. 배의 움직임을 경쾌하게 하려면 파도의 위험을 무릅쓰더라도 배 밑을 좁고 길게 만들어야 하는데, 이렇게 펑퍼짐한 뗏목 모양은 속도보다는 은밀성을 중시한 결과이다.

배도 강물도 누런 황토색이라 지척까지 와서야 겨우 알아챌 수 있었다. 두 폭으로 솟은 돛대의 꼭대기부터 갑판에 이르는 장방형의 황포 돛이 한껏 부풀고, 돛대 상단부에 창포로 물들인 비단 한 조각을 떡하니 걸었다. 만노 중에서도 청범적(靑帆賊, 푸른 돛폭 도적)의 무리다.

졸개들은 벌겋게 벗어부친 알몸에 달랑 앞가리개 하나만을 걸쳤다. 날 넓은 언월도를 이리저리 휘두르며 거드름을 부리는 자, 덧가지 없는 장창을 팔랑개비처럼 돌리면서 황새처럼 건들대는 자, 잘난 체하느라 오두방정을 떠는 자, 제법 얼굴이 번드르르한 자, 굶주린 늑대처럼 바싹 마른 자들 하며 실로 각양각색인데 하나같이 상반신이 칼자국과 문신으로 뒤덮였다. 특히 감돌아 굽이치는 용의 문신이 많았다. 황하에 사는 교룡(蛟龍, 승천하기 전 물속에 사는 용)을 자처하는 그들로서 당연한 일이다.

무리 중에서 바둑판 조끼를 걸친 장한이 나섰다. 멋대로 자란 구레나룻에다 가슴팍까지 온통 시커먼 털이었다. 통성명 없이도 그가 꼭지로 보였다. 가래 낀 목소리로 그가 물었다.

"네 무슨 일이 있어 우리를 찾았느냐…?"

"나는 초나라 대장 오삼이다. 그대가 두목인가?"

두목이 턱을 바싹 치켜들었다. 녹림의 호걸을 자처하는 자들은 관원들을 대할 때 의식적으로 고개를 쳐들어 자기 과시를 표시하는 습성이 있다. 오삼은 실소를 지으며 말을 이어갔다.

"우리 대왕의 지엄하신 명을 전한다. 며칠 내로 진(晉)의 배 바닥에 맞창을 내라. 우리 초의 사직이 있는 한 황하에 대한 권리를 인정하고 강변 갈대밭도 식읍으로 내리겠다. 황송하게도 선물까지 보내셨다."

곁에 둔 상자 뚜껑을 열어젖히자 금괴와 옥노리개들이 햇빛을 받아 번쩍거렸다. 수적들의 눈동자가 화등잔같이 커졌다. 숫돌로 갈아버린 것 같은 두목의 얼굴에도 생기가 돌았다. 두목은 한차례 가래를 퉤 뱉으면서 음침한 목소리로 말을 받았다.

"장수가 싸움터에 있지 않고 왜 이곳까지 왔느냐…? 우리는 군선을 공격하지 않는다. 사람을 잘못 보았다. 그건 그렇고, 기왕에 가져온 물건은 두고 가거라!"

과연 도적은 도적이었다. 말하는 투로 보아 상자를 건네더라도 무사히 돌아가기는 글렀다. 굽이쳐 흐르는 망망한 황하는 그들의 영역이다. 그러나 오삼도 나름 준비가 있었다.

"흐흐흐… 내가 그런 방책도 없이 예까지 나왔겠느냐? 내 부하들이 강변에서 기다리고 있다. 무식한 도적들이라도 우리 대왕의 명성은 들어봤을 것이다. 내가 돌아가지 못하면 우리 군사가 네놈들을 지옥까지라도 쫓아가 찢어 죽일 것이야…."

두목이 잠시 동패들과 이마를 맞대고 의논을 시작했다. 오삼이 꾸짖었다.

"무얼 망설이는 것이냐? 빨리 대답해라. 너희가 어느 한쪽을 편들지 않고 그대로 넘어갈 줄 알았더냐?"

다시 뗏목이 다가섰다. 이번에는 좀 더 나이가 지긋한 중년의 사내가 나섰다. 나이는 오십 줄인데, 몸가짐부터 막되게 살아온 것 같지는 않았다.

그런데 그의 용모는 그야말로 볼품이 없었다. 좁다란 얼굴에 동그란 눈에다 눈썹이 듬성듬성 나 있고 납작코에 입술은 얄팍했다. 제 깐에는 콧수염을 기르고 있었는데 수염이 삐죽삐죽 뻗쳐 있어 그야말로 쥐를 연상시키는 형상이다. 방금 두목이라고 나섰던 구레나룻은 사내를 뒤에서 지키고 섰다. 쥐상이 말했다.

"본관이 청범도(靑帆徒)의 상두(上頭)라 하오. 강호에서는 번강신(飜江蜃, 강물을 뒤엎는 이무기)이라고 불리는 장 아무개올시다."

그런데 졸개 하나가 슬며시 귀에다 대고 일러바쳤다.

"번강신은 저자가 스스로 부르는 이름입니다. 강호에서는 저자를 과하노서(過河老鼠, 물가의 늙은 쥐)라고 부릅니다."

오삼은 저도 모르게 킥 웃음이 터질 뻔하였다. 그러고 보니 두목의 얼굴이 '늙은 쥐'란 별호에 꼭 어울리는 형상이었다. 헛기침으로 얼버무리고 통성명을 건넸다.

"이 몸은 초나라 유격 대장 오 아무개다. 우리 대왕의 명을 받아 황하의 두령을 만나러 왔다."

"소인들은 조정의 일에는 관여하지 않소이다. 다만… 특별히 당부하신다니, 하기는 해보겠소만 천여 척 배를 다 뚫을지는 자신할 수 없소이다. 장군께서 대왕님께 잘 말씀드려주십시오."

장군이라는 존칭을 듣고 오삼의 입가에 미소가 걸렸다. 평민인 그가 듣기에 괜찮은 호칭이다. 과연 만노는 황하를 지배하는 물귀신이었다. 늙은 쥐가 약속한 대로 며칠 안에 진(晉)의 군선들이 바닥에 구멍이 나서 물에 잠겨버렸다.

당시의 배는 파도에 의한 동요를 막는 용골(龍骨)은 없고, 지금의 나룻배와 같이 바닥이 평평한 홑 평저선이었다. 자맥질에 능한 수수사(泗水士, 잠수를 배워 물속에서 싸우는 군사) 수적들이 배 밑으로 침투해서 쉽사리 구멍을 뚫어버린 것이다. 황하를 건넌 진(晉)의 군사 10만을 먹여 살릴 군량미와 말먹이 건초의 운송 길이 막혀버렸다.

그 무렵 필(邲) 땅의 전장에서는 양군이 대치한 가운데 싸우는 것도 아니고, 화평한 것도 아닌 묘한 상태가 계속되고 있었다.

가을바람 부는 들판에 한 번씩 싸리 꽃잎이 스산하게 날릴 뿐, 20만 대군이 집결한 전장은 살기조차 없이 평온했다. 어쩌다 순찰 병졸들이 마주칠라치면 멀리서 화살 몇 발 날리고는 아무 일도 없었다는 듯 제 갈 길을 간다. 어떤 계기가 되면 화평을 맺고 이 싸움을 그만둔다는 분위기가 팽배했다.

첫날은 초나라 군영에서 악백(樂伯)이란 장수가 병거 한 대를 몰고 나가서 싸움을 걸었다. 진군(晉軍)에서는 포계, 봉영, 봉개 등이 말을 타고 나서서 탐색전의 의미로 서로 화살을 쏘고 창칼을 겨루었다. 돌아오는 길에 악백이 마침 수풀 속에서 뛰어나오는 고라니 한 마리를 화살로 쏘아 맞혔다. 악백은 군졸을 시켜 상대 장수에게 고라니를 보냈다.

"훌륭한 솜씨를 잘 보았소. 졸개들과 함께 구워 드시오…."

이튿날에는 진장(晉將) 위기(魏崎)가 상대 진영을 찾았다. 이날은 초군의 젊은 장수들이 채구가 당한 모욕을 갚아준다며 위기를 겁주고 쫓았다. 위기는 바쁘게 돌아오다가 숲 사이에서 뛰쳐나오는 노루를 맞히고 그것을 초나라 장수에 보냈다. 졸개가 물었다.

"굳이 노루를 보내신 까닭이 무엇입니까?"

"저들이 허세를 부리는데, 난들 가만히 있겠느냐?"

이렇게 양군은 차라리 훈련이라도 하듯이 대치 상태를 즐기고 있었다. 사흘째 되던 날에 황하에 매두었던 군선 바닥이 뚫린 사실이 알려졌다. 앞으로 보급품 조달에 차질이 있겠지만 누구도 크게 걱정하지는 않았다. 아직은 양식도 충분하고 건초도 그런대로 여유가 있었다.

그날 오후에 또 한 번 소면룡 채구가 왔다. 이번에는 백여 대의 수레에 고기와 술을 잔뜩 싣고 있었다.

"우리 대왕께서 먼 길 달려온 대국의 군사를 위로하시는 술과 고기를 보내시었소."

대총수 순림보는 일단 흡족한 마음으로 선물을 받았다. 이런 대치 가운데서 술과 음식의 제공은 서로가 위신을 상하지 않고 군사를 물릴 수 있는 계기가 되기도 한다. 그는 채구가 무슨 협상안을 들고 왔을까 궁금했다. 그러나 채구는 다른 이야기는 꺼내지도 않고 웃는 얼굴만 보이다가 돌아갔다.

"이자가 초나라 조정에서는 소면룡(笑面龍)이라고 불린다지? 도대체 속을 알 수 없는 인물이구먼. 협상을 하겠다는 건가? 마는 건가…? 하여튼 물에 물 탄 듯 술에 술 탄 듯, 참으로 뜨뜻미지근한 인물이구나."

전쟁이란 타산적인 계산뿐만 아니라 고집이니 체면이니 하는 감정에 따라 엉뚱한 방향으로 발전하기도 한다. 순림보의 속셈으로는 서로 상대의 자존심을 긁지 않고 협상하는 쪽으로 가닥을 잡고 있었고, 이제까지는 그런대로 흘러가고 있었다.

 그날 해거름에 초나라 진중에서는 사건 하나가 있었다. 왕이 진중을 순시하고 있을 때였다. 머리 위에서 높고 우렁찬 새 울음소리가 들려왔다. 실눈을 뜨고 올려다보니, 마치 태양으로부터 튀어나온 듯 흰 수리 한 마리가 날개를 넓게 펼치고 선회하고 있었다…. 갑자기 수리가 빠른 속도로 왕에게 달려들었다. 너무나 순식간에 일어난 일이라 누구도 미처 활을 당길 새가 없었다. 아아… 저런 저런! 장졸들은 저도 모르게 경악의 한숨을 몰아쉬었다.

 그런데 보고도 믿지 못할 반전이 일어났다. 맹금의 기세로 내리꽂힌 매는 한두 차례 날개를 퍼덕이더니 왕의 왼편 어깨에 사뿐히 내려앉았다. 이제껏 날개를 펴면 두 길이나 될 그렇게 크고 하얀 수리를 본 군사들은 아무도 없었다. 돌연변이였을까? 인간의 속세와 하늘의 세상을 헤집고 다니면서 전령의 역할이라도 하는 특별한 날새의 존재일까? 왕은 평소에도 매사냥을 즐기는 편이었다. 그러나 오늘 이 날짐승은 그런 사냥매와 크기부터 엄청나게 달랐다. 다행히 왕은 어깨 넓은 갑옷 덕에 수리의 발톱을 지탱하고 있었다.

 군사들 사이에서 와아! 찬탄의 외침이 터졌다. 그들이 올려다보는 위치에서 태양 빛이 왕의 피사체와 수직으로 이어지는 정점에 있었다. 장졸들이 치어다보는 왕의 실루엣은 수리와 한 몸이 되어 태양을 등지고 있었다. 바야흐로 어깨 위에 맹금과 태양을 이고 군림하는 천신(天神)의 모습이었나!

 누구 할 것 없이 감히 고개를 들지 못하고 그대로 바닥에 엎드렸다.
 "아! 아아… 대왕! 대왕."
 잠시 적막이 감돌았다……. 어디선가 날카로운 휘파람 소리가 들리자

수리는 한순간 목을 쳐들어 크게 울고는, 노을 지는 서편 하늘을 향해 휘영청 날아갔다. 또 한 번 장졸들의 가슴에서 감격의 울림이 터졌다.
"허어! 참으로 괴이한 일이로다!"
"이런 일은 본 적도, 들은 적도 없다! 눈으로 보고도 못 믿겠다."
"과연, 과연! 우리 대왕은 천신(天神)이 강림하신 게야."

제19화

필(邲)의 전쟁(2) 그믐날 밤

그날은 마침 그믐날이었다. 중원 사람들은 그믐날 밤에는 사방 천지의 뭇 귀신이 모두 출몰한다고 믿었다. 때로는 절절한 원한으로, 어쩌면 생전에 못다 푼 욕망의 잔불 때문에, 혹은 주체할 수 없는 장난기로 인간들에게 재앙을 선사하기 위해서 준동하는 날이다. 이 무서운 날에 거의 모든 경제 활동은 중단되었다. 사람들은 일과 여행을 뒤로 미루며, 배는 부두에 묶인다. 미처 대비하지 못한 사람들도 귀신에게 씌우지나 않을까 서둘러 밭일을 마치기에 밭고랑도 비어버린다. 전쟁 중에도 그믐날에는 군사를 움직이는 일이 없었다. 그런 데다 마침 오늘은 상대 진영에서 술과 음식까지 보낸 마당이라 아무래도 마음이 풀어지고 경비가 소홀하였다.

그런데 상대 초나라 측의 분위기는 아주 딴판이었다. 달빛조차 없는 그믐밤은 그들에게는 축제의 날이었다. 청춘의 남녀가 함께 밤을 새우며 사랑을 나누고, 남자들은 힘을 겨루는 축제를 벌이는 환락의 날이었다. 그래서 오랑캐로 불린다.

사람들은 춤을 추고, 노래를 불렀다. 한쪽에서는 이야기를 좋아하는 천성대로 전설 속의 이야기… 동물들이 인간의 자리를 꿰차고 인간보다 더 지혜롭게 행동하는 우화들을 늘어놓았다. 광장에서는 씨름판이 벌어진다. 힘을 과시하는 청년들은 문신이 요란한 가슴 앞에 악어 이빨 목걸이를 늘어뜨려 예쁜 여인들을 유혹한다. 씨름판 곁에는 무희들의 춤판이 벌어졌다. 젖가슴을 드러낸 채, 머리에는 억새풀을 꽂고, 허리에 풀 치마를 두른 젊은 여인들이 대지의 풍요를 찬미하며 춤을 추었다. 머리에 탈을 쓰고 곰 가죽을 뒤집어써서 방상시(方相氏, 잡귀를 물리치고 악귀를 쫓는다는 민간의 신)나 십이신(十二神, 쥐나 호랑이 등 열두 동물의 모습을 한 귀신)으로 분장하기도 한다. 횃불을 높이 들고 빙글빙글 불춤을 추는 축제를 벌이는 이도 있다. 초나라 춤(楚舞, 초무)은 남방 특유의 정서를 관능적인 표정과 동작으로 엮어내고 있다. 초나라 노래(楚歌, 초가)도 애절하게 호소하는 정서로 사랑을 받았다.

그믐밤이 사람들을 더욱 들뜨게 하는 것은 밤새도록 마음껏 흥을 낼 수 있다는 점이다. 남녀가 경쟁적으로 마음에 드는 상대를 얻기 위해 서로를 유혹하고 그 도전과 선택에 몸을 맡기는 사랑이 용인되었다. 남편 있는 여자가 한눈을 팔아도 남편만 문제 삼지 않으면 누구에게도 비난받지 않았고, 배우자 없는 처자의 경우는 더욱 처신이 용이했다.

그 밤은 달도 별도 없었다. 초저녁부터 구름이 잔뜩 끼더니 어느덧 작은 별빛 하나도 허락지 않고 사방 천지를 암흑 속에 가두었다. 어둠이 내리자 왕이 단위 부대의 대장들을 소집했다. 대낮같이 횃불을 밝힌 왕의 막사에, 땀 냄새, 가죽 냄새, 말똥 냄새를 풍기면서 장수들이 모이기 시작했다. 분위기는 진중하였다. 오늘 낮에 있었던 흰 수리의 기적은 사람들을 경외감에 빠지게 하였다. 불가사의하고 충격적인 사건으로 다소 풀어졌던 공기는 확 바뀌었다. 어쩌면 이 전쟁에 대한 하늘의 계시가 내린 것일까? 새삼 대왕에 대한 경외와 두려움이 앞섰다. 왕은 관솔 불빛에 번들거리는 젊은 장수들의 상판을 묵묵히 훑어보더니 선뜻 이름 하나를 불렀다.

"악백! 악백은 어디 있는가? 당장 앞으로 나서라!"

대왕의 목소리는 완급과 리듬이 있었고 어떤 질책을 느끼게 하였다. 악백은 뜻밖에 자신을 호령하는 소리에 화들짝 놀랐다. 며칠 전 적에게 고라니를 보낸 일이 떠올랐다. 황급히 앞으로 나와 무릎을 꿇었다.

"소장 악백, 대령이오!"

"너를 선봉에 명한다. 적의 군영에 불길이 솟으면 군사 5천을 이끌고 적진을 짓밟아라!"

순간 사람들이 얼어붙은 표정으로 왕을 쳐다보았다. 언제부터 대왕이 일전을 불사하기로 마음을 굳혔을까? 덜그럭거리는 갑옷을 꿰입은 장수 백여 명이 모여 있었지만 조그만 소음조차 들리지 않았다. 다들 침 한번 삼키는 것도 잊을 정도였다.

당사자인 악백은 가슴이 벅차오르고 숨이 가쁠 지경이었다. 대왕이 맨 먼저 이 몸을 찾으셨다…! 악백은 당당하게 외쳤다.

"다시없는 영광, 소장! 수명이요!"

그동안 쌍방에서 자잘한 마찰이 있었으나 하나같이 우연한 충돌이었다. 오히려 적을 눈앞에 두고 울컥벌컥대는 장졸들을 달래는 것이 큰 골칫거리였다. 이번 전쟁의 행태에 대해 불만이 있던 강경파 장수들은 이제야 왕의 결심을 깨닫고, 너나없이 질책이 자신을 향하고 있다고 느꼈다.

특히 자염백 손숙오의 놀람이 컸다. 그는 그동안 수도 협상을 입에 담았다. 대왕도 딱히 어느 쪽으로 기운 것이 아니어서 긴가민가하였는데, 이제야 안개가 걷히듯 왕의 뜻을 알았다. 그래! 그랬었구나. 평소 대붕(大鵬)의 전설을 입에 담으시던 대왕이 아닌가? 내가 나이를 헛먹었구나! 저도 모르게 넙죽 엎드리며 말했다.

"소장 휘하에 일족의 청년 장수들이 있으니 이들을 선봉에 두게 하옵소서!"

"그것도 좋을 것이네."

왕은 싱긋 웃으며 영윤의 체면을 세워주었다. 이어서 소맷자락에서 미리 준비된 죽간을 끄집어낸다. 순간 반사적으로 고개를 빼들고 죽간을 곁눈질하던 장수들은 불경스럽다는 생각에 하나같이 고개를 숙였다. 희미한 야전의 불빛보다 왕의 눈빛이 더욱 활활 타올랐다. 이내 차곡차곡 호명이 계속되었다.

"부방(傅方)!"

"옙!"

"호수(胡修)!"

"옙……."

"너희도 악백을 따르라. 이 싸움에는 중군이 없다. 너희가 중군이다. 선봉을 받치는 데 한 치의 어긋남도 없도록…!"

"옙, 옙……."

"이담(李覃)과 잔잠(棧潛)은 어디 있느냐?"

"옙, 옙…."

"다음으로 왕관(王觀)! 육무쌍(坴無雙)!"

"옙, 예옙…."

"너희는 우익을 맡아라. 개활지를 건너 적진 좌익을 한달음에 들이친다. 이번 싸움은 속도전이다. 단박에 몰아쳐야 한다. 적의 방위선을 먼저 넘는 사람은 상을 내릴 것이야!"

이름이 불린 장수들은 비로소 질책에서 벗어난 해방감을 느꼈다. 양손을 맞잡아 군령을 올리고 바삐 자신의 부대를 위무하러 떠났다. 평소 왕은 사나운 매를 길들이듯이 장수들을 키워왔다. 큰 싸움에 임해 매들을 굶긴 셈이다. 남은 장수들도 '이 싸움에 빠져서야…' 왕이 자신의 이름을 불러주기만을 긴장 속에서 기다린다. 왕은 남은 장수들의 이름을 불러댔다.

"순위(荀緯)! 왕상(王象)! 환범(桓範)!"

"옛. 옙……."

"대릉, 문흠, 상조, 왕쌍! 동파(董巴)도 나서라."

"옙. 옙. 옙."

"너희는 좌익이다. 갈대밭에다 군데군데 늪이 있는 습지이다. 군사들에게 한 포대씩 흙을 들게 하라. 물구덩이를 만나면 자루째 던져 메우면서 돌진한다. 병거는 필요치 않다. 장수는 말을 타고 나머지는 도보로 출전한다. 나가라! 용맹을 보여라!"

"옙! 옙!"

"우앗! 우압!"

이름이 불린 장수들은 하나같이 오른쪽 어깨를 비틀어 불쑥 내밀면서 밀림의 언어로 대답했다. 왕의 귀에 그 고함은 '악! 악!'으로 들렸다. 부지불식간에 상체를 뒤트는 조상들의 몸짓도 그대로 따라 하였다. 다들 모처럼 용맹을 떨칠 기회가 왔다고 짝짝이 갑옷을 걸치고 투구의 목 끈을 졸라맨다. 진영의 분위기가 긴장감으로 터질 듯이 팽팽해졌다.

밤이 깊어 삼경이 되자, 달이 없는 대신에 별이 생겼다. 별은 남쪽 하늘에 한 줌이 뿌려졌다. 구름은 동쪽에 있었고 하늘은 칠흑같이 어두워 기대했던 대로 그믐밤이었다. 바람도 없어 깃발조차 날개를 접고 숨죽였다. 간간이 화톳불과 보초의 횃불이 일렁거릴 뿐, 그마저 서너 마장 뒤에는 끝없는 어둠에 묻혔다. 사방 천지가 어디가 뭍이고 어디가 물인지 분간조차 어렵다.

황하와 장강이 또 한 번 맞붙은 천하 대전의 2라운드! 필의 전쟁의 첫 싸움은 오삼이 내질렀다. 팔백의 유격은 얼굴과 손에 숯 검댕을 칠하고 창칼 날에는 누더기를 감아 빛을 숨겼다. 이마에 누런 수건을 동여매 표식으로 삼고, 부시를 챙겨 적의 후방으로 침투했다. 하지만 대부분은 외곽 초소에 걸려 부싯돌 한번 때려보지도 못하고 참살되었다. 적의 본진까지 도달한 군사는 백여 명에 불과했다. 그들은 마치 물고기가 어망을 빠져나가듯 막사 주위를 누비면서 불을 질러댔다. 말먹이 건초더미에서부터 일어난 불길은 때맞춰 밤바람을 타고 세력을 키워, 순식간에 화광이 충천하고 연기가 사방을 덮었다.

"불이다! 불이닷!"

"어디? 어디! 뭔 소리냐?"

놀란 말들이 가리는 구석 없이 들쑤시며 미쳐 날뛰는 통에 혼란은 배가 되었다. 불은 인간에게도 공포를 불러왔다. 귀신들의 세상이라고 믿는 그믐날 밤에 당하는 야습이라 심리적 충격도 컸다. 외곽을 지키던 군졸들이 불길이 치솟는 걸 보고 뛰어 들어오다가, 본진 군사들과 맞닥뜨렸다. 어둠 속에서 서로 뒤섞이다 보니 상대를 알 수 없는 막막함이 사람을 질리게 하였다. 공포의 비명은 수십 배가 되어 그들 자신에게 돌아왔다. 너도나도 칼과 창을 휘두르며 아군끼리 죽고 죽이는 일대 혼란이 일어났다.

"기습이다. 적이 난입했다!"

"쳐라! 죽여라! 이 도적놈들……."

식겁을 한 부장 선곡도 고함을 지르며 달려 나왔다.

"당황하지 마라. 각자 자리를 지켜라. 적은 몇이나 되느냐…?"

"동시다발적으로 불길이 솟는 걸 보니 몇천은…."

"듣기 싫다. 이런 멍청한 놈, 눈에 보이는 것은 전부 우리 군사다. 적은 몇 놈 안 된다. 진정들 해라. 우리끼리 싸우지 마라!"

뜨거운 차 한잔 마실 시간이 지나자, 차츰 사태를 알아보기 시작하였다. 일단 정신을 수습하자 침입자를 찾아내서 도륙하는 수색이 벌어졌다. 그 와중에도 수십, 수백 군데 막사와 건초더미에 불이 붙어 화광은 제멋대로 충천하고 있었다.

그 시각, 마침내 초의 본진이 움직이기 시작했다. 어둠 속을 노려보던 군사들은 밤하늘을 수놓는 불꽃을 보았다. 방화는 한두 군데가 아니라 동시다발적으로 발발하여 중천까지 시뻘겋게 물들이고 있었다. 짜릿한 흥분이 등줄기를 타고 내린다. 왕이 벌떡 일어났다.

"출격 준비는 되었는가?"

"예, 언제든지……."

이어서 길게 한 번, 느리게 두 번, 공격의 신호인 고동 소리가 장중하게 울렸다. 왕이 친히 북채를 잡았다. 둥! 두둥, 둥둥둥…. 느리고 긴 파장을 남기며 울리는 북소리와 함께 병사들의 심장에 시동이 걸렸다. 쿵쾅대는 고동이 요동치면서 사냥감을 앞에 둔 매처럼 눈빛이 번들거린다. 장졸들이 천지가 진동하듯 엄청난 함성을 쏟아냈다.

"와! 와아아!"

"우왁! 우와와아악…."

고함은 중군에서 시작되고, 이에 화답하여 전군이 노도와 같이 함성을 질렀다. 흥분하고 기세가 오른 그들은 저마다 자랑하는 무기를 쳐들고 멀리 너울대는 화염을 향해 돌진했다. 초저녁부터 이제나저제나 긴장 속에서 기다리던 군사들이다. 소리치고 환호하면서 미친 듯이 돌진했다.

선봉을 맡은 악백과 손가(孫家)의 젊은 장수들이 특히 무섭게 설쳐댔다. 좌우익에 속한 장수들도 혹시 뒤처질세라 죽을 둥 살 둥 모르고 달렸다. 흥분과 광란의 봇물이다. 투레질하며 대기하던 말들도 한 마리가 뛰기 시작하니 나머지도 엉겁결에 내달렸다. 말은 눈이 좋아서 밤에도 전속력으로 달리고, 장애물에도 부딪치지 않는다. 달도 없는 그믐밤이지만 화광이 선명하여 방향은 명백하였다. 하나같이 선두에 서고자 자빠지고 엎어지며 앞으로 내달렸다. 길이고 뭐고 없었다. 키 작은 관목은 타서 넘고, 바위에 걸려 엎어지고 넘어지면서도 한사코 달렸다. 새 떼는 날아오르고 놀란 짐승은 마구잡이로 달아났다.

보졸들도 경주라도 하듯이 앞서거니 뒤서거니 달렸다. 개활지의 크고 작은 숲과 나무와 개울물도 걸림돌이 되지 않았다. 어쩌다 큰 나무에 부딪힌 병거며 군사들이 나자빠지고 뒤집혔으나 많지는 않았다. 관목은 그대로 타고 넘고 개울물은 첨벙거리며 짓쳐 들어갔다. 갑작스러운 인간들의 출몰에 여우가 깩깩 비명을 지르고, 놀란 직박구리가 나무 위를 날다가 덥석 올빼미의 부리에 걸려들었다. 조용하던 그믐밤 필(邲) 땅은 갑자기 울리는 북소리와 장졸들의 함성으로 세상천지가 진저리를 쳐댔다.

초군은 적진 앞에 도달하자 일제히 활부터 쏘아댔다. 어두워서 표적은 제대로 겨눌 수 없었고, 어른거리는 헛것을 향해 나르는 눈먼 화살들이다. 시위를 벗어난 화살은 빨려들듯이 어둠을 뚫고 날아갔다. 진군(晉軍)은 어디서 어떻게 화살이 오는지도 모르고 살에 맞아 죽어나갔다.

보이지 않는 만치 공포는 더욱 컸다. 상대는 어둠 속에 있었고 자신들은 화광이 충천한 밝은 곳에서 과녁받이가 되고 있었다. 당황한 보초병은 상대가 적인지 아군인지도 모른 채 무작정 칼을 휘둘렀다. 경황없는 와중에 악머구리 끓듯 고함치는 소리가 요란했다.

"적이다! 적! 적이 습격했다. 속히 응전하라!"

"불을 꺼라! 말을 풀어라! 중군은 이쪽으로 모여라!"

장수들도 막사를 뛰쳐나가거나, 부하 병사를 부르거나, 도망치거나 제각각이었다. 고함에다 비명, 창칼이 부딪치는 쇳소리, 말 울음소리에 중군이 들끓자 잇달아 나머지 군영도 난리를 쳤다. 갈팡질팡하는 군졸들의 발길에 장작불이 흩어지면서 연기와 안개까지 뒤섞였다. 남의 무기를 들고 나오는 자, 무기를 버리고 도망치는 자, 무기를 찾는 자, 욕설을 퍼붓는 자, 고함을 지르는 자들로 혼란은 극에 달했다. 형제가 있는 자는 형제를 찾아다녔고, 친지가 없는 자는 길을 따라 달아났다. 장수들은 깃발을 휘두르며 목청을 높였고, 북새통 중에도 화살은 억수 같은 비가 되어 쏟아지고 있었다.

유격대라고 아군의 화살이 비껴가는 것도 아니었다. 오삼도 날아오는 살을 피해 마구간 옆으로 몸을 숨겼다가, 엉겁결에 대여섯 무리와 맞닥뜨렸다. 아차, 하필이면… 왼쪽의 적을 베고 몸을 돌렸을 때였다. 무어라 외쳤는지 소리는 듣지 못했다. 뜨겁게 달군 쇠에 찔린 듯 통증을 허리 위에 느꼈다. 등 뒤에서 찔린 것이다. 오삼은 순간적으로 눈을 홉떠서 상대를 노려보았다.

"분하다."

반사적으로 칼을 휘둘렀으나 적에게 닿지 않았고, 대신 상대의 기합 소리가 들렸다.

"도적놈! 각오해라!"

두 번째 창이 오른쪽 복대로부터 창자와 심장을 관통하고 찔러 올라왔다. 몸이 밀리면서 바닥에 쓰러졌으나 이미 충격은 없었다. 눈앞에는 희끗희끗하게 떨어지는 눈송이 환영이 보였다. 그는 마지막 남은 의식으로 외쳤다.

"당읍(堂邑) 땅의 삽시호(插翅虎) 오삼! 유격 대장으로 첫 창을 질렀다! 대왕…! 보십시오."

남자는 자신을 알아주는 사람을 위해 목숨 줄을 내려놓는다. 알아준 은혜만치 무거운 게 없다. 굳이 이름을 붙이자면 그것은 자존심에서 비롯된 '아집'이기도, 무장의 '기개'라고도 하겠다.

어느 순간, 선봉을 맡은 초장(楚將) 악백이 고함을 질렀다.
"불을 켜라! 횃불을 밝혀라!"

공격군의 보졸이 영채를 향해 돌진하였다. 그들을 기다리고 있는 것은 병거의 방어벽이다. 갑옷을 동여맨 진나라 장졸들이 병거 뒤에 숨어 창대를 곧추세웠다. 때로는 화살로, 때로는 긴 창으로 대적하는 정예 수비 군사들이 흐트러짐 없이 자신의 자리를 지키고 있었다. 장수는 조전(趙栓)이다. 그는 진문공 시절, 공신 조쇠의 손자이다. 날렵한 데다 마상 궁술에도 능해 비연(飛燕, 나는 제비)이라는 별호로 불린다.

"시간을 벌어라. 날이 새면 지원군이 온다…. 죽을 때 죽더라도 서두르지는 마라. 화살을 있는 대로 쏘아대라. 창대를 세워라…. 자리를 지켜라…!"

모르는 사이에 날은 이미 밝아 있었다. 조전도 때를 맞았다. 그는 마지막으로 애마와 함께 목을 축였다. 말은 조쇠가 성복 전쟁 때 탔던 그

말의 혈통을 잇고 있었다. 애마의 목덜미를 투덕거려 위로하고 창날의 덮개를 벗겼다. 전장의 모습이 마치 다른 세상같이 일렁거렸다. 길쭉한 창날이 이제 막 떠오르는 햇살을 받아 번쩍거린다. 말안장 앞채에 몸을 실어 허벅지를 안으로 조이면서 호통을 질렀다.

"대장부가 죽음을 두려워한단 말이냐? 나를 따르라!"

조전의 메마른 목소리가 전장을 울려 퍼졌지만 그를 따르는 이는 많지 않았다. 먼빛으로 말을 탄 적장 하나가 사모(紗帽) 모양의 창을 바람개비 돌리듯이 휘두르는 것이 보였다. 잠시 창을 세우고 자세를 가다듬은 조준은 적장을 노리고 말 배를 걷어찼다. 그러나 결국 다가서지 못했다. 한두 마장을 앞두고 졸개 하나가 내지른 창날이 그가 탄 말의 옆구리를 찔렀다. 말이 펄쩍 뛰는 바람에 순간적으로 그는 중심을 잃고 떨어졌다. 흙 팬 언덕이었다. 사람과 말이 한꺼번에 굴러 흙먼지가 풀썩이는 가운데 조전은 석 자 칼을 한차례 휘젓더니 벌떡 일어났다.

"핫하하… 이것도 나쁜 최후는 아니구나. 내가 바로 조전이다."

적의 도부수들이 우르르 달려들었다. 다가오는 무수한 창날이 아침 햇살을 받아 섬섬히 빛났다. 그의 왼쪽에서 번쩍하고 물고기 비슷한 빛이 달렸다. 하급 병졸이 주로 쓰는 기다란 댓잎 모양의 창이다. 무의식 중에 조전은 악을 썼다. '이놈…!' 동시에 잠자리도 벨 수 있다는 그의 칼이 번개 같은 섬광을 그리더니, 어김없이 자신을 겨눈 창의 날목을 잘라 떨어뜨렸다.

"벌레 같은 놈!"

그러나 그게 다가 아니었다. 그의 눈에 띈 것은 한 개뿐이었으나 사실은 뒤쪽에서도 다른 창날이 동시에 찔러왔다. 조준은 무릎을 꿇으며 고개를 숙였다. 덤벼드는 적의 무릎을 향해 힘껏 칼을 옆으로 휘둘렀다. 상대의 몸이 석류처럼 갈라지고 하얀 뼈가 드러났다. 그러나 그 순간 어느샌가 다가온 적의 창날이 사정없이 그의 목에 박혔다. 뜨뜻하니 진한 액체가 이마에서 흘러내려 눈으로 들어가는 바람에 대번에 시야가 좁아졌다. 그는 다시 한번 웃었다. '왓핫핫하……' 아니, 웃었다고 생각했다. 이미 소리는 나오지 않고 잇따라 찔러대는 창날로 인해 저린 아픔만이 의식에 남았다.

적장을 찌른 졸개는 조준의 가슴 위에 올라타서 목을 베려 했지만 네댓 명이 한꺼번에 앞뒤에 몰려들어 옆구리, 목, 팔 덮개, 허벅다리를 닥치는 대로 찌르고 베어버렸다. 그 바람에 다시 여기저기 창날이 꽂히고 후벼 파면서 시신이 너덜너덜해졌다. 바닥에 처박힌 그의 시신을 수많은 군사가 지근지근 밟고 지나갔다. 용맹과 의리를 갖추고 명문대가의 후예로서 앞날이 창창하던 조전은 그렇게 필 땅의 황무지에서 젊은 목숨을 내려놓았다.

철석같이 버티던 조전의 군사마저 나가떨어지자 진(晉)의 군졸들은 달아나는 일만 남았다. 울타리 방책이 인파에 밀려 무너지고, 군량을 실은 수레가 뒤집히고 막사가 짓밟혔다. 몸져누운 장졸들은 일어나지도 못한 채 다른 군졸들의 발에 채어 죽어나갔다. 덜 꺼진 불 자리에서 매캐한 식은 연기가 피어올랐고, 먼지와 연기, 피비린내가 뒤섞여 역겨운 악취가 진동했다.

총수 순림보는 순간적으로 헛발을 디디면서 휘청거렸다. 어젯밤 야습이 시작되자 그의 입술은 새파랗게 질렸고 눈동자는 허공을 헤맸다. 기습과 화마와 아비규환의 지옥도가 그의 혼쭐을 빼놓았다. 우왕좌왕 좌충우돌, 이리 뛰고 저리 뛰며 입으로는 상반되는 여러 명령을 정신없이 쏟아냈다. 그가 허둥대는 사이에 적 선봉이 들이닥쳤다. 순림보는 정면에서 내리치는 대도를 피해 말 등에 납작 엎드렸다. '챙…' 투구와 함께 상투가 잘려나갔다. 다행히 목은 붙어 있었다. 그나마 남은 자존심마저 깡그리 사라졌다. 허겁지겁 말을 몰아 강변을 끼고 달리기 시작했다. 10만의 군사가 내버린 병장기와 말 장구가 겹겹이 쌓여서 즐비했다.

이때 부장 선곡이 피가 줄줄 흐르는 이마를 헝겊 조각으로 싸맨 채 순림보의 뒤를 쫓아왔다. 평소 자랑하는 무기인 갈퀴 달린 창, 방천극은 이미 목이 부러져 달랑 자루만 남았다. 순림보는 경황 중에도 선곡이 미워서 한소리를 해댔다.

"싸우자고 우기던 사람이 어째 그 꼴이냐…?"

"주장(主將)이 먼저 달아나니 졸개들의 꼴이 이 모양이요! 알기나 하시오…?"

그럭저럭 그들이 황하강 어귀에 닿을 무렵에는 가을날 저무는 해가 누런 강물을 석양빛으로 물들였다. 강물은 붉고 건너편 기슭은 까마득히 먼데 강폭이 넓어 땅은 보이지 않았다. 여기저기서 민물 갈매기 떼가 때 만난 듯이 시끄럽게 울었다. 새들은 천지를 진동한 지난밤의 소동부터 잠에서 깨어나 강바닥을 뛰어다녔고 늘 뭐라고 외치고 있었다.

천여 척의 전선들은 선창에 매여 있었다. 선창이라야 평소 한갓진 곳으로 그나마 수십 척 거룻배를 매던 나루이다. 밑창 뚫린 전선들은 기울어져 있거나 아예 무심하게 뱃전을 물속에 담그고 철썩거리고 있었다. 며칠 전 풍문이 사실로 확인되면서, 장졸들의 마음에 낭패감이 일 있다.

선곡이 성한 군사들을 이끌고 인근 어선을 모으러 나섰다. 나머지 군사들은 불안하여 서성댄다. 패잔병이 시시각각 도착하는 바람에 군사는 더욱 많아졌다. 마침내 선곡의 무리가 징발한 거룻배 수백 척을 끌고 돌아왔다. 이제는 살았구나! 차례로 배를 타기 시작했다. 철썩철썩 뱃전을 때리는 물살도 바빠졌다. 그런데 배가 작아 모여든 군사의 반의반도 태우질 못했다.

"이제, 그만, 그만 타라. 빨리 강을 건네주고 돌아오겠다…."

순림보가 크게 소리쳐 군사들을 제지하였다. 배는 강바닥을 더듬으며 천천히 움직이기 시작했다. 그때였다. 아득한 전방에서 구름 같은 흙먼지가 말리듯 감겨 오르더니 군마의 발굽 소리가 지축을 흔들었다. 북소리, 징 소리도 들린다. 추격군이 마침내 황하에 이른 것이다. 패잔병들은 마음이 급하고 혼란에 빠져 어쩔 줄을 몰랐다. 이름 있는 장수들은 모두 배를 타고 있었다. 졸개들은 너도나도 갑옷을 벗어 던지고 강물을 향해 우르르 몰려갔다. 아예 병기조차 내던지고 물속으로 뛰어들었다.

황하가 그들에게는 삶과 죽음을 가르는 경계선이었다. 기를 쓰고 새까맣게 뱃전에 오르기 시작했다. 어떤 이들은 매달린 전우를 다시 붙잡고 기어오르는 지경이다. 순식간에 수십 척이 뒤집히고, 배에 탔던 군사들이 개미 떼처럼 물속으로 떨어졌다. 어지러운 비명이 사방을 흔들고 다급한 명령과 욕설과 고함이 뒤엉켰다. 사람은 아우성치고 놀란 말은 허공을 향해 울부짖었다. 선곡이 졸개들에게 명을 내렸다.

"매달리는 놈들의 손모가지를 칼로 쳐라…."

일제히 칼을 뽑아 뱃전을 잡은 전우들의 팔을 내려치기 시작했다. 이를 보자 다른 배에서도 칼부림을 일삼았다. 손목이 잘리고 그 손목의 임자들은 괴로운 비명과 함께 물속으로 떨어졌다. 철썩철썩 물결치는 소리를 반주 삼아 울부짖는 단말마의 비명이 처절하다. 세상 어디에서도 쉽게 볼 수 없는 무시무시한 광경으로 이제 막 팔뚝에서 잘려 펄떡거리는 손목과 손가락이 배 안에까지 굴렀다.

군사들은 그걸 긁어모아서 도로 강물 속으로 던져 넣었다. 그야말로 아비규환의 지옥도로서 배는 뒤집히고 사람들은 강물 속에 던져졌다. 저녁 썰물에 강의 흐름이 빨라졌다. 황하는 팔 잘린 시신과 그 손목에서 쏟아지는 핏물로 짙은 비린내를 풍겼다. 어젯밤 싸움에 죽은 시신까지 떠내려오자 굽이치는 유역마다 걸린 시신들이 첩첩이 쌓였다. 한동안 크고 굼뜬 물고기들이 배를 불리게 생겼다. 미처 배를 타지 못한 군사들의 욕설과 비명과 울부짖음이 산과 들을 흔들었다. 아비규환의 지옥도는 불이 다 타서 꺼지듯이 차츰 잦아들었다. 동료들의 욕지거리와 저주를 들으며 간신히 강을 건넌 군사들은 열에 두셋이 되지 못했다. 그나마 대개는 불에 그슬리고 데이고 다친 군사들이다. 필(邲)의 전장에서 황하의 강변까지, 시체가 연도에 널리고 부상자들은 행렬을 따라가다가 기진해서 쓰러져 죽었다.

하류 쪽으로 기울어지는 해가 강물 위로 노을을 펼치자 서쪽 하늘에 개밥바라기 별이 나타났다…. 해거름이 되고 강물은 햇살이 닿는 곳과 닿지 않는 곳으로 나뉘어 너무 밝거나 어두웠다. 이내 마지막 해가 산마루에 걸리고, 석양빛으로 수면과 강변이 붉게 물들었다.

평상시 석양은 평화와 평온을 선사한다. 하지만 그날 저녁 태양은 핏빛이었고, 연안과 강심이 농도를 달리하는 강물은 역한 냄새로 진저리를 치게 했다. 습지의 갈대밭 어느 구석에서 허리가 구부정한 노인이 바람을 피해 앉았나…? 다시 보니 다친 이가 숨 끊어지기를 기다리는 독수리였다. 억새밭을 가르며 불어오는 강바람조차 서늘하여 인간이 저지르고 있는 전쟁의 참화를 더욱 슬프게 하였다.

필(邲) 땅, 그 구릉과 평원, 습지 위에 웅대한 구상을 펼치고 저마다 영웅의 공명을 노리던 이 전쟁은 상현에서 그믐까지 스무 날 남짓으로 길지 않았고, 그믐날 밤의 격전은 거짓말처럼 일방적인 공격으로 참혹하기 그지없었다. 사연 많은 오늘 하루도 노을에서 박명으로 이어지고, 어느 결엔가 어둠이 찾아왔다. 한 서린 귀신의 울음소리 같은 밤바람이 윙윙거리며 갈대숲 사이를 스치고 지나갔다. 전쟁은 이처럼 최악의 참상을 연출하며 그렇게 막을 내렸다.

초장왕은 필(邲)에서 공을 세우고 전사한 오삼의 벼슬을 높여 대부로 삼고 당읍(堂邑) 땅을 식읍으로 내렸다. 훗날 그의 아들 오거(伍擧)는 진(晉), 초(楚)의 양강 체제를 구축한 명신으로 《사기(史記)》에 한 줄 이름을 올렸다. 손자 오사(伍奢)는 왕의 비행을 탄핵하다가 목숨을 잃었으며, 그 아들이 바로 오월 전쟁의 주역인 오자서이다.

바야흐로 전쟁의 양상도 변하고 있었다. 대규모 전차전에 적합한 중원 지역을 벗어나 강과 습지가 많은 동남쪽으로 전장이 확대되면서 병거의 역할이 크게 줄어들고, 기동력 있고 장거리 작전이 가능한 보병과 기병의 역할이 커졌다. 종래 귀족들의 전유물이던 전쟁에 야인과 노예들도 의무적으로 참여하게 되면서, 요지부동이던 신분제가 서서히 잠식되고 있었다. 명목상으로 왕실이 있었으나 어느 제후도 천자의 눈치를 보는 사람은 없는, 힘이 곧 대의요 명분이 되는 시절이었다. 제환공 시절 한때 방백이었던 제나라도 마침내 초에 복속하여 조공을 바치는 신세가 되었다. 과연 초장왕은 필생의 염원대로 한차례 날갯짓으로 중원을 두려움에 떨게 하고 천하 패자(覇者)가 되었다.

스스로 대붕의 꿈을 이루었던 왕은 그로부터 6년 뒤 죽었다. 천하 패자가 된 후에도 그는 질박한 초(楚)의 전통을 지키기 위해 애써 음악이나 복식 등 사회 문화에서도 화려한 중원을 따라 하지 않고 형만(邢蠻)의 오랑캐 기질을 고수했다.

그의 아들 초공왕의 재위 30년 동안에도 초나라는 변함없이 남방의 지배자였다. 장강의 열국은 너도나도 조공을 바치며 초나라 군주를 신주 모시듯이 섬겼다.

제4편 오솣 합려

천하를 품은 이무기, 한 시대를 풍미하다

제20화. 이무기가 해결사를 만나다
제21화. 전설이 된 자객
제22화. 외인부대, 장강 일대를 장악하다
제23화. 반격과 반란
제24화. 개전 초 전황과 취리의 반전
제25화. 초산포의 기습 도발
제26화. 왕을 마부로 부리다

제20화

쇠무기가 해결사를 만나다

BC 520년, 장강 하류 지금의 상하이를 끼고 있는 강남(江南) 땅에서는 신생국 오(吳)가 똬리를 틀고 있었다.

오는 최근 반세기 동안 강과 바다를 통한 수상 교역이 활발하면서 국세가 강성해졌다. 군주는 요(僚)왕이다. 요왕의 할아버지 수몽(壽夢) 군장은 부족으로 나뉘어 있던 오나라 전역을 통일하고 왕의 칭호를 사용하여 전제 왕국을 건설하였다. 오(吳)가 그토록 짧은 시간 동안 폭풍 성장하게 된 것은 중원의 강자 진(晉)의 조력이 있었기 때문이다. 전통적으로 초와 대립각을 세우고 있던 진은 소위 이이제이(以夷制夷, 오랑캐로 오랑캐를 제압한다. 즉 오(吳)로써 초(楚)를 견제한다)의 전략을 구사하고 있었다.

수몽왕은 슬하에 사 형제를 두었다. 그중 막내인 계찰(季札)이 현명한 데다 백성을 사랑하는 인덕이 있어, 장차 왕이 될 재목으로 여겨졌다. 그러나 계찰 본인이 형을 두고 왕위를 받을 수 없다고 한사코 사양하는 바람에, 못내 아쉬워한 수몽왕은 큰아들인 제번(諸樊)에게 나라를 맡기면서 언제고 동생에게 왕위를 물려주라고 유언하였다. 미개한 오랑캐답지 않게, 아니 어쩌면 그럴수록 수몽왕의 유언은 잘 지켜지고 있었다.

형제 상속의 잔재가 남은 탓도 있었지만, 죽은 수몽왕이 신격화되어 곳곳마다 사당이 세워지고 그 혼령이 영험이 있다고 믿어졌기 때문이었다. 장강변을 횡행하던 열두 부족을 정복하고, 어느 날 속절없이 세상을 떠난 수몽왕에 대한 외경은 식지 않았다. 그는 매 순간 불사조로, 빛으로, 바람결로 다시 태어나 사람들의 의식을 지배하고, 어느 결엔가 장강의 용신(龍神)이 잠시 인간으로 현현한 존재로 여겨졌다. 백성은 그들을 불행으로부터 보호해줄 수몽왕의 존재와 신통력을 믿어 생전보다 더욱 그를 경배하였다.

왕이 된 제번은 직접 군대를 거느리고 초나라 소(巢) 땅을 쳤다. 소는 오늘날 소호(巢湖) 일대로서 주변과 교통하는 전략적 요충지로 오, 초 싸움의 주요 무대가 된다. 오나라 군사가 사납게 들이치자 우신(宇新)이라는 장수가 궁여지책을 냈다.

"오의 젊은 군주는 용감하지만 경솔하다. 성문이 열리면 맨 먼저 달려들 것이다. 그때 우리가 쏘아 죽이면 이 싸움은 우리가 이긴다."

아니나 다를까 성문이 깨지자 대뜸 제번왕부터 말을 몰고 들이닥쳤다. 젊은 왕은 도대체가 위험에 대해서는 무관심했다. 우신은 담장 뒤에 숨었다가 왕을 향해 회심의 화살을 날렸다.

"아차…!"

왕은 순간적으로 몸을 웅크리면서 오른손을 짚으려다가 섬뜩했다. 어느새 손이 감각을 잃고 있었다. 그는 후두부에 얼얼한 통증을 느끼면서 말에서 굴러떨어졌다. 당황한 시위들이 소리쳤다.

"대왕이 살을 맞았다!"

왕은 지금이 생의 마지막 순간이라고는 생각지 않았다. 오늘만 해도 아침부터 계속 승리를 거두었다. 초를 제패할 꿈도 그대로 살아 있었다.

말에서 떨어지다니 이런 추태가 어디에 있는가? 남의 눈에 띄지 않게 얼른 일어서려고 했다.

"멍청한 놈, 무슨 헛소리냐. 과인은 살을 피했다. 어서 내 말부터 끌어와라!"

말을 하려고 입술을 달싹거렸지만 목소리가 나오지 않았다. 깜짝 놀라 낯빛이 변했다. 오른쪽 손발만이 아니라 입술도 기능을 잃어 주인의 뜻을 따르지 않았다. 말을 할 때마다 침만 질질 흘린다는 것을 느꼈다. 갑자기 구토증이 치밀더니 무언가를 울컥 토했다. 비릿한 감촉이 아직 살아 있는 뺨에 느껴졌다. 화살은 그의 목덜미를 꿰뚫어 맞창을 낸 것이다. 그렇게 제번은 절명하였다. 성문을 열어 유인한 후 담 뒤에 숨어서 상대 군주를 쏘는 것은 명분과 의리를 중히 여기던 지금까지의 전쟁에서 보기 드문 장면이다. 거의 암살에 가까웠다. 점잖았던 춘추시대의 전쟁 형태가 점차 현실적으로 변하고 있었다.

다음으로 왕이 된 인물은 둘째 여제(餘祭)왕이었다. 그도 왕이 되면서 전혀 기뻐하지 않았다.

"형님은 일부러 소(巢) 땅에서 죽은 것이다. 아버지의 유언을 지키기 위해서 하루바삐 나에게 왕위를 물려주고 싶었던 게다. 나도 어서 죽어 동생에게 왕위를 넘겨야겠다."

여제왕은 정승 굴호용(屈狐庸)을 앞세워 서구(舒鳩) 땅을 두고 초나라와 대판 싸움을 벌였다. 굴호용은 바로 하희의 남자 굴무의 아들이다. 굴호용은 이 전쟁에서 전사하였다.

그런 뒤 여제왕도 자신의 노예에게 암살당했다. 당시는 전쟁에서 잡은 포로를 다리 힘줄을 끊어 앉은뱅이로 만들고 배를 젓는 노예로 부리던 시절이었다. 노예란 마구잡이로 부릴 수 있어, 기계를 다루듯이 편리하였으나 불같은 증오심을 동반한다. 증오는 아름답지 않다. 결국 파국으로 치닫기 마련이다. 여제왕이 배에 오르자 노예는 들고 있던 노(櫓)로써 왕의 정수리를 내리쳐 척살하였다. 어찌 되었든 왕들이 몸을 사리지 않고 전쟁에 나서는 통에 오나라는 이미 초(楚)에 필적할 강국이 되어 있었다.

다음으로 셋째 이매(夷眛)왕이 순서대로 뒤를 이었다. 이매왕은 아예 동생 계찰을 정승으로 삼았다. 아버지 수몽왕의 혜안대로 계찰은 전쟁을 삼가고 열국과 친선 외교를 펼쳐 나라가 평안하였다. 이매왕 시절에 오나라는 무리 없이 극읍(棘邑), 역읍(櫟邑), 마읍(麻邑) 세 고을을 병합하여 나라의 기틀을 공고히 다졌다.

공교롭게도 이매왕마저 왕위에 오른 지 4년 만에 병으로 죽자 이제는 드디어 수몽왕이 바라던 대로 막내 계찰이 왕위를 이어받아야 하는데, 이때 문제가 생겼다. 이매왕의 아들인 요(僚)가 왕위를 탐내어 삼촌인 계찰을 물리치고 자신이 왕이 된 것이다. 예로부터 권력이란⋯ 욕심과 의지로 쟁취하는 것이지 누군가가 갖다 바치는 것이 아니었다. 수몽왕은 현명하고 통찰력이 있었으나, 권력을 향한 인간의 욕심과 비열함을 예측하지는 못했다.

신하들은 수몽왕의 유언이 무시되고 순서가 뒤바뀐 사실에 대하여 내심 마뜩잖았으나 일단 요왕에게 승복하고 충성을 맹세하였다. 그런 요왕이 즉위한 지도 어언 7년의 세월이 흘렀다.

이 와중에 다만 야심 많은 공자 광(光)이 기회를 노리고 있었다. 그는 큰아들 제번왕의 장자였으니 수몽왕의 직계 장손이며, 요왕에게는 사촌 형이 된다. 그의 입장으로는 자신의 자리를 요왕이 가로채서 앉은 꼴이다. 섣불리 내색할 만도 하였지만, 의뭉스런 그는 자신의 속마음을 일절 겉으로 드러내지 않았다. 요왕에게 충성을 맹세하고 자신을 낮추며, 주색잡기로 딴전을 부리고 있었다. 용 못 된 이무기가 발톱을 감추고 똬리를 틀고 앉은 형상인데, 그의 불만은 쉽게 해소될 수 있는 일이 아니었다. 어느덧 하루하루 방탕한 생활에 빠져들어 권토중래의 꿈은 그야말로 젊은 한 시절 꿈으로 남게 될 지경이다. 그때 그의 앞에 기적같이 해결사가 나타났다. 바로 춘추의 말미를 장식할 영웅 오자서이다.

사마천의 《사기》는 〈오자서 열전〉을 다음과 같이 시작하고 있다.
"오자서는 본래 초나라 사람이다."
"필(邲)의 전쟁의 주역 오삼의 증손자이다."
"그의 망명은 초평왕의 엽색 행각에서 비롯되었다."

황하와 장강이 운명적으로 격돌한 필(邲)의 전쟁 이래 다시 70년의 세월이 흘렀다. 천하 패자 초장왕이 죽은 지도 60여 년이 넘어 초나라는 나라의 위세가 예전만은 못하였으나 남방의 맹주로서 손색이 없었다.

이때 초나라의 궁궐은 장화궁(章華宮)이라고 불렸는데, 그 너비가 40여 리나 되는 거대한 궁전이었다. 그 주인 초평왕은 욕심이 많아 마음에 드는 물건은 남이 가진 것이라도 꼭 빼앗아야 직성이 풀리는 성격이었다. 여자 욕심도 특별했다. 허리가 가늘고 발이 작은 여인을 특히 좋아해서, 궁인들도 허리 가는 여자만 뽑다 보니 세상에서는 장화궁을 세요궁(細腰宮, 기는 허리 궁전)이라고도 불렀다. 백성들 사이에도 이런 유행이 퍼져 몸매에 대해서 민감해질 수밖에 없었다. 허리를 줄이려고 음식을 조금씩 먹거나, 아예 물만 마시다가 영양실조로 굶어 죽는 여자가 부지기수였다.

발이 작은 여인은 걸음걸이부터가 낭창낭창하다. 이 또한 빼놓을 수 없는 왕의 취향이라 신분이 귀한 여인들은 어릴 때부터 자신의 발을 싸매어 아예 발이 자라지 않게 하였다. 왕이 이렇게 외모로써 사람을 평가하다 보니 말을 꾸미고 비위를 잘 맞추는 신하들이 넘쳐났다. 그중에서도 눈치 빠른 비무극(費無極)은 특히 왕의 총애를 받았다. 그는 예절과 의전(儀典)에도 밝았고 윗사람의 마음을 사는 재주가 남달랐다. 입에 발린 아첨인들 아무나 하는 게 아니다. 남발하면 오히려 상대에게 경멸당하게 되는데 그럴듯하게 꾸며대는 감각과 뻔뻔함을 타고났다. 오늘날 왕에게 먹혀드는 인물은 누가 뭐라고 해도 비무극이다.

그의 공식적인 직책은 세자의 소사(小師), 이른바 세자의 스승 역할이었다. 오늘 왕의 편전을 찾은 것도 진(秦)의 공주 맹영(孟嬴)과 세자의 혼사에 대한 건이다. 그런데 군신 간에 주고받는 말씀이 가관이었다.

"신도 그처럼 아름다운 여인을 보지 못하였습니다. 나긋한 허리는 우선 보기에도 한 줌이 채 안 되고, 외씨 가죽신에 쌓인 발은 어린아이 주먹보다 작았습니다. 옛날에 선조이신 초문왕의 규희나, 진헌공의 여희가 아름다웠다고 하지만 실은 맹영의 만분지일만도 못했을 것입니다…."

"뭐라고? 그게 무슨 말인가?"

"세자빈으로 모셔 온 진나라 공주 맹영의 이야깁니다."

왕은 어젯밤 숙취로 뿌옜던 시야가 갑자기 밝아오는 느낌이었다. '허리가 한 줌'이니 '조막만 한 발'이니, 말만 듣고도 귀가 솔깃했다. 비무극으로서도 자못 흥미로운 일이다. 못 말리는 왕의 욕심이 며느릿감을 어떻게 대할 것인가? 과연 왕은 얼굴부터 반 너머 상기되었다. 인간의 수컷만치 상상만으로 흥분할 수 있는 동물도 없다.

"흐음…! 그래? 일단 내가 먼저 만나봐야겠다."

그래서 맹영은 시아버지 될 사람부터 만났다. 왕은 그녀를 보자 넋이 나간 듯 민망할 정도로 눈을 떼지 못했다. 곁눈질로 가는 허리와 작은 발을 가늠하고는 쿵쾅쿵쾅 가슴이 뛰면서 저도 모르게 손목을 잡아끌었다. 여인은 놀란 토끼 눈을 하고 사내를 올려다보았다. 버들잎처럼 가는 눈의 흰자위가 검은 눈썹의 그림자를 받아 반짝 빛났다. 순간 왕은 전율을 느끼면서 소름이 돋았다. 말로 표현할 수는 없으나 엄연한 운명의 그림자를 느꼈다. 수많은 세월이 흘러가더라도 그녀와 첫 대면의 순간만큼은 잊을 수 없을 것이다.

"쩝, 과인은 공연히 왕이란 소리만 들었지. 저런 절색의 미녀 하나 품지 못했구나. 참으로 허송세월이었다."

이럴 땐 군왕의 한탄도 여느 백성과 다를 게 없다. 비무극이 짐짓 목소리를 낮췄다.

"대왕께서 정녕 뜻이 있으시옵니까? 그러면 취하시면 될 일입니다."

왕은 저도 모르게 빙긋 웃음을 보였다. 비난받아 마땅할 일이지만, 충격처럼 끌리는 마음을 자제할 엄두를 내지 못한다.

"이미 며느릿감으로 데려온 여인이라, 세상의 눈이…."

"그게 무슨 말씀입니까? 진(秦)의 공주가 우리 왕실로 시집을 왔을 뿐입니다. 아직 왕실 누구와 혼인을 맺을지는 모르는 일입니다. 어느 법도에도 어긋남이 없습니다…. 대신 공주의 시녀 중 하나를 세자께 내리시면 될 일입니다."

결국 그날 밤에 바로 초병왕이 맹녕을 품었다. 왕은 그녀의 가냘픈 허리와 그 허리가 받치고 있는 풍만한 가슴에 얼굴을 묻고 기쁨에 몸을 떨었다. 여자도 수줍기만 한 것은 아니었다. 속살을 맞대는 순간, 이미 껍질이 벗겨진 과일처럼 즙을 뿜어내며 남자의 여인으로 거듭났다.

한번은 왕이 사냥 나갔다가 감기에 걸렸는데 그 영향인지 '발기부전'이라는 병을 얻었다. 그런데 이상하게도 맹영의 작은 발을 만지면 강한 정복욕이 솟아오르곤 했다. 하지만 그녀는 왕에게 호락호락 발은 내주지 않고 이리저리 피해 다녔다. 이상하게 여긴 궁녀가 물었다.

"아무리 좋은 약을 써보아도 대왕의 병이 좋아지지 않고 그나마 마마의 발만 효력이 있는데 왜 자꾸 피해 다니십니까?"

"낸들 아느냐? 왠지 그러고 싶은걸……."

왕은 새로운 연인의 향기에 흠뻑 취해갔다. 마침 왕후의 자리도 비어 있던 터라, 맹영을 정실부인으로 책봉하였다. 그 후 맹영에게서 자식까지 얻었다. 예순을 바라보는 왕은 이제야말로 세상의 기쁨을 모두 맛보는 듯하였다. 그래서 이름도 보배 진(珍)으로 지었다. 아들이 첫돌이 되자 아예 그를 세자로 책봉하고 싶어졌다. 사랑하는 연인이 좋아할 일은 무엇 하나 가리지 않고 할 판이다. 그렇더라도 이미 장성한 세자가 있는 마당에 젖먹이를 세자로 책봉하려는 시도는 누가 봐도 어불성설이다.

위태위태하던 일은 결국 대전 회의에서 사달이 났다. 이때 세자의 태사(太師, 큰 스승)는 오사(吳泗)였다. 그는 필(邲) 전쟁의 주역 오삼의 손자이다. 당읍(堂邑) 땅을 식읍으로 하는 대부로서 무장의 자질과 용기를 갖추었다. 다만 그 옛날 왕의 안전에서 영윤을 타박하던 오삼의 손자답게 대놓고 입바른 소리를 하는 것이 병이라면 병이었다. 이날도 말을 돌리지 않았다.

"가당치도 않습니다. 국본께서 흠이 없으신데 지위를 박탈하는 일은 천부당만부당한 일입니다. 이 일은 대왕께서 며느리를 취하신 것부터가 잘못되었습니다. 분부를 거두시고 간신 비무극의 목부터 자르세요…!"

어떤 경우에서든지 신하가 왕에게 간언할 때는 건드리지 말아야 할 구석이 있다. 이를 역린(逆鱗)이라고 한다. 용(龍)이란 짐승은 잘 구슬리면 올라탈 수도 있지만, 목 아래에 있는 한 자 남짓 되는 비늘을 건드리면 반드시 사람을 물어 죽인다고 한다. 오늘 오사는 부지불식간에 '며느리'를 거론해서 역린을 건드리고 말았다. 왕은 붉으락푸르락 수치와 분노로 눈빛이 번들거렸다. 수많은 신하가 지켜보는 공식 석상에서 절대 드러내서는 안 될 치부를 보였다.

"저! 저…! 저런 못된 것이 있나. 저놈이 정녕 과인의 신하란 말인가…? 저놈을 당장 옥에 가두어라…!"

내전으로 들어와서도 치욕을 참지 못해 씩씩거렸다. 탄핵당한 비무극이 왕에게 다가왔다.

"걱정되는 일은 오사의 아들들입니다. 아들이 둘 있는데, 무용이 뛰어난 데다 반골의 기질이 있어 장차 우환덩어리가 될 게 분명합니다. 한시바삐 조치하셔야 합니다."

고향에서 아버지를 걱정하고 있던 형제를 잡으러 체포조가 들이닥쳤다. 형 오상(吳尙)이 동생에게 말했다.

"빨리 피해라. 나는 아버지와 함께 저승길을 동행해서 효도하고, 너는 아버지와 이 형의 원수를 갚아 효도를 다해라. 우리는 이제부터 갈 길이 따로 있다."

동생 오원(吳員)의 자(字)는 자서(子胥)이다. 그래서 사람들은 오자서라고 불렀다. 춘추시대 전반기에 관중(管仲)이 있어 시대의 조류를 이끌었다면, 춘추가 끝나가고 곧이어 전국시대가 도래할 이 시기에는 오자서가 천하의 대세를 가르는 풍운의 중심에 서게 된다. 오자서는 8척의 키에다 기골이 장대한 호걸이었다. 세상의 이치와 병법에도 밝아 흔치 않게 문무를 겸비한 인물이다. 그는 바삐 아내 가 씨(賈氏)를 불렀다.

"우리는 당장 도망을 가야 하오. 빨리 패물만 챙겨 나오시오."

아내는 휘청거리며 안방으로 들어가고, 오자서도 급히 행장을 꾸렸다. 잠시 후 아내를 재촉하러 방문을 열어보니 가 씨는 이미 아들과 함께 목을 매서 죽어 있었다. 소반 위에는 급하게 남긴 글이 있었다.

"집안이 풍비박산되고 식솔들이 다 죽게 되었는데 어느 순간에 처자를 건사합니까…? 서방님은 빨리 떠나세요…!"

아내의 부릅뜬 눈을 감겨주면서 그의 몸은 와들와들 떨렸다.

"그대! 뜻대로 쉬구려. 언제고 내 눈에 흙이 들어가기까지 이 원수를 잊지 않으리라…."

그길로 부랴부랴 달아났다. 오사 부자는 참수되었다. 비무극이 형장에서 돌아오자 왕이 물었다.

"오사가 죽으면서 무슨 남긴 말은 없었더냐…?"

"별말은 없었습니다. 다만 오자서가 오지 않았으니 이제 임금이 편히 잠자기는 글렀을 거라고 했습니다."

"뭐라고…? 정말 그렇게 말했느냐? 괘씸하구나. 오사의 그 잘난 아들놈이 달아났다고 해도 멀리 가지는 못했을 것이다. 속히 그자를 추적하라."

국제 수배령이 내렸다. 마을마다 통문이 돌고 지방마다 죄인의 화상이 걸렸다. 오자서는 이후 송(宋)을 거쳐 진(陳)까지 떠돌아다녔다. 그가 몸 붙을 곳은 어디에도 없었다. 기댈 데라고는 초와 앙숙으로 세력을 다투는 남방의 오(吳)나라 정도이다.

그해는 겨우내 눈이 내렸다. 천신만고 끝에 오자서가 오나라 매리성(梅里城)에 나타난 것은 강물이 부풀어오는 봄날이었다. 계절이 바뀌느라 삼라만상이 분주한 어느 날, 드디어 오자서는 공자 광(光)에게 접근하였다. 음주 가무를 표방하는 광의 처세가 그의 접근을 수월하게 하였다. 공자는 오자서의 말씨를 보고 바로 그 신분을 알아차렸다.

"초나라가 충신 오사를 죽이자 그 아들이 외국으로 망명했다고 하더니 혹 그대가 바로 그 유명한 오자서가 아니신가…?"

이후 며칠 동안 둘은 열국의 정세와 경세 치국의 이치에 대해서 서로의 견해를 논했다. 광은 오자서의 식견과 판단에 깊은 감명을 받았다. 알고 보니 광 또한 마음이 탁 트인 사람이었다. 귀를 기울이기 시작하자 무섭게 집중해서 상대의 의견을 경청했다. '듣는다는 것이 바로 이런 것이로구나!' 영웅은 영웅을 알아본다고 했던가? 그만치 죽이 맞았다. 가진 것 하나 없는 도망자의 신분인 오자서로서는 참으로 다행한 일이었다. 두 사람의 공통적인 특성은 세상을 향한 욕심과 끝없는 집요함이었다.

제21화

전설이 된 자객

사마천의 《사기(史記)》는 역사 기술의 새로운 지평을 열어, 가히 발명품(?)이라 할 만하였다. 공자의 《춘추》를 위시한 전통적인 역사서는 지배 계층 중심의 편년체(編年體, 사건의 발생 순서대로 기술) 서술 방식이었다. 이로써는 얽히고설키는 사건의 진행과 인물의 활약상을 유기적으로 표현하기에 부족함이 있었다. 그래서 사마천은 기전체(紀傳體)라는 새로운 역사 서술의 시스템을 도입하였다.

기전체 역사서의 구성은 본기(本紀, 천하를 쥐락펴락한 제왕들의 기록), 표(表, 연대표), 서(書, 제도와 문물에 대한 기록), 세가(世家, 열국 제후의 기록), 열전(列傳, 당대에 이름깨나 날린 풍운아의 기록)으로 이루어진다. 본기(本紀)의 기(紀) 자와 열전(列傳)의 전(傳) 자를 따서 '기전체'라고 불린다. 이후 수천 년 동안 동양의 역사서는 주로 기전체로 씌었다. 우리나라 김부식의 《삼국사기》, 정인지의 《고려사》 등도 예외 없이 기전체이다. 왜일까? 물고 물리는 역사의 스토리를 이보다 더 입체적으로 표현할 시스템을 찾을 수 없었기 때문이다.

등장인물들도 왕족과 귀족을 비롯하여 하찮은 서민들에 이르기까지 매우 다양하다. 그중에서도 압권은 단연 〈열전〉이다. 〈열전〉은 《사기》 130권 가운데 70권을 차지할 만치 중요하고 화려한 부분으로서 귀족,

관료, 장군, 책사, 자객, 토호, 미희 등 그야말로 별의별 인간 군상의 모습이 다 들어 있다. 변방 오랑캐의 이야기로서 〈조선열전〉과 〈흉노열전〉, 〈서남이열전(西南夷列傳, 베트남, 태국 등)〉도 있다. 도적들의 이야기는 〈유협열전(遊俠列傳)〉, 희극배우 코미디언들의 이야기는 〈골계열전(滑稽列傳)〉, 점쟁이들의 기록 〈일자열전(日者列傳)〉, 거부들의 이야기 〈화식열전(貨殖列傳)〉이 있는가 하면 킬러나 테러리스트의 파란만장한 인생 스토리 〈자객열전(刺客列傳)〉도 있다.

그 〈자객열전〉의 첫머리에 등장하는 인물이 전제(專諸)이다. 그는 보통 키에 날렵해 보이는 체격이었다. 눈이 양 갈래로 찢어지고 제비턱에 수염을 길렀다. 머리 형상이 표범을 닮은 데다, 노리는 게 있으면 틀림없이 획득한다고 해서 저잣거리에서 그를 부르는 별호가 표자두(豹子頭, 표범 대가리)이다. 갸름한 외모와 달리 그는 엄청난 싸움의 고수였다. 오자서는 그를 오추(吳趨)라는 저잣거리 패싸움에서 처음 보았다. 수십 명의 패거리가 두 패로 나뉘어 싸우고 있었다. 이미 한 차례 다툼이 있었거나, 그도 저도 아니면 진즉부터 작정을 하고 왔는지, 상대는 안면을 트고 말고 할 것도 없이 댓바람에 박달나무 작대기를 휘두르며 덤벼들었다.

"이놈, 죽어봐라!"

명색이 표범 대가리, 표자두가 그냥 당하고 있을 리 없었다. 날렵한 그는 후려치는 작대기를 반걸음 몸을 뒤틀어 비키더니 내닫는 자의 안나리를 발끝으로 슬쩍 튕겼다. 제힘에 앞으로 고꾸라지는 놈의 면상을 밟아 땅바닥에 갈아버리는가 싶더니만, 넘어가는 상대의 등을 지지대 삼아 훌러덩 공중으로 뛰어올랐다. 두 팔을 날개 삼아 벌리고 한차례 도움닫기로 또 다른 상대의 키를 넘어, 가는 길에 꼭뒤를 밟듯이 걷어찼다. 놈은 얼굴부터 앞으로 꼬라박혔는데, 정작 찬 사람은 땅바닥에 내려서는 착지까지 완벽했다.

그가 바로 전제(專諸)였다. 덩치가 큰 장정들도 그의 앞에서는 족제비 앞의 생쥐 같은 사냥감일 뿐이었다. 짧은 꼬챙이 하나를 손에 들고 이리저리 들쑤시는데, 찌를 때마다 사람이 하나씩 쓰러졌다. 잠시 후 널브러진 두목의 얼굴을 발로 밟고 윽박질렀다.

"나, 전 씨 나리는 두 번 말하지 않는다. 한 번만 더 이 장바닥에 얼씬거리다가는 평생 앉은뱅이로 만들어주마!"

상대는 기왕에 쓰러진 참에 땅바닥에 두 다리를 뻗고 앉았다. 혼자 달아나기도 뭣하고 그렇다고 덤벼들 용기도 없었다.

"왜 덤비지 않는 게야?"

"제기랄…… 성님! 내가 잘못했수다. 몰라봤슈."

"네깟 동생 둔 적 없다. 객쩍은 소리 그만하고 식구들 챙겨 빨리 꺼져!"

나무바가지 물로 대강 입을 가시더니 떡 한 덩이를 우물우물 씹으면서 구경꾼 쪽을 보면서 싱긋 웃었다. 하얗게 밝은 이가 반짝 빛났다.

"장사(壯士)로다. 정말 대단한 장사로다."

이 시대의 장사라는 호칭은 매우 드문 인격체의 전형으로, 의(義)와 협(俠)을 위해 목숨을 거는 협객의 다른 이름이다. 오자서는 그를 따라갔다.

그날 두 사람은 신분을 밝히고 서로 사귀게 되었다. 전제는 소를 잡는 백정이었다. 원래부터 천민은 아니었고 아버지 대에서는 그도 채(祭)나라의 귀족이었다. 역모 사건에 연루되어 아비가 죽은 뒤 오나라까지 흘러들어와 백정이 되었다. 그만치 자부심이 있었다. 그가 한낱 떠도는 저잣거리 싸움꾼에서 사마천의 《사기(史記)》에 이름을 남긴 지사가 된 것도 바로 그런 자부심에 기인한다. 비범한 용모와 식견을 가진 오자서가 결의형제를 맺자고 하니 전제도 두말없이 의형제를 맺었다. 오자서가 공자 광(光)에게 전제를 천거한다.

"이 몸이 믿을 만한 사람 하나를 추천할까 합니다. 오추(吳趨) 땅에 표자두 전제라는 호걸입니다. 진심으로 대하시면 그는 기꺼이 자신의 목숨을 내줄 인물입니다."

"그런 협객을 내 어찌 앉아서 부르겠는가? 내일 직접 찾아가 만나야겠다. 그러면 되겠지?"

다음날 공자는 오자서와 함께 전제를 찾았다. 귀인이 예를 갖추어 친소 관계를 요청한다면, 그것은 극단적으로는 목숨을 내어달라는 말과도 같다. 협객의 길로서 죽음을 예약한 것이다. 어느 날, 전제가 광을 찾았다.

"이 몸은 천한 백정의 몸으로 공자께 많은 은혜를 입었습니다. 시키실 일이 있거든 시키십시오. 분부대로 따르겠습니다…."

오자서가 대답을 대신했다.

"공자께서는 원래 이 나라의 왕이 되실 분인데도 지금의 왕이 공자님의 자리를 꿰차고 앉아 있다네. 공자께서는 그 자리를 찾고 싶어 하시네."

전제도 대략은 짐작하였는지 가타부타 말이 없다. 오자서는 그를 곁눈으로 살피며 말을 이었다.

"지금 조정에서는 요왕의 처사에 대해서 불만을 가진 대부들이 많다네. 어떻게든 왕만 해치운다면, 그래서 수몽대왕의 유지를 천명한다면 모든 신하와 백성이 기꺼이 따를 것이네. 이는 결코 어려운 일이 아닐세. 명분이 우리에게 있으니 간단히 해치울 수 있는 일이라네."

문제 해결의 방식이 지극히 단순하다. 하지만 그 속에는 어쩔 수 없이 음흉한 꿍꿍이가 숨어 있다. 요왕이 왕위를 욕심내는 것이 순리에 어긋난다면, 공자 광의 탐욕 역시 그에 못지않다. 그들의 계획 자체가 온전히 야심과 원한에서 비롯되었다.

전제가 대답하였다.

"이 몸에게는 늙으신 어머니가 계십니다. 공자께 바로 이 목숨을 드리지는 못하겠습니다…."

그제야 광(光)이 둘 사이에 끼어들었다.

"나도 그대의 어머님이 늙으셨고 아들은 어리다는 걸 알고 있다. 그나저나 어머님은 안녕하신가?"

"예, 여전히 잔소리를 많이 하고 계십니다."

"다행이다. 노인은 집안의 보배다. 잘 모셔라. 그러나 이는 누구나 할 수 있는 일이 아니다. 그대의 재주가 아니면 일을 맡길 수가 없다. 성공하기만 하면 그대의 어머니와 아들이 곧 나의 어머니며 아들이다. 내 어찌 의리를 저버리겠는가…! 오의 사직이 있는 한 그대의 자손들은 대부로서 살 것이다…."

사흘 뒤 전제가 오자서를 찾았다.

"형님! 형님도 나를 자객으로 알고 의형제를 맺었소?"

"그렇지 않다. 동생과 죽이 맞아 형제를 맺었다. 그런데 공자님의 소원은 형이 대신할 수 없는 일이다. 세상에서 동생만이 할 수 있는 일이다."

이런 종류의 부탁은, 부탁하는 쪽이나 부탁을 받는 쪽이나 외골수의 감정이 된다. 의식 구조를 지배하는 신성한 협(俠)의 정신이 격동하는 것도 이런 경우이다. 결국 마음을 굳힌 전제가 물었다.

"수십 길 물속에 있는 고기를 잡으려면 먼저 그 고기가 좋아하는 미끼부터 알아야 합니다. 왕이 즐기는 것이 무엇입니까?"

"생선이라네. 특히 양념을 잘 바른 적어(炙魚, 구운 생선) 요리를 좋아한다네."

전제는 당장 요리를 배우려고 태호(太湖)를 찾았다. 태호는 지금의 강소성(江蘇省)과 절강성(浙江省)의 접경 지역에 있는 호수이다. 48개의 섬과 72개의 산봉우리가 어우러져 천하제일의 명승지로 이름이 높았다. 호수는 지금보다 열 배나 넓었으며, 돈과 계집이 흔한 고장답게 색주가부터 향기롭고 화사했다.

전제는 중원의 대갓집 자제로 행세하며 반가(潘家)라는 주점에 머물렀다. 반가는 당시 천하제일을 자부하는 유흥주점이었다. 한량들 사이에 떠도는 노래가 있다.

술은 술집에서, 좋은 차는 찻집에서,
계집은 태호의 반가에서

예나 지금이나 술집이 노골적인 유흥의 장소라면, 찻집은 은밀한 교제와 만남의 공간이다. 태호의 동정산에서부터 다릿목마다 지천으로 걸린 게 술집과 찻집 깃발이던 시절이었다…. 전제는 그 후 2년 동안 세상의 온갖 환락을 맛보면서 틈틈이 생선 요리를 배우고 익혔다.

그동안 영도(郢都)에서는 초평왕이 세상을 떠났다.
그의 삶에는 단 하나의 의미밖에 없었다. 무엇이나 가리지 않고 자신의 욕망대로 행동하여 쾌락을 추구하는 일이었다. 자식의 여자까지 탐했던 왕도 죽음의 장애를 극복하지는 못했다. 공허는 그를 삼켜버렸다. 초평왕은 죽으면서 맹영의 아들 진(珍)에게 왕위를 넘겼다. 바로 초나라 28대 임금 초소왕(楚昭王)이다. 이때 진의 나이 겨우 열한 살이었다. 오자서는 초평왕이 죽었다는 소식을 듣고 종일 가슴을 치며 통곡을 하였다. 광이 의아해서 물었다.

"초평왕은 그대의 원수가 아닌가…? 원수가 죽었는데 어째서 이리도 슬퍼하는가…?"

"원통해서 웁니다. 아내와 자식의 시신을 제대로 묻지도 못하고 도망쳤습니다. 복수는커녕 원수의 코빼기조차 못 봤는데, 그가 죽어버렸습니다. 무능한 자신이 너무나 분합니다…."

오자서는 사흘을 상심 속에 있었다. 시간은 사람을 기다려주지 않는다. 그러고 보면 요왕과 공자 광의 일만 하더라도 결행을 늦추고 기다리는 것은 비밀이 새어 나갈 위험만 커지는 노릇이다. 마음을 다잡은 오자서는 광(光)을 찾았다.

"공자께선 이런 좋은 기회를 그냥 두고 보시렵니까? 지금 초나라는 군주가 죽고, 어린애가 임금으로 등극했습니다. 그야말로 무주공산이라 할 것입니다. 요왕에게 엄여(掩餘)와 촉용(燭庸)으로 초나라를 치자고 권해보십시오…."

엄여와 촉용은 요왕의 측근들로서 병권을 잡은 실세들이다.

"그런데, 그런데… 말이다. 설사 일이 성사된다 치더라도 계찰 숙부를 제치고 내가 직접 왕위에 오르기에는 명분이 없다. 그 또한 난감한 일이 아니겠는가?"

"그 점은 따로 생각해둔 게 있습니다. 요왕에게 숙부를 진(晉)에 사신으로 보내자고 하십시오. 공자께서 왕위에 오르시는 그 순간만 계찰이 없으면 누가 감히 반대하겠습니까?"

이래서 해결사이다. 광은 새삼 서광이 보이는 듯하였다. 저도 모르게 자리에서 일어나 이리저리 걸음을 옮겨본다.

이튿날, 광은 수레를 타고 궁으로 들어가던 중 갑자기 바퀴가 내려앉는 바람에 낙상하였다. 발목을 젖혀 절뚝거리며 입궐하였다. 왕이 물었다.

"다리를 다친 모양인데 요양하지 않고 어찌하여 나왔소?"

"지금 초나라는 국상 중입니다. 더욱이 왕위에 오른 임금은 열한 살이랍니다. 지금이 바로 절호의 기회입니다. 대왕께서는 어찌하여 이런 기회를 그냥 지나치십니까?"

"누구를 원정 보낼지 생각해 둔 사람이라도 있소이까…?"

왕의 눈이 일순 샐쭉해지더니 눈치를 살피는 기미가 보였다. 광은 정신이 번쩍 들었다.

"신이 출전해야겠습니다. 엄여와 촉용 두 장수를 부장으로 딸려주시면 기필코 초를 정벌하고 개선하겠습니다. 그리고… 한 가지 더, 청이 있습니다. 북방에 진(晉) 말입니다. 초(楚)와 함께 패권을 다투는 강대국입니다. 먼저 관계를 다지는 게 필요합니다. 계찰 숙부를 사신으로 보내시는 것이 좋겠습니다."

"형님의 계책이 여러모로 훌륭하오. 다만, 이번 원정에는 엄여와 촉용 두 장수를 보낼 터이니 형님은 잠시 몸을 돌보다가 후진으로 가는 수군을 맡아주시오."

마침내 엄여와 촉용은 정예 군사 2만과 함께 초나라로 쳐들어가고 계찰은 진(晉)나라로 떠났다. 엄여 등이 출징하던 날 밤에, 광이 오자서와 전제를 부르더니 비수 한 자루를 꺼냈다. 투명하게 빛나는 단검을 달을 향해 견주는데, 칼날에 부서진 달빛이 오싹한 한기(寒氣)를 품었다.

"이 칼은 잠로(潛盧)라는 명검이다. 지난날 부왕께서 내게 내리신 칼인데, 밤이면 신비스럽게 빛을 발한다. 그 빛을 보노라면 나도 모르게 소름이 돋곤 한다. 아마도 저 염치없는 요(僚)의 피를 기다리는가 보다…!"

이 시대는 제련술이 부족하여 광산에서 캐내는 철광석 대신에 모래에 섞인 쇠 싸라기를 모아서 숯불에 녹이고 덩어리로 만들었다. 이른바 사철(砂鐵)이다. 한때는 철정(鐵梃), 즉 덩어리 쇠가 금궤와 얼추 같은 가치의 화폐로 쓰일 정도로 귀한 대접을 받았다. 당시 만들어진 칼 한 자루가 중국 산서성 박물관에 소장 중이다. 검신에 오왕광검(吳王光劍)이라고 새겨져 있다. 2,600년 전 칼이지만 지금도 시퍼렇게 날이 섰다. 강철을 단련함에 가장 좋은 온도는 1,200~1,300도인데, 이는 참나무 숯으로 충분히 가능한 온도이다. 그런 탓에 처음 제련술이 발명된 이 시기에 이미 최고 수준의 검이 탄생하였다.

전제가 비수를 조용히 손바닥 위에 올려놓고 찬찬히 살피기 시작한다. 칼은 길이가 두 척 반, 비록 짧았지만 순수하게 강철로 만들어졌다. 조심스럽게 칼자루를 쥐고 슬쩍 뽑았다. 칼날은 푸르고 잘 벼려져 창백했다. 비단처럼 매끄러워 보이지만 예리한 칼날, 맑은 물을 얼린 것처럼 아름답다. 칼날 폭은 넓은데 치수가 짧다. 칼자루까지 패인 혈조(血漕)를 지나면 날 부분은 살짝 두드러졌다. 도신(刀身)에는 손으로 만져 보면 미세하게 느낄 수 있는 주름이 물고기 비늘처럼 새겨져 있는데, 수없이 불리고 담금질된 탓에 구름 같은 무늬가 아롱거린다. 손가락으로 살짝 튕기니 웅… 하고 울었다. 칼잡이의 심장을 요동치게 하는 명검이었다. 전제는 조용히 손가락의 깍지를 꼈다.

"좋은 칼입니다!"

말은 짧았지만, 진심으로 탄복했다.

"과연, 세상에 다시없는 칼입니다. 이거면 왕을 죽일 수 있습니다. 그

전에 나는 자식 된 도리로써 어머니를 찾아뵙고 이 뜻을 여쭙고 오겠습니다."

전제는 오랜만에 집으로 돌아와서 어머니를 보고는 그냥 울기만 하였다.

"아범아! 이 무심한 사람아! 어디 갔다가 이제 왔으며 무엇이 그리 슬퍼서 우느냐? 공자께서 너에게 일을 맡기시더냐? 충과 효는 함께하기가 어려운 법이다. 어미 걱정일랑 말고 큰일을 이루어 후세에 이름을 남겨라. 네가 세상에 빛나는 이름을 남긴다면 어미는 죽어서도 썩지 않으리라…."

채나라 귀족이었던 노모는 자식이 저잣거리에서 노름이나 싸움질을 하는 것이 평생의 한이었다. 말이 좋아 협객이지 술과 노름에 빠져 사는 도시 건달이다. 그녀는 장꾼이나 왈짜들이 전제를 표자두(豹子頭)라고 부르는 것도 싫었다. 아들이 이제라도 녹림의 생활을 벗어나 세상에 이름을 떨치고 귀한 신분으로 거듭나기를 바랄 뿐이었다.

전제는 어머니를 부드럽게 끌어안았다. 이렇게 연약한 몸으로 어머니는 위엄과 고결한 정신을 보여주고 있다. 전제는 온몸의 피가 뒤끓듯 기쁨과 슬픔을 함께 느끼면서 눈물을 흘렸다. 그러는 아들을 보고 어머니가 말했다.

"시원한 물이 마시고 싶구나. 우물에서 물 한 바가지만 떠 오너라."

툇마루를 돌아 우물물 한 대접을 떠서 돌아오니 어머니가 보이지 않는다. 아내에게 물었다.

"어머님은 어디 계시오?"

"조금 전 피곤하시다면서 뒷방으로 가셨습니다. 한숨 잘 테니 떠들지 말라고 하셨습니다."

순간 가슴이 철렁 내려앉았다. 급히 뒷방으로 달려가 보니 노모가 대들보에 목을 매고 대롱대롱 달려 있었다. 자식에게 걸림돌이 되기 싫었던 게다. 목숨보다 더 소중한 것은 가문과 명예였다. 당시 지도층의 사람들은 인간의 영혼과 명예를 무엇보다 소중하게 여기는 트렌드가 있었다. 아직은 부처의 이데올로기가 이 대륙에 전파되기 전이라 '윤회'의 개념보다는 영혼의 '불멸'을 깊이 믿은 탓에 차라리 죽음조차도 대수롭지 않게 생각하였다.

죽음도 삶의 일부였다. 우리가 온 곳, 우리가 있는 곳, 우리가 갈 곳의 경계는 분명하다. 그러나 '우리'라는 본질은 변하지 않고 이승에서 맺어진 인연은 저승에서도 계속될 것이다. 이승에 오기 전에도 하나였고, 와서도 함께였고, 마지막에도 하나의 품으로 돌아간다. 삶과 죽음의 경계를 넘어 계속되고 이어진다는 믿음은, 사람들을 안도하게 하고 행복하게 하지만 맹목적으로도 만들었다. 물질보다 영혼이 삶의 존재 가치가 되어 빛나던 시절이다.

공자 광이 요왕을 초대하였다.

"며칠 전에 우리 육군이 출병하고, 신도 시간을 아껴 전선을 정비하고 있습니다. 다음 달이면 신도 출전하게 될 것입니다. 오늘 찾아뵌 것은 마침 신의 집에 요리사 하나를 새로 뒀는데… 태호에서 최고로 꼽히는 요리사라고 합니다. 신도 그가 구운 생선을 한번 맛보고는 다른 것은 먹기가 싫어질 정도입니다. 한번 대왕을 모시고 요리를 대접해드리고 싶습니다."

미식가인 데다 워낙에 구운 생선을 좋아하는 왕은 당장에 구미가 당겼다. 차제에 광의 사기도 올려줄 생각이 들었다.

"하하… 과인이 내일 낮에 형님 집에 가리다…. 너무 과도한 준비는 하지 마시라…."

이때까지만 해도 사람들이 하루에 두 끼만 먹던 식사 습관이었다. 낮이라고 하면 당연히 저녁 식사를 말한다. 대신 어둠이 내리기 전 일찍 먹는 편이었다. 이튿날 왕의 행차는 광의 저택으로 향했다. 골목마다 겹겹이 군사들이 에워쌌고, 연회석이 마련된 대청 주위에는 직속 시위 백여 명이 경계를 섰다. 긴급 사태에 대처할 준비는 충분했다. 적어도 이때까지는….

사슴 고기, 거위 고기, 쇠고기 사태 등이 그때그때 조리되어 나오고, 향기로운 술 항아리에는 매화꽃이 둥둥 떴다. 피리와 비파를 다루는 악공들도 만찬의 분위기를 연출했다. 음식이 나올 때마다 조리사가 직접 요리를 왕 앞에 날랐다. 군사들은 먼저 요리사의 몸을 수색하고, 그것도 모자라 조리사가 무릎으로 기어서 음식을 바치면 곁을 따라 지키면서 혹시나 있을 불상사를 대비하였다. 몇 가지 전채 요리가 나오자, 집주인이 공손하게 술 한 잔을 바쳐 올리더니 슬쩍 미간을 찌푸리며 말했다.

"지난번에 삔 발목이 가끔 쑤십니다. 이럴 땐 비단으로 발을 꽉 묶어야 진정이 됩니다. 대왕께선 어주(御酒)를 들고 계십시오. 신은 잠시 안에 들어가서 발을 좀 싸매고 나오겠습니다."

광은 다리를 절뚝거리며 안채로 들어갔다. 무장한 군사 서넛이 창을 들고 뒤를 따랐다. 왕이 있는 자리에서 움직이는 모든 사람은 다 감시와 통제의 대상이다. 잠시 후 드디어 오늘의 메인요리로 전제의 생선이 나올 차례가 되었다. 전제가 오늘 준비한 요리는 잉어구이였다. 그는 자못 삼가는 몸가짐으로 생선 접시를 두 손으로 받쳐 들고 나타났다. 군사들은 요리사의 몸을 샅샅이 수색했다. 그의 몸에서는 아무런 무기도 나오지 않았다. 전제는 요리 소반을 받쳐 들고 무릎걸음으로 왕에게

다가갔다. 시위 군사들이 양옆에서 그를 이끌었다. 걸음을 뗄 때마다 군사들의 사슬 갑옷이 철컹거린다. 그런 자세로 그는 어전 앞에까지 이르렀다.

"그대가 태호에서 왔다는 요리사인가?"

"예! 그러하옵니다…."

전제는 태연하게 요리 접시를 상 위에 올려놓았다. 팔뚝만 한 잉어가 맵시 있게 얹혀 있었다. 왕이 미식가답게 구운 생선을 찬찬히 살피는데 유독 배가 두툼한 것이 눈에 띄었다. 그래서 물었다.

"이 생선은… 내장이 그대로 들어 있는 것 같은데?"

전제는 움찔했다. 그러나 타고난 천성에다 거칠게 살아온 저잣거리 내공이 있는 만치 임기응변이 빨랐다.

"잘 보셨습니다. 이 생선에는 내장이 들어 있습니다."

"어째서 빼지 않았는가?"

"그것은 소인의 요리법입니다. 내장째로 구워서, 드시기 전에 어장을 빼내야 생선의 맛이 더욱 좋습니다. 또 내장 중에 어떤 부분은 별미로 드시기도 합니다."

표범은 먹잇감 앞에서 떨지 않는 법이다…….

"핫하하… 그래? 그런 말은 또 처음 듣는구나. 오늘 별미를 맛보게 생겼구나. 어서 내장을 빼보아라."

전제는 물고기 배 속을 열었다. 그런데 그가 끄집어낸 것은 내장이 아닌 명검 잠로였다. 그는 비수를 물고기 배 속에 숨겨 왕 앞에까지 왔다…! 흥미롭게 전제의 손놀림을 살피던 왕의 눈이 순간 화등잔같이 커졌다.

"어! 어엇…."

벌떡 일어났다. 그러나 전제의 행동이 더 빨랐다. 자객은 무릎을 굽힌 그 자세대로 몸을 움츠리는가 싶더니 날아가듯이 왕의 심장을 찔렀다. 아무르 표범이 몸을 날려 먹이를 낚아채는 자세, 일격필살의 초식이다. 그와 동시에 시위 군사들의 칼날이 하나는 전제의 등판을, 다른 하나는 정수리를 내려쳤다.

그런데 왕은 그날 비단 겉옷 속에 청동제 엄심갑(掩心甲, 가슴을 보호하는 갑옷)을 받쳐 입고 있었다. 잠로의 칼날은 청동 갑옷에 막혀 삐끗 미끄러졌다. 대신 힘 실린 군사들의 칼은 자객의 등판과 정수리에 그대로 떨어졌다. 순간 전제의 동물적인 감각이 본능적으로 반응했다. 칼날이 미끄러지는 순간 내리깔았던 눈이 번쩍 빛나더니 반사적으로 칼을 위로 치켜올려 상대의 목젖을 가르고 들었다. 머리가 빠개지고 허옇게 뇌수가 분출되는 순간 그의 칼날도 왕의 목동맥을 가르고 있었다. 전제도 자신의 칼날을 보고 있었다. 뇌수를 쏟으면서 입가에는 미소가 번졌다.

"과연 표자두 전제! 해냈다…."

그 순간 태호의 주루에서 아름다운 몸을 제공하기 전에 귀를 간지럽히던 미희의 비파 소리가 들리는 듯하였다. 몽환적인 환락의 기억과 함께 그의 영혼은 영원의 망각 속에 묻혔다. 시위 군사들이 일제히 달려들어, 칼과 창으로 자객을 찌르고 베었다. 순식간에 사람의 형체를 잃고 한 무더기의 고깃덩어리로 변했다.

내실에는 오자서가 있었다. 연회장에서 비명이 터지자 문 뒤에 숨어 있던 오자서는 광을 따라온 군사 둘을 베어 죽였다. 광은 일이 성사되었음을 직감하고 숨겨둔 사병들을 내보냈다.

"왕은 죽었다. 겁낼 것 없다. 시위 군사들을 모조리 죽여라…!"

사병들이 시위와 싸우기 시작하였다. 시위들은 힐끗힐끗 왕의 상태를 곁눈질하였다. 목젖이 잘린 상처 사이로 샘물 쏟아지듯 울컥울컥 피가 솟구쳤다. 왕이 살아날 가망은 없었다. 시신을 수습하여 돌아간대도 어차피 죽은 목숨이었다. 슬금슬금 도망치기 시작했다.

오자서는 공자와 함께 왕궁으로 들어갔다. 광이 문무백관을 한자리에 불러 모으고 거사를 선포했다.

"영악한 요가 감히 수몽대왕의 유지를 어긴 죄를 오늘에야 추단하였다. 백성들에게 선포하노라! 나는 오늘 요를 처단했을 뿐 결코 왕위를 탐내서 거사한 것은 아니다. 잠시 섭정 대리로서 정사를 돌보다가 진(晉)에 가 계신 계찰 숙부가 돌아오면 수몽대왕의 유지대로 그 어른을 왕위에 모실 것이다."

명분은 항상 중요하다. 그런데 누구도 광의 말처럼 숙부에게 왕위를 돌려준다는 말을 곧이곧대로 믿는 사람은 없었다. 명분은 그냥 명분일 뿐이다.

계찰을 모셔 오기 위해서 오자서가 진(晉)으로 떠났다. 진과 오(吳)는 원래 달포 길이다. 그런데 산천 유람이라도 하는지 돌아오는 여행길은 보름께나 더 걸렸다. 그동안 두 사람은 많은 이야기를 나누었다.

계찰은 매리성에 돌아와 광을 만나면서 스스로 신하의 예를 취하여 단 아래에서 절을 올렸다. 그 후 그는 '세상의 오해를 사는 것이 나라를 위해서 좋지 않은 일이다' 하면서 아예 연릉 땅으로 물러가 죽을 때까지 도성에 발을 들여놓지 않았다.

섭정 대리 광은 흡족했다.

"일이 그렇게 되는구먼."

"그렇게 되는 것입니다."

공자 광은 즉위하여 스스로의 호를 합려(闔閭)라 칭했다. 이때 그의 나이 51세였다. 오늘 그가 내건 '합려'란 명칭은 두고두고 사람들의 입에 오르내리는 '춘추오패'의 영광이 되었다.

《춘추》의 해석서인 《좌전》에는 闔廬(합려)라고 썼다. '누추한 오두막집'을 뜻하는 보통 명사이다. 《사기(史記)》에는 闔閭(합려)라고 달리 썼는데 그 뜻도 그리 고상한 게 아니다. '길에 세워진 여닫이 문짝' 정도의 의미밖에 없다. 본래 광(光)이라는 '빛나는' 이름을 지닌 사람이 보위에 오른 뒤 왜 이런 누추한 이름을 선택할 것일까? 합려는 스스로 채찍질해서 천하의 패자를 추구하고자 하였다. 원대한 그의 기준으로 볼 때 현재의 오나라는 그야말로 '오두막집'이나 '여닫이 문짝' 정도의 의미밖에 안 된다.

이날로부터 명검 잠로는 어장검(魚腸劍, 물고기 배 속의 칼)이라는 이름을 얻게 되었으며, 전제는 천하의 협객으로 이름을 날리게 되었다. 칼잡이 전제가 노모와 자신의 목숨을 희생으로 삼아 협(俠)을 완수하자 합려는 그 아들을 돌보아 약속을 지켰다. 전제의 아들 전의(專毅)에게는 상경(上卿) 벼슬을 주고 식읍을 내려 대부로 살게 하였다. 야인이자 자객의 아들이 일약 귀족이 된 것이다. 이 역시 중원이나 초나라에서는 상상조차 할 수 없던 일이다.

전제의 아들 전의는 16년 후 합려가 취리(檇李) 전투에서 월나라 군사들에게 쫓길 때 끝까지 곁을 지키다가 죽게 된다. 그들 부자는 천생 합려와 함께하는 운명을 타고났다.

제22화

외신부대, 장강 일대를 장악하다

왕이 된 공자 광(光)은 평소 야인으로 살면서 가슴에 담아두었던 일들을 시원시원하게 추진하였다.

즉위하자 가장 먼저 한 일은 사촌 형제들의 숙청이었다. 그에게 숙부가 되는 여제왕과 이매왕의 아들들을 때로는 죽이고, 때로는 국외로 내쫓아 잠재적 도전의 존재를 없앴다. 그나마 숙부들이 번식의 의무에 소홀한 덕에 그 숫자가 많지는 않았다. 숙청의 빈자리는 신분에 얽매이지 않고 인재를 등용해 채웠다. 피의 숙청을 통해 권좌를 유지하면서 백성을 안무하는 수법은 낯설지 않은 통치 방식이다. 농업과 축산업에 힘쓰고, 수리 시설을 새로이 구축하는 등 산업의 진흥과 민생에도 노력하였다. 특히 그는 제철 산업과 병기 산업에 힘써 지금의 강소성, 절강성 등지는 춘추 최대의 제철업 중심지로 부상하였다.

합려는 자신을 왕으로 만들어준 해결사 오자서를 객경(客卿)으로 삼았다. 신하로 대우하지 않고, 생사를 함께한 동지로서 대한다는 뜻이다. 벼슬의 직책으로는 상국(相國)을 내렸다. 상국은 재상을 높여 부르는 말이다. 오자서는 이후 승상 자리에도 올랐으나 죽을 때까지 주로 오 상국으로 불렸다.

오자서는 처음 매리성에 들어왔을 때부터 협소하고 허술한 성벽이 마음에 들지 않았다. 그래서 먼저 수도부터 옮겼다. 그는 장강의 하류 고소산(姑蘇山) 동북쪽 30리에 큰 성을 쌓았다. 성의 둘레는 47리로서 동서가 길고 남북이 좁아 장방형을 이루었다. 모퉁이는 날카롭게 각이 섰고, 방향에 따라 여덟 개의 문을 만들었다. 바로 오늘날의 소주(蘇州) 이다. 오자서가 건설한 고소성은 오중(吳中)이라고 불려, 이름 그대로 오나라의 중심 도시로서 자리를 잡았다.

오 상국이 혁신과 내실에 힘쓰고 있을 때 초나라에서 백비(伯嚭)가 망명해 왔다. 그도 비무극과 원수를 지고 도망자가 된 인물이다. 행색이 꾀죄죄하였다. 둘은 영도 시절부터 서로 얼굴을 알 만한 사이이다. 백비는 오자서를 보자 엎드려 큰절부터 올렸다.

"오직 오 상국 뵙기만 소원하면서, 예까지… 부디 도와주십시오."

"걱정하지 말게. 내가 대왕께 말씀을 드렸으니 곧 좋은 소식이 있을 걸세. 내가 자네의 보증을 선다는 의밀세."

"여부가 있겠습니까요. 믿어주신 만치 열심히 하겠습니다."

말은 그랬지만, 백비는 슬쩍 비위가 상했다. 젊은 시절 누구나 저지르기 쉬운 허물이다. 상대의 진정 같은 건 헤아릴 생각 없이 겉으로 드러난 말에 집착하는 것이다. 한번 내린 감정은 그대로 기억 속에 오래 남게 된다. 그런 백비의 서운한 감정까지 헤아리고 다독이기에 오자서도 아직은 젊은 나이였다.

합려가 백비를 만났다.

"그대가 천 리를 마다하고 예까지 왔으니 장차 과인에게 무슨 도움을 주려는가…?"

"신의 가문은 초나라에서 충성을 다했으나 간신의 농간에 집안이 절단되었습니다. 마땅히 갈 곳이 없던 차에 대왕께서 오 상국을 거두고 계신다는 소문을 듣고 이 한 몸을 바치러 왔습니다. 신도 거두어주십시오."

합려는 새삼 백비를 살펴보았다. 널찍한 이마에 시원스러운 눈을 가진 청년이었다. 당당한 체구에 목소리는 울림이 커서 멀리까지 잘 들렸다. 말이 또 청산유수면서 재치가 넘치고 곧잘 위트도 보인다. 다만 묘한 교활함이 마음에 걸렸다. 어느 한 부분만으로 사람을 평가할 수는 없으리라. 어쨌든 전통 관료들과는 사뭇 다른 점이 있다. '재미있는 자로구먼. 쓰기에 따라서는 약이 될 수도, 독이 될 수도 있는… 이런 자를 곁에 하나 두는 것도 나쁠 건 없겠지.' 합려는 일단 고개를 끄떡였다.

이 무렵 오자서는 또 한 사람을 왕에게 천거하였다.

그는 제(齊)나라 출신으로서 《손자병법》을 쓴 손무(孫武)이다. 이때 손무는 필생의 역작 《손자병법》의 저술을 마치고 나부산(羅浮山)에 은거하고 있었다. 세상은 아직 《손자병법》의 존재를 알지 못했다. 병법서가 하나의 장르로 자리 잡기에는 세월이 더 필요했다. 오자서가 전원생활을 누리는 그를 세상으로 불러냈다.

《손자병법》 13편은 전쟁에서 승리하기 위한 지침이지만, 인재를 등용하고 부하를 잘 거느리며 천하를 경략하는 지혜를 담아 오늘날까지 조직 경영에 원용되는 고전이 되었다. 오자서는 그 13편을 차례로 합려에게 들려주었다. 합려는 감탄해 마지않았다.

"이 병법서야말로 반전의 연속이며, 신출귀몰이구나. 그런데 우리 군사의 숫자가 많지 못하니 그게 아쉽다!"

"신의 병법은 비단 병사에게만 쓸 수 있는 것이 아닙니다. 여자라도 군령으로 다스리면 전쟁을 치를 수 있습니다. 신에게 궁녀들을 훈련토록 해주시면, 한나절 안에 군사로 만들어놓겠습니다."

"그것참 재미있겠구나. 그런데 아무리 장난이라도 약속은 약속이다. 뒤에 과인을 원망치는 말아라…!"

곧바로 궁녀 180명을 불러냈다. 손무는 이들을 두 패로 나누어, 진법 훈련에 들어갔다. 궁녀들은 아닌 밤중에 홍두깨라도 만난 듯, 누구는 일어서는데 누구는 그냥 앉아 있고 뒤죽박죽이었다. 스스로 우스워 웃고 떠들다 보니 난장판이 되어버렸다.

지휘하던 손무의 눈꼬리가 치켜 올라갔다. 왕이 가장 사랑하는 미희 두 사람을 불러내더니 가차 없이 목을 베어버렸다. 왕이 미처 말릴 겨를도 없었다. 가녀린 여인들의 목이 흙바닥에 굴러, 믿을 수 없다는 듯 속눈썹 치렁한 눈이 몇 번이고 껌벅거렸다. 궁녀들은 졸지에 새파랗게 질려 전신을 와들와들 떨었다. 재잘거리던 연병장은 기침 소리 하나 없이 엄숙하게 변하고, 손무의 지휘에 따라 척척 훈련에 열중하였다. 과연 한나절이 채 못 되어 그런대로 진법을 구사하는 군사가 되었다….

합려는 기가 막혔다. 손무가 훌륭한 장수일지는 모르나, 자신의 충실한 신하는 아니었다. 그래도 본인이 허락한 일이라 차마 손무를 죽이지는 못하고 도로 나부산으로 돌려보낼 작정이었다. 이때 오자서가 나섰다.

"대왕께서 아름다운 여인과 평생을 보내시려면 손무를 돌려보내십시오. 그렇지 않고 뜻하신 대로 초를 정벌하고 천하 패권을 잡으시려면 손무를 대장군으로 쓰십시오. 예쁜 계집이야 쌔고 쌨지만 좋은 장수는 천운이 있어야 얻어지는 법입니다. 그가 아니면 누가 회수(淮水)와 사수(泗水)를 건너겠습니까? 부디…!"

오자서의 말은 격앙되어 우렁우렁하게 들렸다. 분위기를 누그러뜨리는 듯 합려가 껄껄 웃어 보이더니 손무를 대장군으로 임명하고 자신이 찼던 칼을 내주어 군령을 세웠다. 합려는 과연 영웅의 풍모를 지녔다.

버려진 마이너 리그의 인재들이 이제 대범한 군주를 만나 가공할 '외인부대'가 되었다. 산적이나 수적, 유랑민들도 신분을 불문하고 능력에 따라 채용하여 하급 장교나 장졸로 편입시켰다. 앞으로 장강의 열국은 기존에 만나보지 못한 희한한 군대와 맞닥뜨려야 될 것이다.

군사를 조련한 손무는 먼저 서성(舒城) 땅을 겨누었다. 서성은 서(徐)나라와 종오(鍾吾)나라, 그리고 오, 초가 인접한 접경지대로서 교통의 요지이다. 이곳을 확보하느냐 못 하느냐는 한 지역이 아니라 대륙의 동남부를 호령할 교두보를 얻는 문제이며, 무엇보다 요왕이 파견한 엄여와 촉용의 군사가 주둔해 있었다.

둘은 당대 최고의 맹장으로 이름이 높았다. 엄여는 죽은 요왕의 외숙으로서 지략이 높아 병법에 밝았고, 촉용은 타고난 장사로서 8척이 넘는 키에 얼굴을 덮은 구레나룻으로 흡사 시꺼먼 괴물 같았다. 그들의 무용은 이미 세상에 알려졌다. 둘은 손무의 군사가 온다는 소식을 듣고 한바탕 너털웃음부터 날렸다.

"크하핫핫! 하룻강아지 범 무서운 줄 모른다더니, 감히 애송이 놈이…!"

곧바로 서나라, 종오나라와 함께 동맹군을 결성하고 손무군에 맞섰다. 엄여군은 3만, 손무군은 2만으로 양군은 복양 땅 평원에서 조우하였다. 싸움은 길지 않았다. 손무는 이 전투에서 당시로서는 생각지도 못할 묘기를 구사하였다. 처음에 어린진(魚鱗陣)으로 대처하다가, 화살 거리 앞에서 갑자기 진형을 안익진(雁翼陣)으로 바꿨다. 평소 그는 넓히고 좁히고 조이고 푸는 기동 훈련과, 종대에서 횡대로, 횡대에서 종대로, 원형에서 일자로, 일자에서 기러기 형태로 바꾸는 이런 훈련을 수없이 반복하였다. 당시 누구라도 싸움이 벌어진 현장에서 이렇게 진법을 바꿔가며 군사를 부릴 줄은 꿈에도 몰랐다. 당황한 엄여군은 속절없이 무너졌다.

해가 저물어 어둠이 깔리는데도 두 군사의 전투는 끝이 나질 않았다. 기세등등한 손무의 공격을 받은 엄여군은 어찌할 바를 몰랐다. 그날 밤은 달빛도 좋았다. 퇴각하는 군대의 후미를 오자서, 백비 등이 나누어 십여 차례나 뒤를 쫓고 두들겨댔다. 기력과 사기가 바닥에 떨어진 마당에, 전투는 하나마나였다. 이맘때쯤이면 싸움이라고 할 것도 없었다. 숨고 도망치고 쫓고 하는 토끼 사냥이 전개되었다. 상처 입은 촉용도 난전 중에 오자서와 마주쳐 결국 그의 창날에 죽었다. 밤새 시달린 엄여는 몇 안 되는 군사와 함께 언덕 위로 쫓겼다. 잠시 에워싼 적진을 굽어보았다. 어둠이 덜 걷힌 조릿대 덤불 틈에서 여기저기 바쁘게 군사와 말들이 움직이는 것이 보였다. 밝은 날 마지막 공격을 위해 준비하는 중이리라. 잠시 주저하던 그는 마음을 다잡고 칼을 뽑았다.

"대왕이시여! 신이 부족하여 원수를 눈앞에 두고도 패했나이다. 못난 신을 용서하소서…!"

그가 절절히 찾는 대왕은 죽은 요왕이다. 엄여와 촉용이 죽고 나서야 이 전투는 끝이 났다. 병법서란 게 구체적인 상황보다는 개념으로 가르치기 마련인데 손무가 진영의 변화를 구사한 사례 한 가지를 보아도 그의 전략이 간단치 않음을 알겠다.

그 후 종오나라와 서나라는 별반 힘도 써보지 못하고 손무에게 정벌당하고 송묘사식을 낳았다. 군대를 움식이면 싸울 때마다 이기고 나라 둘까지 병합시키자 합려는 이제 손무의 능력을 완전히 믿게 되었다. 내친김에 초(楚)의 영도까지 쳐들어가고 싶었다.

그런데 의외로 손무가 이를 말렸다.

"일단은 퇴각했다가 때가 무르익기를 기다립시다. 설익은 감을 따면 떫기만 할 뿐 먹을 수가 없는 법입니다…."

오자서는 애가 탔다. 이 시절의 그는 한시가 바쁘다.

"어느 세월에, 언제까지 기다려야 한단 말이오?"

"허허! 무작정 기다리자는 것이 아닙니다. 슬슬 부채질은 해야겠지요. 상대의 교만과 욕심을 부추겨 승리할 것입니다."

병법서를 저술한 만치 말로써 손무를 이길 사람은 흔치 않다. 《손자병법》의 전략은 인(忍), 세(勢), 패(覇)의 세 단계가 있다. 곧 참을 인(忍)이란, 때를 기다리며 몸을 낮추고… 세(勢)로써 상대가 내 뜻대로 움직이게 하며… 결국 때가 되면 허점을 노려 무너뜨린다는 전략이다. 소라 껍데기를 망치로 두드리기보다 껍질 꽁무니를 불에 쬐이면 저절로 알맹이가 빠지는 이치와 같다. 노림과 기다림이야말로 《손자병법》을 무적으로 만드는 원동력이다.

그동안 초나라에서는 간신 비무극이 권력 다툼 끝에 낭와에게 죽임을 당하고, 낭와가 영윤 벼슬에 올랐다. 그런데 낭와도 멀쩡한 인물이 아니었다. 그는 비무극과도 달랐다. 적극적이고 야심만만한 데다, 교활한 인간이다.

손무는 이런 틈새를 알아보고 곧바로 '내부로부터 흔들기'에 들어갔다. 이른바 교병지계(驕兵之計, 적의 교만함을 키우는 계략)의 계책으로서 뇌물과 이간질의 틈 들이기였다. 먼저 낭와에게 취임 축하 선물부터 보냈다. 금으로 만든 엄심갑 한 벌에다 젊은 여인 여덟을 딸려 보냈다. 낭와는 순금 엄심갑만으로도 입이 찢어졌다. 게다가 강남의 미인은 남방 여인을 동경하는 상류층 인사들이 최고로 선호하는 사치품이다.

"뭐니 뭐니 해도 강남 여자들이 제일이라며…?"
"암만! 흐흐흐, 중원 천지에서 제일 좋은 값을 쳐주지…."
초소왕에게는 따로 명검 한 자루를 보냈다. 합려의 보검 사랑은 특별한 데가 있었다. 그는 자신의 무덤 속에 3천 자루의 보검을 함께 묻어달라고 할 정도로 유난히 칼을 좋아하는 군주였다.

옛 오나라의 수도, 소주(蘇州) 땅에는 합려의 무덤이라는 호구산(豪邱山)이 있다. 이 호구산에는 시검석(試劍石)이라는 바위가 있는데, 바위 한가운데가 마치 칼로 자른 듯이 두 쪽으로 갈라져 있다. 칼을 알아보기 위하여 바위를 잘라 칼을 시험했다는 전설이다. 그래서 시검석(試劍石), 또는 시금석(試金石)은 어떤 가치나 역량을 가늠하는 기준을 뜻하는 고사성어가 되었다.

합려가 이때 초소왕에게 보낸 명검은 바로 어장검과 함께 만들어진 반영(磐郢)이란 이름의 칼이었다. 반영은 자루에 북두칠성 모양으로 보석을 일곱 개 박은 칼로서 칠성보도(七星寶刀)라고도 불리었다. 초소왕이 예물을 들고 온 오나라의 사신 풍호자(風好子)에게 물었다.

"귀국이 과인에게 칼을 보내는 이유가 무엇이오?"
"이 칼, 반영은 오나라의 명인 구야자(歐冶子)란 사람이 만들었습니다. 원래 어장검인 잠로의 짝으로 만들었는데, 잠로는 비수이며 반영은 큰 칼입니다. 반영은 북두의 정기로 만들어져 칼을 뽑으면 신령한 기운으로 상대를 제압하고, 허리에 차고 있으면 천하가 복종한다고 합니다. 우리 군주께서 오늘 대왕께 반영을 바침은 몸을 낮추어 대국을 섬기고자 하는 진솔한 바람입니다."

미리 준비하고 있던 풍호자는 술술 잘도 읊어댔다. 초(楚)로서는 더없이 반가운 말이었다. 손무는 대소 신료들에게도 손을 뻗쳤다. 이모저모 영윤부의 관원들을 알아보니, 나이 어린 여자와 결혼한 오십 대 홀아비가 눈에 들어왔다. 그는 늘 녹봉이 적다고 투덜거리고 있었다. 그가 받는 급여로는 아내에게 옷과 보석, 화장품을 충분히 사줄 수가 없었기 때문이다. 그는 자기가 매수당하기 쉬운 사람이라는 것을 광고하고 있는 셈이다.

손무는 먼저 그에게 선물을 보냈다. 그는 선물 받은 일을 주위에 자랑하고 다녔다. 사람들이 은근히 부러워하자 차츰 범위를 넓혀 신료들에게 골고루 뇌물을 선사하였다. 바야흐로 화해의 기운이 조정에 번졌다. 관원들은 누구나 거리낌 없이 뇌물을 반기고, 그 품목을 자랑하는 분위기가 되었다.

초나라가 공식적으로 오와 화친하고 상호 불가침 조약까지 맺자 이웃의 제후들이 줄줄이 축하를 드렸다. 당나라 임금 당성공(唐成公)과 채나라 임금 채소공(蔡昭公)도 영도를 찾았다. 군주가 남의 나라를 찾아 하례를 드리는 일이 흔한 일은 아니다. 남방의 패자 초를 모시는 나라들이 감당해야 할 과제였다.

채소공은 초소왕을 예방하는 선물로서 패옥 두 개와 은초서구(銀貂鼠裘, 담비 모피 외투)로 불리는 갖옷 두 벌을 준비했다. 흰 담비 외투는 희소성 때문에 비길 데 없이 진귀한 물건이다. 두 군주는 연회를 즐기면서 함께 패옥을 차고 갖옷을 입었다. 은초서구는 자르르 윤이 흐르면서 귀티가 났고, 반짝이는 백옥패는 걸음을 뗄 때마다 영롱한 소리를 울렸다. 선린 우호를 다짐하는 자리에 어울리는 선물이었다. 그런데 영윤 낭와는 채소공이 입고 있는 은초서구와 백옥패에 욕심이 났다. 그래서 넌지시 물었다.

"이 사람에게 군주의 백옥패와 갖옷을 보여줄 수 없겠습니까?"

물건을 선물하라는 압력이었다. 채소공은 낭와가 대놓고 뇌물을 요구하는 게 불쾌해서 단박에 거절하였다.

또 당성공에게는 보물처럼 아끼는 명마 두 필이 있었다. 털이 비단같이 희고 다리는 늘씬한 게 미인을 연상케 하는 풍요롭고 빛나는 암말들이다. 당성공은 이들을 숙(驌)과 상(驦)이라 이름 짓고 지극히 사랑하였다. '당성공은 여인보다 말을 더 사랑한다?' 사람들의 숙덕거림처럼 그는 짐승들에게 심취하였다. 놈들은 당성공이 쓰다듬어주면 자랑하는 듯 '히히힝' 하고 웃었다. 그것도 모자라 임금은 숙상의 그림으로 병풍을 꾸며서 방에까지 둘렀다. 이번에 초에 올 때도 그는 숙상이 끄는 수레를 타고 왔다. 낭와가 말을 보더니 덜컥 탐을 내면서 그중 한 마리를 자기에게 달라고 부탁했다. 아끼는 암말들이라 수말에게 흘레붙이기도 아까워하던 당성공으로서는 절대로 들어줄 수 없는 부탁이었다.

낭와는 무안했다. 신흥 강국 오나라조차 자신에게 뇌물을 바치는 판인데 세상모르는 채소공이나 당성공이 가소롭기 짝이 없었다. 바로 초소왕에게 꼬드겨서 일러바쳤다.

"채, 당 두 나라는 겉으로 복종하지만 다른 속셈이 있는 인물들입니다. 이번 기회에 그들을 영도에 잡아두는 것이 좋겠습니다."

왕은 귀가 얇았다. 이 시절에는 특히 무엇이든 낭와의 쏘삭거리는 꾐에 따랐다. 별반 어려움 없이 절대 왕권을 계승하여, 말만 왕이지 국가 체제에 대한 개념이 없는 어린아이에 불과하던 시절이었다. 채소공과 당성공은 별도의 관저에 연금되었다. 둘은 열 달이나 억류당해 있다가, 당성공이 숙상을 바치고 채소공은 은초서구를 바친 뒤에야 겨우 풀려났다. 그들은 굴욕과 분노를 참을 수 없어 오나라에 도움을 요청했다.

"…만약에 귀국이 초와 싸우게 된다면 참전해서 함께 싸우겠습니다."

약속을 담보하는 인질이라도 내놓겠습니다…."

인간이 동물과 다른 하나가 자존심이다. 낭와는 이웃 제후의 자존심을 여지없이 짓밟아 원한을 남겼다. 다시 봄이 오고 꽃이 피었다. 때는 무르익었다. 초나라는 비무극과 낭와로 이어지는 권신들의 만행과 젊은 왕의 어리석음으로 열국의 인심을 잃었다.

춘추 300년을 통틀어 150개국이 망하고 수백, 수천의 전쟁이 있었다. 특별히 '반전'이라고 할 만큼 의외의 결과를 초래한 전쟁을 꼽는다면 '백거(柏擧)의 전투'와 '취리(檇里)의 싸움'이다. 백거는 오와 초가 맞붙어 남방의 맹주를 가린 싸움이었고, 취리는 오와 월이 격돌한 희대의 격전이었다. 두 번 모두 합려가 참전하였는데, 백거에서는 그가 이겼으나 취리에서 패하여 목숨을 잃었다.

백거 싸움에서 초군의 총수는 영윤 낭와였고, 부장 격인 좌사마(司馬)로는 심윤 술이 참전하였다. 낭와가 물었다.

"좌사마는 세상이 알아주는 명장이라 적을 깰 계책이 있을 것이다. 어디 한번 계책을 풀어보시라…."

그럴듯한 구변, 잘난 척하는 태도, 안일과 교만에 길든 낭와는 먼저 의견을 내놓는 법이 없다. 남의 의견을 들어보고 그럴싸한 점이 있으면 그대로 따랐다. 성공하면 자신의 공이 되었고, 대신 실패하면 의견을 낸 자에게 잘못을 물었다. 이런 낭와의 행태를 아는지라 심윤 술의 말에는 냉소가 실렸다.

"영윤께서는 손무를 잘 아시지 않소이까?"

영윤의 자리에 있으면서 뇌물이나 받아 챙긴 데 대한 반감이다. 낭와는 얼굴이 벌겋게 달아올랐다.

"허허! 잘 알다니? 오나라 장수를 내 어찌 안단 말인가? 쓰잘머리 없는 말은 삼가라."

이렇게 둘은 자존심 다툼으로 줄줄이 전술마다 다툼을 벌였다. 낭와는 백거의 들판에서 적을 맞아 싸우자고 했고, 심윤 술은 산악의 진지전을 주장해서 오히려 10리 밖에 진을 쳤다. 새벽에 심윤 술의 영채에 급보가 전해졌다. 주력군이 패하여 낭와는 달아나고 장수 여럿이 죽었다는 것이다. 심윤 술은 들썩거리는 장졸들을 막았다.

"명령 없이 행동하는 자가 있으면 당장에 참하겠다."

쫓겨 온 낭와의 군사 1만이 합세하자 다시 군세를 정비하고 한바탕 결전에 앞서서 가신 오구비(吳句卑)를 불렀다.

"낭와가 고집을 부리다가 일을 망치고 말았다. 이미 사태는 걷잡을 수 없다. 이곳은 영도의 담벼락 같은 요충지라, 내가 군사를 물리면 적은 바로 도성까지 밀어닥칠 것이다. 만약에 전쟁에서 패하게 되면 내 목을 너에게 맡긴다. 너는 내 곁을 떠나지 말고 있다가 목을 베어라."

"주인님! 그 일만은……."

"잘 들어라! 내 목을 절대 적에게 빼앗기지 말아라…. 도성으로 달려가 임금께 전해라. 대왕인들 죽어서 목만 돌아온 신하의 충언은 들으실 것이다."

언제부턴지 산기슭이 밝았다. 심윤 술이 병거를 몰고 영채를 나섰다. 그는 병법에도 능했지만, 군사의 사기를 존중하고 중히 여기는 사람이 있다. 한사레 싸움에 뼈를 묻겠나고 나서니 병솔늘노 숙자는 각오로 맞섰다. 숨 돌릴 틈도 없이 손무군이 들이닥쳤다.

그날의 싸움은 대단했다. 오군도 잘 싸웠지만, 초군은 더 잘 싸웠다. 처음 기세를 올리던 손무군은 예기치 못한 반격에 점점 밀리기 시작했다. 이를 지켜보던 손무가 세 방향에서 대군을 몰아 덮쳐갔다. 오른편에서는 오자서와 채소공이 달려 나가고, 왼편에선 백비와 당성공이 달려들었다. 그 수효조차 알 수 없었다. 함성이나 기세로 보아 일이 만 정도가 아니다. 거기다 궁노수들이 일제히 활을 쏴대니 하늘이 온통 화살의 비로 뒤덮였다.

천지를 뒤흔드는 함성과 함께 사나운 병거가 앞장을 서자 그 뒤를 창을 든 보졸들이 짓쳐 들었다. 그들은 큰 파도처럼 일제히 초나라 군사를 밀어붙이면서 두들겨댔다. 밀려갔다, 돌아오고, 다시 밀려갔다 돌아오는 차륜전(車輪戰) 공격이다. 한번 몰아칠 때마다 초군(楚軍)은 모래성 무너지듯 한 겹씩 허물어졌다. 들판은 양군의 시체로 뒤덮였다. 피 웅덩이에 고꾸라진 시신, 말발굽에 짓밟혀 훼손된 시신, 고슴도치처럼 온몸에 화살이 꽂힌 시신 등 그 수를 헤아릴 수 없었다. 아직 숨통이 붙어 있는 군마들은 동료가 죽으면서 내지른 똥오줌과 피떡 속에서 경련을 일으키며 고통의 울음소리를 토해냈다.

심윤 술은 마지막 힘을 다해 적의 포위에서 벗어났으나 이미 여러 대의 화살을 맞은 상태였다. 너무나 지쳐서 감각조차 사라져버렸다. 그는 물먹은 솜같이 버거운 몸을 병거 위에 털썩 내려놓았다. 더 싸울 힘도 투지도 없었다. 오구비를 불렀다.

"이제 나는 힘이 다하였다. 내 목을 잘라 대왕에게 갖다 보여라. 낭와같이 제 공치사만 앞세우는 소인배를 총수로 세우고 어찌 전쟁에서 이기겠느냐…?"

초가 이번 전쟁에 나서면서 처음에는 좌사마 심윤 술을 대장으로 삼으려 하였다. 그런데 낭와가 본인이 직접 출전하겠노라고 나섰다. 낭와로서는 밖에서 오는 적보다, 누군가 본인보다 권세가 많아지는 게 두려웠다. 초소왕이 누구를 내보낼까 망설이던 중에 대부 신포서가 나섰다.

"대왕께서 영윤을 신뢰하시는 거야 어쩔 수 없사오나, 나라의 존폐가 이 전쟁에 달렸습니다. 전장의 승패는 벼슬이나 나이로 갈리는 게 아니니 가장 유능한 장수를 내보내야 할 것입니다."

그러나 왕은 한 가지가 미심쩍었다. 엄격하게 따지자면 심윤 술은 초나라의 정통 신하가 아니었다. 심윤 술의 '심윤'은 벼슬의 명칭이고 이름은 '술'이다. 심(瀋) 지방을 다스리는 장관(尹, 윤)이란 말이다. 영도(郢都)의 수장인 영윤(郢尹)과는 여러모로 껄끄러운 상대였다. 심은 초나라와 채나라 사이에 위치한 소국이었는데, 초나라가 여수(麗水) 일대를 실질적으로 지배하자 초(楚)의 위성국이 되었다. 그래도 심나라는 군주도 있고, 지방 행정을 맡은 장관인 윤(尹)도 있었다. 전쟁이 벌어지자 심윤 술이 좌사마의 직책을 맡은 것으로 봐서 심윤은 군사적으로 대단히 중요한 자리였던 모양이다. 왕으로서는 오랜 기간 속국이었지만 한 지방의 장관에게 병권을 송두리째 맡기기에는 정치 공학상 아무래도 부담이 있었다.

"과인이 선대왕에게 가르침받기로, 나라에 큰일이 있으면 원로의 의견을 들으라 하셨소. 오래된 생강이 맵다는 말도 있지 않소? 이 마당에 영윤 대감을 믿지 않고 누구를 의지하겠소?"

결국 낭와가 총수가 되고 심윤 술은 부장이 되었다. 이제 일을 그르치고 나니, 잘린 목이나마 마지막 충언을 올리려는 뜻이다. 오구비는 차마 주인의 목에 칼을 대지 못했다.

"말을 듣지 않는 놈이로구나. 나 심윤의 명령이다! 정녕 내 목이 적의 손에 들어가는 것을 보고 싶으냐…?"

심윤 술은 눈을 감았다. 오구비가 칼을 뽑아 주인의 목을 내리쳤다.

그 순간, 그의 감겼던 눈이 퍼뜩 떠졌다. 마지막으로 세상을 한 번 더 보려는 듯이다. 그러나 갈 길 바쁜 오구비에게는 주인의 그런 변화가 보이지 않았다. 언월도 넓은 칼날에 잘린 목을 겉옷으로 대강 둘러 가슴에 안더니 냅다 영도 쪽을 바라보고 달리기 시작했다. 닭똥 같은 눈물이 뚝뚝 흘러내려 대여섯 발자국마다 엎어지고 넘어지기를 거듭했다.

마침내 신흥 강국 오(吳)가 남방의 패자 초(楚)를 꺾은 이 싸움의 전장은 백거(栢擧) 땅이었다. 오늘날의 우한(武漢, 무한)의 북쪽 평원으로, 때는 BC 506년이다. 객관적으로 우세하다고 여겼던 초군이 여지없이 패퇴한 싸움으로 사가들은 이를 백거지역(栢擧之逆, 백거의 반전)이라고 불렀다.

《춘추》의 해설서인《좌전》에는 다음과 같이 기록하였다.

"초나라 군사는 다섯 번의 전투 끝에 크게 패해 영도성으로 후퇴하게 되었다."

전장에서 도망친 오구비가 주인의 목을 보자기에 싸서 편전에 들었다. 잘린 부분은 덩어리 피가 굳어 험악했으나, 얼굴은 산 사람같이 눈을 부릅뜨고 있었다. 푸르스름한 입술 안쪽으로 하얀 이를 보이며 어찌 보면 웃고 있는 것도 같았다. 어린 왕은 차마 신하의 잘린 목을 보지 못하고 외면하였다.

신포서가 대신 말했다.

"대왕을 알현하고자 돌아온 신하의 목입니다. 눈이라도 감겨드리시지요."

왕이 감았던 눈을 떴다. 심윤 술의 목은 죽기 전 그 모습대로 크게 눈을 뜨고 허공을 노려보고 있었다. 왕이 그토록 의지했던 낭와는 저 살겠다고 달아나고, 그나마 적의 예봉을 꺾어 진격을 멈추게 하고 목만 돌아온 신하의 모습이다.

"…과인이 불민하여 경을 죽게 하고 나라를 위급에 빠뜨렸다. 내 앞으로 오늘의 교훈을 새기고 또 새기겠노라…."

왕은 이제 죽은 신하의 부릅뜬 눈을 피하지 않았다. 전통에 따른 것이다. 숨김없는 시선으로 목만 남은 신하를 응시하였다. 어느 날엔가, 죽은 자의 세상에서 다시 만날 얼굴이다. 부들부들 떨리는 손을 내밀어 죽은 이의 눈을 내리쓸었다. 그제야 할 말이 끝났는지 심윤 술의 눈이 스르르 감겼다. 하나뿐인 목숨, 어떻게 죽느냐에 따라 의미가 달라지고 가치가 매겨진다. 왕은 깨달았다. 적어도 비상시에는 유능한 신하를 기용해야 했다. 아니, 평소에도 듣기 싫은 소리를 하는 신하가 소중하고, 누구에게 일방적으로 신뢰를 주어서는 안 된다는 것을 알아챈 것이다.

영도성은 이 시대 난공불락의 현성(炫城)으로 꼽힌다.

성은 사방으로 12리에 달했고, 안팎으로 넉 장 높이의 성벽이 삼중으로 세워졌다. 성벽은 방어 시설일 뿐만 아니라 나라의 위엄을 대표하기에, 오랜 세월 남방의 맹주로 군림한 초나라의 위상이 실렸다. 성벽 밖으로는 깊은 해자를 둘러 그 폭이 장장 50m가 넘었고 비축된 양곡도 많아 장기간 농성에도 아쉬울 게 없는 형세이다. 새롭게 신포서를 영윤으로 임명하여 결사 항쟁의 일전을 준비하였다. 성벽마다 성가퀴마다 대패기가 펄럭거리는 가운데 한 무리는 바윗돌을 준비하고, 다른 무리는 물을 끓일 솥을 걸고, 해자 웅덩이에는 사슴뿔 목책을 빽빽하게 둘러쌌다.

그러나 신출귀몰의 손무는 이마저도 무색하게, 때마침 불어난 장강의 물길을 돌려 성을 공략하였다. 흙탕물은 미친 말 수만 마리가 한꺼번에 내달리는 듯 굉음과 물보라를 일으키며 무서운 기세로 기습하였다. 성을 싸고 있는 적호(赤湖)의 수위가 급격히 상승하더니, 마침내 성은 온통 물에 뜨고 말았다. 논밭은 물론, 멀리 보이던 시가지까지, 땅의 경계도 없고 논밭의 구분도 없이 사방이 온통 흙탕물로 그득하였다. 영도의 백성들은 너도나도 성벽 위로 올라가서 까맣게 복작였다.

 더 큰 문제는 창고에 쌓아놓은 양곡과 마초(馬草)가 모두 물에 잠겨버렸다는 점이다. 하루 이틀이면 모두 썩게 될 것이다. 이제 성이 함락되는 것은 그야말로 시간문제이다. 사람 먹을 게 없고 말을 굶기면서 버틸 장사는 없다. 이제는 다 글렀다! 하나같이 자포자기에 빠질 수밖에 없었다. 성이 함락되기 전에 인간의 마음부터 먼저 꺾인 것이다.

 홍수로 불어난 물이라 사나흘 뒤에는 거짓말처럼 물이 빠졌다. 측간이 넘치는 바람에 똥거름 냄새가 진동하는 성안에서 철모르는 아이들이 종다래끼를 들고 미처 도망 못 간 물고기를 잡으러 나섰다. 그런 아이들의 손을 잡아끌면서 알게 모르게 성 밖으로 탈출하는 이탈자가 늘어났다. 내일의 기약이 없는 성은 다음다음 날로 적군에게 떨어졌다. 왕은 성이 떨어지던 날 밤에 술렁이는 백성들 틈에 끼어 서북쪽 암문을 통해서 성을 빠져나갔다. 영도의 함락은 한 시대의 종말을 고하는 일대 사건이었다. 춘추의 정치 사회를 주도하던 남방의 패주(覇主)는 완전히 위신을 상실했다. 제대로 싸워보지도 못하고 수도를 내어준 초(楚)나라의 패권은 이로써 끝났다. 합려의 검이 춘추의 한 획을 끊은 것이다.

 마침내 입성한 합려는 초나라 왕궁에서 연회를 즐겼다. 오늘같이 기쁜 날 술과 계집이 없을 수 없다. 악공들은 일제히 비파의 풍악을 울려대고, 무희들은 구름 위에 노니는 선녀같이 하늘거리며 춤을 추었다.

초의 종묘를 지키는 조상신이 보기에 기가 찰 노릇이다. 침략군 장수들은 하나같이 기고만장하여 여인을 희롱하고 겁탈하는 광란의 연회장으로 변해갔다. 그런 중에서도 오자서만은 침통한 표정이었다. 합려가 그를 불렀다.

"상국은 어찌하여 함께 즐기지 않는가…?"

"신이 대왕의 은혜를 입어 영도에 입성했으나 아직 원수를 갚지는 못했습니다. 대왕께 간청합니다. 신에게 초왕의 무덤을 파헤쳐 그 송장의 목을 자르도록 허락해주십시오…!"

순간 합려는 사무친 그의 원한에 전율이 일었다.

"천하의 백성이 그대와 과인을 욕할 것이야."

"신이 이제까지 살아남은 것은 모두 원수를 갚기 위해섭니다. 이대로는 결코 살아갈 수가 없나이다."

"유감스럽지만 당장은 대답할 말이 없다. 다만, 과인은 그대가 무슨 일을 하더라도 그 일을 문책할 생각이 없다."

왕은 저만치 떨어진 연회석에서 떠들썩한 백비를 손짓으로 불렀다. 이쯤에서는 아무래도 만만한 백비가 편하다.

오자서는 영도성 안에 있는 초의 선왕들의 사당을 모두 부수었고 송덕비와 모든 석물을 파묻었고 사고(史庫)를 불태웠다. 타는 전각들이 무너져서 재가 되어 날렸고 연기가 되어 흩어졌다. 이어서 그는 초평왕의 무덤이 요대호(蓼臺湖) 호숫가에 있나는 말을 듣고 무덤을 찾아 나섰다. 호수는 끝 간 데가 없는데 며칠간 왕릉을 수색하였으나 결국 찾지 못했다. 그는 울분에 차서 하늘을 쳐다보며 가슴을 쳤다.

"하늘이시여…! 정녕 이 원수를 어찌할 수 없단 말입니까…?"

그때 노인 하나가 다가왔다. 나이 든 인간의 얼굴에는 그가 살아온 이야기가 있다. 늙은 목에 깊은 주름이 잡혔어도 각진 얼굴에 광대뼈가 튀어나온 게, 한때는 성깔깨나 부리던 모습이었다.

"이 사람은 석공이었습니다. 왕은 자신의 무덤이 알려지는 걸 극도로 두려워했다고 합니다. 석공 수천을 동원하여 호수를 막아 무덤을 만들고 인부들은 모두 함께 파묻었습니다. 저는 어쩌다 낌새를 알아채고 도망가서 살았습니다. 그 위치가 저만치쯤입니다."

노인은 호수의 후미진 만(灣)을 가리켰다. 잠수부를 시켜 조사하니 과연 물속에 돌로 만든 구조물이 있었다. 흙 채운 가마니로 물막이 둑을 막고 물을 퍼냈다. 닷새를 꼬박 공사한 후에야 마침내 석곽이 드러났다. 기상천외한 안장(安葬)이었다. 왕의 시신은 불멸의 액체, 수은에 절인 미라가 되어, 죽은 날처럼 멀쩡하였다. 자잘한 주름이 얼굴을 덮었고 안색은 어두운데 수염과 머리가 희끗희끗하다. 오자서는 시신을 보자 분기가 치밀어 구리 채찍으로 미친 듯이 매질을 해댔다.

사마천의 《사기(史記)》는 〈오자서 열전〉에 많은 분량을 할애하여 그의 드라마틱한 인생을 소개하고 있다. 이날의 기상천외한 행위도 '채찍질 3백 번'이라고 그 회수까지 기록하였다. 오자서의 뇌리에는 20년 전 그날의 일이 선명했다. 희미한 실루엣으로 남은 아내 가 씨(賈氏)의 마지막 모습과 어린 아들의 원혼은 밤마다 꿈마다 멍에가 되어 그를 찾았다. 생의 굽이마다 오늘까지 그를 지탱한 것은 복수의 일념이었다.

그러나 증오는 또 다른 증오를 낳고, 악연은 새로운 인과(因果)를 쌓는 법…. 그동안 뿌려진 인과의 씨앗은 알게 모르게 여기저기에 널렸다. 뿌린 씨앗은 운명이라는 이름으로 거두게 되는 것, 이 또한 세상사 이치이다.

제23화

반격과 반란

초소왕은 백성들 틈에 섞여 야반도주하듯이 성을 빠져나갔다. 수도가 함락당하는 초유의 사태를 맞아 연도(沿道)의 상황은 처참하기 이를 데 없었고, 왕의 도피 또한 고달픔의 연속이었다. 어찌어찌하여 신하들과 함께 수(隨)나라에 모여 나라 되찾을 궁리를 하고 있었다. 오자서가 선왕의 무덤을 파헤치고 시신을 매질하고 목을 잘랐다는 엽기적인 소문에다, 영도성이 약탈과 겁간의 도축장이 되고 있다는 풍문까지, 들리는 것마다 귀를 막고 싶은 소식뿐이었다. 신포서는 가슴이 쓰렸다. 자신부터가 영윤이라지만 영도(郢都)를 빼앗긴 마당에 허울뿐인 벼슬이다.

"합려는 우리 초를 아주 없애버릴 작정이구나. 내 이러고 앉아서 그가 벼락이라도 맞아 죽기를 기다리다가는 정말로 나라가 망하겠다. 죽을 때 죽더라도 그럴 수는 없는 노릇이다…."

그는 문득 초소왕의 어머니 맹영이 진(秦)나라 임금 진애공의 누이라는 사실을 떠올렸다. 그리고 보니 진애공은 초소왕의 외숙인 셈이다. 그길로 진나라 옹주(雍州)로 달려갔다.

"오(吳)가 감히 중원 천하를 어찌해볼 욕심에 먼저 우리 초나라부터 쳐들어왔습니다. 하필 장강 물까지 덮치는 바람에 군주의 생질이신 저희 임금께서는 부득이 싸움에 패하여 지금 수나라에 망명하여 있습니다. 청컨대 군사를 일으켜 도와주십시오."

생각 외로 진애공의 반응은 냉담하였다.

"우리 진(秦)은 농토가 적어 궁핍하고, 군사도 많지 못하다. 무슨 여유가 있어 남까지 돕겠는가?"

남의 나라 군사를 빌리는 일이 어찌 순조롭겠는가? 신포서는 충동질 작전을 펴기로 작정한다.

"예로부터 남초북진(南楚北秦)이라고 했습니다. 초가 망하고 나면 다음 차례는 반드시 진이 될 것이기에, 지금 초를 돕는 것이 귀국을 안전하게 하는 길이기도 합니다."

"말을 삼가라! 과인의 나라가 부족함이 없고 충성스러운 백성과 신하들이 수두룩하다. 그런 가당치도 않은 말로 심사를 어지럽히려는가? 먼 길을 왔다기에 이만 한 일로 죄를 묻지는 않겠다. 역관으로 물러가 쉬도록 하라."

소매를 떨치면서 그길로 내궁으로 들어가버렸다. 짐짓 화를 내고 꾸짖기야 했지만, 진애공도 나름대로 생각이 없는 것은 아니다. 오(吳)가 초(楚)를 멸하고, 거대한 강대국으로 발전한다? 그런 일은 절대로 있어서는 안 될 일이다. 사람을 시켜 이번 전쟁의 판세와 이웃 국가들의 동향을 살폈다. 그런 사정을 알았든지 몰랐든지, 신포서는 그 자리에 엎드려서 사흘 밤낮을 먹지도 자지도 않고 기다렸다. 나라가 어지러워도 충신 셋은 난다더니 옛말이 그냥 나온 말이 아니다.

사흘 뒤 생각을 정리한 진애공이 신포서를 불렀다.

"초나라에 그대같이 충성스럽고 강단 있는 신하가 있었구나. 오가 천지를 모르고 준동한다는 소문은 내 익히 듣고 있었다. 군사를 보내 저들의 죄를 물을 것인즉 그대가 길을 안내하시라. 대신 앞으로 우리 진

(秦) 섬기기를 소홀히 하지 마라…."

진애공은 자포, 자호 두 형제 장수에게 병거 500승을 주어 출전시켰다. 북방의 강대국 진(秦)이 움직이자 그제야 초나라의 옛 속국들도 덩달아 군대를 보내기 시작했다. 수(隨), 진(陳), 허(許)나라가 저마다 참전하여, 그럭저럭 900승의 대군으로 발전하였다.

합려의 동생 부개는 아침 햇살 속에서 눈을 떴다. 잠을 깨운 달그락 소리는 거실에 놓인 관상용 물레방아이다. 인공 수로로 물레방아까지 돌리는 이 저택은 초나라 어느 대부의 소유였는데, 이제 온전히 부개의 차지가 되었다.

그의 왼편에는 집주인의 첩실이었던 여인이 잠들어 있었고, 오른쪽에는 더 젊은 처녀애가 있었다. 부개는 그녀들의 이름이 생각나지 않았다. 그는 여자들의 젖가슴을 움켜잡으면서 장난삼아 엉덩짝을 철썩 내려쳤다.

"그만 일어나, 요것들아…."

그는 종종 자신의 힘을 제대로 가늠하지 못했다. 이번에도 마음처럼 부드럽지 못했던 모양이다. 여자들이 놀라 새된 소리를 지르자 신경질이 났다.

"빨리 꺼져버려!"

이 아침 그는 머리가 복잡했다. 지난밤 이상한 꿈을 꾸었다. 머리에 뿔 두 개가 돋는 꿈이였다. 마침 행군 사마 소식(趙直)이 들어오사 해몽을 부탁했다.

"대단히 좋은 꿈입니다. 기린도 뿔이 있고, 청룡과 황룡도 머리에 뿔이 있으니 큰 경사가 있을 징조입니다."

하지만 실은 그 꿈은 결코 길몽이 아니었다. 조직은 돌아가다가 오자서를 만났다.

"행군 사마가 아닌가? 무슨 일로 다녀가시는가?"

"부개 공자에게 갔다가 꿈풀이를 해주고 가는 길입니다. 머리에 뿔 두 개가 돋는 꿈을 꾸었는데 그게 어떤 꿈인지 해몽을 해달라고 겁니다. 바른대로 말했다가는 그 성깔에 망신이나 당할까 하여 좋은 이야기를 해주고 가는 길입니다."

"그 꿈이 대체 어떤 꿈이더냐?"

"뿔 각(角) 자는 칼 도(刀) 밑에 쓸 용(用)이 있는 글자입니다. 머리에 칼이 쓰이게 되는데 어찌 좋은 꿈이겠습니까? 그 꿈은 목이 잘린다는 꿈입니다!"

그날 오후에 전략 회의가 있었다. 진(秦)의 참전 소식에 합려가 장수들을 불러 모았다. 대장군 손무가 말했다.

"우리 군은 달포째 영도에서 노략질로 세월을 보내고 있습니다. 장수는 한둘씩 여자를 거느리고, 군사들도 너나없이 짐 속에 패물을 숨기고 있습니다. 지킬 게 많아졌다는 말입니다. 이런 상태로는 싸울 수 없습니다. 이겼을 때 물러가야 합니다."

영도성에 입성한 후, 손무는 군사들의 약탈 행위를 군율로 막았으나 오자서는 묵인하는 편이었다. 특히 산적과 수적이 주축이 된 이민족의 군졸에게 노략질과 겁간이야말로 너무나 익숙한 분야이다. 그들은 한편으로 대장군의 눈치를 살피면서, 진귀한 전리품을 찾아 날뛰었다. 평소 같으면 감히 쳐다보지도 못할 여자를 마음껏 유린할 기회를 놓치지 않았다. 전쟁은 사내들이 벌이고 정작 그 피해는 여자들의 몫이 되었다. 곳곳에 노인과 아이들의 시신이 즐비했다. 어떤 시체는 배가 갈라져 있는가 하면, 목 졸려 죽은 시신들도 있었다. 약탈에 저항하던 남자들은 좀 더 떨어진 곳에, 사지가 절단된 채 누워 있었다. 불과 며칠 사이에 도성 안은 뒤죽박죽 난장판으로 변했다.

인본주의자 손무는 혐오감이 치밀었다. 이것이 전쟁의 참모습이었던가! 인간을 가장 끔찍한 약탈자로 만드는 살육, 끝 간 데를 모르는 잔인함, 전쟁의 이면에서 벌어지는 잔인한 행동을 보면서 자신이 배우고 익힌 병법에 깊은 회의가 일었다.

이런 진중의 분위기를 알 텐데도 합려는 손무의 철수론이 못마땅한지 불퉁한 표정으로 다른 이들을 둘러보았다. 낌새를 채고 부개가 나섰다.

"아무리 대장군의 말이라지만 이번은 틀렸소. 북방의 유목민 잡병들과 잔챙이 속국이 힘을 보탠다고 하지만 오합지졸들이지요. 암요…! 대장군이란 사람이 어찌 이리 맥 빠진 소리만 하는 건지. 신에게 군사 2만만 주십시오. 군령장이라도 쓰고 출전하겠습니다…."

합려가 바로 고개를 끄떡였다.

"과연, 부개가 용맹하구나. 적을 물리치면 초나라를 네게 주겠다!"

자신하고 출전한 부개군은 군상(軍祥) 땅에서 크게 패했다. 2만의 정병은 반도 채 남지 않았다. 그나마 목숨을 건진 부개가 군령장대로 스스로 몸을 결박하려는데 책사로 있는 두습이란 자가 나섰다. 그는 목소리를 낮추었다.

"장군께서는 손무가 궁녀들의 목을 베고, 대장군이 된 사실을 잊으셨는지요? 지금 대왕의 앞에 나서면 군율 때문에 왕이 살려주고 싶어도 그럴 수 없게 됩니다. 그보다는 차라리 우선 본국으로 달아났다가 훗날 죄를 청하면 살길이 있을 것입니다…."

부개는 그길로 남은 군사를 데리고 본국으로 달아났다. 그런데 한수(漢水)를 건너는 뱃전에서 엉뚱한 생각이 들었다.

"우리 오는 왕이 죽으면 동생이 왕위를 계승하기로 되어 있었다. 그런데 합려는 아들인 파(波)를 세자로 세웠다. 어디 그뿐이냐? 이제 생각하니 굳이 내게 군령장을 받은 것도 나를 죽이려는 속셈이다. 지금 국내는 치안 병력뿐, 텅 비어 있다. 내가 곧장 고소성으로 돌아가 왕위에 오른다면 그만이 아닌가? 지금이 바로 절호의 기회다. 이래 죽으나 저래 죽으나 마찬가지다…."

아무래도 그의 머릿속에는 머리에 뿔 난 용꿈 생각이 깊이 박혀 있었다. 고소성에는 세자 파와 칼잡이 전제의 아들 전의(專毅)가 있었다. 그들은 하루가 다르게 이런저런 소문이 닥치는 바람에 갈피를 잡을 수가 없었다. 진(秦)나라, 수(隨), 진(陳), 허(許)의 참전에다, 군상(軍祥) 땅 패전까지…. 소문은 흉흉했고 종잡을 수 없었다. 그럴 때 부개가 성 밖에 당도했다.

"조카는 속히 성문을 열어라! 대왕은 전사하셨다. 숨을 거두시면서 나에게 왕위를 물려주셨다."

세자는 신중한 인물이다. 숙부에게 직접 대거리를 하는 대신 전의를 쳐다보았다. 성가퀴 뒤에서 전의가 몸을 일으킨다.

"대왕이 전사하셨다면 오 상국은 어디에 있소이까? 또 대장군 손무는 어찌 되었습니까? 모두 어디 가고 공자 혼자 왔습니까? 나는 장군의 말을 믿을 수가 없소이다."

"대왕이 전사한 마당에 그들이 어찌 무사하겠는가? 죽었는지 잡혔는지는 나도 모르겠다. 성문이나 어서 열어라."

"설사 그렇더라도 세자께서 왕위를 계승하는 것이 마땅하오. 부개 공자는 십 리 밖으로 군사를 물리고 혼자 들어오시오. 그게 싫다면, 부개는 이 시각부터 역적이 되었다. 군사들은 함부로 경거망동하지 마라."

부개는 화가 치밀었다. 즉시 군사를 동원해서 성을 공격하기 시작했다. 그러나 고소성은 오자서가 깊이 고심하여 쌓은 성이다. 성벽은 높고 해자는 깊은 데다 요처마다 성가퀴가 있어 쉽게 떨어질 성이 아니었다. 수비 군사도 화살을 쏘아대고, 돌을 굴리고, 끓는 물을 부었다. 부개는 하는 수 없이 군대를 물리고 급한 대로 이웃 월(越)나라에 지원을 요청했다.

"부디 지원군을 보내주십시오. 도와만 주시면 강동(江東)의 다섯 성을 귀국에 양도하겠습니다."

부개가 달아났다는 소식은 합려에게도 전해졌다. 합려는 급히 군사를 물렸다. 연합군은 남의 싸움에 죽자 살자 나서기보다 다행으로 여겨 뒤쫓지 않았다. 합려는 회수 강변에 이르자 수백 장의 방문을 붙였다.

"부개를 따라 먼저 회군한 장졸들은 즉시 귀순하라. 지금 항복하는 자는 잘못을 묻지 않겠다. 대신 이제까지도 왕명을 어기는 자는 삼족을 멸하겠다."

군사들은 앞다투어 창을 비뚜로 메고 합려의 진영으로 달아났다. 부개가 타고난 뚝심이 있어 용맹한 것은 세상이 다 아는 사실이나, 왕이 되기에 주변머리가 모자란다는 것이 일반적인 평이다. 결국 부개는 송나라로 달아났다. 그가 목을 아껴 이웃 나라로 망명했으나 오래가지는 못했다. 이듬해 오자서가 보낸 자객의 손에 암살당하고 달랑 목만 고국으로 되돌아왔다. 신통하게도 이마에 뿔 난 꿈은 이렇게 실현되었다.

몇 달 만에 도성으로 돌아온 초소왕은 황량하게 변한 모습에 기가 막혔다. 약탈과 방화로 궁궐이나 민가나 어느 하나 온전한 구석이 없이 제대로 남은 것은 도로의 흔적뿐이다. 소 울음소리며 개 짖는 소리 하나 없이, 사람들의 일상과 희로애락이 있던 자리라고는 상상조차 안 되는 황량한 광경이었다. 설상가상으로 역병까지 창궐하였고, 웅덩이마다 두꺼비며 뱀이 들끓었다. 아예 재건할 엄두조차 내지 못하고 도성을 약(鄀) 땅으로 옮겼다. 오늘날 양양(襄陽) 부근이다. 이 새 도읍지를 신영도(新郢都)라고 불렀다.

이후 초소왕은 나태했던 자신을 반성하고 나랏일에 충실하였다. 바닥을 치고서야 진정으로 강해진다고 했던가? 전란에 찌든 백성을 위하여 형벌은 줄이고 세금을 감하고 이웃 나라에 겸손하면서 군사를 조련하였다. 난리 이후 다시 10년이 흐른 뒤에야 돈(頓)나라, 호(胡)나라를 쳐서 없애고, 오나라와 결탁한 당(唐), 채(蔡)나라를 정벌하여 옛 빚을 갚았다.

그 아들 초혜왕(楚惠王) 시절에 결국 오, 월까지 멸하고 강남 일대를 평정하게 된다. 초가 다시 강성해진 까닭은 무엇일까? 왕이 어리면 왕실을 바로잡을 사람이 필요하고, 전란이 다가오면 구심점이 될 지사가 나타난다. 초소왕은 죽을 때까지 처참하게 잘린 신하의 목을 마주하고 진저리쳤던 기억을 잊지 못했다. 그 아들 초혜왕도 아비 못지않았다.

기록에는 이런 일화가 전한다. 초혜왕이 생채를 먹다가 거머리를 보고도 그냥 삼켰다. 속이 얹힌 것 같더니 결국 그 때문에 배탈이 나서 며칠이고 음식을 먹을 수가 없었다. 영윤이 물었다.

"어찌 병이 나셨는지요?"

"아침밥을 먹다가 생채 사이에서 거머리를 봤소이다. 생각해보니 이 일을 드러내서 꾸짖고 처벌하지 않으면 이는 법을 무시하는 처사가 되어, 그리고서 백성들에게 법을 지키라고 명할 수는 없잖소. 그렇다고 법대로 하자니, 주방과 감독관 수십 명을 죽여야 하니 그 또한 차마 그럴 수가 없었소. 그래서 남몰래 거머리를 삼켰소이다."

당시 서른을 갓 넘긴 왕은 놀라울 만큼 침착한 태도를 보였다. 절대군주로서 사면권을 행사할 수도 있었으나, 특권 대신 거머리를 삼키는 고행을 택할 만치 예외 없는 법치를 실천하였다. 그날 밤, 대전 수라간 옆에서 사람들이 웅성거리는 것 외에는 넓은 성안이 긴장과 정적에 싸였다.

"대왕이 수라간을 살리려고 거머리를 드셨다!"

사람들은 경악했고 눈물을 삼켰다. 이것이 바로 초나라 왕이 거머리를 삼켰다는 고사이다. 훗날 이들은 왕의 병거를 노리고 달려드는 적장의 창날 앞에 아낌없이 몸을 들이밀었다. 은혜는 한없는 충성심을 불렀다.

합려는 이번 전쟁을 승리로 이끈 공신들을 포상했다. 오자서를 승상으로 고쳐 부르고 백비는 태재에 임명했다. 대장군 손무도 높은 벼슬과 식읍을 주려고 하였다. 그러나 손무는 모든 것을 사양하고 산속으로 돌아가겠다고 청하였다. 오자서가 만류하였으나 소용이 없었다. 그는 되레 오자서에게 충고하였다.

"뜻을 이룬 자는 때맞춰 떠나야 하는 법이지요. 오죽하면 옛사람도 항룡유회(亢龍有悔, 솟아오른 용은 결국 후회하는 법이다)라고 했겠소이까?"

손무는 세속에 대한 욕심이 없었다. 자신이 깨달은 병법을 세상에 시험해보고 싶은 충동이 그를 오늘의 자리에 있게 했을 뿐이다. 무엇보다 그에게는 고지식한 천성에서 비롯된 자기 계율의 선(善)이 있다. 그가 좌우명으로 여기는 노자(老子)의 명문이다.

끝없이 가득 채우려는 어리석은 짓은 그만두어라.
쇠를 두드려 끝을 예리하게 하면 오래 간직할 수 없듯이,
황금과 보물을 가득 쌓아두면 지키기 힘들고,
부귀를 누리고 교만에 빠지면 허물을 남기게 될 것이다.
공을 세우면 몸을 뒤로 빼는 것이 하늘의 도리니라.

노자의 《노자》, 제9장 운이(運夷) 중

그에 비해 세속적인 오자서는 남자로서 야망과 분별이 최고조에 달한다는 이른바 황금 시기, 오십 줄에 들었다. 젊은 시절 그의 존재를 지탱하던 복수의 불꽃은 이제 이름을 바꾸어 '야망'이 되었다. 마시면 마실수록 목마른 권력과 명예에 대한 집착이다. 은퇴할 마음은 있지도 않았다. 마침내 합려도 더는 손무를 붙잡지 못했다. 전별금으로 황금과 비단을 가득 실은 수레를 딸려서 보내주었다. 그는 이마저도 백성들에게 나누어주고 올 때처럼 빈 몸으로 다시 나부산으로 들어갔다. 그 후에는 손무가 어디서 어떻게 살다 죽었는지 아는 사람이 없다.

손자(孫子)! 손무가 군사를 부리는 수법은 참으로 독창적이면서 변화무쌍하였다. 춘추시대에는 세 계절을 넘긴 전쟁이 없었다. 제후의 도읍을 수장시키는 일도 없었고, 전사자를 거두지 않고 화공을 가하는 일도 없었다. 《손자병법》은 기존 춘추시대의 어떤 교전 수칙에도 얽매이지 않았다. 변형된 진세로 적을 기만하고, 영도(郢都)의 높은 성벽을 수공 한 번으로 무력화시켰다. 이기는 것만이 목적이자 선(善)이었다. 전쟁에 지고 변명거리를 찾는 춘추의 낭만은 이제 수명이 다했다. 손무는 수단 방법을 가리지 않고 싸워서 '이기는 게 정의'라는 새로운 가치관을 세상 속에 남겼다.

한차례 바람 잦은 세상에 자신의 존재를 부각시키고 손무는 떠났으나, 그 덕에 오는 초를 굴복시키고 패자의 지위에 올랐다. 중원 천지에 합려의 위상이 크게 높아지고 그 위엄은 천하를 진동하였다. 대왕은 한껏 자만에 빠졌다.

"내가 바로 천하의 주인이다!"

춘추시대 초기만 해도 170여 국이던 중원의 열국은 세월이 쌓일수록 정리가 되어 이제 명실상부한 주권국은 겨우 20여 국이 남았는데, 그들도 하나같이 합려대왕의 눈치를 살피고 있었다. 명목상 천하의 주인은 주(周) 왕실의 천자였지만 누구도 그의 존재를 알지 못했고, 관심도 없었다. 그런데 막상 합려의 가슴속에는 오히려 묘한 쓸쓸함이 있었다…….

빼앗긴 군주의 자리를 되찾은 데다, 결국 천하 패자의 자리까지 올랐다. 이만하면 만족과 환희에 싸여도 될 텐데 정작 그의 가슴속에는 맑고 흐린 두 가지의 감정이 있었다. 그토록 염원하던 정상에 오른 지금, 그를 사로잡고 있는 '흐린 쪽'은 추구할 목표가 없다는 공허와 허탈감이었다. 흘러간 세월, 제환공이나 진문공처럼 그도 보란 듯이 자신의 성공을 드러내고픈 과시욕에 휩싸였다. 그렇게 보면 사람을 사람답게 하는 고귀한 품성인 '명예'도 자기 과시의 다른 이름일 뿐이다.

우선 궁궐부터 짓기로 하였다. 초나라의 장화궁을 모델로 화려한 궁궐을 짓고, 이름을 장락궁(長樂宮)이라 하였다. 장락궁 서남쪽 30리 밖에, 고소대(姑蘇臺)라는 누각도 세웠다. 이어 그는 보시라 상락궁에서 고소대까지 아홉 구비 구곡(九曲) 도로를 닦아 치도(馳道, 왕이 친히 거동하는 길)로 삼았다. 까마득히 곧게 뻗은 왕의 전용 도로를 조성하기 위하여 수천의 백성이 살림집을 헐리고 내쫓겼다. 한 사람이 모든 백성을 소유한다는 개념으로 오로지 대왕의 존재를 장엄하게 보이기 위함이다.

신바람이 난 쪽은 백비였다. 백비는 고소대 공사가 진척되고 있을 때 열국의 재상들 앞으로 서신을 보냈다.

"아국이 새로 궁궐을 지었습니다. 향기로운 미인들을 보내주시면 대왕께서도 기뻐하실 것입니다."

열국은 앞다투어 미인과 백희(百戲, 곡예단)를 바쳤다. 백비가 전통 의상으로 치장한 형형색색의 미인을 거느리고 합려에게 인사를 드린다. 지역마다 언어가 달라 여인들의 재잘거리는 수다가 새소리처럼 요란스럽다. 백비는 미인들을 장락궁과 고소대에 나누어 배치하였다. 계절에 따라 합려의 거처가 달랐기에 사람들은 장락궁에 거처하는 여인들을 겨울 미인이라고 부르고, 고소대에 거처하는 여인들은 여름 미인이라고 불렀다. 더운 날이면 가녀린 미인들을 가득 실어 배를 띄우고, 일부러 배를 물에 가라앉히는 이벤트를 펼치면서 즐거워했다. 여인들이 물 위로 떴다 가라앉기를 반복하며 질러대는 앳된 비명이 5리 밖까지 들렸다. 조정 대소사는 일을 좋아하는 오자서가 도맡아 보았다.

그런데 이 무렵 생각지도 못한 일이 일어났다. 합려의 세자 파(波)가 마흔을 겨우 넘긴 나이에 요절한 것이다. 세자는 백성들 간에는 수몽왕이 다시 환생했다는 말까지 듣던 인물이었다. 생사여탈을 쥐고 있는 절대자로서도 자식의 일과 하늘로부터 받은 인간의 수명은 어쩌질 못했다.

합려의 생애를 돌아보면 그야말로 막무가내의 질주였다. 무슨 일인가에 미친 사람의 저변에는 그러지 않고는 치유될 수 없는 영혼의 흔들림이 있다. 그 불안한 흔들림이 가져다준 불균형과의 싸움, 만일 그것을 생(生)이라고 한다면 집착에서 오는 어떤 '맺힘'이 있었을 것이다. 일개 쇠락한 공자의 몸으로, 쉰이 넘은 나이에 왕위에 올라 천하에 이름을 떨치고 라이벌 초나라까지 무릎을 꿇렸다. 이제 그나마 쾌락을 추구하려는데, 인간의 힘이 미치지 못하는 '운명'과 '죽음'이라는 명제가 그의 앞에 나타났다. 천하를 얻은 성취 중에서, 아들을 잃는 상실을 맛본 것이다. 정상의 자리, 꼭대기 다음에 있는 것은 하늘이다. 그런데 그 하늘이 관장하는 운명에 무슨 수로 발버둥 칠 것인가?

한순간에 삶의 존재 가치와 버팀목을 잃고, 죽음보다 깊은 무력감에 빠져 먼 산을 바라보았다. 어찌 되었든 세자 자리는 오래 비워둘 수가 없다. 누구를 세자로 세워야 할지…? 며칠 후 오자서는 합려의 부름을 받았다.

"자서! 세자 자리에 누구를 세워야겠는가? 그대가 보기에 마땅한 공자가 있던가? 기탄없이 말해주시게."

"신하 된 자가 어찌 후계의 일을 입에 담겠습니까? 말씀을 거두어주십시오."

"정이 그렇다면 내가 마음에 두고 있는 아이를 먼저 이야기할 테니, 승상의 생각을 말해주시게…. 향(珦)은 어떠한가?"

향은 죽은 세자의 동복동생이다. 형과 달리 주색을 즐기고 사람이 경박하여 그저 그런 인물이다. 침묵하고 있는 오자서에게 왕이 다시 물었다.

"그러하면, 소(蘇)는 어떠한가?"

소는 다른 여인의 몸에서 난 아들이다. 지나치게 무예를 즐기고 실속 없이 겉만 화려한 성품이다. 이 또한 군주의 재목이 아니었다. 결국 오자서가 입을 뗐다.

"대왕께서는 공자 광의 이름으로 젊은 날을 살아오시다가 대업을 이루셨나이다. 이 모든 게 대왕께서 수몽왕의 장자인 제번왕의 적장자로서의 명분이 있었습니다. 이런 일은 적자를 세워야 뒤탈이 없는 법입니다."

허기는, 죽은 세자에게는 이미 부차(夫差)라는 아들이 있었다. 이때 부차의 나이 스물여섯이다.

"내 보기에, 부차가 외모는 그럴듯하나 어리석고 고집이 세다. 겉으로 화려하고 성실함이 적어 그 점이 못내 두렵구나…!"

"왕손께서는 신의가 있고 백성을 사랑하여 인정을 베푸십니다. 현명한 신하가 보필하면 분명 훌륭한 군주가 될 것입니다."

사람의 품성은 보는 사람에 따라 이렇게도 다른 법이다. 합려는 부차를 일러 '어리석고 고집이 세다'라고 하였는데, 오자서는 '신의 있고 인정을 베푼다'라고 했다. 그런데 따지고 보면 그게 그거다. 어느 쪽에 방점을 두고 바라보느냐 하는 수사학적인 표현일 뿐이다. 합려는 이쯤에서 논의를 매듭짓고자 하였다.

"그건 그렇다 치고, 오늘은 오랜만에 둘이서 취하도록 마셔보세…."

"대왕께서 기왕에 결심하셨다면, 훗날의 걸림돌을 일찌감치 치우시는 게 좋겠습니다."

왕은 새삼 오자서를 바라보았다. 이런 말을 꺼낼 수 있는 사람은 오자서뿐일 것이다. 아무리 그래도 쉽게 내릴 결정은 아니다.

"굳이 그래야 할까? 평범하기 그지없는 자들 아닌가?"

"그러기에 더욱 필요한 일입니다. 경거망동하기 쉽기에…!"

오자서의 말은 부개의 반란을 일깨우고 있었다. 합려의 눈빛에 살기가 번득였다. 그는 명쾌한 남자였다. 얽힌 타래를 하나하나 풀기보다 칼로 잘라버리는 단호한 사람이다. 며칠 후 죽은 세자의 동생 향(珦)과 소(蘇), 그들을 따르던 젊은 대부 몇은 졸지에 목숨을 잃었다. 죄목은 파당을 짓고, 문란하였다는 것이다. 그런 뒤에, 부차는 오나라의 후계자가 되었다.

세손을 세우고도 대왕은 기운을 회복하지 못하였다. 아들의 허망한 죽음을 보고 한 걸음 물러서서 인생을 생각하니 모두가 부질없는 일이었다. 마음 둘 곳을 찾지 못하던 차에 가려운 곳을 긁어주는 재주를 타고난 백비가 나섰다.

"필부의 기쁨이 바둑, 장기에 닭싸움, 귀뚜라미 싸움이라면 군주의 오락은 전쟁이라 했습니다. 전쟁을 한판 벌여보시지요…."

일단 귀가 솔깃했다. 산이 높으면 골이 깊은 법이다. 합려의 인생에서 그 성취만큼이나 크고 공허한 고독이, 숙명적인 30년 오월(吳越) 전쟁을 부추기는 순간이다.

야전의 막사 옆에서 킁킁대는 말의 콧김 소리, 썩은 땀 냄새와 말가죽 냄새가 상기되었다. 적을 어떻게 기만하고 굴복시킬 것인가? 아군의 움직임에 상대는 어떻게 반응할까? 플랜 B는 빠짐없이 준비되었는가? 갖가지 전략이 샘물처럼 솟아오른다. 분명히 눈이 빛나고 주름진 이마에 투지가 떠올랐다. 매사에 우울하던 근래 보기 드문 광경이다. 백비가 다시 말했다.

"월의 윤상(允常)이 죽었습니다. 월은 부개의 난 때도 불온한 책동을 꾀한 바 있으며, 사사건건 우리에 맞서고 있습니다. 차제에 정벌하시어, 천하의 주인이 누구인지 가르침을 베푸소서…."

"…윤상이 죽었다?"

대왕이 물끄러미 백비 쪽을 돌아보았다. 월나라의 윤상은 합려로서도 손톱 밑 가시같이 신경이 쓰일 수밖에 없는 존재였다. 월(越)은 오나라의 동남쪽 해안 지방에 자리한 신흥 국가로서 오늘날의 항주만에 자리하였다. 당시는 회계(會稽) 땅이라고 불렀다. 해양족인 그들은 얼굴이 넓고 몸에 문신하기를 즐겼으며 머리를 짧게 잘랐다. 바다와 맞물리고 철광이 풍부한 환경을 기반으로 해상 교역이 번창하던 시기에 괄목하도록 나라가 부강해졌다. 양국의 충돌을 불가피하게 한 더욱 실질적인 문제는 구리(銅)이다. 구리야말로 인류 최초의 산업이며 특히 이 시대에는 금보다 귀중한 자원이었다. 금은 장신구나 만들 수 있었지만, 구리로는 병기, 수레, 농기구까지 만들 수 있었다. 그래서 구리를 '미금(美金)'이라고 불렀다. 구리 광산을 서로 차지하려고 오월은 필사적으로 싸움을 벌일 수밖에 없었다. 오늘날의 호북 황석의 동록산(銅綠山), 강서 서창(瑞昌)의 동령(銅嶺) 등이 모두 오월이 각축을 벌이던 지역에 위치하였다.

오(吳)에게 수몽왕이 있었다면, 월(越)에게는 윤상(允常)이 있었다. 윤상은 그 자체만으로도 주변 국가에 위협이 되는 존재였다. 그런데 그는 아쉽게도 수명을 타고나지 못했다. 합려보다 스무 살이나 어렸으나 이때 졸지에 병사하고 만다. 이제 그가 사라진 마당에 뉘 있어 스스로를 지킬 수 있을까?

"후계는 그의 아들, 구천(句踐)이란 자입니다. 나이는 이십 대 중반, 겁이 많으면서 고집이 세다고 합니다. 평소 사람들 앞에 나서기를 싫어한다는 소문도 있습니다."

제24화

개전 초 전황과 취리식 반전

때는 9월, 가을은 이미 한창이다. 드문드문 산국(山菊)이 한들거리는 풍경에다 군사를 움직이기 딱 좋은 날씨이다. 합려는 왕손 락(駱), 백비, 전의 등과 함께 정병 3만을 이끌고 출정하였다. 왕손 락은 부차의 사촌 동생이며 전의는 칼잡이 전제의 아들이다.

수많은 깃발이 숲을 이루며 동문을 빠져나갔다. 어디를 봐도 온통 깃발, 창, 도끼뿐이었다. 갑옷은 햇빛을 받아 번들거렸고 북소리 징 소리에 깃발조차 펄떡거린다. 월에서 동원 가능한 군사는 기껏해야 1~2만, 그를 상대로 정병 3만이면 차고 넘치는 숫자이다. 마침내 대왕의 마차가 위용을 드러냈다. 합려는 황금 갑옷을 입고 밝은 얼굴에 미소를 띠고 있었다. 오른쪽 허리에는 한 자 길이의 비파형 동검을 떡하니 차고, 따로 철제 간장(干將)검을 칼집째로 집었다.

합려의 명검 간장은, 그가 죽자 용으로 변해 승천했다고 하는 전설 속의 명검이다. 원래 이 검을 만든 이는 구야자(歐冶子)라는 장인이다. 구야자란 이름은 명인의 대명사가 되어 너도나도 구야자를 외쳤지만 간장검을 만든 이 구야자가 진짜이다. 그는 합려 대왕의 명을 받아 명검을 만들고는 아내에게 말했다.

"임자! 이제 내일이면 대왕께 검을 바쳐야 하오. 내가 검을 바치는 날이 바로 내 목숨이 다하는 날이오. 우리는 이제 작별을 해야 할 것 같소….”

"그게 무슨 말씀입니까? 당신이 이번에 대왕의 명을 받아 천하제일의 칼을 만들었으니 큰 공을 세웠지 않나요?"

"아! 당신이 그 내막을 어찌 알겠소. 대왕은 의심이 많고 잔인한 인물이오. 이번에 내가 그의 칼을 만들었으니, 반드시 나를 죽일 것이오. 천하의 명검을 오로지 독차지할 욕심에, 다시는 다른 사람에게 칼을 만들어주지 못하게 말이오. 문밖에 있는 저 군사들이 내가 도망가지 못하게 지키는 중이오."

말뜻을 알아들은 아내는 기가 막혀 눈물을 흘렸다.

"슬퍼하지 마시오. 벗어날 길은 없소. 나는 이미 운명을 받아들이기로 했소. 왕에게 바치는 검은 사실 암검(女劍, 여검)이라오. 여기 또 하나 수검(雄劍, 웅검)이 있소. 막야(莫邪)라고 이름 지었소. 이 칼을 잘 간직하시오. 내가 돌아오지 못하거든 왕이 내린 저 패물들을 가지고 이곳을 떠나시오. 언젠가 막야가 내 복수를 해줄 거요."

구야자의 막야는 이 시각 흘러 흘러 운명처럼 월나라에 가 있었다. 그리고 합려는 월과 한판 전쟁을 벌이려 하고 있다….

싸움하기에는 모든 게 좋은 계절이다. 갑옷을 껴입어도 덥지 않고, 군마는 알맞게 살쪘다. 군량과 병장기와 말먹이 건초를 실은 잡동사니 수레도 셀 수 없을 정도로 꼬리에 꼬리를 물었다. 행렬이 길다 보니 속도는 느려 터져 오늘 하루 겨우 30리를 줄였을 뿐이다. 짐바리를 실은 말들은 대열에서 떨어져 하루 거리로 뒤처졌다. 국경을 넘기 전에 합려는 선전 포고문을 보냈다.

"…월의 군주 윤상은 지난날 우리 오(吳)의 분란을 틈타 도발을 시도

하였다. 이제 과인이 그 죄를 물어 군사 10만을 내려 다스리고자 하니 속히 항복하여 죄를 청하라…!"

합려의 거만하고 포악한 속내가 고스란히 담겼다. 두루뭉수리 얼버무려 지난 사실을 거론하면서 명분으로 삼았으나, 암만 봐도 생떼 트집이다. 그는 전쟁의 승패를 당연한 걸로 여기고 있다. 이 짧은 포고문은 잔잔한 강물에 돌을 던진 것처럼 파문을 일으켰고, 장강 강변은 공포에 휩싸였다.

이날 침략군은 전열을 다시 정비하였다. 기병 1만을 선봉으로 삼고, 보병 2만이 뒤를 받치게 대오를 새로 편성하고 군량과 마초를 실은 보급 부대의 수레는 뒤로 쳐졌다. 대왕의 명이 떨어지자 군사들의 움직임은 마치 급류에서 헤엄치는 은어처럼 민첩했다. 삽시간에 행군은 역동적으로 변하여 군마가 돌진하는 들판에는 용틀임하듯이 흙먼지가 휘말려 올랐다.

이틀 후, 처음으로 맞닥뜨린 성은 양현성이었다. 구천왕의 매제인 이목(李牧)이란 장수가 버티고 있었다. 선대왕 윤상이 아끼는 딸을 고르고 골라 그에게 맡길 만치 배포가 큰 인물로서 27세의 젊은 나이이다. 성안의 군사는 겨우 8백, 1만이 넘는 대군에 에워싸여서도 때때로 여유 있는 모습으로 성의 망루에 나타났다.

"어마어마하구나! 흥, 제법 하는데?"

공격군이 개미 떼처럼 성벽에 달라붙어도 쉽게 성루를 내주지 않고 기세가 등등하였다.

"첫 싸움이다. 끝내 성을 지키면 적군은 제풀에 나가떨어진다. 나라의 명운이 달려 있다. 지켜라! 막아라!"

양현성의 돌담은 공수 양군이 흘리는 피로 빼꼼한 구석이 없이 붉게 물들었다.

국경 지대의 요새로서 양현은 깊고 넓은 해자로 유명하다. 해자는 홑겹이 아니었다. 자연적인 늪지가 바깥 해자 역할을 하고 그 안쪽으로 서너 길의 수로를 파서 2중 해자가 되었다. 늪지는 갈대가 무성한 인공 소택지로서, 공격군에게는 버거운 장애였다. 어지간하면 진지전이 될 법도 했지만, 공격군의 숫자가 워낙에 많은 데다, 사기도 높았다.

오랫동안 싸우지 못해 팔이 근질근질하던 병사들은 일제히 앞을 다투어 공격에 나섰다. 풀과 나무를 베어 던져 넣고 무릎까지 빠지는 수렁을 끄떡도 없이 육박한다. 구름사다리를 타고 올라가고, 불화살을 쏘고, 갱도를 파고, 충차(衝車, 성문을 부수는 바퀴 달린 수레)는 또 그대로 돌진했다. 낮에 시작한 전투가 해가 저물고 달빛 싸움이 되자 드디어 성가퀴 위에 공격조가 올라섰다. 성벽의 측문 한 군데가 뜯기듯이 열리고 침략군의 기마병이 봇물 터지듯 성안으로 진입했다. 기마병들의 뒤를 따라 보군들도 들이닥쳤다…….

양현성은 산성이라 성문 안도 시가지라고는 없었다. 소나무와 바윗돌이 산재한 언덕에서 혼전이 벌어졌다. 이곳의 격돌은 성 밖보다 더 격렬했다. 결국 마지막 순간이 왔다……. 젊은 성주 이목은 휘영청 달이 높은 성벽 위에 올라서더니 재치 있게 창을 휘둘러서 졸개 서넛을 찌르고는 자신도 죽음을 맞았다. 팔백의 장졸 중 제 발로 걸어 성을 나간 이는 다섯 손가락으로 꼽을 정도였다.

여기저기 널브러진 아군의 시신을 대강 치우고 잠시 쪽잠 휴식을 취한 합려군은 잇달아 입암성(立岩城)을 들이쳤다. 그야말로 전광석화! 입암성은 한나절 만에 떨어졌다.

이맘때쯤 월의 수도 제기성에서 전령이 떨어졌다.

"개별적으로 적을 막지 말고 군사를 물려 도성으로 퇴각하라. 이 전쟁은 국지전이 아니다. 적이 노리는 것은 제기성이다. 또 있다. 지리에 밝은 일부는 뒤에 남겨 적의 배후를 유격전으로 쳐라! 길목마다 매복하여 군량과 마초의 조달을 막아라!"

수비군은 변방에 있던 군사와 중앙군을 합류하여 이럭저럭 3만의 군세를 확보하였다. 흩어져서 싸우느니 동원 가능한 군사를 모아 일전을 벌인다는 전략이다. 대장군 영고부를 총수로 하고, 젊은 왕 구천이 중군으로 참전하였다. 황경, 두기는 좌군 장수로, 왕읍에게는 우군을 맡겼다. 녹림 출신인 위단, 단외는 따로 군마를 주어 적의 배후를 치는 유격의 임무를 맡겼다. 요동 출신에다 요서 사람까지 이름깨나 있는 장수들을 모두 등용하였다. 하물며 위단은 북방 오랑캐 산월족(山狨族) 출신이다.

새로운 왕은 염려했던 것처럼 나약한 사람이 아닐지도 모른다. 오나라 대군과 월나라 군사는 지금의 절강성 가흥현 남쪽인 취리(檇里) 벌판에서 조우하였다.

취리(檇里, 자두나무골) 전투는 고대 전쟁사에서 최고의 이변을 연출하였으며 그 수법 또한 기상천외하였다. 사마천의 《사기(史記)》가 구체적인 전황의 내용을 기록한 최초의 전쟁이기도 하다. 그 기록은 이러하였다.

"이 전쟁에서 월(越)은 사형수들을 농원하여, 스스로 목을 자르게 하고 적의 혼쭐을 빼놓았다……???"

합려의 선봉은 기마군 중심의 1만, 대오는 정연하고 기치창검은 햇빛을 받아 눈이 부셨다. 이에 비해 월나라 군사는 복장부터 천차만별이었다. 마군과 보병이 한데 뒤섞여 급하게 결성된 군대라는 것이 한눈에도 보인다. 하다못해 적으로부터 빼앗은 짝짝이 갑옷을 입은 자에다 누구는 갑옷 없이 투구만 쓰고 있었다. 겉으로 보기에도 이미 승패가 확연하게 갈리는 싸움이다.

합려는 이런 월군의 정세를 찬찬히 보고받고는, 다시 군사를 움직여 오대산(五臺山) 밑으로 진을 옮겼다. 취리 벌판의 서쪽에서 전방을 바라보면 점차 높아져가는 지형의 중앙에 평지돌출로 솟은 언덕이 있다. 누런 소가 한 마리 엎드린 듯, 이른바 와우(臥牛)산이다. 메마른 풀이 소가죽 같은 색깔로 흙을 덮고 있다. 구릉 위에 올라 주위를 둘러보면서 합려는 승리를 확신했다. 와우 고지에 본진을 설치하고 장졸들에게 섣불리 싸우지 말도록 명령을 내렸다.

원정에 시달린 군대를 잠시 쉬게 하면서 후속 부대가 도착하기를 기다리는 중이다. 경험 많은 합려는 상대의 진영에 공포가 역병이 되어 번지고 스스로 주눅들 것을 기대하였다. 때를 기다려 일거에 무찌를 작정이다. 오대산 기슭에는 정병 1만이 내뿜는 살기에 하늘조차 회색으로 물들었다.

진문 앞에는 한 길 높이 장대를 세우고 적장의 수급을 내걸었다. 남방 해양 부족의 특징대로 짧은 머리에다, 잘린 모가지를 손질하느라 콩기름을 바른 피부는 푸르죽죽하게 번들거리고 둘 다 눈을 부릅떴다. 친절하게 이름 적힌 팻말을 걸었다. '양현성의 이목', '입암성주 선우'. 이목은 웃고 있었고 선우는 찡그린 얼굴로 살아생전 한때는 한가락씩 날리던 얼굴들이다.

밤이면 한두 차례씩 소규모 야습이 있었다. 월의 유격대는 장창과 대극(大戟)을 휘두르며 오나라 영채로 올라왔다. 오군은 맞상대해주지 않고, 궁노수들이 철통같이 둘러서 비 오듯이 화살을 퍼부을 뿐이었다. 결국 별 소득 없이 시체만 버려두고 돌아서곤 했다. 그런데 결과적으로 합려가 이렇게 주춤거리는 동안 전쟁의 승패를 바꿀 요인들이 자라나고 있었다. 용병의 전문가도 나이가 드니 감각이 무뎌진 것이다.

아침나절부터 월군의 진영이 떠들썩하였다. 그날은 크지도 작지도 않은 구름이 반쯤 하늘을 덮고 있었다. 덜 걷힌 구름 사이로 밝은 햇살이 산야를 비스듬히 내리쬐는데, 적막을 깨고 수천의 병사들이 고함을 질러댔다.

"고국을 위해 싸우자…! 가족을 위해 싸우자! 이 땅을 위해 싸우자아…!"

새삼 전의를 다지는 중이다. 난데없이 터져 나온 절규에 관목 숲에 숨었던 꿩이 놀라서 후드득 날아올랐다. 월나라 군사는 목이 쉬도록 '싸우자…!'를 외쳐댔다. 아우성은 건너편 합려의 진영에도 들렸다. 늦은 아침을 먹으려던 합려는 온 벌판이 들썩거리는 함성을 들었다. 일과처럼 된 새벽의 전투는 이미 끝났다. 첩첩이 이어진 산을 바라보다가 시위 장수에게 물었다.

"저들이 뭐라고 떠드는가? 알아들을 수가 없구나!"

오월(吳越)의 말씨가 다르기도 했지만, 메아리와 바람까지 겹쳐 말들이 뚝뚝 끊겨 윙윙거리는 고함으로만 들렸다. 시위장이 웃으며 왕에게 보고를 올렸다.

"뭐 별건 아닙니다. 싸우자! 어쩌고… 악쓰는 고함인데 맞바람에다 울림소리 때문에 확실하게 알아들을 수는 없나이다."

"푸하하! 푸하하하!"

합려가 짐짓 앙천대소부터 터뜨렸다.

"……딴은 졸개들의 무섬증을 벗겨줄 심산이구나! 그런다고 그게 말처럼 쉽게 되겠느냐? 죽은 윤상은 그나마 계책이 있는 자였는데, 그 자식은 늑대가 아니고 너구리 새끼로구나! 전쟁을 무슨 어린애 장난인 줄 아는 게야…. 천상 내일은 한판 싸움을 걸어봐야겠다…. 후속 군대도 거지반 도착했으니, 이 애송이가 어떻게 나오는지 내가 좀 봐야겠다. 각 군영에 명을 전하라! 내일은 과인이 적을 시험해봐야겠다."

합려의 전술은 그때마다 상대의 의표를 찔렀다. 그러나 아직은 적이 전멸을 당한 것도, 항복한 것도 아니다. 아무래도 합려는 다소 자만에 빠져 있다.

그날은 별 탈 없이 지나가고 밤이 되었다. 오나라 군사도, 월의 군사도 내일은 대판 싸움이 있을 거라는 예감이 있었다. 전쟁과 죽음에 대한 공포가 커질수록 저마다 사랑하는 사람을 향한 그리움이 사무쳤다.

운명의 시각은 무심결에도 다가오고 있었다. 밤이 깊을수록, 풀벌레 소리가 자욱했다. 별들이 밤하늘을 덮었고, 별 깔린 하늘에서 떨어져 나온 반딧불이가 난무하는 숲속에는 교미하는 뱀들이 가랑잎 속에서 밤새 버스럭거렸다.

바람 소리가 점점 드세지는데도 모기까지 등쌀이다. 숲과 물이 어우러진 남방의 풍토에서 최고로 피 맛에 굶주린 짐승은 모기라는 말이 있다. 여기저기 모기 쫓는 화톳불이 바람의 들숨과 날숨에 따라 넘실거린다. 다들 아낌없이 땔나무를 넣었고, 말린 말똥으로 불을 달구었다. 말똥이 타는 불은 불 힘이 셌다. 반 너머 탄 쇠똥들은 잉걸불이 되어 할딱거리듯 점멸하고, 병졸들의 옆얼굴이 벌겋게 익어갔다. 밤은 그렇게 찾아오고, 또 새고 있었다.

이튿날도 화창한 늦가을이었다. 도끼로 시간을 쪼개듯 수꿩이 울자 새벽이 걷히고 새삼 산과 들을 장식한 형형색색의 단풍이 화려했다. 양군은 크게 한판 싸울 태세로 마주 보고 정렬하였다. 들판의 움직임은 일찌감치 끊어졌고, 수만이 모인 이 성대한 자리에는 정적만이 흐르고 있었다. 그저 새벽바람에 깃발이 펄럭이는 소리만이 들려올 뿐이었다. 잠시 후 오나라 군영에서 둥둥둥 북소리가 들리자 월나라 진영에서도 똑같이 북을 울려 기세를 높였다. 쌍방의 군사들이 어금니를 깨물고 창칼을 겨누면서, 긴장되는 대치가 한동안 이어졌다. 합려는 초조하게 조독기(鳥纛旗, 대장의 큰 깃발) 아래 서서 적진을 바라보았다. 젊다는 월왕의 모습은 어디서도 보이지 않았다.

찬찬히 적진을 주시하던 합려가 마침내 간장(干將)검을 빼 들었다. 늘어선 정예 군사들을 뒤세우고 홀로 바람을 맞으며 나선 대왕의 위엄은 과연 영웅다웠다. 그가 공격의 명을 내리려고 막 칼을 치켜드는 찰나에 적진이 술렁거리더니 갈라진 인파 사이로 누군가가 나타났다. 이제 드디어 구천인가? 눈을 닦고 바라보았다. 그런데 어이없게도 그들은 봉두난발에 해진 옷을 걸친 죄수들이었다. 그것도 하나둘이 아니라 몇백을 헤아리는 숫자였다.

구천왕의 심복 문종은 새벽 내내 바빴다. 애써 긁어모은 죄수 3백 명을 배부르게 먹이고 아예 술까지 진탕 내렸다. 뇌물의 액수에 따라 형량이 결성되던 시설이다 보니 하나같이 돈 없고 비천한 출신들이다. 죄수들은 오랜만에 먹는 술맛에 너나없이 취했고, 고달픈 인생이 차라리 가소롭고 우스울 정도였다. 그들은 문종으로부터 간곡한 당부를 들었다.

"너희 소원대로 원도 한도 없이 배를 불렸으니 죽더라도 아귀도에 떨어지지는 않는다. 또한 취하도록 술까지 마셨으니 짐승으로 태어날 걱정도 없다. 기왕에 한목숨, 조국과 대왕을 위해 바쳐라…. 이 전쟁에서 승리한다면 너희 가족들은 빠짐없이 나라에서 보살피마."

해가 달아오르고 있었다. 죄수들은 누구랄 것도 없이 스스로 앉은 자리를 툴툴 털고 일어났다. 상체는 맨몸에다 머리는 봉두난발인데, 얼룩덜룩한 문신의 죄수들이 대충 열을 지어 앞으로 나섰다. 거나하게 술이 올라 양팔을 흔들며 경정거리며 걷는 모습이 강시를 보는 듯 기괴하였다. 양측의 군사들이 숨을 죽이고 그들을 지켜보고 있다. 죄수의 첫 무리 100여 명이 서두를 것 없는 발걸음으로 휘적휘적 적진을 바라보고 걸었다. 허리춤에는 짧은 칼 한 자루씩을 찼으나, 아직 뽑지는 않았다.

"뭐야? 뭐야? 저것들은 뭐야?"

"글쎄다? 원, 도대체 뭔 짓거리냐?"

군사들이 어이없어하며 그 모습을 지켜보고 있었다. 죄수들은 화살거리만큼 접근하자 목이 터지게 외쳤다.

"조국을 위해 싸우자…!"

갑자기 내지르는 함성에 잔잔하던 대기가 술렁거린다. 곧이어 메아리가 되어 이 산 저 산에서 윙윙거리며 울려 퍼졌다. 가뭇없이 사라지는 그 소리의 떨림이 잦아들 무렵에 죄수들은 주섬주섬 저마다 허리춤에서 짧은 칼을 뽑아 들었다. 그러더니 순식간에 자신의 목줄을 갈랐다. 벌어진 상처에서 검붉은 피가 하늘로 솟구치고 꺾인 목의 가죽이 몸체에 붙은 채로 덜렁거린다. 환하게 비추는 아침의 태양, 그 햇살을 타고 분수 같은 핏줄기가 솟구쳤다. 곧바로 월나라 진영에서 수만 명이 거대한 함성으로 외쳤다.

"조국을 위해 싸우자…! 싸우자……!"

오군은 눈이 휘둥그레졌다. 일찍이 듣도 보도 못한 처절한 광경에 진저리가 쳐진다. 다시 두 번째, 100명의 죄수가 걸어 나왔다. 그들 역시 화살 거리에 다가오더니 핏대를 세우며 절규하였다.

"가족을 위해 싸우자!"

그들마저 그 자리에서 스스로 목을 갈랐다. 월나라 진영에서는 또 한번 거대한 함성으로 이를 받았다.

"가족을 위해 싸우자……! 싸우자……!"

이맘때면 앞줄에 있던 병사 몇몇은 새파랗게 질린 얼굴로 주저앉아 버렸다. 겁에 질려 흰 창이 드러난 눈알을 위로 치뜨는 꼴이 반 너머 혼쭐이 나간 모습이다. 세 번째 무리조차 '이 땅을 위해 싸우자!' 절규와 함께 선뜻 목을 베자 다시 한번 뿜어 나오는 선혈이 분수가 되어 솟구쳤다. 핏줄기 위로 아침의 태양 빛이 쏟아져 붉은 무지개를 그린다.

때맞춰 월왕 구천은 공격을 재촉하는 큰북을 쳐댔다. 젊은 왕 구천의 손길에는 약소국의 분노와 염원이 담겼다.

"합려…! 늙은 네놈의 변덕에 따라 수많은 아비와 자식의 목숨을 짓밟는 이 몹쓸 놈의 전쟁…! 내 오늘 너희를 여지없이 쳐부수고 말리라…! 기필코! 기필코…!!"

혼신의 분노가 실린 북소리가 취리 땅 들판에 메아리치자, 월나라 군사들은 누구에게 떼밀리기라도 한 듯이 너도나도 적진 쪽으로 내달리기 시작하였다.

"이 땅을 위해 싸우자! 싸우자!"

"내가 사형수다…!"

"우리가 바로 사형수다……!"

"죽여라! 저 도적놈들을 죽여라!"

함성이 파도가 되어 오군의 진영을 덮쳐 눌렀다. 살아오면서 한 번도 마음대로 뜻대로 풀리지 않던 이 몹쓸 놈의 세상, 죽일 놈의 팔자! 굽이굽이 고달프고 구질구질한 세상! 그들이 달려서 쳐부수고 싶은 것은 세상의 부조리와 모순이었고, 그 운명 속에 갇힌 자신의 신세에 대한 울분이었다. 아무개의 아들, 아무개의 아비, 아무개의 형제로 태어나 얽히고설킨 인연의 굴레 속에서 부대끼며 살아가는 것도 서러운데, 몹쓸 저들은 자신의 위세를 위해서 수많은 사람의 삶과 소망을 짓밟고 있다. 울분에 사무친 그들은 몸을 막을 방패도 마다하고 가슴을 내밀어 달리고, 달리면서… 외쳤다.

"그래!, 이 땅을, 가족을, 나라를 위해서 싸우자…! 저 시건방진 오(吳)의 잡것들아……!"

상대는 기가 질렸다. 지금껏 수많은 전쟁터를 누볐으나 오늘 같은 일은 처음이었다. 눈앞에서 3백 명이 스스로 자기 목을 베고 피를 쏟으며 죽다니…. 단말마의 절규와 뒤따라 외쳐대는 함성에 오금이 저리고 주눅이 들었다.

심적인 방어선이 무너진 오군의 진영으로 광기에 휩싸인 장졸들이 무섭게 덮쳤다. 그들의 눈에는 이미 넘지 못할 적군도, 죽음의 공포도 보이지 않았다. 온몸으로 분노를 표출하며 달리고 또 달렸다. 내 오늘 너희를 기필코 응징하리라. 내가 바로 사형수다! 자신의 몸과 생명조차 돌보지 않고 죽을 둥 살 둥 덤벼드는 성난 파도가 되어 들이닥쳤다.

합려의 군대는 잘 훈련된 정예병이었으나 이미 군사가 아니었다. 막다른 골짜기에 몰린 짐승처럼 이리저리 내몰렸다. 아예 무기를 내던지고 땅바닥에 털썩 주저앉는 이도 있었다. 전의를 상실하고 무거운 갑옷을 벗은 채 달아나거나 넋을 잃고 앉아서 죽을 때를 기다렸다. 싸움이고 뭐고, 대적할 마음이 없었다. 도망치는 발걸음은 멈출 수 없는 흐름으로 변해, 신들린 창날에 낙엽처럼 쓰러져갔다. 이렇게 되면 이 싸움은 사람이 하는 일이 아니고, 홍수가 잇따라 하류의 제방을 끊어나가는 자연의 기세였다. 전투대형이 속절없이 무너지는 것을 보다 못한 대왕의 융거가 앞으로 치고 나섰다.

"물러서지 마라. 막아라…."

"적을 쳐라. 설치는 놈부터 죽여라…!"

고래고래 고함을 지르면서 병사들을 독려하고 질타했지만, 격심한 공포로 주눅 든 군사를 다시 추스르는 일은 무너진 강둑을 막는 것만치 부질없는 짓이었다. 군사들은 명령을 제대로 알아듣지도 못했다. 편제가 무너진 군대에는 명령을 작동시킬 수가 없었고, 싸움은 되어지는 대로 되어갈 수밖에 없었다. 결국 대왕의 융거를 몰던 시위장도 사태를 깨닫고 말머리를 돌려 달아나기 시작했다. 그 뒤를 백비와 전의를 비롯한 장수들이 줄줄이 따랐다. 이로써 최고 수뇌부가 무너지고, 집단으로 붕괴된 3만의 대군은 날리는 가랑잎처럼 흩어졌다.

"한 놈도 살려 보내지 마라! 죽여라! 쫓아라."

승자는 여세를 몰아 흩어지는 적을 마음껏 찔러댔다. 이리저리 내몰리는 양 떼 속의 늑대 같은 그들은 생명을 빼앗는 일에도 거침이 없었다. 물살이 갈라지듯 전열이 궤멸되고, 일방적인 토끼몰이가 계속되었다.

월의 대장군 영고부는 애마의 배를 걷어차며 적진으로 뛰어들었다. 7척이 넘는 그의 풍채는 존재부터 남달랐다. 좌로 부딪고 우로 찔러가는 모습은 무인지경을 홀로 내닫는 것처럼 보인다. 이리저리 긴 칼을 휘두르는데 여기 번쩍 저기 번쩍, 칼빛이 춤추는 사위로 졸개들의 목이 벚꽃처럼 떨어져 내린다. 아직 군졸들의 무기와 갑주가 제대로 갖추어

지지 못했던 시절이었다. 두꺼운 갑주로 무장한 장수가 사나운 말 위에서 길고 무거운 무기를 휘두르면 막을 길이 없다.

영고부는 이리저리 눈을 희번덕이며 말 탄 장수를 찾고 있었다. 마침 한 마장 건너 백비가 눈에 들어왔다. 합려에게 이 전쟁을 부추긴 이가 백비라는 것은 알 만한 사람은 다 아는 사실이다.

"흥… 네 놈은 백비가 아니더냐…? 잘 만났다. 이 못된 놈! 내가 목을 베어주마…."

백비가 황급히 도망가는데 하필이면 합려의 융거를 뒤따라 달아났다. 이때는 합려도 칼집으로 말 등을 때리며 도망치기에 바빴다. 어느새 백비를 따라잡은 영고부가 뜻하지 않게 합려의 융거와 딱 마주쳤다. 장수로 태어나 적의 군주를 싸움터에서 맞닥뜨린 행운에 영고부는 가슴이 뛰면서 벌렁거렸다. 순간적으로 칼을 들어 합려의 정수리 백회혈을 양단하듯이 내려쳤다. 눈앞이 캄캄해진 합려가 본능적으로 고개를 틀어 피하였다.

오늘 영고부가 휘두르는 칼은 구야자(歐冶子)가 만든 수검 막야(莫枒)이다. 막야는 길이만도 여섯 자가 넘어 웬만한 사람의 키와 맞먹는다. 명검은 주인이 애쓰지 않아도 그 주인을 찾아드는 법이라, 몇 차례 사람을 바꾸더니 결국 영고부의 손에 들게 되었다. 미처 깨닫지 못하고 있으나, 짝을 만난 간장검도 웅웅거리며 울고 있었다. 합려의 머리를 비껴간 장검은 그대로 떨어지면서 융거의 칸막이를 때렸다. 콰쾅 소리와 함께 청동을 입힌 칸막이가 두 동강이 나고, 대도는 그대로 왕의 무르팍을 찍었다. 다행히 무릎이 잘리지는 않았으나 뼈가 드러나도록 상처가 깊었다. 대왕은 그대로 수레 안에 벌러덩 나자빠졌다.

백비가 기겁을 하고 창을 들고 덤벼들었다. 영고부는 내려친 칼을 그대로 올리면서 치켜 받았다. 창대는 두 동강이 나서, 손잡이는 백비가 들고 있고 창날은 비수처럼 날아가 땅바닥에 꽂혔다. 순간 전의가 나타나서 영고부를 가로막았다. 그 뒤로 왕의 시위 군사들이 함성을 지르면서 죽을 둥 살 둥 달려들었다. 시위 하나가 영고부의 가슴팍을 향해 창을 내질렀다. 하지만 그의 눈앞에서 영고부는 순간적으로 사라졌다. 시위 장수는 아차 하는 순간에 등짝에 칼을 맞고 몸이 갈라졌다.

전의가 저만큼 달아나는 것을 발견한 영고부는 긴 창을 뽑아 힘껏 던졌다. 전의는 잽싸게 피했다. 대신 거대한 화살처럼 날아간 창은 뒤에 있던 병사의 가슴을 꿰뚫어 땅바닥에 처박았다. 어지간한 전의도 간담이 서늘해져 죽을힘을 다해 달아났다. 백비도 재빨리 전장을 벗어났다. 합려의 마차는 이미 도망친 지 오래라 그림자조차 찾을 수 없었다.

평원에는 널브러진 시신들로 그득했다. 평생 품은 한을 일거에 터트리듯 내지르는 창칼 앞에서 합려군의 병장기는 나뭇가지에 불과했다. 밟혀 죽은 군졸은 가슴이 터지고 머리가 깨져 피범벅이 되었다. 흉측한 모습이 마치 악귀를 보는 듯했다. 고개를 뒤로 젖힌 군졸은 입을 벌린 채 하늘을 향해 호소라도 하는 듯, 땅바닥에 엎어진 시체는 비틀린 두 다리를 엇갈려 대지에 구원을 비는 듯했다. 숨이 남은 중상자는 꿈틀거리며 기어가면서 땅바닥에 기다란 핏자국을 그렸다. 괴로운 숨을 헐떡이며 쳐다보는 푸른 하늘은, 산다는 게 얼마나 감미로운 것인지 절실하게 하였다.

잠시 전장을 굽어보던 영고부가 말머리를 돌린다. 관목 숲에 숨었던 패잔병들이 적장의 출현에 식겁을 하고, 허겁지겁 개활지를 너머로 도망질했다. 언제부턴가 쌍방이 겨루는 싸움은 찾아볼 수 없이, 신들린 광기에다 패잔병의 색출과 학살이 뒤를 이었다.

그 시각 합려의 융거는 국경 넘어 형(邢) 땅에서 숨을 돌렸다.

"분하다! 참으로 분하다. 에잇! 빌어먹을…."

엄여와 촉용, 종오나라와 서나라, 초나라까지 무찔렀던 군사가 어쩌다 이렇게 됐을까? 무엇이 잘못된 것일까? 백비는 고개를 절레절레 흔들고 대왕의 상처를 살폈다. 마차 안에는 온통 엉킨 핏덩이로 그득했다. 왕은 반쯤 눈을 감고 융거의 벽에 기대고 있었는데 들숨, 날숨이 간당간당하였다.

이때 합려의 나이 66세, 결코 젊달 수 없는 나이에다 오늘 갑자기 스무 해나 늙어버린 듯 완전히 병든 노인이 되어 있었다. 결국 그 밤을 넘기지 못하고 날 샐 녘, 천장에서 쥐똥이 떨어지는 촌구석 골방에서 오나라의 군주는 세상을 하직하였다. 취리(檇李) 땅에서 이곳까지 오면서 피를 너무 많이 흘렸다. 그는 죽기 전에 백비를 불러 세손 부차에게 남기는 유언을 전했다.

"오늘 내가 참담한 패배를 당한 것은 적을 가볍게 보았기 때문이다. 구천은 그 아비를 능가하는 비범한 위인이 틀림없다. 꾀가 많고 교활한 자니 한시라도 경계의 끈을 늦추지 마라. 또 한 번 당부할 것은 내가 죽고도 다섯 해가 흐르기 전까지는 전쟁을 금하라. 무슨 일이 있더라도…. 적어도 5년 동안은 힘을 키우고 군사를 기른 뒤, 그때 가서 군사를 움직이도록 하라…!"

저만치 떨어진 전의를 손짓해 불렀다. 그도 성치 않았다. 특히 왼쪽 쇄골 아래 맞은 화살 하나는 뽑지도 못하고 있었다. 바로 뽑아내면 화살촉 뒷부분의 미늘로 상처가 커져 지혈을 자신할 수 없게 되기 때문이다. 대왕은 헐떡거리면서 특별히 오자서에게 남기는 유언을 구술하였다.

"과인은 맨몸으로 태어나 그대 오 상국과 전제를 만난 행운이 있었다. 후회는 없다. 세손을 도와 나라를 강성케 하라. 고소대를 불사르고 미인들은 고향으로 돌려보내라. 부차가 성급할 때는 그대가 충심으로 만류하라. 뒷일을 부탁하네!"

오한이 들어 닭살이 돋는 중에도 후회 없음을 강조하였다. 그만치 삶에 대한 애잔한 그리움이 배었다. '그대가 충심으로 부차를 만류하라!'라는 대목이 오자서에게 또 다른 짐을 지우게 되었다. 어느새 기운 달이 처마 밑으로 내려와 왕이 누운 방 안을 비추고 있었다. 투두둑! 누가 건드리지도 않았는데 담벼락에서 흙먼지가 떨어졌다. 바람은 더 세졌다. 마침내 합려가 숨을 거두자 도자기 표면같이 매끄러운 새벽하늘에 용틀임으로 올라가는 은회색 소용돌이가 선명하게 보였다. 사람들은 명검 막야와 간장이 한 쌍의 용이 되어 서로의 몸을 비틀며 승천하는 모습을 보았다고들 하였다.

교만한 군사는 필패하고 비분에 찬 군사는 이길 수밖에 없다는 병법의 이치대로, 전쟁은 그럭저럭 종지부를 찍고 있었다. 사가들은 오월 간의 우열이 극적으로 뒤바뀌게 된 이 싸움을 이른바 '취리지역(檇里之逆, 취리의 반전)'이라고 불렀다.

제25화

초산포위 기습 도발

합려의 장지는 고소성 옆 해용산(海涌山)으로 정했다.

생전에 좋아하던 칼과 갑옷, 황금과 구슬로 무덤 속을 가득 채우고 이제는 전설이 된 명검 비수 어장검(魚腸劍)도 껴묻거리로 넣었다. 기록에 의하면 10만 명의 인부가 동원되어 하늘의 해, 달 별, 땅 위의 산맥과 강물을 모두 무덤 안에 만들었다고 한다. 별도로 3,000자루의 명검과 또 그만한 숫자의 거울도 함께 묻었다.

황금을 부장품으로 쓰는 것은 영원한 삶을 기원하는 주술이다. 합려의 경우는 황금과 더불어 구리로 만든 동경(銅鏡)의 원반을 하늘을 향해 눕혀서 함께 묻었다. 무덤의 주인에게 영원한 젊음을 선사한다는 의미이다. 대신에 멀쩡한 인부들은 모조리 죽여서 집단 매장했다. 고소대 전각은 불사르고, 미인들은 뿔뿔이 흩어 고향으로 돌려보냈다. 불길이 크게 너울거릴 때 부차와 신하들은 눈물을 글썽거리면서 불을 구경했다. 워낙에 높고 큰 건물이라 몇 날 며칠을 두고 불타는 바람에 불길과 연기가 하늘을 덮었다. 멀리 가는 새 떼들이 끼룩거리면서 돌아서 다닐 정도였다. 닷새째 되던 날 비가 내렸다. 불 꺼진 자리에서 피식피식 김이 올랐다.

왕이 된 부차는 잠자리에 비단 이불 대신 장작을 깔고 갈대 섶으로 이불을 삼았다. 원수를 갚기 전에는 편히 눕지 않겠다는 복수의 다짐이다. 궁전 뜰에는 목청 좋은 군사 열 명을 배치하여 사람이 드나들 때마다 큰 소리로 외치게 하였다.

"부차야! 너는 구천이 할아비를 죽였다는 사실을 잊었느냐…?"

젊은 부차의 두 눈에서는 증오의 불빛이 철철 흘러내린다. 그는 힘차게 대답하는 것이었다.

"잊지 않았다…! 내 어찌 그 원한을 잊을 리 있겠는가…?"

부차는 이토록 자신을 채찍질하면서 부국강병에 주력하였다. 스스로 행동을 엄히 하면서 법은 바로 세우고, 재정을 건실하게 키워갔다. 전국 각지의 좋은 재목을 구해 싸움배를 건조하고 장강의 하류에서 수군을 조련하였다. 오자서는 영암산(靈巖山)에 대규모 활터를 만들어 궁노수들을 훈련했다. 이제 전쟁은 개인의 무예나 힘만으로 승패가 결정되는 것이 아니라 수천, 수만의 싸움이 되어 창을 이용한 전술적 집단 훈련과 활로 우열을 가리는 원거리 전투로 발전하고 있었다. 특히 해상의 전투에서는 활이 더욱 유용한 수단이 될 수밖에 없다.

합려가 취리 땅에서 전사한 지도 어언 3년이 흘렀다. 근래 부차는 차츰 조바심을 내고 있었다. 사실 그는 할아버지에게 특별한 애정이 있는 것은 아니었다. 오히려 생전에는 자주 만나지도 못했으며 그나마 늘 어려워했다. 젊은 왕은 스스로 들어가 갇혔던 절제의 감옥을 못 견뎌 했다. 격정적으로 타고난 그의 천성은 하루빨리 가부간 결판을 내고 싶어 좀이 쑤시고 안설부설못할 시경인데, 고맙게도 구천이 먼저 도발하였다.

당연히 월도 쉼 없이 세작을 운영하는 만치 적의 동향을 익히 알고 있다. 마침내 구천이 대신과 장수들을 불러 모았다. 그날따라 우중충한 날씨였다. 비는 내리지 않았으나 바람은 불었다. '올해는 아무래도 겨울이 일찍 찾아올 모양이다…' 문종은 조당에 앉아 뭔가 불안한 심경이다. 눈이 섬돌 아래서 원을 그리며 맴도는 가랑잎에 머무는 순간 쇳소리 섞인 구천의 목소리가 터져 나왔다.

"나는 서쪽에서 부는 찬 바람이 싫다. 이놈의 바람 속에는 원한과 저주의 피비린내가 난다. 오적(吳賊)은 지금 수군을 양성하느라 혈안이 되었다. 저들이 마음먹은 대로 싸움배를 건조하고 나면, 장강 물길을 따라 우리 영토를 들쑤시고 말 것이야."

누가 뭐라고 해도 오(吳)는 전통의 강국 초(楚)나라를 거꾸러뜨린 패자의 나라이다. 그런 오의 상하가 복수를 위해 저토록 절치부심하니 구천인들 편히 잠을 자기는 애당초 글렀다.

"이대로 앉아서 그날을 맞이한다면 우리는 결국 자멸하고 말 것이다. 나는 일이 그 지경이 되도록 손 놓고 지켜보지는 않겠다. 더 늦기 전에 초산(椒山)포로 가서 적선을 불태울 것이다."

초산은 장강 하류에 있는 선창으로서 오나라 수군의 군영이 있는 곳이다. 구천이 결전을 선포하는 순간 대전에 서늘한 찬 기운이 돌았다. 특히나 문종은 가슴 한구석이 쿵, 무너져 내리는 것을 느꼈다. 어느 때고 닥칠 일이었지만, '결국 오늘!' 터지고 말았다. 아무도 뭐라고 이의를 달지 못하고 멀뚱히 젊은 왕의 기색을 살폈다. 취리 땅 승전의 기억이 그들에게 자신감을 주었다. 이때 범려가 나섰다. 그는 문종과 함께 세자 시절부터 구천을 모신 심복이다.

"오적은 합려가 전사한 일을 철천지한으로 여기고 있습니다. 기왕에 싸울 수밖에 없다손 치더라도 적진에 원정하는 것은 이롭지 못합니다. 차라리 우리 땅에서 성을 굳게 지키면서 대비하느니 못합니다…"

문종도 질세라 소맷부리를 떨치며 나섰다.

"신의 좁은 소견으로는, 우리가 저들에게 먼저 화평을 청해보는 것도 한 가지 방책이 될까 합니다."

문종과 범려는 구천이 누구보다도 믿고 의지하는 신하들이다. 그들이 왕의 말에 반대하면서 신중론을 펼치자 분위기가 잠시 뜨악해졌다. 구천이 쓴웃음을 짓더니, 곧바로 왼손에 거머쥔 보검의 수실 자루를 보란 듯이 쓱 내밀고 칼자루를 툭툭 쳐 보였다. 이미 결심이 섰다는 평소의 습관이다.

"범려는 지키자 하고, 문종은 차라리 화평을 청하자고 하지만… 그것은 좋은 방책이 아니다. 오적과 우리는 이미 대대로 척진 사이! 결국에는 둘 중 하나가 죽어야 끝날 싸움이다. 지금이 바로 싸울 때다. 이 이상 논하지 말라…!"

젊은 왕의 목소리는 낮았고 흔들림이 없었다. 중신들은 왕의 그 조용한 말투에 두려움을 느꼈다. 왕은 그대로 칼을 뽑아 앞에 놓인 탁자의 모서리를 내려쳤다. 탁자의 두께가 실로 얇지 않은데도 두부모 베듯이 사뿐하게 잘렸다. 칼질로 자신의 결심을 보인 셈이다.

구천의 보검이 호북성 강릉현에서 출토되었다. 초나라 묘(실제로 구천의 월나라는 훗날 초나라에 멸망하였다)에서 나온 이 칼에는 '월왕구천자작용검(越王句踐子爵龍劍)'이란 글이 새겨져 있고 지문까지 있었다. '월왕'이란 칭호와 더불어, 왕실로부터 제수받은 '자작'의 작위가 함께 쓰이고 있었다. 2,500년이 지난 지금까지 칼날은 여전히 예리하게 빛났고, 검신에는 남색 유리와 터키석이 정교하게 상감되었다. 현대의 공예가도 어떻게 이러한 무늬를 넣을 수 있었는지 감탄할 뿐이다.

구천은 내친김에 '구천용검'을 영고부에게 건넸다.

"과인은 이미 결심을 굳혔다. 용사들과 함께 싸우겠다. 죽을 각오로

덤비면 이기게 되어 있고, 설혹 잘못되어 죽더라도 용사의 이름은 남을 것이다. 전령을 띄워 군사를 모아라! 누구를 막론하고 화평을 입에 담는 자, 명령을 어기는 자는 대장군이 이 칼로 처단하라!"

마치 채찍을 후려치듯 단속하는 왕의 결심이 신하들을 전율케 하였다. 그들은 다른 질문을 잊고 말았다. 그것들은 이제 중요할 게 없었다. 대충 농사철도 끝난 시기였다. 구천의 내면에 똬리를 튼 광기가 선제공격의 길로 이끌고 있다. 군세는 신속했다. 기마 전령들이 빠르게 달려갔고, 말 먼지가 길게 이어졌다. 동원령을 내린 지 이틀 만에 제기성으로부터 출정이 시작되고, 행군 중에 변경의 군사가 속속 합류하였다. 며칠 뒤 국경을 넘는 군세는 어느덧 3만을 넘어 사기는 드높았다.

초산 포구는 어둠 속에 있었다.

선창에 매인 전선이 물길 따라 두 줄로 늘어섰다. 큰 배를 밖에 세워 성곽을 대신하게 하고 작은 배는 그 안에 두었는데, 길이가 어느덧 10여 리에 달했다. 갑판에는 밤을 새운 등불들이 가물가물 빛을 내고, 사위는 고요 속에 잠겼다. 사방을 둘러보아도 뱃전에 철썩이는 강바람과 어쩌다 섞이는 말 울음소리뿐… 워낙에 비밀스럽게 군사를 움직인 탓이기도 했고, 설마 먼저 도발하리라고 생각지도 못한 듯 대비하는 기척은 없었다. 보초병들만이 간간이 순찰을 돌 뿐이다.

원정군의 총수 영고부는 산기슭에 몸을 숨기고 적의 진영을 노려보았다. 취리의 승전 이래로 얼마나 이 순간을 고대하였던가? 신중한 그는 적진을 교란할 선봉을 먼저 출격시키고 상대의 대응에 따라 군사를 움직이기로 작정하였다.

어둑한 비탈길을 조심스레 내려가는 장수는 석풍화엽(石風花葉)이다.

그는 수적(水賊)으로 잔뼈가 굵었다. 습관적으로 머리통을 항상 반들반들 배코를 쳤기 때문에 사람들은 '배코 머리 석풍'이라고 불렀다. 거추장스러워 투구는 아예 쓰지도 않는다. 거칠고 배운 것 없는 인물로서 말버릇조차 개차반이나, 배포와 담력이 남달랐기에 영고부가 돌격대의 대장으로 삼았다. 그가 입고 있는 비늘 갑옷도 어느 무덤을 도굴하여 죽은 자의 몸에서 벗겨낸 것이다. 석풍의 뒤로 솔잎이나 때죽나무 삭정이로 위장한 병사 2천이 그림자처럼 따르고 있었다.

갑자기 누군가 숨죽인 기침을 한 자가 있었다. 그런 아군의 작은 소리 하나에도 아…! 하고 놀라서 서로를 돌아볼 정도로 긴장이 팽배했다. 모든 상황은 그의 손아귀에 있었다. 강변에 설치된 감시 초소까지는 대략 40~50칸, 보초병 서넛이 진문 앞에서 졸고 있는 모습이 보인다. 왕년의 수적 두목은 의식적으로 흥! 콧방귀 한 방을 날리고 드디어 출격 명령을 내린다.

"명령을 전달하라. 일시에 나를 따라 들이친다. 이거저거 볼 것 없이 닥치는 대로 베고 불부터 지른다."

"닥치는 대로 베고 불부터 지른다."

"닥치는 대로 베고 불부터……."

속삭이는 군령이 한동안 꼬리에 꼬리를 물고 전달되자, 두목은 마음속으로 하나, 둘, 셋을 세더니 벼락같이 외쳤다.

"지금이다. 쳐라! 공격하라!"

흥분한 석풍은 사신부터 그내보 돌신하면서 군영 안을 살폈다. 보초병은 얼어붙었는지 그 자리에서 꿈쩍도 하지 못했다.

"흐흐흐… 그야말로 절호의 기회로구나!"

석풍은 그의 이두박근을 자랑하듯이 어깨를 한 바퀴 크게 돌리더니 보초병의 머리통을 단칼에 내리쳤다.

"흐아아압!"

쫘악 하는 느낌과 함께 칼날이 너무도 쉽게 정수리에서부터 쑤욱 빨려들었다.

"아뿔싸! 허수아비다!"

순간 이마에 진땀이 솟았다. '속았구나! 죽을 때가 되었다….' 그때였다. 우레 같은 함성과 함께 수많은 횃불이 군영을 환히 비추더니, 대오를 갖춘 궁수들이 모습을 드러냈다. 석풍은 거의 반사적으로 외쳤다.

"후퇴다! 후퇴하라! 다들 후퇴하라!"

하지만 사람이 화살보다 빠를 수는 없었다. 일제히 날아오른 화살이 도망치는 월나라 군사를 무자비하게 덮쳤다. 배코 머리도, 졸개들도 두 손으로 머리를 감싼 채 이리저리 뛰어다니며 활로를 찾고 있었다. 그런 석풍을 저만치서 말을 탄 장수 하나가 노려보고 있었다. 오늘 초산항에서 적을 맞은 장수는 왕손 락이었다.

"오호라! 네놈이 대장이로구나!"

락은 즉시 말을 몰아 대장을 노리고 달려들었다. 석풍은 가슴 철렁하게 달려오는 장수 때문에 하마터면 정신줄을 놓칠 뻔하였다. 그러나 그도 녹림의 관록이 있다. 다리를 웅크리고 주저앉은 자세 그대로 창대를 불쑥 내밀어 왕손의 가슴팍을 찔러갔다.

"히잉! 저승길 같이 가자…."

그러나 살 박힌 오른팔이 뜻대로 움직여주질 않았다. 그의 창날은 어설픈 궤적을 그리며 허공을 가를 뿐이었다. 대신 상대의 큰 칼은 거칠 것 하나 없이 갑옷의 턱 받침을 치고 나가 정확히 석풍의 목을 갈랐다. 배코 모가지는 데굴데굴 풀밭을 대여섯 바퀴 구르다 멈춰 섰다. 분수처럼 피가 솟구치고, 몸통과 팔다리가 한참이나 푸들거렸다. 왕손은 잘린 목을 망태기째 말 등에 매달고 털썩거리며 언덕을 달려 내려갔다.

구릉 위에서 기다리는 영고부는 속이 타고 좀이 쑤실 지경이었다. 아무래도 오늘 습격은 글렀다. 그러나 군사를 물리기도 쉽지는 않을 터, 기왕에 온 김에 적의 싸움배라도 태우자, 마음을 다잡고 이모저모 살필 것 없이 본진의 군사를 내려보내기로 작정하였다.

"지금이다. 쳐라!"

와아, 쏟아지는 함성과 함께 여섯 갈래로 나눠진 병사들이 관목 더미, 숲속, 산비탈 등지에서 일제히 달려 나갔다. 곧이어 왕손의 군사와 어울려 한바탕 혼전의 싸움이 벌어졌다. 영고부는 그 싸움터에 휘둘리지 않고 추가 명령을 내렸다.

"정박해 있는 전선에 불을 놓아라…! 불화살을 쏴라…!"

화살촉을 감싼 헝겊 뭉치에 불씨가 당겨지고, 곧이어 불길은 망설임도 없이 배를 집어삼키기 시작했다. 그런데 어쩐 일인지 병선들이 마른 갈대처럼 너무 쉽게 활활 타올랐다. 경험 많은 영고부는 또 한 번 스치는 불길한 예감에 치를 떨었다. 황급히 눈을 들어 포구 쪽을 살핀다. 그때 무언가 흐느끼는 소리 같은 악기 소리가 들려왔다. 뚜우웅… 뚜웅….

"뿔 나팔 소리입니다. 오나라 수군의 전령 신호입니다."

부장의 말이 아니더라도 영고부의 심장은 얼어붙었다.

"이쪽도 속았다! 뭍이나 강상이나 모두 함정이다…."

순간 천지를 뒤흔드는 함성이 터져 나왔다. 산비탈과 숲속에서 매복하고 있던 오나라 군사가 말벌 떼처럼 초산 포구를 향해 밀려 내려오고 있었다. 마침 구름 깔린 하늘 끄트머리에 붉고 노란 광명이 번져나가면서 해가 떠오르고 있었다. 빛을 등지고 달려드는 매복 군사는 방금

하늘에서 내려온 천병(天兵)과 같아 아예 대적할 엄두를 내지 못했다. 그뿐만이 아니었다. 후미진 강기슭에서 오나라 싸움배가 위용을 드러냈다. 다시 보니 강가에 매여 있던 전선들은 대충 갈대로 엮은 위장선이었다. 영고부는 곧바로 후방의 구천에게 전령을 보냈다.

"큰일 났습니다…. 대왕…! 적군에게 포위당하고 말았습니다. 부디 말머리를 돌리십시오…!"

그때쯤 오왕 부차는 검붉은 말을 타고 위풍당당하게 숲속에서 위용을 드러냈다. 눈앞에 벌어지고 있는 전투의 양상을 한 바퀴 둘러보더니 씨익 미소를 지었다. 곧이어 먹이를 눈앞에 둔 맹수의 이빨을 번뜩이며 포구 쪽으로 달려가기 시작했다. 월군(越軍)에서 아장 하나가 길을 막아섰다. 부차가 호통쳤다.

"이놈! 네 감히 과인의 앞을 막는 것이냐?"

불길이 철철 쏟아지는 무시무시한 눈길과 질타에 움찔한 상대가 엉겁결에 창대를 휘두르는 시늉을 했다. 어딜! 부차가 나지막한 기합 소리와 함께 몸을 앞으로 숙이며 보검을 크게 휘둘렀다. 시퍼런 검광이 한 차례 번뜩이는가 싶더니 비명조차 없이 잘린 머리가 풀숲에 뒹굴었다.

"이놈들, 이래도 항복하지 못할까?"

젊은 부차는 무모하리만큼 겁이 없었다. 물 만난 잉어처럼 비명과 죽음이 난무하는 전장을 휘젓고 다녔다. 두어 마장 앞에서는 범려와 문종 등이 구천을 에워싼 채 군사를 돌릴지 말지 결단을 못 내리고 있었다. 범려는 저만치서 달려오는 부차를 발견하고 소리쳤다.

"대왕…! 어서 피하십시오…."

구천도 가슴이 서늘해졌다. 부차가 군사들을 풀숲을 베듯이 쳐내고 있었다. 그에게는 구천만 보일 뿐 다른 이들의 모습은 보이지도 않는 것 같았다. 범려가 다급히 창을 꼬나들고 부차를 향해 달려들었다. 순간 창검이 부딪치며 '쨍'하는 쇳소리가 울렸다. 그뿐, 이내 범려를 팽개친 부차가 곧바로 구천을 향해 달려들었다.

"구천…! 도망가지 마라…! 나와 겨뤄보자…!"

체면이고 뭐고 머뭇거릴 수 없게 된 구천은 즉시 말머리를 돌려 도망치기 시작했다. 영고부가 부차를 막아서며 긴 창을 찔렀댔다. 그러나 그도 부차의 기세에 한풀 꺾였다. 부차는 영고부의 창끝을 장검으로 제치고 구천의 모습을 찾았다. 누런 전포가 저만치 펄럭이는 것을 본 부차는 검을 옆으로 휘둘러 영고부를 밀어제치고 구천을 쫓았다.

월나라 군사는 막다른 길목으로 내몰려 도살당하는 사냥감이나 다름없었다. 수천의 군사들이 뭍과 물에서 조여드는 포위망을 피해 이리저리 휘둘리다가 강물 속으로 뛰어들었다. 부차는 산비탈 위로 올라서 먼 곳을 가늠했다. 구천은 이미 어디에도 보이지 않았다. 이때 백비가 다급히 부차를 따라왔다.

"대왕… 우리 군사가 대승을 거두었습니다…."

부차의 관심은 다른 데 있었다.

"구천을 놓치고 말았다!"

아무래도 부차는 전쟁의 신으로 타고났다. 수군을 지휘하던 오자서도 당도했다.

"대왕, 그만 철수하시지요…. 우리가 충분히 이겼습니다. 일단 군사를 돌려 전황을 파악하는 것이 순서입니다. 이제 월나라는 언제든지 쥐힐 수 있는 주머니 속의 구슬입니다."

"우리 군사는 준비가 되어 있소."

"아닙니다. 대왕! 지금 바로 뒤따르는 것은 무리가 있습니다. 한 번의 매복에서 이겼다고 자만하시면 안 됩니다."

부차의 생각은 사뭇 달랐다. 그의 속마음은 이랬다. '이자가 정녕 군주의 콧대를 꺾어놓자는 심사인가! 임금을 제 손아귀에 넣고 싶어서…? 그건 재미없다. 흐흐흐… 그렇다면 오자서는 이 부차를 잘못 봐도 한참 잘못 보았다.'

어느 시대에나 젊은이의 감정은 단순하고 폭발적이다. 한번 충동에 사로잡히면 감정은 외곬으로 흐르기 마련이다.

"승상은 말을 삼가시오. 지금이 바로 적의 숨통을 끊어놓을 기회! 승상도 이제 늙어 용기가 없어진 게야…. 흐흥!"

탐탁지 않은 콧소리로 말을 마친 왕이 자신부터 말을 달려 추격에 나섰다. 시위 장수들이 황급하게 뒤를 따랐다.

부차의 군사가 워낙에 다급하게 뒤쫓다 보니 구천은 제기성으로 돌아갈 틈조차 없었다. 우선 급한 대로 방향을 틀어 회계(會稽)성에 입성하였다. 회계성은 선대왕 윤상 시절부터 견고하게 증축한 요새의 변성이다.

뒤따라 들이닥친 오나라 군사가 겹겹이 성을 포위하더니 그날 오후부터 바로 공성전을 펼쳤다. 수비 군사는 문을 굳게 닫아걸고 성벽에 의지하여 버텼다. 추격군의 화살 공격은 효과가 없었다. 평지의 성들과 달리 회계성은 천연의 바위 암석 위에 쌓은 산성이다. 성벽의 높이만도 수십 길이나 되기에 화살들은 수비가 몸을 숨기고 있는 성가퀴에 부딪혀 부러질 따름이었다. 자신들의 능력을 입증해 보이려는 보병들이 바위투성이를 기어올라 성벽에 사다리를 갖다 붙였다. 하지만 월의 궁수들은 그들을 거지반 몰살시켰고, 살아남은 자들은 물러설 수밖에 없었다.

다른 모든 시도도 실패했다.

다음 날은 용기 있는 장졸 몇 명이 성벽을 절반쯤 기어오르는 데 성공했지만, 이내 성벽 위에서 날아온 돌덩이에 맞아 황천길로 떠나고 말았다. 워낙 성벽이 높고 튼튼하여 공격하는 쪽에서 죽고 상하는 군사가 부지기수로 속출하였다. 성벽 아래는 누거(樓車)가 근접하지 못하게 주위에 굽이굽이 세 겹의 해자(垓字)를 깊이 파고 있었다. 며칠을 씨름하던 오나라 군사는 결국 포기하고 다른 방도를 찾았다. 그들은 성안으로 흘러드는 강 상류를 막아 모든 물줄기를 끊어버렸다. 물막이 토목 공사를 끝내자 부차는 회심의 미소를 지었다.

"흐흐, 두고 봐라. 한 달은 길고 보름은 짧고, 성은 그 중간쯤에서 떨어질 것이다. 네놈들이 암만 버텨도 결국에는 내가 말려 죽일 것이야."

그러나 성안에 우뚝 솟은 회계산에는 영천(靈泉)이란 샘이 있어 아무리 가물어도 물 걱정은 덜었다. 보름이 지나도록 목마른 징조조차 없었다. 성을 지키고 있는 군사는 모두 합쳐도 5천이 채 안 된다. 구천은 범려에게 외성을 맡기고 자신은 회계산 산성 안에 주둔하고 있었다. 그날 밤 구천이 탄식하였다.

"나도 모르게 취리의 기억에 자만했구나! 범려와 문종, 둘의 쓴소리를 듣지 않다가 오늘 가을벌레만도 못한 처량한 신세가 되었다…!"

구천의 탄식을 들었는지 이튿날 새벽에 첫눈이 내렸다. 몇 발 날리다가 그친 이름뿐인 첫눈이지만, 그해 가을 마지막 귀뚜라미 소리가 멈췄다. 아침나절에 외성에서 연락이 왔다. 부자가 전략을 바꾼 것 같다는 것이었다. 오나라 군사들이 오늘부터 성 옆에 토산을 쌓고 있다는 소식이다. 그것도 좌우 양쪽으로 나누어서… 오자서와 백비가 하나씩 맡아 흙산을 쌓고 있었다. 순식간에 산이 높이 올라갔다. 사나흘이면 흙산이 성벽보다 높아 버틸 방법이 없게 되었다. 구천은 길게 한숨을 내뿜었다. 달리 무슨 수가 있겠는가? 곁을 지키던 문종이 조심스레 의견을 냈다.

"형세가 시급합니다. 이제라도 화평을 청해보심이…."

"그런다고 부차가 받아줄까…? 비굴한 이름만 남길 뿐이다. 차라리 한바탕 싸움으로 이 전쟁을 끝내자…."

"대왕! 그것은 안 될 말씀입니다. 죽기로 싸워 적 몇천을 죽인들 무엇이 달라지겠나이까? 그리하면 사직을 잃는 것은 물론이고 백성과 군사를 다 죽이게 됩니다. 수치와 굴욕은 한때뿐, 살아 있으면 반드시 기회가 온다는 말도 있습니다. 참으셔야 합니다."

문종은 그길로 물러나와 대부들을 불러 모았다. 평시 같으면 어림도 없을 일이지만, 진중 전략 회의는 문종이 주재하였다.

"이 사람이 대왕의 뜻을 전합니다. 사직을 유지하고 백성을 보호하는 것이 우선이기에, 부득이 오적(吳賊)과 화친할 방법을 찾아보라고 하십니다."

영고부는 심사가 편치 않았다. 대장군을 제쳐두고 왕이 문종에게 속내를 털어놓았다?

"그게 가당키나 한 말인가? 저들이 용납하겠는가?"

"오나라는 늙은 여우 합려가 죽고 새파랗게 젊은 부차가 집권했습니다. 조정의 실권은 오자서와 백비에게 있으나 서로 반목하는 사이입니다. 부차는… 만만한 백비를 더 가까이한다고 들었습니다. 우리가 이런 저들의 관계를 이용하면 어쩌면 나라를 보전할 길을 찾을 수도…."

"그렇다면 자네는 어떤 뇌물로 그 아첨꾼을 달랠 참인가?"

영고부의 목소리가 감출 수 없는 울분과 체념을 담아 우렁우렁 울린다. 문종은 잠시 뜸을 들이다가 대답했다.

"군영에 없는 것이 여자입니다. 마침 백비가 호색한다니 여자 몇을 데리고 가서… 하늘이 우리 월을 돕는다면… 어쩌면 그 인간의 마음을 움직일 수 있을지도 모르겠습니다."

제26화

삵을 마부로 부리다

원래 문종은 월나라 사람이 아니다. 그의 아버지는 오늘 전쟁 중인 오나라 출신이다. 말하자면 기려지신(羈旅之臣, 굴러 들어온 돌)이란 말이다. 벼슬아치라지만 토착 세력이 강한 변방 나라에서 좀처럼 권력의 중심부로 갈 수 없었던 운명이다. 그나마 천성이 사근사근해서 누구에게나 친하게 대했기에 모두가 문종이 자신과 특별히 친하다고 여길 만했다.

막상 위급한 일이 터지고 보니 유력 세가 중 누구 하나 일을 맡길 만한 사람이 없었고, 항복을 애원하는 일이라 영광은 없고 굴욕만 있는 자리이다. 별다른 논쟁 없이 문종에게 책임이 돌아갔다. 문종은 젊고 예쁜 여인을 골라 그럭저럭 여덟을 맞추고, 밤이 되자 백비의 군영을 찾았다. 그가 건넨 첫마디는 이랬다.

"황송한 말씀이나 태재께서는 오 승상과 비교하면 어느 쪽이 더 앞선다고 하시겠습니까…?"

백비는 세심하고 잇속을 챙기는 사람인 데다, 자신이 얕보이는 것을 가장 싫어한다. 퉁명스럽게 대꾸했다.

"나와 오자서 중에 누가 낫고, 못하고 하는 것과 월왕을 죽이고 살리는 게 무슨 관계가 있다는 것인가? 헛소릴랑 집어치워라."

"이 사람은 대인과 승상의 사이가 썩 좋지는 않다고 들었습니다. 일찍이 합려대왕 생전에도, 오 승상은 자주 대인의 험담을 한 것으로 알고 있습니다. 이제 월이 망하고 나면 장군의 용맹과 공적은 간 곳 없고 승상이 조정을 다 장악하고 나면 대인은 한직에서 허송세월하는 신세가 될 것입니다. 이런 인생에 무슨 낙이 있고 보람이 있겠습니까? 만약에… 만약에라도, 대인의 은덕으로 월이 사직을 유지하게 된다면 우리는 대인을 은인으로 모시고 태재 대인이 승상의 자리에 오르시도록 진력하겠습니다."

한 줄기 빛처럼 백비의 가슴을 스치는 생각이 있었다. '이자의 말이 생판 틀린 소리는 아니다. 어쩌면 기회가 되지 않을까? 오자서는 화친을 반대할 것이고, 그런 오자서의 주장을 대왕이 물리치도록 부추긴다면, 내가 조정을 장악할 수도 있겠구나! 만약 젊은 왕이 끝까지 고집을 부린다면 그때 가서 이자를 죽여버리면 그만 아닌가? 이러나저러나 손해 볼 일은 아닌 게지….'

문종을 따라온 여자들은 문가에 무릎을 꺾고 앉아 있었다. 하나같이 자신의 치맛자락을 잘근잘근 씹는데, 고개 숙인 하얀 목덜미 위로 긴 머리카락이 흩어졌다. 작은 움직임에도 비단 치마가 부스럭대는 소리를 연달아 냈다. 시간이 흐르자 여자들의 젖 고랑에 땀방울이 흘러 있었다. 그날 밤 백비는 그중 셋을 내리 품었다. 밤이 늦도록 백비의 막사에는 젊은 여인의 단 냄새가 솔솔 풍겼다.

이튿날 저녁나절에야 문종은 부차를 알현할 수 있었다. 가까이서 보는 부차는 우람한 체구에 눈꼬리가 위로 치솟고 미간이 넓어 거침이 없는 풍모였다. 우선 보기에도 감정의 기복이 심해서 더위를 많이 타는 소위 담즙질의 인물이다.

부차는 문종이 막사 안에 들어서는 것을 보자 갑자기 벌떡 자리에서 일어났다. 시위 군졸이 들고 있던 창을 빼앗아 힘껏 휘둘러 보이더니 그대로 바닥에 내리꽂았다. 창날이 깊숙이 땅에 꽂히고 창대가 휘청거리며 흔들렸다. 다분히 충동적인 무장의 완력 시위 본능이다. 웬만큼 만족한 부차가 손을 털며 차가운 어조로 윽박질렀다.

"구차한 변명이나 말장난이나 한다면 당장 이 자리에서 목이 잘릴 것이다. 그래, 찾아온 연유가 무엇인가? 어디 들어나 보자."

"우리 주군의 말씀을 전해 올립니다. 하찮은 소국이 불경스럽게 대왕께 많은 죄를 지었나이다. 이제라도 대왕의 신하가 되기로 맹세합니다. 청컨대 신하 됨을 허락하소서!"

백비가 끼어들었다.

"전쟁에 패한 군주는 성벽을 베개 삼아 죽거나, 스스로 항복하고 목숨을 비는 길뿐이다. 구천이 어찌 너를 보냈느냐? 던적스럽게 항복을 저울질하자는 심산이냐?"

"우리 군사가 비록 패했다고 하나 성안에는 정병 1만이 남아 있고, 백성만 해도 몇천은 됩니다. 하나같이 목숨을 걸고 싸울 결심입니다…. 싸워서 지는 날에는 보물과 양곡을 불살라버리고 초나라로 달아날 것입니다. 그렇게 되면 대왕께서 얻으시는 것이 무엇입니까? 대왕께서 우리를 받아주시면 수많은 생명을 살리시고 땅과 재물과 백성을 얻는 길임을 아룁니다. 그런데 역정부터 내시니 드릴 말씀이 없습니다…."

말을 마친 문종은 비웃듯 슬쩍 냉소를 띄워 한 번 더 범의 콧등을 긁었다. 부차는 울컥 화가 치밀었다.

"이런 맹랑한 것이 있나. 네놈이 항복하러 온 것이 아니고 과인의 화를 불러 죽을 자리를 찾으러 왔구나. 여봐라. 이놈을 끌어내어 당장에 목을 잘라라…!"

시위 장수가 문종의 가슴팍을 칼집으로 내질렀다. 문종은 대책 없이 고꾸라졌다. 끌려 나가던 그가 갑자기 껄껄 웃었다.

"흐흐흐, 사람들이 모두 오왕이 영웅이라는데 세상 말이 다 헛말이구나. 나 하나 죽으면서 부차 네가 사신 하나를 상대하지 못하는 폭군이라는 것을 천하에 알리게 된 것이 기뻐서 웃는다. 하하하."

이를 지켜보던 백비가 얼른 말했다.

"군사들은 물러가거라…. 그래…? 만약에 우리 대왕께서 항복을 받아들이신다면 너희가 무엇을 어쩌겠느냐…?"

"대왕! 월의 항복은 충심입니다. 우리는 어쩌다 대국과 원수가 되었으나 항상 불안하고 불편했습니다. 이제 신하로 받아주신다면 취리 싸움에 책임 있는 장수들부터 빠짐없이 죄를 청하겠나이다. 월나라의 나무 한 그루, 풀 한 포기가 다 대왕의 소유이니 뜻대로 하십시오. 다만 사직이나 보전케 해주십시오."

부차는 생각한다. 과연 구천이 오나라에 맞서는 것을 포기하고 순종하기로 했을까? 적어도 눈앞에 있는 사자는 말재간을 부리고 있는 것으로는 들리지 않았다. 그러나, 그러나… 아무리 그렇다고 해도 흉측한 구천을 이대로 용서할 수는 없다! 그때였다. 막사 밖에서 익숙한 소리가 들려왔다.

"부차야! 너는 월왕 구천이 너의 할아비를 죽였다는 사실을 정녕 잊었더냐?"

평소 부차가 스스로 채찍질하던 맹세의 경구였다. 부차가 저도 모르게 흠칫 놀라면서 자세를 바로잡았다. 휘장을 밀치고 들어서는 사람은 오자서였다. 그도 문종을 보고 놀랐다.

"아니, 이게 누구야? 문종이 아니더냐? 구천을 살리려고 왔구나. 대왕! 교활한 이자부터 죽이십시오."

"승상은 과인이 사신이나 죽이는 폭군이라고 천하 백성의 욕을 듣는 것을 바라시오?"

희한하게도 부차가 문종을 편들고 있었다.

"그건 그렇다 치고, 어디 월과 화친을 하면 안 되는 이유나 들어봅시다…."

"대왕…! 우리 오와 월은 국경을 마주한 사이라서 공존할 수 없는 처지에 있습니다. 만약 우리가 진(晉)이나 제(齊)를 쳐서 이긴다고 해도 그 땅을 다스리기가 쉽지 않습니다. 그러나 월을 멸하면 우리 백성이 그 땅에 가서 살 수 있으며 뱃길도 이용할 수 있습니다. 이것이 또한 원교근공(遠交近攻, 먼 나라와는 친교를 맺고 가까운 나라를 공격한다는 춘추시대 외교의 원칙)의 이치라고 할 것입니다. 더구나 구천은 선대왕을 돌아가시게 한 원수가 아닙니까. 그 원한은 또 어쩌시렵니까…?"

부차가 자연스럽게 백비에게 시선을 돌렸다. 이제는 백비의 몫이다.

"승상은 하나만 알고, 둘은 모르는 말씀을 하고 있습니다. 우리 오는 예로부터 이웃과 친선 교류하는 방침으로 나라를 이끌어왔습니다. 월과는 수로로써 친교하고 제(齊)나 노(魯)와는 육로로써 만나고 있습니다. 오월이 인접했기에 공존할 수 없는 사이라면, 육로로 마주한 제(齊)나 노(魯)부터 벌써 사달이 있었을 것입니다…. 선왕의 원수이기 때문에 용서할 수 없다고 합니다만 그 또한, 생각과 현실은 다른 법입니다. 우리가 월을 멸한다면 진(晋)을 비롯한 중원의 강국들이 이를 시비할 것이 분명합니다. 이는 선대왕 시절에 초나라의 경우만 봐도 짐작이 가는 일입니다. 차라리 구천을 포로로 잡아 고소성으로 데려감만 못합니다."

오자서는 입가에 거품을 물었다.

"대왕! 구천을 그냥 놓아준다면, 정의가 조롱당하는 꼴이 될 것입니다."

"과인이 언제 그에게 자유를 준다고 했소? 그는 비참하게 죗값을 치를 거요. 합려대왕의 성 고소성에서… 문종이라고 했던가? 돌아가서 구천에게 항복을 받아들인다고 전해라. 죄가 있는 장수들은 내일 당장 과인의 진영에 와서 자진토록 하고, 구천은 백비 태제가 내달까지 오나라로 압송하라…."

며칠 후 대장군 영고부와 구천의 외조부 석매, 강경파 예용 등이 부차의 막사 앞에서 스스로 목을 찔러 자결하였다. 하나같이 맨발에다 옷고름 없는 저고리를 걸치고 죄인을 자처했지만, 그 눈에서는 복수의 일념이 이글거리고 있었다. 부차는 내다보지도 않고 군막 안에서 여자를 데리고 술을 마셨다.

고소성으로 압송된 구천은 부차에게 내리 세 번을 절하고(三拜, 삼배), 아홉 번 술잔을 올려(九獻禮, 구헌례) 신하로서 예를 다했다. 이도 모자라 하늘에 맹세하기를 자손만대까지 충성을 다하고, 이를 어길 시 축생으로 태어날 것을 다짐하였다. 맹세가 끝나서도 구천은 오래 엎드려 있었다.

이후 전쟁 포로 구천은 마구간지기로 배정받았다. 그는 제후의 몸으로 베잠방이를 입고 말먹이 짚을 썰었고, 부인은 통치마에다 물을 긷고 말똥을 치웠다. 범려는 산에 가서 나무를 하고 하루 한 번씩 말을 운동시켰다. 겉으로 본 그늘의 몰골은 비참하고 볼품없는, 그야말로 노비였다. 어쩌다 부차가 나들이 행차를 하면 구천이 말고삐를 잡았다. 절대복종의 극단적인 표현이다. 구경꾼들이 인산인해로 몰려들어 구천을 경멸하고 조롱했다.

"저놈이 월왕이라지?"

"왕은 무슨? 마구간 노비이지."

"히히, 꼴좋다. 생긴 것부터 되바라지게 생겼네."

"마부 주제에 수염 기른 꼬락서니 하고는…. 계집도 함께 잡혀 왔다지? 한 번씩 우리 대왕의 술시중도 든다던데…."

"낄낄낄… 사내도 아니네…. 에라, 이 배알 빠진 놈!"

적의 군주를 죽일 수는 있었으나 이처럼 굴욕을 준 전례는 없었다. 구천의 대우는 춘추의 예(禮)에도 맞지 않고, 멸문으로 아예 뿌리를 뽑았던 전국시대의 논리와도 맞지 않는 어정쩡한 처사였다.

어느 날, 부차가 구천과 범려를 불렀다.

"과인이 가만히 보니 범려는 참으로 진실한 사람이더구나. 예로부터 좋은 새는 나무를 가려서 앉고, 현명한 신하는 주인을 골라서 섬기는 법이라고 하였다. 네가 이제부터라도 과인을 섬기겠다면, 너를 신하로 받을 것이다. 어쩌겠느냐?"

범려는 당황했다. 그 자리에 털썩 무릎을 꿇고 아뢰었다.

"황공하옵니다. 싸움에 진 장수는 용맹을 말하지 않으며, 패망한 나라의 신하는 정치를 논하지 않는다고 했습니다. 지난날 신들이 주인을 잘 보필하지 못하여 대왕께 큰 죄를 짓게 되었나이다. 이 모든 것을 주인 잘못 만난 운명으로 알고 은인자중하며 살겠나이다."

명백한 거절이다. 부차는 잠시 무색해졌다…. 눈치를 살피던 구천의 얼굴이 얼어붙었다. 위태하다! 황급하게 엎드려 머리를 조아린다.

"신이 어리석고 미련하여 대국을 거슬리다가 이처럼 초라한 지경에 처했나이다. 대왕께서 뜻하시는 대로 하소서. 범려도 못난 이 사람을 생각할 게 없다. 대왕의 분부를 따르도록 하라."

"그만 되었다. 물러가거라…."

이날의 일은 이쯤에서 마무리되었다. 그러나 이 몇 마디가 훗날 재앙을 가져올 싹을 틔웠다는 사실을 그때는 누구도 몰랐다. 그날 밤 구천은 잠을 이루지 못했다. 범려의 '주인을 잘못 만났다'란 말이 쓰리도록 아팠다. 다른 누구도 아닌, 자신의 신하에게 그런 소리까지 듣다니! 그는 새벽에 마구간 바닥에 쭈그리고 앉아서 잠이 들었다. 서서 졸았는데 깰 때는 앉아 있었다.

구천이 치욕을 겪고 있을 당시 중원의 정세를 볼라치면, 서북방에서 진(秦)나라와 진(晉)국이 강대국으로 군림하였다. 제환공 시절에 천하를 주무르던 제나라는 이미 존재를 상실하였고 진(秦)과 진(晉), 양강(兩强)은 서로를 두려워하여 근래 몇십 년 큰 전쟁이 없었다.

그런데 겉보기에 천하가 잠시 태평해도 인간의 투쟁은 불가피한 측면이 있는지라, 전쟁 대신 정쟁이라는 형태로 세력을 다투기를 조용한 날이 없었다. 한정된 토지와 권력을 둘러싼 거족 대부들 간의 숙청 바람에 밀려난 망명자들이 열국을 유랑했다. 이른바 정치적 낭인들이다. 그들이 모두 무능한 것은 아니기에, 나름의 재능과 방책으로 망명국을 도와 거꾸로 자신의 조국을 위협하기도 하였다. 바로 제2, 제3의 오자서와 백비들로서, 이런 인재들이 춘추의 무대를 활보하던 시절이었다.

그런 중에도 남방의 오(吳)나라만이 초(楚)를 이기고 월과 다투더니 세력을 키워 객관적으로 가장 강한 군대를 보유하게 되었다. 이런 세력을 바탕으로 부차는 산동 지방까지 진출하여 영토를 넓히고, 열국에 분쟁이 생기면 적극적으로 개입하여 독자 세력을 떨쳤다. 주 왕실의 힘은 미미하다 못해 이미 천하가 무주공산이 된 지 오래였다. 그런 만치 젊은 군주 부차는 어느 것 하나 거리낄 게 없는 존재였다.

오(吳)에 맞섰던 월왕 구천이 마부가 되어 부차왕의 수레를 끌고 있다는 사실만으로도 열국의 간담을 서늘하게 하였다. 사람이 매사가 순조로우면 이를 자랑하고 싶어지는 것이 인지상정이다. 이런 일을 주선할 사람은 역시 백비이다. 백비는 주인의 심리 상태나 변화를 빠르게 알아채고 영합하는 방면에서 재주가 뛰어났다.

"천하 대국 우리 오의 궁궐이 좁고 낡은 탓에 대왕의 위엄에 감히 미치지 못합니다. 생각할수록 황공하기 그지없는 일이라 신은 잠을 설칠 지경으로 노심초사하면서 대궐 자리를 찾았나이다. 과연 도성 근처에 전망 좋은 명당자리는 선대왕께서 거처하시던 고소대만 한 곳이 없습니다. 그 자리에 사방 백 리를 발밑에 두는 높이로, 새 궁궐을 짓는 역사를 시작할 것을 허락하소서."

부차도 마침 단조로운 일상이 심드렁하던 차였다.

"백성들이 버겁게 여기지는 않을까…?"

"이는 대왕께서 염려하실 일이 아닙니다. 우리 백성을 동원하는 것이 아니라 속국의 인부들을 쓰면 될 일입니다. 그리하시면 속국의 힘이 남아도는 걱정을 덜어주는 묘책도 됩니다. 대왕의 위상에 걸맞은 궁전을 짓고 가객과 미희를 노리개 삼아 사해를 굽어보는 위엄을 떨치소서."

고소대 신축 건은 그날로 오자서에게도 알려졌다. 승상은 곧바로 왕을 찾았다.

"대왕! 고소대를 새롭게 짓는다고요? 이는 선대 합려대왕의 유지에도 어긋나는 일일뿐더러 작년, 재작년의 재해로 백성의 생활이 궁핍합니다. 부디 뜻을 거두어주십시오."

"승상은 걸핏하면 선대왕의 핑계를 대는데 합려대왕은 선대의 임금!

지금은 이 부차의 치세란 말이요. 할아버님은 취리에서 망극하게도 유명을 달리하셨기에, 통치 기간이 너무 짧으셨소. 반면에 과인은 그 원수를 갚아 월을 무릎 꿇리고 항복을 받아냈소. 선대왕의 치세를 열었던 승상이 이렇게 건재하고, 과인이 있는데 무슨 걱정거리가 있겠소?"

어째 심사가 배배 꼬인 소리였다. 이맘때면 부차의 정권도 나름대로 차별성을 주장할 때가 되었다. 자유롭게 사고하고 행동하는 그로서는 아무리 할아버지라고 해도 다른 사람이 만든 교조에 묶인다는 것은 상상할 수 없는 일이다.

자신의 성공을 드러내 자랑하고 싶은 젊은 왕은 나름대로 답답해하고 있다. 그가 보기에 할아버지 시대를 대변한다는 오자서는 원한과 집착에 사로잡혀 있어, 한 차원 높은 정치에 대한 이해가 없다. 그가 보기에 이런 점이 스케일의 차이이자, 흘러간 세대의 구식 유물이다. 본격적으로 '색깔 지우기'와 '홀로서기'의 시점이 도래한 것이다.

"대왕! 정녕 전통을 부정하시렵니까?"

"전통이라…? 승상! 사람은 가도 제도는 남는 것이라고 했거늘, 과인이 어찌 전통을 부정하겠소? 오히려 전통을 바탕으로 새로운 시대의 가치를 세우고자 함이요. 증오와 말살에서 벗어난 관용과 화합의 가치 말이요. 아! 참, 그러고 보니 월왕 구천이 있었지. 내 생각난 김에 그도 돌려보내서 충성을 다하라 할 작정이요."

갑자기 구천을 돌려보낸다는 쪽으로 이야기가 흐르자, 오자서는 그 자리에 털썩 엎드렸다. 눈빛이 흔들리면서 말이 격해졌다.

"대왕, 정녕 오나라를 망하게 하실 작정이십니까…? 사악한 뱀을 다시 풀숲에 풀어놓는 일입니다. 차라리 고소대를 몇 채 더 지으십시오. 구천을 놓아주는 것만은 안 됩니다…."

부차는 습관처럼 백비에게 눈을 돌렸다. 백비는 아까부터 이 대화에 끼어들 기회를 찾고 있다.

"조정의 의례와 기강을 담당하는 태재로서 감히 한 말씀 올립니다. 구천을 잡아 온 지가 어언 3년입니다. 그 마구간지기는 바람에 쓰러진 나무와 같아서 다시는 일어서지 못합니다. 하물며 대왕께서 덕을 베푸시는데, 그가 어떻게 다른 마음을 품겠습니까? 구천을 놓아주는 일은 대왕의 크나큰 포용과 자애를 만천하에 천명하시는 상징적인 조치가 될 것입니다."

백비의 말은 언제고 논리가 정연하면서 듣기가 좋다. 결국 매듭은 부차의 몫이다.

"구천을 돌려보낸다. 사흘 뒤에 환송의 잔치를 베풀고, 월나라로 돌아가 다시 나라를 다스리게 하라. 특히 고소대 짓는 일에 충심을 보이라 일러라. 승상도 이제 그만하시라…! 과인은 이미 뜻을 정했다. 정녕 계속 어깃장을 달아 임금의 뜻을 꺾을 셈인가…? 오늘은 접견을 끝내겠다."

말끝이 딱 부러졌다. 그만 나가보라고 손을 까불렀다. 부차의 성격상 한번 뱉은 말을 물리는 법이 없다. 오자서는 절벽을 느끼고 하릴없이 발길을 돌린다. 이십 대의 젊은 왕, 더구나 독재자의 조건을 골고루 갖추고 있는 임금이 선대의 공신을 부담스럽게 여기고 마침내 적의를 품기에 이른 것이다. 뒤이어 백비가 왕에게 속살거린다.

"아무래도 승상은 자신의 공을 믿고 교만해졌습니다. 대왕께서는 불손한 그에게 벌을 내리시어 왕명이 지엄함을 밝히소서."

오자서와 백비가 주전론자와 평화론자로 정치적 노선을 달리한다는 측면도 있으나 근본적으로 보면 세력 다툼에 지나지 않는다. 태어날 때부터 신분이 귀한 부차는 그런 통찰에 대한 경험이 없었고, 위계질서와 개인적인 감정을 구분하지 못했다. 그래도 아직은 오자서에 대한 배려가 남았다.

"늙은이가 걱정이 많아진 게야…. 벌을 줄 것까지야."

"대왕의 자애로움이 하늘에 닿았나이다."

사람들은 깨달았다. 이제 조정의 실권자는 오자서가 아니라 백비였다. 전통적인 강남의 토호들부터 백비와 손을 잡았다. '이 기회에 잘난 체하는 오자서, 그 영감탱이를 내치자!' 강남 지방 사람들의 성향은 묘하다. 질박하며 주군에 대한 충성심이 강한 대신 외지인에게는 적대적이다. 초나라 출신 오자서가 권력을 거머쥔 지 이미 오랜지라 불만이 없을 수 없다.

유목민의 속담 중에 이런 말이 있다. '빨리 가려면 혼자 가라. 멀리 가려면 함께 가라.' 자객을 이용한 쿠데타로 집권한 오자서의 방식은 당연히 함께하는 배려가 부족하였다. 전쟁 없는 날들이 계속되자 창칼 대신 음모라는 새로운 무기가 등장한 것이다.

시간이 흐를수록 조정의 분위기가 이상하게 돌아갔다. 야심 있는 사람들이 태재부에 모여들기 시작했고, 평소 오자서의 개혁조치에 불만을 품었던 토착 대부들부터 승상을 비난하고 나섰다. 승상부에 줄을 대던 소위 측근들도 말을 갈아타는 자들이 늘어났다. 이름하여 염량세태(炎涼世態, 세력에 따라 세상인심이 달라진다)…! 오자서는 고립되고 입지가 좁아졌다. '권력은 부자지간에도 나누기가 어렵다'라고 하듯이 승자 독식의 무자비한 원칙이 지배하는 분야이다. 2인자의 자리를 오자서와 백비가 각축하는 어정쩡한 상태가 언제까지 계속될까? 분명 멀지 않아 사달은 일어나고야 말 것이다.

오자서도 변화무상한 세상 풍파를 겪을 만치 겪었다. 그가 보기에 이 시대의 젊은이들은 부드러운 예절이 있으나, 그런 겉모습 뒤에는 이기심과 욕망이 일종의 모더니즘이 되어 번지고 있었다. 명분과 의리에 목숨조차 내던지던 칼잡이 전제(專諸)의 결기는 어디서도 찾아볼 수 없었다. 이 모든 것이 변화된 세상 풍조와 인심이었다. 그러던 차에 섣불리 믿지 못할 소문까지 돌았다. 오자서가 뒷담화로 왕을 욕했다는 것이다. 노나라 역사서 《춘추(春秋)》에 실린 오자서의 험담은 이러했다.

"젊은 왕이 그예 객기를 부리는구나. 지금 구천을 놓아준다면… 20년 후에는 우리 고소성이 못(沼, 소)이 되고 말 것이다."

당연히 부차도 이 말을 전해 들었을 것이다. 왕은 스승을 자처하는 늙은 신하를 한층 괘씸하게 생각하였다. 그런데 이미 권력의 속성을 알 만치 알고 있는 오자서가 대놓고 그런 불만을 입에 담았을까? 설사 어쩌다 그랬더라도 하필 누가 있어 그 말을 옮겼을까? 이는 아무래도 정치 공작일 냄새가 짙다.

제5편 월왕 구천

와신상담의 복수를 성취하다

제27화. 왕의 귀환
제28화. 물밑 공방 또는 암살과 찐 곡식
제29화. 일석오조의 유세(遊說)
제30화. 몰락의 길로 접어들다
제31화. 전쟁의 양상이 바뀌었다
제32화. 도롱이를 관(棺) 삼아 묻히다
제33화. 사냥개를 삶다

제27화
숯의 귀환

구천은 마구간 노비, 3년의 포로 생활을 뒤로하고 고국으로 돌아왔다. 군주가 잡혀가고 온갖 간섭과 착취를 당하던 백성들은 환호성으로 기뻐하였고, 궁 안의 나인들부터 바빠졌다.
"하늘이 도우심이다. 무엇보다 아무 일 없이…!"
"금지옥엽 귀하신 몸이 훌쩍 마른 데다가 볕에 타시기까지…. 가슴이 다 미어집니다."
"그래도 원기는 더욱 좋아지신 것 같습디다…."
"히힝, 변하지 않으신 것도 있어요. 말씀하실 때 당신의 턱을 쓰다듬는 버릇은 그대론걸요."
말하는 이나 듣는 이나 너나없이 눈물이 글썽글썽했다. 여기저기서 와자지껄 복도를 다니는 발소리도 쿵쾅거리고, 다들 숨통이 트이는지 까닭 없이 주고받는 목소리도 높았다. 저자에는 며칠 전부터 백성들의 만세 소리로 시끌시끌 들끓고 있었다.
참으로 오랜만에 구천이 주재하는 대전 회의가 열렸다. 어제까지 비워두었던 옥좌에 앉은 구천의 모습은, 그 자체로 보람과 감동을 주었다. 천창으로 들어온 햇빛 한 줄기도 서까래에서 자랑처럼 번쩍거린다. 그러나 정작 구천 본인은 굴욕과 울분의 기억이 새삼 사무쳐 말투는 신중하고 표정은 한없이 엄격하였다.

"과인이 부덕한 탓에 사직의 명운이 걸린 싸움에 지고 온갖 수모를 겪게 되었소. 어디 그뿐이겠소! 외조부 석매 재상을 비롯한 수많은 충신과 장졸들을 죽게 하고 경들의 태산 같은 노고를 불렀구려. 이제 짐이 귀국했으니 모두 함께 적을 상대할 방책을 세워주시오."

이때 문종의 지위는 재상이었고 범려는 상장군의 자리에 있었다. 난리를 겪으면서 조정은 자연스럽게 세대교체를 이루었다. 재상 문종이 명을 받았다.

"지난날의 실패를 자책하실 까닭이 없습니다. 애당초 우리 월은 땅이나 백성이 오적(吳賊)에 미치지 못합니다. 다만 시기를 잘못 고른 게 탈이라면 탈이었습니다. 이는 우매한 신들의 잘못이 큰바 대왕께서는 심려하시지 마십시오!"

의례적인 말을 마친 문종이 가볍게 두 번 손뼉을 치자, 문밖에 대기하고 있던 사람 하나가 들어왔다.

"재상 대인…! 소인을 불렀습니까요?"

순간 구천과 범려는 소스라치게 놀랐다. 그는 평민의 복색을 하고 있었으나 얼굴과 몸매가 그대로 구천과 판박이로 닮아 있었다. 얼마나 닮았는지 월 부인조차도 남편과 구별하기 어려울 정도였다. 그러나 자세히 살펴보면 닮기만 했을 뿐 어딘지 모르게 구천과는 다른 사람이다. 문종이 웃으면서 말했다.

"어떻습니까…? 황송하게도 많이 닮았습니다. 이만하면 먼빛에서 보는 사람은 깜빡 속을 것입니다."

구천은 어리둥절하면서도 어떤 알 수 없는 불쾌감이 들었다.

"도대체 이자는 누구냐…? 무슨 속셈으로 과인을 닮은 자를 데리고 있느냐?"

"대왕! 지금 가장 시급한 일은 부차와 오자서의 눈을 속이는 일입니다. 부차가 대왕을 돌려보냈으나 그가 대왕을 전적으로 믿는 것은 아닙니다. 특히 오자서는 자객을 써서 일을 해결하는 위인으로서, 머잖아 사람을 시켜 대왕에게 망극한 일을 저지를지도 모릅니다. 여기 이 사람은 동해 출신인데 신기하게도 대왕을 빼닮아 신이 지금까지 돌보고 있었습니다. 이자를 가왕(假王)으로 삼아 자리를 지키게 하는 것이 좋겠습니다."

구천은 저도 모르게 빙긋이 웃음이 나왔다. 그뿐 아니라 곳곳에 문종의 수고가 있었다. 곳간은 차곡차곡 쟁여진 알곡으로 그득했고, 백성의 얼굴은 활력과 기대로 상기되었다. 하나하나 보고를 받으면서 마구간 노비는 서서히 그 어떤 것도 정복할 자세가 되어 있는 전사로 돌아오고 있었다. 오랜 굴욕에도 불구하고 월의 임금은 그 집요한 기질을 잃지 않았다. 구천은 벌떡 일어나서 선언했다.

"오늘은 위대한 날이다. 훗날 우리는 기억하게 될 것이다. 오늘부로 부차의 몰락이 시작되었다고 말이다."

이튿날부터 구천을 대신하여 가왕(假王)이 자리를 지켰다. 가왕은 사람 좋은 얼굴로 농사철이 되면 친히 들에 나가서 밭을 갈았다. 월 부인도 베틀에 앉아 베를 짰다. 속 모르는 사람들은 구천이 힘든 세월을 겪으면서 사람이 변했다고 수군거렸다. 나라의 대소사는 문종과 범려가 나누어서 맡았고, 자연스럽게 분권형 합의체의 통치 제도가 정착하였다. 국가가 어떤 정체를 채택하느냐에 따라 흥망성쇠가 갈리고 국력의 우열이 판가름 난다.

구천은 침상을 쓰지 않고 장작을 깔고 그 위에 섶을 덮어 잠을 잤다. 또 천장에는 쓰디쓴 쓸개를 매달아놓고 그것을 핥으며 스스로 다그쳤다. 이를 두고 사람들은 와신상담(臥薪嘗膽)이라 하였다. 곧 '섶나무 위에 몸을 눕히고(臥身, 와신), 쓰디쓴 쓸개를 맛본다(嘗膽, 상담)'는 뜻이다. 그는 부차에게 당한 치욕이 너무나 분해서 밤이 되면 빠득빠득 이를 갈았다. 얼마나 이를 갈아대는지 입술이 씹히어 자고 나면 입 안에 피가 그득하고 이빨까지 으스러졌다. 사람들은 이를 두고 절치부심(切齒腐心)이라고 하였다. 와신상담이나 절치부심이나 모두 복수의 집념을 상징하는 고사로 오늘날까지 전한다.

맨 먼저 도성부터 회계(會稽) 땅으로 옮겼다. 제기성은 인구만 해도 3천 호에 가깝고 개국 이래 정치 경제의 중심지였으나 땅이 좁은 데다 수시로 장강이 범람하여 수해를 입는 지형이다. 더욱 심각한 결점은 지형이 평탄하여 유사시에 요충지가 못 된다는 점이다. 겉으로 내세우는 천도의 이유는 따로 있었다. 오나라와 가까운 회계성이 상호 연락이나 조공을 바치기 편리하다는 것이다. 특히 서쪽 방면의 와룡산(臥龍山) 성벽은 완전히 허물어버렸다. 그리고는 사람을 시켜 소문을 퍼트렸다.

"우리는 부차대왕을 섬기는 나라이다. 대왕이 계시는 서북쪽에 성벽을 쌓는 것은 불경스럽기도 하거니와 공물을 보내기에도 불편하다."

국가를 유지하는 데 필요한 세수나 무력의 원천은 백성이다. 월의 인구는 회계 전쟁 당시보다 오히려 줄어들어, 사람으로는 80만 명, 호수는 20만 호에 불과했다. 군주가 잡혀가고 조정이 무력하다 보니 의지가지없는 백성이 산적이나 수적으로 숨어든 탓이다. 구천은 세금을 감면하고 부역을 줄여 유민들이 스스로 밖으로 나오기를 유도하였다.

따로 출산 장려책도 시행하였다. 결혼의 나이를 법으로 정해 여자가 열일곱 살, 남자는 스무 살이 되도록 결혼하지 않으면 당사자는 물론이고 부모까지 죄를 물었다. 또 있다. 튼튼하고 씩씩한 자식을 보기 위하여, 결혼하는 남녀의 나이 차이가 5년을 넘지 못하게 정했다. 그는 복수의 세월을 다음 세대로 잡고 있었다.

사람뿐만 아니라 곡물의 생산도 장려하였다. 황무지나 갯벌을 개간한 농지에 대하여는 개간자가 살아 있는 동안은 세금을 면제하였다. 수리 시설의 개발에도 주력하다 보니 이런저런 이유로 늘 나라의 재정이 부족하였다. 사치를 없애고 호화로운 장례와 귀신에게 제사 지내는 것을 금지하였다.

그런 와중에서도 결코 씻을 수 없는 의구심이 있었다. 그들은 초산포 전투에서 전장을 누비는 부차의 능력을 보았다. 그 누구도 그 무엇도 부차의 앞을 가로막을 수 없었다. 어쩌면 그는 정말로 전쟁의 신, 치우가 환생한 존재였을까? 보통 사람들이 보통의 상식으로 올망졸망 염원하는 복수는 한낱 백일몽에 지나지 않을지도 모른다. 이 시대의 전쟁은 장졸 하나하나의 기량으로 상대를 제압하고, 개별적인 승리가 모여서 전군의 우세가 판가름 나는 형태이다. 경험 많은 고수가 많은 쪽이 승리한다는 의미이다. 한 사람의 용사를 키우기 위해서는 수많은 시간과 노력에다, 무엇보다도 실전 경험이 필요하다. 그런데 종주국의 눈을 피해 장졸들을 전사로 키우는 일이 가당키나 한 것일까? 만일 구천을 영웅이라고 한다면 이렇게 비상식적이고 불가능해 보이는 일에 평생의 명운을 걸었기 때문이다.

"꿈을 이룬다!!" 그 임무는 범려에게 주어졌다. 주어진 상황은 전쟁의 양상을 송두리째 바꿀 새로운 형태의 전술을 요구하고 있다. 범려는 전쟁의 경험이 많은 것은 아니었다. 그는 다른 무장들처럼 전쟁을 경험으로 체득한 것이 아니라, 병서를 탐독하여 두뇌로써 파악하려고 하였다. 그래서 더욱 기상천외한 전법의 개발이 가능한지도 모른다.

 백비가 심혈을 기울여 짓고 있는 고소대는 장장 8년이나 걸려 그 웅장한 자태를 드러냈다.
 작업 현장은 신중하기 짝이 없었다. 깊게 땅을 파서 판축(版築) 기법으로 수 겹을 다지고 또 다져서 튼튼한 기단을 만들었다. 다섯 아름이 넘는 거석 돌기둥을 36개나 세우고 그 위에 천장을 얹어 건축물의 기반석으로 삼았다. 2년을 다진 끝에 누각이 올라가기 시작했다. 아래쪽 기반과 100장 높이까지는 맑은 돌 화강암과 사암과 현무암으로 견실하게 올렸다. 밧줄과 통나무를 이용해서 바위를 옮기는 구령 소리가 쩌렁쩌렁 울린다. 자리를 잡은 석재에는 구름 문양을 조각하였다. 살아 움직이는 조각은 돌들을 감싸고 생명을 부여했다. 그 위로 크고 잘생긴 나무가 올라앉았다. 나무에는 더욱 현란한 조각과 채색이 곁들여졌다. 최종 높이는 300장이며 너비가 84장이나 되었다. 1장(丈)은 대략 사람의 키 한 길이니, 환산하면 높이는 약 500m, 너비는 130m에 달한다. 이제까지 듣도 보도 못한 건축물이었다. 그나마 최근에 개발된 철제 연장, 끌로써 나무를 다듬었고 정은 돌을 새겼다.
 장강을 끼고 있는 나라들은 물론이고 멀리 황하 유역의 진(晉)나라, 초원의 진(秦)까지…. 건축물을 설계하는 이, 조립하고 짓는 이, 돌을 다루는 이, 나무를 잘 만지는 이, 특성에 맞춰 사람을 부리는 이, 대장장이, 미장이, 장식공에 이르기까지 천하의 장인들이 모여들었다. 날마다 목재나 돌을 운반하는 노래가 메아리치고 먼지가 자욱하게 피어올라 전쟁터와 다름없었다.

인부들을 상대로 수많은 판잣집, 멍석 집이 들어서서 보란 듯이 난장판이 벌어졌다. 술장수, 떡장수, 만두장수 같은 허드레 음식 좌판이 대부분이었으나, 개중에는 여자들까지 부리는 집도 있었다. 짚을 꼬아 멜빵짐을 맨 행상인들이 수도 없이 벅적거리고, 할 일 없는 구경꾼까지 길 한구석을 메우고 있다.

"뭐니 뭐니 해도, 가슴이 후련하게 거창한 공사이다!"

"온다! 온다! 배가 또 들어온다. 이번에는 석재를 실었네."

골패 짝을 떼면서 시간을 때우던가, 마른 곰팡이가 슬어 가려운 등을 서로 긁어주던 노인들도 신이 났다. 날마다 선창에 나가 배 들어오고 나가는 모양을 세고 있었다. 대담한 소년들 몇몇은 얼기설기 조악하게 엮은 갈대 뗏목을 타고 화물선이 포구에 접어들 때까지 뒤쫓아 가기도 하였다.

백성은 속도와 규모를 찬양한다. 민중에게 꿈과 활력을 주는 것은 먹을 것을 주는 것만큼이나 중요하다. 활력은 집단의 열정을 불렀다. 뽕밭은 하룻밤 사이에 번듯한 도로가 되었고, 구릉이던 땅을 파서 목재를 담글 인공 연못이 들어섰다. 다양한 전공에다 출신지조차 다르다 보니 그들 사이에도 경쟁심이 일어났다. 엄청난 사업에 참여한다는 자부심, 맡은 부분을 누구보다도 잘해서 솜씨를 남기고 말겠다는 장인의 의지와 예술가의 혼이 제 몫을 했다.

사람도 사람이지만 건축 자재, 그중에서도 큰 나무의 조달이 문제였다. 목재는 초나라산이 좋았다. 1972년 조나라 지역인 호남성 장사시(長沙市)에서 사람들이 마왕퇴(馬王堆)라고 부르는 무덤이 발굴되었다. 2천 년 전 한(漢)나라 시대 장사 지역을 다스리던 마씨(馬氏)의 분묘 유적이다. 이 한묘 관곽의 목판은 삼나무로 만들었는데 큰 것은 한 장이

1.5t에 이른다. 키가 최소 50m가 넘는 초거대 나무이다.

사실 높은 전각이 전략적으로 무슨 도움을 주는 것도 아니다. 그 장려한 누각을 하늘 높이 쌓아 올림으로써 군주의 위세를 천하에 과시한다는, 허영의 선전 효과일 뿐이다. 맨 아래층에는 천 명의 궁녀가 한꺼번에 춤을 출 수가 있을 정도로 넓었고, 정상에 서서 바라보면 사방 10리가 한눈에 들어왔다. 소문으로 얼마간 기대를 걸던 사람들도 막상 실체를 보고서는 엄청난 높이에 경악하고 규모에 압도당했다. 과연 천하패자 부차의 영광을 나타내는 경이의 상징물로서 외경심을 느끼게 하였다.

백비가 한참 고소대를 짓고 있을 때, 월에서도 바쁜 일이 있었다. 부차에게 진상할 미인을 찾고 있었다. 자고로 영웅은 호색한다고 하였다. 오죽했으면 미인은 그 용도에 따라 하늘이 내린다는 말까지 있을까?

고소성에도 젊고 예쁜 여인이 쌔고 쌨지만, 자유분방한 부차가 금방 싫증을 내고 만다는 소문이 있다. 월이 원수를 갚고 말고는 부차의 마음을 진득하게 잡아둘 미인에게 달렸다. 월나라 전역에 있는 예쁘고 어린 여자들의 용모를 그린 그림이 수천 장이나 나돌았다. 그리하여 최종적으로 뽑힌 여인이 바로 서시(西施)와 정단(鄭旦)이다. 중국 4대 미인 중의 한 사람인 서시는 원래 오월 국경 지방에 있는 저라산(苧蘿山) 나무꾼의 딸이었다. 희한하게도 서시와 다툴 정도로 아름다운 정단도 이웃 마을의 여인이다. 원래 저라산 밑에는 서촌(西村)이란 마을이 있었는데 시씨(施氏)의 집성촌이었다. 서시는 서촌 마을 출신의 시씨란 뜻이다. 정단은 서촌 마을의 토박이가 아니었다. 정(鄭)나라에서 온 단(旦)씨라는 뜻이다. 여인에게 달리 이름이 없이 출신과 성씨로 불리다 보니 서시가 되고 정단이 되었다. 두 미인은 평소 구용강(句甬江)이란 강변으로 자주 빨래를 나갔다. 미인을 맞이한 들판에서는 수풀이 춤추듯이 자라고 강물도 신이 나서 흘렀다. 그녀들의 아름다운 얼굴은 들판을 환히 비추어 들짐승들마저 부끄러워 숨어 다니고, 날아가던 기러기가 넋을 잃고 떨어질 정도였다. 구천은 부모들에게 황금 백금을 주고 둘을 데려오게 하였다. 당시는 돈을 받고 딸을 팔아넘기는 것이 흔한 일이었으며, 평민들 사이에는 비싼 값으로 딸을 팔았다는 사실 자체가 자랑거리가 되기도 하였다. 특히 나라를 위한다는 명분까지 있는지라 부모들은 기꺼이 딸을 수레에 태웠다.

회계성 사람들은 천하절색 미인이 온다는 소문에 너도나도 구경에 나섰다. 말하자면 거국적인 미인 선발 대회에서 뽑힌 여인들이다. 구경꾼이 너무 많아 수레가 성안으로 들어갈 수가 없었다. 범려는 서시와 정단을 우선 성 밖 별관으로 데리고 갔다. 안내를 맡은 사람이 모여든 군중들에게 외쳤다.

"천하절색 미인을 보기를 원하는 사람은 먼저 이 궤짝에 동전 1문씩을 넣으시오…!"

구경 좋아하고 성질까지 급한 강남 사람들은 앞을 다투어 돈을 던져 넣었다. 곧 궤짝이 가득 차고 잠시 후 주홍빛 휘장이 드리운 무대에 미인이 나타났다. 어떤 이들은 잘 보이는 자리를 잡으려고 지붕 위로 올라갔다가 떨어지기도 하였다. 서시와 정단은 사뿐사뿐 작은 발, 긴 다리로 난간을 가로질러 사람들을 굽어보았다. 공식적인 미인으로서 선보이는 데뷔 무대인 셈이다. 짐짓 먼 곳을 바라보는 부심한 자태가 현실의 사람 같지 않고 하늘에서 내려온 선녀로 보였다.

어제까지 저라산 나무꾼의 딸이었던 서시와 정단은 이날부터 천상의 선녀가 되었다. 소문은 꼬리에 꼬리를 더하여 고소성까지 전해졌다. 미인들은 토성(土城) 땅으로 보내져 궁중 생활에 필요한 예절과 노래와 춤, 남자를 유발하는 숨결과 몸사위를 익혔다.

한편으로 문종은 주 왕실이 있는 낙양성으로 대부 예구(睿具)를 파견했다. 예구는 회계성에서 자결한 예영의 아들로서 예씨 가문의 계승자이다. 삼십 대 중반으로 균형 잡힌 체격에다 흰 피부, 우뚝한 콧날에 살짝 수염까지 길렀다. 그의 잘생긴 얼굴과 야시로운 미소는 유능한 관리라기보다는 바람둥이 사내, 또는 탕아(蕩兒)를 떠올리게 하여 남자들 사이에서는 그리 호평받지 못했다.

"잘난 체하는 애송이 녀석…. 어딘지 마음에 들지 않는다."

"쩝, 쩝, 아무튼 그는 좀 가벼운 구석이 있어."

그의 임무는 여자들에게 방중술을 가르칠 선생을 찾는 일이었다. 남녀 관계의 기쁨을 더해주는 방중술은 주 왕실에서 크게 성행하였다. 왕실은 이미 쇠락하여 군사력으로는 2류나 3류 제후국에 불과하였으나, 향락을 위한 약재나 체위의 비법은 그대로 남았다. 예구는 왕실 궁녀로 일하다가 은퇴한 항아(嫦娥) 상궁을 찾았다. 한때 그녀는 구천현녀(九天玄女, 검은 옷을 즐겨 입는 현명한 여인)로 불렸다. 일찍이 서책을 보관하는 장경각(藏經閣)의 나인이었는데, 천성이 영민하고 책을 좋아하여 숨어서 몰래 책을 읽고 연구를 깨쳐, 양생술(養生術)과 방중술의 전문가가 되었다. 말로는 이미 예순을 넘겼다고 하나 정작 만나 보니 앳된 외모였다.

예구가 바로 물었다.

"그대가 구천현녀신가? 현녀는 이미 환갑이 넘었다던데…."

여자는 눈가에 기분 좋은 웃음부터 지었다.

"호호호… 현녀께서는 이미 여러 해 전에 세상을 떠났습니다. 소첩은 현녀를 모시던 계집입니다."

그녀의 목소리는 맑고 청명했고, 악기를 연주하듯 잔잔한 울림이 있었다. 예구는 저도 모르게 여인의 분위기에 말려 미소를 지었다. 어쩌면 그녀가 바로 현녀가 아닐까? 양생술을 익힌 구천현녀는 마흔 안팎으로 보인다고 했는데, 실제로 보니 더 젊었다. 눈 밑에 한두 줄 잔주름은 감출 수 없었으나 입술은 매끄럽고 그 입술로 뱉는 말소리며 숨결이 향기로웠다.

"자네는…? 그래 참, 현녀의 제자라고 했지…. 항아라고 했던가…? 내가 천하제일의 미인을 가졌는데… 어떤 남자 하나를 십 년 동안 그 여인에게서 헤어날 수 없도록 하고 싶다네."

"물건을 보지 않고 함부로 단정하기는 어려우나… 대인께서 천하제일의 미인이라 하시니…. 몇 달, 혹은 한두 해 동안 남자를 잡아두는 것은 쉬운 일입니다. 다만, 진실로 사랑하게 되어 십 년 동안이나 사내의 마음을 사로잡고, 떠나지 않게 하는 방중술이야말로… 비법 중 비법이라고 할 만합니다."

여자는 팔을 들어서, 제 머리카락을 쓸어 올렸다. 말끝에 입에서는 단감 냄새가 났고, 머리카락에서는 해초 냄새가 났다.

"허허… 과연, 과연, 자네는… 그런 방중술을 알고 있는가?"

"당연히 그런 비법이 있습니다. 원래부터 여인은 하늘이 내린 세 가지 힘을 가지고 있습니다. 첫째는 색(色)으로 남자를 호리는 힘, 둘째는 아내의 위치로써 남자를 안정시키는 힘, 셋째는 어머니 자리에 앉는 힘…. 그래서 세상을 움직이는 것은 여자의 힘이 칠 할, 남자는 고작 삼 할밖에 안 된다고 하지요. 그런데 대인께서는, 설마… 그 세 가지를 다

원하시는지요?"

"나는 그 첫째! 색으로써 남자를 호리는 힘만을 원한다네."

"그야말로 어려운 일입니다. 여인의 미색은 시간이 지나면 시들어지기 마련이고, 남자는 새로운 땅을 찾아 헤매는 역마살이 있는지라…. 다만, 먼저 색으로 호리고, 다음으로 아내의 자리에서 남자를 편안하게 하며, 마지막으로 어머니의 마음으로 남자를 감싸 안으면 십 년이 아니라 이십 년이라도 그를 잡아둘 수가 있습니다. 다만 한 가지, 아이를 낳지 말아야 합니다. 소첩이 오래 왕실에 있어 잉태를 막는 비법을 알고 있습니다. 그래도 괜찮겠습니까?"

"그렇고말고… 남자를 여인의 치마폭 안에서 벗어나지 못하게 잡아둘 수만 있다면!"

현녀의 말에는 세상의 어떤 분야를 섭렵한 사람의 신념과 활기가 있었다. 그녀가 알고 있는 불임의 명약은 사향으로 만든 식기환(息肌丸)이다. 이를 배꼽을 통해 몸에 넣으면 피부가 희고 부드러워지며 몸에서 향기가 나는 대신 잉태를 막았다. 사실 사향은 민간에서 피임이나 유산할 때 사용하던 약물이다. 그녀는 이 밖에도 여러 방면에 박학하여 예구를 감탄하게 했고, 표정이나 동작에 밴 교태는 무의식중에도 상대 남성을 충동질하였다.

둘은 내친김에 몸을 섞었다. 교접은 누가 먼저 다가갔는지를 알 수 없도록 자연스럽게 이루어졌다. 함께 돌아오는 달포 동안, 그들은 수시로 함께하였다. 현녀의 몸은 탄력이 있고 매끄러웠다. 예구는 밤새 여자를 품고도 아침이면 활력이 넘치는 자신의 체력이 새삼 놀라웠다. 이는 그녀가 구사하는 방중의 비법 덕분이다. 구천현녀가 서시와 정단을 만나 처음으로 한 말은 이랬다.

"사내는 세상을 얻으려고 평생을 바치고, 여인은 그런 사내를 소유하는 기쁨으로 산다. 모든 수컷은 불꽃처럼 타올라 사라지지만, 자궁을 가진 암컷만이 씨앗을 싹 틔워 미래를 기약한다. 이제 너희는 나를 만나 원하는 사내와 세상을 함께 얻을 것이다."

이날 이후 3년 동안 미인들은 현녀에게 남녀 관계의 온갖 자세와 들숨, 날숨의 신음과 교성을 배웠다. 현녀는 미인의 향기를 위하여 향섭랑(香涉廊, 걸음을 향기롭게 하는 회랑)이라는 장치를 만들었다. 그 구조는 땅을 파서 큰 항아리를 줄지어 묻고 구멍 뚫린 판자를 깔아, 그 위를 걸어 다니는 것이다. 항아리 속에는 은은하면서도 사람을 미혹하게 하는 향기를 피워 매일 한 시진씩 홑치마를 입고 항아리 위를 거닐게 했다.

과연 둘은 하루가 다르게 향기를 더해갔다. 그녀들이 주렴을 드리운 아름다운 수레를 타고 지나갈 때면 바람결에 묻어나는 야릇한 향내에 골목에서 놀던 사내아이들이 줄을 지어 따르는 지경이 되었다.

제28화

물밑 공방 또는 암살과 찐 곡식

드디어 고소대 준공의 날이 다가왔다.

이즈음 고소성은 천하제일의 도시로 번창하였다. 상주인구만도 10만이 넘는 데다가 항시 열국에서 온 사신들과 상인들로 흥청거린다. 길거리에는 활기가 넘치고 왁자지껄한 웃음과 음악 소리가 끊이지 않았다. 천하제일의 전각 고소대의 준공을 맞고 보니 백성들은 자부심이 높았다.

"어디 한번 길거리로 나가보시게. 외국 사신들과 미인들로 온통 꽃 천지라네. 합려대왕 시절에는 백비 태재가 미인을 보내달라고 기별을 넣었다지? 그런데 이번은 사정이 달라. 열국이 너도나도 앞다투어 미인과 선물을 보내는 통에 대궐 창고가 절로 미어터진다네. 참 좋은 세상일세. 세상은 우리 오(吳)의 천하야."

기다리던, 그날은 화창한 날씨는 아니었으나 비가 올 것 같지도 않았다. 구천은 서시와 정단에게 여섯 명의 아리따운 몸종까지 딸려 부차에게 바쳤다. 안면이 오랜 범려가 월나라 군주의 조공 말씀을 전했다.

"미천한 구천은 밤낮으로 대왕의 성은에 감복하고 있나이다. 천하제일 고소대의 준공을 맞아 작은 정성이나마 미인 둘을 바치오니 좌우에 두고 즐기시옵소서."

열린 문으로 미인들이 조심조심 걸어 들어왔다. 눈이 부신 태양을 등지고 들어오는 통에 그녀들의 모습은 실루엣으로 보였다. 타고난 섬세한 얼굴, 잘 훈련된 꼿꼿한 자태, 표정에 긴장하는 기색 하나도 없혀 있지 않았다. 긴 머리카락에서 밝은 빛이 부서지고 흘러내리는데, 알 듯 모를 듯 미향이 실내를 은은하게 채웠다. 나이 든 사내들의 시큼한 냄새 속으로 달착지근한 여인의 향기가 뒤섞였다. 향기의 교류와 융합은 야릇한 설렘을 사람들에게 선사하였고, 넓은 대전이 안개라도 에워싼 듯 몽환적인 분위기에 싸였다.

사람이 둘이다 보니 자연히 서로를 비교하게 된다. 이성에게 끌리는 매력이란 말 그대로 느낌이지만, 굳이 이유를 따지고 들자면 서시 쪽이 더 요염하면서도 기품이 있다고나 할까…! 정단의 미모는 화려하나 어딘지 생경한 면이 있었다. 그에 비해 서시는 사람을 편하게 하는 풍성함에다, 남자를 충동하는 리드미컬한 동작이 있었다. 그녀의 날아갈 듯 낭창낭창한 걸음걸이에 넋이 빠진 부차를 보다 못한 오자서가 나섰다.

"예로부터 경국지색이라 하여 아름다운 여자는 나라를 망치는 요물입니다. 하(夏)는 말희 때문에 망했고 은(殷)은 달기 때문에 망했습니다. 당장 저들을 내치십시오."

역사가 주는 교훈만치 진실하고 귀납적인 예언이 또 있을까! 그러나 부차는 이때 삼십 대로 육신의 혈기가 한창 왕성한 시기이다. 천성적으로 분방한 성정에다 자신만은 남다르다는 자긍심까지 강하여 순순히 수긍할 리가 없었다.

"아름다운 여인을 어여삐 여기는 마음이야 누구나 마찬가지다. 그런데 구천은 저런 미인을 과인에게 바쳤으니 그 충심을 알 만하다. 승상도 이제 늙었나 보다. 과도히 남을 의심치 마시라."

부차는 고소대의 준공을 대내외적으로 공표하면서 앞으로 이 완벽한 건축물에 어떤 것도 덧붙이지 않을 것과, 이를 영구히 보전할 것을 선언했다. 옆에는 두 미인이 지키고 섰다. 마치 새로운 한 시대를 지키는 여사제(女司祭)처럼….

행사가 끝나갈 무렵, 고소대 건설에 참여한 사람들이 왕에게 청원을 올리는 순서가 있었다. 예정된 사람들이 어떤 이들은 집을, 어떤 사람들은 일자리를, 또 어떤 사람들은 암소 한 마리를 요청했다. 백비가 그 청원을 모아서 관대하게 처리할 것이다. 그런 절차는 대왕에게 기쁨과 만족을 주는 일이다. 부차는 소박한 사람들과 어울리고 시혜를 베푸는 걸 즐긴다. 사정이 딱한 이들에게 다가가 그들의 어깨를 다독이고 위로하기도 하였다. 서시와 정단은 처음 대하는 절대자의 선선한 태도에 감명을 받았다.

오자서는 별 소득 없이 대전을 나올 수밖에 없었다. 대전 전각 모퉁이를 잰걸음으로 돌면서 퉤, 마른침을 뱉었다.

"아무래도 내가 비상수단을 써야겠구나…. 흐흥! 외교나 음모는 모든 걸 복잡하게 만들 뿐이지. 현실은 간단한데 말이야."

사실 방법이 없는 것도 아니다. 그러고 보면 오자서야말로 전설이 된 자객으로 요왕을 척살한 당사자이다.

기어코 우려했던 일이 발생했다.

구천을 대신하던 가왕이 어느 날 원인도 모르게 죽은 것이었다. 전날 밤까지도 건강했고, 농을 건네며 웃기도 했던 군주였다. 아침 해가 높았는데 기척이 없어 들어가 보니 이미 굳은 시체였다. 원인을 짐작조차 할 수 없는 일이었다. 이때 진짜 구천은 별궁에 있어 다행히 화를 면했다.

사건의 수사는 예구가 맡았다. 그는 용의선상에 오른 내관들과 궁녀들을 심문하여 외부 침입 여부와 전날 저녁에 먹은 식사와 자리끼까지 모든 가능성을 감찰했다. 그러나 뚜렷이 의심이 가는 부분을 찾을 수 없었다. 대신 더 수상한 구석이 나왔다. 왕의 처소 부근에서 맹독성 뱀이 두 마리나 잡혔다. 붉은 등에 대가리가 납작하고 꼬리가 굵은 살모사가 처마 밑에서 한 마리, 기둥 아래서 또 한 마리가 나왔다. 왕을 해치기 위해서 얼마나 많은 음모가 행해졌을지 모르는 일이다.

그런데 결정적으로 사인을 알 수 없었다. 타살의 의심은 차고 넘쳤지만, 자칫 가왕의 죽음은 미궁으로 빠지고 있었다. 그날 밤 예구는 답답한 마음으로 현녀를 찾았다.

"아무래도 가왕은 명이 짧아 죽은 것이야. 자다가 죽는 사람도 심심찮게 많지 않은가?"

"소첩이 낙양에 있을 때 들은 이야기가 있습니다. 남방 밀림에 사는 짐(鴆)이라는 새는 주로 두꺼비를 잡아먹는데 그 새의 체액을 독으로 쓴다고 했습니다. 소량이면 사람이 환상과 쾌락에 빠지고, 좀 더 양을 높여 쓰게 되면 사흘 밤낮을 깊은 잠 속에 빠지게도 한답니다. 치사량을 쓰면 고통도 없이 자는 듯 죽는다고 했는데, 한 가지 특징은 죽은 지 사흘 뒤면 시신이 노랗게 변한다는 것입니다…."

예구가 이튿날 긴가민가하며 시신을 들춰보니 과연 피부색이 금칠이라도 한 듯이 노랗게 변해 있었다. 가왕은 월에서는 듣도 보도 못한 짐독에 중독되어 죽은 것이었다.

그날 밤 별궁 깊숙한 방에서 권력의 중추 핵심이 모였다. 분위기는 무거웠다. 그들은 하나같이 어떤 사람을 떠올리고 있었다. 문종이 먼저 그 이름을 입에 올렸다.

"오자서? 이는 오자서의 짓입니다. 걱정한 대로 그 뱀 같은 놈이 일을 꾸몄습니다. 누군가 궁중 안에서 독을 쓴 하수인도 있습니다. 그를 먼저 색출해야겠습니다…."

문제는 가왕에게 접근할 수 있는 사람이 너무 많다는 것이었다. 수라간 나인에, 침구나 의복을 돌보는 이, 자리끼를 올리는 이, 식재료를 조달하는 이, 술을 올리는 이, 꽃 장식을 맡은 이, 이리저리 따지고 들면 몇백을 훌쩍 넘긴다. 구천이 이를 말렸다.

"다 소용없는 일이다. 그런다고 오자서에게 죄를 물을 수 있는 것도 아니고 자칫 우리가 가짜 왕을 쓴 이유만 의심받게 된다. 조용하게 묻어주고 이 일을 끝내자."

"이런 불상사는 다시는 일어나지 않을 것입니다."

"아니, 아니다. 과인의 말은 아직 끝나지 않았다. 독을 쓴 자가 누구인지 밝혀내지 못하면 이런 일은 또 일어날 것이다. 오늘 당장 궁인 전부를 교체하라. 이참에 그들을 혼자 사는 산촌 백성에게 내리고, 장차 건강한 아들을 낳아 나라에 충성하게 하라!"

이때 내쳐진 궁인은 사오백에 달했다. 오자서의 계책 덕분으로 월나라 산촌 백성들은 생각지도 못한 아리따운 항아(姮娥)님을 여인으로 얻었다. 대신 오자서는 애써 구축한 그림자 조직의 궤멸을 면할 수 없었다.

이 시절, 구천은 현명한 군주였다.

고소성에서도 사건이 있었다. 서시와 함께 온 또 하나의 미인 정단이 죽은 것이다.

정단은 외로웠다. 부차가 서시만을 찾는 바람에 그녀는 하염없이 연인을 기다리는 시간이 늘었다. 그런 게 마음에 병이 되었는지 1년이 채 못 되어 병을 얻어 죽고 말았다. 둘은 원래 친구였으나 방중술을 익힌 몸으로 한 남자를 알고는 서로 미워하는 사이가 되었다. 부차는 자신이 너무 서시만을 편애하다가 정단을 죽게 하였다고 아쉬워하고, 황모산(黃茅山)에 사당을 짓고 해마다 제사를 지내주었다.

왕의 사랑을 독차지한 서시는 관왜궁(館娃宮, 미인이 사는 집)이란 별궁을 지어 기거했다. 구리로 만든 도랑에 맑은 물이 졸졸 흐르게 하고, 푸른 옥돌로 방 안을 장식하였다. 옥돌은 멀리 사막 건너 신강성에서 가져온 그 유명한 '곤륜(崑崙)의 옥'이다. 뒷산에는 서시동(西施洞)이라고 부르는 인공 동굴도 팠다. 반들반들한 섬록암을 타고 맑은 약수가 흘러 무더운 여름에도 시원하였다. 체질적으로 더위를 타는 부차의 피서법이다.

사마천은 《사기(史記)》에 이렇게 적었다.

"부차는 서시와 여름이면 인공 동굴을 파고 그 속에서 놀았다."

그날도 대왕은 관왜궁에 있었다. 첫 햇살이 부차를 깨웠다. 곁에는 서시가 낮은 숨결로 잠들어 있었다. 남자는 연인의 엷은 살 냄새를 맡으면서 희고 긴 목에 입을 맞추었다.

"대왕! 행복해요…."

말을 끝내고도 촉촉한 그녀의 입술이 무언가 호소하듯 움직거렸다. 감성적인 부차는 서시의 말투 속에 어떤 유보적인 어조가 있다는 것을 금방 알아차렸다.

"그대는 어떤 점이 마음에 들지 않은가?"

"지금 당장…… 소첩에게 와주셨으면 해요……."

여자는 말똥말똥 당돌하리만치 빤히 왕을 쳐다보았다. 알게 모르게 칭얼거리는 표정에다 길게 늘어지는 끈끈한 목소리가 여운을 남겼다.

절대군주 부차를 상대로, 그녀의 눈 속에 아첨과 굴종의 흔적이라곤 없었다. 부차는 서시의 솔직한 시선이 좋았다. 상대의 머리를 살짝 들어 베개를 받쳐주었다. 여자가 윗몸을 일으켜 온몸으로 안겼다. 달착지근한 향기가 솔솔 풍긴다. 그녀의, 그녀만이 줄 수 있는 체취…. 왼쪽 젖가슴 밑으로 늘어진 머리 타래는 방바닥까지 흘러내렸다. 그녀는 옹송그려 고개를 숙이고 읊조리듯 현녀에게 배운 사랑 노래를 불렀다.

남쪽으로 늘어진 물푸레나무	남유규목 (南有樛木)
칡넝쿨 얽혀 있네	갈류류지 (葛藟纍之)
즐거워라 우리 님	낙지군자 (樂只君子)
복도 많으시네	복리수지 (福履綏之)
남쪽으로 늘어진 물푸레나무	남유규목 (南有樛木)
칡넝쿨 온통 덮여 있네	갈류황지 (葛藟荒之)
즐거워라 우리 님	낙지군자 (樂只君子)
복록이 스스로 돕는구나	복리장지 (福履將之)

공자의 《시경》, 〈국풍〉 중 주남(周南)편, '규목(樛木, 물푸레나무)'

주지하다시피 《시경》 〈국풍(國風)〉편은 지역별 유행가이다. 자연스럽게 남녀 간의 끈끈한 정과 사랑을 담고 있다. 물푸레나무는 가지를 늘어뜨리고 칡넝쿨이 감아오도록 기다린다. 왕실이 있는 북쪽은 삼가야 할 방위이고 그에 비해 남쪽은 즐기고 환락하는 방향이다. 그래서 '남으로 늘어진 물푸레나무'는 사내를 기다리는 여체를 이름이다. 류(藟)는 칡과 유사한 식물이다. 등나무로 보기도 한다. 또 다른 류(纍)는 칭칭 얽어맸다는 뜻이다. 말할 것도 없이 군자는 낭군, 혹은 사내를 지칭

한다. 사내가 여체를 칭칭 감아올리는 형상으로서 남녀의 교접을 물푸레나무에 견주어 읊은 것이다. 가히 공자가 말한 낙이불음(樂而不淫, 즐기되 음란하지 아니하다)이라 할 만하다. 인간의 즐거운 일 중에 어찌 짝을 즐기는 일이 빠질 것인가?

황하의 남쪽 주남(周南) 지방에서 불리던 노랫가락이다. 음악은 남쪽 계열의 밝고, 명랑한 곡조였을 것이다. 여인의 나직한 노래는 상상과 설렘과 흥분을 불렀다. 끄응, 왕이 신음을 뱉으면서, 손바닥으로 마치 꽃봉오리를 쓰다듬듯이 여인을 더듬었다. 가녀린 몸매이면서도 서시의 젖가슴은 넓은 옷으로도 감추려야 감출 수 없도록 풍만했다.

오늘날도 절강성의 민간에서는 참복어를 다른 말로 서시유(西施乳)라고 부른다. 복어의 풍만하고 볼록한 모습이 서시의 젖가슴 같다는 의미이다. 서시의 교태는 날이 갈수록 은근하고 그 몸은 파면 팔수록 황홀하게 부차를 사로잡는다. 마치 꿈속에 빠지듯, 이제껏 거닐어본 적 없는 몽환적 세계를 천천히 거니는 것이다.

"앞으로는 서시를 미인(美人)이라 부르도록 하라."

부차는 대전 내관을 불러 명하였다. 이 시대의 미인이란 용모의 아름다움만을 나타내는 말이 아니라 '좋은 사람'이란 뜻으로 남자에게 사용되는 일도 있었다. 이때 부차가 말한 미인은 궁중의 한 계급이라 보아야 할 것이다. 지위 계급의 호칭이자 단 하나의 총희(寵姬)임을 선언한 것이었다.

소주(蘇州) 땅에는 여러 절경과 명소의 자취가 남아 있다. 사람들은 이를 일러 소주팔경(蘇州八景)이라고 부른다. 서시가 거처하던 관왜궁을 비롯하여 고소대, 백화주(百花州), 향수계, 서시동, 완화지, 채련경, 벽천정(碧泉井) 등이 모두 부차와 서시가 노닐던 곳들을 재현한 곳이다.

가왕 독살 사건이 있은 다음 해, 월나라에는 극심한 가뭄이 닥쳤다. 봄부터 몇 달 동안, 비다운 비는 한 차례도 내리지 않았다. 여름이 깊어지자 풀과 나무는 바짝 말라 축 처지고, 큰길은 먼지가 풀풀 날렸다. 어쩌다 천둥 번개가 요란해도 텃밭에 먼지를 적시지도 못한다. 비가 오고 안 오고는 하늘이 하는 일이라 인간의 소관 밖이나, 인심은 천인감응(天人感應)의 논리가 있어 천재지변을 군주의 탓으로 돌린다.

보다 못한 문종이 나섰다.

"나라는 백성을 근본으로 삼고, 백성이 가장 중히 여기는 것은 배부르게 먹는 일입니다. 근래 가뭄이 심하여 인심이 흉흉하니, 신이 오나라에 가서 곡식을 좀 꾸어 올까 합니다."

"올해 추수가 형편없을 줄은 과인도 짐작하고 있다. 그러나 우리는 그동안 개간을 장려하고 경작에 힘써왔기에 다소나마 양곡에 여유가 있다. 굳이 원수에까지 양식을 구걸할 필요야 있겠는가…?"

"대왕! 이는 가왕 독살에 대한 갚음이기도 합니다. 신이 한번 고소성을 다녀와야겠습니다. 그러지 않아도 그 아첨꾼을 찾아볼 때도 됐습니다…."

문종이 말한 그 아첨꾼, 백비는 식읍의 소출 보고서를 살피다가 살갑게 문종을 맞았다.

"어서 오시게. 이맘때쯤이면 자네가 올까 생각하고 있었네."

외교적 수사가 입에 익은 탓도 있었지만, 이 말만은 진심이었다. 백비가 기르는 고양이가 주인의 무릎 위로 뛰어올랐다. 까만색과 흰색 털이 뒤섞인 고양이었다. 그는 누군가 곁에 있을 때는 절대 고양이의 이름을 부르지 않았다.

고양이의 이름은 '합려'였다!

백비가 목털을 어루만지자 합려는 기분 좋게 그르릉거렸다. 고양이를 애무하던 손으로 백비는 황금색 술잔에 술을 따랐다. 병목이 가느다란 호리병을 기울이자 천산(天山) 너머 초원에서 건너온 담황색 술이 졸졸 흘렀다. 향기는 깊고도 그윽했다. 아낌없는 이국적 취향의 과시다. 손님은 연거푸 두 잔을 들고 나서 다담상에 올린 안주를 집었다. 산비둘기 찜 안주가 훌륭했다. 장강의 아래쪽, 강남 사람들은 생선을 잘 먹는다. 어미지향(魚米之鄕, 물고기와 쌀의 고향)이라는 말이 어울리는 지방이다. 대신에 산비둘기 찜 같은 요리는 최고급의 사치 음식이었다. 문종이 주인의 비위를 맞추었다.

"쩝, 그 참! 술 꾀는 안줄세…."

밖에는 문종을 따라온 하인들이 수레에 실린 짐바리를 부리고 있었다. 욕심 많은 백비는 본인이 쓰지도 못할 재물을 끝도 없이 탐욕한다. 그가 소금물 켜듯이 갈망하는 게 또 하나 있다. 물건의 목록을 대강 훑어보더니 불쑥 물었다.

"그런데, 다른 것은?"

한 손에 턱을 괴고 다른 손으로는 콧수염을 쓸어 올리면서 거늑한 미소를 짓는다. 이 사내는 컬렉터적인 편집증이라도 있는지 각지의 여자를 재물을 쌓듯이 모으고 있다. 중원의 한(漢)족 여자가 있는가 하면, 티베트계 강(羌)족, 남만 붉은 살결의 여인도 있다. 제각기 말이 달라 소통이 어렵고 개중에는 낯가림이 심한 여인도 있었지만, 백비는 여자와 말을 나눌 필요가 없다. 해가 지면 그중에서 하나를 골라 품으면 그만이다. 집사가 대답했다.

"다섯입니다. 이미 별채로 갔습니다."

그날 아침 부차가 조당에 나가자 문종이 기다리고 있었다.

"월나라는 비가 오지 않아서 극심한 흉년이 들었습니다. 백성들은 굶주리고, 믿을 곳은 상국의 대왕뿐이십니다. 청컨대 곡식 1만 석만 꾸어주시면 내년 가을에 틀림없이 갚아드리겠습니다…."

소식을 듣고 부랴부랴 오자서가 나타났다.

"안 될 말씀입니다. 참으로 흉년이 들어서 양식을 꾸러 보낸 것이 아닙니다. 우리 창고를 비게 만드는 것이 저들의 목적입니다. 결단코 곡식을 보내시면 안 됩니다…!"

이럴 땐 어김없이 백비가 나선다. 서시가 부차에게 아낌없는 사랑을 받는 처지라, 일말의 부담도 없다.

"승상은 하나만 알고 둘은 모르는 이야기를 하고 있습니다. 우리는 최근 몇 년간 풍년이 들어 창고가 비좁을 지경입니다. 곡식의 보관은 비용이 많이 들고 쥐로 인한 손실도 큽니다. 해묵은 곡식을 빌려주고 1년 후 햇곡식으로 돌려받을 테니 이래저래 이득입니다."

다시 더 들을 것도 없이 대왕이 지시를 내렸다.

"과인은 대신의 반대를 뿌리치고 곡식을 보내는 것이다. 내년에 어김없이 갚도록 하여라."

문종은 빌린 곡식 1만 석을 수십 척의 배에 나누어 싣고 돌아갔다. 백성들은 만세를 부르며 왕의 은덕을 칭송하였다. 정작 곡식을 보내준 것은 부차이나, 백성들에게 부차는 여전히 무자비한 정복자일 뿐이다. 지긋지긋한 가뭄까지 부차의 탓인 양, 허공에다 대고 종주먹을 날리는 자들까지 있었다.

이듬해 봄부터 구천은 아예 모든 군사를 동원하여 농사를 돕게 하였다. 과연 그해에 월나라는 큰 풍년이 들었다. 문종은 곡식 중에서 상등품만을 골라 1만 석을 채웠다. 그러고는 회계산 골짜기에 수백 개의 솥을 걸고 곡식을 살짝 찌기 시작했다. 뜨거운 수증기에 쪼인 곡식은 더 광택이 나고 태깔이 좋아졌다. 그런 내용을 모르고 부차는 일등품 알곡들로 1만 석을 돌려받았다는 보고를 듣고 기분이 좋아졌다.

"과연 월공은 신용이 있구나. 더구나 보내온 곡식이 크고 좋다니 선별해서 보냈구나. 그것도 정성이다."

어김없이 백비도 거들고 나섰다.

"이런 좋은 곡식은 백성들에게 나눠주어서 내년에 종자로 쓰게 하는 것이 좋겠습니다."

이듬해 백성들은 월나라 곡식으로 씨를 뿌렸다. 수증기에 쬔 곡식은 열에 예닐곱이 싹이 나지 않았다. 오나라는 큰 흉년이 들고 백성들은 굶주렸다. 사람들은 토질이 다르기에 그러려니 생각하고 설마 문종의 기상천외한 행실까지는 추측도 하지 못했다.

백성들의 생활은 피폐해졌다. 살림이 쪼들리니 인심도 흉흉했다. 하늘이 부차에게 경고를 내린다는 말까지 돌았다. 이 시점부터 부차 정권에 대한 민심의 방향성이 달라지기 시작한 것이다. 말하자면 데드 크로스의 시점이다.

소문은 또 다른 소문을 불렀고 이런저런 유언비어까지 무성했다. 월나라의 구천이 죽은 지 사흘 만에 금강불사(金剛不死)의 몸이 되어 다시 살아났다는 헛소문에다, 복수를 위해 정예군을 양성하고 있다는 제법 그럴싸한 추측까지 붙었다. 땅 밑 동굴을 파고 군사를 양성한다느니, 동해의 무인도를 개척하여 장졸들을 키운다느니, 사람 멱따기를 전문으로 가르친다느니 종잡을 수 없이 번져나갔다. 가을걷이 전에 세상이 뒤집히는 난리가 나고 말 거라는 얘기였다. 설사 그것이 허무맹랑한 거짓이라도 여러 사람이 같은 목소리를 내면 곧이곧대로 들리는 것이 세상의 이치이다.

  소문은 결국 부차의 귀에도 들어갈 것이다. 아무래도 찐 곡식의 사건은 쓰잘머리 없이 잠자는 범의 코털 한 가닥을 뽑은 격이 되었다. 어떤 식으로든지 해결책이 절실했고 이런 일은 그야말로 문종의 전문 분야이다.

제29화

일석오조의 유세(遊說)

이미 말했듯이 사마천의 《사기(事記)》는 기전체의 형식으로 본기, 세가, 열전 등으로 써졌다. 본기는 제왕들의 이야기이고 세가와 열전은 제후들과 기타 유력자들의 이야기이다. 예외도 있다. 항우는 왕이 못 되고도 본기에 이름을 올렸고, 제후가 아닌 공자(孔子)도 세가의 한 편을 장식하였다. 대신 공자의 제자들은 따로 열전에 합전(合傳)하여 그 제목을 〈중니제자열전(仲尼弟子列傳, '중니'는 공자의 자(字)이다)〉이라고 하였다. 여기서 '합전'이라 함은 같은 분야의 인물들을 특성에 따라 묶어놓은 방식으로 〈유림열전〉, 〈자객열전〉, 〈유협열전〉, 〈골계열전〉 등의 편제를 말한다.

그 〈중니제자열전〉 중에 눈길을 끄는 대목이 있다. 제자 중 자공(子貢)의 이야기는 이렇게 시작한다.

"자공의 행적은 그야말로 일석오조(一石五鳥, 돌 하나로 새 다섯 마리를 잡다)라고 할 만하다. 한 차례의 유세로 노나라를 존속시키고(存魯, 존로), 제나라를 혼란에 빠뜨리게 했으며(亂齊, 난제), 오(吳)는 파멸로 이끌고(破吳, 파오), 진(晉)은 더욱 강하게 만들었으며(强晉, 강진), 월을 패자의 나라로 우뚝 서게 하는(覇越, 패월) 다섯 가지 업적을 이루었다."

이 시절 공자는 고향 노나라에서 《춘추(春秋)》와 《시경(詩經)》을 저술하고 있었다. 제(齊)나라에 가 있던 제자 자공(子貢)이 스승을 만나려고 노나라 도성 곡부로 들어왔다.

자공은 많은 재산을 소유하여 스승과 동료들을 부양하는 재정 담당의 실세이다. 세상에서는 공자의 제자가 3천이라고 한다. 공자에게 문하생이 많았던 이유 중 하나는 출신을 따지지 않는다는 점에 있었다. 온갖 계층의 사람들이 그의 학숙에서 배웠다. 공적인 교육 기관이 없던 당시 배움을 찾는 자들은 존경하는 스승을 따라다니며 지혜와 경륜을 다듬는다. 읽고 쓰는 법을 가르치는 것은 물론 예악(禮樂)이나 노랫말(詩)을 연구하는 것도 공자 학교의 주요한 학과였다.

그렇더라도 당시의 인구와 사회상에 비추어 3천 명은 과장이 심하였다. 3천이라고 하였으나 구체적인 숫자라기보다는 3이란 숫자가 뜻하는 바가 있다. 3은 이 시대의 인간에게 어떤 미지를 떠올리게 하는 영역이었다. 하늘의 숫자는 1, 그 하늘과 결합이자 분리의 존재인 땅의 숫자는 2, 그런 가운데 사람이 감지할 수 있는 최초의 형태로서의 숫자 3. 결국 3이란 숫자는 피조물의 집합체이자, '풍성함'을 의미하는 길한 숫자다. 그래서 제자가 3천이라는 말은 '셀 수 없을 정도로 매우 많다'라는 의미 정도이다.

어쨌든 그 많은 제자들이 쓰는 경비의 조달과 지출을 맡은 이가 자공이었다. 스승 공자는 전형적으로 의(義)를 중시하고 대신 이(利)를 가벼이 여겼다. '부귀란 하늘의 뜻'이므로 '이익(利)'에 대해서는 관여치 않겠다는 주의였다. 그런데 자공은 스승의 이러한 경제 숙명론을 받아들이지 않고 상업을 통해 부자가 된 인물이다. 《사기(史記)》에는 자공이 시장 상황에 맞춰 물건 값이 쌀 때 사들이고 비쌀 때 파는 수요 공급의 이론대로 거부가 되었다고 기록하였다.

그는 우선 보기에도 특이하게 생긴 사람이었다. 얼굴과 몸집이 큼지막한 게 들판을 어슬렁거리는 소처럼 보였다. 순박한 느낌에 목소리까지 굵고 부드러웠다. 그 풍모에 학식까지 더하니 범상치 않은 귀골이다. 하기는 품은 뜻이 귀하면 귀한 사람이 된다고 하였으니, 인류의 스승인 공자를 평생 모신 자공이 귀골로 보이는 것은, 어쩌면 당연한 일이다. 공자가 오랜만에 만나는 제자를 반겼다.

"그간 제나라는 평화롭던가…?"

"평화로운 것이 다 뭡니까? 지금 제나라 군사가 우리 국경에 집결하고 있습니다. 내일이라도 당장 전쟁이 일어날 듯합니다."

집필에 몰두하느라 잠시 세상사에 눈을 떼고 있던 공자는 놀랐다. 그런데 아무리 공자라도 선뜻 묘책이 떠오르질 않았다. 이런저런 고심을 하고 있을 때 때마침 월의 재상 문종이 방문하였다. 문종은 공자의 학숙에서 사나흘을 묵으면서, 천하의 정세와 당면 사태에 대해서 공자 무리와 의견을 교환하였다. 그가 떠나던 날, 자공도 길을 나섰다. 자공이 목표하는 행선지는 부차의 고소성이다. 바야흐로 일석오조의 유세 길에 나선 것이다.

유세(誘說)…! 오늘날 선거철이면 정치인들이 주권자 국민을 상대로 자신의 의견을 펼쳐 보이는 선거 운동이다. 본래는 야심 있는 자들이 떠돌아다니며 자신의 주장을 선전하고 다니는 행위를 의미하였다. 춘추전국시대의 야심가들은 제후들을 방문하여 국제 관계론을 설파하고 새로운 정보를 팔기도 하면서 자신의 존재를 세상에 표현하였다. 설득을 위해서 무리하게 이론을 주장하다 제후를 노엽게 하여 목숨을 잃는 경우도 다반사였으나, 목숨마저 버릴 정도로 유세에 탐닉하는 일종의 트렌드가 있었다.

　부차와 자공은 오늘의 만남이 초면이다. 당연하게 상대를 떠보기 위한 드레질의 탐색이 있었다.

　"선생께서는 우리 오(吳)에 무슨 가르침을 주시려고 이리 먼 길을 오셨소?"

　"외신이 곡부에서 예까지 오면서 보고 들은 바가 있습니다. 지금 민심이 흉흉합니다. 농사마저 흉년이 든 데다 좋지 않은 풍문도 만연해 있습니다."

　"과인도 짐작하고 있는 바요. 좋은 방책이 있으면 들려주시오."

　"정치가 어지러울 때는 나라 밖으로 눈을 돌려 해결책을 찾는 것이 고금의 이치입니다. 지금 중원의 화약고는 제(齊)나라입니다. 제는 환공 시절, 패자의 영광을 못 잊고 근래 다시 노나라 접경에 군사를 집결시키고 있습디다. 제(齊)가 노(魯)를 굴복시키고 나면… 다음 순서는 당연히 오나라가 될 것입니다. 대왕께서 미리 제를 쳐서 노를 구해주실 것을 간청드립니다. 만승(萬乘)의 나라 제를 무찌르고, 그 덕으로 천승(千乘)의 나라 노까지 거느리신다면 대왕의 위명은 중원 천하에 크게 떨치실 것입니다."

　"하하하… 그리고 보니 선생은 과인을 설득하러 오셨구려. 과인도 제(齊)가 설쳐대는 꼴이 탐탁지 않아 지켜보는 중이오."

　말끝에 살짝 '네 속을 내가 알고 있다' 냄새가 풍겼다. 절대군주 부차는 눈빛부터가 예사롭지 않다. 말하자면 눈부시게 빛나는 칼날 같다고나 할까? 그 눈빛 한 차례면 누구라도 나부끼는 벼 포기처럼 고개를 숙인다. 만약 다른 사람이었다면, 진즉에 왕의 결정을 떠받드는 아부의 말이 나와야 정상이었다. 그럴수록 자공의 어조는 더욱 당당했다.

"세상에 목적 없는 걸음이 어디 있겠습니까? 이 외신(外臣)에게 대왕께서 짐작하고 계신 내용을 일러주시지요."

"하하… 내 그러리다! 선생이 아직 모르고 있는 내용이 있소. 들리는 말로는 월나라도 군사를 조련하고 있다고 하오. 잘못 제를 치다가 등과 배로 적을 맞기 십상이오. 병법에 이르듯이 이보다 더 위태로운 일이 어디 있겠소? 과인은 우선 월나라부터 쳐서 구천의 준동을 꺾은 뒤에 제를 칠까도 생각 중이오."

자공은 그저 가볍게 고개를 끄떡여 보였다. 부차는 상대의 무심한 반응에 어색해하며 상대를 건너보았다. 자공 또한 잔잔한 눈으로 눈길을 마주했다. 자공이 눈을 마주치자 오히려 부차에게는 어떤 믿음으로 다가왔다. 그제야 심중에 거리끼는 부분을 마저 털어놓았다.

"그런데 과인이 염려하는 것은 월나라 쪽의 사정을 확실히 알지 못한다는 점이요…. 과인의 조정에 현명하고 식견이 뚜렷한 신하가 여럿 있으나 그들이 또한 월나라와 좋든 싫든 관계를 맺고 있을 테니, 쉽게 결정을 내리지 못하고 있소!"

"참으로 지당한 말씀이십니다! 그런데 대왕의 군사가 월을 상대하고 있으면 제나라 또한 등 뒤의 적이 됩니다. 지금 제나라의 동태는 너무도 명백하고 월의 속셈은 아직은 소문일 뿐입니다. 감히 대왕께 여쭐 말씀이 있습니다. 외신을 특사로 삼아 월나라에 보내주십시오. 제(齊)와의 전쟁에 월나라 군사를 빌려보겠나이다. 혹시라도 월공이 파병을 회피하게 된다면, 그때 가서 대왕께서 판단을 내리시면 될 일이옵니다."

부차는 천성적으로 약자의 부탁을 받으면 거절하지 못하는 약점이 있다. 더구나 명분과 예를 중시하는 노나라가 위기를 호소하는데 열국의 맏형 노릇을 자처하는 패자가 그냥 두고 볼 수는 없는 노릇이다. 부차는 자공을 월에 파견하였다.

자공이 구천에게 아뢴 말은 이랬다.

"대왕께서 부차왕을 지극정성으로 섬기시는 것으로 알고 있습니다. 다만 한 가지, 대왕의 군사로써 오(吳)를 돕지는 않고 있습니다. 이번에 오왕이 제를 치러 간다니, 지원군을 보내 이를 도와주십시오. 이번 출정에 오(吳)가 승리한다면 부차왕은 패권 장악을 위해 다시 군사를 움직일 것입니다. 이번만이 기회가 아니라는 말씀을 드리는 것입니다."

이러한 이치를 노자는 《도덕경》에서 다음과 같이 설파하고 있다.

무엇이든 오므라들게 하려면	장욕흡지(將慾歙之)
반드시 먼저 그것을 넓혀주어야 한다	필고장지(必固張之)
그것을 약하게 하려면	장욕약지(將慾弱之)
먼저 강하게 해주어야 한다	필고강지(必固强之)
그것을 멸망케 하려면	장욕폐지(將慾廢之)
먼저 그것을 흥성케 해주어야 한다	필고흥지(必固興之)
그것을 빼앗으려 한다면	장욕탈지(將慾奪之)
먼저 그에게 내주어야 한다	필고여지(必固與之)
이것을 미묘하면서도 밝은 원리라 한다	시위미명(是謂微明)

노자(老子)의 《도덕경(道德經)》 중

노자는 자신의 도술을 '미명(微明, 미묘한 밝은 원리)'이라 불렀다. 그런데 어떻게 포장하든지 간에 이런 상황은 상대를 기만하는 일종의 술책임에 틀림이 없다. 그리고 보면 '밝은 이치이되 미묘하다'라는 '미명'은 아무래도 권모술수에 가까운 냄새가 난다.

회계성에 머무는 동안 자공은 유심히 민심을 살폈다. 저잣거리 백성의 웃음과 눈물, 생각과 행동보다 더 확실하게 미래를 나타내는 징표도 없다. 백성들은 밝고 큼직한 무늬의 옷을 입고, 걸음은 빨랐고 웃음과 여유가 넘쳤다.

마침 추수의 축제가 한창이었다. 한 해의 여덟 번째 보름, 그 찬란한 달의 향연을 맞이하는 보름 동안 젊은이들은 너그러운 시선 아래 젊음의 향연을 즐긴다. 공터마다 씨름판이 벌어져서 남자들은 자신의 힘과 용기를 과시하고, 젊은 여자들은 날아갈 듯 춤사위를 자랑했다. 삶의 즐거움과 젊음의 쾌락이 함께하는 떠들썩한 축제에 온 나라가 들썩거린다. 직접 만나본 군주 구천은 스스로 삼가는 분별이 있었다. 자공은 장차 월이 기상을 크게 떨칠 것으로 짐작하였다.

"위험하다. 위험해!" 햇볕 드는 툇마루에 앉아 무심코 중얼거렸다. 진실로 무서운 존재는 기별하고 오는 적(敵)이 아니라 한낱 잡초처럼 발밑에서 소리 없이 자란다고 하였던가? 그러나 이는 자공의 나라 노나라와는 한 치 걸러 두 치 같은 이야기였다. 부차가 훌륭한가? 구천이 옳은가? 그런 선악의 문제는 더욱 아니었다.

"싸우면 어느 쪽이 이길까? 후후."

그의 미소에는 관전자의 여유가 묻어났다. 우선은 오(吳)가 제나라만 제압해주면 될 일이다. 외교적인 모략이 필요한… 시절이 난세였다.

자공이 구천의 출병 약속을 받고 돌아온 날, 부차는 여느 때와 같이 구곡로 들판으로 나가 한바탕 말을 달렸다. 근위대 3천이 대왕을 따랐다. 부차가 말을 모는 솜씨는 서른셋의 봄을 맞이했으면서도 조금도 쇠퇴하지 않았다. 군살 하나 없이 날렵한 대왕이 기마대의 선두에서 안장 위로 몸을 날린다. 밀집 대형의 돌격 훈련을 몇 번씩이나 되풀이하였다.

어느새 해거름이 왔다. 전신의 땀을 모조리 짜낼 만큼 격렬하게 달린 다음에야 간신히 진정되었다. 곧바로 관왜궁을 찾아 더운물에 몸을 담근다. 서시가 옷자락을 끌면서 종종걸음으로 달려왔다. 며칠 만에 찾아온 연인에게 입술을 내밀면서 삐쭉대는 투정을 실어 최근에 익힌 사투리를 구사하고 있었다.

"에구머니나… 저런, 저런, 또 긁히셨군요. 이카다가(이렇게 하다가) 다치시기라도 하면 어떻게 해요? 우선 약부터 발라야겠네요."

"괜찮아. 약은 필요 없어. 그보다 어서…."

사내는 연인의 가녀린 허리를 감아쥐고 입을 맞추었다. 그녀의 풍만한 가슴은 부차의 손길에 쉽게 반응하여 금방 달뜨고 할딱거리기 시작했다.

잠자리에서 서시는 평소의 음전하던 모습은 간곳없이 전혀 딴 여자로 변한다. 어느 순간 그녀가 혀를 꺼내 상대의 귓구멍을 핥았다. 여자의 혀는 집요하고 따뜻했다. 그녀는 어느 때보다도 용감하게 돌진했다. 빨려 올라가듯이 휘영청 허리를 들어 올리고, 손가락을 곤추세워 사내의 등허리를 죽죽 훑어 내린다.

"아아…! 거기, 거기…. 좀 더…."

애당초 부차는 서시의 고향을 짓밟아 연인의 마음을 아프게 할 생각이 없었는지도 모른다.

본격적으로 제나라 정벌군을 편성하게 되었다.

부차는 이 전쟁에 6만 대군을 동원하였다. 싸움 부대 2만 5천에, 월나라 군사 5천, 별도로 양곡의 수송과 조달을 맡은 지원 부대 3만이 따라붙었다. 월나라 장수는 제계영(諸稽郢)이다. 그는 출전하기 전 월왕 구천에게 특별한 당부를 들었다.

"이번 싸움은 우리와 상관없는 전쟁이다. 마지못해 참전하는 것이니 장군은 과도히 힘을 쓰지 마라."

병장기도 교체하였다. 근래 새롭게 훈련하는 긴 창을 내려놓고 짧은 구식 창으로 바꿔 들었다. 부차는 그런 월의 군사를 유심히 살폈다. 군졸들의 갑옷은 줄이 끊어져 삼베 실로 꿰맸고, 창칼도 길든지 짧든지 통일되지 않았다. 결국 심중에서 내려놓기로 하였다. 사람은 보고 싶은 것만 보는 법이다….

대신 별궁 하나를 더 짓게 하였다. 고소대 가는 구곡 땅에 새롭게 행궁을 짓고 주위에 오동나무를 심어 오궁(梧宮)이라고 불렀다. 서시를 그곳에 보내어, 승전하고 돌아오는 자신을 기다리게 할 참이다. 이즈음 부차의 생애는 이처럼 여유가 있었다.

제나라 원정과 오궁 소식을 듣고 오자서는 얼굴이 굳어졌다. 제(齊)는 이번 전쟁에 나라의 명운을 걸었다. 그런데 부차는 한 차례 심심풀이 사냥쯤으로 여기는 모양이다. 새삼 취리 전쟁에 나서던 합려를 말리지 못한 후회로 가슴이 저려왔다. 급히 부차를 찾았다.

"대왕! 일이란 저마다 순서가 있는 법입니다. 월(越)부터 치십시오. 월의 준동이 고질병이라면, 제는 우리에게 그저 옴이나 버짐 같은 하찮은 피부병일 뿐입니다."

"또 그 소린가…! 구천? 제까짓 놈이 도대체 무얼 어쩐다고? 언제라도 과인이 마음만 먹는다면 월나라쯤은 갓난아기 팔 하나 비틀기이다. 승상은 월이라면 막무가내로 기를 쓰고 나서니 그 연유가 궁금하구나. 혹여 개인적인 원한 때문인가? 나라의 일을 보는 사람이 이렇게 공과 사를 가리지 못할까…!"

"신이 월을 고질병이라고 한 것은 벼르고 있는 상대에게 경계를 풀고 있는 대왕을 염려해서입니다. 먼저 관왜궁의 요물부터 내치십시오. 계집에 빠져 국가 대사를 그르치는….”

오자서의 말이 서시에 이르자 결국 부차의 성깔을 돋우고 말았다. 부차는 평소 아랫사람의 말을 딱 자르는 버릇이 있다.

"시끄럽다. 그 입 다물라. 이제 과인의 침전까지 참견하는가? 이제야 하는 말이지만 지난날 회계에서 구천을 대신하던 가왕이 죽은 일에 대하여 승상은 할 말이 없는가? 정녕 짐새의 독을 모른단 말인가?”

오자서가 낭패한 표정을 짓자 부차는 긴가민가하던 심증을 굳혔다.

"왕을 기만하고 이웃 나라 제후를 독살하려던 사건에 승상부가 개입한 일을 과인이 모르는 줄 알았던가? 자객을 보낸 자가 누구이던가? 도대체 과인이 모르는 무엇이 더 있느냐? 밖에 대전 시위 있느냐? 이 자를 끌어내라! 승전하고 돌아와서 죄를 물을 것이야.”

오자서가 끌려 나가자, 백비가 껴들었다.

"오자서는 선왕이 아끼던 신하입니다. 대왕께서 내치시면 세상의 평이 좋지는 않을 것입니다. 차라리 그에게 선전 포고문을 들려 제나라로 보내십시오. 성질 급한 제간공이 오자서를 죽일 것입니다.”

"묘책이로구나!"

이내 선전 포고문을 작성하였다. 내용은 이랬다.

"…귀국이 우리 오의 우방인 노나라를 위협하니 이 일은 곧 과인에 대한 모욕이자 업신여김입니다. 이제라도 사과하신다면 이만한 일로 어찌 소란을 피우겠습니까마는 굳이 다투고자 하시면 전장에서 조우하기를 마다하지 않겠습니다. 앞뒤를 헤아려 혜량하시길 바랍니다….”

배배 꼬인 어투에다 아랫사람 대하듯 꾸짖는 조서였다. 이때 제(齊)

나라 임금은 제간공(齊簡公)이었다. 그는 선전문을 읽고 분이 솟구쳐 당장 사신을 죽이려고 들었다. 이때 대부 포식(鮑息)이 만류하였다. 포식은 문체가 유려하면서 대범하여 문곡성(文曲星, 북두칠성 가운데 하나로 학문을 관장하는 별)으로 불리는 명사이다.

"부차가 격에도 맞지 않게 승상 벼슬에 있는 오자서를 사신으로 보낸 것은 우리가 그를 죽여주기를 바라는 마음에서입니다. 말하자면, 남의 칼로 사람을 죽인다는 차도살인(借刀殺人)의 간계입니다. 차라리 그를 잘 대접해서 돌려보내십시오. 부차는 언제고 반드시 오자서를 죽일 것이고 그로 인해 악명만 높아질 것입니다."

그날 밤에 포식이 오자서의 객관으로 찾아왔다. 둘은 초면이나 서로의 명성을 익히 들어온 사이이다.

"승상 대인께서 우리 제(齊)에 머무실 의향이 있으면, 굳이 날짜를 재촉하여 돌아가실 필요가 없습니다."

그도 벼슬 사는 처지로서 버림받은 신하를 향한 안타까움이 묻어났다. 오자서가 한숨과 함께 대답했다.

"명색이 천시와 지리를 헤아린다고 자부하면서 이 사람의 진퇴를 결정하는 데 너무나 우둔하였소. 돌이켜보면 물러날 때가 두 번이나 있었소. 첫째는 초나라를 정벌했을 때였고, 둘째는 대왕이 이 사람의 간언을 물리치고 구천을 돌려보냈을 때였소. 그런데 미련을 보이다가 오늘 같은 날을 맞게 되었구려. 기왕에 포 대인께서 그리 말씀하시니 부탁이 하나 있소이다. 이 사람의 소생을 좀 맡아주시오. 이후 아비에게 무슨 일이 일어나도 다시는 오나라 땅을 밟지 말고 조상의 향화나 받들도록 돌봐주시오!"

오자서는 아들 오봉(吳封)을 남겨두고 귀국길에 올랐다. 그는 배웅하는 아들 쪽을 돌아보지 않았다. 아들도 이날의 작별이 마지막이 되리라는 것을 짐작하였다. 멀어져가는 아버지의 모습과 그 머리가 받치고 있는 하늘을 쳐다보았다. 하늘은 구름이 잔뜩 끼어 어두웠다. 이제부터 그의 후견인이 된 포식이 길을 재촉하였다.

"갈 길이 멀구나. 그만 돌아가자…."

오자서가 임치성을 벗어나기도 전에, 부차의 군사는 국경을 침범하고 있었다. 양쪽 군사는 애릉(艾陵)의 평야에서 맞닥뜨렸다. 너르디너른 평원이 한순간에 적막강산이 되었다. 농부들이 거름 냄새만 남겨두고 밭일을 멈춰 버렸기 때문이다.

부차의 출병은 제군(齊軍)에 어떤 영향을 주었을까? 선전 포고문까지 받았으나 제나라는 군이 부차가 직접 참전한다고는 생각지 않았다. 전통적인 우방 노와의 관계 때문에 어물쩍 윽박지르는 것쯤으로 여겼다.

"누구? 오왕이 직접 나온다고? 그야말로 뭘 모르고 하는 소리이다. 부차는 오지 않는다!"

근래 부쩍 강성해진 월을 두고 왕 자신이 출전할 수는 없으리라. 물론 이것은 보통의 인간에게는 통하는 상식이었다. 그러나 기발하고 엉뚱한 부차는 그들의 예상을 보란 듯이 걷어찼다. 그에게는 남들보다 주머니 하나가 더 있었다. 바로 끝 간 데 없는 자만심의 보따리이다. 부차의 대장기가 진중에 나타나자 제군의 분위기는 늦은 가을날 서리처럼 차갑게 변했다.

분위기는 비장했다. 장수 공손하(公孫夏)는 부하들에게 장례식에서 부르는 노래를 부르게 했다. 진역(陣逆)은 자기 시체의 입에 넣을 옥구슬을 준비시켰다. 그도 모자라 공손휘(公孫揮)는 부하들에게 명령했다.

"빠짐없이 8척 새끼줄을 준비하라. 오나라 놈들은 머리가 짧다."

이게 무슨 소린가? 전장에서는 잘린 모가지를 머리끄덩이를 늘여서 묶는다. 그런데 남방 오의 장졸들은 전통적으로 머리를 짧게 잘랐기에 목을 운반할 새끼줄이 필요하다는 말이다.

날 선 창칼이 햇빛에 부딪혀 반짝거린다. 깃발은 하늘을 가리며 휘날리고, 징과 북은 땅이 떠나가라 울어댔다. 싸움이 벌어지자 장수들부터 제 몸 사리지 않고 맨 먼저 치고 나갔다. 신형 병거도 한몫을 했다. 이 시기에 북방의 병거는 사두사륜(四頭四輪), 바퀴가 넷에다 네 명이 타는 구조로 바뀌어 있었다. 사면에서 찔러오는 적에게 대항하기 위해 탑승 인원을 늘린 것이다. 결사의 각오와 가공할 신무기에 힘입어 제나라 군사는 초전의 싸움판을 유리하게 이끌었다. 그러나 안타깝게도 행운은 거기까지였다.

아군이 밀리는 것을 보다 못한 부차가 근위병 칠천과 함께 전장에 나섰다. 대왕의 황금 갑옷과 투구가 태양 아래 번쩍거린다. 등 뒤에는 하늘 가득 대장기에 수놓은 황룡이 바람에 따라 펄떡펄떡 뛰면서 펄럭인다. 부차는 호기롭게 칼을 뽑아 치켜세우고, 호박색 말의 뒷다리를 걷어찼다.

"태양과 바람, 동풍이 분다…. 행운의 바람이다. 하늘은 우리 편이다. 이 싸움은 우리가 이기는 싸움이다. 쳐라…. 쳐라…! 싸우기 맞춤한 날이다!"

이 계절에는 편서풍이 분다. 그래서 이때도 동풍이 아닌 서풍이었다. 그러나 그런 것은 중요한 게 아니다. 평소 말이 짧은 부차가 격하게 내지르는 소리라서 똑똑히 알아들을 수도 없었다. 그나마 바람 어쩌고 하는 소리만 들렸다. 말보다 열정이 먼저 장졸들의 가슴을 파고들었다.

"대왕이 칼을 뽑았다. 바람이란다."

"이 바람을 대왕이 불렀던가…?"

"아차차! 진격의 고동이다. 늦었다. 대왕에게 뒤처지게 생겼다. 지금이라도…."

설왕설래하는 선두를 치고 나가면서 부차는 다시 충동질했다.

"내리막은 빠르다! 멈추지 마라. 그대로 밟아라! 짓밟아라!"

선동적인 도발에 군대는 거대한 황룡이 움직이듯이 일시에 쇄도하여 그대로 적진으로 덮쳐갔다. 성난 파도 같은 기세에 말발굽, 사람 발자국이 흙먼지를 자욱하게 감아올려 사방을 구분할 수 없게 만들었다. 부차는 절대 지존의 몸이지만 몇 번이고 쏟아지는 화살의 비를 뚫고 아슬아슬한 위험에 몸을 맡긴다. 그에게는 모험을 즐기는 버릇이 있다. 어쩌면 이런 행동이 자신의 행운을 가늠하는 잣대라고 생각하는 것일까…. 과연 전투는 기세요, 전쟁의 분위기는 살아 움직이는 것이었다. 적진은 순식간에 관통되어 두 토막이 나면서 우왕좌왕하였다. 가로질러 돌파한 부차는 뒤를 돌아 다시 옆구리로 파고들었다. 대열의 종심이 무너진 상대는 더욱 쉽게 앞뒤가 두 토막이 나면서, 머리가 꼬리를 살필 겨를이 없이 지리멸렬하게 변해갔다.

"중원 천하에 나의 기마 군사를 당할 자는 없다…."

부차의 자신감이다. 전장의 모든 것이 그의 생각과 의지에서 나온다. 부차가 속도를 높이면 대열이 빨라지고, 그가 멈추면 거대 집단이 마치 하나의 몸체처럼 따라서 멈춘다. 대왕의 황금 갑옷이 철썩거리는 곳에는 군사들의 함성이 밀물처럼 내달렸다.

대륙의 남쪽 오나라와 동방의 제나라는 말씨가 다른 데다 풍토며 음식도 다르다. 그래서 몸 냄새부터 다르다 보니 죽고 죽이는 데 한 점

망설임도 없었다. 포위망이 점점 좁혀지고 학살이 이어지더니, 어느 순간 천지를 뒤흔드는 승리의 함성이 울려 퍼졌다. 해는 겨우 중천을 벗어났다. 격전이 마무리되면서 패잔병 사냥이 계속되고 있는데 부차가 말을 달려 월장(越將) 제계영 쪽으로 다가갔다. 주인이 고삐를 잡아당기자 한혈마는 앞발을 들고 투레질을 하며 맘껏 포효했다. 사나운 말은 멈춰 서고도 초조한 듯 몇 번이고 땅을 걷어찼다. 부차는 땀에 젖은 말 목을 툭툭 치면서 말했다.

"그대가 보기에 우리 군사의 실력이 어떠하더냐?"

다친 팔꿈치 상처를 동여매던 그 자세대로 제계영이 말에서 내렸다. 맨 먼저 자신에게 달려와 준 배려에 감격했다.

"대왕의 군사야말로 천하제일의 강군입니다. 신은 오늘 전장을 누비시는 대왕의 모습에 깊이 감복했나이다."

한 치의 과장도 없는 진심이었다. 부차는 호탕하게 웃어넘기고, 내친 김에 정교한 조각과 옥으로 장식한 곽락대(郭洛帶)를 풀어서 전별의 선물로 하사하였다.

"과인이 장군에게 상으로 내리는 것이다. 받아두어라…!"

곽락대는 원래 유목민들이 가죽으로 만들어 쓰던 허리띠인데, 고리가 있어 칼을 찰 수도 있었다. 중원으로 유입된 뒤로는 옥과 보석으로 장식하여 제후들이 즐겨 찼던 신분의 상징으로 더없이 소중한 보물이다.

애릉의 전투를 사마천은 이렇게 기록하였다.

"이 전쟁은 참혹하여 양쪽 다 희생이 컸다. 제나라는 국서, 여구면, 진서, 동곽서, 공손휘가 전사했다. 승리한 오(吳)가 노(魯)에게 병거 800승, 수급 3천을 선물했다."

애릉의 싸움은 역사적으로 '전쟁'이 아닌 '전투'로 불린다. 그만큼 단한 차례의 대결로 판명이 난 짧은 싸움이다. 대신 희생은 컸다. 피아간에 워낙 시신이 많다 보니 거대한 경관(京觀, 적의 시신을 한곳에 묻어 전공을 자랑하는 구조물)의 무덤이 생겨났다. 젊은 영혼들은 못다 푼 인생의 한과 그리운 사람에 절절함으로 밤이면 반딧불이가 되어 천지를 밝히며 방황할 것이다.

엄청난 희생을 통해, 오는 무엇을 얻었는가? 전리품으로 사두사륜(四頭四輪)의 신무기 병거가 800승이다. 그런데 크고 무거워진 병거는 습지투성이인 남방에서는 쓸 수가 없다. 게다가 길도 멀다. 어쩔 수 없이 노나라에 다 주어버렸다. 불쌍한 제나라 장졸의 머리는 가격도 없었다. 소중한 오나라 장병의 수급은 새끼줄에 묶여 옮겨졌을 것이다.

그러고서 오가 얻은 것은 무엇인가? 고작 강하다는 명성, 그 하나를 얻었다. 그리고 또 하나 얻은 것이 있으니, 제나라를 원수로 만든 것이었다. 오나라는 이미 초(楚)와 원수지간인데 제(齊)와 또 원수를 맺었다. 국력이 비슷한 두 나라와 원수를 맺었으니 앞으로 싸울 일이 더 많아질 것은 분명했다. 그렇다고 땅을 차지하지도 못했다. 부차는 결국 노나라에 이용당한 것뿐이다.

애릉의 전투가 끼친 파장은 컸다. 참전 당사자인 오와 제는 물론이고 노(魯), 월(越), 진(晋) 등 5국의 역학 관계도 바뀌는 결과를 초래했다. 특히 당대 최고의 강대국 오(吳)는 잦은 전투로 국력이 소진되고 안팎으로 골병이 들어가는 형상이었다.

이날을 기점으로 전쟁은 꼬리에 꼬리를 물고 이어졌다. 하나의 전쟁이 또 다른 전쟁을 불러들였고, 그들은 서로 꼬이고 뒤얽혔다. 이 모든 게 자공의 한차례 유세에서 비롯된 일이었기에 사마천은 이를 두고 일석오조(一石五鳥)라고 명명한 것이다.

제30화

몰락의 길로 접어들다

 부차는 한바탕 힘든 전쟁을 치르고 고소성으로 개선하였다. 죽고 상한 장졸이 수천을 헤아리기에 성 안팎 여기저기에서 곡소리가 끊이질 않았다. 그래도 분명 이기긴 이긴 전쟁이다. 분위기 쇄신을 위하여 대규모로 논공행상을 시행했다. 왕은 출정하기 전 승상 오자서를 내친 사실도 잊은 듯했다. 적어도 이때까지는…. 그런데 사달은 그날 밤 개선의 연회 자리에서 터졌다. 오자서가 작정하고 대왕에게 간언을 올린 것이다.
 "대왕! 기왕에 한 번 더 세작을 풀어 구천의 동태를 살펴보심이…?"
 부차는 잔뜩 미간을 찌푸리고 골칫덩어리 늙은 신하를 내려다보았다.
 "또 그 소린가? 과인은 음모 따위에는 관심이 없다. 아무짝에도 쓸모없는 인간들이 술책을 꾸미지. 그런다고 세상이 바뀌는 것도 아닌데…. 내 한동안 그대를 보지 않아서 기분이 상쾌하더니 오늘 또 나를 들볶는 것이냐…?"
 말 도중에 스스로 화가 폭발하여 좌우를 돌아보면서 선언했다.
 "다들 돌아가라. 기분이 상했다. 오늘은 여기까지…."
 연회를 좋아하는 부차가 이렇게 일찍 자리를 물리는 경우는 드물다. 취흥이 도도하여 미희의 옷을 찢기 시작하면 참석자들이 알아서 자리를 비켜주는 것이 보통이다. 잔뜩 찌푸린 기색으로 곧바로 내전으로 들어가버렸다. 백비가 곧바로 뒤따랐다. 그는 일부러 눈을 내리깔고 주섬주섬 말을 꺼냈다.

"대왕! 노여움을 푸십시오. 한 가지만 여쭙겠습니다. 지난번 오자서는 제나라에 간 길에 아들을 맡기고 왔다고 합니다. 그를 멀리하십시오."

부차는 자신도 모르게 끄응, 신음했다. 창칼을 맞대고 전쟁을 치른 적국에다 아들을 맡겼다는 것은 아무래도 그냥 넘어갈 일이 아니다. 황소고집에다 권위적인 말투며, 생각할수록 싫었다. 왕은 잠시 머뭇거리다가 칼을 빼 들었다. 이리저리 불빛에 칼날을 견주어보다가 급기야 승상 관저로 칼을 내려보냈다.

오자서는 대번에 촉루검(屬鏤劍)을 알아보았다. 생전에 합려가 아끼던 명검이다. 깊이 탄식하였다.

"왕이 나에게 자결하라는 뜻이구나."

죽기 전에 집안 식솔들에게 유언을 남겼다.

"내가 죽거든 무덤가에 관(棺)으로 쓰기 좋은 가래나무를 심어라. 그 나무가 널감으로 성장할 때면 오나라는 패망할 것이다. 내 눈은 뽑아서 고소성 동문에 걸어라. 나는 구천의 군사가 쳐들어오는 것을 내 눈으로 봐야겠다!"

스스로 목을 찔렀다. 불에 달군 쇠꼬챙이로 쑤시는 듯 엄청난 통증이 밀려왔다. 그러나 고통은 순간이었다. 곧이어 시원해지면서 절개된 부위에서 거품 뿜듯이 꾸역꾸역 피가 쏟아졌다. 평생의 주군 합려와 의동생 전제와 함께 혁명을 모의하던, 그날 밤이 잔잔한 강물에 비춘 영상처럼 흘러갔다. 젊은 날의 꿈과 이상, 그 열정과 고뇌의 시간…. 끝이 보이지 않도록 막막했던 길이었지만, 그 시절이 행복이었다. 어느 한순간, 갑자기 시간이 멈춘 듯 천천히 흐르기 시작했다. 그리운 영상은 어떤 느낌보다 강렬하고 애잔하여, 세상을 종식하는 순간을 미소 짓게 하였다. 그는 이승의 세상을 한 번 더 보려고 눈을 크게 떴다. 그러나 이미 잿빛 그림자가 시야를 덮어씌우고 있었다. 엉겁결에 그 잿빛 속으로 머리를 들이밀었다. 알 수 없는 안도와 편안함을 느끼면서 묘한 느낌의 졸음이 쏟아졌다…. 곧이어 마지막 경련이 멎었다. 어디선가 때늦은 두견새 한 마리가 울기 시작했다.

"귀촉(歸蜀), 귀촉, 귀귀촉(돌아가리라, 돌아가리라!)……."

방 안이 문득 어두워지더니, 엎어져 쓰러진 오자서의 시신에서 한 줄기 환영이 너울너울 허공으로 날아올랐다. 식솔들이 그제야 '와아' 울음을 터뜨렸다. 내관은 즉시 대궐로 돌아가서 오자서가 죽던 모습과 유언을 전했다. 왕은 그동안에도 뒤틀린 마음에 술을 계속 마신 탓에 취해 있었다.

"늙은 것이 죽으면서까지 과인을 저주하는구나…. 승상부의 남자는 모조리 죽이고 여자는 종으로 삼아라…. 가만, 또 있다. 그자의 소원대로 눈알을 뽑되 동문이 아닌 서문 위에 걸고, 시신은 말가죽 자루에 담아 강물에 던져버려라."

그 밤이 새기도 전에 승상 관저에는 엄청난 피바람이 불어닥쳤다. 죽고 잡힌 식솔들이 수백 명에 달했다. 제나라에 두고 온 아들 오봉(吳封)만이 겨우 죽음을 피하였다.

사람들의 추측대로 태재 백비가 승상이 되어 김칠과 징보 기능을 수행하는 비선 조직까지 관장하였다. 한동안 숙청의 시절이 지나자, 백성들이 오자서의 사당을 짓기 시작했다. 삶이 고달프고 마음 둘 곳 없는 사람들이 그나마 마음의 안식처로서 마을 뒷산에 자리 잡기 시작한 사당은 어언 기백을 넘었다.

"오 상국의 영험한 혼령이 우리 마을을 지켜줄 것이야."

"암만, 만고에 없는 충신이시지…."

오자서가 살아서는 그다지 백성들의 호응을 얻지 못했다. 그는 나라의 양심으로 대접받았으나 백성에게는 완고한 노인네였다. 그러던 그가 졸지에 죽임을 당하고, 눈알이 성루에 걸리고부터는 오히려 핍박받는 민중의 수호신이 되었다. 젊은 왕의 팽창 정책과 대대적 토목 사업은 절제되지 않은 진보로 여겨지고, 오자서는 전통의 수호자로서 백성에게 다가갔다. 오자서 사당은 떠들썩하게 존재를 드러내지 않고 숨은 듯이 마을 뒷산을 지켰다. 민중은 철 따라 사당에 공물을 바쳤고 대신 삶의 위안을 얻었다. 그는 벼슬과 목숨을 잃은 대신, 역사를 얻었고 민심을 얻었다.

오자서가 죽은 지도 2년이 흘렀다. 합려시대를 대표하는 오자서의 죽음은 부차의 치세에 새로운 시기를 구분 짓는 경계가 되었다. 지금까지 젊은 왕의 의식이나 행동을 속박하고 있던 '선대왕 합려'라는 개념이 완전히 제거된 것이다. 그는 자신이 내키는 대로 정책을 구사하였고, 누구에게도 거리낄 필요가 없어졌다.

조정의 중신들은 오자서가 치욕을 당하며 죽는 모습을 보고 복지부동의 자세로 일관했다. 그들에게 오자서의 몰락은 일종의 '학습 효과'였다. 일의 해법이나 가치 판단에 있어 대왕의 결정에 감히 토를 다는 신하가 없었다. 설사 잘못 알고 한 말일지라도 한번 부차의 입을 통하고 나면 신성불가침의 공리가 되었다.

특히 백비는 뻔한 일까지도 일일이 왕의 의향을 물었고 독단으로 해도 좋을 만한 것마저도 부차의 지시를 요청하곤 했다.

"일일이 그렇게 묻지 마라."

가끔 부차는 그렇게 고함을 질렀지만 불쾌해지는 않은 모양이다. 오히려 그런 것에서 자신의 손발을 대하듯 어떤 안도감을 느끼고 있었다. 특히 부차는 사랑하는 서시가 하고 싶은 일은 무엇이든지 들어주었다. 그녀가 뱃놀이를 좋아했기 때문에 이 강, 저 강의 물길을 연결하는 운하에 몰두하여 수만 명 군사로 물길을 종횡으로 냈다. 장강의 동북방으로 사양호(射陽湖)와 연결하고, 서북방으로는 회수(淮水)와 합치게 하고, 북방으로는 기강(沂江)에 이르고, 서방으로는 제수(濟水)와 물길로 연결했다. 운하 사업은 어떤 사치나 건축보다도 막대한 인력과 재원이 소요되었다. 과도한 부역과 조세 부과로 백성들의 생활은 나날이 궁핍해졌고 불만이 커졌지만, 부차에게 그런 것은 사소한 일이었다.

운하는 물이 흐르는 구간에서는 배가 움직이는 데 별 문제가 없지만 평탄해서 물이 잘 흐르지 않는 곳이나 흐름을 역행해서 건너야 할 때는 배에 밧줄을 매달아 사람의 힘으로 끌어야 한다. 따라서 운하 기슭에는 반드시 평행하게 도로를 닦아 수천의 예비 인마(人馬)가 따라다녔다. 부차가 탄 용주(龍舟)가 물길로 이동하면 양쪽 연안 육로로 기마 인마가 요란한 말발굽 소리를 울리며 뒤따라 꾸불꾸불 끝도 없이 행렬이 이어졌다. 이즈음 부차는 화려한 치장에다 겉치레를 좋아해서 대규모 수행단을 데리고 다니는 바람에 유람선과 육상의 행군이 쌍벽으로 어울려 장관을 이루었다. 어쩌다 물길이 막힐라치면 육상의 군사가 밧줄로 배를 끄는 기합 소리가 천지를 진동하였다.

그 같은 연출 속에서도 부차의 마음을 충족시키는 데 빼놓을 수 없는 것이 있다. 바로 긴 머리칼을 바람에 흩날리며 뱃머리에 선 여인이다. 사랑하는 여인의 가냘픈 허리에 무심히 팔을 걸치고, 평지를 가로질러 흐르는 운하의 물길과 울창한 수풀과 신선한 샛바람을 마주한다. 이 특별한 순간에 눈에 보이는 모든 땅과 강과 하늘 전체가 자신의 손안에 있었다. 하늘이 허락한 숭고한 자신의 운명을, 사랑하는 이와 함께 허영과 객기로 채웠다. 그녀의 존재는 땅의 정기와 하늘의 기운을 한 몸에 받아 쾌락이 함께하는 절경, 그 자체였다.

바야흐로 부차의 나이 서른일곱, 야망도 컸다. 그가 발산하는 왕성한 생명력은 잠시도 그를 가만두지 않았다. 가무음곡과 백희(百戱)의 기예를 즐기다가 한동안 토목 공사를 일으키고, 서시와 함께 운하 유람하는 맛에 빠지더니 이마저도 슬슬 싫증이 나기 시작해 뭔가 새로운 흥밋거리를 찾게 되었다. 주 왕실에서 공식적으로 인정하는 천하 패자의 지위에 오르고 싶어진 것이다. 무엇이든 한번 집착하면 헤어날 줄 모르는 절대군주, 하고 싶은 일은 잠시라도 참고 삼가지를 못하는 성격이라 곧바로 행동에 옮겨 회맹을 추진하게 되었다.

회맹이란 원래 열국 제후들의 다자간 회담으로서, 존왕양이(尊王攘夷)의 이념을 새롭게 다짐하는 국제 행사이다. 주 왕실의 천자가 누구인지 관심조차 없었지만 그래도 당금의 세상에서 천자로 불리는 이는 하나뿐이다. 그 천자가 회맹의 절차를 거친 패자를 방백(方伯)으로 추인하여 열국의 꼭지에 두는 것은 천하가 아는 절차이다. 방백이 되기 위해서 부차가 상대해야 할 이는 황하 유역의 강자인 진(晉)나라의 진정공(晉定公)이었다. 몇 해 전 부차가 싸움을 걸었던 제(齊)도 강국이지만, 진(晉)이 누구이던가? 제2대 방백 진문공 이래로 굳건하게 북방의 패자를 고수해온 강대국이다.

진(晉)의 황지(黃地) 땅이 회맹의 장소로 정해졌다.

진(晉), 노(魯), 제(齊), 위(衛)와 회맹을 주창한 오(吳)까지 다섯 나라가 참석하였다. 황지 땅은 지금의 하남성 봉구현으로서 고소성에서 두 달이 넘는 길이다. 이때 부차가 회맹을 위해 동원한 군사는 고르고 고른 정예 갑사 3만 명이었다. 갑사가 3만이면 이를 받치는 보급병과 관리들이 2만이요, 가축과 마초까지 엄청난 행렬이다. 일시에 동원 가능한 정예 군사를 거지반 동원한 결과였다.

원래 회맹에 참가하는 제후는 비무장을 원칙으로 한다. 그러던 것이 송나라 우(盂) 땅의 회맹 당시 송양공이 군사를 대동한 초성왕에게 핍박당한 후에는 아예 군대를 동반하게 되었다. 그래도 일찍이 어떤 나라도 이런 대규모의 군사를 동원하여 회맹에 참여한 적은 없었다. 고소성은 세자 우(友)에게 맡기고 승상 백비와 함께 마치 전쟁에 나가듯이 출정하였다.

이 시대의 나라들은 무턱대고 싸우기만 한 것이 아니었다. 그들은 철저히 이익에 따라서 싸움을 시작했고 전쟁을 끝냈다. 그 옛날 제환공이나 초장왕과 같이 패자의 권위와 명분을 위해 실속 없이 출격하는 경우는 없었다. 부차가 이름뿐인 방백의 칭호를 얻고자 정예를 송두리째 이끌고 출정한 이번 원정은 그런 점에서 예외적이었다. 속고 속이는 행위가 인간사 현실이라면, 속는 자의 속성은 허영과 과시욕이다.

황지의 회동에서도 여느 경우처럼 누가 맹주가 되어 회동을 주재하느냐가 과제로 대두되었다. 참석한 다섯 나라가 하나같이 세력깨나 피우는 나라이나 그중에서도 패자의 자리를 다툴 이는 북방의 진(晉)과 남방의 오(吳)이다. 맹주 자리를 두고 오나라 왕손 낙(諾)과 진(晉)의 상경 조앙(趙鞅) 사이에 막후 회담이 벌어졌다.

왕손 낙은 합려의 손자이니 부차에게는 사촌 동생이 된다. 합려대왕이 전사한 취리의 싸움에도 참전한 경력에다 전쟁이나 정치에 관록이 붙은 인물이다. 그에 비해 진(晉)의 조앙도 산전수전을 두루 겪고 권모술수에 능한 늙은 구렁이이다. 그는 7척이 채 되지 않았고 비둔한 데다 시꺼멓고, 눈은 휑하니 큰데 뻐드렁니까지 튀어나왔다. 외양만으로는 하급 무사처럼 보이는, 결코 환영받을 수 없는 모습이다. 그러나 그는 기댈 곳 하나 없이 한미한 가문의 출신으로 오늘날 상경 자리를 꿰찬 가공할 솜씨를 부리는 인물이다. 세간에서는 그를 '수완이 좋고 집념이 강하다'라고 평한다. 각진 얼굴에 구불구불한 머리칼, 속을 알 수 없도록 깊은 눈 속에는 집착이 넘쳐나서 보통내기가 아님을 여실히 말해준다. 과연 처음부터 조앙이 상대를 몰아세웠다.

"우리 진(晉)은 진문공 이래 대대로 중원의 맹주로 군림해왔소. 어찌 맹주 자리를 물러설 수 있겠는가…?"

왕손 낙도 준비한 논리가 있었다.

"귀국이 맹주 자리에 오른 것은 다 초나라의 묵인 아래 이루어진 일이오. 그런데 그 초를 쳐서 무너뜨리고 제나라조차 굴복시킨 우리 오와 미련하게 자리다툼이라도 할 작정이오…?"

"그러는 귀하는 그토록 자신이 넘쳐서 회맹의 장소에 대군을 대동하고 참석하였던가? 군대로 밀어붙이는 것이 귀국의 습성인가?"

"자위의 수단으로 군사를 대동하는 것은 당연할 것이오. 그런 일로 왈가불가하지 마시고 빨리 본론부터 결정하도록 합시다."

"그러니까 이 사람이 아까부터 이야기하지 않았소? 왕실로부터 제수받은 벼슬로 보아도 우리 진(晉)은 후작의 벼슬을 갖고 있소. 고작 자작인 귀국이 먼저 삽혈을 하겠다는 것이오?"

조앙(趙鞅)은 상대가 짜증스럽게 느긋하니 끝을 늘이는 말투에 빈정대는 어조까지 곁들었다. 문명화된 중원인의 특징이랄까, 조용조용 같은 말을 되풀이한다. 성질 급한 왕손은 끓어오르는 분노를 참으며 안정을 유지하려고 애썼다.

"우리 대왕을 누가 자작이랍디까? 일찍이 초나라를 굴복시키고 월까지 무릎 꿇린 대왕이시오. 현실을 똑바로 보시오."

조앙은 맞대응하지 않고 말을 바꾸었다.

"당신들은 거짓과 속임수를 쓰는 데 주저하지 않았소."

왕손 역시 양보하지 않는다.

"그 역시 병법이라는 무기요!"

이래저래 회담은 진척이 없었다.

그날도 부차가 출구를 고심하고 있는데, 막사 밖에서 말발굽 소리가 들렸다. 이곳까지 말을 타고 들어올 수 있는 자는 전령뿐이다. 어떤 알 수 없는 예감에 대왕은 화들짝 자리에서 일어나서 밖으로 나갔다. 전령들은 왕의 막사 바로 앞에까지 말 대가리를 들이밀고 있었다.

"내려라. 방자하다."

위병들이 창으로 전령을 막았다. 전령은 자갈밭에 엎드렸다. 입가에는 허연 거품 자국이 그대로 말라붙었다. 가느다란 눈에다 기다란 귀, 어딘가 염소를 연상케 하는 전령은 목이 메는지 쉽사리 입을 열지 못했다. 부차가 소리쳤다.

"도대체 무슨 일이더냐? 누가 이 자에게 물을 좀 주어라."

전령은 한 걸음을 내디디면서 순간적으로 비틀거렸다. 먼 길을 달려온 말에서 이제 막 내린 탓이다. 물 한 바가지를 들이켠 뒤에도 잘못이라도 저지른 듯이 옹송그리고 앉아 있는 모습이 영락없는 염소였다.

"어찌 된 일이냐 묻고 있지 않은가?"

"월이… 월이… 월나라 군대가 쳐들어왔습니다."

한마디를 뱉고는 순간적으로 다시 목이 막혔다. 부차는 이 말을 듣고도 당장에는 그 의미를 이해할 수 없었다. 습관처럼 고개를 끄떡이다가 다음 순간 온몸에 소름이 끼치고, 망치로 머리를 맞은 것같이 펄쩍 놀랐다.

"뭐라고 했느냐? 월나라 군대? 구천이…? 어떻게 그런…… 말도 안 되는 배신을…?"

예기치 못했던 사실에 대한 당혹감이다. 구천이 결국 배신하였다…? 마음 한구석에 개운찮은 우려가 있긴 있었다. 그러나 막상 보고를 듣고서는 한순간 사고의 끈이 끊어진 느낌이었다.

"……그 밖에, 또 다른 전황을 말해보라!"

"고소성까지 3~4만의 적군이 당도하여 세자마마와 미용 장군이 전사했습니다…."

"뭣이라? 세자, 세자가…? 구천! 이 쥐새끼 같은 놈이 감히…! 내 이 놈을 쳐 죽이지 않으면 사람이 아니다."

고소성에서 예까지 전령의 걸음으로 한 달 남짓… 전황은 또 달라 있을지도 모른다. 그런데 그때, 갑자기 백비가 칼을 뽑더니 사정없이 전령의 목덜미를 찔렀다. 엎드리고 있던 전령이 두 눈을 화등잔처럼 뜨고 자신을 찌른 백비를 올려다보았다. 이유라도 알려달라는 듯이… 부차가 깜짝 놀라서 물었다.

"어찌하여 전령을 죽이는가…?"

"지금 사실 여부도 정확히 알 수 없는데 만일 이런 소문이 진중에 퍼진다면 우리 군사부터 크게 동요할 것입니다. 곧이어 진(晉)까지 들고 일어나면, 대왕께서 어찌 무사히 돌아가실 수 있겠습니까?"

딴은 틀린 말은 아니다. 친월파인 백비는 순간적으로 월나라의 배신에 대해 부차의 힐난을 두려워하면서, 무언가라도 해야 할 심정이었다. 무슨 말이 터질지 모르는 전령의 입을 막는 것밖에는 그럴싸한 일이 생각나지도 않았다. 이후 나쁜 소식을 전하게 되면 화가 난 대왕이 전령을 죽인다는 소문이 퍼져 전령들이 스스로 도망가는 일이 잦았고, 졸지에 부차는 앞 못 보는 깜깜이가 되었다.

"왓핫핫하…."

잠시 후 부차는 짐짓 크게 웃었다. 그러나 이미 그 눈에는 벌겋게 핏발이 서 있었다.

"다들 물러가라…. 혼자 있고 싶구나."

저녁나절 해거름이라 황지의 평야는 그런대로 넓어 보인다. 호방하고 거친 북국의 산야에는 숲과 개울이 많다. 장강 유역의 오밀조밀하고 수려한 부드러움과는 동떨어진 풍경이었다. 황지에서 보이는 최고봉 태행산은 꼭대기만 보였고, 먼 능선들이 첩첩이 포개져 그 끝은 보이지 않았다. 그 아래쪽 구름 너머 포개진 봉우리까지는 거리가 가까운지 먼지 가늠조차 할 수 없었다. 사방으로 끝없이 펼쳐진 웅장한 바위산과 쓸쓸하면서 차라리 음험해 보이기까지 하는 협곡들, 매복하기에 맞춤인 울창한 숲, 화전을 일구어 부스럼 떨어진 자취처럼 붉은 흙이 드러나 있는 구릉…. 경작지들은 작은 조각으로 나뉘어 여기저기 흩어져 있었다. 트인 공간에 익숙한 부차에게는 어떤 두려움과 답답함을 주는 풍광이다. 태행산 쪽 하늘에 일찍 뜬 반달이 걸려있었고, 어디선가 '아우' 하고 늑대가 울었다. 그러고 보니 이 땅의 지맥 속에는 어떤 잔인함이 흐르고 있다. 구천에게 등줄기를 찔린 지금 호전적인 그들의 생리가 새삼 부담이 되는 것이다.

그날 밤, 오나라 군사는 일찌감치 저녁밥을 챙겨 먹고 사람과 말의 입에 재갈을 물렸다. 말방울도 떼고 말굽은 헝겊으로 감쌌다. 황지의 구릉은 여기저기 비쩍 마른 소나무가 듬성듬성 서 있을 따름이다. 언덕을 오르자면 발이 벌겋게 물들 정도로 흙이 붉다. 그러면서 안개는 깊었다. 땅바닥조차 가늠되지 않는 밤안개를 뚫고 3만 병마의 모습이 검은 그림자처럼 움직이기 시작했다. 관솔불을 밝힐 순 없었지만 마침 중천에 반달이 걸려 있어 구불구불 이어진 산길을 비추었다.

이윽고 동녘이 밝아오기 시작했다. 먼 산이 거무스레한데, 눈부신 해를 숨기고 아름다운 구름이 흐르기 시작했다. 안개는 골을 따라 길게 흘렀고 산맥들의 등허리가 붉게 빛났다. 3만의 병마와 깃발들은 새벽나절 내린 이슬에 축축이 젖었다. 사방에서 일제히 북소리가 울렸다. 둥둥둥…! 안개 속에서 갑자기 솟은 군사들이 기치를 높이 쳐들었다. 들판은 삽시간에 요란한 북소리와 함성으로 그득했다. 진(晉) 군영 주위 구릉마다 오(吳)군의 인마로 이미 빼곡히 메워져 하늘을 향해 창칼을 들쑤시고 있었다. 새벽잠을 설친 새들과 짐승들이 화들짝 놀라 이리저리 허둥댔다. 밤새 재갈을 물고 있던 말들은 대가리를 하늘로 쳐들고 콧바람을 뿜어내더니, 엄청난 크기의 방귀 굉음과 함께 일시에 오줌을 싸기 시작했다. 소나 염소는 걸어가면서도 오줌을 싸지만, 말은 휴식을 취할 때만 일을 보는 고상한 짐승이다. 그간 참았던 힘을 일시에 쏟아 붓는 바람에 오줌발이 튀다 못해 폭포 소리가 났다. 맑은 아침 공기 속에서 오줌 냄새는 시큼하거나 들척지근했다. 게걸스럽게 풀을 뜯어 먹는 이빨 가는 소리에다 터져 나오는 말 울음에, 군사들도 흥분을 가라앉히지 못했다. 이힝힝, 이힝힝힝.

지난밤 어둠 속에서 간간이 무언가 기척이 들릴 때도 있었다. 그런데 그게 뚜렷하게 어느 한 방향에서 들리는 소리가 아니라 술렁술렁 어지러운 움직임이었다. 그런 부산 틈에 부차는 군사를 옮겨놓았다. 오왕이 북채를 들어 한 번 큰북을 치자 3만이 넘는 오나라 군사들이 내지르는 괴성이 천지를 진동하였다. 와와… 우우…. 소리소리 지르는 함성과 괴성은 사람의 목구멍에서 나오는 것 같지도 않았다. 그 포효가 오왕 부차의 분노라는 것을 모르는 사람은 없었다. 섬뜩한 느낌과 위기감이 그대로 진(晉)의 군사들에게 전달되어 공포의 고동 소리로 들릴 지경이다.

상경 조앙이 급히 오나라 군영을 찾았다. 그를 기다리는 것은 다른 사람이 아닌 부차대왕이다. 직접 담판에 나선 부차는 왕실의 천자부터 거론하고 나섰다. 필요할 때만 천자의 뜻을 끌어온다.

"천자께서 과인에게 명하시기를 맹주가 되어 열국을 이끌라고 말씀하셨다. 그런데 귀국의 군주가 이에 맞서고 있으니, 더는 소득 없는 회담을 질질 끌 수 없다. 오늘은 진(晉)이 과인에게 양보하든 안 하든 결판을 내자. 아니면…."

부차는 말을 끊었다. 어조는 칼로 벤 듯이 험악하고, 단도직입적이다. 그의 만용은 중원까지 널리 알려져 있었다. 어쨌거나 두려운 일이다. 그렇다고 산전수전을 다 겪은 조앙이 쉽게 굽힐 사람은 아니다.

"말씀은 잘 알겠습니다. 하지만 회맹의 장소에서 창칼을 들고 결전을 벌인다면 먼저 도발하는 쪽은 분명 천하의 공적이 될 것인즉, 군주께서도 어느 정도 양보를 해주셔야 우리 진(晉)의 체면도 살릴 것입니다."

더는 가타부타 말조차 하지 않는다. 말하지 않고 계속 거부하고 있으면 상대는 더욱 굽히고 나올 것이다. 그것이 조앙이 터득한 협상의 요체였다. 그는 속으로 자신감을 굳혔다. '흐흐, 아무래도 예사롭지 않은

일이 벌어졌구나. 그런데도 부차는 어쩌면 이리도 대담하단 말인가…?'

조앙은 이런 사태를 진정공(晉定公)에게 일렀다.

"신이 보기에 부차가 입으로는 큰소리를 치나 표정이 굳어 있고 군영의 분위기도 심각합니다. 월나라 군사가 고소성을 침공했다는 말도 있습니다. 주군께서 일단 부차에게 양보하시되 왕의 호칭을 포기한다는 조건으로 승낙하시는 게 좋겠습니다. 그만하면 우리 진(晉)의 체면도 살리는 길입니다."

평소의 부차라면 이런 조건에 대해서 어깃장을 부릴 만도 했으나, 지금은 그럴 계제가 아니다. 마침내 호칭의 문제를 양보하고 회맹을 열게 되었다. 부차는 오왕이 아닌 오공(公)의 자격으로, 가장 먼저 검은 소와 백마의 피를 입술에 발랐다. 다음은 진공(晉公), 제공(齊公), 노공(魯公), 위공(衛公)의 순서로 피를 바른 후 천지신명께 맹세하고 말도 많고 탈도 많았던 회맹의 행사를 끝냈다. 대회가 끝나자마자 부차는 즉시 군대를 돌렸다. 이제는 군사들도 어느 정도 본국에서 무슨 일이 일어나고 있는지 짐작이 있었다. 먼 길을 왔다가 돌아가는 길에 '돌아갈 집'조차 온전치 못하다는 낭패감이 몸과 마음을 고달프게 한다. 달포가 넘는 길이 더욱 멀게 느껴졌다.

제31화

전쟁의 양상이 바뀌었다

구천의 기습적인 도발을 《사기(史記)》는 이렇게 기록하였다.

"오나라 군대가 황지로 떠나자 구천은 군사 4만 9천 명을 소집하고 두 부대로 나누어 한 갈래는 범려와 후용(后庸)이 거느려 바닷길로부터 회하(淮河)로 들어가 북쪽으로 오(吳)로 가는 귀로를 끊었고, 다른 한 갈래는 대부 주무여(疇無余), 구양(謳陽)을 선봉으로 삼고 구천이 친히 주력 부대를 거느리고 오나라의 남쪽 변경으로 들어가 고소성을 핍박하였다."

구천은 부차의 군사가 오나라 북쪽 경계를 벗어나자마자 동남쪽에서부터 침입해 들어갔다. 귀로를 차단할 군사는 상장군 범려에게 맡기고 자신은 주력군으로 고소성으로 진군하였다. 동원된 병력은 갑사(甲士, 무장한 군사) 3만 명, 군자(君子, 근위군) 6천 명, 습류(習流, 수영을 잘하는 군사) 2천 명, 제어(諸御, 조달과 지원 병력)라고 불리는 수송대 1만으로 5만에 가까운 대군이나. 실로 월나라 선역 뭍과 뭍의 모든 군사가 동원된 결과였다.

월나라 군사는 2년 전 애릉 전투에 참전했을 때의 무기력한 모습이 아니었다. 우선 갑옷부터가 달랐다. 장수와 병사가 하나같이 정연하게 검은 갑옷을 입었다. 장수는 청동제 갑옷이었으며 병졸은 박달나무 갑옷을 입었는데 모두 옻으로 검게 물을 들여, 겉으로 보기에는 다 같이 검은 갑옷이었다. 월왕 구천도 묵갑을 입고 검은 갈기를 세운 오추마를 탔다. 군주에서부터 하급 병사까지 질서가 정연했다. 병사들에게 특별히 표시 나는 전투복 한 가지를 입히는 것은 그들의 자존심을 높여 전투력을 배가한다.

무기도 달랐다. 병사들은 범려가 개발한 긴 창을 들었다. 원래 창이란 무기는 사람 키의 한 배 반을 넘지 않는다. 이보다 길면 한번 헛찌르고 나면 다시 자루를 돌려 겨누기가 어렵고, 긴 창대로 인해 찌르고 베고 후려치는 데 여의치 못하기 때문이다. 창대의 길이를 늘인다는 것은 아무도 시도해보지 못했던 전법이다. 범려가 이런 방안을 무장들에게 제안했더니 하나같이 머리를 절레절레 흔들었다.

"전쟁을 모르는 이야기군요."

말하자면 아마추어의 구상이란 것이다. 독창적인 생각이 벽에 부딪히는 이유는 인간이 스스로 설정한 어떤 한계가 있기 때문이다. 그래서 예로부터 전법의 새로운 경지는 노련한 무장의 머리에서 나오는 것이 아니라, 전쟁의 선례를 알지 못하는 아마추어 같은 사람의 대담한 착상에서 이루어진다지 않은가.

평소 범려의 지론은 이랬다.

"우리 월(越)은 시간이 없고 제약이 많다. 하나하나의 병사가 무예를 익혀 각자의 기량으로 강군을 만드는 것은 시일도 많이 들뿐더러 여간 정성이 들어가는 일이 아니다. 더구나 한 사람의 전사를 만들기 위해서는 실전 경험이 필수적인데 숨겨서 군대를 키우는 우리는 그게 불가능하다. 그래서 밀집 대열을 만들어 긴 창의 길이로 적을 제압하려는 것이다. 이 전법의 성공 여부는 절대로 창의 벽을 허물지 말아야 한다는 데에 달려 있다."

이제 전쟁의 양상은 병사 개인으로 싸우는 것이 아닌 집단 전술로 발전하고 있었다. 범려도 말했듯이 최대의 약점은 아쉽게도 실전에 응용해본 경험이 없다는 점이다. 이 전술이 제대로 된 적을 만난 것은 고소성 밖 싸움이었다. 사소한 시행착오는 있었지만, 치열한 교전 끝에 결국에는 세자 우(友)와 장수 미용을 참살하는 쾌거를 거두었다. 그 후 구천은 고소성을 공략하는 대신, 성 밖 민가를 방화, 약탈하면서 황지에서 돌아올 부차의 정예 군사를 기다리고 있었다. 그러나 이런 구체적인 전황은 원정군에게 알려지지 않았고, 부차는 아직 전술의 변화와 신무기의 존재를 알지 못했다.

이 시각 황지의 부차는 탈 없이 회군하는 문제를 고심하고 있었다. 대치하고 있는 상태에서 군사를 물리려면 공격 이상의 책략이 필요한 법이다. 군사들은 아직 본국의 절박한 사정을 속속들이 알지 못하고, 거저 월나라 군사가 제법 소란을 피우고 있다는 정도로만 알고 있었다. 길은 멀고 시간도 바쁘지만, 군사를 다치지 않게 고국으로 이끌어 구천을 응징하는 것이 주어진 당면 과제이다. 부차는 왕손 락을 불렀다.

"그럭저럭 회맹은 마쳤으나 진(晉)이 온전히 승복한지는 모르겠다. 군사 5천을 줄 테니 본대의 뒤를 받치면서 따라오너라. 혹시라도 진나라 군사가 따라붙거든 틈을 보이지 말고 대치하면서 뒤를 따르라. 다만, 절대로 먼저 도발하지는 말거라…."

경험 많은 왕손은 해묵은 칼자국이 뚜렷한 볼을 찡그리며 싱긋이 웃었다.

"예…! 대왕! 모쪼록 조심, 또 조심하여 형님 대왕의 군사를 상하지 않게 이끌겠나이다…."

회군 길은 생각보다 고달팠다. 무엇보다 장맛비가 걸림돌이 되었다. 천둥이 치고 큰물이 날 정도는 아니었으나 가는 비가 그칠 기미도 없이 오락가락하였다. 그때마다 안개가 걷혔다 끼었다 하면서 이튿날도, 그 이튿날도 비가 멈추지 않자 마음이 급한 대왕은 결국 다시 행군을 명했다. 황지의 토질은 이름 그대로 황토인지라 비가 오래 내려서 바닥이 깊이 젖자 곧 진흙 뻘밭으로 변했다. 패진 수렁은 통나무로 메워가며 길을 재촉하였다. 기마 군사들은 진흙에 말의 발이 빠지자 내려서 도보로 가면서, 아예 짚신을 벗고 맨발로 걸어야 했다. 몇 날 며칠 그런 길을 걸어온 탓에 병사들의 발가락이 짓물렀다. 가죽과 금속으로 몸을 싼 피부에는, 갑옷병이라고도 할 수 있는 피부병이 도졌다.

그런 부차의 군사를 10리 뒤에서 진군(晉軍)이 뒤따르고 있었다. 진나라 상경 조앙은 셈법이 확실하고 음흉했다. 물고 늘어지기로 하면 결코 둘째가라면 서러울 사람, 위협받은 분함을 이런 식으로 대갚음하는 것이다. 병사들의 심리적인 공포가 문제였다. 회맹의 맹주가 되고도 퇴각하듯이 군사를 물리는 오나라 군사는 뒤따르는 위협에 너무나도 정직하게 반응하였다.

'이 야비한 놈!' 부차는 퉤 하고 땅바닥에 침을 뱉었다. 어쩌다 잠시 비가 멎을라치면 기다렸다는 듯이 성깔 마른 매미 울음조차 그들을 다 그치고 재촉하는 판이었다. 스무 날이나 지나서야 부차의 군사가 형(邢) 땅에 도착하였다. 도중에 해가 뜬 날이 이틀에, 안개가 낀 날이 하루 있었다. 그 이외는 비가 내렸다. 천둥이나 번개도 없이 추적추적 지겹도록 내리는 장맛비였다. 오나라 군사가 국경을 넘자 그제야 진(晉)

나라 군사도 추격을 멈추고 반나절 군사 훈련을 벌이다가 유유히 돌아갔다.

고갯길 갈림에서 부차는 말을 멈추었다. 감돌아 오는 저쪽 모퉁이에서 왕손 락의 후위 부대를 보았기 때문이다. 그는 왕손을 기다리기로 하였다. 쉬라는 명령은 내리지 않았지만, 다들 자연스럽게 행군을 멈췄다. 너도나도 땀을 닦고 들메끈을 조이고 말의 재갈을 돌보고 있다. 왕은 아예 말에서 내렸다. 무게를 덜어주기 위해 경무장을 하고, 조금만 틈이 나면 말 등에서 내리는 것이 말에 대한 배려이다. 왕손 락이 대왕을 뵈러 다가왔다. 말에서 내려 서있는 부차를 보고 급히 허리를 굽혔다.

"지금 막 도착했습니다."

대왕은 그나마 기분이 나아졌다. 익살스러운 목소리로 배를 두드리며 말했다.

"아! 시장하구나."

"대왕! 소장의 군사들에게도 휴식을 허락해주시겠습니까?"

"더 좋은 일을 허락하겠다. 내일 구천의 목을 베어라."

왕손은 하마터면 웃음이 터질 뻔하였다. 적어도 겉으로 보기에는 대왕이 여유를 되찾고 있었다.

이틀 거리 앞, 오호(五湖) 땅에는 먼저 도착한 월의 묵갑 군대가 남진하는 부차를 기다리고 있었다.

이 시대의 전술 전략은 대략 표준화되었다. 좌군, 중군, 우군 이렇게 삼군으로 나뉘어 전투에 임하고, 중군 수장이 전군을 지휘한다. 전력이 가장 강한 주력이 우군을 맡고 비교적 약한 부대는 좌군을 맡는, 이런 방식이 일반적인 '게임의 규칙'이었다. 3군 편제의 군대끼리 붙을 때는 서로의 강군으로 약군을 치고 약군으로 강군을 막는 것이 전투의 기본이 된다. 적도 아군과 맞잡고 춤을 추듯이, 허(虛)와 실(實)을 맞물리면서 펼치고 오므리면서 공격을 주고받는다. 사실상 버티기 싸움이 되는 것이다. 적 좌군을 먼저 깨뜨린 군대가 중군의 측면을 공격해 들어가 아군의 중군과 함께 적 본대를 밀어붙이게 되고, 이런 과정을 통해 대형이 붕괴되면 전쟁의 승패가 결정된다. 이제 내일이면 드디어 구천의 군사와 조우하게 될 것이다.

그들이 상대의 존재를 먼빛으로나마 인지하게 된 것은 이튿날 해거름이었다. 어느덧 가을바람이 일기 시작한 들판 언저리에는 양군을 가로막는 한 가닥의 안개도 없었다. 갑자기 땅에서 불쑥 솟은 듯이 줄지어 늘어선 상대의 깃발이 구릉 여기저기에서… 들쑥날쑥하지만 뚜렷이 보였다.

오호의 구릉 지대는 동서 30리의 폭으로 북쪽에서 남쪽으로 완만한 경사가 있다. 북쪽 끝은 해발 100여 m, 남쪽 끝은 그보다 낮은 50m로 남북 어느 쪽에서도 전망은 좋았다. 양군이 대치한 들판의 논과 밭은 깃발과 말발굽으로 빈자리가 없었다. 불과 화살 거리 십여 칸, 군데군데 들꽃이 핀 골짜기 하나를 두고 맞은편 구릉에 포진한 채 서로를 노리고 있었다. 구릉은 커다란 내장을 구겨 넣은 것처럼 둥글고 작은 등성이가 여러 겹 포개져 있다. 언덕을 감싸면서 구릉 사이로 구불구불 이어지는 간도 변의 단풍이 훤히 내려다보인다.

부차는 항시 그랬듯이 군사를 셋으로 나누었다. 좌익과 우익은 각 5천씩으로 하여 백비와 왕손 락으로 나눠 동서로 포진하고 자신은 8천의 본군으로 학익진을 펼쳤다. 남은 군사 4천은 예비대 같은 인상을 풍기면서 본진의 뒤편으로 배치했다.

장졸들은 분노에 떨었고 군마는 힘을 차렸다. 부차를 신처럼 떠받들면서 하나로 뭉쳐 한 번도 승리를 의심해본 적이 없는 군대이다. 학익(鶴翼)의 중심… 다소 물러난 꼬리의 위치에 자리를 잡고, 부차는 남보다 두꺼운 입술을 우물거리고 있었다. '구천은 어떻게 나올 것인가?' 누가 보아도 오나라 군사를 상대로 야전의 정공법은 승산이 없다. 그런데도 월군은 남쪽 언덕 아래 평원에서 한바탕 결전을 대비하는 태세이다. 부차의 기마 군사가 아무리 강해도 수백 리 진창길을 달려온 피로가 있다. 그래서 구천이 혹시라도 판단을 그르치고 있는 것은 아닐까? 그도 아니면 무슨 기발한 전법이라도 있는 것일까?

 문득 들판의 불길한 고요함이 조금씩 몸을 죄어오는 것 같았다. 직박구리 한 마리가 요란스럽게 울면서 골짜기를 건너갔다. 그러나 그뿐이다. 산새들은 이곳을 사람들에게 넘겨주고, 다른 평화스러운 산으로 이동을 한 뒤였다. 그들에게는 장엄하면서도 처절한 인간의 연무가 무엇 때문에 필요한 것인지 알 도리가 없었을 것이다. 회계성 전투 이래 7년 만의 일이다. 결전을 앞두고 부차는 좌우익의 장수들을 불러 모았다.

 "적은 남쪽 언덕에 진영을 꾸리고 있다. 명령이 떨어지면 지체 없이 군사를 세 갈래로 나누어 공격한다. 백비와 왕손은 좌우 양쪽에서 적을 교란하라!"

 "예…! 소장, 수명이요."

 부차는 다소 변형된 공격 태세를 택했다.

 "중앙군이 먼저 적의 중심을 격파한다. 방위선이 뚫리는 대로 어느 쪽이든 적의 본진으로 돌진해 진영을 헤쳐라! 그리고 마지막으로…."

 "마지막이… 또 있습니까?"

 "구천은 되도록 사로잡는다. 그도 안 되면 그 자리에서 쳐 죽여라. 누구든 구천을 잡거나 죽이는 자는 천금의 황금과 식읍 만 호를 내리겠다."

부차는 뿌드득 이를 갈았다. 말마디마다 분노가 배었다. 그가 일부러 전군을 오호 구릉의 남쪽 20리까지 남하시켰다가 반전하는 우회로를 택한 것은 적군을 유인해내기 위한 작전 행동이다. 구천이 야전으로 덤빈다면 부차의 작전은 성공하는 것이다. 부차는 이 싸움을 장기전으로 끌 생각이 전혀 없었다. 적을 야전으로 유인해서 일거에 섬멸하는 것이 부차의 목적이자 장기였다.

"누구는 저쪽 산허리로, 누구의 군사는 언덕을 끼고 오른쪽으로 돌아… 누구는 고개 양옆에 군사를 매복시키고… 서쪽 습지 방향으로는 부장 아무개가 진군하라…!"

군사를 열세 방향으로 넓게 전개하되 결국 한 방향으로 내리꽂히도록 세부 사항이 각 부대에 내려지고 드디어 전략 회의가 끝났다.

"내일 아침은 군사들을 배불리 먹이도록 하라."

저녁나절에 대왕의 명령이 하달되었다. 그 직후에 공격하겠다는 뜻이다. 장졸들은 긴장했다. 흥분한 말들의 거친 숨소리와 보란 듯이 대놓고 하품하는 소리, 오줌똥 싸는 소리, 엄청나게 큰 방귀 소리만 들릴 뿐 천지간에 소리를 내는 것이라곤 찾아볼 수 없었다. 그런 중에도 짙푸른 나뭇잎과 이제 막 단풍이 들어가는 절정의 풀잎은 폐부까지 물들이는 싱싱함을 바람에 실어 날랐다.

드디어 결전의 날이 밝아, 고동 소리가 울리자 부차의 수레가 진영 앞으로 나섰다. 9월이라고는 하나, 찌는 날씨였다. 뜨거운 갑주의 무게도 그랬지만, 몸에서 흐르는 땀도 그냥 땀이라고 할 수가 없을 정도였다. 그 어느 때보다 땀구멍에 한기가 솟는 긴장감이 감돌고 있었다. 부차는 소리 높여 적을 꾸짖었다.

"네 이놈, 구천아…! 인생이 불쌍해 살려줬더니 사악한 천성을 버리지 못하고 결국 배신했구나. 내 오늘 너를 죽이지 못하면 사람이 아니다."

구천도 말을 몰아 대여섯 걸음 앞으로 나섰다. 그동안 쌓인 울분을 실어 제법 야무지게 말을 받았다.

"부차대왕? 으하하하, 아직도 더러운 그 입을 놀리느냐? 오냐, 부차야…! 해묵은 빚을 받아야겠다. 원컨대 지더라도 도망가지 말고 그 자리에서 기다려라. 천하에 어리석은 네놈이 오자서를 죽였더구나. 세상 사람이 다 웃었다."

"닥쳐라! 이 비겁한 겁쟁이!"

"천만에, 닥치지 않겠다. 부차야! 하나 알려줄 게 있다. 네 아들 우(友)가 어떻게 죽었는지 알고나 있느냐?"

더는 참지 못했다. 죽인다! 대왕은 칼을 높이 쳐들었다. 구천은 위치를 숨기려는 기색도 없이 자신이 미끼 노릇을 하고 있었다.

"구천이 저쪽에 있다. 쳐라…! 저 도적놈을 죽여라! 구천의 목을 베는 자에게는 월나라를 주겠노라."

돌격의 큰북이 울렸다. 기마 군사들은 청동으로 만든 판갑(板甲)으로 가슴을 두르고, 말들은 마주(馬冑, 말 투구)를 씌워 위용부터 대단하다. 그에 비해 먼지를 뒤집어쓴 월의 보군들은 차라리 꼬무락대는 토란처럼 보인다. 공격 명령이 떨어지자 팔이 근질거리던 장졸들은 일제히 '와아' 함성을 지르면서 돌진했다. 드디어 울분을 터트릴 때가 온 것이다. 백비와 왕손의 군사도 돌진했다. 그들은 좌우익으로 나누어 골짜기를 우회하고 있었다. 세 방향, 열세 갈래의 군사가 산사태가 되어 밀어 닥쳤다.

들리는 것은 대지를 통해 전해오는 수천의 기마 말발굽과 수레바퀴의 울림에다 수만 보군들의 발자국 진동이다. 먼지가 태양을 덮고 황금빛 깃발이 바람을 타고 펄럭거린다. 누군가 달리지 않으려 해도 노도에 휩쓸린 것처럼 멈칫거릴 틈이 없다. 그런데 달리던 장졸들은 하나같이 일순 '뭔가 이상하다…'고 느꼈다. 돌격하는 군대는 보통 쳐라, 죽여라, 하고 고함을 지르는 게 보통이다. 짐승들도 싸울 때는 마구 으르렁거려서 상대의 기를 꺾으려 든다. 그러다가 어느 지점에서 쌍방의 물결이 부딪히고 그때부터 단병접전의 육탄전 형태가 되는 것이 일반적이다. 그런데 적은 한없이 조용하다. 마치 발바닥이 지면에 붙기라도 한 듯이 그 자리에서 움직이지 않았다. 달려오는 상대를 지켜보고 있을 뿐이다. 그런 생각도 잠시 한순간 흘러가는 머릿속의 상념일 뿐, 이미 그들의 행동은 멈칫거릴 이유도, 여유도 없었다. 거품을 무는 말, 굳어진 군사의 얼굴, 땀과 먼지로 범벅이 된 갑옷의 노도… 그런 것들이 일제히 땅을 울리며 돌진하고 있었다.

이에 대해 상대 진영에서는, 부장들이 당황하는 졸개들을 제지하기에 바빴다.

"온다. 온다! 아직 쏘지 마라."

"기다려라. 기다려! 바싹 가까이 끌어들여라."

하나둘 숫자를 세고 있던 범려는 드디어 명을 내린다.

"지금이다. 발석거(發石車)!"

북과 징소리가 한꺼번에 터져 나왔다. 이 소리를 신호로 맨 앞줄의 군사들이 일시에 좌우로 갈라서더니, 괴상하게 생긴 수레 수백 대가 나타났다. 세로로 기다란 수레 끝에 서너 장은 족히 넘을 기둥을 세우고 그 끝에 한 아름 통나무를 가로로 이었다. 통나무 끝에는 큰 국자 모양의 솥이 달렸는데 그 안에는 크고 작은 돌들이 가득 들어 있었고, 다른 한쪽 끝에는 어지럽게 줄들이 매여 있었다. 군사들이 우르르 나무 한쪽에 달린 줄을 잡고 힘껏 잡아당기면서 '와아' 함성을 질렀다. 달리고 있는 오나라 군사는 눈앞에서 벌어진 광경에 무슨 영문인지 몰라 어리둥절하고 있는데, 하늘을 가득 메우며 거대한 돌들이 날아왔다.

바로 동양 전쟁사에서 '범려의 발석거(發石車, 목제 수레로 지렛대 원리와 원심력을 이용해 적에게 돌을 던지는 장치)'로 유명한 신형 병기였다. 돼지 몸통만 한 돌덩이 천여 개가 큰 솥에 담겼는데, 수레마다 병사 80명이 매달려 줄을 잡고 돌을 발사했다. 산야를 울리는 굉음과 함께 돌들이 먼지를 일으키며 떨어져 내렸다. 우박이 쏟아지듯이 퍼붓는 돌은 방패나 투구로도 막을 수 없었다. 비명과 아우성이 여기저기서 쏟아졌다. 말에서 떨어지고 넘어지고 으깨지고 밟히는 군졸들이 속출했다.

독자들은 이런 투석기를 '피터 잭슨' 감독의 판타지 영화 〈반지의 제왕〉 제2편 '두 개의 탑'에서 보았다. 그래서 자칫 서양의 병기라고 생각할 수 있다. 그러나 이는 엄연히 중원에서 발명된 신무기이다. 서방의 국가가 투석기를 처음 본 것은, 이로부터 한참이나 세월이 흐른 AD 1,200년 칭기즈 칸의 손자 쿠빌라이 칸의 군사와 마주쳤을 때였다.

그런 와중에도 서슬 푸른 부차의 기마병은 핏발 선 눈을 부릅뜨고 적을 향해 내닫고 있었다. 그러자 다시 큰북소리가 울리고, 지금까지 진영의 양 날개에 매복해 있던 궁노수들이 일제히 화살을 메기기 시작하였다. 이 순간 보병들은 궁수들의 사격을 위해 무릎을 꿇었다. '지지이직…' 낡은 선풍기 날갯소리 같은 파공음과 함께 화살 메긴 황소 심줄 시위가 팽팽하게 당겨졌다.

"쏘앗!"

일순 허공을 가르는 화살 소리가 파공음을 내며 들판을 울렸다. 곧바로 하늘을 거멓게 덮으며 화살 비가 날았다. 월의 철궁은 신중한 연구를 거쳐 활의 만곡부를 제작하고, 시위는 황소의 심줄로 엮었다. 목표물을 조준하는 것이 아니라, 하늘을 보고 쏘는 눈먼 화살이다. 포물선 방향으로 쏘는 화살이 물결처럼 부드럽게 하늘을 가로질러 소나기가 되어서 떨어졌다.

다음 제2열, 다음은 제3열.

활은 살을 재우고 줄을 당기는 동작이 필요하다. 숙련된 궁수라고 해도 호흡으로 따지면 서너 번 정도의 간격이 생기는 법이다. 그 때문에 범려는 3개 열로 나누어 번갈아 쏘는 방법을 택했다. 첫 번째 대열이 전진하여 활을 쏘고 빠져나오면, 두 번째 열이 그 자리로 전진하여 활을 쏘고, 또 다음 대열이 뒤를 따르게 하여 쉬지 않고 화살이 날아가게 만드는 전진과 사격을 반복하는 전술이다. 명령에 따라 다시 화살을 메기고, 또다시 하늘을 뒤덮으며 죽음의 화살이 쏟아졌다.

그뿐만이 아니었다. 간간이 쇠촉 달린 굵은 화살까지 날았다. 노(弩, 쇠뇌)였다. 일종의 기계식 활이다. 전체가 동으로 되어 있고 화살을 놓는 가늘고 긴 대좌(길이 60cm)에는 고랑이 파여 있다. 거기에 강력한 활을 올려놓고 그 시위를 당겨 고리에 건다. 방아쇠를 당기면 고리에 걸린 시위가 풀리고 그 힘으로 화살이 날아간다. 이 기계는 《오월춘추(吳越春秋, 후한 시대 조엽趙曄의 작품)》에 소개되기를 초나라에서 발명되었다고 하는데, 사실은 범려의 작품이다. 훗날 월이 초에 멸망하는 바람에 초의 발명품이 되었다. 여기저기에서 장수들의 외침이 터졌다.

"적은 대비가 있었다. 조심하라. 엎드려라."

서로들 외쳤지만, 이미 내려진 명령에 따라 밀어닥치는 노도의 물결은 설사 부차라도 멈출 수가 없었다. 미망 무지로 적진을 향하여 질주

할 뿐이었다. 부나방이 되어 덤벼드는 기마 군사를 향해 조준도 없이 발사되는 폭풍 화살이 쏟아졌다. 하늘 가득 날아든 화살 비와 쇠뇌는 투구에, 팔에, 허벅지에, 말 등에 가리지 않고 꽂혔다. 특히 쇠뇌의 살은 굵고 무거워서 어설프게 당한 말이라도 당장에 무릎을 꿇고 나둥그러졌다. 때때로 가파르고 높은 쇠뇌의 파공음이 허공을 가르는데 악귀가 우는 소리 같아 사람과 말을 공포로 내몰았다. 순식간에 태반이 화살에 상하고, 특히 사람보다 몸집이 큰 말들은 살 맞은 무리가 많았다.

그렇다고 해도 한번 터진 공격의 물결은 멈추지 않았다. 청동제 비늘로 둘러싼 마갑 병사 하나가 결국 적진에 닿았다. 그는 벼르고 별렀던 창을 휘둘렀다. 그러나 미처 동작을 끝내기도 전에 날아든 화살이 그의 왼쪽 눈을 꿰뚫었다. 말이 뒹굴자 사람도 함께 뒹굴었다. 뒤이어 동료들도 화살의 빗줄기를 뚫고 결국 도달하였다. 사나운 군마는 시뻘건 잇몸을 드러내면서 포효하고 용사들은 분노로 치를 떨었다. 드디어 지금부터는 서로가 창칼을 부딪치는 백병전이다.

이에 월나라 군사는 검극 부대의 밀집 대형으로 대항하였다. 창날의 길이만도 한 자 다섯 치(약 45cm), 창대의 길이는 세 칸 반(약 6.3m)이나 되었다. 한 방향으로 장창을 내밀어 '창날의 벽'을 가지런히 세우고 달려오는 군마를 기다린다. 전력을 다해 달려오던 오군의 말들은 관성 때문에 금방 속도를 줄일 수가 없었다. 앞선 말이 멈추려 해도 뒤에서 밀고 들어오는 바람에 날카로운 창날의 숲에 스스로 머리와 가슴을 부딪치면서 죽어나갔다.

때맞춰 창날의 숲을 비껴간 군마에게는 훗날 진과(秦戈)라는 이름으로 불리는 낫 달린 창이 앞다리를 걸어 쓰러뜨렸다. 선두에 선 병졸들은 피를 흠뻑 덮어써서 아군이지 적군인지 구별하기조차 힘들었다. 오직 느낌과 말투만으로 피아를 가려낼 정도였다. 진형이 또 한 번 흐트러졌다. 곳곳에서 창과 군마가 세차게 부딪히면서 불꽃이 튀었다. 잘려 나간 머리는 여기저기 나뒹굴다가 사람 발과 말발굽에 짓밟혔다. 잘린 팔과 모가지에서 뿜어 나온 피가 사방에 흩날렸다. 장수들은 쉰 목소리로 계속 돌격을 외쳤고, 군졸들은 무기를 휘두르며 사력을 다해 혈투를 벌였다.

　월나라 군사가 새로운 전술을 들고나오자 천하무적 오군(吳軍)일지라도 한달음에 격퇴하기는커녕 점점 지쳐갔다. 악천후를 뚫고 힘든 길을 달려온 군사들이 체력적 한계에 부딪힌 것이다. 이맘때쯤 골짜기를 우회한 백비와 공손락의 좌우익 군사가 드디어 전장의 양 옆구리를 치고 나왔다. 때맞춰 부차의 말 앞에 창을 눕히고 움직이지 않던 4천의 예비 군사가 밀집 대형으로 치고 나왔다. 지리멸렬해 보이던 본대의 용사들도 제 몫을 했다. 땅바닥에 팽개쳐진 방패 뒤에서, 또는 괴롭게 헐떡거리며 널브러진 군마(軍馬)의 동체 뒤에서, 때로는 동료의 주검 밑에서 하나씩 둘씩 노련한 전사들이 유령처럼 얼굴을 디밀고 나왔다. 과연 실전으로 갈고 닦은 백전의 용사다웠다. 그들은 능숙하게 도끼를 휘두르거나, 적의 공격을 방패로 막으면서 짧은 칼로 적을 베어 넘겼다.

　전세는 다시 뒤집히는 듯했다. 그리 넓지 않은 평원에다 산과 산 사이에 갇힌 지형이라 말 울음소리도, 창칼이 부딪는 소리도, 단말마의 절규도 일제히 메아리쳐서 천지가 뒤흔들리는 아수라장이었다. 이기는 것 같다가도 무너지고, 무너지는가 하면 다시 뚫고 나와, 어느 편이 우세한 건지 분간할 수 없는 난장판이 이어졌다. 진형의 종심이 무너지고 바야흐로 싸움은 난전으로 뒤엉키고 있었다. 그런 가운데 어떤 자는 전사하고, 어떤 자는 적의 목을 베고, 휘두르는 적장의 칼날에 댕강 손목이 잘려 나간 자에다 비겁자라는 욕을 먹는 자 하며 누구 하나 기구하지 않은 인생이 없었다.

이때 전장의 모습을 주시하고 있던 대장군 범려가 영규를 불렀다. 그는 지난날 부차의 막사 앞에서 한을 품고 자진했던 영고부의 아들이다.
"영규 장군! 기마 군사를 출격하라!"
영규는 의천검을 빼 들었다. 이 검은 순수한 강철로 만들어졌으며, 길이가 5척, 폭이 1척에 달했다. 일반적인 패검보다 훨씬 컸고, 방패의 역할도 겸할 수 있도록 날이 넓었다. 그는 맹수처럼 몸을 웅크리더니 소리쳤다.
"원수를 치러 간다. 따르라!"
출격을 알리는 누런 깃발이 올랐다. 바야흐로 범려가 준비한 제4진의 공격, 기마 군사 3천의 공격이다. 기마병도 말도 하나같이 사납고 용감했다. 그들의 발밑으로 자욱하게 흙먼지가 말리고 구름처럼 피어오르고 있었다. 오군에 대하여 가졌던 공포와 패배감은 이미 과거의 유물이 되었다. 영규가 거침없이 묵갑을 철썩거리며 내달렸다. 부차의 대장기를 지키던 장수를 의천검 한칼로 쳐죽이고 기세를 몰아 깃발까지 베어 쓰러뜨렸다. 잠시 숨을 고르더니 그대로 큰 칼을 휘둘러 졸개 서넛을 동강 내고는 희번득이는 눈을 돌려 부차를 찾고 있었다.
오군은 군대의 권세와 위엄을 드러내는 수기(帥旗)가 두 동강이나 쓰러지는 것을 보자 더 이상 싸울 마음이 내키지 않았다. 누너기가 된 진형은 작은 덩어리로 갈라져 허우적거린다. 마치 개미 떼에 뜨거운 물을 부은 형국이었다.
궁노수들이 퍼붓는 화살 비는 이제 더욱 가까이 다가와 부차의 일산이며 수레 덮개에까지 꽂혔다. 그나마 혼전 중인 전장도 있었지만 대체로 오군은 궤멸당하고 있었고, 적은 기고만장했다. 군사를 잃고 외로운 몸이 된 장수들이 대왕의 주위로 몰려들기 시작했다. 그러나 부차는 오히려 말의 배를 걷어차면서 전장으로 달려 나갈 기세이다. 백비가 왕이 탄 말의 재갈을 움켜잡았다. 말은 쉽사리 그 속도를 억제하지 못해서 자꾸만 땅을 찬다. 백비가 외쳤다.

"피하셔야 합니다. 어서 퇴각 명령을 내리십시오…!"

"놓아라. 어서 놓지 못하겠느냐?"

"오늘 싸움은 이미 진 싸움, 일단 물러갔다가 다시 군사를 정비하면 될 일입니다. 대왕! 어서!"

왕은 나지막하게 신음했다. 그가 모르는 사이에 전쟁의 방식이 바뀌어 있었다. 그 시각에도 피땀으로 애써 키운 장졸들이 도처에서 목이 잘리고 있었다. 결국 말머리를 돌릴 수밖에 없었다. 대왕의 신호에 따라 드디어 퇴각의 징 소리가 울린다.

이름 있는 장수부터 분분히 달아나니 평소 조련은 간데없고 짓이겨 밟히는 아비규환의 혼란을 연출하였다. 삼삼오오 밭두렁이나 숲속 오솔길, 길도 없는 습지로 무턱대고 도망친다. 살길을 찾아 일시에 흩어지는 메뚜기 떼를 연상케 하였다. 월의 기마군사의 숫자가 적었기에 그나마 도주가 가능한 것이다.

"한 놈도 살려 보내지 마라. 쫓아라. 추격해라! 부차를 잡아라! 죽여라!"

그날 오군(吳軍)은 한 번 싸움에 1만여 명이 죽고 상했다. 그에 비해 혼전 중에 죽고 다친 월나라 군사는 그 반이 채 안 되었다. 완벽한 구천의 승리였다.

이제 전쟁의 양상은 변했다. 지금까지의 전쟁은 중무장한 병거 위에서 오랜 세월 무예를 연마한 용사끼리 1대 1로 싸우는 격투가 기본이었다. 요컨대 한 사람 한 사람 용사의 승리가 쌓여 전군의 전세가 결정되고 거기서 승패가 갈렸다.

그런 상식에서 본다면 긴 창을 내밀어 창칼의 숲을 만드는 집단의 전쟁은 지금까지 못 보던 방식이다. 창을 쓰는 방법도 치켜들고 후려갈기는 다양한 자세보다는 꼬나 잡고 찌르는 한 가지를 택했다. 이제까지 숙달된 군사 하나를 키우는 데 10년, 또는 20년이 걸리던 것이 길어야 몇 년이면 제 몫의 병사를 만들어낸다. 이로써 전쟁에 존재했던 신분의 장벽이 깨지고, 귀족의 전쟁이 아니라 평민 병사의 활과 보병전이 전투의 중심이 된 것이다. 전국시대로 가는 전쟁 형태의 변화로서 멀리 서성거리던 미래가 성큼 다가섰다.

전장에는 고통의 신음과 단말마의 비명뿐, 버려진 무기를 수습하고 갑옷을 벗기는 뒷정리 부대가 부산스럽게 잡동사니들을 뒤지고 있었다.

부차는 한달음에 노나라 국경, 거야(鉅野) 땅까지 쫓겨 갔다. 사상자가 많아 단위 부대를 해체하고 새롭게 대오를 편성했다. 오랫동안 쌓아 올린 명성이니만치 붕괴할 때의 허망함이 더했다. 그날 밤 백비가 왕의 막사를 찾았다. 부차는 불도 밝히지 않은 어둠 속에서 속을 끓이고 있었다. 백비가 말했다.

"노나라가 지원군을 보내려면 빨라도 한 달은 걸립니다. 일단 월과 휴전을 하는 것이 어떻겠습니까? 막상 일을 저질렀지만 구천도 걱정이 앞설 것입니다. 지금은 적의 기세가 저리 기고만장한지라 달래서 보내는 것이 상책입니다…. 향후 우리 군사가 진용을 갖추는 날 일거에 쓸어버리면 될 일입니다…."

"당치도 않다…. 배은망덕한 행실을 어찌 두고 볼 것이냐?"

말은 그랬지만 뚜렷한 방법도 없었다. 화친의 조서는 이랬다.

"…월나라 군주에게 아뢰기를…! 지금 돌이켜 보면 회계 싸움 이래 7년 동안 우리 양국이 참으로 평화롭게 지낸 세월이었소. 잘잘못을 떠나 농사철이 다가오는데 백성의 고충을 생각하여, 지난날 우여곡절을 덮고 두 나라가 다시 화친하기를 정중히 요청합니다. 군주께서 바라신다면 삽혈의 맹세도 기꺼이……."

월의 진영을 찾은 백비가 예까지 읽었을 때, 구천은 자리에서 벌떡 몸을 일으켰다. 국서의 내용을 들을수록 자신이 회계에서 부차에게 무릎 꿇던 치욕이 되살아났기 때문이다.

"그만 읽게! 삽혈이라고? 그런 가식과 위선의 맹세가 무슨 소용이 있겠는가? 그만하면 됐네. 부차의 뜻을 알았으니 백비 승상은 돌아가서 전하라. 과인은 이 국서대로 할 것이니 부차왕도 화친의 내용을 충실히 이행하라고… 싸움은 끝났네."

구천은 상처 입은 사냥감의 숨통마저 끊는 모험을 벌이지 않았다. 그만치 승리가 절박하고 소중했다.

장막 사이를 한 줄기 바람이 헤집고 들어왔다. 서안 위에 놓였던 비단 국서가 구천의 몸에 착 달라붙었다. 그러고도 힘이 남은 바람이 막사를 부풀게 하였다. 천막은 하얀 생물처럼 펄렁대다가 스스로 사그라졌다. 불빛에 비친 구천의 실루엣은 엄청나게 크게 일렁거렸다.

구천왕은 오와 휴전하고 전리품과 배상금을 싣고 돌아갔다. 바람이 불면 다북쑥은 절로 눕는다고 했던가? 열국은 한편으로 놀라고 한편으로 감탄하면서 앞을 다투어 사신을 보내고 선린 우호를 요청하였다. 월의 지위는 하루가 다르게 높아지고 있었다.

제32화

도롱이를 관(棺) 삼아 묻히다

BC 475년 봄, 남녘에서부터 싱그러운 바람이 불어온다. 참새 혀 같은 새순이 여인의 손길을 기다리고, 찻잎 따는 처자들의 마음부터 바빠지는 계절이다.

회계성 서문 밖에 있는 문종의 저택에 다저녁때 손님이 찾아왔다. 하얀 머리카락에 수염조차 은회색인데 학창의를 입고 있다. 문종이 버선발로 뛰어나와 이 기인을 맞았다. 그는 초나라 대부 신포서였다. 신포서가 누구이던가? 왕년에 나라를 살리기 위해 진(秦)까지 가서 구원병을 끌고 온 인물이다. 20년도 더 된 그 이야기는 전설이 되어 오늘을 사는 관원들의 귀감이 되고 있다. 그가 회계성에 나타난 것이다.

"어떻게 이렇게나 빨리? 이 사람은 내달께나 뵐 것으로 예상했습니다."

"오래 걸릴 게 무에 있겠소? 노부는 진즉부터 대인의 전갈을 기다리고 있었습니다. 핫하하… 적어도 재상 대인이라면 우리 군사들의 창검을 헛되이 놀리지는 않을 것이라고요."

이쯤 되니 구구한 설명이 따로 필요 없이 이야기는 바로 본론으로 들어갔다.

"내달 스무 날이 어떻겠소?"

"그게 좋겠지요. 그러면 우리 군사가 귀국의 땅을 거쳐 함께 오(吳)의 변성을 치도록…. 하하, 부차도 깜빡 속을 것이외다."

"그러시면, 앞으로 영토의 경계는?"

"그야, 점령한 부분은 그대로 초의 차지로…. 단지 회수(淮水)를 넘지 않는 선에서…."

구천과 범려는 이제 마지막 단계를 기획하고 있었다. 그리고 이들은 대단히 기발한 속임수를 개발하였다.

《사기(史記)》에는 이들의 작당을 이렇게 기록하였다.

"월나라 군사가 초나라를 침공했다. 이로써 오나라를 속였다. (越人侵楚而誤吳也, 월인침초이오오야)"

이게 무슨 소리인가? 원래 적의 적은 친구이다. 그래서 월나라와 초나라는 맹방이 되었다. 자고로 국가의 이상이란 있을 수 없고, 오로지 이기주의가 있을 뿐이다. 양쪽 군사는 변경에서 짐짓 무력시위를 벌였다. 그러면서 월이 초를 침범했다는 소문을 퍼뜨렸다. 설마…? 오로서는 그보다 좋을 수 없는 희소식이었다.

부차는 이 상당한 고급 전술의 음모를 알지 못했고, 변경의 일부 수비대를 뒤로 뺐다. 그를 기다렸다가 월, 초 양군은 오의 변경을 동시에 침범하고 전면 전쟁에 불을 붙였다. 초군은 내친김에 그대로 서성 땅으로 진군했다. 서성 땅은 지난날 패망한 서(徐)나라와 종오나라, 그리고 오, 초가 인접한 접경지대로서 수시로 주인이 바뀌는 전략적 요충지이다. 드디어 초까지 참전한 것이다. 그나마 유지되던 힘의 균형추가 기울기 시작했다.

구천이 오호의 싸움에서 이기고도 군사를 물린 데는 그럴만한 이유가 있었다. 월의 전술과 병력은 충분하게 강했으나, 완전하지는 못했다. 혼전 중에 긴 창의 벽이 무너지는 일이 있었고, 기마 병사의 숫자도 충분치 못했다.

구천은 전술을 보강하는 한편 열국 간 외교의 문제에도 힘을 쏟았다. 먼저 북방의 강자 진(晉)나라에 국혼을 요청하여 하나뿐인 딸을 시집보냈다. 말이 혼인이지 인질에 가까운 결혼이었다. 초와 제(齊)에게는 빼앗긴 땅을 되찾게 해주겠노라고 동맹을 요청하였다. 특히 초나라는 지난 시절 오와 원한이 사무친 데다 한동 땅을 되찾을 욕심에 선뜻 군사동맹에 응했다. 아직은 고소성 안에 부차라는 존재가 멀쩡히 자리하고 있었지만, 열국은 그의 쇠락을 느끼고 있었고 오나라는 누구에게나 구미가 당기는 먹이였다.

이번 싸움은 국지전으로 시작되었다. 도양(堵陽)성, 서악산성, 박망성이 연이어 함락되고, 지나는 길에 자잘한 산성 몇 개가 우려 빠졌다. 성 하나를 빼앗으면, 월군은 멀쩡하게 공격을 멈추고 점령 지역의 민심을 수습하여 월의 영토에 편입하였다. 그 신속성과 의연함은 마치 두꺼비가 파리 한 마리를 날름 삼키고 짐짓 모르는 척하는 꼴이었다. 양국의 국경은 끊임없이 바뀌면서 고소성 쪽으로 조여들었다.

때맞춰 진(晉)이나 제(齊)의 군사도 국경을 위협하였다. 오군(吳軍)은 적어도 서너 방면에서 출전을 저지당하고 있었다. 제3세력, 제4세력이 연이어 전장에 등장했다. 권모술수적 외교의 총체적 결과였다. 그에 비해 오나라의 전통적인 우방 노나라는 사태를 아예 외면하고 물러앉았다. 숭원의 강호들이 모두 무자의 석이며 그늘이 손을 맞잡고 오를 두들겨 대는 판국에 섣불리 편을 들 수도 없다. 부차는 너무 많은 원수를 맺었다. 누가 보더라도 운명의 수레바퀴는 파국을 향해 굴러가고 있었다….

시기가 무르익자 구천의 주력군이 움직이기 시작했다. 딴은 구천의 성격에 조급증이 들 때도 되었다. 월나라 군사는 당당하게 북진했다. 뭍 군사는 취리에서 서진하고 수군은 배를 타고 바다에서 강 하구를 따라 북상했다. 부차가 건설한 운하로 인하여 월나라가 선택할 수 있는 길은 너무나 많았다. 바다와 강과 호수가 모두 그들의 이동로였다. 구천은 이제야말로 한발 한발 확실하게 부차의 목을 조여들었다.

BC 473년, 오왕 부차 23년, 침략군이 마침내 고소성에 닿은 것은 9월이었다.
"성은 오늘 밤을 넘기기가 어려울 것이다."
이런 풍문이 돈 것도 하루 이틀이 아니다. 범려는 날이 새기 전에 돌격대를 편성하였다. 강남 최고의 도시 고소성이 나무꾼 초동의 길조차 끊어진 게 이미 여러 날이다. 도성 안의 인심이 흉흉한 가운데, 날은 여전히 찜통이었다. 어제까지 구름 한 점 없는 하늘이 계속되더니, 오늘 아침은 그나마 동남풍이 시작되고 있다. 해가 달면 뜨거울 징조이다. 월군은 상대의 주력이 집결한 동문은 대강 피하고, 대신 병력의 반 이상으로 서문 쪽을 공략하였다. 그야말로 소리는 동쪽에서 내고, 치기는 서쪽부터 하는 성동격서(聲東擊西)의 계책이다.
구름사다리와 충차(衝車)가 서둘러 나섰다. 누군가는 아군의 어깨를 밟고 성벽을 기어올랐고, 누군가는 전우의 시체를 발판 삼아 성문에 충차를 부딪쳐갔다. 훈련이 잘된 군졸들은 군령과 상관없이 본능적으로 성벽을 향해 달려들었다. 마주하는 오군의 반격도 만만치 않아 공격군의 손실도 갈수록 커질 수밖에 없었다. 서로 부딪치면서 부서진 검과 창의 파편이 낙엽처럼 휘날릴 정도로 격한 전투가 벌어졌다.
이날, 지지부진한 전세를 바꾸어 고소성 함락의 공을 세운 것은 영고부의 아들 영규였다. 선봉을 맡은 영규는 깃발을 흔들며 소리쳐도 아무 소용이 없자 아예 직접 말을 몰고 성벽 쪽으로 향했다. 갑옷 위에 꽂힌 몇 발의 화살 따위는 거들떠보지도 않은 채, 구름사다리를 오르는 군졸들을 격려하였다.

"쳐라! 쳐라! 성벽을 타라."

호성하(護城河)는 이미 메워진 지 오래고 성루 역시 부서져 문짝과 기둥을 갖다 댄 곳이 많았다. 성벽 아래에는 양군의 시체가 켜켜이 쌓이다 못해 언덕을 이뤄 시체를 발판 삼아 성벽 위로 오를 수 있을 정도였다. 앞다투어 성벽 위로 뛰어오른 월나라 군사들에 의해 빗장이 벗겨지고, 바깥에서 들이치는 힘에 돌쩌귀가 내려앉았다.

한바탕 힘과 힘이 부딪히고 피가 뿌려지는 분탕질 끝에 성문이 잡아뜯기듯 열리고, 영규를 선두로 기마 군사들부터 함성을 지르며 성문을 질주하였다. 남의 피를 뒤집어쓴 악귀 같은 보졸들도 분분히 뒤를 따랐다. 백성과 군사들은 이때까지도 민가의 문짝을 방패 삼아, 혹은 지붕에 올라가 기왓장을 내던지며 완강히 저항했다. 미친 듯이 돌진하는 선봉이 돌, 기와, 곤봉에 맞아 쓰러지면 뒤따르던 군사들이 고통에 신음하는 그들을 지끈지끈 밟고 지나갔다. 쌍방의 시체가 금세 성문 거리를 그득히 메우는데, 망루 처마에서는 말라비틀어진 오자서의 눈알이 묵묵히 그 지옥도를 내려다보고 있었다. 그래도 한때는 천하 패자의 자리에 있었던 고소성이 이리 쉽게 함락된 것은 원래 오군이 야전이나 수전에 능숙한 대신 농성에 약한 탓도 있었지만, 전선이 여러 갈래로 살린 탓이 컸다. 서쪽 초나라 변경에만 해도 1만의 군사가 접전 중이고, 북방 진, 제 쪽에도 7천의 정예가 묶여 있었다.

부차는 결국 월나라 군사가 바깥 성에 들어왔다는 보고를 듣고 양산(陽山)으로 피신했다. 양산은 얕은 흙산이다. 외성이 뚫린 이상 본성과 아래 성까지 무너지는 것은 그야말로 시간문제이다.

그날 종일토록, 양쪽 군사는 성안에서 치열하게 시가전을 펼쳤다. 창칼이 맞부딪혀 불꽃이 튀고, 찢어지는 여인의 비명과 솟구치는 사람의 피로 온종일 처절한 피바람이 일었다. 시가는 불붙어 떨어져 내리는 건물과 사람의 울부짖음으로 아비규환을 연출하였다. 오나라 군사가 그런대로 종일을 버틸 수 있었던 것은 졸개들의 비장한 각오 때문이었다.

"죽을 곳을 찾는다. 이젠 끝장이다."

밥 짓는 인부들조차 식칼을 고쳐 잡고 전장에 나섰다. 20년간이나 예속민으로 내려다보던 속국에 항복하기에는 쌓인 감정과 자존심이 너무 깊었고, 배신에 대한 윤리적 불쾌감이 깊었다. 오와 월이 이웃하고 있으나 그 둘은 타고난 기질부터 차이가 있다. 오나라는 극단적인 농민형으로 외곬으로 사람을 대하며 고지식하기로 이름 있는 기풍이다. 그에 비해 월은 잇속이 빠르고 진취적이며 때로 예술성까지 갖추고 있었다. 오나라 사람들이 볼 때 월인(越人)은 눈치가 빠르고 사기를 잘 친다는 평을 하였다. 때로는 교활하다고까지 비하하였다. 이 시대의 민중은 자아가 강한 자존심의 소유자들이다. 오늘 고소성 백성들이 스스로 목숨을 내려놓는 이가 많은 이유도 그런 기질에 있었다.

"안 그런가! 이대로 마른 가랑잎처럼… 밟혀 죽는 것보다는 싸우다가 죽고 싶다!"

"한때나마 무적의 군대로서 항복이라는 말은 배우지를 못했다. 기왕지사 망한 마당에 성을 베개 삼아 전사하자!"

"흐흐흐… 그냥 죽지는 않는다."

최후의 순간에 대의와 명분으로, 또는 울분으로 목숨을 던지는 것은 의외로 졸개나 민중일 수가 많다. 그들은 뜻대로 되지 않는 삶의 궤적을 적에 대한 증오로 표출하였다.

시가전에서는 특히 월의 장수들이 곤욕을 겪었다. 오자서가 생전에 조성한 저잣거리는 하나같이 담이 높고 여덟 방향으로 똑같은 형태의 골목을 늘어놓아 누구라도 길을 잃고 헤매기가 십상이었다. 분명 도로지만 교통의 편리나 미관보다 유사시에 '수비의 도시'로 설계된 수많은 미로 골목은 침입자들을 혼란에 빠뜨렸다. 벌집 같은 골목 굽이마다, 꺾음새마다 패잔병들이 저승길 동행을 찾고 있었다.

"이왕 죽을 바에는 장수 놈과 싸우다 죽어야지…."

"내 길동무가 바로 저놈이구나…."

머리는 잘렸지만, 몸통이 살아 있는 뱀 괴물처럼 여기저기에서 침략군을 노리는 화살이 쏘아졌다. 곳곳에서 난전이 벌어졌다. 싸움은 무질서하게 흩어지고 지휘가 없었기에 희생자도 많았다. 왕년의 용사들을 대략이나마 정리한 것은 서산에 해가 한 뼘 남짓 걸린 해거름이었다. 길목마다 널린 시신과 부상자들이 뒹굴고 있었고, 주검들의 표정은 제각각이었다…. 부상자라야 움직일 수도 없을 만큼 중상을 입은 자들이었지만, 그들이 기어간 뒤로 길게 핏자국이 이어졌고, 흥분할 대로 흥분한 그들은 입으로는 아직도 싸움을 계속하듯이 북북대며 이를 갈았다. 침략군은 이에 아랑곳없이 샅샅이 민가를 수색해서 마루 밑이나 헛간, 또는 부엌 아궁이에 숨은 젊은 사내들을 끌어내 베었다. 토막 난 시신과 덜 죽은 자들까지 모아서 우물을 메웠다.

시간은 모든 것을 해결한다. 어느 쪽으로든지…. 그날 하루, 이미 승패가 드러난 싸움에서 침략군에게 맞서다 죽은 군사와 관리와 백성은

5~6천에 달했다. 부차로서 그나마 유감이 덜한 것은, 장졸과 백성들이 용전분투하여 의리를 지켜준 것이었다. 그런데 이 와중에서 성안 어디에서도 평화론자 백비의 모습은 찾아볼 수 없었다. 구천이나 문종이 사실은 자신을 경멸한다는 것을 그도 진즉부터 감지하고 있었다.

어느덧 창칼 부딪는 소리가 그치고 침략군은 양산을 겹겹이 포위하였다. 이때 부차의 곁을 지키는 시위 군사는 100여 명에 불과했다. 성벽은 있었지만, 말린 흙벽돌을 쌓은 정도로, 농성할 수준도 못 된다. 그야말로 고립무원의 처지이다. 지금 부차의 머리를 차지하고 있는 것은 수몽왕 이래 100여 년을 이어온 오나라가 망한다는 기막힌 사실뿐이었다.
"도대체 왜…? 나는 그토록 형편없는 군주였던가…?"
한편으로는 거대한 각본 아래 이미 예정된 일처럼 여겨지기도 하였다. 잠시 멀어졌던 함성이 차츰 가까워지더니, 결국 구천왕까지 당도한 모양이다. 그들은 마치 그물에 걸려든 참새를 구경하듯 토성을 에워싸고 있었다. 구천이 제계영을 시켜 부차를 부르게 하였다. 부차와 함께 제나라 전쟁에도 참전하였던 제계영의 목소리에는 일말의 안타까움이 묻어 있었다.
"아무리 임금이라도 세상에 죽지 않는 사람이 있습니까…? 누구나 결국 한 번은 죽기 마련입니다. 하필 대왕은 꼭 우리 군사의 칼날 아래 죽기를 바라십니까?"
부차는 허물어진 토성 뒤에서 잠시 숨을 고르고 있었다. 대여섯 평이나 될까? 마침 그곳에는 키 작은 나무도 없이 말먹이 부드러운 풀이 무성했다. 풍요로운 가을의 긴 풀은 무엇이 신나는지 휘휘 늘어져 발에 성가시게 걸린다. 갑자기 부차가 '헛허허…' 하고 웃었다. 전쟁에서 지더라도 임금은 죽이지 않는 것이 관례인데 굳이 목숨을 빼앗겠다는 것은 오늘로 두 나라의 다툼을 끝내자는 말이다. 부차에게도 차라리 그게 편했다. 분기탱천하거나 저항할 마음도 없었다. 지금 그에게는 오히려 당장 얼굴에 쬐는 볕살과 더위가 더 귀찮은 문제였다. 미풍이라도 불어올 기색은 없었고, 땡볕을 가릴 만한 그늘도 없었다. 평소 일산을 마다하던 부차였지만 이 순간만은 진정으로 내리꽂히는 햇볕이 싫었다. 곧 해가 질 터이지만 발악적인 늦여름의 뙤약볕은 패망한 군주에게 너무도 잔인했다. 부차는 칼자루를 짚고 엉거주춤 일어섰다. 이마에서 목언저리까지 땀이 흠뻑 밴 얼굴은 흙빛이었다. 눈앞에서 펼쳐지는 광경이 어쩌면 자신과 관계가 없는 희미하고 먼 영상같이 느껴졌다. 부차는 더듬더듬 왕손 락에게 유언을 전했다.

"할아버지 합려대왕과 오 상국을 볼 면목이 없구나…. 내 죽거든 얼굴을… 덮어다오…."

왕의 유언치고는 너무나 소박하였다. 망하는 나라에서 당부할 말도 부탁도 없었다. 어디서부터 잘못되었을까? 부차는 천하 경영을 추구하면서 구천을 살렸고, 구천은 그런 부차의 등줄기에 숨겨둔 칼을 꽂았다. 지나친 자신감에다 늙은 신하에 대한 어긋장이 몰락을 재촉하였다.

부차는 촉루검을 뽑았다. 몇 해 전 자신이 오자서에게 보냈던 바로 그 칼이다. 기울기 시작하는 햇살이 칼날에 반사되어 번쩍 빛을 발하더니 그대로 목덜미에 꽂혔다. 쓰러진 물병에서 물이 쏟아지듯 핏줄기가 콸콸 쏟아졌다. 왕손은 윗옷을 벗어 죽은 형의 얼굴을 덮었다. 그런 후에 그도 목을 찔러 자결하였다.

"형님 대왕! 가는 걸음 좀 늦추세요. 이 몸도 함께 가요!"

때맞추어 양산 자락을 떠돌던 까마귀 한 마리가 시끄럽게 울고 갔다. 구천은 막상 부차의 주검을 보고 눈을 감았다. 그토록 미워하던 라이벌의 죽음을 맞아 오히려 어떤 무상함을 느낀다. 오늘 죽은 것은 부차인데 구천은 왠지 자신의 최후를 보는 것같이 허무를 느꼈다.

곳곳에서 사람 피 냄새에 홀린 까막까치 떼가 날카롭게 짖으면서 소란을 떨고 있었다. 주변에는 이제야 전쟁이 끝났다는 안도감에 군졸들이 불꽃처럼 들끓으며 만세를 불러대는 통에 환호성 소리가 하늘까지 울렸다. 구천은 시신을 뒤집으려는 군졸을 말렸다.

"옮기지 마라…! 그냥 그 자리에 묻어주거라…."

어디서 구해온 것일까, 관(棺) 대신, 해진 도롱이 한 짝을 등짝 위에 덮었다. 승자는 역사로 남고 패자는 전설로 남는 법, 순식간에 양산 구릉에 큰 흙무덤이 생겼다. 부차의 왕자 지(地)는 용미산(龍尾山) 아래 식읍을 내려 살게 하였다. 그러나 유배지에 도착하기도 전에 왕자와 시종들은 문종의 군사들에 의해 빠짐없이 도륙당하였다. 점령군은 도적의 소행이라고 발표하였으나 그대로 믿는 사람은 없었다. 패망한 나라의 왕자를 살려두는 것은 불을 끄고 불씨를 살피지 않는 것과 같다.

강물의 아래위를 단칼에 나눌 수 없듯이 역사도 단칼에 두 단계로 나누어질 리가 없다. 춘추시대와 전국시대의 구분도 어떤 변화가 계속 이어져 마침내 전국시대가 왔을 것이다. 그 변화의 하나가 싸움에 진 제후의 처리이다. 춘추시대에는 상대의 항복을 받아들이고 식읍까지 내려 조상의 제사를 받들게 했다. 그러던 것이 7명의 제후가 모두 왕을 칭하고 나선, 전국시대에 와서는 후환이 두려워 아예 멸족을 시켰다. 그것이 전국의 법칙이며, 그 경계가 오월의 싸움을 종지부 찍은 부차 일가의 죽음이었다. 그야말로 시간을 넘어 시대가 바뀌는 상징적인

한 사건이었다. 이때 죽은 부차의 나이 마흔여섯이었고, 구천은 그보다 세 살이 더 많았다.

구천의 군대는 내친김에 회수(淮水)를 끼고 북쪽으로 진군하였다. 드디어 제(齊), 진(晋), 송(宋), 노(魯) 네 나라와 회견하고 동맹을 맺었다. 회맹을 마친 구천은 곧바로 왕실로 사신을 보내어 존왕양이(尊王攘夷)의 맹세와 공물을 바쳤다. 구천이 계속 진군할 건가, 어쩔 것인가 눈치를 살피던 왕실에서는 그야말로 이를 데 없이 반가운 일이었다. 부랴부랴 승리를 치하하고 종묘에서 제사 지낸 고기를 내렸다.

부차도 황지 회맹을 통해 패자의 자리에 오르기는 했으나 제사 지낸 고기를 받지는 못했다. 회맹 도중에 구천이 싸움을 걸어왔기 때문이다. 구천은 빼앗은 오나라의 영토로 열국에 인심을 쓰기 시작했다. 초나라에는 회수 일대의 땅을 떼어주고, 노나라에는 사수(泗水) 동쪽 100리 땅을, 송(宋)에도 지난날 오나라가 빼앗았던 땅을 다 돌려주었다. 열국은 구천에게 감사하고 그를 패왕으로 불렀다. 구천이 영토 인심을 베푼 것은 장차 있을, 오의 부흥 운동에 대한 열국의 지원을 막는 방파제 역할에 있었다. 단순하고 시원시원한 부차에 비하여 교활한 구천은 단수가 높아 폭력과 술책을 동시에 쓸 줄 알았다.

제33화

사냥개를 삶다

이런저런 조치가 일단락되고, 정식으로 승리의 연회가 열렸다. 덜그럭거리는 갑옷으로 무장한 장수들이 다섯 줄로 늘어앉은 연회장에는 수백의 여인들이 술과 안주를 날랐다. 시위 군졸들이 등에는 삭(槊, 자루가 1장 8척이나 되는 긴 창)을 매고 손에는 극(戟, 창끝이 초승달 모양으로 두 가닥으로 갈라진 창)을 든 채 양옆에 늘어섰다. 열 발짝에 하나씩 횃불을 들고 있는 그들 덕에 주위는 대낮같이 밝았다.

악공들이 연주를 시작했다. 피리와 생황을 불고 슬(瑟)을 타고 현을 튕겼다. 왕실에서 주로 쓰는 편종(編鐘)까지 동원되어 장중하고 우아하게 연주되는 악곡은 졸졸 흐르는 냇물처럼 은은하게 이어졌다. 한때 마구간 노비 구천이 꿇어 엎드린 채 들었던 바로 그 음악이다.

수레에 함께 탄 여인	유녀동거 (有女同車)
얼굴이 활짝 핀 꽃처럼 곱구나	안여순화 (顏如舜華)
사뿐히 나르는 동작	장고장상 (將翱將翔)
반짝거리는 패옥 노리개	패옥경거 (佩玉瓊琚)
그녀는 강씨네 맏딸	피미맹강 (彼美孟姜)
진정 아름답도다	순미차도 (洵美且都)

함께 수레 탄 여인	유녀동행 (有女同行)
얼굴이 꽃부리처럼 곱다	안녀순영 (顔女舜英)
사뿐히 나르는 동작	장고장상 (將翱將翔)
패옥은 찰랑거리네	패옥장장 (佩玉將將)
예쁜 강씨네 맏딸	피미맹강 (彼美孟姜)
그 목소리 아른거리네	덕운불망 (德音不忘)

공자의 《시경》, 〈국풍〉 중 정풍(鄭風)편, '유녀동거(有女同車, 여인과 함께 마차를)'

정(鄭)나라 정풍은 음란하고 변태적이기로 유명하다. 악곡도 간드러진 음색의 축(筑, 대로 만든 비파처럼 생긴 현악기)으로 끊어질 듯 이어지며 경계를 넘나들다가, 어느덧 야릇하면서 몽환적인 분위기를 연출하였다. 이 노래 '유녀동거'는 남녀가 함께 마차를 타고 나누는 드라이브 데이트, 또는 진동이 있는 성희의 표현이다. 한때는 색다른 감흥을 즐기는 호사가들 가운데 느린 마차의 진동이 신드롬이 되어 말 대신 당나귀가 끄는 달구지가 유행하던 시절도 있었다. 마차가 흔들리니 여인의 귀걸이도 한들한들, 패옥 노리개도 찰랑찰랑(將將, 장장, 의성어) 소리를 내며 박자를 맞추듯 분위기를 돋운다. 그런데 왜 하필 '강씨네 맏딸'일까? '강씨'는 제나라 공실의 성씨인데, 예로부터 인물 좋고 음란하기로 유명했다. 특히 여자들의 혼외정사가 심하여 시집가는 공실마다 분란을 일으켰다. 그러다 보니 이 시절 '강씨'는 예쁘고 자유분방한 여인의 대명사가 되었다.

공연장에는 무희들의 춤사위가 한창이다. 여자들은 하나같이 바짝 틀어 올린 머리, 벌거벗은 가슴, 하반신을 다 가려주지도 못하는 알록달록한 천 조각 차림을 하고 있었다.

춤은 뇌쇄적이었다. 마차의 흔들림을 흉내 내듯이 자잘하게 젖가슴을 흔드는 율동과 물 흐르듯 부드럽게 스치는 긴 다리의 움직임이 사내들의 얼을 빼놓았다. 효과음과 함께 오른쪽 발로 바닥을 탕탕 구른 뒤, 벌렁 몸을 뒤집어 뛰어오르는가 싶더니 그대로 공중제비를 넘었다. 나실나실한 치마가 훌러덩 뒤집히고, 순간 번들거리는 사내들의 눈이 한꺼번에 여자들의 가랑이 사이에 꽂힌다.

"이힛!"

"좋구나!"

장수들이 저마다 기성을 질렀고, 몇몇은 여인의 체취를 참다못해 무희들의 꽁무니를 따라붙었다. 이따금 깜짝 놀랄 만큼 자지러지게 밝은 여인의 웃음소리가 들렸다. 어제오늘 참혹한 현장을 경험한 여자들이다. 공포와 생존 본능이 그들을 형편없이 비굴하게 만들어 어떻게 해야 목숨이 부지되는지 본능적으로 체감하고 있었다.

넓은 대전에서는 비파와 해금의 가락에다 통쾌한 웃음으로 세상없이 떠들썩했지만, 정작 구천은 담담하게 그들을 훑어보고 있었다. 그는 지금 부차의 옥좌에 앉아 있다. 호피가 깔린 대리석 옥좌는 일찍이 수몽왕 이래 오(吳)의 대전을 지켜온 군주의 왕좌이다. 이 몇 달 동안 많은 일이 미리 계획이라도 해둔 듯이 일사천리로 진행되었다. 그의 가슴에는 이긴 자와 패한 자, 멸망하는 자와 흥하는 자, 세상의 그 엄연한 승부와 현실의 파동이 심하게 요동치고 있었다.

떠들썩한 연회의 자리를 굽어보면서 그는 새삼 어깨를 한번 으쓱 세웠다. 가슴속에는 알 수 없는 경멸과 질시가 있었다. '도대체 저들이 무엇을 했다고 저렇게 기뻐 날뛰는 것인가? 군주가 치욕과 수모 속에서 복수의 칼을 갈 때 저들은 어떠했던가?' 조금 전까지 자욱했던 안개가 걷히고 구름 사이로 밝은 달이 드러났다. 별안간 까마귀 한 마리가 나무에서 날아올랐다. 구름이 걷히고 밝은 달이 드러나자 날이 샌 줄 착각한 모양이다. 구천의 침묵이 길어지자 범려가 물었다.

"대왕… 무슨 상심이라도 있으신지요…?"

"그럴 게 뭐가 있겠는가? 잠시 옛일이 생각났다. 지난 시절에 부차가 대장군에게 오나라의 신하가 될 것을 권하지 않았던가…? 그때 경이 '주인을 잘못 만났다'라고 말한 대목이 생각난다. 경은 진정 과인을 그렇게 생각했던가…?"

술과 노래가 어지럽게 뒤섞이는 잔치 자리에다 지난 세월에 대한 감회까지 더하여 이래저래 취해 있었다. 지금까지 그의 생애는 인내로 일관되었고, 결코 급진적인 것이 아니었다. 그런 절제와 배려가 막상 정상에 올라 이제는 자신의 손에 들린 시퍼런 권력의 칼을 돌아보게 만든 것이다. 범려는 순간 말문이 막혀 넙죽 엎드렸다.

"주군께서 굴욕을 당하실 때 목숨을 던져야 하는 것이 신하 된 자의 도리입니다. 지난날 신이 죽지 않고 오늘까지 살아온 뜻은 오로지 원수를 갚고자 하는 일념이었습니다. 이제 뜻이 이뤄진 만큼, 이 몸은 대왕의 곁을 떠나 강호로 물러가겠나이다."

구천은 울컥 짜증이 치밀었다. 굳이 이렇게 엇나가기로 작정하고 꺼낸 말은 아니었다. 얼마쯤은 이죽거리는 심술로 시작한 말이 범려가 은퇴의 뜻을 밝히자 감정의 방향이 꼬여버렸다. '이 자가 지금 나를 협박하는 것이냐! 은퇴한다고!' 어찌 이리 방자하게 구는 것인가? 그런다고 용서가 되겠는가?' 그러나 그는 껄껄 웃음으로 얼버무렸다.

"핫하하…. 과인은 그대의 도움으로 오늘날 이렇게 성공하였다. 그런데 어찌 과인에게 등을 돌리려 하는가? 그것은 안 될 말이다. 굳이 그대가 마음을 바꾸지 않는다면… 회계성에 있는 그대의 식솔은 어떻게 할 것인가…?"

엉겁결에 헛웃음에다 빈정거리는 말투가 배었다. 범려는 울컥 기가 막혔다. 구천이야 식솔들의 장래를 위해서라도 한 번 더 생각해보라는 말일 수 있겠지만, 범려의 귀에는 가족을 볼모로 그를 협박하는 것으로 들렸다.

"신의 처자에게 무슨 죄가 있겠습니까…! 살리고 죽이는 것은 모두 대왕의 처분이십니다. 그것도 신이 알 바 아닙니다…."

홀연히 절을 하고 자리에서 물러났다.

그날 밤 삼강(三江) 나루에서 한 척의 배가 떠났다. 삼강(三江)은 고소성을 감돌아 흐르는 오강(吳江)과 전단강, 포양강의 합수머리가 만나는 곳이다. 어느 물길로 올라갔는지 본 사람마다 말이 달랐으나, 그 배에 범려가 타고 있었다는 소문만은 일치했다.

이후 범려는 역사의 기록 속에서 사라졌다. 간혹 추측성 소문이야 있었지만, 그는 구천의 자객을 두려워해 결코 세상에 정체를 드러내지 않았다.

그날 새벽, 어둠이 채 가시지 않은 시각에, 서시도 삼강 나루터에 있었다. 그런데 꽁꽁 싸맨 보쌈 포대에 담긴 신세였다. 월 부인은 구천이 서시를 데려왔다는 말을 듣자 새파랗게 날이 섰다. 그녀는 마구간 노비 시절에 서시의 관왜궁에서 잠시 부차를 만난 적이 있었다. 부차는 심심파적으로 부인에게 술을 따르게 하였는데, 그날 이후 구천은 그녀를 찾지 않았다. 그 세월이 10년이 넘었다.

부인이 보낸 자객은 서시를 삼강 나루로 끌고 나갔다. 보쌈해 온 자루를 풀자 새벽바람이 계절을 느끼게 하였다. 바다와 맞닿은 강상이라 물에서 갯내와 함께 바다의 새들이 끼룩거렸다. 서시가 날갯짓 없이 나는 새들과 거룻배를 굽어보고는 대강 사정을 짐작하였다. 마침 낯익은 얼굴이 보였다. 왕비전을 지키는 상궁이다. 엉겁결에 소리 내어 불렀다. 항아님! 항아님…! 상궁은 서시가 부르는 소리를 듣고 웃음을 보였다. 그런데 아무래도 이 웃음은 그냥 예사 웃음이 아니다. 눈길은 샐쭉하고 입가에 멸시와 적의가 담겨 뱀처럼 차가운 미소였다. 과연 얼굴을 바짝 쳐들고 다가오더니, 대뜸 서시의 뺨을 후려쳤다.

"더러운 계집! 천한 것이 오적에게 붙어먹어 부귀영화를 누리더니, 이제 우리 대왕까지 호리는구나. 퉤, 퉤!"

부차가 없는 서시는 깃털 하나의 무게만도 못한 쓰다 버린 물건에 불과하였다. 그녀는 강물을 마주하고 섰다. 물가 갈대 수풀 속에서 막 잠이 깬 새들이 날개 치는 소리가 퍼득거렸다. 빛과 어둠이 뒤섞이면서 시간은 뿌옜고, 앞선 물결 뒤로 새로운 물결이 부딪힐 때마다 빛과 소리가 출렁인다. 이내 새벽빛이 퍼지더니 밝아오는 햇빛에 반사된 강물이 금빛으로 반짝거린다. 다시 보니 새벽의 빛은 푸른빛이었다. 그녀는 정갈한 새벽안개를 한껏 들여 마시며, 황홀한 심정으로 물안개가 조금씩 열리는 강물을 굽어본다. 물가에는 잠자리 한 쌍이 어울려 서로를 희롱하고 있었다. 하나가 달아나면 다른 한 마리가 한사코 뒤를 쫓아 기어이 배를 갖다 붙이고 보란 듯이 갈대 줄기에 걸터앉았다. 부차의 추억이 가슴을 저려 왔다. 대왕! 아아, 대왕…!

"보고… 싶어요. 아주 많이…."

혼잣말인가? 아니면 환영이라도 보았던가? 물안개 쪽을 향해 목멘 소리가 가늘게 나왔다. 그녀는 한 차례 도리질을 치고, 두 팔로 제 가슴을 감싸 안았다. 변함없이 팔 안에 가슴은 가득 찼다. 젖 봉오리 두 개가 포개져 골짜기가 메워지면서 봉오리 사이에 체온이 비벼졌다. 언젠가 여인도 자유롭게 사랑하는 세상이 올 수 있을까? 그런 중에도 서시를 태운 쪽배가 삐거덕삐거덕 소리를 내며 물살을 갈라가고, 물때를 찾아 삶의 박자를 맞추는 고기잡이배들이 서로 엇갈려 지나갔다.

　배는 그 길로 깊은 강심에 들어서더니, 그녀의 수려한 등허리에 맷돌을 달아 강물로 던져버렸다. 치렁치렁한 머리카락이 물 위에 넓게 흩어지고 물살을 따라 길게 너울거린다. 잠시 후 서시는 뽀글거리는 기포와 함께 장강의 심연 속으로 사라졌다. 그녀는 다시 떠오르지 않았다.

　항주에는 서호(西湖)라는 호수가 있다. 원래 서호라는 이름부터 서시의 전설에서 유래한다. 항주가 자랑하는 조개탕 요리 서시설(西施舌)은 지금도 전설이 계속되고 있음을 방증한다. 요리의 재료는 부채 모양의 조개이다. 껍질을 벌렸을 때 나온 흰 살이 마치 여인의 혀 같다고 하여 이런 이름이 붙여졌다. 월 부인이 보낸 자객에게 죽임을 당한 서시는 예쁜 조개가 되었고, 조개를 잡은 어부에게 하얀 혀를 내밀며 자신의 원통함을 호소한다는 것이다. 전설은 현대적 모습으로 포장돼 관광 산업이 되었다.

　범려와 서서가 하필 한날한시에 없어진 탓에 심지어 둘의 사이를 의심하는 소문까지 돌았다. 처음에 범려가 서시를 데리고 고소대의 낙성식에 갔을 때부터 그렇고 그런 관계였다는 것이다. 말도 안 되는 스토리지만 워낙에 사람들의 흥미를 끄는 소재라서 입 가진 자는 입을 놀리고 팔 가진 자는 팔뚝질을 해댔다. 부차의 몰락과 구천의 비상, 범려의 도주, 서시의 죽음이 서로 얽히고설키었다. 한 가지는 명백하다. 권력은 비정하고 추악하다.

세월은 흐르고 다시 네 번의 봄이 왔다. 그동안 월의 조정은 세대교체를 이루었다. 돌이켜 보면 지난 20년의 세월 동안 구천은 복수의 발톱을 숨기고 살았다. 세상의 조소와 손가락질, 신하들에게 보이는 왕으로서의 체면, 어느 것 하나가 가슴 쓰리지 않은 것이 없었다. 무릇 권력을 가진 자는 부끄러운 과거를 가져선 안 되는 것이었다. 자신의 약점과 비참한 시절의 일거수일투족을 훤히 꿰뚫고 있는 신하들이 싫어지기 시작하였다. 구천에게 가장 중요한 것은 대왕의 권위와 위엄을 온전하게 존중받는 일이었고, 이는 누구도 범접할 수 없는 성역이었다.

그는 동지적 유대에서 벗어나 옛 신하들을 숙청하기 시작했다.

재상 문종도, 대부 예구도 권한이 없는 명예직으로 밀려났다. 복수의 수단으로, 받들 때는 요란하게 하였으나 버릴 때는 돌아보지 않았다.

"새 술은 새 부대에 담아야 한다!"

예구는 아예 병을 핑계로 식읍으로 낙향해버렸다. 고소성 함락에 공이 컸던, 영고부의 아들 영규조차 범려와 가깝게 지냈다는 이유로 지방으로 쫓아버렸다. 그는 신하들이 어쩌다 눈길에서 벗어나면 여지없이 화를 냈고 숙청을 통해 자신의 권능과 위력을 증명하려고 했다.

이즈음 구천은 몸이 편치 않았다.

이제 겨우 쉰을 넘긴 나이로 한창 왕성할 때였으나 젊어서 와신상담, 절치부심하면서 몸과 마음을 학대하였다. 수많은 날을 절제와 다짐 속에 살아오다가, 문득 터진 욕망의 분출구 앞에는 환락의 유혹이 기다리고 있었다. 더 이상 세상에 두려운 존재가 없다는 안도감이 점차 자신의 욕망을 표출하고, 나아가 방종과 타락으로 이어지는 데는 많은 시간이 필요치도 않았다. 대왕은 최음제나 한식산(寒食散)으로 불리는 강장제를 수시로 복용했다. 그런 약제에는 인체에 해로운 수은 등의 광물이 잔뜩 들어 있었다. 수은의 독성으로 구천의 내장은 점점 문드러졌다. 며칠 동안 음식을 먹지 못하거나 잠을 자지 못하는 일이 계속됐다. 눈에 보이지 않는 귀신과 대화라도 하는 듯 밤새도록 혼자 중얼거리는 일이 잦았다. 그런 밤이면 어떻게 알았는지 오래전에 죽은 사람들이 찾아왔고, 꿈에서 깨어나면 굴종과 오욕의 기억을 만났다.

"히히, 꼴좋다. 저놈이 월왕이라지? 생긴 것부터 되바라지게 생겼네……."

"노비 주제에 그래도 오늘은 희멀쑥하구먼. 계집도 함께 붙잡혀 왔다지?"

"흐흐흐, 한 차례씩 우리 대왕의 술 시중도 든다던데……. 낄낄낄, 사내도 아니네. 에라이…… 배알 빠진 놈!"

마침 노나라에 정변이 있어 노애공(魯哀公)이 구천에게 도움을 요청하였다. 그런데 출병을 저울질하던 구천의 마음속에 문득 종소리처럼 울리는 각성이 있었다. 부차가 황지 회맹을 떠나던 날의 기억이었다. 그때 자신과 문종은 부차에게 결정타를 날릴 기회가 왔다고 얼마나 쾌재를 불렀던가! 만약에 내가 없는 동안에 문종이 무슨 일이라도 일으킨다면? 조정은 하나같이 문종의 사람들인데… 가만! 내가 무얼 두려워하는 거지? 구천은 새삼 화가 치밀었다. 그렇구나…. 가슴을 짓누르는 그 몹쓸 근심과 불면의 날들이 이제 생각하니 모두 문종 때문이었구나…!

생각해 보면 무적의 부차를 죽이고 오나라를 멸망시킨 기적이 어느 것 하나 문종의 머리에서 나오지 않은 것이 없다. 암살을 대비해서 가왕을 쓴 일, 가마솥에 양곡을 삶은 일이 모두 문종의 책략이었다. 당대의 석학 공자(孔子)를 부추겨 부차를 애릉의 전투로 유인하고, 결정적으로 황지 땅 회동에서 돌아오는 부차의 뒤통수를 친 것도 문종의 계책이었다. 의심은 꼬리에 꼬리를 물었다.

'문종과 범려는 젊어서부터 마음을 터놓고 지내던 사이이다. 지금도 둘은 연락을 하고 있을지 몰라. 아무렴 그렇고말고, 분명 무슨 모의를 하고 있을 것이야…'

음모의 전문꾼 문종이 일을 꾸미고 있다는 그럴듯한 의혹의 먹구름은 끝 간 데 없이 피어올랐다. 수없이 의심하고 번복, 번복하면서 그의 말과 행동을 다시 되짚어보다가 결국 문종을 정리하기로 결론을 내렸다.

대왕이 문종의 저택으로 행차했다. 집무에서 밀려나 한가한 날을 보내던 재상은 평상복을 입은 상태로 왕을 맞이했다. 왕이 차고 있던 칼을 끌러놓고 자리에 앉으면서 말했다.

"재상은 참으로 재주가 많은 사람이다. 그대는 오나라를 토벌하는 일곱 가지 계책이 있다고 했는데 그중 세 가지를 써서 오를 무너뜨렸다. 이제 나머지 네 가지는 어디에 쓸 작정인가?"

"일곱 가지 계책이란 게 그만치 쎄고 쌨단 말이었습니다. 딱히 뭐라고 아뢸 말씀을 모르겠습니다. 하명하실 일이 있으면 시켜주십시오…."

언제부터인가 문종은 몸을 사리고 말을 삼갔다. 소심한 사람의 마음을 맞추려면 이쪽 역시 소심해야겠다는 자각에 무심결에도 조심스러웠다. 그가 말끝에 습관처럼 힐끗 문밖으로 눈을 돌렸다. 마침 밖에는 여종이 차를 들고 언제 들어갈지를 무언으로 묻고 있었다. 왕은 퍼뜩 그런 정황을 눈에 담았다. 문종의 대답이야 왕의 분부를 여쭙는 말이었으나 눈길을 돌린 모습까지, 구천에게는 문종이 마음에 찔리는 것이 있어 일부러 외면하는 것으로 보였다. '딱히 할 말이 없다? 시키는 대로 하

겠다…? 내가 저를 의심하는 것을 알고서, 일부러 나를 빗대어 말하는 것인가? 정녕 그런 것인가?'

구천의 눈빛이 싸늘해졌다. 덤덤하게 두 손을 소매 속에 감추고 있는 문종의 모습조차 의구심을 불렀다. 생각하기에 따라서는 시든 억새풀도 유령으로 보이는 법이다.

"바라건대 그대는 나머지 재주를 저승 간 오적에게 쓰도록 하라. 다시는 그들이 우리를 저주하지 못하도록 말이다."

대문 앞에서 구천은 잠시 걸음을 멈추고 문종을 바라보았다. 그와 함께 인고의 평생을 살았다. 문종도 늙었다. 머리에 쓴 관 옆으로 허연 백발이 삐져나오고 눈 밑에는 주름이 깊었다.

"재상…! 결국에는 인생 그 자체가 꿈이 아닌가? 정작 꿈인 줄 알려면 그 꿈에서 깨어나야 하는 법인데… 흐흐흐…."

구천의 웃음소리는 본인의 귀에도 어색하게 들렸다. 그래서, 그게 어쨌단 말이냐! 그렇게 밑도 끝도 없는 몇 마디를 던지고 구천은 대궐로 돌아갔다. 그가 앉았던 자리에는 칼 한 자루가 덩그렇게 남았다. 문종이 그 칼을 들어보니 칼자루에 촉루(髑髏)라는 두 글자가 선명하게 새겨져 있었다. 바로 지난날 부차가 오자서에게 보낸 촉루검이었다.

"아차…."

그길로 뛰쳐나가 집 밖을 살펴보았다. 과연 이미 문종의 저택은 몇 겹으로 무장한 군사들에 둘러싸여 쥐새끼 한 마리 들고 날 수가 없었다.

"아! 결국 오늘 구천에게 죽는구나! 범려는 도망가서 가족을 살렸으나 나는 멸문의 화를 입게 되었다. 참으로 어리석었다…."

《사기(史記)》에는 이런 경구가 있다.

"…용맹과 지략으로 주군을 겁나게 하는 자는 몸이 위태롭고, 천하를 뒤덮을 큰 공을 세운 자는 상을 받지 못한다….."

예외 없이 문종도 죽는 마당에야 또 하나 세상의 이치를 깨닫고 씁쓸히 웃었다. 집을 에워싼 군졸들의 발소리를 들으면서 조용히 자신의 목에 칼끝을 찔러 넣었다. 분수처럼 피가 뿜어져 대청마루 바닥에 콸콸 번져나갔다. 눈이 까뒤집어지고, 얼굴이 뒤틀리더니 전략과 술수를 구사하던 영혼이 신체를 떠났다. 아직 죽지 않은 팔다리의 근육들이 푸덜덜 떨리다가 이윽고 그마저 멈췄다.

구천은 과연 문종의 식솔과 하인까지 수백 명을 모조리 죽여 후환을 없앴다. 저택은 불태우고 못을 파서 물을 채웠다. 살던 집을 파헤쳐 못을 만든다는 것은 그 사람의 영혼조차 허용치 않겠다는 주술적 표현이다…. 구천은 손끝에 인정이 없었고, 문종의 귀신조차 두려워했다.

백성들은 문종이 모반을 꾀하다 죽었다고 알았으나, 대신들은 이 일의 대략 내막을 짐작하고, 왕의 의심증을 개탄하였다.

"대왕이 미쳤다…."

"쉿…!"

"범려와 서시는 그렇다고 치자! 문종재상을 그렇게 죽이다니! 이게 어디 말이나 될 법한 이야긴가? 미치지 않고서야…."

"말을 삼가시게. 낮말은 새가 듣고, 밤말은 쥐가 듣는다는 속설도 있잖은가?"

다들 더욱 몸을 사리고 구천의 옆에 가기조차 꺼렸다. 문종을 죽인 후 구천은 대신을 죽이는 것이 매우 용이하고, 따지고 보면 '별반 나쁠 게 없다!'라는 사실을 깨달았다. 몰수한 재산으로 왕실의 재정은 건실해졌으며 신하들은 공포에 사로잡혀 이리저리 눈치를 살폈다.

이후 월에서는 난데없는 유행어가 생겨났다.

"사냥개는 삶아야 맛이거든…."

 자조적인 냉소를 바닥에 깔고 있는 이 시니컬한 말투는 순식간에 전국으로 퍼져나갔다.

 이 시절, 정치도 쉽지 않았다. 정책의 실패나 오판, 때로는 천재지변까지도 종주국의 탓으로 돌리던 핑곗거리가 없어지자 오롯이 군주의 잘못으로 떨어졌다. 조정에서 영을 내려보내도 서로 일을 떠넘기느라 제대로 집행되는 일이 없었다. 시간이 갈수록 전에 없던 풍조가 나타났다. 백성들은 관(官)을 우습게 보고, 관에서는 조정을 우습게 보고, 저마다 멋대로 놀아나는 원심 작용이 만연했다.

 구천은 그 후 3년을 못 채우고 죽었다.

 마음의 병이 깊어 하찮은 원한이라도 반드시 갚아야 하는 속 좁은 성격을 여지없이 드러냈다. 감정의 기복도 심해서 신하가 흘겨보았다고 칼로 그 눈을 파버린 일도 있었고, 누구는 조회 때 웃었다고 입술을 양분해버릴 정도였다. 낙향해 있던 대부 예구도 죄목을 씌워 재산을 몰수하고 참형에 처했다. 굴욕의 세월 끝에 손에 쥐어진 절대 권력을 주체하지 못하는 성격 파탄자의 삶을 살다가, 결국에는 망상 속에서 죽었다. 당시 그의 나이 쉰셋이었다.

 그나마 그가 일찍 죽은 것이 월나라로서는 다행이었다.

 아들 녹영(鹿影)이 왕위를 계승하고 동방의 패자를 자처하였다. 그러나 그 세월은 길지 못했다. 전쟁에 이긴 것은 이를테면 사업이 절반쯤 달성된 데 지나지 않는다. 성패의 갈림길은 그 뒤의 경영에 있었다. 영악한 후계자가 나타나 사람을 다스리고 제도와 문물을 정비하여야 비로소 국가의 존립이 가능하게 되는 것이다. 이 경우는 능력에 비해 과분한 영토와 지위를 졸지에 얻게 된 교만에 패인이 있었다.

월나라는 이후 몇 차례나 궁중의 암투로 군주가 암살되는 참상을 연출했다. 이 지경으로 시끄러우니 초나라가 슬금슬금 서쪽을 치고 나왔다. 원래 장강 유역은 초나라의 패권 지역으로서, 200년이 가깝도록 이 지역을 다스려왔다. 초와의 동맹은 공중 곡예 같은 모험이었지만 월에게는 그런 기량이 없었다.

초나라의 전략은 멀찌감치 거리를 두고 바라보다가 떨어지는 과실을 긁어모으는 격이었다. 그들은 구천의 후계자들과 싸움을 벌여 대개는 이기고, 이길 때마다 땅을 넓혔다.

결국 강회(江淮) 일대가 모두 초나라에 복속하였고, 월도 역사의 뒤안길로 사라졌다. 그렇다면 오와 월은 무엇을 위해 그토록 처절하게 싸웠던가?

초나라 남쪽에	초지남 (楚之南)
명령(冥靈)이라는 나무가 있다	유명령자 (有冥靈者)
이 나무는 5백 년 동안 봄이고	이오백세위춘 (以五百歲爲春)
5백 년 동안은 가을이다	오백세위추 (五百歲爲秋)
더 오랜 옛날에 대춘(大椿)이라는 나무가 있었다	상고유대춘자 (上古有大椿者)
8천 년 동안 봄이고	이팔천세위춘 (以八千歲爲春)
8천 년 동안은 가을이다	팔천세위추 (八千歲爲秋)
그런데도 팽조를 장수했다고 여기어	이팽조내금이구특문 (而彭祖乃今以久特聞)
세상 사람이 부러워하니	중인필지 (衆人匹之)
어찌 슬픈 일이 아닐까	불역비호 (不亦悲乎)

장자(莊子)의 《소요유(逍遙遊)》 중

초나라의 남쪽, 밀림 지대에 명령(冥靈)이라는 이름의 나무가 있었다. 이 나무는 천 년에 한 번씩 나이테가 생긴다. 아주 먼 옛날에는 '대춘(大椿)'이라는 이름의 나무도 있었다. 이 대춘 나무의 수명은 '명령'보다 16배나 길어, 만 6천 년에 한 번씩 나이테가 생긴다고 한다. 이들 나무와 비교할 때 우리네 인간의 수명은 그야말로 조족지혈(鳥足之血), 매 순간 스치는 바람처럼 잠시 이곳에 머물렀던 흔적을 남기고 사라질 뿐이다. 그럼에 불구하고 천년만년 살거나 영원히 죽지 않을 듯이 욕심을 부려 내려놓지 못하는 것이 또한 인간의 모습이다.

2004년에 개봉된 영화 〈트로이〉는 그리스 신화를 모델로 한 전쟁 영화이다. 그 영화의 후반부에서 최후의 전쟁에 임하는 그리스 연합군의 아킬레우스(브레드 피트 분)는 칼을 뽑아 들고 용사들을 불러 모은다.

"신은 인간을 부러워한다! 나를 따르라! 싸우자!"

영생이 보장된 신에게는 시간과 기회는 의미가 없다. 진정한 선택과 도전, 운명적인 결단의 순간도 있을 수 없다. 그런 의미에서 신은 정말로 인간의 유한한 삶을 부러워할런지도 모른다. 대신 우리 인간이 자칫 놓치고 있는 게 있다. 장자의 '소요유(逍遙遊)'에는 글자 어디를 뜯어봐도 바쁘거나 조급한 흔적이 손톱만큼도 없다. 소(逍)는 '소풍 간다'라는 뜻이고, 요(遙)는 '멀리 간다'는 뜻이고, 유(遊) 자는 '노닌다'는 의미이다. 그러고 보면 인생이란 게 '어느 하루 교외로 소풍 가서 즐기는 이야기'에 다름 아니다.

체면, 권력, 돈, 사랑…. 선악(善惡)도, 미추(美醜)도, 명예도… 인간을 움직이는 세상의 가치가 흐르는 영겁의 세월 앞에 서면 오늘 저 하늘가에 흘러가는 한바탕 구름인 것을…. 풍운아 제환공과 진문공, 천하를 둘러엎을 듯이 대붕의 웅지를 펼치던 초장왕, 세상을 향한 공명과 집착으로 어장검의 전설이 된 오왕 합려, 복수의 칼날을 갈던 월왕 구천의 생애가 하나같이 세월이라는 바람결에 날리고 흩어졌다.

참고서적

- 사마천, 《사기 본기》 외 3책 (세가, 열전I, 열전II), 신동준 옮김, 사단법인 올재, 2018년
- 김영수, 《사마천, 인간의 길을 묻다》, 위즈덤하우스, 2016년
- 김영수, 《사기를 읽다》, 도서출판 유유, 2014년
- 풍몽룡, 《동주 열국지》, 김영문 옮김, 글항아리, 2015년
- 신동준, 《열국지 교양강의》, 돌베개, 2011년
- 공원국, 《춘추전국 이야기》, 위즈덤하우스, 2017년
- 진순신, 《이야기 중국사》, 박현석 옮김, 살림출판사, 2011년
- 강신주, 《관중과 공자》, 사계절출판사, 2013년
- 공자, 《시경》, 편찬 공자, 편주 모형·모장, 신동준 옮김, 인간사랑, 2016년
- 한흥섭, 《공자, 불륜을 노래하다》, 사문난적, 2011년
- 노자, 《노자》, 김학주 옮김, 연암서가, 2013년
- 장자, 《장자》, 이강수·이권 옮김, 도서출판 길, 2009년
- 차경남, 《장자, 영혼의 치유자》, 미다스북스, 2012년
- 손자, 《손자병법》, 김원중 옮김, 글항아리, 2011년
- 장자화, 《세 치 혀로 세상을 바꾸다》, 전수정 옮김, 사계절, 2018년
- 진순신, 《소설 십팔사략》, 이성림 옮김, 자음과 모음, 2004년